Knaur.

*Im Knaur Taschenbuch Verlag sind bereits
folgende Bücher der Autorin erschienen:*
Nachtkrieger 1: Unsterbliche Liebe
Nachtkrieger 2: Ewige Begierde
Nachtkrieger 3: Unendliche Sehnsucht (erscheint im September 2012)

Über die Autorin:
Bevor Lisa Hendrix sich als Schriftstellerin selbständig machte, arbeitete sie unter anderem als Sekretärin, als Englischlehrerin in Japan und als Forschungsassistentin auf einem Schiff in der Beringsee. Sie hat in den USA bereits mehrere Liebesromane veröffentlicht, bevor sie sich mit ihrer Serie »Nachtkrieger« der Romantic Fantasy zuwandte. Insgesamt soll die Reihe neun Bücher umfassen, von denen jedes in einem anderen Jahrhundert spielen wird.
Mehr Informationen unter: www.lisahendrix.com

Lisa Hendrix

NACHTKRIEGER
EWIGE BEGIERDE

Roman

Aus dem Amerikanischen
von Heike Holtsch

Knaur Taschenbuch Verlag

Die amerikanische Originalausgabe erschien 2009 unter dem Titel
Immortal Outlaw bei Berkley Sensation, New York.

Wenn Ihnen dieser Roman gefallen hat, empfehlen wir Ihnen
gerne ausgewählte Titel aus unserem Programm – schreiben Sie
einfach eine E-Mail mit dem Stichwort »Nachtkrieger 2« an:
fantasy@droemer-knaur.de

**Besuchen Sie uns im Internet:
www.knaur.de**

Deutsche Erstausgabe März 2012
Knaur Taschenbuch
© 2009 Lisa Hendrix
Für die deutschsprachige Ausgabe:
© 2012 Knaur Taschenbuch
Ein Unternehmen der Droemerschen Verlagsanstalt
Th. Knaur Nachf. GmbH & Co. KG, München
Alle Rechte vorbehalten. Das Werk darf – auch teilweise –
nur mit Genehmigung des Verlags wiedergegeben werden.
Published by arrangement with The Berkley Publishing Group,
a member of Penguin Group (USA) Inc.
Redaktion: Gerhild Gerlich
Umschlaggestaltung: ZERO Werbeagentur, München
Umschlagabbildung: www.darkdayproductions.com, © Tony Mauro
Satz: Daniela Schulz, Stockdorf
Druck und Bindung: CPI – Clausen & Bosse, Leck
Printed in Germany
ISBN 978-3-426-50841-1

2 4 5 3 1

*Für Kaldi und seine Ziegen,
ohne den dieses Buch
nicht zustande gekommen wäre*

DIE SAGA

Ausgesandt von ihrem Stammesführer, sich eines riesigen Schatzes aus Gold und Edelsteinen zu bemächtigen, und angeführt von Brand Einarsson, wurden die Krieger von der mächtigen Zauberin, die den Schatz bewachte und deren Sohn sie getötet hatten, mit einem Fluch belegt. Die Hexe Cwen verdammte sie zu einem ewigen Leben als Schattenwesen, halb Tier, halb Mensch, ein jeder in der Gestalt seiner fylgja, desjenigen Schutzgeistes, dessen Abbild er um den Hals trug. Nachdem Cwen ihren Fluch über die Männer gesprochen hatte, verstreute sie die Amulette über das ganze Land, auf dass sie niemals gefunden würden, und trieb die Männer in den Wald hinein, wo sie ihr verfluchtes Leben leben sollten.

Zwanzig Dutzend Jahre später fand Ivar Graurock – bei den Normannen, die England dann regierten, unter dem Namen Ivo de Vassy bekannt – sowohl sein Amulett als auch eine Frau, die ihn liebte, obwohl sie um sein Schattenwesen wusste, und durch ihre gemeinsame Magie, die wahre Liebe, war die Wirkungsmacht von Cwens Fluch gebrochen. Ivos Sieg machte den anderen acht Kriegern Hoffnung, und so begannen sie, England auf der Suche nach ihren Amuletten zu durchkämmen. Sie durchsuchten Ruinen und Grabhügel, stiegen in Brunnenschächte, suchten auf Friedhöfen und unter Menhiren, nahmen selbst die ehrwürdigen Häuser der christlichen Kirche nicht aus, um eine Spur oder einen Hinweis auf die Amulette zu finden. Gleichermaßen hielten sie Ausschau nach Hinweisen auf Cwen, die schwer verwundet worden und verschwunden war.

Jahrzehnte vergingen, und weder Cwen noch irgendein Amulett tauchte auf, und die Krieger verloren die Hoffnung und fanden sich wieder mit ihrem Leben halb als Mensch, halb als Tier ab. Langsam, wie einst Ivar, begannen einige, sich unter die Menschen zu begeben, fanden Arbeit und sogar gelegentlich Frieden bei den sterblichen Männern und Frauen.

Anderen blieb dies jedoch verwehrt, denn ihre Tiergestalt war zu fremd für die heimische, in England verbreitete Tierwelt oder zu gefährlich, dass sie in der Nähe von Menschen leben konnten. Einer von ihnen war Steinarr, Sohn des Birgir Krummbein, Steinarr der Stolze genannt, der als Löwe, der er nachts war, die Engländer dermaßen in Angst und Schrecken versetzte, dass er ohne Unterlass von einem Waid in den nächsten gejagt wurde, und der die anderen Krieger derartig verletzte, dass die meisten ihn nicht in ihrer Nähe haben wollten. Aber selbst jemand, der in der Wildnis lebt, benötigt Kleidung, Nahrung und andere Dinge, die der Mensch braucht, und so lernte Steinarr, sich die dafür nötigen Münzen zu beschaffen, wo immer er konnte, sei es durch Diebstahl, Wegelagerei oder, wenn die Gelegenheit sich bot, sogar durch die Jagd auf Menschen ...

Aus der *Dyrrekkr Saga* von *Ari Sturlusson*

KAPITEL 1

Nottinghamshire, August 1290

Normalerweise hütete er sich davor, einem Engländer zu helfen.
Aber dieser hier war alt und schmächtig, und die Räuber, die über ihn herfielen, waren jung und kräftig und mit Knüppeln bewaffnet. Und drei gegen einen war zu viel, obwohl der eine einen Schlagstock schwang, mit dem er offenbar umzugehen wusste. Steinarr warf die Zügel seines Packpferds über den nächsten Ast und legte rasch einen Pfeil an die Sehne seines Bogens. Aber bevor er dazu kam, den Pfeil abzuschießen, ritt der größte der drei Straßenräuber hinter den alten Mann und versetzte ihm mit seinem Knüppel einen Schlag auf den Kopf. Bei dem Geräusch zog sich Steinarr der Magen zusammen, denn er wusste sehr wohl, wie sich ein tödlicher Schlag anhörte.
Sein Pfeil traf den Vogelfreien in die Schulter, noch bevor der alte Mann zu Boden ging. Der Räuber brüllte vor Schmerz, und hastig fuhren seine beiden Kumpane herum, um ihren Angreifer auszumachen. Kurz nacheinander trafen zwei weitere Pfeile die Längsseite des Karrens, der zwischen ihnen stand, und sie gerieten in Panik. Sie wendeten ihre Pferde eng und preschten davon. Der Angeschossene folgte ihnen, gefährlich im Sattel schwankend, der Schaft von Steinarrs Pfeil aus seinem Rücken ragend. Steinarr schoss

vorsichtshalber einen weiteren Pfeil ab, der am Ohr des Mannes vorbeizischte und in einem Baum landete. Dann sah er den dreien hinterher, bis sie am Ende der Landstraße verschwanden.

Als sie außer Sicht waren, galoppierte er hinüber zu dem alten Mann und saß ab, um ihn zu untersuchen. Doch es war bereits zu spät. Er war tot. Sein Blick war leer, sein Schädel eine breiige Masse wie ein zerschmetterter Kürbis, und sein Blut tränkte den Staub der Straße.

Steinarr löste den flachen Geldbeutel des alten Mannes von dessen Gürtel und leerte den Inhalt in seine Hand. Lediglich zwei silberne Viertelpennys fielen heraus. Nicht einmal ein ganzer Penny! Angewidert schüttelte Steinarr den Kopf. Diebstahl, nun, das konnte er nachvollziehen. Gelegentlich, wenn es ihm nicht gelungen war, sich auf andere Weise Geld zu beschaffen, griff er selbst darauf zurück und lauerte einem Kaufmann oder Edelmann oder auch mal einem Kirchenmann auf. Doch er hielt sich stets an diejenigen, die ein paar Silbermünzen entbehren konnten, und er schlug ihnen auch nicht den Schädel ein. Diese drei Wegelagerer hingegen hatten einen alten Mann überfallen und umgebracht, einzig und allein um des Tötens willen.

Und er, dumm wie er war, hatte es zweimal vermasselt, er hatte dem Alten das Leben nicht retten können, und er hatte eine seiner besten eisernen Pfeilspitzen vergeudet. Steinarr überlegte, sich als Entschädigung den Karren des alten Mannes anzueignen, doch das Gefährt sah aus, als würde es jeden Moment auseinanderfallen. Ebenso verhielt es sich mit der kleinen Stute, die, nur noch Haut und Knochen, an die Deichsel gespannt war. Selbst ihr Zaumzeug war mindestens Dutzende Male geflickt worden, wie es schien mit mehr gutem Willen als Geschick. Sich ausrechnend, wie wenig er dafür bekommen und wie viel Zeit er verlieren würde, wenn er das Pferd samt Karren zum Markt brachte, beschloss er, sich mit dem halben Penny zufriedenzugeben und die Stute auf der Straße stehen zu lassen, damit jemand anders sie fand.

Doch zunächst musste er sich um den Toten kümmern. Er steckte die Farthings in seinen eigenen Geldbeutel und zog dann den alten Mann an den Straßenrand. Mit der Spitze seines Schilds schaufelte er eine flache Grube, die er anschließend mit Steinen und Unterholz zudeckte. Nicht unbedingt ein anständiges Grab, doch vorerst musste es reichen. Er würde dem Priester im nächsten Dorf Bescheid sagen, wo er den Leichnam fand, damit dieser ihn richtig bestatten konnte. Steinarr blieb noch einen Moment lang an dem Grab stehen und bat die Götter stumm, über den alten Mann auf seiner letzten Reise zu wachen.

»Sein Name war John«, ertönte eine zarte Stimme hinter ihm. »John Little.«

Steinarr fuhr herum und griff nach seinem Schwert. Dann aber erstarrte er, als er den Klang der Stimme registrierte und sah, wer dort am Straßenrand stand. *Eine Frau? Hier?* »Wo kommst du her?«

»Von dort, Mylord«, antwortete sie und zeigte auf dichten Adlerfarn in einigen Metern Entfernung hinter ihr, der sich noch immer wiegte, nachdem sie daran vorbeigegangen war. »John hörte sie kommen und wies uns an, uns zu verstecken. Er sagte, niemand außer Geächteten oder Soldaten reitet so schnell durch diesen Teil des Walds. Und es wäre besser, weder den einen noch den anderen über den Weg zu laufen, denn oftmals gäbe es zwischen beiden ohnehin keinen Unterschied.«

»Du hast Glück gehabt. Denn wenn die drei dich erwischt

hätten ...« Sie wurde kreidebleich, und er wusste, dass sie verstanden hatte, was er meinte. »Schade, dass John Little seinen eigenen Ratschlag nicht befolgt hat.«
»Er dachte, sie würden ihn in Ruhe lassen. Er besaß nichts, das zu rauben sich gelohnt hätte.«
»Nur sein Leben«, sagte Steinarr, und ihre moosgrünen Augen schimmerten vor Tränen, als sie nickte. Er ließ ihr ein wenig Zeit, um die Fassung wiederzugewinnen. Dann fragte er: »Woher kanntest du diesen John Little? War er dein Vater? Oder ein Dienstbote?«
»Weder noch. Nur ein Fremder, der so freundlich war, uns seine Hilfe anzubieten, weil unser Pferd lahmte.«
»Du hast gesagt ›unser‹. Wer ist noch bei dir?«
»Mein Cousin.« Sie sah über die Schulter und sagte in Richtung des Farns: »Steh auf und zeig dich, Rob. Der Mann hier will uns nichts tun.«
Ein hochgewachsener, knochiger Bursche mit einer grünen Kappe auf seinem rötlichen Haar erschien zögernd zwischen den Farnwedeln. Er war noch nicht ganz erwachsen, doch dem zarten Spitzbärtchen zufolge musste er im gleichen Alter sein wie das Mädchen, etwa achtzehn Jahre alt.
Er sah Steinarr abschätzend an. »Woher willst du das wissen? Er sieht aus wie einer von *ihnen*.«
»Möglicherweise bin ich das.«
Das Mädchen schüttelte den Kopf. »Ihr habt sie vertrieben.«
»Vielleicht, weil ich den alten Mann selbst ausrauben wollte.«
»Er hat Johns Beutel geleert«, gab der Junge zu bedenken.
»Er wäre ja wohl töricht, wenn er Johns Münzen mit ihm begraben würde.« Sie wandte sich wieder an Steinarr. »Ich bin mir sicher, er möchte das Geld Johns Familie zukommen lassen.«

»Es ist nur ein halber Penny«, sagte Steinnarr.
»Für einen armen Mann bedeutet das einige Tage lang etwas zu essen«, gab sie zurück.
Wusste er das nicht selbst nur allzu gut? Steinarr beschloss, das Thema zu wechseln. »Es war dumm von euch, euer Versteck zu verlassen. Wie heißt du, Junge?«
»Rober...«
»Robin«, fiel die junge Frau ihm ins Wort. »Er heißt Robin. Mein Name ist Marian. Wir sind Pilger.«
Der Junge schien verlegen, doch er nickte zustimmend. »Aye, Pilger. Auf dem Weg nach Lincoln, um zum heiligen Hugo zu beten.«
Aber offenbar nicht auf dem Pfad der Wahrheit – nicht, dass es Steinarr interessiert hätte, warum die beiden gelogen hatten oder wo sie tatsächlich hinwollten. Er zog die beiden Pfeile aus dem Karren und steckte sie zurück in den Köcher. Dann schwang er sich auf seinen Hengst, um zu dem Baum hinüberzureiten, in dem der dritte Pfeil steckte. »Nun, *Robin*, ich hoffe, du passt den Rest des Wegs besser auf deine Cousine auf. Lebt wohl.«
»Nein!« Die junge Frau rannte hinter ihm her. »Ihr wollt uns doch nicht hier allein lassen, Mylord.«
»Ihr habt doch euren Heiligen. Der kann euch beschützen«, sagte Steinarr mit einem Blick über die Schulter. »Wie ich gehört habe, reicht das für einen guten Christen.«
»Aber diese Männer werden uns auflauern.«
»Kann sein.«
»Sie werden uns töten!«
»Wenn ihr Glück habt«, sagte Steinarr düster und bemerkte nach dieser Warnung abermals ihren furchtsamen Blick. Gut so. Sie sollte Angst haben, insbesondere, wenn niemand anders als dieser Robin sie beschützte. Schließlich hatte er

gezeigt, was von ihm zu erwarten war. Ein Bursche seiner Statur hätte an der Seite des alten Mannes kämpfen müssen, anstatt sich im Gebüsch zu verkriechen. »Am besten geht ihr zurück nach Sheffield und wartet dort auf eine größere Gruppe Reisender. Das kann höchstens einen oder zwei Tage dauern.«

»Er hat recht«, sagte der Junge. Er schnippte eine Spinne von seinem Ärmel, als er sich zu seiner Cousine auf der Straße gesellte. »Wir hätten von Anfang an lieber warten sollen.«

»Wir haben keine Zeit, um zu warten«, murmelte sie und fügte lauter hinzu: »Warum können wir nicht mit Euch weiterreisen, Mylord?«

»Weil ich Besseres zu tun habe, als den Hirten für ein paar streunende Pilger zu spielen.« Steinarr stand nun vor dem Baum, zog den Pfeil heraus und rammte ihn zu den anderen in seinen Köcher. »Beeilt euch und seht zu, dass ihr vor Anbruch der Dunkelheit aus dem Wald heraus seid. Ich wünsche euch eine sichere Reise.«

Das richtige Stichwort, um sich davonzumachen, wäre da nicht das Packpferd gewesen. Er hatte beinahe vergessen, dass es noch immer dort angebunden war, wo er es hatte stehen lassen. Und diese beiden angeblichen Pilger standen ihm genau im Weg. Als er seinen Hengst in die entsprechende Richtung dirigierte, flackerte Hoffnung in den Augen der beiden auf. In *ihren* Augen.

»Nein!«, sagte Steinarr mit einem bestimmten Kopfschütteln. »Ich hole nur mein Packpferd. Ihr müsst dort entlang.« Er wies zurück in die Richtung, aus der die beiden gekommen waren, und schwenkte den Arm nach Südosten. »Und ich reite dorthin.«

Mit offenem Mund stand sie auf der Straße, während er das Packpferd losband, und sie stand auch noch dort, als er das

Pferd auf die Straße führte. Er konnte förmlich spüren, wie ihr anklagender Blick ihm den Rücken versengte, als er davonritt. Er war schon beinahe außer Rufweite, als er hörte, wie sie sagte: »Vielleicht könntest du mir hierbei helfen, Robin, wenn es dir nichts ausmacht.« Steinarr warf einen Blick über die Schulter und sah, wie sie an dem Zaumzeug der Stute zerrte.
Schön. Sie würden also zurückgehen. Zufrieden trieb er seine Pferde zu einem langsamen Galopp an, bis er die beiden Pilger ein Stück weit hinter sich gelassen hatte, dann brachte er die Pferde in den Schritt. Aufmerksam Ausschau nach den Vogelfreien haltend, ließ er seine Gedanken wandern. Er war gerade dabei, die Gefangennahme von Long Tom zu planen, als lauter werdender Hufschlag ihn in die Gegenwart zurückholte und seine Hand sogleich zu seinem Bogen schnellen ließ. Er hatte bereits einen Pfeil angelegt, als er feststellte, dass das Geräusch nicht von vorn, sondern von hinten kam.
Die beiden. Er stieß einen Fluch aus, der durch den Wald hallte, und drehte sich um. »Das ist die falsche Richtung, Pilger.«
»Für uns ist es die richtige, Mylord«, rief das Mädchen ihm zu, während die beiden ihm ohne Sattel auf dem Rücken der kleinen Stute entgegenholperten.
Diese Richtung würden sie wohl allein einschlagen müssen. Steinarr folgte einer spontanen Eingebung und dirigierte seine Pferde abseits der Straße in den Wald hinein.
»Da siehst du es«, hörte er den Jungen hinter sich sagen. »Wir sind ihm lästig.«
»Es interessiert mich nicht, was ihm lästig ist. Reit ihm hinterher!« Sie fügte etwas hinzu, das Steinarr nicht genau verstehen konnte, und die beiden folgten ihm auf der kleinen Stute, die seinen Pferden tapfer hinterhertrottete.

Verdammt. Vielleicht hätte es sich doch gelohnt, den Gaul zum Verkauf anzubieten – und wenn er ihn mitgenommen hätte, könnten die beiden jetzt nicht hinter ihm herreiten. Um sie abzuschütteln, trieb er die Pferde schneller durch das Unterholz. Doch seine Tiere wurden gebremst durch herabhängende Zweige, während die Stute dank seiner Vorarbeit gut vorwärtskam. Entschlossen, die beiden loszuwerden, ritt Steinarr tiefer in den Wald hinein, dorthin, wo die Bäume am dichtesten standen und sie sich darum herumschlängeln mussten, auf einem Weg, der gewunden war wie das Gehörn eines Schafbocks. Aber die beiden hingen an ihm wie die Kletten.

»Störrisches Gesindel«, murmelte Steinarr vor sich hin. Sie hatten ja nicht die leiseste Ahnung, wen – *was* – sie da vor sich hatten, geschweige denn, welche Schwierigkeiten sie bei Sonnenuntergang erwarteten, wenn sie ihm auf den Fersen blieben. Kurzerhand riss er sein Pferd herum und zog sein Kurzschwert. »Wenn ihr nicht umkehrt, schlitze ich eurem Gaul die Kehle auf.«

Der Junge zügelte die Stute, brachte sie zum Stehen und ließ sie einige Schritte rückwärtsgehen. »Tut mir leid, Mylord, aber meine Schwester ...«

»Deine Schwester?«, fiel Steinarr ihm ins Wort. »Ich dachte, sie sei deine Cousine.«

»Ich *bin* seine Cousine«, sagte das Mädchen hastig. »Er wollte sagen, seine Schwester sei sehr krank. Ihretwegen haben wir uns ja auf diese Pilgerreise gemacht. Er fürchtet, wenn wir uns zurück- statt vorwärtsbewegen, kommen unsere Gebete zu spät.«

»Das fürchtet er also?« Steinarr ritt näher an die beiden heran und sah das Mädchen lange an, bevor er seinen Blick stirnrunzelnd auf den Jungen richtete. »Fürchtest du auch,

den Mund aufzumachen, oder warum überlässt du das Reden grundsätzlich deiner *Cousine*?«
Der Junge errötete und hob mit einer hilflosen Geste die Arme. »Sie übernimmt das Reden ja ohnehin, ganz gleich, ob ich etwas sage oder nicht, Mylord.«
Gegen seinen Willen musste Steinarr sich das Lachen verkneifen. »Allerdings. Sicher hat sie dich auch dazu überredet, hinter mir herzureiten.«
»Aye, Mylord, das hat sie.«
»Dann ist es ziemlich töricht von euch beiden, euch auf Gedeih und Verderb einem Fremden auszuliefern, und das auch noch mitten in einem dichten Wald und auf einem Pferd, das jeden Moment zusammenbrechen kann.«
»Die Stute ist kräftiger, als sie aussieht«, sagte das Mädchen. »Mylord«, fügte sie hinzu, als sei es ihr zuvor entfallen. »Sie wird uns noch ein Weilchen tragen, vorausgesetzt Ihr haltet Eure Klinge von ihrem Hals fern.«
Steinarr schwang besagte Klinge, die ein paar Lichtstrahlen einfing und sie um den Kopf des Mädchens tanzen ließ. »Vielleicht sollte ich mich damit eher deiner Zunge widmen.«
»Vielleicht, Mylord. Aber das werdet Ihr nicht.«
Nicht einmal jetzt zeigte sie eine Spur von Angst. Steinarr runzelte abermals die Stirn. »Dafür, dass du nicht einmal meinen Namen kennst, klingst du ziemlich sicher.«
»Ich habe gesehen, dass Ihr Euch die Zeit nahmt, einen alten Mann zu begraben, den Ihr überhaupt nicht kanntet. Das reicht mir. Euren Namen werde ich schon noch erfahren, wenn wir gemeinsam weiterreiten.«
Die Furchen auf Steinarrs Stirn vertieften sich. »Wir werden nicht gemeinsam weiterreiten.«
»Aber Ihr habt die Richtung eingeschlagen, in die auch wir

wollten.« Sie nahm sich einen Moment Zeit, um sich genau umzusehen. Dann zog sie die Augenbrauen zusammen. »Jedenfalls hattet Ihr das. Mittlerweile bin ich mir da nicht mehr so sicher ...«

»Und trotzdem folgt ihr mir wie ein paar junge Hunde.«

»Aber doch nur, weil Ihr uns keine andere Möglichkeit lasst. Bitte, Mylord, lasst uns mit Euch reiten. Wir werden Euch nicht zur Last fallen.«

»Das habt ihr bereits getan«, sagte Steinarr ohne Umschweife. Er sah sich um, um sich zu orientieren, und streckte abermals den Arm aus. »Dort ist die Straße. Na los!« Dann drehte er sich um und ritt weiter.

Hinter sich hörte er den Jungen sagen: »Wenn wir uns beeilen, dann können wir ...«

»Auf keinen Fall!«, fuhr sie ihn an. »Auf *keinen* Fall! Wir reiten hinter ihm her. Los!«

Dickköpfiges Biest. Steinarr trieb seine Pferde ein wenig an, wobei er jedoch überlegte, ob er es zulassen sollte, dass diese hartnäckigen Pilger ihn einholen. Den alten Mann zu begraben, hatte ihn den gesamten Vormittag gekostet, und nun vergeudete er auch noch den Nachmittag mit dem Versuch, die beiden loszuwerden. Inzwischen war es zu spät, um sie zurückzuschicken. Noch bevor sie den Wald verlassen hätten, würde die Dunkelheit hereinbrechen, und dann wären sie den Wölfen und Schlimmerem ausgeliefert.

Das Problem war nur, dass es gleichermaßen zu spät war, um sie mitzunehmen. Wenn er sie weiter begleitete, wäre er derjenige, der in Bedrängnis geriet, wenn er sich in einen Löwen verwandelte, ohne sich zuvor weit genug von dort, wo Menschen lebten, entfernt zu haben. Eine Kuh oder ein Schaf – oder schlimmer noch, ein Mensch – könnte halb zerrissen aufgefunden werden, und verängstigte und zornige Bauern würden dann den Wald durchkämmen. Bewaffnet mit Fallen, Stricken und Speeren, würden sie ihre Hunde auf das Ungeheuer hetzen, das dafür verantwortlich war. Dann wäre er wieder einmal gezwungen weiterzuziehen und würde wahrscheinlich in Schottland landen, um sich dort die Eier abzufrieren.

»Schottland!«, murmelte er vor sich hin, und sein Hengst drehte die Ohren, als lausche er seinen Worten. Im Lauf von vierhundert Jahren hatte er Schottland und die Schotten zu hassen gelernt, hasste sie mehr noch als England und die Engländer. In Schottland schien jeder einen Hund von der Größe eines Pferdes zu besitzen, und das Wetter dort war ebenso schlimm wie die Hunde. »Das habe ich nun davon, dass ich einem dieser dämlichen Engländer helfen wollte. Wieder einmal nichts als Ärger. Wie immer!«

In dem Moment musste das Mädchen über etwas lachen, das sein Cousin gesagt hatte, ganz so, als wolle es Steinarr daran erinnern, dass es auch den Geächteten zum Opfer gefallen wäre, wenn sie es zwischen dem Adlerfarn entdeckt hätten. Das wäre wirklich schade gewesen, dachte er und sah sich kurz zu ihr um. Recht ansehnlich, die Kleine, jung und hübsch, mit vollen roten Lippen und honigblonden Flechten, die unter ihrem kurzen leinenen Schleier hervorlugten. Sie trug ein schlichtes Gewand aus dunkelbrauner Wolle, geschnürt auf diese Art, in der englische Frauen derzeit ihre Rundungen betonten, um den Männern das Leben schwerzumachen. Sie fing seinen Blick auf und beugte sich hinüber zu ihrem schlaksigen Cousin, um ihm etwas zuzuflüstern, woraufhin der Bursche grinste.

»Cousin!«, schnaubte Steinarr leise vor sich hin. »Wohl eher ihr Liebhaber. Ich wette, den beiden ist ein wütender Vater auf den Fersen. Deshalb weigern sie sich umzukehren.« Doch irgendwie schien dieser Junge überhaupt nicht kühn genug, um ein so aufgewecktes junges Ding ins Bett zu locken. Aber wer weiß, vielleicht war sie ja diejenige gewesen, die ihn gelockt hatte ... wenngleich Steinarr vollkommen schleierhaft war, warum. Aus dem Augenwinkel sah er den Jungen abschätzend an. Nichts als Knie und Ellbogen. Pickliges Gesicht. Schrammen am Kinn, die auch das Bärtchen nicht verbergen konnte. Was für ein Bübchen! Vorausgesetzt der Kerl hatte nicht den Hammer des Frey in der Hose, hatte er wohl nicht viel zu bieten.

Aber in welchem Verhältnis die beiden auch immer zueinander standen, Steinarr war es lieber, nicht mit ansehen zu müssen, wie sich am nächsten Morgen die Krähen über ihre Körper hermachten, nachdem der Löwe sie getötet hatte. Dementsprechend gab es nur eine Möglichkeit. Er ritt in einem Halkreis um die Stute herum, bis er neben ihr stand.

»Steinarr«, sagte er. Die beiden blinzelten ihn verständnislos an, und er wiederholte: »Ich heiße Steinarr.«

»Oh.« Das Mädchen fand zuerst die Sprache wieder. Wie hätte es auch anders sein können? »Soll das bedeuten, Ihr ...?«

»Das soll bedeuten, mir ist ganz und gar nicht danach, zwei Unschuldige im Wald den Wölfen zum Fraß vorzuwerfen, obwohl ich wegen dieser beiden fast einen ganzen Tag vergeudet habe. Wir machen hier in der Nähe Rast. Dort werdet ihr bis morgen früh in Sicherheit sein. Ich begleite euch bis Maltby. Und dann reist ihr allein weiter.«

»Dafür sind wir Euch dankbar, Mylord«, sagte der Junge und schien sichtlich erleichtert.

»Sehr dankbar.« Das Mädchen hatte Mühe, die Selbstgefälligkeit aus ihrem Lächeln herauszuhalten. »Ihr werdet es nicht bereuen, Mylord.«

»Mmm.« Steinarr ritt einen Schritt schneller, bevor sie ihn so weit brachte, dass *sie* es bereuen würde.

Einer seiner bevorzugten Lagerplätze – eine nicht sehr tiefe Höhle in der Wand eines felsigen Hügels – lag ganz in der Nähe. Dorthin führte er die beiden, früh genug, bevor es dunkel wurde. Er begann, den Hengst abzusatteln, und wie er den beiden Pilgern zugutehalten musste, machten auch sie sich sogleich an die Arbeit, ohne dass es einer besonderen Aufforderung bedurft hätte. Sobald die Stute angebunden war, eilte der Junge zu Steinarrs Packpferd, um ihm seine Last abzunehmen, während das Mädchen sich daranmachte, Brennholz zu suchen. Als sie mit ihrer spärlichen Ausbeute an Zweigen auf dem Arm zurückkehrte, grasten die drei Pferde friedlich in der Nähe, und Steinarr war damit beschäftigt, trockene Baumrinde und Laub zu Zunder zu zerkleinern, um ein Feuer zu machen.

»Hier haben wohl auch andere erst kürzlich ihr Nachtlager aufgeschlagen, Mylord. Es liegt kaum noch Holz auf dem Boden.«

»Keine anderen. Ich. Vergangenen Monat. Dort hinten liegt ein umgestürzter Baum, etwa einen Bogenschuss weit entfernt. Da findest du genug Holz.« Er wies mit dem Kopf in Richtung Osten, zog sein Scramasax aus dem Gürtel und reichte das Messer mit dem Griff voran dem Jungen. »Hier. Du wirst etwas Schwereres brauchen als das Spielzeug, das du an der Hüfte trägst. Vier bis fünf Arme voll Holz für jeden von euch dürften reichen, um die Wölfe während der Nacht fernzuhalten. Seht zu, dass ihr fertig werdet und vor Sonnenuntergang zurück seid.«

Steinarr sah ihnen hinterher, um sich zu vergewissern, dass sie in die richtige Richtung liefen. Dann holte er seinen Feuerstein und Feuerschläger heraus und machte sich an die

Arbeit. Bald darauf züngelte vor dem Eingang der Höhle eine winzige offene Flamme. Er gab genügend kleine Zweige darauf, damit sie zum Feuer wurde und der Brand sich hielt, bis die beiden Pilger großes Brennholz brachten. Dann holte er seinen Köcher. Während über ihm die Bienen träge summten, zog er mehrere gut gewachsene Schilfrohre hervor, die er getrocknet hatte, um Pfeile daraus zu fertigen. Er wählte das beste Rohr aus und machte sich daran, es mit der Feile, die er für diesen Zweck besaß, fein zu schleifen. Währenddessen kamen das Mädchen und sein Cousin mehrmals zurück und schichteten Armladungen von Brennholz auf. Steinarr widmete sich weiter seiner Aufgabe, das Schilfrohr zu schleifen, bis der Schaft seinen Anforderungen entsprach. Anschließend kerbte er ihn hinten ein, spitzte ihn vorne an und hielt die Spitze vorsichtig über das Feuer. Rauchgehärtetes Rohr war natürlich nicht mit Eisen zu vergleichen, doch er musste sich damit begnügen, bis er sich Eisenspitzen kaufen konnte – das war nun einmal die Strafe dafür, dass er einem Engländer zu Hilfe gekommen war.

Als ihm auffiel, dass er die anderen, personifizierten Strafen eine ganze Weile weder gesehen noch Holz hacken gehört hatte, sah er sich suchend um. Obwohl es an einem Sommerabend wie diesem lange hell blieb, musste er sich beizeiten auf den Weg machen, um sicherzugehen, dass er bei Sonnenuntergang weit genug von den beiden entfernt war. Außerdem musste er unbedingt dafür sorgen, dass die beiden Pilger – oder Liebenden oder was auch immer – sich in der Nähe des schützenden Feuers befanden, bevor er sich zurückzog. Leise vor sich hin fluchend, steckte er den neuen Pfeil in seinen Köcher, ohne ihn befiedert zu haben, und stand auf. Kaum war er zehn Meter weit gegangen, hörte er, dass die beiden ihm lachend und schwatzend entgegenkamen.

»Wofür habt ihr so lange gebraucht?«, fragte er, als sie näher kamen.

»Es dauert doch noch eine Weile, bis die Sonne untergeht, Mylord.« Vorsichtig zeigte das Mädchen ihm ein Stück Baumrinde, die voller Brombeeren war. »Robin musste auf mich warten, damit ich ein paar davon sammeln konnte.«

Steinarr hatte vollkommen vergessen, dass es in dieser Gegend Brombeeren gab. Als er das letzte Mal hier gewesen war, waren sie noch nicht reif gewesen. »Mmm. Nun, ich hoffe, du hast reichlich davon gesammelt, denn mehr werdet ihr zum Abendessen nicht bekommen. Auf die Jagd zu gehen hätte keinen Sinn, mit euch, die Lärm machen wie ein Schwarm Eichelhäher.«

»Oh, wir haben zu essen, Mylord«, sagte der Junge. »Brot und Käse.«

»Ohne etwas zu essen hätten wir uns nicht auf den Weg gemacht«, erklärte das Mädchen. »Ganz so dumm, wie Ihr glaubt, sind wir nämlich nicht.«

»Das wird sich noch zeigen.« *Käse.* Schon beim Gedanken daran knurrte Steinarr der Magen. *Und Brot.* Viel zu lange hatten seine Mahlzeiten einzig und allein aus wilden Kräutern und kleinen Wildtieren bestanden. »Ihr solltet ein paar Zweige abschneiden, um euch ein Nachtlager zu bereiten, solange es noch hell ist. Ich werde unterdessen die Pferde tränken.«

Steinarr grub in seinem Beutel nach seinem ledernen Trinkschlauch. Dann führte er die drei Pferde um den Hügel herum zu der kleinen Wasserstelle, die diesen Lagerplatz zu einem der besseren machte, die er in letzter Zeit aufgesucht hatte. Nachdem er den Schlauch aufgefüllt hatte, ging er einen Schritt zurück, damit die Pferde ihren Durst löschen konnten, während er über die Möglichkeit nachdachte, bevor er aufbrach, ein wenig des besagten Käses über einem Stück Brot zu schmelzen. Als er die Pferde zum Lagerplatz zurückführte, war ihm, als könne er das geröstete Brot bereits riechen.

Rasch band er das Packpferd fest. Als er sich bückte, um auch die Stute anzubinden, hörte er hinter sich leise Schritte. »Was?«

»Unseretwegen musstet Ihr auf Euer Abendessen verzichten, Mylord. Ich dachte, Ihr hättet vielleicht Hunger.«

Steinarr warf einen Blick über die Schulter und sah, dass das Mädchen ihm eine dicke Scheibe groben, gerösteten Brots hinhielt. Geschmolzener Käse, saftig und wohlriechend, tropfte an der vom Feuer gebräunten Rinde hinab. Schon der Geruch ließ ihn sich aufrichten, und gierig streckte er die Hand aus. Er biss ein Stück ab und stieß einen genüsslichen Seufzer aus, als er den warmen Käse auf seiner Zunge spürte.

Das Mädchen nahm diese Anerkennung mit einem Kopfnicken entgegen. »Gern geschehen.«

Steinarr gab einige unverständliche Laute des Danks von sich und biss abermals herzhaft in das Stück Brot hinein. Das Mädchen ging um ihn herum und strich der Stute über die Nüstern. Amüsiert nahm er zur Kenntnis, dass sie dem Tier dankbar ein paar Worte zuflüsterte, weil es sie und den Jungen so weit getragen hatte. Dann ging sie hinüber zu dem Hengst, murmelte ihm zur Begrüßung etwas zu und hielt ihm die flache Hand hin, damit er sie beschnuppern konnte. Erstaunt runzelte sie die Stirn und ging einen Schritt zurück.

»Ah. Er hat eine wunde Stelle. Wahrscheinlich scheuert ihn der Sattel.« Sie ging um das Pferd herum und ließ ihre Hände über seinen Widerrist gleiten. Plötzlich hielt sie inne. »Beim Gekreuzigten. Woher hat er denn das?«

»Er wurde angegriffen.«

»Wovon?« Sie strich über die Narben, die über den Rücken des Pferds verliefen, und spreizte die Finger, bis ihre Hand die Ausmaße der Pranke eines Löwen hatte. »Das sieht nach Krallen aus.« Vorwurfsvoll sah sie Steinarr an. »Oder nach Peitschenhieben.«

»Ich würde mein eigenes Pferd nicht auspeitschen«, brummte Steinarr, dem beim Gedanken daran, wie er seinen Freund vor langer Zeit zugerichtet hatte, vor Scham das Blut in den Kopf stieg. Und nicht nur Torvald. Fast alle seine Gefährten hatten diese Krallen zu spüren bekommen – ob als Mensch oder als Tier. Er schluckte den letzten Bissen Brot hinunter, der nun fade schmeckte, und ging hinüber zu dem Mädchen. Er legte eine Hand auf die Narben, als wolle er Abbitte leisten für die Lüge, die er sogleich zu beider Schutz erzählen würde.

»Es war ein Rudel Wölfe. Einer sprang auf seinen Rücken. Die Wunden sind längst verheilt, aber ich brauche eine neue Satteldecke, damit die Narben besser geschützt sind.«

Eigentlich benötigte er zwei neue Decken, denn die des Packpferds war genauso zerschlissen.

Sie berührte die wunde Stelle, und die Haut des Hengstes erzitterte kurz, als wolle er eine Fliege abschütteln. »Ich glaube, dafür habe ich etwas.« Sie schnürte einen Knoten im langen Ärmel ihres Kleids auf und zog ein sehr kleines hölzernes Gefäß aus dem Saum hervor. Nachdem sie es entkorkt hatte, tauchte sie einen Finger in eine grünliche Salbe.

»Was ist das?«

»Ein Balsam gegen Blasen an den Füßen.« Behutsam strich sie die Salbe auf die Wunde. »Das sollte ihm Erleichterung verschaffen.«

Steinarr hatte das eindeutige Gefühl, dass sie nicht mit ihm, sondern mit dem Hengst sprach. Dennoch nickte er. Nachdem sie die Wunde des Pferdes versorgt hatte, verstrich sie den Rest Salbe auf ihren Händen, und auf dem kurzen Weg zurück zur Feuerstelle musste Steinarr einräumen: »Möglicherweise bist du nicht ganz so lästig, wie ich zunächst dachte.«

»Vielen Dank, Mylord.« Sie nahm eine weitere Scheibe mit Käse überbackenen Brots von einem flachen Stein am Rand der Feuerstelle und reichte sie ihm. »Ich heiße Marian.«

Steinarr runzelte die Stirn. »Ich weiß. Das hast du mir schon gesagt.«

»Den ganzen Tag habt Ihr sie nicht bei ihrem Namen genannt, Mylord«, sagte der Junge und stand auf, um eine große Ladung belaubter Zweige in den Eingang der Höhle zu werfen. »Mich auch nicht. Da dachten wir, Ihr hättet unsere Namen vergessen.«

»Da habt ihr euch geirrt.« Steinarr hatte schlicht und einfach keinen Grund gesehen, die beiden mit ihren Namen anzusprechen. Schließlich hatte er vorgehabt, sie loszuwerden. Er ließ sich einen weiteren Bissen schmecken und warf einen Blick in Richtung Sonne. »Also dann, Marian und Robin, ich muss euch nun verlassen.«

Robin fuhr erschreckt auf. »Uns verlassen? Aber Ihr sagtet ...«

»Dass ihr hier in Sicherheit wärt, nicht, dass ich bei euch bleiben würde.«

»Aber wo werdet Ihr dann sein?«

»Nicht weit entfernt. Bleibt in der Nähe des Feuers und vergesst nicht, es ordentlich zu schüren. Dann wird euch nichts geschehen. Und ihr solltet ...« Steinarr zögerte und unterbrach sich, nicht sicher, wie er sich einer Frau gegenüber ausdrücken sollte. »Äh ... euch möglichst bald um eure

Bedürfnisse kümmern.« Ihr Stirnrunzeln zeigte ihm, dass er sich nicht deutlich genug ausgedrückt hatte, und so versuchte er es erneut: »Nach Anbruch der Dunkelheit könnt ihr nicht mehr in den Wald gehen. Wegen der Wölfe.« *Und des Löwen.*

Auf ihren Wangen zeigte sich ein Hauch von Rosa, doch sie nickte. »Ich verstehe, Mylord.«

»Gut. Das ist nämlich wichtig.« Er holte das Bündel Kleidung hervor, das Torvald gehörte, nahm sich noch ein großes Stück Brot mit Käse und schwang sich auf den ungesattelten Hengst. Er hatte beschlossen, den Sattel zurückzulassen, da er ausnahmsweise einmal nicht unbeaufsichtigt war. »Kurz nach Sonnenaufgang komme ich zurück. Haltet euch bereit.«

»Das werden wir, Mylord«, versprach Robin.

»Und ich werde Brot und Käse für Euch bereithalten«, fügte Marian hinzu.

»Tu das«, rief Steinarr, während er davonritt.

Er ritt so weit mit dem Wind, dass Torvalds Schmerzensschreie während seiner Verwandlung nicht zu hören sein würden, und saß ab. Er legte das Brot und Torvalds Kleidung auf einen Baumstamm in der Nähe, so dass sein Freund beides finden würde, sobald er seine menschliche Gestalt angenommen hatte. Dann streifte er dem Hengst das Zaumzeug ab und hängte es an einen Baum in der Nähe, wo es die Nacht über geschützt war.

»Pass auf die beiden auf. Wir treffen uns morgen früh hier wieder. Käse hin oder her, bis zum Mittag will ich sie los sein.«

Die Antwort bestand lediglich in dem Geräusch, mit dem der Hengst Gras malmte, doch das spielte keine Rolle, denn Torvald behielt einen Teil seiner menschlichen Natur auch in seiner Tiergestalt. Er würde sich an Steinarrs Worte erinnern, teilweise zumindest. Er würde in der Nähe bleiben und darauf achten, dass der Löwe nicht zu nahe kam. Steinarr machte sich nicht die Mühe, sich zu verabschieden, und ging zu Fuß weiter, um sich so weit von der Lagerstelle zu entfernen, wie es in dieser Gegend möglich war. Als die Sonne schließlich vollständig hinter dem Horizont verschwand, hatte er eine ausreichende Strecke zurückgelegt und genügend Bäume zwischen sich und seine beiden Pilger gebracht, so dass das Brüllen des Löwen nach nicht viel mehr klingen würde als nach dem Säuseln eines leichten Abendwindes.

KAPITEL 2

Erstaunlich, dass der Lagerplatz nicht von sämtlichen Bewohnern des Waldes umringt war, dachte Steinarr, als er am nächsten Morgen zurückkam. Der Duft von geröstetem Brot und Käse hing noch immer in der Luft, und wenn er als Mensch ihn riechen konnte, hatten die Tiere im Umkreis einer Meile sicherlich ebenfalls die Witterung aufgenommen. Und es roch äußerst verheißungsvoll. Als er die Höhle erreichte, lief ihm dermaßen das Wasser im Mund zusammen, dass er kaum in der Lage war, Robin anzuweisen, das Packpferd zu beladen.

»Euch ebenfalls einen Guten Morgen, Mylord«, sagte Marian und reichte ihm Brot und Käse, noch bevor er danach hatte fragen können. Amüsiert sah sie zu, wie er es hastig verschlang, und gab ihm noch ein Stück. Nachdem der schlimmste Hunger gestillt war, sah Steinarr sich um. »Seid ihr bereit zum Aufbruch?«

»Wenn Ihr fertig seid, werden wir so weit sein.« Sie ergriff den ledernen Eimer und schüttete Wasser in das verlöschende Feuer. Eine Rauchwolke stieg auf, so dass Steinarr einen Schritt zurückgehen musste. Nachdem der Rauch sich gelegt hatte, sah er, dass sie in den Wald hineinging.

»Wo willst du hin?«, rief er.

»In die Büsche, Mylord, nun da es hell ist. Oder seid Ihr der

Meinung, ich solle sie auch bei Tag meiden?« Sie sah über die Schulter und warf ihm einen so schmeichelnden Blick zu, dass ihm das Blut den Hals hinaufstieg. »Aber bei Gott, das will ich nicht hoffen, denn ich fürchte, ich halte es nicht länger aus.«
Ehe er antworten konnte, eilte sie davon, während der Junge hinter ihm kicherte. »Seht Ihr? Sie hat so eine Art, die einen Mann um den Verstand bringen kann.«
Einen Mann? Hielt dieses Bübchen sich etwa für einen Mann? Steinarr, der Mühe hatte, seine Ansicht über Robin und dessen Cousine für sich zu behalten, machte sich daran, den Hengst zu satteln. Vorsichtig plazierte er die dickste Stelle der Decke so, dass die Wunde am Widerrist des Pferds geschützt war. Nachdem Robin das Packpferd beladen hatte, kümmerte er sich um die Stute, und als Marian zurückkam, standen die drei Pferde bereit. Sie hob ihr Bündel auf und legte sich die Schnur, die es zusammenhielt, über die Schulter. Robin schwang sich auf die Stute und reichte Marian die Hand. »Sitz auf, Maud!«
Sie bedachte ihn mit einem Blick, von dem Milch hätte sauer werden können. »Ich glaube, *Robin,* ich komme besser hinauf, wenn du sie zu dem Felsblock da führst.«
»Nicht nötig.« Steinarr ging um den Hengst herum, verschränkte die Finger ineinander und bückte sich. »Na los.«
»Habt Dank, Mylord.« Als sie ihr Bein hob, rutschte ihr das Bündel von der Schulter und brachte sie aus dem Gleichgewicht. Sie streckte den Arm aus, um nicht zu fallen.
Bei ihrer plötzlichen Berührung sah Steinarr auf. Sie war ganz dicht neben ihm, so nah, dass er ihren Atem auf seinem Gesicht spürte, und ihre Hand, die nach seiner Schulter griff, als wolle sie ihn trösten. Oh, und wie sehr er den Trost brauchte, den sie ihm geben konnte. Er brauchte die Berüh-

rung glatter, weicher Haut, die Wärme eines menschlichen Körpers. Er brauchte eine Frau. *Diese Frau. Hier und jetzt.* Da er sich gebückt hatte, trafen sich ihre Blicke in gleicher Augenhöhe. Ihre Augen weiteten sich, und plötzlich trieb er in den Tiefen ihres Grüns davon, kühl wie ein Waldsee an einem Sommertag. Er brauchte nichts weiter zu tun, als sich selbst in diesen See zu versenken, in sie zu versenken, und alles würde hinweggespült, all die Jahre der Leere. Wie in einem Traum schwankte er ihr entgegen.
Irgendwo weit über ihm räusperte sich Robin. Marian blinzelte und zog ihre Hand zurück, und die Verbindung zwischen ihnen riss wie der Faden eines Spinnennetzes. Sogleich überkam ihn Einsamkeit, ein Gefühl des Verlustes, so schmerzhaft, dass es ihm die Brust einschnürte. Er schluckte, um es zu verdrängen, und gab sich alle Mühe, seine Stimme normal klingen zu lassen. »Versuchen wir es noch einmal.«
Sie nickte, und ohne weitere Mühe half er ihr aufzusitzen, wobei ihn plötzlich unsinnige Eifersucht durchfuhr, als sie ihre Arme um die Taille des Jungen schlang. Steinarr ließ eine Hand auf ihrem Fuß ruhen, um noch für einen kurzen Moment mit ihr verbunden zu bleiben, mit ihrer Wärme, und um das Gleichgewicht wiederzufinden, während er sich Robin zuwandte. »Ich werde keine Zeit verlieren. Sieh zu, dass ihr nicht zurückbleibt.«
Es kostete ihn einiges an Willenskraft, seine Hand wegzunehmen, sich loszureißen und auf sein Pferd zu steigen. Dann aber brachen sie auf. Das Packpferd trottete an der Führleine hinter ihm her, und die Stute bildete die Nachhut. Durch den schmalen Waldweg waren sie gezwungen, hintereinander zu reiten. Den Göttern sei Dank! Denn so hatte Steinarr Zeit, darüber nachzudenken, was geschehen war.

Er kam zu der Schlussfolgerung, dass es eigentlich nicht unbedingt um Marian ging, sondern ganz einfach um die Tatsache, dass sie eine Frau war, und dass es schon so lange her war. Zu viele Monate waren vergangen, seit er zum letzten Mal eine Münze übrig gehabt hatte, um sie einer Hure zuzuwerfen – bei genauerem Nachdenken musste es sogar zwei Jahre her sein. Zwei Jahre ohne eine menschliche Berührung, vom gelegentlichen Handschlag auf einem Marktplatz einmal abgesehen. Kein Wunder, dass er derart heftig auf diese leichte Berührung reagiert hatte. Noch immer reagierte – denn nach wie vor spürte er ihre Hand auf seiner Haut. Er brauchte eine Frau, so viel stand fest.

Nun, dem konnte abgeholfen werden, sobald er die Belohnung für Long Tom kassiert hatte. Auch wenn er Satteldecken, Pfeilspitzen, Mehl und Salz kaufte, würden ein paar Pennys übrig bleiben, damit Torvald und er sich jeder eine Frau nehmen konnten. Dafür konnte er jedenfalls sorgen.

Bis sie die breitere Straße erreichten, wo sie nebeneinander reiten konnten, hätte er sich wieder gefangen, abgesehen davon, dass der leichte Wind Marians Duft zu ihm hinübertrug – ihren betörenden weiblichen Duft, überlagert vom Geruch des einfachen Essens. Und wie sie ihn die ganze Zeit über ansah, so als wolle sie etwas sagen.

Schließlich reichte es ihm: »Was?«

Auf seine brüske Frage hin zuckte sie zusammen. »Nichts, Mylord.«

»Warum starrst du mich dann so an?«

»Habe ich das? Ich musste nur daran denken, wie gut Euch das Brot und der Käse geschmeckt haben. Ihr müsst Euch seit langer Zeit im Wald aufhalten, wenn Ihr derart Gefallen an einer solch einfachen Mahlzeit findet.«

»Schon eine ganze Weile«, räumte er ein. »Meine Tätigkeit erfordert, dass ich mich oft im Wald aufhalte.«
»Seid Ihr ein Spion?«
Ihre Frage klang so unbedarft, dass er beinahe lachen musste. »Wie kommst du denn darauf?«
»Weil ich Eure Art zu sprechen nie zuvor gehört habe, Mylord, ebenso wenig wie den Namen *Steinarr*. Was ich aber gehört habe, ist, dass Waliser, Schotten und andere ihre Kundschafter nach England schicken, wo sie durch das ganze Land streifen, um auszuspionieren, wie stark unsere Truppen sind.«
»Als Spion würde man in den Städten mehr in Erfahrung bringen als im tiefen Wald.«
»Möglicherweise. Aber Euer Name klingt trotzdem seltsam, Mylord.«
»Es ist ein sehr alter Name, noch aus der Zeit vor dem Eroberer. Aber im Norden hört man ihn recht häufig.« All das entsprach mehr der Wahrheit, als die beiden ahnen konnten. »Aber keine Angst. Ich bin kein Spion.«
»Seid Ihr vielleicht ein Geächteter?«, fragte Marian.
Nun musste er tatsächlich lachen. »Muss man denn gleich ein Spion oder ein Geächteter sein, bloß weil man sein Leben in den Wäldern verbringt?«
»Oder Förster oder Forstwart oder Köhler. Aber für einen Köhler seid Ihr zu sauber und für einen Forstwart nicht passend ausgestattet. Ihr tragt ja nicht einmal ein Wehrgehänge.«
»Ich könnte trotzdem ein Forstwart sein. Oder Jäger eines Adelshauses.«
Sie musterte ihn von oben bis unten und sagte mit Überzeugung: »Nein. Eure Ausrüstung ist alt und abgetragen, aber es ist die Ausrüstung eines Ritters. Ich glaube, Ihr seid von edler Geburt, aber Ihr wurdet geächtet.«

Seine Belustigung verflog. »Da täuschst du dich. Ich jage Geächtete – für Kopfgeld. Geächtete verstecken sich im Wald, und ich spüre sie dort auf.«

»Ihr klingt, als sei es ganz einfach, dabei ist es doch sicher gefährlich, auf diese Weise sein Geld zu verdienen«, sagte sie.

»Weniger, als du wahrscheinlich glaubst.« Damit ließ er die Sache auf sich beruhen, um ihre Neugier nicht weiter zu schüren. Er könnte ihr nie erklären, dass man ihn nicht töten konnte.

Plötzlich fand Robin die Sprache wieder. »Werdet Ihr wieder Vogelfreie jagen, wenn Ihr uns verlasst, Mylord?«

»Aye. Wenn diese Wegelagerer nicht gewesen wären, hätte ich längst den Nächsten ergriffen.«

»Wenn *wir* nicht gewesen wären, meint Ihr doch wohl.« Robin drehte sich um und warf seiner Cousine einen vielsagenden Blick zu. Dann wandte er sich wieder Steinarr zu. »Verzeiht, Mylord. Wir hätten Euren Rat befolgen und umkehren sollen.«

»Nein, das hätten wir nicht.« Eine lose Haarsträhne wehte Marian ins Gesicht, und sie strich sie unwirsch zur Seite. Unsere Aufgabe ist ebenso wichtig. Noch wichtiger sogar.«

»Aber wir haben diesen Mann davon abgehalten, seinen Lebensunterhalt zu verdienen«, wandte Robin ein. »Und seine Pflicht gegenüber dem König zu erfüllen.«

»Vielleicht. Aber vielleicht auch nicht.« Sie sah Steinarr herausfordernd an. »Wenn Ihr Vogelfreie jagt, Mylord, warum habt Ihr dann die Männer, die John Little töteten, nicht verfolgt?«

»Glaubst du etwa, ein Mann allein kann so einfach drei Männer gefangen nehmen?«

»Ihr hattet jedenfalls keine Schwierigkeiten, sie zu vertreiben.«

»Zwischen vertreiben und gefangen nehmen besteht ein Unterschied. Aber wenn eine Geldprämie auf die Männer ausgesetzt ist, schnappe ich sie mir vielleicht noch. Wenn nicht, verfolge ich diejenigen, bei denen mir ein Kopfgeld sicher ist ... wenn mir nicht streunende Hündchen jaulend hinterherlaufen und mich davon abhalten.«
Dem hatte sie nichts weiter entgegenzuhalten als ein empörtes Schnauben. Die Tatsache, dass sie nichts sagte, brachte auch Robin zum Schweigen, so dass Steinarr für den Rest des Vormittags seine Ruhe hatte. Was sowohl sein Gutes als auch sein Schlechtes hatte. Sein Gutes in der Hinsicht, dass sie ihn nicht weiter ausfragte, aber der Nachteil daran war, dass sie infolge ihres Schweigens ihre vollen Lippen störrisch zu einem schmalen Strich zusammenpresste, was Steinarr zu der Vorstellung reizte, sie mit Küssen nachgiebiger zu machen. Während der nächsten Meilen musste er unaufhörlich daran denken. Und auch wenn es zu nichts führte, ließ der Gedanke ihn nicht los, so dass er sich, als sie aus dem Wald heraus- und durch die Felder von Maltby ritten, mindestens ein halbes Dutzend Möglichkeiten zurechtgelegt hatte, wie er ihn in die Tat umsetzen konnte, bevor ihre Wege sich trennten – obwohl er nicht gedachte, es tatsächlich zu tun. Schließlich wollte er die beiden ja loswerden und sich nicht noch weiter mit ihnen belasten.
Offenbar hatte sich auch Marian Gedanken gemacht, denn als sie die ersten Cottages erreichten, sinnierte sie laut: »Das Kopfgeld für einen Dieb beträgt zehn Schilling, oder?«
»Aye«, antwortete Steinarr argwöhnisch.
Sie schloss die Augen und holte tief Luft. »Ich werde dafür sorgen, dass Ihr fünf Schilling erhaltet, wenn Ihr uns auf unserer Reise begleitet.«

»Maud!«, rief Robin, und gleich darauf schrie er: »Au!«
Hatte sie ihn etwa gekniffen? Irgendetwas an diesem Namen, Maud, schien ihr nicht zu gefallen. Steinarr hatte bereits zuvor ihren mürrischen Blick bemerkt, als der Junge sie so genannt hatte. Doch er hatte nichts weiter darauf gegeben, sondern gedacht, es handele sich lediglich um einen zweiten Namen, den sie nicht mochte. Aber möglicherweise war es gar nicht so. Vielleicht war es ihr richtiger Name oder ein Hinweis auf ihren richtigen Namen, denn Steinarr war sich vollkommen sicher, dass sie in Wirklichkeit nicht Marian hieß, ebenso wie Robin nicht Robin hieß. Wofür war Maud noch einmal die Kurzform? Er war so selten mit Engländern zusammen, dass er es nicht genau wusste. Es war ja schon schwer genug, mit ihrer sich ständig ändernden Sprache mitzuhalten, ohne sich dabei auch noch über ihre Namen und deren Unmengen von Formen Gedanken zu machen.
Es spielte ohnehin keine Rolle. Ganz gleich wie die beiden hießen, bald wäre er sie los. Er schüttelte den Kopf. »Ich wäre ja wohl ziemlich dumm, mich mit fünf Schilling zu begnügen, wenn ich zehn bekommen kann.«
»Und ich wäre dumm, sie Euch zu bieten«, gab Marian zurück. »Die fünf sollten nicht die zehn ersetzen, Mylord, sondern zu den zehn dazukommen. Ihr könnt immer noch Jagd auf Euren Dieb machen und anschließend Euer Kopfgeld kassieren. Aber Ihr werdet fünf Schilling mehr in Eurem Geldbeutel haben, und Robin und ich werden schneller und sicherer reisen. So haben wir alle einen Vorteil.«
Robin nickte anerkennend. »Eine gute Idee, Mau... äh, Marian.« Er winkelte die Ellbogen an, um sich vor einem erneuten Kneifen zu schützen.
Steinarr ließ sich das Angebot einen Moment lang durch

den Kopf gehen. Bei Odin, er konnte eine Münze mehr gebrauchen. Die Sättel waren beinahe ebenso abgenutzt wie die Decken darunter. Außerdem brauchten Torvald und er warme Umhänge und Handschuhe für den kommenden Winter. Andererseits ... Er schüttelte den Kopf. »Nein.«
»Aber warum nicht, Mylord?«
»Das habe ich doch gesagt. Ich bin kein Hirte.« Dabei hätte er es belassen sollen, doch er konnte es sich nicht verkneifen hinzuzufügen: »Darüber hinaus sind eure Geldbeutel so leer wie mein eigener. Woher wollt ihr fünf Schilling nehmen?«
»Ihr werdet sie erhalten, sobald Ihr uns sicher abgeliefert habt, Mylord. Darauf gebe ich Euch mein Wort.«
»Mein Wort habt Ihr ebenfalls, Mylord«, fügte Robin hinzu, als ob sein Wort etwas zählte. »Am Ende der Reise bekommt Ihr Euer Geld.«
»Die Antwort lautet trotzdem nein.«
»Aber, Mylord ...«, begann Marian erneut.
»Nein«, wiederholte Steinarr in einem Ton, der keinen Zweifel daran ließ, dass er nichts mehr davon hören wollte. »Und jetzt lasst uns den Priester suchen, damit ...«
»Ihr Eure zahlreichen Sünden beichten könnt?«, fragte sie mit scharfer Zunge.
»Er dir Benehmen beibringt«, gab Steinarr unwirsch zurück. »Und ich ihm sagen kann, wo er den toten John Little findet.«
Immerhin hatte sie genug Anstand, um zu erröten, doch sie presste die Lippen aufeinander, um sich jegliche Entschuldigung zu verkneifen.
Als sie das Gotteshaus, eine massiv gebaute Kirche aus Stein, die von Gräbern und einer Mauer umgeben war, erreichten, trafen sie den jungen Priester im Inneren des Baus

an, wo er gerade dabei war, das Taufbecken auffüllen zu lassen. Marian und Robin schwiegen, während Steinarr berichtete, was sich zugetragen hatte. Erst als der Priester Steinarr mit Fragen über die genauen Umstände, die zu Johns Tod geführt hatten, bedrängte, ergriffen die beiden das Wort.

»Der gute Mann hier hat versucht, John Little zu helfen, Vater«, sagte Marian. »Und er hat Robin und mir das Leben gerettet.«

»Er war es auch, der sogleich sagte, wir müssten dafür sorgen, dass John anständig begraben wird.«

Der Priester nickte. »Gut. Verzeiht, Mylord, aber in solchen Fällen muss man sichergehen, dass derjenige, der die Nachricht eines gewaltsamen Todesfalls überbringt, nicht auch derjenige ist, der die Gewalttat begangen hat. Ich will doch hoffen, John war ein guter Christ?«

»Noch gestern Morgen besuchte er die Messe, Vater, bevor wir uns auf den Weg machten«, sagte Marian.

»Sehr gut. Dann können wir dafür sorgen, dass er auf unserem Kirchhof begraben wird. Ich werde zum Gutshof hinaufgehen und Sir Matthew bitten, ein Fuhrwerk zu schicken, um den Ärmsten herbringen zu lassen, und einen Totengräber bestellen.« Er begleitete sie hinaus auf den Kirchhof. »Möchtet Ihr mitkommen, Mylord, um unserem Sir Matthew Eure Aufwartung zu machen?«

»Nein. Ich muss weiterreiten. Aber Robin und Marian hier werden bleiben und auf weitere Durchreisende warten. Sie sind auf einer Pilgerreise.«

»Wohin seid ihr unterwegs, meine Kinder?«

Robin sah hinab auf seine Füße, er fühlte sich eindeutig unbehaglich. Marian hingegen antwortete geradeheraus auf die neugierige Frage des Priesters: »Letzten Endes nach

Lincoln, Vater. Doch zuvor möchten wir noch eine bestimmte der heiligen Jungfrau geweihte Quelle östlich von Retford besuchen, um dort zu beten. Für Eure Hilfe, während wir auf weitere Reisende warten, wären wir Euch sehr dankbar.«

»Ihr werdet meine Hilfe kaum brauchen, meine Kinder. Denn während wir miteinander sprechen, rasten Köhler ganz hier in der Nähe. Morgen wollen sie genau zu diesem Ort aufbrechen. Lord Matthew hat sie an die Äbtissin von Kirklees ausgeliehen, und diese hat um ihre Entsendung nach Headon, dem Landgut der Abtei in Bersetelowe, östlich von Retford, gebeten. Eure Quelle muss dort ganz in der Nähe liegen.«

»Aye«, sagte Marian, doch sie schien unzufrieden. »Köhler?«

»Ja. Und rußiger als alle, die ich bislang gesehen habe, aber gute Männer und Frauen«, sagte der Priester. »Sie haben die vergangenen Monate hier im Wald verbracht und sind trotz der Entfernung jeden Sonntag zur Messe erschienen. Bei ihnen seid ihr in Sicherheit. Ich werde euch zu ihnen bringen, nachdem ich mit Sir Matthew über den Transport des Toten gesprochen habe.«

»Bevor wir aufbrechen, müssen wir noch etwas zu essen kaufen, Vater«, sagte Robin. »Gibt es hier jemanden, der Brot und Käse abzugeben hat?«

»Das werdet ihr im Gutshaus bekommen. Kommt mit, ich werde dafür sorgen, dass der Steward euch einen guten Preis macht.« Er hielt das Tor auf und wartete. Marian nahm ein paar Farthings aus ihrem Geldbeutel.

Sie drückte sie Robin in die Hand. »Achte darauf, dass der Preis wirklich gut ist.«

»Kommst du denn nicht mit?«

Sie schüttelte den Kopf. »Ich muss noch mit Sir Steinarr

sprechen, bevor er weiterreitet. Nun mach schon, Robin. Ich komme nach.«
Robin sah sie an, richtete den Blick auf Steinarr und dann wieder auf sie, als läge ihm etwas auf der Zunge und als sei er nicht sicher, ob er es aussprechen konnte. Doch schließlich nickte er nur und folgte dem Priester.
»Du kannst ruhig deinen Cousin begleiten und dafür sorgen, dass er nicht zu viel bezahlt«, sagte Steinarr auf dem Weg zur Straße. »Weitere Überredungsversuche sind ohnehin zwecklos.«
Marian blieb unter dem Bogen des Kirchhoftors stehen. »Ich will Euch nicht überreden, Mylord. Ich möchte nur mein Angebot verdoppeln. Zehn Schilling, wenn Ihr uns auf der Reise begleitet.«
»Du hast doch gar keine zehn Schilling«, sagte Steinarr verächtlich schnaubend.
»Ich habe sie nicht bei mir.«
»Überhaupt nicht. Du hast die Viertelpennys, die du Robin gegeben hast, so fest umklammert, als würdest du hoffen, dass sie Milch geben.«
»Die Münzen, die wir bei uns haben, müssen für die gesamte Reise reichen, aber ich verspreche Euch, Mylord, am Ende bekommt Ihr das Geld.«
»Geld oder kein Geld, meine Antwort lautet noch immer nein«, sagte Steinarr und ging zu den Pferden hinüber.
»Zweimal zehn.«
Erstaunt drehte er sich zu ihr um, sie stand noch immer vor dem Tor zum Kirchhof. Bei allen Göttern, sie meinte es ernst. *Woher soll ein Mädchen vom Lande ein ganzes Pfund Silber nehmen?* Nein, verflucht noch mal. Es war gleichgültig. Er würde ihr nicht helfen – konnte ihr nicht helfen.
»Allmählich wirst du lästig, Mädchen. Ich sagte doch nein.«

Er ging um das Packpferd herum und überprüfte den Sattelgurt, wobei er sich Zeit ließ in der Hoffnung, sie möge es endlich einsehen und sich damit abfinden. Doch als er sich umdrehte, um den Sattel des Hengstes zu überprüfen, hätte er sie beinahe umgerannt. Sie stand dicht vor ihm – nur eine Armeslänge entfernt, möglicherweise sogar weniger, ließ sie je eine Hand auf den Pferden ruhen, um sie spüren zu lassen, dass sie da war, mit störrisch vorgeschobenem Unterkiefer, als schreie sie ihm förmlich entgegen, dass sie nicht lockerlassen würde, bis er sich schließlich nicht mehr weigern konnte. Er musste eine Möglichkeit finden, sie davon abzubringen, sonst würde sie ihn noch hinaus aus Maltby und die Straße entlang verfolgen, um ihn zu überreden.
»Was verlangt Ihr, Mylord?« Sie kam noch näher, und ihre Mundwinkel verrieten Entschlossenheit. »Was kann ich Euch bieten, um Euch zu überzeugen?«
Seine Lippen drängten zu ihren, die einmal mehr nachgeben wollten, besänftigt werden wollten. Geküsst werden wollten. *Ja.*
»Das.« Seine Arme schlangen sich um ihren Körper, noch ehe er den Gedanken zu Ende geführt hatte, und seine Lippen berührten die ihren, ehe sie sich dagegen wehren konnte. Für den Moment eines Herzschlags verharrte sie reglos in seiner Umarmung, ihre Lippen wurden weich und geschmeidig und öffneten sich, gerade weit genug. Ihr satter, weiblicher Geschmack durchflutete seinen Mund, und in ihm regte sich Verlangen. *Nach mehr.* Einen kehligen Laut ausstoßend, zog er sie näher zu sich heran, hob sie ein wenig in die Höhe und presste sie an sich, bis ihre Wärme den Drang seiner wachsenden Erregung linderte. Seine Zunge stieß in ihren Mund, um ihr zu zeigen, was er mit ihr tun wollte, wie

er sich mit ihr vereinigen wollte, wie er sie zu Boden zwingen und sie sich zu eigen machen wollte, hier auf der Dorfwiese. Hier und jetzt ...

Plötzlich erstarrte sie und entwand sich seinem Griff, wich zurück, als habe er ihr weh getan, obwohl er wusste, dass er das nicht hatte. Er ließ sie los, und hastig entzog sie sich seiner Reichweite. Mit anklagendem Blick presste sie den Handrücken auf ihren Mund. »Was tut Ihr da?«

»Selbst eine Jungfrau sollte die Antwort auf diese Frage kennen.« Er hatte Mühe, seine Stimme ruhig klingen zu lassen, denn er konnte an nichts anderes mehr denken als an den Anblick ihrer Lippen, geschwollen von der Berührung seines Mundes. *Warum hatte er sie geküsst? Ah, ja.* »Du wolltest wissen, welchen Preis ich verlange. Das ist er: ein Pfund Silber ... und dich. Ich bringe dich, wohin du willst, aber dafür werde ich dich nehmen, wann immer ich will.«

»Ihr werdet mich nehmen – Ihr glaubt doch nicht etwa, dass ich ...«

»Ich werde dir Vergnügen bereiten.« Er musterte sie von oben bis unten – bei allen Göttern, sie war üppig – und ging einen Schritt auf sie zu. »Außerordentliches Vergnügen. Ich verspreche dir, du wirst ebenso viel Spaß daran haben wie ich.« Ihre Augen weiteten sich. Als er noch einen Schritt auf sie zuging, drehte sie sich um und ergriff die Flucht. Sie rannte auf das Gutshaus zu, als seien sämtliche Geister des Friedhofs hinter ihr her.

Na also. Nun würde sie ihn nicht weiter bedrängen.

Doch irgendwie schien ihm das weniger zufriedenstellend, als er gedacht hatte. Stirnrunzelnd überprüfte er abermals die Sättel und zerrte an seinem Gepäck, während der Druck in seinen Lenden nachließ. Es dauerte eine Weile, wobei er immer wieder daran denken musste, wie sie vor ihm zurück-

gewichen war. Als er schließlich zum dritten Mal den Gurt prüfte, drehte der Hengst sich zu ihm um und sah ihn an.
»Sei bloß still«, sagte Steinarr. Er zog den Steigbügel herunter und schwang sich in den Sattel.
Sie stand vor dem Tor des Gutshofs, als er wenig später daran vorbeiritt. Er nickte ihr kurz zu. »Dir und deinem Cousin eine sichere Reise, Marian.«
»Der Teufel soll Euch holen, *Monsire*«, gab sie ziemlich deutlich zurück. Die Wachen am Tor hielten den Atem an und stießen ihn dann lachend aus, als sie sahen, dass Steinarr nicht auf ihre Worte reagierte. Dabei hätte er eigentlich reagieren sollen, bloß um ihr vor Augen zu halten, wohin sie gehörte, doch das spielte kaum noch eine Rolle. Er war die beiden los, sie und ihren Cousin, der gar nicht ihr Cousin war, mit ihren erlogenen Namen auf der noch erlogeneren Pilgerreise. Einzig und allein darum ging es. Also achtete er nicht auf ihren Blick, der ihm den Rücken versengte, und ritt weiter.
Was er jedoch nicht außer Acht lassen konnte, war die Gewissheit dessen, was er empfunden hatte, als er sie geküsst hatte, und was er gesehen hatte, als sie vor ihm zurückgewichen war, kurz bevor sie sich umgedreht hatte und davongelaufen war. Angst, ja. Aber gleichermaßen Gewahrwerden – das gleiche Gewahrwerden wie zuvor, als er sich nahezu in den grünen Seen ihrer Augen versenkt hatte.
Er hätte sie haben können, wenn er sich die Mühe gemacht hätte, um sie zu werben, wenn er willens – in der Lage – gewesen wäre, die nötige Zeit dafür aufzuwenden.
Er hätte sie haben können.
Und er hegte keinerlei Zweifel daran, dass diese Gewissheit ihn noch für eine sehr lange Zeit begleiten würde.

Matilda Fitzwalter stand am Rand des Lagers der Köhler und versuchte, sich einzureden, sie sei froh, dort zu sein.

Aber das war sie nicht – abgesehen davon, dass es bedeutete, weit genug fort zu sein von *ihm*.

An diesem Morgen hatte es begonnen, in dem Moment, als sie aufs Pferd steigen wollte. Ihre Blicke hatten sich getroffen, und sein Verlangen war in sie hineingeströmt wie Wasser, hatte sie durchflutet, ihr eigenes Begehren entfacht. Noch immer fühlte sie es schmerzhaft, tief in sich. Den ganzen Tag über hatte sie versucht, den Gedanken an ihn loszuwerden.

Dabei konnte sie es ihm kaum vorwerfen, denn es lag an ihr, sie war diejenige, die diese Gabe hatte.

Diese Gabe war Segen und Fluch zugleich. Seit der Zeit, als sie gerade erst in die Halle hinunterlaufen konnte, hatte sie eine sonderbare Verbindung zu den Tieren um das Haus herum gehabt: zunächst zu den Katzen, dann zu den Hunden und Pferden, zu den Schafen, sogar zu den Hühnern im Stall. Sie kannte ihr Innerstes – nicht, dass sie ihre Gedanken hätte lesen können, sie nahm ihre Gefühle wahr. Doch niemand sonst betrachtete es als eine Gabe, und Vater, erschrocken über die merkwürdigen Äußerungen aus dem Mund seines Kindes, hatte den Rat der Priester befolgt und beschlossen, ihr den Teufel austreiben zu lassen. So hatte sie schnell gelernt, ihre Fähigkeiten zu verbergen, sie sogar zu verhöhnen wie eine kindische Marotte.

Doch selbst als sie die Gabe verleugnete, hatte diese sie nie verlassen, und als sie zu einer Frau herangewachsen war, erstreckten sich ihre Fähigkeiten bis über die Mauern von Huntingdon hinaus. Sie wandte sie heimlich an, lernte, ihre Macht zu kontrollieren, sie gelegentlich sogar bewusst einzusetzen. Manchmal erwies sich das als nützlich, beispielsweise war sie so zu der Erkenntnis gelangt, dass die kleine weiße Stute kräftiger war, als man hätte vermuten können, und dass das arme Tier sich lediglich ungern anspannen ließ.

Auf Menschen erstreckte sich ihre Fähigkeit jedoch nur selten und nie in dieser Form. Es kam vor, dass sie fühlte, ob jemand gut oder böse war, und das konnte recht hilfreich sein. Aber Sir Steinarr ... diese geballte Kraft von Begierde und Lust ... von Wildheit. Eine solche Wildheit hatte sie bislang nur bei den Tieren im Wald wahrgenommen, aber niemals bei Lebewesen, die den Umgang mit Menschen gewohnt waren. Die bloße Erinnerung daran ließ sie erbeben, sogar mehr als das, was sich kurz zuvor abgespielt hatte.

Sie nehmen, wann immer er wollte ...

Diese Worte und der Kuss waren umso mehr ein Grund, froh zu sein, dass sie nicht mehr in seiner Nähe war. Sie hatte ihm einen guten Lohn für eine einfache Aufgabe in Aussicht gestellt, aber er hatte abgelehnt und dann ... *der Teufel soll ihn holen.* Sie war es nicht gewohnt, dass ihr jemand etwas abschlug, vor allem nicht, wenn jemand so eindeutig niedrigeren Ranges war. Und sie war es ganz und gar nicht gewohnt, dass Männer sie so einfach küssten und mit ihr sprachen wie mit einem gewöhnlichen Frauenzimmer. Dieser lüsterne Bube sollte mit keiner Frau so anzüglich reden, erst recht nicht mit einer Frau von adeliger Geburt.

Dabei konnte er natürlich nicht wissen, dass sie adelig war. Robert und sie hatten sich alle Mühe gegeben, den Anschein zu erwecken, als gehörten sie zum gemeinen Volk, und bislang schienen sie damit Erfolg gehabt zu haben. Nicht einmal Roberts gelegentliche Versprecher hatten sie verraten, und den Heiligen sei Dank, war sie viel zu verblüfft gewesen, als dass sie Sir Steinarr wegen seines groben Annäherungsversuchs zurechtgewiesen hätte – ein Bauernmädchen hätte es nämlich niemals gewagt, einen Ritter zu beschimpfen, ganz gleich, wie arm oder wie grob er war.

Dennoch war sie sich gar nicht sicher, ob sie überhaupt derart gemein wirken wollte, dass sie mit Köhlern reisen musste. Denn die Handwerker, die auf der Suche nach trockenem Holz zur Verkohlung ihre Lager hier und dort in den Wäldern aufschlugen, waren ihr schon immer unheimlich gewesen, mit der rußgeschwärzten Haut, ihren rauhen Sitten und ihrem unsteten Leben. Da konnte auch das Wort eines Priesters, den sie überhaupt nicht kannte, nur wenig dazu beitragen, ihr den Eindruck zu vermitteln, sie und Robert seien bei ihnen sicher aufgehoben.

Dem Lächeln nach zu urteilen, das sich über Vater Albertus' Gesicht ausbreitete, schien er ihre Bedenken jedoch ganz und gar nicht zu teilen. Er hatte sie hierher an das äußerste Ende des Dorfes geführt, zu einer Wiese am Ufer eines Baches, wo sich mehrere Köhler mit ihren Wagen versammelt hatten und Vorbereitungen zum Aufbruch trafen. Nun sprach er mit dem Führer der Gruppe, einem untersetzten, stämmigen Mann, der aussah, als sei er selbst aus einem Stück Holzkohle geschnitzt worden, so schwarz war seine Haut. Der Mann beriet sich zunächst mit den anderen Männern, dann nickte er, und Vater Albertus winkte Robert und sie herbei.

In der Hoffnung, dass das Vertrauen des Priesters in die Köhler gerechtfertigt war, verdrängte Matilda die Gedanken an Sir Steinarr und ging hinter Robert her zu ihren neuen Reisebegleitern. Zunächst war dort Hamo, der Führer, dann James, sein Sohn und rechte Hand, James' Frau Ivetta und deren Mutter Edith, außerdem ein Cousin namens Osbert und knapp zwanzig weitere Personen, die kleinsten Kinder nicht mitgezählt. Wenn Matilda es richtig verstanden hatte, waren sie alle mit Hamo verwandt oder angeheiratet.

Hamo musterte sie und Robin prüfend, als seien sie zwei Bäume, die zu Holzkohle werden sollten, dann nickte er. »Der Priester hat gesagt, ihr wollt mit uns zum Gut Headon reisen.«

»Aye«, antwortete Robert. »Wenn ihr noch Platz für uns habt.«

»Habt ihr genug zu essen bei euch?«

»Aye, und noch ein wenig für den gemeinsamen Topf«, sagte Robert, woraufhin sich Matilda auf die Zunge beißen musste, um nicht zu widersprechen. Sie hatten sich mit so wenig auf die Reise gemacht, und wenn Robert davon nun auch noch etwas abgab ...

Aber Hamo nickte nur und schien zufrieden. »Dann seid ihr doppelt willkommen.« Er streckte seine Hand aus, die so rußig war, dass Matilda erwartete, auch Roberts Hand würde schwarz werden, nachdem er die des Köhlers geschüttelt hatte. »Gut, dass ihr heute gekommen seid. Osbert und die Seinen sind auch heute zu uns gestoßen, so werden wir, sobald es hell wird und wir die Ochsen anspannen können, aufbrechen.«

Vater Albertus klopfte den beiden Männern auf die Schulter. »Gut. Gut. Dann nehmt ihr Robin und Marian also mit, und ich kann mich auf den Rückweg machen. Das frische Wasser im Taufbecken ist noch nicht geweiht.«

»Seid so gut und segnet uns, bevor Ihr geht, Vater«, sagte Hamo. »Kommt alle her! Wir wünschen uns eine sichere Reise.« Sogleich versammelte sich die gesamte Familie und kniete nieder. Robert kniete sich neben Hamo, Marian kniete am Rand der Gruppe. Als der Priester seinen Segen sprach, zunächst in Latein, dann in englischer Sprache, öffnete sie ihren Geist, ihre Sinne, um festzustellen, ob ihre Gabe sich möglicherweise verändert hatte – sie die Gefühle von Menschen spürte. Aber nein, sie nahm lediglich die gelangweilte Zufriedenheit der Ochsen und die wachsame Neugier der Pferde und der Mäuse auf der Wiese wahr – rein gar nichts von Hamo, dem Priester oder einem der anderen Menschen.

Warum also von Sir Steinarr? Auf diese Frage hatte sie keine Antwort gefunden, als sie sich zu Vater Albertus' Amen bekreuzigte und aufstand, um ihm ebenso wie die anderen einen guten Heimweg zu wünschen.

Nachdem der Priester sich auf den Weg gemacht hatte, schickte Hamo sie und Robert zu Ivetta. »Sie wird entgegennehmen, was immer ihr mit uns teilen wollt, und dafür sorgen, dass es in den gemeinsamen Topf kommt. Und sie wird euch eine Aufgabe zuteilen. Hier muss jeder mit anpacken.«

»Wir hatten nichts anderes erwartet«, sagte Robin und fügte an Marian gerichtet hinzu: »Na los, Cousine. Wir wollen ein schönes Stück von unserem Schinken beisteuern.«

Sie sah ihn scharf an. »Schinken?«

»Aye. Den habe ich im Gutshaus bekommen.« Als sie ihm vorhalten wollte, das sei zu teuer, grinste er sie verschmitzt an. »Reg dich nicht auf! Sir Matthew wies seinen Steward an, ihn uns armen Pilgern als Almosen zu geben. Alles gewährte Essen ist ein Almosen. Das konnte ich wohl schwerlich ablehnen – ebenso wenig wie die zwei Pennys, die mir die Lady gab. Zur Rettung ihres Seelenheils, versteht sich.« Dann fügte er mit gesenkter Stimme hinzu: »Wobei ich mir, was unser Seelenheil angeht, weniger sicher bin.«

»Wir werden bei der Marienquelle für sie beten«, versprach Matilda ihm. »Dann bist du also mit etwas zu essen und

mehr Geld zurückgekommen, als du gegangen bist?« Als er nickte, lachte sie erfreut und umarmte ihn flüchtig. »Warum hast du mir das nicht gesagt? Manchmal bist du wirklich bemerkenswert, Robin.«
»Leider nicht oft genug, um bemerkt zu werden.« Er sprach es leichthin aus, doch für einen Moment flackerte Schmerz in seinem Blick auf, und Matilda tat das Herz weh, angesichts all der Verletzungen, die er hatte erleiden müssen. Vater war ihm gegenüber nie gerecht gewesen. Hastig schüttelte Robert all das ab. »Es sind zwei Stücke Schinken. Das größere können wir mit den guten Menschen hier teilen, dann haben wir immer noch eins für uns.«
Der Schinken brachte ihnen einiges an Wohlwollen ein, zuerst von Ivetta, die ihn rasch in Stücke schnitt, die sie zu der Gerste und den Wildkräutern in den Topf gab, und dann von den anderen, als der Duft des köchelnden Fleisches über dem Lager lag. Matilda und Robert verrichteten die einfachen Aufgaben, die man ihnen zuwies – sie holten Wasser und Holz, versorgten die Ochsen, und dergleichen mehr –, und als der Eintopf verteilt wurde, waren sie ein Teil der Gruppe geworden und Matilda hatte ihre schlimmsten Befürchtungen überwunden. Im Stillen jedoch war sie dankbar, dass sie als Pilger ihre eigenen Schalen und Löffel hatten, insbesondere als sie sah, wie die Köhler ihre Schalen nach dem Essen auf den Boden stellten, damit die Hunde sie sauber schleckten.
Während die Männer Mühle spielten und die am folgenden Tag stattfindende Reise besprachen, saß Matilda bei den Frauen, spielte mit den kleinen Mädchen Fadenspiele und tauschte die neuesten Gerüchte über König Edward aus. Dabei rief sie sich die ganze Zeit über ins Gedächtnis, dass sie ein Bauernmädchen war, das sich mit seinem Cousin auf

einer Pilgerreise befand, und sie hoffte, dass auch Robert dies nicht vergaß.

Bei Anbruch der Dunkelheit zogen sich die einzelnen Familien in ihre Wagen zurück. Die alte Edith, kraft ihres Alters und Temperaments das weibliche Oberhaupt, kümmerte sich um Matilda. »Du wirst dich unter meinem Karren schlafen legen, Mädchen. Dort bist du in Sicherheit. Dein Cousin kann bei den Burschen unter dem Baum schlafen.«

Matilda nickte, nahm ihr Bündel und trug es zum Karren der alten Frau. Es erforderte einiges an Geschick, und als sie die Decke glatt strich, stieß sie sich zweimal den Kopf an der Achse, doch bald hatte sie sich ein bequemes Nachtlager im Gras bereitet. Die Nacht war trocken und so warm, dass sie ihren Umhang zu einem Kopfkissen zusammenrollen konnte. So lag sie da und hörte, wie die Menschen sich um sie herum ebenfalls schlafen legten, die älteren Kinder die jüngeren beruhigten, und Männer und Frauen sich Zärtlichkeiten zuflüsterten. Wie sie feststellen musste, war die Geräuschkulisse nicht viel anders als in der Halle von Huntingdon, eigentlich unterschieden sich die Köhler kaum von den guten Menschen, die in den Diensten ihrer Familie standen. So verflog auch der letzte Rest ihrer Bedenken, und sie sank erschöpft in den Schlaf.

Spät in der Nacht wurde sie durch ein Geräusch geweckt. Sie brauchte einen Moment, um sich zu erinnern, wo sie war und warum sich neben ihrem Kopf das Rad eines Karrens befand. Das Geräusch wurde lauter, und sie horchte genauer hin. Als sie leises Flüstern hörte, Knarren und Stöhnen, errötete sie, denn plötzlich verstand sie, was vor sich ging: James und Ivetta in ihrem Karren trieben es miteinander. Sie drehte sich auf die Seite und zog sich ihren Umhang über

die Ohren, aber das nutzte nichts mehr. Sie konnte den Gedanken an das, was sie gehört hatte, nicht verdrängen.
Und dann musste sie an *ihn* denken, an Sir Steinarr und an seinen Kuss, an das, was er gesagt hatte, an seine Lust und daran, dass er sie nehmen wollte. Seine Seele berührt zu haben war bereits schlimm genug, aber darüber hinaus wusste sie, wie sich sein Körper anfühlte: hart wie Eisen, das pure Begehren. Sie zog sich den Umhang fester um die Ohren, doch noch immer hörte sie James' und Ivettas Rhythmus. Und obwohl sie Steinarr eigentlich gar nicht wollte, musste sie daran denken, wie es wäre, wenn er ihr in dieser Nacht etwas zuflüsterte, sie in genau diesem Rhythmus nahm. Hitze stieg in ihr auf, machte ihren Körper geschmeidig – schürte ihr Verlangen.
Nein. Solche Gefühle durfte sie nicht zulassen. Sie wollte ihn nicht!
Doch während sie sich das einredete, flüsterte eine leise Stimme ihr zu, dass selbst wenn sie ihn nicht wollte, es ungefährlich wäre, sich vorzustellen, er sei da. Schließlich war er längst meilenweit entfernt. Sie würde ihn nie wiedersehen. Wohlige Versuchung umgarnte sie, ließ sie spüren, wie sein Körper sich angefühlt hatte, wie sie sich bei seinem Kuss beinahe vergessen hatte. Ein einziges Wort hätte genügt, und er hätte sie ins Gras auf den Rücken gelegt. Ihr Verlangen steigerte sich.
Im Schutz der Dunkelheit und der Entfernung verdrängte sie die Stimme ihres Gewissens und das Echo der Worte all der Priester, die ihr hatten einreden wollen, was sie nun tun würde, sei Sünde. Sie ließ zu, dass Steinarr zu ihr unter die Decke schlüpfte. Ihre Hand glitt an ihrem Körper hinab, und sie presste ihre Finger auf die Stelle, wo ihr Verlangen am meisten brannte. Sie stellte sich vor, er wäre bei ihr, auf ihr.

In ihr. In ihrer Phantasie ließ sie sich von ihm nehmen, so wie er gesagt hatte, ließ sich vom Gedanken an ihn verführen, berühren, treiben, bis sie den Punkt der Lust erreichte, den er ihr versprochen hatte. Dann plötzlich überschritt sie ihn, ihr Körper bog sich, als sie sich ihrer Lust hingab, und sie presste die Lippen aufeinander, um ihr Stöhnen zu unterdrücken – ein Geheimnis mehr, das sie vor der Welt verbarg.

KAPITEL 3

Zwei dicke Satteldecken, ein Dutzend eiserne Pfeilspitzen, etwas zu essen und eine willige Frau.
Steinarr stand vor dem Burgtor, ließ die Münzen in dem nun wieder gefüllten Beutel an seinem Gürtel klimpern und genoss die Geräusche, den Geruch und das rege Treiben auf der belebten Straße, die vor ihm lag. Er hatte genug Geld für alles, was er brauchte, dank Long Tom, der nun in einer Zelle des Sheriffs saß, und dank eines törichten alleinreisenden Kaufmanns, den Steinarr um eine kleine Spende erleichtert hatte. Nun brauchte er sich all das nur noch zu besorgen.
Er ließ seinen Blick über die Läden schweifen, suchte nach dem, was er brauchte und entdeckte den letzten Punkt auf seiner Liste als Erstes. Er entdeckte sie sofort, denn sie sah aus wie alle Huren, die er bislang gesehen hatte. Sie lungerte an ihrer Türschwelle herum und wartete auf einen Mann, dessen Geldbeutel sich ebenso leicht öffnete wie ihre Schenkel. Ein wissendes Lächeln spielte um ihre Lippen, als sie ihn ihrerseits entdeckte, und sie stellte sich sogleich in Pose, um ihre prallen Brüste, die kaum von einem lose geschnürten Gewand aus dünnem Stoff bedeckt waren, zu präsentieren. Gespannte Erwartung regte sich in Steinarrs Lenden, und er ging auf sie zu.
»Du da! La Roche.«

Den nur selten vernommenen Namen zu hören, schwächte sein Begehren kaum, obwohl er ihn erst gerade benutzt hatte, um seine Prämie zu kassieren. Als er schließlich merkte, dass er gemeint war, drehte er sich um und sah den herannahenden Sergeant finster an. »Was? Hat der Schreiber sich verzählt?«

»Nein. Lord Gervase möchte Euch sprechen. Hier entlang.« Der Sergeant machte kehrt und eilte davon. Steinarr verkniff sich einen Fluch, als er die Aussicht auf ein vergnügliches Stelldichein schwinden sah. Er warf einen Blick auf die Frau, deren hochgezogene Augenbrauen die Frage verrieten, die er nur zu gern mit ja beantwortet hätte. Er wies mit dem Daumen über die Schulter auf den Sergeant und bildete mit den Lippen ein lautloses »Später«. Dann drehte er sich um und folgte dem Sergeant. Auf dem Weg richtete er sein Gewand und fuhr sich mit den Fingern durchs Haar.

Jeder seiner Muskeln spannte sich, als er nach oben geführt wurde, wo zwei Männer am Fenster standen. Den Mann, der auf der linken Seite stand, kannte er: Gervase de Clifton, seit kurzem Lord Sheriff von Nottinghamshire und Steinarr bereits von früheren Begegnungen in Begleitung seines Vorgängers bekannt. De Clifton begrüßte ihn mit einem unbefangenen Lächeln, das weder auf Zorn noch auf eine Warnung schließen ließ, und so war Steinarr sogleich klar, dass er von dieser Seite keinen Ärger zu befürchten hatte. Flüchtig musterte er den anderen Mann: prächtiges Gewand in leuchtendem Rot und passende spitze Schuhe. Enganliegende Hose in Gelb und Schwarz. Er sah aus wie ein Gockel, abgesehen von der schweren goldenen Halskette. *Ein Edelmann. Und beunruhigt, so wie er mit dem Medaillon herumspielte.* Seine dunklen Augen schossen zwischen Lord Gervase und Steinarr hin und her. Irgendetwas wollte er.

Steinarr verdrängte seine augenblickliche Antipathie gegen den Gockel und nickte den beiden Männern zu, als sei er der gemeine Kopfgeldjäger, in dessen Rolle er zu solchen Zwecken zu schlüpfen pflegte. Dann wandte er sich an den Sheriff: »Mylord.«

»Wie ich gehört habe, habt Ihr einen weiteren Vogelfreien für den Galgen geliefert, la Roche. Ihr habt Euch lange nicht sehen lassen. Wir dachten schon, Ihr wärt getötet worden.«

»Nein, Mylord.« Schon vor langer Zeit hatte Steinarr festgestellt, dass es das Beste war, diesen Leuten gegenüber so wenig Worte zu verlieren wie möglich, sie möglichst wenig wissen zu lassen.

»Sir Guy de Gisburne. – La Roche. Schenkt Euch etwas Wein ein, la Roche.« Lord Gervase wartete, während Steinarr sich einen Becher füllte, dann sagte er: »Sir Guy bat mich um Hilfe in einer bestimmten Angelegenheit. Als ich hörte, dass Ihr in der Nähe seid, war mir sogleich klar, dass Euch das Schicksal geschickt hat. Ihr seid genau der Mann, den er braucht.«

Verdammt. Er wollte nicht für diesen Stutzer arbeiten, doch im Moment konnte er es sich nicht leisten, sich dem Sheriff zu widersetzen. Seine Lordschaft könnte nämlich auf den Gedanken kommen, dass sein bevorzugter Kopfgeldjäger selbst einer von denen war, die auf der Straße in Richtung Norden die eine oder andere Geldbörse leerten. »Sollte ich das als Kompliment auffassen, Mylord?«

»So ist es zumindest gemeint. Ich werde mich nun zurückziehen, damit Ihr die Angelegenheit besprechen könnt.« Lord Gervase stellte seinen leeren Becher auf einen Tisch in der Nähe, verließ den Raum und zog die Tür fest hinter sich zu.

Interessant. Der Sheriff wollte, dass er etwas für diesen Guy

erledigte, aber er wollte selbst nicht daran beteiligt sein. Etwas, was nicht ganz im Rahmen des Gesetzes lag, vielleicht? Steinarr nippte an seinem Becher und versuchte, die Situation einzuschätzen.
Gisburne seinerseits versuchte Steinarr einzuschätzen. Er nickte mehrmals, als sei er zufrieden mit dem, was er sah.
»Ich brauche Hilfe, um einen Dieb zu stellen.«
»Verzeiht, Mylord, aber bis auf Euren Namen weiß ich nichts von Euch. Warum sollte ich Euch helfen?«
»Weil ich der neue Lord von Huntingdon bin«, antwortete Gisburne von oben herab. Dann fügte er etwas weniger überheblich hinzu: »Und weil ich Euch gut bezahlen werde. *Sehr* gut.«
Vielleicht würde sich das Ganze also doch lohnen. »Was hat dieser Dieb gestohlen?«
»Zum einen meine Cousine Matilda. Lord David Fitzwalters einzige Tochter. Er hat sie von zu Hause fortgelockt.« Sir Guy wandte sich wieder um und sah aus dem Fenster, um jegliche Gefühlsregung, die in seinem Blick aufflackerte, zu verbergen. »Mein Onkel ließ zu, dass Matilda sich mit *gestes* und anderen derartigen Phantastereien und Narreteien den Kopf anfüllte, und nun benutzt dieser Bube ihre Phantasien, redet ihr ein, dass er auf einer ehrenwerten Suche sei und sie ihm helfen müsse.«
»Auf welcher Art von Suche?«, fragte Steinarr.
»Mein Onkel schaffte einen Teil seines Vermögens beiseite und hinterließ eine Reihe versteckter Rätsel, die seinen Erben zu einem kleinen Schatz führen sollen. Die *mich* dorthin führen sollen«, betonte Gisburne, als ob Steinarr das nicht längst klar gewesen wäre. Dann fügte er mit einem spöttischen Lächeln hinzu: »Ich befürchte, er liebte die *gestes* ebenso wie Matilda. Robert stahl das erste dieser Rätsel

und versucht nun, mit dessen Hilfe den übrigen Spuren nachzugehen – und den Schatz zu finden – mit Matildas Hilfe.«
»Robert?«
»Robert le Chape. Der Dieb. Ein Waisenjunge, den mein Onkel in seiner Mildtätigkeit bei sich aufnahm, und der diese Mildtätigkeit nun mit Hinterhältigkeit belohnt.«
»Warum macht Ihr Euch nicht gemeinsam mit Eurem Onkel selbst auf die Suche nach ihm?«
»Leider geht das nicht, es war der Tod meines Onkels vor einer Woche auf seinem Gut in Loxley, der dieses Geschehen in Gang setzte. Ich wurde aus Gisburne an sein Krankenbett gerufen, aber ich kam zu spät. Mein Onkel war bereits gestorben, und Robert hatte seinen hinterhältigen Plan in die Tat umgesetzt und sich mit Matilda davongemacht.« Guy holte tief Luft, dann drehte er sich um und sah Steinarr in die Augen. »Ich zahle Euch zehn Pfund Silber, wenn Ihr Robert le Chape aufhaltet und meine Cousine noch diesen Monat zurückbringt.«
Zehn Pfund! Selbst wenn er sämtliche Kopfgelder der vergangenen fünf Jahre zusammenzählte, kam er nicht auf zehn Pfund. Entweder war dieser Mann seiner Cousine äußerst zugetan oder ... »Ihr wollt nicht, dass Robert aufgehalten wird. Ihr wollt ihn tot sehen.«
Der junge Lord setzte ein dünnes Lächeln auf, das sich jedoch nicht in seinem Blick widerspiegelte. »Das habe ich nicht gesagt. Wenn er jedoch nie wieder vor meinem Tor auftauchte, würde ich das nicht bedauern.«
Mit anderen Worten also, ja. Angewidert dachte Steinarr über diese Wendung nach. Selbstverständlich hatte er bereits Menschen getötet, sowohl direkt, etwa im Krieg oder wenn ein Mörder, auf den ein Kopfgeld ausgesetzt war,

allzu heftigen Widerstand leistete, als auch indirekt, wenn die Gesetzlosen, die er gefangen nahm, am Galgen endeten. Ganz abgesehen davon, was der Löwe anrichtete – man konnte es vielleicht nicht unbedingt Mord nennen, aber Töten allemal. Für ihn war das nichts Außergewöhnliches. Und dennoch, einen einfachen Dieb umzubringen, weil es irgendeinem unbedeutenden englischen Lord in den Kram passte, war etwas ganz anderes.

Doch wenn er den Auftrag nicht annahm, tat es jemand anders. Auch dann wäre Robert le Chape tot, aber die Prämie würde den Geldbeutel eines anderen füllen. Sie brauchten das Geld. Zehn Pfund würden reichen, um einen neuen Sattel zu kaufen, nicht nur eine Decke, und sie hätten noch Geld übrig für alles, was darüber hinaus noch notwendig war. Er hatte es viel zu lange verdrängt, bis dieses naive Mädchen ihm vor Augen gehalten hatte, wie dringend er einen neuen Sattel für den Hengst – Torvald – brauchte. Ohne einzuwilligen oder abzulehnen, fragte er: »Was hat es mit diesem Schatz auf sich?«

»Das ist nicht so wichtig, es sei denn, Robert findet ihn, bevor Ihr Robert gefunden habt«, fegte Sir Guy das Thema mit einer wegwerfenden Handbewegung beiseite. »Sobald er den Schatz gefunden hat, wird er meine Cousine fallen lassen wie einen alten Lappen, sie allein irgendwo in einer fremden Gegend zurücklassen, wo sie zur leichten Beute wird für jeden, der sie findet. Sie sollte – soll – in einem Monat heiraten. Wenn sie rechtzeitig zurückkehrt, lässt ihre Zukunft sich vielleicht noch sichern.«

Aha, deshalb also einen Monat Zeit. Zehn Pfund in einem einzigen Monat ... Rasch traf Steinarr eine Entscheidung. »Dann ist ihre Zukunft gesichert. Ich finde sie und bringe sie Euch zurück.«

Erleichterung milderte die Sorgenfalten in Sir Guys Gesicht.
»Und le Chape?«
»Wird weder den Schatz finden, den er so krampfhaft sucht, noch jemals wieder vor Eurem Tor auftauchen, Mylord. Für zehn Pfund.«
»Zehn Pfund«, bestätigte Sir Guy. Nach alter Sitte besiegelten sie die Abmachung mit einem Handschlag. »Und als weiteres Zeichen des Vertrauens ...«
Steinarr spürte etwas Hartes in seiner Hand, und als er hinuntersah, stellte er fest, dass es das Medaillon war, mit dem Guy zuvor herumgespielt hatte. Nein, kein Medaillon. »Eine Goldmünze?«
Guy nickte. »Eine neue Währung, sie nennt sich Florin, nach der Stadt, wo sie geprägt wurde. Aus reinem Gold, und so viel wert wie eine Silbermark. Nehmt sie als Anzahlung auf Eure guten Dienste. Den Rest bekommt Ihr, wenn meine Cousine wieder bei mir ist.«
Steinarr prüfte die Münze mit den Zähnen, und nachdem er festgestellt hatte, dass das Metall nachgab, steckte er sie in seinen Beutel. »Wird mir ein Vergnügen sein, für Euch zu arbeiten, Mylord. Ihr sagtet, Eure Cousine und dieser le Chape wollten den Spuren nachgehen, die Euer Onkel legte. Habt Ihr eine Ahnung, in welche Richtung sie sich davongemacht haben?«
»Nur eine äußerst vage. Einer der Dienstboten verfolgte sie eine Weile, aus Sorge um meine Cousine. Bevor sie ihn abhängten, hörte er, dass sie nach einer bestimmten Marienquelle fragten.«
»Einer Marienquelle?« Steinarr sah Guy fragend an. »Nach welcher Marienquelle?«
»Wenn ich das wüsste, würde ich sie selbst zurückholen. Ich weiß nur, dass sie nach Nottinghamshire wollten. Deshalb

kam ich hierher. Als sie das letzte Mal gesehen wurden, waren sie angeblich in Begleitung eines alten Mannes mit einem Karren. Aber alle drei scheinen wie vom Erdboden verschluckt.«

»Tatsächlich?« *Nein. Das konnte nicht sein. Oder doch?* »Wie sehen die beiden aus?«

»Robert ist rothaarig und recht schmächtig, vielleicht eine halbe Handbreit größer als ich. Meistens trägt er eine grüne Kappe, daher der Beiname. Er hat eine Narbe am Kinn. Etwa hier.« Sir Guy zeigte auf sein eigenes Kinn und zeichnete eine schräge Linie, etwa so wie die Narbe, die sich hinter dem Flaumbart eines gewissen jungen Pilgers verbarg. »Meine Cousine ist etwa um so viel kleiner als ich, wie Robert mich überragt. Sie ist sehr hübsch, mit einem Mund wie reife Erdbeeren und Haar von der Farbe gesponnenen Goldes.«

Eine merkwürdige Art, seine Cousine zu beschreiben, dachte Steinarr, doch die Beschreibung wurde der jungen Frau, die er unter dem Namen Marian kennengelernt hatte, derart gerecht, dass er ihre erdbeerroten Lippen geradezu vor sich sah und schmecken konnte. Noch immer ... »Haben die beiden sich falsche Namen zugelegt? Äh, hm, um ihre wahre Identität zu verbergen?«

Guy strich sich mit einem Finger unter dem Kinn entlang. »Ich habe gehört, dass Matilda den Burschen Robin nennt. Und sie selbst wird gelegentlich Maud genannt, nur von Leuten, die sie gut kennen natürlich.«

Natürlich. Maud war die Kurzform für Matilda – wie die Möchtegernkönigin ein oder zwei Jahrhunderte zuvor, die Mutter von Henry II. Darauf hätte er eigentlich schon eher kommen müssen – dieser ewige Erbstreit zwischen Matilda und König Stephen hatte es vollkommen unmöglich gemacht, ein ruhiges Plätzchen im Wald zu finden. Das war eine der Zeiten gewesen, in denen er nach Schottland gegangen war.

Die Maid war also von edler Geurt. Das erklärte einiges.

Er musste sich ein Grinsen verkneifen. Er wusste ganz genau, wo sie war, sie und der diebische Waisenjunge, der sich als ihr Cousin ausgab. Aber wollte er sie überhaupt finden, nachdem er solche Mühe gehabt hatte, sie loszuwerden? Und was sollte er mit dem jungen Robin machen? Er konnte nicht viel mit ihm anfangen – nun, da er wusste, welchen Unrechts er sich schuldig gemacht hatte, umso weniger –, aber wollte er ihn tatsächlich im Auftrag dieses eitlen Pfaus töten?

Sir Guy jedoch stand bereits an der Tür und rief nach einem Pagen, um Lord Gervase Bescheid geben zu lassen, dass sie sich einig geworden waren. Er wandte sich noch einmal um zu Steinarr. »Einen Monat, la Roche. Mehr nicht.«

Steinarr zögerte. Eigentlich wollte er schon jetzt nichts mehr mit der Sache zu tun haben, ein Teil von ihm zumindest. Der andere Teil suchte nach einem Grund, um Marian aufzuspüren, um festzustellen, ob er richtiglag mit dem, was er in ihren Augen gesehen hatte, als er sie geküsst hatte. Nicht, dass er auch nur das Geringste auf den einen oder anderen Teil gegeben hätte, aber er hatte sein Wort gegeben. Selbst wenn die Sache noch nicht mit einem Handschlag besiegelt gewesen wäre und er noch kein Geld angenommen hätte, genügte sein Wort, um ihn an die Abmachung zu binden. Er würde Marian finden – Matilda – *Maud* –, und er würde sie zu Hause abliefern bei ihrem wahren Cousin, der den Platz ihres Vaters einnehmen und sie gut verheiraten würde. Er würde sich um den hinterlistigen Robin kümmern, der wahrscheinlich in genau diesem Moment dabei war, sie zu verführen. Beim Gedanken daran, dass dieses Kerlchen sich zwischen ihren Beinen zu schaffen machte, schien die Vorstellung, ihn umzubringen, gleich um einiges angenehmer.

»Einen Monat, Mylord.« Steinarr deutete seinem neuen Auftraggeber gegenüber eine Verbeugung an und machte sich auf den Weg.

Lord Gervase stand am Fuß der Treppe und sprach mit dem Steward. Als Steinarr die Stufen hinunterging, sah er auf. »Ist alles ... geklärt?«

»Das ist es, Mylord.«

»Dann Weidmannsheil.«

Abermals verbeugte Steinarr sich kurz. Er verließ das Hauptgebäude und ging schnurstracks auf das niedrige Gebäude zu, wo er zuvor seine Geldprämie erhalten hatte. Dort zeigte er dem Schreiber die Goldmünze. »Ist das ein offizielles Zahlungsmittel?«

»Ein Florin.« Der Schreiber beäugte die Münze, bestätigte die Prägung und überprüfte die Ränder auf Einkerbungen. Wie Steinarr zuvor biss er hinein, um festzustellen, wie tief die Abdrücke seiner Zähne waren. »In diesem Teil Englands sind sie noch ziemlich selten, aber sie ist echt. Wie seid Ihr daran gekommen?«

Steinarr ignorierte die Frage. »Wie viel ist sie in Silber wert?«

»Dreizehn Schilling«, sagte der Mann, ohne zu zögern.

»Mir sagte man, eine ganze Mark.«

»Aye. Aber wenn ihr das Silber heute noch wollt ...«

»Lord Gervase will seinen Anteil, eh?«, fragte Steinarr. Der Schreiber hob die Hände, um ihm klarzumachen, dass er dagegen nichts tun konnte, und Steinarr nahm ihm die Münze aus der Hand. »Ein anderes Mal kann er mir vier Pence stehlen. So ist es ohnehin praktischer.«

Er schlenderte auf das Tor zu und warf den Florin ein paarmal in die Luft, um das Gold funkeln zu sehen. Es war bereits eine Generation her, seit er Gold in irgendeiner Form in der Hand gehabt hatte. Das Gewicht und die Wärme erinnerten ihn an vergangene Zeiten. Er würde diese Münze so lange wie möglich behalten – und mit der Aussicht auf weitere neun Pfund und ein Drittel des Zehntels, das er bereits erhalten hatte, konnte das eine ganze Weile sein. Er legte die Münze ganz unten in seinen Beutel.

Die Hure stand noch immer dort und spielte mit den Schnüren ihres Gewands, während sie die vorüberziehende Menschenmenge beobachtete. Doch im Vergleich zu der Aussicht auf nur einen einzigen Nachmittag mit Marian schien sie so attraktiv wie ein schimmeliges Stück Brot. Steinarr ging auf sie zu, um ihr einen Farthing zu geben, als Entschädigung dafür, dass sie auf ihn gewartet hatte. Doch als er die Straße überquerte, riefen zwei Männer vom Sitz eines vorbeifahrenden Karrens aus ihr etwas zu. Sie musterte die beiden von oben bis unten und rief: »Drei Pence für beide.« Die Männer sprangen hinunter, und der Erste griff nach seinem Geldbeutel. Als sie an der Haustür anlangten, bemerkte die Hure Steinarr. Grinsend nahm sie die Münzen der beiden Männer entgegen und bildete mit den Lippen ein lautloses »Später«. Mit wehenden Zöpfen drehte sie sich um und führte die beiden ins Haus.

Nachdem sich die Tür geschlossen hatte, brach Steinarr in Gelächter aus. Zwei Männer mit einer Frau? Er selbst hielt die Kombination zwei Frauen und ein Mann für wesentlich vergnüglicher. Aber jedem das Seine. *So* hatte er einen Viertelpenny gespart.

Rasch erledigte er seine Besorgungen. Er kaufte einige gute Pfeilspitzen und die beiden dicksten, stabilsten Satteldecken, die er finden konnte. Dann steuerte er die Straße mit den Lebensmittellläden an, um seine Vorräte aufzufüllen: zwei Laibe gutes Brot und eine Wochenration der einfacheren Sorte, zwei Säcke Hafer für die Pferde und für ihn selbst, zwei dicke Laibe Käse in Wachshülle – einen für ihn und einen für Torvald – und ein kleines Stück geräucherten Schinken. Für das Fleisch gab er den Viertelpenny aus, den er der Hure hatte geben wollen, denn er war zu der Ansicht gelangt, es sei besser, nicht auf die Jagd gehen zu müssen, während er Marian und Robin verfolgte. Zufrieden mit den Preisen, die man ihm abverlangte, trug er alles in der Vorhof der Burg zurück, wo die Pferde geduldig warteten.

Während Steinarr die Satteldecken austauschte und Reitpferd und Packpferd sattelte und belud, dachte er über die Abmachung mit Sir Guy nach und rief sich den genauen Wortlaut noch einmal ins Gedächtnis. Nein, es war nicht die Rede davon gewesen, dass er Marian als Jungfrau zurückbringen würde – sicherlich, weil Gisburne davon ausging, dass sie ihre Unschuld längst an Robin verloren hatte. Einmal mehr runzelte Steinarr bei diesem Gedanken die Stirn.

Er würde zwei, vielleicht drei Tage brauchen, bis er sie aufgespürt hatte. Irgendetwas würde ihm schon einfallen, um den Jungen loszuwerden. Dann würde er Marian an ein ruhiges Plätzchen im Wald locken und den Rest des Monats damit verbringen, sie sowohl ihres Widerstands als auch ihrer Kleider zu entledigen. Anschließend würde er sie nach Huntingdon zurückbringen, damit sie verheiratet werden konnte, und sollte er ihr ein Kind gemacht haben, würden alle denken, es wäre von Robert le Chape oder von ihrem künftigen Ehemann.

Falls es eine bessere Art gab, sich zehn Pfund zu verdienen, fiel sie Steinarr jedenfalls nicht ein.

Die Sache hatte nur einen einzigen Haken – die Nächte. Natürlich würde Torvald ihr den Löwen vom Hals halten, aber er brauchte ebenso dringend eine Frau wie Steinarr selbst, und Marian würde ihn sicher in Versuchung führen. Nachdenklich sah Steinarr den Hengst an. Er würde ihm ohnehin eine Nachricht hinterlassen müssen, um zu erklären, wohin sie unterwegs waren und warum sie dorthin wollten. Er würde Torvald einfach wissen lassen, dass er selbst Pläne mit Marian hatte, und ihn daran erinnern, dass ihnen später genug Geld winkte, das sie für Frauen ausgeben konnten. Und was die kommende Nacht betraf ...
»Keine Sorge. Es ist noch genug Geld für dich da«, raunte er dem Hengst in Altnordisch zu, während er die Gurte überprüfte. »Wir werden in der Nähe der Stadt Rast machen, so dass du später noch einmal zurückkommen kannst. Und es reicht sogar für einen Krug Ale danach.«
Das würde ihn bei der Stange halten. Steinarr zog den Steigbügel herunter und saß auf. Als er auf das Tor zuritt, sah er Sir Guy und den Sheriff oben am Fenster stehen und ihn beobachten. Er nickte den beiden zu. Auf der Straße angelangt, wandte er sich in Richtung des östlichen Stadttors, ritt an der Hure vorbei, die wieder auf der Straße stand und nach Kunden Ausschau hielt.
Doch er verschwendete keinen weiteren Blick an sie.

Das Wasser stieg wieder aus der Quelle von Wyrd auf.
Selbst jetzt, geschwächt und eingesperrt hinter diesen steinernen Mauern, konnte Cwen die dunklen Strudel unter dem Getriebe der Welt der Menschen wahrnehmen. Zunächst war sie sich dessen nicht sicher gewesen, aber im Lauf der vergangenen Wochen war die Bewegung des fließenden Wassers stärker geworden, und nun, als der Mond

tief am Himmel draußen vor ihrer Zelle stand, spürte sie, wie sie vorwärtsgetrieben wurde.
Bald wäre die Zeit gekommen.
Sie saß auf der Kante ihrer harten Pritsche und löste langsam ihr geflochtenes Haar. Offen wallte es ihr über die Schultern, noch immer dunkel und kräftig. Sie fuhr mit den Fingern hindurch, denn etwas so Luxuriöses wie ein Kamm war an diesem Ort verboten. Langes Haar war ebenfalls verboten, und alle paar Monate wurde ihr der Schädel kahlgeschoren. Doch es bedurfte nur eines kleinen Zaubers, um es wieder wachsen zu lassen, sie hatte diese einfache magische Praktik ausgeübt, um den Mächten der Finsternis mit offenem Haar die Ehre zu erweisen, bevor sie zu ihnen flehte.
Nachdem sie ihr Haar geglättet hatte, stand sie auf und streifte hastig das dünne Gewand ab, das sie des Nachts trug. Dann wickelte sie das Leinen um ihre Brust ab. Ihre nackte Haut fühlte sich fremd an, zu selten konnte sie sich vollständig entkleiden. Sie betrachtete prüfend ihren Körper im Licht der einzigen Kerze.
Nach wie vor jung, selbstverständlich, aber mager. Viel zu mager. Und diese Narbe.
Sie berührte die Stelle, betastete vorsichtig die übel gerötete Wunde. Sie schmerzte, und Cwens Fingerspitzen fühlten sich feucht an, denn auch nach all den Jahren nässte die Wunde, die sie sich bei ihrem letzten Zusammentreffen mit den Nordmännern zugezogen hatte, noch immer und wollte einfach nicht heilen.
Bei der Erinnerung an den Schmerz verzog Cwen das Gesicht. Zu viel Magie der Göttin war mit ihnen gewesen, wesentlich mehr, als sie erwartet hatte. Nur mit knapper Not war sie entkommen, hatte all ihre magischen Kräfte ein-

setzen müssen, um sich in Nebel zu verwandeln. Als es ihr schließlich gelungen war, wieder in ihre menschliche Gestalt zurückzukehren, hatte sie sich verwundet und kraftlos wiedergefunden. Sie war südwärts durch England gezogen, war langsam vorangekommen und schließlich auf einen Ort wie diesen gestoßen. Dort hatte sie Schutz gesucht, doch die Wunde hatte bereits begonnen zu eitern, und obwohl sie wegen des Zaubers, den sie vor langer Zeit gewirkt hatte, unsterblich war, brauchte sie Jahre, um sich zu erholen.
Zu viele Jahre. Inzwischen befanden sie sich außerhalb ihres Zugriffs: der Adler, seine Lady und sogar das Mädchen, das sie so sehr begehrt hatte. Sie waren alle tot, nur sie nicht.
Und *die anderen,* natürlich. Der Bär, der Rabe und die übrigen Tiere.
Nach wie vor waren sie auf der Suche nach ihr, ebenso wie nach ihren Amuletten, und sie hatte nicht die Kraft, sie davon abzuhalten. So bewegte sie sich von einem Zufluchtsort zum nächsten Loch, verbarg sich dort, wo sie niemals nach ihr suchen würden. Außerhalb der grauen Steinmauern, die sie schützten und gleichermaßen gefangen hielten, folgten Generationen auf Generationen, und noch immer hatte sie sich nicht vollständig erholt. Nun aber rief das Quellwasser von Wyrd nach ihr, und erholt oder nicht, es war an der Zeit, die Götter anzurufen und darauf zu hoffen, dass sie geruhten, ihr endlich zu helfen.
Nachdem sie den losen Stein in der Ecke ihrer Zelle gefunden hatte, lockerte sie ihn, zog ihn heraus und die Gegenstände dahinter hervor, die sie dort verborgen hielt. Sie betastete jedes einzelne der Zauberobjekte, bevor sie sie in einem Kreis auf dem Boden auslegte. Einen Zauberstab, bei Sonnenaufgang von einem einjährigen Ilexstrauch geschnitten. Die Feder eines schwarzen Schwans. Ein Messer

aus reinstem Stahl. Eine Schnur aus Flachs, die noch nie gebunden worden war. Ein Totenschädel, gestohlen aus der Krypta. Vier Steine, weiß, rot, gelb und schwarz. Zweige eines Vogelbeerbaums, einer Esche und eines Weidenbusches. Die Wurzel einer Zaunrübe, geerntet an einem Montag und in ein Stück Leichentuch gewickelt. Sie hatte vor langer Zeit begonnen, all diese Dinge zusammenzutragen, noch bevor sie den Lauf der Ereignisse hatte erahnen können. Es hatte Jahre gedauert, die verbotenen Gegenstände aufzutreiben, aber sie hatte es dennoch getan, um sicherzustellen, dass sie ihr zur Verfügung standen, wenn sie sie endlich brauchte.

Abermals griff sie in den Hohlraum und zog das wichtigste Stück hervor, einen goldenen, ziselierten Kelch, eigens für die kommende Nacht aus der Kapelle gestohlen. Der Junge, der des Diebstahls bezichtigt wurde, hatte seine Haut dafür hinhalten und vierzig Peitschenhiebe einstecken müssen, aber sein Blut war den Göttern geopfert worden, auch wenn er selbst sich dessen nicht bewusst war. Sie stellte den Kelch an die dafür vorgesehene Stelle.

Alles war bereit. Lächelnd wandte sie sich um und öffnete den hölzernen Laden, der ihre Fensteröffnung verschloss.

Eisige Nachtluft streifte ihre nackte Haut, und sie seufzte genüsslich. Innerhalb dieser Mauern war es stets stickig. Selbst im Garten bekam sie kaum Luft. Lange stand sie da, mit geschlossenen Augen, während der Luftzug sie vom Moder dieses Ortes reinigte. Dieser Ort war ihr verhasst, obwohl er ihr Zuflucht bot. Überhaupt einen Zufluchtsort zu *brauchen* war ihr verhasst. Immerhin war sie Cwen. Könige waren einst vor ihr auf die Knie gefallen und hatten um die Ehre gebeten, ihren Schutz genießen zu dürfen, und nun war sie derart erniedrigt.

Möglicherweise jedoch nicht mehr lange, wenn die Götter sahen, dass sie wieder bereit war.

Sie stellte sich in die Mitte des Kreises und griff nach dem Messer. Ein rascher Schnitt öffnete ihre Hand, dann streckte sie den Arm aus und ließ das Blut in den Kelch tropfen. Nachdem sie ausreichend davon vergossen hatte, begann sie den Zauber zu sprechen. Stein, Messer, Schnur, Knochen, Holz, Blut, Wurzel. Sie alle wirkten zusammen, während sie die Götter anrief. Die Kraft wuchs, durchzuckte ihre Haut wie Blitze.

Aber die Götter antworteten nicht. Sie ließ noch mehr Blut in den Kelch tropfen, ergoss ihren geballten Willen in die gesammelten magischen Mittel, um den Old Ones zu zeigen, ihnen zu beweisen, dass sie würdig war. Die Sterne zogen am Himmel vor ihrem Fenster vorbei, zeigten die Stunden an, die vergingen, doch sie ließ nicht nach, die Götter zu beschwören. Die Dunkelheit verflüchtigte sich, und sie sagte ihre Beschwörungsformeln immer noch.

»Ein Zeichen, Ihr Götter!«, rief sie in die schwindende Nacht hinein, während ihr verwundeter Körper durch die Anstrengung, so viel Zauberei zu treiben, immer mehr ermattete. »Ich war Euch stets eine treue Dienerin und werde es immer sein. Helft mir, die Kräfte zurückzugewinnen, die mir einst in Eurem Namen verliehen wurden. Zeigt mir, dass Ihr mir helfen werdet.«

Als der Himmel sich schließlich aufhellte und noch immer kein Zeichen erschien, musste sie erkennen, besiegt zu sein. Es würde kein Zeichen geben, jedenfalls nicht in dieser Nacht.

Schnell und lautlos, damit die anderen nicht aufwachten und sie hörten, hob sie ihre Zaubermittel vom Boden auf und versteckte sie wieder in dem Hohlraum in der Mauer.

Nahezu lautlos legte sie den Stein zurück an seinen Platz, verband wieder ihre Brust und schlüpfte wieder in ihr Nachtgewand.
Kaum hatte sie ihr Haar geflochten, als die Glocken den nahenden Morgen einläuteten. Sie kleidete sich an, so wie sie es seit Jahren stets im Morgengrauen tat, legte das grobe Gewand und den Schleier an, der ihr zu langes Haar verhüllte. Ihr Habit war schwarz – die Farbe der alten Götter –, seltsam eigentlich, wo der Gott, dem diese Christen huldigten, doch noch so neu und schwach war. Sie aber war froh, wenigstens durch ihre Kleidung ihren eigenen Göttern die Ehre erweisen zu können. Sie band sich den schweren Gürtelstrick um die Taille, hängte sich das Kreuz um den Hals und ging hinunter zu den anderen Nonnen, um zu beten.

KAPITEL 4

Die Köhler schlugen ihr Lager außerhalb von Retford auf. Es war neblig und regnete, aber als sie am nächsten Morgen weiterzogen, hatte das Wetter aufgeklart. Matilda und Robert hatten Glück, denn der Weg zu den Ländereien der Abtei jenseits von Headon führte den kleinen Zug aus Ochsenkarren direkt hinter der Marienquelle vorbei, die ihr Ziel war.

Unglücklicherweise fand Hamo derart Gefallen an dem reinen Quellwasser, dass er beschloss, sämtliche Wasserfässer leeren und neu auffüllen zu lassen. Matilda, die zusah, wie sie Eimer für Eimer leerten und wieder füllten, fürchtete bereits, man würde beschließen, hier das nächtliche Lager aufzuschlagen. Nicht, dass sie generell etwas daran auszusetzen gehabt hätte. Der Wegrand war ziemlich breit und eben, und die Lichtung mit der am Fuß eines mit Brombeeren bewachsenen Hügels entspringenden Quelle ein anheimelnder Platz.

Im Beisein von zwanzig Köhlern konnten sie und Robert jedoch nicht tun, was sie tun mussten. Als Robert James half, das letzte Fass auf seinen Karren zu laden, nahm sie von daher erleichtert zur Kenntnis, dass Hamo den anderen zubrüllte, sie sollten sich zum Aufbruch bereitmachen.

»Seid ihr sicher, dass ihr nicht mitkommen wollt?«, fragte

Hamo, als er auf das dicke kleine Pony stieg, das normalerweise hinter seinem Wagen hertrottete. »Wir können immer ein paar hilfreiche Hände gebrauchen. Außerdem hat Osbert an Marian Gefallen gefunden. Bleibt bei uns, und ich wette, es wird eine Hochzeit geben.«

»Verlockende Aussicht, in solch netter Gesellschaft zu bleiben«, sagte Robert mit einem augenzwinkernden Seitenblick auf Matilda.

»Aber nein«, sagte sie mit Bestimmtheit. Der verwitwete Osbert war fett, kahlköpfig und ebenso kohlschwarz wie sein Cousin. Darüber hinaus hatte er ein Dutzend Kinder, für die er eine Mutter suchte – doch selbst Osbert und seine Sprösslinge wären nicht so unerträglich wie das, was sie erwartete, wenn ihr Unternehmen scheiterte. »Vor allem müssen wir unsere Reise fortsetzen und unser Gelübde leisten. Komm, Robin. Wir müssen noch an diesem Heiligtum beten, bevor wir unser Nachtlager aufschlagen.«

Hamo hatte ihnen zuvor empfohlen, auf Headon Obdach zu suchen. Nun sagte er: »Wir machen uns nun auf den Weg zum Gut, um den Steward zu fragen, wo wir Holz schlagen sollen. Wenn es nicht zu weit entfernt ist, ziehen wir sogleich dorthin, und dann werden wir uns möglicherweise nicht wiedersehen, aber ich werde ihm sagen, dass ihr kommt und dass ihr unter Lord Matthews Schutz steht. Dann wird der Steward euch eine Unterkunft für die Nacht und etwas zu essen geben. Solltet ihr es euch doch noch anders überlegen, gesellt euch wieder zu uns. Ihr seid uns immer willkommen.«

»So wie ihr alle mir immer willkommen seid, wo immer ich mich niederlassen werde«, sagte Robert. Er wartete, bis Matilda sich verabschiedet und bedankt hatte, und als sie vorausging, um vor dem kleinen Heiligtum neben der Quelle niederzuknien, streckte er den Arm aus und schüttelte Hamo

die Hand. »Habt Dank dafür, dass ihr uns so freundlich aufnahmt und uns Schutz gewährtet, Hamo Köhler.«
»Habt eine sichere Reise, ihr jungen Pilger«, sagte Hamo. Er stieß einen kurzen Pfiff aus und sah zu, wie die Ochsen sich unter lautem Räderknarren und Peitschenknallen in Bewegung setzten. Dann wendete er sein Pony und ritt hinter ihnen her.
Robert winkte ihnen nach, ging hinüber zu Matilda und stellte sich hinter sie. »Was machst du da?«
»Beten, Cousin«, antwortete sie. »Knie dich neben mich.«
»Aber wir sind doch gar keine ...«
»Noch sind sie nicht außer Sichtweite. Also knie dich hin!«
»Manchmal bist du mir unheimlich, Maud. Es fällt dir viel zu leicht zu lügen.«
»Marian. Verdammt noch mal, Robin, knie dich hin!«
Er tat, was sie verlangte, doch er schien sich nicht wohl dabei zu fühlen. »Es kommt mir vor wie eine Sünde, vorzugeben zu beten, und dazu an einer der heiligen Jungfrau geweihten Quelle.«
»Dann tu nicht nur so. Es ist ohnehin Zeit für ein Dankgebet, weil Lord Matthew und seine Lady so gütig zu uns waren.«
»Aye, das ist wahr«, sagte Robert in fröhlicherem Ton. Er bekreuzigte sich, schloss die Augen, und als er die Lippen bewegte, tat Matilda es ihm nach. Das Rumpeln der Ochsenkarren wurde leiser, während die beiden beteten, und als Matilda sich bekreuzigte und aufstand, verschwand der letzte Karren hinter der Biegung.
»Ich möchte nie wieder auf einem Ochsenkarren reisen«, sagte sie entschlossen.
»Amen«, murmelte Robert hastig. Er bekreuzigte sich und stand auf, um sich zu ihr zu gesellen. »Du hättest doch hinter mir auf dem Pferd sitzen können.«

»Das wäre auch nicht schneller gegangen. Wir wären zwei Tage eher hier gewesen, wenn wir uns allein auf den Weg gemacht hätten.«

»Wenn wir das getan hätten, wären wir vielleicht überhaupt nicht hier«, gab Robert zu bedenken, obwohl sich unterwegs keinerlei Schwierigkeiten abgezeichnet hatten. »Aber wie auch immer, nun *sind* wir hier. Ich habe noch keine Krone entdeckt. Hast du eine Vermutung, wo sie sein könnte?«

Matilda drehte sich langsam im Kreis und sah sich die Lichtung um die Quelle herum genau an, auf der Suche nach etwas, was nach dem Zeichen aussah, das sie finden mussten. Ohne Resultat.

»Vielleicht sollten wir uns das Rätsel noch einmal ansehen.« Robert zog das gefaltete Stück Pergament aus seinem Pilgerbeutel. Er legte es auf seinen Oberschenkel und strich es glatt, bevor er es Matilda reichte. »Hier. Lies vor.«

»Oh, gut.« Sie hatten sich so oft den Kopf wegen dieses Stücks Pergament zerbrochen, dass eigentlich keiner von ihnen es sich noch einmal hätte ansehen müssen, aber Matilda nahm es trotzdem entgegen und las sich die schwungvolle, aber schwer zu entziffernde Handschrift ihres Vaters abermals durch. »Dort steht, ›Geradewegs auf die Ländereien der Abtei zu, wo die Liebe Frau den Frühling entspringen lässt. In der Krone des Königs der Wälder werdet ihr finden, wofür ihr betet.‹ Die Liebe Frau ist natürlich Unsere Liebe Frau, die Jungfrau Maria, und Mariä Verkündigung ist im Frühling. Damit will er uns eindeutig sagen, dass die Jungfrau Maria eine Quelle hat ausbrechen lassen. Eine Marienquelle. So viel ist schon einmal klar.«

»Aber es gibt so viele der Jungfrau Maria geweihte Quellen und Brunnen, und viele davon auf den Ländereien der Kirche. Warum bist du dir so sicher, dass er genau diese hier meint?«

Hundertmal schon waren sie all das durchgegangen – dass Papa die Nonnen von Kirklees unterstützt hatte, die Tatsache, dass er nahezu im gleichen Atemzug mit der Enthüllung seines sonderbaren Ansinnens die Äbtissin Humberga erwähnte, sein ungewöhnlicher Gebrauch des Englischen anstelle seines üblichen Französisch, um Wortspiele verwenden zu können – doch Robert zweifelte nach wie vor daran. Kein Wunder, Matilda war sich ja selbst nicht sicher. Aber sie konnte nicht aufgeben, und sie konnte nicht zulassen, dass Robert aufgab. Sie schlang die Arme um seine Taille und lehnte ihren Kopf an seine knochige Schulter.
»Ihm war doch daran gelegen, dass wir es finden, Robin. Also hätte er kein unlösbares Rätsel hinterlassen.«
Robin stieß einen verzweifelten Seufzer aus. »Lediglich unlösbar für mich.«
»Aber nicht für uns beide.«
»Für dich war das Rätsel doch gar nicht bestimmt. Warum hilfst du mir überhaupt dabei?«, fragte er, als sei ihm dieser Gedanke gerade erst gekommen.
»Weil ich dich liebe, du dummer Junge.« Sie tätschelte ihm flüchtig die Wange. »Und weil ich mir gleichermaßen selbst damit helfe. Nun komm. Irgendetwas müssen wir übersehen haben.« Sie zerrte ihn auf die Mitte der Lichtung. »Sieh dich noch einmal genau um. Ein König mit einer Krone. Es muss irgendwo hier sein.«
Aber das war es nicht. Jeden Stein und jeden Baum nahmen sie ins Visier, starrten sie an, bis die Bilder vor ihren Augen verschwammen, versuchten, ein Gesicht, einen Kopf, eine Krone oder eine Kappe darin zu sehen. Als Robert nicht mehr konnte, setzte er sich neben der Quelle auf den Boden und rieb sich die Augen, doch Matilda gab nicht auf. Sie suchte sich einen Ausgangspunkt mitten auf der Lichtung,

drehte sich langsam um die eigene Achse und suchte erneut mit ihrem Blick die Umgebung ab. Dabei murmelte sie unentwegt: »Papa, du *felon,* wo hast du es versteckt?«

»Ssst«, zischte Robert plötzlich und unterbrach sie bei ihrer Suche. Sie drehte sich um und wollte fragen, was los sei, doch als sie sah, dass er die Hand hob, schwieg sie. Er zeigte auf etwas.

Ein prächtiger Rothirsch stand am Rand der Lichtung, kaum ein Dutzend Schritte weit entfernt, den Blick auf Robert gerichtet. In stolzer Haltung stand er dort, mit dunklem, dichten Fell an den Schultern, und obwohl sein junges Geweih gerade erst zu wachsen begonnen hatte, schien es bereits stark und kräftig, so dass Matilda sich vorstellen konnte, wie prächtig es aussehen würde, wenn es ausgewachsen war. Eine ganze Weile blieben sie alle drei wie erstarrt stehen, Robert, der Hirsch und Matilda. Dann öffnete sie sich behutsam der Seele des Tiers. Sie fühlte seine Neugier, als es witterte, aber keinerlei Furcht. Der Hirsch drehte sich um und ging zurück in den Wald, und sie ließ ihn gehen.

»Der König des Waldes«, flüsterte Robert, nachdem der Hirsch verschwunden war.

»Der König des Waldes«, wiederholte Matilda aufgeregt. »Robert, du hast es gelöst! Schnell, sieh dich nach dem Kopf eines Hirsches um.«

»Nicht nötig«, antwortete er. Er sprang auf und zog Matilda mit sich zu der Stelle, wo sie zuvor gebetet hatten. »Knie dich hin!«

»Wir können ein Dankgebet sprechen, wenn wir es gefunden haben.«

»Knie dich hin!« Er drückte sie nahezu auf den Boden, dann fiel er dicht hinter ihr selbst auf die Knie. Über ihre Schulter hinweg streckte er einen Arm aus und wies auf den Gipfel

des kleinen Hügels, an dessen Fuß die Quelle entsprang. »Wir werden finden, wofür wir beten. Sieh doch!«
Matilda brauchte einen Moment, doch als sie es entdeckte, lächelte sie über das ganze Gesicht. Es war die ganze Zeit lang dort gewesen: ein großer Stein, der die Umrisse des mit Sträuchern bewachsenen Hügels aussehen ließ wie den riesigen Kopf eines Hirsches. Oberhalb dessen erhob sich eine einsam stehende Eiche, gespalten und gebogen von Krankheit, wie ein Hirschgeweih. »Die Krone des Königs des Waldes.«
Hastig liefen sie den Hügel hinauf und zerrissen sich dabei an den Brombeeren Haut und Kleidung. Robert lief um den Baum herum und sah hinauf. »In der Krone. In der Krone.«
»Da. Sieh nur!« Matilda wies nach oben. Hoch oben in dem Baumstamm, über den letzten wenigen lebenden Zweigen befand sich ein Loch, etwa so groß wie die selbstgefertigte Baumhöhle eines Spechts.
»Das kann es doch nicht sein«, sagte Robert.
»Neben dem Loch ist ein kaum erkennbares Zeichen. Siehst du es? Ich glaube, es ist ein *F*, für Fitzwalter.«
Robert grinste. »So hoch oben. Warum sollte er es in dieser Höhe eingeritzt haben? Und wie hat er das überhaupt geschafft?«
Robert konnte nicht gut klettern. Das hatte er noch nie gekonnt. Während andere Jungen Bäume erklommen hatten, war er unten geblieben und hatte Tierfigürchen aus Holz geschnitzt. Matilda hatte ein hübsch gearbeitetes Eichhörnchen aufbewahrt, das er ihr geschenkt hatte, als sie zur Erziehung weggeschickt wurde.
»Vermutlich hat er einen Pagen dort hinaufgeschickt«, sagte sie. »Und was das Warum betrifft, so wollte er wahrscheinlich nicht, dass jemand es zufällig entdeckt, oder? Los! Du

kannst es. Du hast es geschafft, das Rätsel zu lösen, also schaffst du es auch, die nächste Aufgabe zu erfüllen.«
»Aber er hat mich nie gemocht«, murmelte Robert, während er sich bereitmachte, um auf den Baum zu klettern.
Was nicht ganz der Wahrheit entsprach, aber nun war nicht der richtige Zeitpunkt, um darüber zu streiten. Matilda rang die Hände, während er sich unbeholfen von Ast zu Ast den Baum hinaufarbeitete. Schließlich stand er auf dem höchsten lebenden Ast, umklammerte mit einem Arm den Stamm, und griff mit der freien Hand in das Loch hinein.
»Ist es da?«, rief Matilda.
Robert schüttelte den Kopf. »Ich kann den Boden des Lochs nicht erreichen. Ich muss noch höher hinauf.« Er beugte sich um den Baumstamm herum und suchte nach einer Stelle, wo er den Fuß aufsetzen konnte. Die Stümpfe zweier toter Äste ragten aus dem Stamm heraus, gerade hoch genug, um von dort aus die Baumhöhle besser zu erreichen. Prüfend trat Robert zunächst auf den einen und dann auf den anderen Ast. Langsam zog er sich hinauf auf den zweiten Ast, wobei er den ersten nutzte, um das Gleichgewicht zu halten. Matilda ging einen Schritt zurück, um Robert besser sehen zu können. »Sei vorsichtig!«
»Alles klar.« Mit einem Arm umschlang er fest den Baumstamm, während er mit dem anderen erneut das Loch abtastete. »Ich glaube, ich habe etwas gefunden. Vielleicht kann ich es ...« Angestrengt verlagerte er sein Gewicht.
Knackend und splitternd gab das morsche Holz nach. Für einen Augenblick, als Robert sicher an einem Ast hing, dachte Matilda, er hätte wieder Halt gefunden. Dann aber schrie er auf und fiel, und sie konnte nichts weiter tun, als kreischend aus dem Weg laufen.
Er prallte von einem der unteren Äste ab und landete auf

einem Erdhügel unter dem Baum. Matilda eilte zu ihm. »Rob! Robin. Oh, heilige Mutter Gottes, stehe ihm bei. Robin!«
»Unnh.« Sein schmerzerfülltes Stöhnen ging ihr durch Mark und Bein, aber immerhin bedeutete es, dass er noch lebte. Den Heiligen sei Dank, dass er nicht auf den großen Stein gefallen war, der sich kaum einen halben Meter weit neben seinem Kopf befand.
»Nicht bewegen! Lass mich sehen, ob du verletzt bist.« Vorsichtig untersuchte sie ihn. Kopf. Arme. Beine. O Gott, sein Bein. Sein rechter Unterschenkel war in einem solch ungewöhnlichen Winkel verdreht, dass sich Matilda beinahe der Magen umdrehte.
»Mein Bein«, stöhnte Robert und wand sich vor Schmerz. »Ich glaube, es ist gebrochen.«
»Ja. Halt still, sonst machst du es nur noch schlimmer.«
»Sieht es sehr schlimm aus?«
»Schlimm genug. Halt still! Ich muss dir den Schuh ausziehen, bevor der Fuß anschwillt.« Sie öffnete die Schnallen und streifte den Schuh vorsichtig ab. Dann zog sie ihr Messer hervor und schnitt das Bein der Hose auf. »Warte, ich werde ein paar Stöcke suchen, um es zu schienen.«
Robert versuchte, sich auf die Ellbogen zu stützen, und sank mit einem erneuten Stöhnen zurück. »Es geht nicht, Maud. So kann ich einfach nicht laufen.«
»Das brauchst du auch nicht, Junge. Bleib ganz ruhig.«
Matilda hob den Kopf, und für einen winzigen Moment dachte sie, Sir Steinarr käme den Hügel herauf. Aber nein, es war lediglich ein anderer hochgewachsener Mann mit goldblondem Haar und markanten Gesichtszügen – bei genauerer Betrachtung nicht ganz so groß und markant wie Steinarr. »Ich würde Euch fragen, wer Ihr seid und wo Ihr herkommt, Mylord, aber ich bin einfach nur froh, dass Ihr hier seid.«

»Ich bin Sir Ari. Ich war gerade dabei, dort unten mein Pferd zu tränken, als ich den Schrei hörte.« Er hockte sich neben Robert, um sich dessen Verletzung anzusehen. Geschickt fuhr er mit den Fingern über das Bein, dann nickte er vor sich hin. »Es wird verheilen. Los! Wir werden dich den Hügel hinunterbringen und verarzten. Dazu brauche ich die Stöcke, die du holen wolltest, Mädchen.«

Matilda nickte stumm, ein wenig verärgert darüber, wie der unbekannte Ritter so einfach das Kommando übernahm, aber gleichermaßen erleichtert darüber und froh, etwas tun zu können. Nachdem sie zwei geradegewachsene Äste gefunden hatte, brachte sie sie Sir Ari, der damit beschäftigt war, Streifen aus Roberts zerfetzter Hose herauszuschneiden. Gemeinsam schnitten sie die Stöcke auf die passende Länge und schienten damit Roberts verletztes Bein. Als sie fertig waren, zitterte Robert, obwohl es recht warm war.

»Er friert vor Schmerz«, sagte der Fremde. »Geh hinunter und hol ein paar Zweige, damit er nicht auf dem feuchten Boden liegen muss. Dann wickeln wir ihn in unsere Umhänge. Meiner ist hinter dem Sattel meines Pferdes befestigt.«

»Wir haben selbst Decken und Umhänge.«

»Gut. Dann nimm beide.«

Matilda nickte. »Aber wie bekommen wir ihn ohne Bahre dort hinunter?«

»Das schaffe ich schon.« Der Fremde lächelte kurz, reichte Matilda sein schweres Messer, beinahe so, wie Sir Steinarr es vor einigen Tagen getan hatte. »Geh nur, Frau. Wir kommen zurecht. Oder nicht, mein Junge?«

Robert, blass im Gesicht, nickte. »Wenn Ihr das sagt, Mylord. Geh ruhig, Maud.«

Matilda kletterte den Hügel hinunter, wobei sie sich die Haut weiter an den Dornen aufriss, und machte sich daran, die

Zweige eines jungen Ahorn abzuhacken, als trage dieser die Schuld an dem Schmerzensschrei, der von oben ertönte. Als der Fremde mit Robert auf den Schultern den Hügel herunterkam, hatte sie genügend Zweige gesammelt, um Robert auf eine dünne Unterlage zu betten, die sie mit einer der doppelt gefalteten Decken und mit Roberts Umhang bedeckte.

Sir Ari reichte ihr einen schmalen grauen Zylinder. »Hier. Als ich den Jungen vom Boden aufhob, habe ich das hier unter ihm gefunden. Er hat gesagt, es gehöre ihm.«

»Ich ...« Matilda wollte schon das Gegenteil behaupten, aber dann meldete sich Robert zu Wort. »Nimm du ihn erst einmal, Maud.«

Es musste der Gegenstand sein, den er in dem Baum gefunden hatte. Matilda nahm den Zylinder an sich und ließ ihn hastig in ihrem Pilgerbeutel verschwinden. »Habt Dank, Mylord. Es wäre ein großer Verlust gewesen.«

»Keine Ursache.« Sir Ari machte eine Drehung, um Robert auf das behelfsmäßige Bett zu legen. »Bist du so weit, Junge?«

»Aye«, brachte Robert zwischen zusammengebissenen Zähnen hervor.

»Dann hinunter mit dir. Vorsicht mit seinem Bein.« Mit Matildas Hilfe ließ der Ritter Robert hinunter, verlagerte dessen Gewicht auf das gesunde Bein und legte ihn auf den Umhang. Robert wurde blass, aber er schaffte es, einen erneuten Schmerzensschrei zu unterdrücken. »Tapferer Bursche. Gut gemacht! Nun wollen wir zusehen, dass wir das Bein richten.« Sir Ari begann, die Stoffstreifen aufzuwickeln, um die Schienen zu entfernen.

»Hier?« Hastig bedeckte Matilda Roberts Oberkörper mit der anderen Decke und den beiden übrigen Umhängen. »Sollten wir ihn nicht lieber ins Dorf bringen? Dann kann ich Hilfe holen.«

Der Fremde schüttelte den Kopf. »Wenn wir das Bein richten, hat er es auf dem Weg leichter. Und je eher es gerichtet wird, desto schneller heilt es.«

»Aber Ihr ... Nehmt es mir nicht übel, Mylord, aber kennt Ihr Euch überhaupt mit so etwas aus?«

»Maud, er versucht doch nur, mir zu helfen.« Robert zuckte vor Schmerz zusammen, als er den Kopf hob und Matilda zurechtwies.

»Die Frage ist durchaus berechtigt, Junge, denn immerhin steht dein Bein auf dem Spiel.« Sir Ari klopfte Robert auf die Schulter, dann wandte er sich an Matilda. »Maud, richtig? Ich habe schon viele Knochen gerichtet, manchmal sogar meine eigenen.« Er hob einen seiner Arme und schüttelte das Handgelenk. »Sie sind alle recht gut verheilt.«

»Aber ...«

»Es ist nicht so schlimm, wie es aussieht«, versicherte er ihr. »Es ist ein glatter Bruch, und die Haut ist nicht verletzt. Das kann ich ebenso gut wie jeder andere, vor allen Dingen besser als jemand aus dem Dorf.«

»Aber ...«

»Tut es, Mylord!«, sagte Robert hastig. »Ich habe vollstes Vertrauen zu Euch.«

Der Ritter warf Robert einen ernsten Blick zu, dann nickte er. Er suchte sich einen kräftigen Ast und wickelte einen Zipfel seines Umhangs darum. »Beiß darauf, sobald ich es dir sage. Maud, du musst seine Schultern hinunterdrücken. Sorg dafür, dass er still liegt.«

»Ich werde es versuchen, Mylord.«

»Es zu versuchen reicht nicht«, ertönte eine Stimme hinter ihnen. »Ich werde ihn festhalten, Ari.«

Matilda brauchte sich nicht einmal umzudrehen. Sie kannte die Stimme. Sie perlte ihr Rückgrat hinab bis auf den Grund ihrer Seele und jagte ihr eine heiße Woge den Rücken hinauf, so heftig, dass sie Mühe hatte, nicht aufzustöhnen.
Der unbekannte Ritter hingegen hatte sich umgewandt und grinste über das ganze Gesicht. »Steinarr! Was zum Teufel machst du denn hier?«
Matilda brauchte die Antwort gar nicht erst abzuwarten. Sie wusste ganz genau, warum er hier war. Und sie wusste auch, dass sie es von nun an mit größeren Problemen zu tun bekam als mit Roberts gebrochenem Bein.

Der Junge bedeutete ihr etwas, so viel war klar. Selbst jetzt, da er durch eine Mischung aus Erschöpfung und einem Sirup aus Mohn vor sich hin dämmerte, war sie ständig um ihn herum, zog die Decken glatt und strich ihm das Haar aus der Stirn.
Steinarr stand ein wenig abseits daneben und runzelte die Stirn, als Marian sich vorbeugte und Robert einen Kuss auf die Wange gab. Seine Schadenfreude darüber, dass der Junge sich gewissermaßen selbst ein Bein gestellt hatte, wurde ein wenig getrübt, als er die beiden zusammen sah.
Während er überlegte, was er tun sollte, nahm der Gutsverwalter von Headon Marian beiseite. Er sagte etwas, das sie die Augen aufreißen ließ, und als sie etwas entgegnete, schüttelte er den Kopf. Sie redete energischer auf ihn ein, doch der Reeve schüttelte abermals den Kopf. Dann ging er davon und ließ sie mit bestürztem Gesichtsausdruck zurück. Steinarr glaubte, Tränen in ihren Augen schimmern zu sehen, als sie sich umdrehte und sich neben Robert kniete.
Ari stellte sich neben ihn und raunte ihm in Altnordisch zu:

»Wenn du vorhast, hier einfach so stehen zu bleiben, komme ich noch selbst auf die Idee, mein Glück bei ihr zu versuchen.«
»Lass mich in Ruhe damit!«
»Ich meine ja nur, wenn man sie ins Bett kriegen will, wäre jetzt der richtige Moment, die Sache in die Wege zu leiten.«
Steinarr grinste ihn an. »Kannst du nicht einfach mal den Mund halten?«
»Nicht wenn es etwas gibt, was ausgesprochen werden muss. Du willst sie doch. Also los. Geh zu ihr!«
Steinarr sah Marian abermals an – er hatte beschlossen, sie auch in Gedanken bei diesem Namen zu nennen, um nicht Gefahr zu laufen zu verraten, dass er mehr über sie wusste, als das, was sie ihm erzählt hatte. »Jetzt ist nicht der richtige Zeitpunkt. Sie ist viel zu aufgewühlt. Außerdem müssen wir uns gleich auf den Weg machen, um bei Anbruch der Dunkelheit weit genug weg zu sein.«
»Jetzt ist genau der richtige Zeitpunkt.«
»Aber sie ...«
»Bei allen Göttern, hast du so lange im Wald gelebt, dass du verlernt hast, wie so etwas geht?« Ari tippte Steinarr auf den Rücken. »Sie reißt sich in Gegenwart des Jungen zusammen, aber sie braucht eindeutig eine richtig breite Schulter. Tröste sie, sag ihr, dass alles wieder gut wird, und dann warte eine Nacht ab. Das wird sie umso mehr beeindrucken, und später lässt sie dich umso leichter ran.«
Beeindrucken? Wohl kaum, angesichts dessen, wie er sich ihr gegenüber in Maltby verhalten hatte. Auf dem Weg von Nottingham hatte er sich darüber Gedanken gemacht, wie er das grobe Benehmen, mit dem er sie vertrieben hatte, wiedergutmachen konnte. Dabei war er allerdings nicht auf die Idee gekommen, dass er sie weinend vorfinden würde, weil

Robert le Chape sich ein Bein gebrochen hatte. Er hatte nicht die leiseste Ahnung, was er tun sollte.
Früher hätte er es gewusst. Ohne Zögern wäre er auf sie zugegangen und hätte sie diesem dürren Welpen abspenstig gemacht, nun aber stand er da und ließ sich von einem jämmerlichen Dieb, der fast noch ein Kind war, den Schneid abkaufen.
Ari hatte recht. Er hatte tatsächlich zu lange im Wald gelebt. Genauer gesagt, er hatte sich zu lange auf das direkte Geben und Nehmen mit Huren verlassen, die nie mehr suchten als ein paar blanke Silbermünzen – eine praktische Sache für jemanden, der sich nur stundenweise ein- oder zweimal im Jahr in der Stadt aufhalten konnte, aber es hatte ihn bequem gemacht. Er brauchte sich nur ins Gedächtnis zu rufen, wie es war, mit einer richtigen Frau umzugehen, wenngleich auch mit einer, die vorgab, eine andere zu sein, als sie war.
Plötzlich stand Marian auf und ging zur Tür.
»Also ich an deiner Stelle ...«
Steinarr legte Ari eine Hand auf die Schulter und drückte sie. »Du bist aber nicht an meiner Stelle und ich nicht an deiner, den Göttern sei Dank. Warte hier!«
Er ließ Marian einen Augenblick Zeit, dann folgte er ihr. Sie mied die Köhler, die in dem ummauerten Hof ein behelfsmäßiges Lager mit ihren Wagen und ihrer Kinderschar aufgeschlagen hatten, ging zu der kleinen Stute hinüber und legte ihre Stirn an den Kopf des Pferdes. Als Steinarr sich näherte, sah sie auf. Sogleich wurde ihr erschöpfter Blick wachsam.
»Kann ich etwas für Euch tun, Mylord?«
»Eigentlich sollte ich dich das fragen«, sagte Steinarr, verunsichert vom misstrauischen Blick ihrer grünen Augen. »Wie geht es deinem Cousin?«
»Er schläft.«

»Mit ein wenig Glück schläft er durch bis morgen früh.«
»Mit ein wenig Glück«, wiederholte sie tonlos. »Ich fürchte, das Glück hat uns verlassen, Mylord. Der Reeve will einen Schilling von uns. Einen Schilling!«
»Wofür?«
»Für Kost und Logis, solange Robin sich erholt. Er hat gesagt, ohne das Einverständnis des Haushofmeisters kann er sich nicht wohltätiger zeigen. Und der Haushofmeister ist gestern nach Leicester gereist.« Sie blinzelte wütend und versuchte, die Tränen zurückzuhalten, die abermals in ihren Augen schimmerten. »Dann bleibt uns nicht mehr genug, um weiterzureisen.«
Vergiss nicht, wer sie zu sein vorgibt, rief Steinarr sich ins Gedächtnis. *Mache bei ihrem Versteckspiel mit.* »Ich werde mit ihm reden. Sicher kannst du es abarbeiten, und Robins Verletzung ist nicht allzu schlimm. Ein paar Wochen Ruhe, und dann ist er wieder ...«
»Ein paar Wochen *haben* wir aber nicht.«
»Aber natürlich habt ihr die. Eure heiligen Stätten werden noch da sein, wenn das Bein verheilt ist.«
»Aber nicht der ...« Sie unterbrach sich. »Aber Robins Schwester nicht. Sie ist sehr schwach.«
Steinarr biss sich auf die Lippen, um ein Grinsen zu unterdrücken, weil sie sich abermals fast versprochen hätte, so offensichtlich, da er die Wahrheit kannte. »Sicher werden eure Gebete von hier aus ebenso gut erhört wie von Lincoln.«
Sie senkte den Kopf, so dass ihr Schleier vor ihr Gesicht fiel. »Wir müssen unsere Reise fortsetzen, Mylord. Wir haben ein Gelübde abgelegt.«
Er nickte, als würde er ihr Anliegen verstehen, als würde er ihr glauben und nachvollziehen können, dass das Wandern von einem Kreuz zum anderen vom christlichen Gott

mit besonderem Segen belohnt wurde. »Vielleicht findest du doch noch eine Möglichkeit.«
Sie schwieg und starrte weiter zu Boden.
Steinarr fiel nichts mehr ein, das er hätte sagen können, und so beherzigte er schließlich doch Aris Ratschlag. »Es wird alles wieder gut, Marian. Du wirst schon sehen. Robin und du, ihr solltet euch erst einmal richtig ausschlafen, dann sieht alles schon viel besser aus. Ari und ich, wir machen uns nun auf den Weg, aber wir schlagen unser Lager ganz in der Nähe auf und kommen morgen zurück, um nach euch zu sehen.«
Sie nickte stumm, noch immer mit gesenktem Blick, und Steinarr ging zurück.
Ari stand in der Nähe der Tür und beobachtete die Szene. Als Steinarr zurückkam, schüttelte er den Kopf. »Du hättest wenigstens einen Arm um sie legen können. Damit sie sich an deiner Brust hätte ausweinen können oder so.«
»Das hätte nur etwas gebracht, wenn sie tatsächlich geweint hätte. Weißt du, es ist schon erstaunlich, dass alle Frauen bei dir sofort die Beine breitmachen«, sagte Steinarr und machte sich auf den Weg, um seine Pferde zu holen. Ari ging lachend hinter ihm her.
Sie ritten in Richtung Nordosten und galoppierten auf das dichteste Waldstück in dieser Gegend zu. Als sie den Waldrand erreichten und die Pferde zügeln mussten, nahm Ari einen vollen Weinschlauch von seinem Sattelknauf und reichte ihn Steinarr. »Ich dachte, das schmeckt dir vielleicht.«
Steinarr machte sich nicht einmal die Mühe zu antworten, sondern drehte den Stöpsel aus dem Hals des Schlauchs und führte ihn zum Mund, um den Wein hineinfließen zu lassen. Ari sah amüsiert zu. »Ich bin froh, dass ich noch einen Schlauch für Torvald habe.«

»Ich auch«, gab Steinarr zurück. Er setzte den Schlauch ab, holte Luft und wischte sich mit dem Handrücken den Mund ab. »Was machst du überhaupt in dieser Gegend? Gibt es etwas Neues von ...?« Er ließ den Namen der Hexe unausgesprochen.

Ari schüttelte den Kopf. »Brand hat mich nur gebeten, die Runde zu machen und mich zu vergewissern, dass es allen gutgeht. Es war reiner Zufall, dass ich auf diese beiden gestoßen bin. Ich war auf dem Weg zu den Felsen.«

»Dort sind wir nicht mehr. Jemand hatte den Löwen gesehen, deshalb war ich gezwungen weiterzuziehen.«

»Schade. Die Höhlen waren gut.«

»Aye. Ich habe ein Zeichen für dich hinterlassen.« Schon bald hatten die Gefährten sich der Schwierigkeit gegenübergesehen, einander wiederzufinden, da die Umstände es häufig erforderten weiterzuziehen. So hatten sie eine Möglichkeit gefunden, sich verborgene Botschaften zu hinterlassen, die in die Richtung des nächsten Aufenthaltsortes wiesen.

»Na ja, dann hätte ich dich wahrscheinlich ohnehin bald gefunden. Normalerweise würde ich dich ebenfalls fragen, was du in dieser Gegend machst, aber so wie du Maud ansiehst, ist das wohl klar.«

»Marian«, korrigierte Steinarr. »Vor ein paar Tagen habe ich sie und den Jungen vor ein paar Gesetzlosen gerettet, und sie hat mich gefragt, ob ich sie nach Lincoln begleiten könnte. Ich habe abgelehnt, aber ich ...«

»Du hast deine Meinung geändert. Das kann ich verstehen. Wenn ich die Möglichkeit hätte, mit ihr ins Bett zu gehen, würde ich auch ...«

»Du verstehst gar nichts.« Steinarr rammte den Stöpsel in den Hals des Weinschlauchs und hängte ihn an seinen Sattelknauf. »Ich habe den Auftrag, das Mädchen sicher zu-

rückzubringen.« Er berichtete Ari, was in Nottingham geschehen war, wobei er ausließ, was Guy für Robert le Chape vorgesehen hatte und was er selbst mit Marian vorhatte. Doch er erzählte von dem Schatz – und von dem Geld.
Ari stieß einen anerkennenden Pfiff aus. »Zehn Pfund. Eine beträchtliche Summe für einen so einfachen Auftrag.« Dann aber erstarb sein Lächeln. »Zu beträchtlich. Was will dieser Sir Guy wirklich?«
»Das habe ich dir doch gesagt. Das Mädchen zurück und den Jungen loswerden.«
»Loswerden oder töten lassen? Er will den Jungen töten lassen, oder?« Ari war schon immer zu schnell im Denken gewesen.
»Das hat er nie gesagt.«
»So etwas sagt man auch nur selten. Du hast doch nicht vor, den Jungen wirklich umzubringen?«
»Nur wenn es sein muss. Oh, sieh mich nicht so an!«, sagte Steinarr, als Ari angewidert das Gesicht verzog. »Der Junge ist an der Situation nicht ganz unschuldig. Er ist ein Dieb und ein Verführer.«
»Das bist du auch. Und ich ebenfalls. Und noch ist Robin kein Dieb.«
»Wenn ich ihn nicht davon abhalte, wird er aber bald einer sein. Darüber hinaus brauchen Torvald und ich das Geld. All unsere Sachen sind auf einmal verschlissen.«
Ari schüttelte den Kopf. »Wenn es nur um Geld geht, kann ich euch geben, was ihr braucht. Brand hat sogar gefragt, ob ihr ...«
»Nein.«
»Aber die Ländereien ...«
»Das hatten wir doch geklärt, Ari. Nein.«
Vor langer Zeit hatte Ivar, der als normannischer Lord Ivo de

Vassey gelebt hatte, Brand und Ari Land innerhalb von Alnwick zur Versorgung aller Gefährten übertragen. Die Ländereien waren mit Hilfe eines Kunstgriffs bis heute vererbt worden: Die Gefährten traten abwechselnd als Erben auf, wenn der vorherige Besitzer irgendwo in der Ferne »verstarb«. Um aber diesen Besitzanspruch aufrechtzuerhalten, musste der jeweilige Besitzer in der Lage sein, die Ländereien zu besuchen und dort auch zeitweilig zu leben. Für die meisten von ihnen war das recht einfach, denn ein Hund, ein Stier, ein Hirsch, sogar ein Wolf mehr, der durch Wald und Flur streifte, fiel niemandem auf. Selbst Brand hatte es geschafft, trotz seines Lebens halb als Bär, aber nur solange er unter Ivars Obhut lebte.

Doch Ivar war schon lange tot, und Alnwick war gegenwärtig Eigentum des Königs – und der Löwe durchstreifte größere Gebiete und war wesentlich schneller als ein Bär. Steinarr konnte seinen Teil zur Besitzstandswahrung nicht beitragen, deshalb lehnte er auch seine Gewinnbeteiligung ab. Einmal mehr bekräftigte er seinen Standpunkt. »Ich brauche nur, was ich verdiene.«

»Aber den Jungen umzubringen ist nicht die richtige Art, Geld zu verdienen«, widersprach Ari. »Lass Torvald in Northumberland dran. Er kann sagen, er wäre Sir Geoffreys Sohn ... äh, Theobald, und käme gerade aus dem Heiligen Land zurück, wo sein Vater starb. Ein Pferd wird noch weniger auffallen als der Rest von uns.«

»Es geht nicht darum, dass ich ihn nicht lassen würde, und das weißt du genau«, sagte Steinarr. Ari hatte diesen Vorschlag schon öfter gemacht, und Brand hatte ihn bei seinem letzten Besuch Torvald selbst unterbreitet. War das nun schon fünf Dutzend Jahre her? Aber Torvald war der Einzige, der willens oder in der Lage war, mit dem Löwen fertig

zu werden, sich zwischen das wilde Tier und seine unschuldige menschliche Beute zu stellen. Und er nahm diese Aufgabe sehr ernst, denn er wusste aus eigener Erfahrung, was Zähne und Klauen des Löwen anrichten konnten. »Er will nicht. Ich habe ihm gesagt, er soll es machen, aber er will nichts davon wissen.«
»Er ist genauso stur wie du.«
»Er hält zu mir, und er ist mir ein guter Freund. So wie du es Brand bist.«
»Aber von Zeit zu Zeit überlasse ich Brand sich selbst, so wie jetzt zum Beispiel. Er kommt zurecht, und das würdest du auch. Torvald ...«
»Torvald trifft seine Entscheidungen selbst, aber du kannst ihm gern noch eine deiner Nachrichten hinterlassen. Vielleicht gibt er ja dieses Mal nach.«
Ari murmelte etwas, was Steinarr nicht verstehen konnte, den Hengst jedoch verärgert den Kopf heben ließ. »Weiß Torvald, was du mit dem Jungen vorhast?«
»Ich habe nichts weiter vor, als ihn daran zu hindern, etwas zu stehlen, das ihm nicht gehört. Ob er dabei zu Tode kommt, liegt ganz allein bei ihm – wobei es allerdings so aussieht, als bräuchte ich nur darauf zu warten, dass er sich selbst umbringt.«
Ari nickte stirnrunzelnd. »Was, glaubst du, wollte er überhaupt auf diesem Baum? Ich habe ihn nämlich nicht danach gefragt.«
»Den Schatz suchen, würde ich sagen, oder Hinweise darauf zumindest.«
»Oh.« Ari neigte nachdenklich den Kopf. »Ich vermute, er hat etwas gefunden. Und ich habe es ihr gegeben. Tut mir leid.«
Steinarr fegte Aris Entschuldigung mit einer Handbewegung beiseite. »Davon konntest du ja nichts wissen. Aber es

spielt ohnehin keine Rolle. Vorerst können die beiden nicht von hier fort. Dann sind wir also die Ersten, die du aufgestöbert hast, oder hast du die anderen schon getroffen?«

»Dieses Mal wart ihr die Letzten.« Während sie weiterritten, berichtete Ari in aller Kürze, wo die übrigen Gefährten sich aufhielten und wie es ihnen ging. Dann kam er auf Gunnar zu sprechen, der seinen Tag als Stier verbrachte, und seine Augen funkelten vor Belustigung. »Eine Zeitlang war er ganz allein oben in Yorkshire, bis ein barscher alter Steward ihn auf dem Gut entdeckte. Er ließ ihn einfangen und wollte ihn sogleich vom Stier zum Ochsen machen. Offenbar musste Gunnar drei Bauern und die Wand einer Scheune über den Haufen rennen, um freizukommen. Nun ist er wieder bei Jafri.«

»Mit einem Wolf zusammenzuleben schien ihm wohl doch nicht so schlecht, eh?«

»Sieht so aus. Sie haben sich in einem Tal östlich von Durham niedergelassen, wo sie beide recht gut zurechtkommen.«

»Und Brand?«

Das Lächeln schwand aus Aris Gesicht. »Nach wie vor auf der Jagd nach jedem kleinen Anzeichen von Magie, ganz gleich, ob weiße oder schwarze, aber bislang ohne Erfolg. Ich habe ihn in Cumberland zurückgelassen, wo er dabei war, die Mauern eines verlassenen Nonnenklosters einzureißen. Angeblich wurde dort einst ein Schatz versteckt.«

»Nichts als Zeitverschwendung. Jemand, der mit den Mächten der Finsternis im Bunde ist wie Cwen würde christlichen Boden sicherlich meiden.«

»Kann sein, aber vergiss nicht, dass es ihre Leute waren, die unsere Amulette versteckt haben, nicht sie selbst. Vielleicht dachten sie, es wäre umso sicherer, sie auf dem Bodenbesitz der Kirche zu verstecken. Jedenfalls möchte Brand als

Nächstes noch einmal den Raum durchsuchen, wo Cwen uns verflucht hat, um zu überprüfen, ob wir irgendeinen Hinweis übersehen haben. Sobald ich mich von dir verabschiedet habe, reite ich dorthin, um nachzusehen, ob es bei Odinsbrigga noch genug Waldland gibt, wo der Bär sich während unserer Suche verstecken kann.«

»Und wenn nicht?«

»Er hat es sich fest vorgenommen. Uns wird schon etwas einfallen.« Sie hatten eine Stelle im Wald erreicht, wo die Eichen dicht beieinanderstanden. Ari sah sich um. »Ist das weit genug entfernt, damit der Löwe unbehelligt auf die Jagd gehen kann?«

»Fast, aber ich gehe noch ein Stück zu Fuß weiter.« Steinarr saß ab und reichte Ari die Zügel des Hengstes und die Fuhrleine des Packpferds. »Reite in Richtung der Marienquelle. Mindestens ...«

»Mindestens eine Meile. Das weiß ich noch. Wir treffen uns morgen früh hier wieder.« Ari winkte Steinarr zu, dirigierte die Pferde nach Westen und ritt davon.

Steinarr sah ihm hinterher, dann machte er sich auf den Weg, zunächst nach Osten, dann in Richtung Norden. Er hatte erst ein kurzes Stück des Wegs zurückgelegt, als er einen Moosteppich entdeckte, der die gleiche Farbe hatte wie Marians Augen. Lächelnd ging er weiter, in Gedanken ganz bei Marian und den Freuden, die er im kommenden Monat zu erleben gedachte.

»Nein!«

Der Schrei holte Matilda aus dem Tiefschlaf. Für einen Augenblick war sie verwirrt durch die fremde Umgebung und den ungewohnten Druck der Wand an ihrem Rücken, dann schrie Robert abermals, und alles fiel ihr wieder ein. *Headon*

Hall. Das gebrochene Bein. Sie kroch hinüber zu Roberts Lager, wo dieser sich unruhig unter der Decke hin und her wälzte.

Als sie neben ihm kniete, sah er sie blinzelnd an und streckte die Arme aus.

»Au«, sagte sie, als er sie an der Wange traf. Sie griff nach seinen Händen. »Hör auf damit, Robert. Wach auf!«

»Maud?« Er klammerte sich an sie, und seine Stimme klang schrill vor Schmerz oder Angst oder vor beidem. »Warum tut mein Bein so weh?«

Er schien Fieber zu haben, doch als sie ihm die Hand auf die Stirn legte, fühlte seine Haut sich kühl an. »Du bist vom Baum gefallen. Erinnerst du dich?«

»Gefallen? Ja. Gerade erst«, brachte er mühsam hervor. Seine Zunge war schwer von dem Mohnsirup, und sein Blick schweifte unruhig umher, als hätten seine Augen sich in ihren Höhlen gelockert. »Es tut mir leid. Tut mir leid, dass ich hinuntergefallen bin.«

»Sch. Du konntest doch nichts dafür.« Das konnte er tatsächlich nicht. Vater war schuld daran. Er war dafür verantwortlich, dass Robert diesen Baum hinaufgeklettert war, hatte ihn von seinem Grab aus dort hinaufgetrieben, so wie er ihn auch zu Lebzeiten stets zu etwas getrieben hatte. Sie streichelte Robert über die Wange, und er legte seinen Kopf in ihre Hand und gab ihr einen Kuss auf die Handfläche.

»Immerhin habe ich es gefunden«, murmelte er. »Was steht drin?«

Beim Gekreuzigten! Er hatte einen Teil des Rätsels gelöst, und sie hatte es vollkommen vergessen. »Ich habe es noch nicht gelesen«, flüsterte sie ihm ins Ohr. »Du bist verletzt.«

»Verletzt«, wiederholte Robert murmelnd in ihre Handfläche.

Er nahm ihre Hand, gähnte herzhaft und schloss seine flatternden Lider. »Tut mir leid ... Ich kann nicht ...«

»Sch. Schlaf wieder ein! Ich bin ja hier.« Matilda kniete neben ihm und hielt seine Hand, während seine Gesichtszüge sich entspannten und sein Griff um ihre Hand sich lockerte. Als sie sicher war, dass er tief und fest schlief, zog sie ihre Hand zurück, griff hastig nach ihrem Beutel und zog den kleinen Zylinder hervor, den Sir Ari ihr gegeben hatte. Er bestand aus einem stumpfen grauen Material, vermutlich aus Zinn, und der Deckel war mit einer dicken Schicht aus rotem Wachs versiegelt. Mit dem Daumennagel kratzte sie das Wachs ab und öffnete den Behälter.

Die kleine Pergamentrolle, die herausfiel, war trocken nach all den Monaten oder Jahren, die sie in der Baumhöhle gelegen und darauf gewartet hatte, gefunden zu werden. Marian hauchte sie an, um die feine Haut durch ihren feuchten Atem geschmeidiger zu machen, dann rollte sie sie vorsichtig auf. Das Pergament knisterte ein wenig, zerriss aber nicht. Sie hielt es unter die einzige Kerze, die man ihnen für die Nacht gegeben hatte, und las.

»Harworth.« Mehr stand nicht darauf. Nur dieses einzige Wort. Vorsichtig, mit wachsender Aufregung drehte sie das Pergament um, schwenkte es hin und her, betrachtete es von allen Seiten und hielt es ins Kerzenlicht. Keine Spur eines weiteren Worts oder eines Zeichens war zu sehen, nicht einmal die feinen Spuren abgekratzter Buchstaben. Sie hielt eine Hand unter den Zylinder und schüttelte ihn. Ein Schnipsel Pergament fiel heraus, und hoffnungsvoll sah sie ihn sich genau an. Doch er erwies sich lediglich als eine unbeschriebene Ecke des größeren Stücks.

»Vater, du hinterhältiger alter Fuchs. Was hast du getan?«, flüsterte sie. Sie hatte sich bereits darauf eingestellt, sich

über ein weiteres Rätsel den Kopf zu zerbrechen, aber hier handelte es sich wohl um eine andere Art von Rätsel. Er hatte eindeutig beabsichtigt, dass sie sich weiter vorwärtsarbeiteten.
Und wenn sie sich weiter vorwärtsgearbeitet hatten, was dann?
Aufgrund von Vogelfreien, Ochsenkarren und gebrochenen Knochen hatten sie eine Menge Zeit verloren. Ihnen blieben – so zählte sie vorsichtshalber an den Fingern ab – noch zwei Tage mehr als dreißig, und von diesen zweiunddreißig Tagen mussten sie ausreichend Zeit abzweigen, damit Robert zu Edward reiten konnte. Eine Woche, mindestens, denn sie wussten nicht, wo er sich aufhielt – und das auch nur mit einem anständigen Pferd. Auch wenn die kleine Stute alles gab, sie mussten sich ein besseres Pferd beschaffen. Vielleicht bestand die Möglichkeit, sich eins zu leihen. Aber von wem? Vom Gut Headon ganz bestimmt nicht, denn ohne die Genehmigung des Haushofmeisters würde der Gutsverwalter sich garantiert nicht darauf einlassen. Dem Stallmeister war sie zuvor bereits begegnet, und auch der war alles andere als hilfsbereit. In Gedanken ging sie alle Leute durch, die sie in dieser Gegend kannte, aber ihr fiel nur einer ein: Bartholomew von Grantham.
Sie musste lächeln. Grantham lag im Osten von Nottinghamshire, es musste also ganz in der Nähe sein, und Bartholomew war während ihrer gemeinsamen Erziehungs- und Ausbildungszeit äußerst angetan von ihr gewesen. Er würde ihr bestimmt ein Pferd leihen. Dann könnte sie Robert abholen und ...
Nicht und. Gesetzt den Fall, sie käme bis nach Grantham und Bartholomew wäre dort und sie könnte ihn überreden, ihr zu helfen, wäre Robert ebenso wenig in der Lage zu

reiten, wie sie in der Lage war, zu Fuß zu gehen, jedenfalls nicht innerhalb der nächsten zwei Wochen, wenn nicht gar für noch länger. Und nach zwei Wochen Zeitverlust blieb ihnen nicht einmal mehr annähernd genügend Zeit.
Aber es musste eine Möglichkeit geben.
Natürlich gibt es eine Möglichkeit, flüsterte eine innere Stimme ihr aus dem Hintergrund zu. *Es tut sich eine Möglichkeit vor dir auf. Nutze sie!*
Nein. Alles, nur das nicht! Angestrengt suchte sie nach einer anderen Lösung, aber es schien vollkommen zwecklos. Was auch immer sie in Erwägung zog, erschien bei näherer Betrachtung absolut indiskutabel, und so saß sie dort in der dunklen Halle und hatte keine Wahl.
Sie zog sich die Decke fester um die Schultern, lehnte sich wieder an die Wand und gab sich alle Mühe, das Kribbeln im Bauch zu verdrängen, das sich beim bloßen Gedanken daran, diese Möglichkeit in Betracht zu ziehen, augenblicklich eingestellt hatte, das Kribbeln, das sie bereits dazu verleitet hatte, in Gedanken eine Sünde zu begehen, und das sie nun dazu bringen würde, diese Sünde in die Tat umzusetzen.
Wohin sie wollte, hatte er gesagt.
Hoffentlich gehörte er zu den Männern, die Wort hielten.

KAPITEL 5

Kurz nach Tagesanbruch ließ Matilda den noch schlafenden Robert in der Obhut einer der Köhlerinnen, Edith, und ging hinaus und über die Felder in die Richtung, aus der sie tags zuvor gekommen waren.

Bald darauf sah sie die beiden herbeireiten. Schon von weitem erkannte sie sie. Die Sonne ließ ihre goldblonden Schöpfe erstrahlen, mit einem Lichschein umkränzen, so dass sie aussahen wie zwei Engel – insbesondere der Neue, Sir Ari, der hübscheste Mann, der ihr je begegnet war. Mit einem Paar Flügel, so dachte sie, als die beiden sich näherten, würde er sich prächtig neben der heiligen Jungfrau machen.

Sir Steinarr hingegen ... Der reinste Sündenfall, durch und durch, von seiner souverän lasziven Art, sein Pferd zu dirigieren, über das anzügliche Grinsen, das um seine Lippen spielte, als er sie ansah, bis hin zu der unwillkürlichen Sinnlichkeit, in der er mit dem Daumen über die Zügel strich. Würde man ihn an die heilige Jungfrau heranlassen, er hätte ihr garantiert ein eindeutiges Angebot gemacht.

Selbstverständlich hätte die Jungfrau Maria nichts mit ihm zu tun haben wollen, Matilda selbst jedoch hatte keine Wahl. Und sogleich stellte sich das verräterische Kribbeln wieder ein und machte ihr umso mehr zu schaffen, nun, da sie sich mit der Ursache konfrontiert sah. Den Heiligen sei Dank, dass sie in dem Moment nicht auch noch seine Gefühle spürte. Den Heiligen sei ebenfalls Dank, dass sie den beiden nicht auf der Stute entgegengeritten war. Denn wenn sie es mit ihm zu tun bekam, war es von Vorteil, festen Boden unter den Füßen zu haben.

»Guten Tag, Marian«, rief Sir Ari und kam damit seinem Freund zuvor. »Wie geht es dem jungen Robin heute Morgen?«

»Besser, glaube ich, Mylord. Als ich hinausging, schlief er friedlich.«

Sir Steinarr schwang sich von seinem Hengst hinunter. »Ich verstehe nach wie vor nicht, warum er auf diesem Baum war.«

»Das ist doch ganz einfach, Mylord. Er ist hinaufgeklettert.«

Sir Ari grinste und wollte vom Pferd steigen, doch Steinarr warf ihm einen derart verdrießlichen Blick zu, dass er sich sogleich wieder in den Sattel setzte.

Sir Steinarr drehte sich wieder Matilda zu. »Die Frage ist nur, warum?«

»Jungen klettern eben gern«, gab sie leichthin zurück.

»Als Jungen kann man ihn ja wohl kaum noch bezeichnen. Und er sieht mir nicht so aus wie jemand, der gern auf Bäume klettert. Aber selbst wenn wir davon ausgehen, es wäre so, warum ausgerechnet hier? Und warum auf diesen Baum, wo es nur einen Steinwurf entfernt einen ganzen Wald voll Bäume gibt, deren Äste nicht so morsch sind?«

»Er betrachtete es als eine Herausforderung – der er leider nicht gewachsen war.« Voller Unbehagen, weil er offenbar keine Ruhe geben wollte, lächelte sie ihn zaghaft an, dann ging sie an ihm vorbei zu Sir Ari, der auf seinem Pferd saß. Sie machte einen tiefen Knicks vor dem Ritter. »Ich möchte

Euch noch einmal für Eure Hilfe danken, *Monsire*. Wenn Ihr uns nicht zu Hilfe gekommen wärt, hätten wir nicht gewusst, was wir hätten tun sollen.«

»Keine Ursache«, sagte Sir Ari. »Ich kam zufällig dort vorbei.«

»So wie ich«, murmelte Steinarr hinter ihr.

Aber nur, weil Ihr mich ins Bett kriegen wollt, dachte sie, als sie sich umdrehte und vor ihm ebenfalls einen Knicks machte – höflich, wenngleich auch nicht ganz so tief wie vor Ari. »Jawohl, Mylord, allerdings. Selbstverständlich gilt meine Dankbarkeit auch Euch.«

Er nickte kaum merklich. »Nun, warum bist du schon so früh auf den Beinen?«

Nun sieh ihn sich einer an, mit diesem dreisten Grinsen, als ob er genau wüsste, warum. Bah. Am besten, sie kam direkt zur Sache. »Ich muss Euch sprechen, Mylord. Unter vier Augen, wenn Ihr nichts dagegen habt.«

Sir Ari sah zunächst sie und dann Steinarr an und grinste über das ganze Gesicht. »Dann werde ich schon einmal vorausreiten. Wir treffen uns später in der Halle, *ja?* Äh, ja.«

Er wendete seinen prächtigen Rappen, gab ihm die Sporen, und sogleich galoppierte das Pferd auf das Gutshaus zu. Als der Hufschlag verhallte, drehte sich Steinarr zu Matilda um. »Nun sind wir allein.«

Mit zusammengezogenen Augenbrauen sah sie Sir Ari hinterher. Vielleicht sollte sie ihn zurückrufen und lieber ihn um Hilfe bitten. Vielleicht würde er ... Aber nein, ihr stand Hilfe zur Verfügung, und zwar direkt vor ihr – und immerhin hatte sie eine ungefähre Vorstellung davon, mit wem sie sich da einließ. Nachdem sie sich vergewissert hatte, dass die Mauer zwischen ihrem Innersten und der Außenwelt stabil genug war, holte sie tief Luft und straffte die Schultern. »Ihr könnt mich haben, Mylord.«

Steinarr erstarrte, nur für einen Augenblick, dann erstarb sein Lächeln. »Ich bin nicht sicher, ob ich dich richtig verstanden habe.«

»Ihr habt mich sehr gut verstanden, Mylord. Ihr könnt – wie sagtet Ihr noch – mich nehmen, wann immer Ihr wollt, solange Ihr mich bringt, wohin ich will. Anschließend bekommt Ihr Euer Pfund Silber obendrein.« Sie hatte Mühe, ihre Stimme unter Kontrolle zu behalten und ihm gegenüber nicht zu zeigen, welche Überwindung sie diese Worte kosteten. »Ich nehme Eure Bedingungen an, Mylord. Ich bitte Euch nur darum, mir nicht weh zu tun, wenn Ihr ... also, wenn wir ...«, stammelte sie und verstummte schließlich, denn sie konnte es nicht aussprechen.

Konnte es *ihm* gegenüber nicht aussprechen, da er so angespannt vor ihr stand, dass sie an eine Katze denken musste, die zum Sprung bereit war. *Er* hatte sicher kein Problem damit, die Dinge beim Namen zu nennen.

Sein Gesichtsausdruck war finster und gierig. Er ging einen Schritt auf sie zu. »Ich kann dich haben? Einfach so?«

»Einfach so, Mylord, vorausgesetzt Ihr haltet Wort und bringt mich dorthin, wohin ich möchte.«

»Ich halte stets mein Wort.« Noch ein Schritt. »Ein seltsames Gelübde für eine Pilgerin.«

»Meinem Cousin geht es sehr schlecht.« Sie blieb ruhig stehen, obwohl er dicht vor ihr stand und sie mit diesem hungrigen Blick aus seinen blauen Augen, die um die Pupillen herum so sonderbar golden funkelten, verschlang. Es war verlockend, nur ein wenig nachzugeben und herauszufinden, wie er sich anfühlte, ob er tatsächlich Wort hielt oder nicht, ob ihr Körper ihm genug sein würde, um ihn an sein Versprechen zu binden. Aber nein, das wäre alles andere als klug. »Ich will es von Euch selbst hören, Mylord. Wenn ich einen so hohen Preis bezahle, möchte ich sicher sein, dass ich mein Ziel erreiche.« Sie streckte ihm die Hand entgegen, um die Abmachung zu bekräftigen. »Euer Ehrenwort als Ritter darauf, dass Ihr mich bis ans Ziel bringt.«

»Mein Ehrenwort als Mann darauf, dass ich Euch bis ans Ziel bringe«, versicherte er ihr, wobei der anzüglich warm klingende Ton in seiner Stimme keinen Zweifel daran ließ, was genau er damit meinte – und es hatte nichts mit der Reise zu tun. Als sie errötete, schlug er ihre Hand zur Seite und legte seinen Arm um ihre Taille, um sie an sich zu ziehen. »Einen solchen Handel kann man auch auf angenehmere Weise besiegeln, Marian.«

Sie wich zurück, als er sie küssen wollte. »Noch gibt es keinen Handel, den man besiegeln könnte, Mylord. Noch habt Ihr mir Eure Hilfe nicht aufrichtig zugesichert, und ich werde mich nicht von Euren trügerischen Worten verleiten lassen.«

Er hob den Kopf, so dass er auf sie hinuntersehen konnte. Die Spuren eines schwachen Lächelns spielten um seine Augenwinkel. »Dann sichere ich dir hiermit aufrichtig meine Hilfe zu. Ich bringe dich, wohin du willst, im Austausch dafür, dass du mir zu Willen bist, solange wir unterwegs sind, und anschließend erhalte ich zusätzlich ein Pfund Silber von dir. Darauf mein Wort. Und nun bist du dran, denn Frauen sind allgemein dafür bekannt, dass auch sie jemanden zu etwas verleiten können.«

Sie errötete wieder unter seinem Blick, doch erhobenen Hauptes sagte sie deutlich: »Ich werde Euch zu Willen sein, wann immer Ihr es wünscht, und Euch ein Pfund Silber zahlen als Gegenleistung für Eure Hilfe und Euer Geleit auf dem restlichen Weg meiner Reise. Darauf mein Wort.«

Sein Lächeln breitete sich bis in seine Mundwinkel aus.

»Damit ist die Vereinbarung also zu deiner Zufriedenheit besiegelt?«

Warum schien er derart selbstzufrieden? Sie rief sich noch einmal ins Gedächtnis, was er gesagt hatte und was sie selbst gesagt hatte, aber sie fand keinen Anhaltspunkt dafür, dass die Vereinbarung einen Haken gehabt hätte. Sie nickte zögernd. »Das ist sie.«

»Gut. Denn meiner Zufriedenheit entspricht sie ganz sicher. Und nun ein Pilgerkuss, um die Vereinbarung zu besiegeln.« Abermals beugte er sich zu ihr hinab.

Sie erstarrte, wartete auf einen so stürmischen Kuss wie vor dem Kirchentor, auf seine zügellose Gier, die in ihr das gleiche Bedürfnis hervorgerufen hatte. Doch er vermochte mehr als nur das. Denn dieser Kuss war sanft, züchtig, tatsächlich beinahe so, wie es sich für einen Pilger gehört hätte, abgesehen davon, dass ein richtiger Pilger einen Kuss niemals derart ausgekostet hätte, wie dieser Mann es tat, so lange, bis es keine Rolle mehr spielte, dass sie ihn eigentlich nicht wollte, bis ihr Körper sich ihm von selbst entgegendrängte und nach mehr verlangte. Als er schließlich von ihr abließ, blieb sie einen Augenblick lang an ihn gelehnt stehen, bevor sie sich wieder fest auf ihre eigenen Füßen stellte.

Sie spürte etwas Rauhes an ihrer Wange, und als sie die Augen aufschlug, stellte sie fest, dass er sie stirnrunzelnd ansah und mit den Fingerspitzen über ihre Wange strich. »Du bist verletzt. Woher hast du diesen blauen Fleck?«

Sie fuhr sich mit der Hand über die Wange und fand die empfindliche Stelle. »Mmm.« Es dauerte einen Moment lang, bis es ihr wieder einfiel. »Ist nicht schlimm. Ein Schlag von Robin. Er ...«

Steinarrs Miene verdüsterte sich. »Gebrochenes Bein hin

oder her, ich werde diesem Bübchen klarmachen, dass man Frauen nicht schlägt.« Er eilte auf sein Pferd zu.

»Nein!« Sie packte ihn am Arm, und für einen Augenblick spürte sie die Wucht seines Zorns, der gegen ihre innere Mauer prallte. Sie stemmte sich dagegen, und der Druck ließ nach. »So war es nicht. Er hat geschlafen.«

Er hielt inne, jede Sehne seines Körpers vibrierte unter ihren Händen wie die Saiten einer Violine. »Geschlafen?«

»Aye. Er träumte, er würde noch einmal fallen. Ich wollte ihn wecken, und er schlug um sich.« Sie ließ seinen Arm los und ging einen Schritt zurück. »Robin würde mir niemals etwas antun, Mylord. Niemals.«

»In Ordnung. Also gut.« Er sah zur Seite, um ihrem Blick auszuweichen. Unbehagliches Schweigen breitete sich zwischen ihnen aus.

Schließlich räusperte Matilda sich. »Es wird ihn sicher freuen zu hören, dass Ihr mit ganzem Einsatz für meine Sicherheit sorgen wollt.«

Abermals verfinsterte sich seine Miene. »Dann weiß er also von dieser ... von deinem Vorhaben? Und er ist damit einverstanden?«

»Weder noch.« Ihre Wangen glühten, und nun war sie diejenige, die den Blick abwandte. »Erwähnt ihm gegenüber bitte nichts davon, Mylord. Ich werde ihm erzählen, dass Ihr lediglich Silber für Eure Hilfe verlangt. Ich möchte nicht, dass er erfährt, was außerdem zwischen uns geschehen wird.«

»Sag es ihm oder lass es bleiben, ganz wie du willst. Schließlich ist er *dein* Cousin«, sagte er, und seine Stimme klang noch immer rauh vor Zorn. »Wann willst du aufbrechen?«

»Heute. Sobald ich den Gutsverwalter für seine Mühe entlohnt habe.« Je eher, desto besser, bevor sie der Mut verließ.

Sie drehte sich um und machte sich auf den Weg zurück zum Gutshaus.

Er ging neben ihr her und führte seine Pferde an den Zügeln. So gingen sie schweigend zurück. Sie riegelte sich weiter hinter ihrer inneren Mauer gegen die Welt ab, und dennoch malte sie sich alles Mögliche aus, das er mit ihr machen würde, als ob er ihr all diese Gedanken über ihre Mauer hinweg zuwerfen würde, um sie anzustacheln. Schlimmer noch, ihr Körper reagierte auf jeden einzelnen dieser Gedanken auf eine Weise, die sie sowohl erregte als auch beschämte.

Einmal mehr rief sie sich die Worte der Priester ins Gedächtnis, die sie vor der Sünde der Selbstbefriedigung gewarnt hatten. Sie hatte immer gedacht, sie würden übertreiben, um ihr Angst zu machen, aufgrund dessen, was sie von ihr und den seltsamen Anwandlungen während ihrer Kindheit wussten. Aber vielleicht war es gar nicht so. Vielleicht hatten sie die ganze Zeit über recht gehabt in Bezug auf all den Ärger, der damit einherging.

Vielleicht hatten sie in Bezug auf sie recht gehabt.

»Du hast *was!*« Robert setzte sich kerzengerade hin, dann sank er stöhnend zurück und stützte sich auf die Ellbogen. »Au. Herrgott, tut das weh!«

»Du musst still liegen.« Hastig legte Matilda ihm ein Kissen in den Rücken und half ihm, sich anzulehnen. Dann strich sie ihm das Haar aus der schweißnassen Stirn. »Soll ich dir noch etwas Mohnsirup holen?«

»Nein.« Ärgerlich schob er ihre Hand weg. »Bist du verrückt geworden, Matilda?«

Sie sah sich um, um festzustellen, wessen Aufmerksamkeit er auf sich gezogen hatte. Sie hatte gewartet, bis die Männer nach dem Frühstück auf die Felder hinausgegangen waren, aber einige Leute befanden sich noch in der Halle. Jedoch schienen nur zwei Mägde, die frisches Schilf auf dem Boden ausstreuten, sie bemerkt zu haben, und es bedurfte lediglich eines flüchtigen Blickes, damit sie sich wieder an ihre Arbeit machten. Anschließend richtete Matilda ihren Blick auf Robin. »Zum tausendsten Mal: Marian. Und sprich nicht so laut!«

»Du erzählst mir, du willst allein mit einem Fremden weiterziehen, und dann erwartest du, dass ich nicht laut werde? Du *bist* verrückt.«

»Sir Steinarr ist kein Fremder.«

»Trotzdem!« Robert schüttelte fassungslos den Kopf. »Den Heiligen sei Dank, dass er nicht vorhat, uns zu helfen.«

Sie starrte auf den Wandbehang hinter ihm: die Jungfrau Maria, die sich vom Teufel abwandte und ihre Hand einem goldgelockten Engel entgegenstreckte. Vielleicht hätte sie doch Sir Ari fragen sollen. »Die Heiligen wollen wohl, dass ich die Reise mache.«

Robert riss die Augen auf. »Aber er hat doch nein gesagt.«

»Und nun hat er ja gesagt. Es wird uns ein ganzes Pfund Silber kosten, aber er wird mich den Rest des Weges begleiten.« *Ich bringe dich, wohin du willst,* hatte er ihr versprochen, und bei der Erinnerung an diese Worte durchströmte sie Hitze und konzentrierte sich genau dort, wo er es sicherlich beabsichtigt hätte. *Der Teufel soll ihn holen.* »Wir können den Hinweisen folgen, und ...«

»Wir? Hast du ihm etwa gesagt, was wir tatsächlich vorhaben?«

»Noch nicht.«

»Wie kannst du erwarten, dass er dir bei der Suche hilft, wenn er nicht einmal weiß, dass du nach etwas suchst?«

»Ich werde es ihm erzählen.«
»Wann?«, fragte er.
»Das ist nichts, womit ich einfach so herausplatzen kann, nachdem wir die ganze Zeit über gelogen haben. Ich werde es ihm erzählen, wenn es sein muss.«
»Bah. Und bis dahin?«
»Bis dahin werde ich selbst den Hinweisen nachgehen und ihm sagen, wohin wir reiten müssen. Er wird glauben, die Orte, die wir aufsuchen, gehörten zu meiner Pilgerreise. Und wenn ich ...«
»Er ist doch kein Dummkopf.«
Nein, ganz und gar nicht, aber sie blieb stur. »Und wenn ich es finde ...«
»*Falls* du es findest.«
»*Wenn* ich es finde, kommen wir zurück und holen dich. Bis dahin bist du so weit genesen, dass du wieder reiten kannst. Und dann können wir uns auf den Weg zu Edward machen.«
»*Falls* wir herausfinden, wo er sich aufhält. *Falls* wir die Zeit dazu haben. *Falls* Sir Steinarr nicht einfach nur die Belohnung einstreicht.«
Auf den Gedanken war sie noch gar nicht gekommen, aber als sie ihn in Betracht zog, schüttelte sie den Kopf. »Warum sollte er? Er wird für seine Dienste bezahlt, und die Sache an sich ist abgesehen von dir für niemanden von Wert.«
»Sie ist einiges wert. Und dann ist da noch Guy. Was ist, wenn *er* dich einholt?«
»Dann habe ich zumindest einen starken Ritter bei mir, der bereits unter Beweis gestellt hat, dass er mich beschützen wird.« Sie erzählte Robert von dem blauen Fleck, und während sie sprach, fuhr sie sich unwillkürlich mit den Fingerspitzen über die Wange.
»Ich habe dich geschlagen?« Bestürzt zog Robert ihre Hand

zur Seite, um sich die Prellung anzusehen. »Ah, Maud, verzeih mir!«

Sie tat seine Entschuldigung ab. »Das lag an dem Mohnsirup. Du konntest nichts dafür. Ich habe es dir nur erzählt, um dir klarzumachen, dass er bereit ist, mich zu verteidigen. Sogar gegen dich.«

»Warum?«, fragte Robin. Sie suchte stammelnd nach einer Antwort, und er nutzte ihr Zögern sogleich aus. »Gib dir keine Mühe. Ich kann mir denken, warum. Mir ist nicht entgangen, wie er dich angesehen hat.«

»Alle Männer sehen Frauen auf ähnliche Weise an. Selbst du. Aber ich habe ihm das Versprechen abgenommen, dass er mir sicheres Geleit gibt, und ich verlasse mich auf sein Ehrenwort als Ritter.« Ihr schauderte angesichts dessen, wie sie eine Lüge nach der anderen auftischte. Aber immerhin lag auch ein Körnchen Wahrheit darin. »Ich muss es versuchen, Robin. Ich kann nicht einfach hier herumsitzen und ... zusehen, wie deine Knochen zusammenwachsen.«

»Und ich kann nicht einfach zusehen, wie du dich mit diesem Mann davonmachst.«

»*Dieser* Mann wird uns helfen, und genau darum geht es im Moment.«

»Mir geht es in erster Linie um deine Sicherheit.« Er stieß einen verzweifelten Seufzer aus. »Du solltest nach Hause reisen, Maud.«

»Marian«, korrigierte sie im Flüsterton. »Marian, Marian, Marian.«

»Du solltest nach Hause reisen, *Marian*. Reite geradewegs zu Lord Baldwin und heirate ihn, so wie es geplant ist. Dann bist du wenigstens sicher vor Guy.«

»Sicher? Unter diesem alten Wal? Er wird auf mir sterben

und mich zu Tode quetschen.« Und nach allem, was sie über ihn gehört hatte, schien das noch die harmloseste Variante. Sicherheit hatte eine vollkommen andere Bedeutung für eine Frau als für einen Mann, zu dieser Schlussfolgerung war sie jedenfalls mitten in der Nacht gekommen, als sie ihre Möglichkeiten gegeneinander abgewogen hatte: einen Monat mit Sir Steinarr oder Jahre mit dem widerwärtigen alten Baldwin und dem noch widerwärtigeren Guy. Vater hatte gedacht, es diene ihrem Schutz, sie mit Baldwin, der einst ein einflussreicher Freund von Huntingdon gewesen war, zu verloben. Aber solange Guy im Hintergrund darauf wartete, dass der alte Mann starb, war jegliche Sicherheit, die Baldwin ihr bieten konnte, dahin. Ganz zu schweigen davon, was Guy mit Robert machen würde, wenn ihr Vorhaben scheiterte. Sie *mussten* diese Sache erfolgreich zu Ende bringen, und wenn das hieß, Steinarr zu gewähren, was er verlangte, dann würde sie dem eben nachgeben. Selbst jetzt, da ihr Körper sich so verräterisch benahm, wusste sie, dass es die richtige Entscheidung war.
»Nein. Die beste Aussicht für mich ist, dass du es schaffst. Und die beste Aussicht darauf hast du mit Sir Steinarrs Hilfe.«
Robin schüttelte den Kopf. »Ich werde nicht zulassen, dass du das tust.«
Sie verschränkte die Arme über der Brust. »Es steht dir nicht zu, mir zu sagen, was ich zu tun habe und was nicht, *Cousin*.«
»Ich bin *nicht* dein Cousin«, stieß er grimmig hervor.
»Im Moment bist du das«, rief sie ihm sachte in Erinnerung. »Es wird alles gut, Rob. Auch für *mich* wird alles gut. Er ist ein Mann von Ehre. Er hat mir sein Wort gegeben.« Immerhin Letzteres entsprach der Wahrheit.

Sie merkte, dass Roberts Widerstand nachließ, dennoch musste sie ihn ablenken, bis er sich an den Gedanken gewöhnt hatte. Sie hob das Stückchen Pergament auf, das heruntergefallen war, als er sich hastig aufgerichtet hatte. »Wir brauchen lediglich diesem Hinweis zu folgen. Harworth. Es könnte sich um eine Stadt handeln oder um eine Abtei oder ... vielleicht um ein Pferd.«
»Seltsamer Name für ein Pferd. Bestimmt ein Ort.«
Er starrte auf das größere Stück Pergament, das er noch immer in der Hand hielt, drehte und wendete es und betrachtete es mit zusammengekniffenen Augen, so wie sie in der Nacht zuvor. »Mir kommt es schon die ganze Zeit so vor, dass ich es mir nur lang genug anzusehen brauche ...«
»Ich weiß. Aber es ist nicht ein Kratzer oder ein eingestochenes Loch zu sehen.«
Seufzend reichte er das Pergament Matilda, die es vorsichtig samt der abgerissenen Ecke in den Zylinder zurücksteckte. »Und was soll ich deiner Meinung nach tun, während du den Hinweisen nachgehst, die eigentlich gar keine sind?«
Sie steckte den Deckel wieder auf den Zylinder. »Der Steward hat zugestimmt, dass du noch so lange hierbleiben kannst, bis du wieder gesund bist. Darauf werde ich bestehen.«
»Sagte er gestern Abend nicht, er verlange einen Schilling?«
»Das galt für uns beide. Wenn ich fort bin, wird sich der Preis verringern.«
»Und wieder steigen, weil jemand sich um mich kümmern muss, wenn du fort bist, so viel ist sicher. Dann bleibt dir kaum noch etwas, um weiterzureisen.« Er zupfte an einem losen Faden seiner Decke herum. »Reisen«, sagte er noch einmal zu sich selbst. »Sir Ari kommt, glaube ich, ganz

schön weit herum. Vielleicht weiß er, was und wo Harworth ist.«

»Das ist eine gute Idee. Ich werde ihn fragen.«

»*Ich* werde ihn fragen. Ich werde sagen, wir müssten es wegen deiner Pilgerreise wissen.«

»Dann habe ich also deinen Segen dafür?«, fragte sie.

»Nein, aber selbst ein Narr weiß, wann er eine Schlacht verloren hat. Also, geh ihn holen und Sir Steinarr auch. Auch er sollte erfahren, wo Harworth liegt, um dich rechtzeitig dorthin zu bringen.«

Sie nickte und eilte davon, um so schnell wie möglich die Straße zu erreichen. Draußen entdeckte sie Sir Ari am Brunnen, und während sie auf ihn zuging, rief sie: »Verzeiht, Mylord. Wo ist Sir Steinarr?«

»Ich bin hier.« Steinarr trat hinter Ari hervor. Sein Oberkörper war nackt, und er hielt einen Eimer in der Hand, dessen Inhalt er sich offenbar gerade über den Kopf geschüttet hatte, denn Wasser perlte in Rinnsalen an ihm hinunter, die in der Sonne funkelten. Er ließ den Eimer auf den Rand des Brunnens fallen und schüttelte sich. Dann griff er nach seinem Hemd und trocknete sich die Brust ab

»Ich, ähm ...« Ihr Mund wurde trocken angesichts all der Muskeln unter seiner nackten Haut – die sie im Verlauf der kommenden Wochen sicher genau kennenlernen würde. Ihr Blick schweifte hinab zu dem vergrößerten Schritt seiner abgetragenen Leinenhose – auch *diese* Wölbung würde sie wohl bald genau kennenlernen ...

»Bist du so weit, Marian?«

Die Belustigung, die ihm anzuhören war, ließ sie aufblicken, aber zu spät. Er sah sie grinsend an. Er wusste Bescheid. Der Teufel sollte ihn holen!

»Nein, Mylord, noch nicht.« Wut und Beschämung ließen

ihre Stimme fester klingen, als sie eigentlich erwartet oder verdient hatte. Sie hob den Kopf und begegnete herausfordernd seinem Blick, obwohl sie spürte, dass ihre Wangen schuldbewusst glühten wie die Leuchtfeuer eines Wehrturms. »Robin möchte Euch beide sprechen, *Messires*. Wenn es Euch recht ist.«

Das Grinsen schwand aus Steinarrs Gesicht. Mit einem Knallen schüttelte er sein Unterhemd aus und zog es sich über den Kopf, dann griff er nach seinem Gewand, das über der Brunnenkurbel gehangen hatte, und ging auf die Halle zu. Ari schloss sich ihm an, und Matilda ging hinter den beiden her, von wo aus sie zu ihrer Verwirrung jeden Muskel sehen konnte, der sich unter Steinarrs feuchtem Hemd abzeichnete, während er mit den Armen in sein Gewand hineinschlüpfte. Und falls der Seufzer, der ihr über die Lippen kam, als er sich die Cotte schließlich über den Kopf streifte, ein Seufzer der Enttäuschung und nicht der Erleichterung war, nun ... dann war sie die Letzte, die es zugegeben hätte.

In mancher Hinsicht war das Mädchen eisenhart, so viel war sicher, dachte Steinarr im Stillen, als er vor der Tür zur Seite ging, um Marian den Vortritt zu lassen. Doch ihre Härte verwandelte sich in süße Milde, sobald sie neben Robin kniete. Und trotz seiner Verärgerung verstand Steinarr, dass sie sich Sorgen machte. Der Junge sah furchtbar aus – besser als am Tag zuvor, aber nach wie vor furchtbar. Das Haar klebte ihm am Kopf, schweißnass vor Schmerzen, und die Haut um seinen Mund herum war gespannt und bleich wie der Bauch einer Forelle. Dennoch brachte er ein schwaches Lächeln zustande und hob kaum merklich den Kopf zur Begrüßung. »Mylords.«

Steinarr antwortete mit einem Kopfnicken. »Wie geht es dir, Junge?«

»Es tut weh, Mylord, aber dank Sir Ari und Euch bin ich noch an einem Stück.«

»Wir konnten dich ja wohl kaum dort liegen lassen.«

»Manch anderer hätte es getan.« Robins Blick streifte den Gutsverwalter, der durch die Hintertür hereingekommen war und in der anderen Ecke des Raums mit einer Magd sprach. »Meine Cousine sagte, Ihr seid bereit, sie auf ihrer weiteren Pilgerreise zu begleiten.«

»Bist du das?« Ari sah Steinarr vorwurfsvoll an. »Das hast du mir überhaupt nicht erzählt.«

Steinarr warf ihm einen drohenden Blick zu. »Weil es dich nichts angeht.«

»Mich offenbar auch nicht, Mylord«, sagte Robin in bedrücktem Ton an Ari gerichtet. Steinarr gab sich keinerlei Mühe, sein höhnisches Grinsen zu verbergen. *Schwachkopf. Seine Frau einfach so gehen zu lassen.*

»Wisst Ihr, wo Harworth liegt?«, fragte Robin.

Ari nickte. »In der Nähe von Blyth.«

»Näher an Tickhill«, sagte Steinarr.

»Dann wisst Ihr also auch, wo es ist, Mylord? Das ist nämlich die nächste Station unserer Pilgerreise.«

»Da habt ihr aber einen Umweg gemacht«, gab Sir Ari stirnrunzelnd zu bedenken. »Wenn ihr aus Westen gekommen seid, wäre es doch besser gewesen, zuerst dorthin zu reisen.«

»Der Weg eines Pilgers ist oftmals lang und gewunden«, sagte Marian. »Wie lange braucht man, um dorthin zu kommen?«

»Zwei oder drei Tage.« Steinarr sah sie geradewegs an und grinste. »Kommt darauf an, wie oft wir haltmachen.«

Sie riss die Augen auf und kniff sie dann über ihren errötenden

den Wangen zusammen. Doch sie hatte sich schnell wieder in der Gewalt. »Schön. Ich werde dem Reeve seinen geforderten Schilling geben, und dann können wir aufbrechen.«

»Das ist nicht nötig, Mädchen.« Der Köhler – Hamo war doch sein Name, dachte Steinarr – hatte hinter ihnen den Raum betreten, gefolgt von zwei Männern und zwei Frauen. »Edith hat mir erzählt, wie viel der Reeve verlangt. Das ist einfach zu teuer für zwei Pilger. Wir werden Robin mitnehmen und uns um ihn kümmern. Edith kennt sich gut mit Kräutern aus.«

»Wärst du damit einverstanden?«, fragte Robin, erfreut über diese Möglichkeit. »Ach, das wäre schön!«

»Aber sie haben keine Betten«, sagte Marian, ganz eindeutig bestürzt. Hilfesuchend wandte sie sich um zu der alten Frau. »Er kann unmöglich auf dem Boden schlafen, Edith.«

»Natürlich nicht. Und das wird er auch nicht.«

»Ich habe ein Reisebett«, verkündete Hamo voller Stolz: »Das kann er haben. Mir wird es nicht schaden, ein paar Wochen lang auf dem Boden zu schlafen.«

»Aber in einem Köhlerlager ist es so schmutzig«, wandte Marian ein.

»Hier etwa nicht?« Robin klopfte auf das Bett und war sogleich in eine übelriechende Staubwolke gehüllt. »Wenigstens ist der Schmutz bei den Köhlern der Schmutz ehrlicher Arbeit. Sie sind gute Menschen, und ich bin dankbar für ihre Hilfe.«

»Ich natürlich auch«, sagte Marian. »Aber ...«

»Wir werden uns um ihn kümmern, Marian«, sagte der dickere der beiden übrigen Männer. »Er wird ebenso gut essen wie wir, und er befindet sich bei freundlichen Menschen, bis er wieder gesund ist. Ivetta ist eine gute Köchin.«

»Und von Kräutern verstehe ich etwas«, sagte Edith. »Ich weiß, wie ich seine Schmerzen lindern kann und wie das Bein schneller heilt.«

»Siehst du, Maud? Ich weiß, dass ich dort besser dran bin.« Mit jedem weiteren Argument entspannten sich Marians Gesichtszüge, bis sie schließlich zustimmend nickte, wobei ihr nicht einmal aufgefallen war, dass Robin sich wieder einmal versprochen und sie mit der Kurzform ihres Namens angesprochen hatte. Sie nahm seine Hand. »Bist du dir sicher?«

»Das bin ich.« Robin führte ihre Hand an seine Lippen und gab ihr einen flüchtigen Kuss, woraufhin Steinarr die Schultern straffte. An Hamo gerichtet fragte Robin: »Wie wollt ihr mich von hier fortbringen?«

»Tja, darüber haben wir uns auch schon Gedanken gemacht.« Der Köhler kratzte sich am Kinn. »Unsere Karren sind zu vollgepackt mit Geräten und Vorräten, als dass wir die Trage ordentlich verstauen könnten. Wir werden uns wohl einen Karren leihen müssen.«

»Was für einen Karren?«, fragte der Gutsverwalter, der plötzlich hinter Ari stand.

»Der junge Robin hier möchte lieber in unserem Lager gesund werden«, antwortete Hamo. »Wir bräuchten etwas, womit wir ihn transportieren können.«

Der Verwalter schüttelte den Kopf. »Leuten wie euch kann ich keinen Wagen leihen, jedenfalls nicht ohne Bezahlung und Pfand. Der Steward würde mir dafür das Fell abziehen, ganz sicher.«

»Dein Haushofmeister scheint ein ziemlich unangenehmer Zeitgenosse zu sein«, sagte Steinarr.

Dem Verwalter war die Ironie entgangen. »Aye, das ist er. Ich muss vier Pence dafür verlangen.«

»Vier Pence!«, rief Marian und sprang auf. »Für einen einzigen Tag?«
»Aye, und einen Schilling als Pfand sowie den Lohn für den Fuhrmann.«
Ari verzog den Mund zu einem dünnen Strich angesichts solchen Geizes. »Sag, Reeve, würde dein Steward zwei Rittern einen Tag lang ein Fuhrwerk samt Fuhrmann leihen?«
Der Verwalter saugte einen Moment lang nachdenklich an seinen Zähnen und nickte schließlich. »Aye, das könnte ich ohne seine Zustimmung veranlassen. Aber dennoch steht die Bezahlung für eine Nacht Kost und Logis für die beiden hier noch aus. Und für den Mohnsirup, den die Magd ihm eingeflößt hat.«
»Er brauchte nicht mehr als eine Portion, und gegessen hat er überhaupt nichts bis auf ein wenig trockenes Brot heute Morgen«, sagte Marian. »Und *ich* habe im Sitzen an die Wand gelehnt geschlafen.«
»Der Junge nimmt nichts mit von diesem schmuddeligen Bett außer ein paar Läusen«, fügte Ari hinzu. »Ein Penny ist mehr als genug für alles, was du zur Verfügung gestellt hast, Wagen und Fuhrmann inbegriffen. Dann bist du mit den beiden quitt.«
»Mit uns *allen*«, sagte Steinarr und stellte sich neben Ari, um ihm beizupflichten, obwohl er selbst mit dem Jungen gar nichts zu tun haben wollte. Aber der Gutsverwalter war schlicht und einfach ein Mistkerl. Steinarr legte eine Hand an den Griff seines Schwertes. »Es wäre zu deinem Nutzen.«
Der Mann betrachtete Steinarr eingehender und erblasste. »Aye, das glaube ich auch.«
Marian wollte nach ihrem Beutel greifen, aber Steinarr kam ihr zuvor und warf dem Verwalter eine Münze zu. Der Mann fing sie aus der Luft auf, sah sie hastig prüfend an und nick-

te. Er drehte sich auf dem Absatz um, ging zur Tür und rief nach ein paar Männern, die das Fuhrwerk holen sollten.

»Gut, dann sollte ich mich nun lieber vergewissern, dass das Bein anständig geschient ist«, sagte Ari. Er beugte sich über Robin, zog die Decke zurück und enthüllte Robins Bein, das geschwollen und bleich zwischen Stöcken und unter Verbänden lag. »Es wird weh tun, Junge. Es wäre besser, du würdest noch drei oder vier Tage warten.«

»Ich weiß, Mylord«, sagte Robin. »Aber letzten Endes ist es so besser.«

»Ich werde die Bahre holen«, sagte Steinarr, erpicht darauf, die Sache voranzutreiben und Marian von ihrem elenden Liebhaber loszueisen, damit er sich ihr endlich selbst widmen konnte. Er ging hinaus, stöberte ein wenig herum und fand schließlich die Bahre, die sie gestern gebaut hatten, an eine Wand des Stalls gelehnt. Er ging in die Hocke, um eine lose Schlaufe festzuziehen, als Marian plötzlich hinter ihm stand.

»Ich wollte Euch den Penny zurückgeben, Mylord. Hier. Nehmt.«

Ari und seine dämlichen Knoten. Noch immer hatte er nicht gelernt, einen anständigen Knoten zu binden. Ungeduldig zerrte Steinarr an dem losen Ende. »Das klären wir später.«

Für einen kurzen Augenblick herrschte Schweigen, und dann traf ihn etwas hart zwischen den Schulterblättern. Er sprang auf, drehte sich hastig um, und sogleich fuhr Marian ihn zornig an. »Ich mag mich ja für Eure Hilfe verkaufen wie eine Hure, Mylord, aber ich bin mehr wert als einen Penny.«

Er brauchte einen Moment, um zu realisieren, was er da gesagt hatte. *Ah.* »So war das doch nicht gemeint. Ich wollte nur ...«

Aber sie war bereits auf dem Weg zurück, in stocksteifer Haltung. Kopfschüttelnd hob Steinarr den silbernen Penny auf und wischte den Stallmist ab. Während Marian im Gutshaus verschwand, warf er die Münze hoch und ließ sie in seinen Beutel fallen.

Bei allen Göttern, sie war tatsächlich eisenhart. Gut so. Er mochte solche Frauen – solange sie weich wurden, wenn er es wollte.

Er zog sein Messer hervor und ging abermals in die Hocke, um den Knoten der losen Schlaufe zu durchtrennen, grinsend, denn er war sicher, dass Marian sogar noch sehr weich würde.

KAPITEL 6

Wie sich herausstellen sollte, war auch Robin auf ungeahnte Weise eisenhart. Obwohl er vor lauter Angst, der Gutsverwalter könne noch mehr Geld fordern, auf eine zusätzliche Dosis des Mohnsirups verzichtet hatte, brachte er die holprige Fahrt auf dem Fuhrwerk nahezu ohne einen Seufzer hinter sich. Und dabei war es nicht gerade so, dass der Fuhrmann von Headon darauf geachtet hätte, ihm die Fahrt so angenehm wie möglich zu gestalten. Der Mann hätte beim besten Willen kaum noch mehr unebene Stellen und Schlaglöcher mitnehmen oder rasanter darüberfahren können.

Nachdem Robin an einer Stelle besonders durchgerüttelt wurde, so dass auch der letzte Rest Farbe aus seinem Gesicht wich, fuhr Marian den Fuhrmann wütend an: »Hat dein Reeve dir aufgetragen, meinen Cousin zu quälen, oder machst du das nur so zum Spaß?«

»Eh? Was soll das? So fahre ich nun einmal. Ich brauche mir doch nicht von einer Frau sagen zu lassen, wie ich fahren soll.«

»Dann werde ich es dir erklären.« Steinarr ließ sich ein Stück zurückfallen, so dass er auf gleicher Höhe mit dem Bock des Fuhrmanns war. »Such dem Jungen zuliebe einen ebeneren Weg, sonst werde ich *dir* das Bein brechen und dich selbst zurückbringen. Und zwar im gestreckten Galopp.«

Der Mann verzog das Gesicht und murmelte etwas in sich hinein. Steinarr dirigierte den Hengst näher an das Fuhrwerk heran und beugte sich zu dem Fuhrmann hinüber. »Wie war das, Fuhrmann? Ich habe dich nicht verstanden?« Der Fuhrmann warf Steinarr einen argwöhnischen Blick zu, dann sah er Ari an, der an die andere Seite des Fuhrwerks herangeritten war und ebenfalls eine finstere Miene aufgesetzt hatte. »Nichts, *Monsire*. Ich sagte nur, ›Wie Ihr wollt, Mylord.‹ Ich werde besser Acht geben.«

»Das möchte ich dir auch raten.« Steinarr nickte ihm kurz zu und ließ sich weiter zurückfallen, um im Auge zu behalten, wie der Wagen rollte. Die Tatsache, dass er damit gleichermaßen freie Sicht auf Marian erhielt, war lediglich ein angenehmer Nebeneffekt, ebenso wie ihr dankbarer Blick, als sie hinter dem Rücken des Fuhrmanns stumm die Worte »Habt Dank« mit den Lippen bildete.

Kurz darauf ließ sich auch Ari ein Stück zurückfallen – um Robin im Auge zu behalten, wie er sagte, doch Steinarr war nicht entgangen, dass er die Gelegenheit nutzte, auf dem Weg dahin ein Lächeln von Marian einzuheimsen. Nein, sie schenkte ihm sogar mehr als ein Lächeln – sie errötete nämlich ein wenig, nachdem er etwas zu ihr gesagt hatte. *Bei allen Göttern. Dachten etwa alle Frauen, Aris schmeichelnde Worte würden einzig und allein ihnen gelten?* Verärgert gab Steinarr dem Hengst die Sporen und ritt weiter nach vorn. Er hatte schon zu viele Jahre damit verbracht, sich anzusehen, wie Ari die Frauen von Kaupang bis Kent betörte. Ihm stand ganz und gar nicht der Sinn nach einer weiteren Demonstration des sehnsuchtsvollen Seufzers, den sie ihm offenbar alle hinterherschickten.

Jedenfalls fuhr der Fuhrmann tatsächlich vorsichtiger, und gegen Mittag hatte Robin wieder ein wenig Farbe im Gesicht. Wenig später folgten sie Hamos kleiner Wagenkolonne einen engen Pfad hinab, der von alten Eichen gesäumt war, deren Stämme so dick waren wie das Fuhrwerk breit. Sogleich wurde es kühler, und Marian hüllte Robin in eine weitere Decke.

Nachdem sie etwa eine Meile des Waldes hinter sich gelassen hatten, mündete der Pfad plötzlich in einer Aue. Hamo ließ die Ochsenkarren auf einer der saftigen Wiesen halten, und sogleich machten sich die Männer daran, ihre Ausrüstung zu entladen. Dabei kam auch Hamos Bett zum Vorschein und wurde unter einer riesigen Eiche aufgebaut. Männer mit Äxten in den Händen begannen, junge Bäume und Äste abzuschlagen, um einen Unterstand neben der Feuerstelle zu bauen, damit Robin geschützt war, falls das Wetter sich änderte, bevor eine richtige Hütte errichtet war. Kinder liefen herum und sammelten Brennholz und trockenes Gras, um die Matratze zu stopfen, während die Frauen das Feuer schürten, um eine Mahlzeit zu kochen.

Obwohl Steinarr mehr als einmal durch eine Gruppe von einem guten Lagerplatz vertrieben worden war, kam er nicht umhin, die Arbeit dieser Leute mit Anerkennung zu würdigen. Als vier kräftige Männer Robin wenig später auf das Bett wuchteten, hatten die Köhler einen anständigen Lagerplatz geschaffen, und auf Hamos Geheiß hin waren zwei Männer bereits dabei, mit Hacken den Boden zu bearbeiten, um die erste Hütte zu errichten, wobei ihnen kurz darauf zwei weitere Männer zu Hilfe kamen.

»Möchtet Ihr etwas Ale, Mylord? Wir haben zwei Viertel von Retford mitgenommen. Nächste Woche gibt es natürlich

besseres Ale, wenn Ivetta die Möglichkeit gehabt hat, welches zu brauen. Aber schlechtes Ale ist immer noch besser als gar keins, sage ich immer. Agnes, bring jedem dieser beiden guten Ritter einen Becher«, trug Hamo einem der Mädchen auf, ohne Steinarrs Antwort abzuwarten.
Überschäumende Becher wurden gebracht. Steinarr nahm seinen entgegen, trank einen großen Schluck der säuerlichen, dünnen Flüssigkeit und gab entsprechende Geräusche von sich, um sich zu bedanken. Ari stellte eine Frage zum Thema Köhlerei, und Hamo war sogleich in seinem Element. Steinarr versuchte, der Unterhaltung zu folgen, doch bald darauf verwirrten ihn Begriffe wie Feuerschacht, Meiler und ähnlich unverständliches Zeug, das Ari jedoch zu verstehen schien. Als Hamo sich bückte, um die Aufschichtung von grünem Reisig, Rasen und Erde zu demonstrieren, stahl Steinarr sich davon.
Die Frauen hatten sich auf den Weg gemacht, um Reisig für den Unterstand zu sammeln. Sie hatten Marian beim Feuer zurückgelassen, damit sie den Kochtopf und den vor sich hin dämmernden Robin beobachtete. Steinarr gesellte sich zu ihr. Er hielt ihr seinen Becher hin, der noch halb voll war.
»Möchtest du einen Schluck Ale?«
Nach kurzem Zögern nahm sie den Becher und trank einen Schluck. Sie verzog das Gesicht und sagte: »Gestern war es besser.«
»Und morgen wird es zweifellos noch schlechter sein. Ich glaube, wir haben Glück, dass wir dann nicht mehr hier sind und davon trinken müssen.«
Sie warf einen Blick auf Robin, der friedlich schnarchend auf dem Bett lag. »Müssen wir schon aufbrechen?«
»Ich dachte, du wolltest so schnell wie möglich weiterreisen.«

»Das wollte ich auch. Will ich noch. Aber der Weg hierher war so anstrengend für ihn. Ich möchte wissen, wie es ihm geht, bevor ich mich auf den Weg mache.«
»Es ist deine Reise. Nimm dir so viel Zeit, wie du möchtest. Bis Ari alles über die Köhlerei gelernt hat, was man wissen muss, ist es ohnehin zu spät, um heute noch weit zu kommen. Wir brechen morgen früh ausgeruht auf.«
»Dann hat dein Freund also vor, uns zu begleiten?«
Eine gute Frage, die Steinarr selbst noch gar nicht gestellt hatte. Normalerweise blieb der *Skalde* mindestens zwei Wochen, wenn er vorbeikam, um tagsüber mit ihm zu reiten, ihm Geschichten zu erzählen und mit ihm zu jagen. Ari war es auch gewesen, der einst fast einen ganzen Sommer damit verbracht hatte, ihm das Lesen und Schreiben der Runen beizubringen, so dass Torvald und er einander Nachrichten hinterlassen konnten. Und nachdem die Normannen Britannien erobert hatten, hatte er einen ganzen Sommer damit verbracht, ihm Französisch beizubringen. Angesichts der Jahrhunderte, die sich vor ihnen erstreckten, gab es bei seinen Besuchen selten Grund zur Eile. Dieses Mal jedoch ...
»Nein. Ich weiß nicht, was er vorhat, aber er wird uns nicht begleiten.«
»Ah.«
Die Enttäuschung, mit der sie dieses eine Wort aussprach, ließ Steinarrs Miene erstarren. Sie wünschte also, Ari würde mit ihnen reiten, wahrscheinlich, weil sie hoffte seine Gegenwart würde sie davor bewahren, ihren Teil der Vereinbarung einhalten zu müssen. *Oder vielleicht, weil sie ihn vorgezogen hätte.* Hastig griff Steinarr nach seinem Becher, denn er hatte das Bedürfnis, den schalen Geschmack im Mund fortzuspülen. Seine Fingerspitzen streiften Marians Hand, und für einen kurzen Moment, kaum einen Wimpern-

schlag lang, konnte er abermals sehen, wie seine Lust, sein Verlangen, sein Zorn sich in ihren Augen widerspiegelten.
Marian schnappte nach Luft und wich zurück, als hätte sie sich versengt. Der Becher fiel ins Gras, als sie hastig einen Schritt zurückging und sich seiner Reichweite entzog.
»Verzeiht, Mylord.«
Steinarr brauchte einen Moment, um zu realisieren, dass es der Fuhrmann war, der gesprochen hatte, und nicht Marian. Er drehte sich zu ihm um und fragte in grimmigem Ton: »Was willst du?«
Erschrocken über Steinarrs unwirsche Worte sprang der Mann zur Seite, doch rasch hatte er sich wieder gefangen. »Nichts, Mylord. Nur Bescheid sagen, dass ich mich bald auf den Rückweg machen muss, um zu Hause zu sein, bevor es dunkel wird. Der andere Ritter sagte, Ihr würdet mit mir zurückreiten, jedenfalls einen Teil des Wegs.«
Beim Gedanken, jetzt fortzureiten, krampfte sich Steinarrs Herz zusammen. Er hob den Becher auf, der auf wundersame Weise nicht zerbrochen war und noch halb voll aufrecht im Gras stand. Er reichte ihn dem Fuhrmann. »Trinkt etwas Ale. Wir werden noch eine Weile bleiben.«
Der Fuhrmann sah ihn verwundert an, aber er nahm den Becher entgegen. »Jawohl, Mylord. Einen Schluck Ale lasse ich mir natürlich nicht entgehen.«
Nachdem der Fuhrmann gegangen war, richtete Steinarr seine Aufmerksamkeit wieder auf Marian. Sie hatte sich der Feuerstelle zugewandt, wo sie sich über den Kochtopf beugte und kräftig darin rührte. Die Konturen ihres Rückens schrien ihn geradezu an *Lass mich in Ruhe,* und im Hintergrund spiegelte sich diese Stimmung in Robins Blick wider – offenbar hatte er doch nicht so tief geschlafen. Es war das erste Mal, dass Steinarr den Jungen mit einer Miene sah,

die man nicht zumindest als freundlich hätte bezeichnen können.

Bei allen Göttern. Nichts weiter als eine Berührung. Und eigentlich nicht einmal das. Mit einem Schnauben drehte Steinarr sich um und stolzierte davon, um sich zu Ari und Hamo zu gesellen, deren Unterhaltung über die Köhlerei sich nun darum drehte, wie man herausfand, welches Holz welcher Bäume am besten zum Verbrennen geeignet war. Steinarr versuchte, dem Gespräch zu folgen, aber seine Aufmerksamkeit galt weiterhin Marian. Er beobachtete jede Bewegung der Schöpfkelle, jedes Streifen ihrer Hand über ihre Stirn ... und jedes aufmunternde Lächeln, das sie Robin schenkte.

Als schließlich auch über Holz alles gesagt war, entfernte Hamo sich, um nachzusehen, welche Fortschritte der Unterstand machte. Ari trank den Rest seines Ales und brachte Marian den leeren Becher. Steinarr hörte, dass er etwas zu ihr sagte, aber den genauen Wortlaut konnte er nicht verstehen. Er sah nur, dass Robins Miene sich entspannte und dass Marian Ari einmal mehr anlächelte.

Ihn hatte sie seit Maltby nicht mehr angelächelt.

»Es wird Zeit aufzubrechen«, verkündete er unvermittelt, als er schließlich die Geduld verlor. »Los, Ari. Unser Freund, der Fuhrmann, muss zu Hause sein, bevor es dunkel wird.«

Er schwang sich auf den Hengst und überließ es Ari, sich zu verabschieden. Marian blieb an der Feuerstelle stehen und betrachtete den Topf so eingehend, als erwarte sie, dass Gold und Rubine darin auftauchten. Sie sah kaum auf, als Ari ihr Auf Wiedersehen sagte, und senkte hastig den Kopf, bevor Steinarr ihren Blick auffangen konnte.

Auch gut. Denn wenn ihre Blicke sich erneut begegnet wären, hätte Steinarr sich sicher nicht auf den Weg gemacht,

ungeachtet dessen, dass ihr Liebhaber direkt neben ihr lag und ihn verärgert anstarrte. Um ein Haar hätte er sie einfach in den Wald hineingetragen, um in ihr zu versinken, ganz gleich, ob sie ihn wollte oder nicht. Es war, als hätte sie ihn verzaubert, gebannt.
Stirnrunzelnd band Ari sein Pferd los. »Was zum Teufel ist mit dir los?«
»Nichts. Es ist schon spät, und wir müssen hier weg.«
Ari schüttelte den Kopf – weit davon entfernt, auf diese Ausrede hereinzufallen – und stieg auf sein Pferd. Als sie die Pferde wendeten, um hinter dem Fuhrwerk den Pfad hinaufzureiten, riskierte Steinarr einen letzten Blick auf Marian.
Ein Mädchen, das in einem Topf rührte. Mehr nicht.
Er schüttelte den Kopf über seine eigene Dummheit. Es gab keine Verzauberung. Es war nichts weiter als eine Berührung gewesen, nur ein Blick, aber umso wirkungsvoller durch das Wissen, dass er sie bald haben würde.
Morgen. Morgen konnte er sie haben. Seine plötzlich aufkommende Lust ließ seine Lenden schmerzen.
Sie musste gespürt haben, dass er sie beobachtet hatte, denn sie hielt mit der Kelle in der Hand inne, und ihre Wangen waren rot wie die Kohlen zu ihren Füßen. Er dirigierte den Hengst in ihre Richtung, so dass er auf sie hinuntersehen konnte, so wie er es am nächsten Tag tun würde, wenn er sie auf irgendeiner Wiese ins Gras auf den Rücken legte.
»Bis morgen, Marian«, sagte er mit ruhiger Stimme. »Morgen früh. Halt dich bereit.«
Sie holte tief Luft und hob langsam den Kopf, obwohl sie seinem Blick auswich. »Jawohl, Mylord. Ich werde bereit sein.«

Er kochte vor Wut, ganz eindeutig.

Es war nicht so, dass Ari nicht auch schon früher Steinarrs Zorn hatte aufflammen sehen, aber normalerweise bedurfte es mehr als ein oder zwei Worte irgendeiner Frau, um die Mähne des Löwen schwellen zu lassen. Interessant, dass es dieser Frau so einfach gelang.

Natürlich konnte er in Gegenwart des Fuhrmanns nicht viel sagen, und als sie nahe genug an Headon waren, um den Mann seiner Wege zu schicken, schien Steinarr sich wieder in der Gewalt zu haben. Als sie kehrtmachten, um ihr nächtliches Lager ein wenig näher bei den Köhlern aufzuschlagen, fiel Ari auf, dass Steinarrs Miene nach wie vor angespannt war, und so musste er ihn einfach befragen.

»Also ... was hast du gemacht?«

»Gemacht?«

»Mit Marian. Was hast du zu ihr gesagt?«

»Nichts.«

»Es muss etwas Unanständiges gewesen sein«, sinnierte Ari laut. »Sie konnte dich vor lauter Scham nicht ansehen. Du hast sogar Robin verärgert.«

»Ich habe ihr gesagt, sie solle mir mehr Ale einschenken, sonst würde ich dafür sorgen, dass sie sich all deine Geschichten anhören muss, eine nach der anderen.« Er warf Ari einen grimmigen Blick zu. »Bei der Aussicht darauf wurde ihr sogleich schlecht.«

»Na gut. Dann behalt es für dich.« Aber Ari konnte es nicht darauf beruhen lassen. »Erzähl mir nur, wie zum Teufel du es geschafft hast, sie zu überreden, mit dir zu kommen.«

»Das brauchte ich gar nicht. Sie hat mich darum gebeten.«

»Warum denn das? Du bist für sie doch praktisch ein Fremder. Und sie ist von edler Geburt.«

»Und eine Edelfrau würde sich niemals mit jemandem wie mir einlassen, meintest du das?«
»Nein. Verflucht noch mal, du bekommst aber auch alles in den falschen Hals. Ich wollte nur sagen ...«
Steinarr schnitt ihm mit einer unwirschen Geste das Wort ab. »Auf deine Entschuldigung kann ich verzichten.«
»Ich wollte mich nicht entschuldigen. Du bist doch derjenige, der sich aufführt wie ein Narr.«
Steinarr öffnete den Mund und schloss ihn sogleich wieder. Er holte tief Luft und stieß einen Seufzer aus. Als er schließlich zu sprechen begann, war ein Teil seines Zorns verraucht. »Zugegeben. Aber ich ... Ach, egal. Du hast recht. Sie hätte mich nicht darum gebeten, wenn sie nicht unter allen Umständen den Schatz ihres Vaters für *ihn* finden wollte – auch wenn sie mir das natürlich nicht erzählt hat. Ich soll noch immer glauben, sie wolle die Pilgerreise wegen Robins Schwester fortsetzen.« Steinarr verzog den Mund und fügte hinzu: »Ich bezweifle, dass er überhaupt eine Schwester *hat*.«
Ari schüttelte den Kopf. »Ich bin froh, dass ich nicht derjenige bin, der sich in diesem Lügengebilde zurechtfinden muss. Bei all dem, was ich weiß und was ich wissen soll, weiß ich kaum noch, mit welchem Namen ich sie ansprechen und was ich in ihrer Gegenwart sagen kann.«
»Du?« Steinarr fuhr herum, als eine Fliege sich in seinen Nacken setzte. Er schlug nach dem Plagegeist, verfehlte ihn aber. »Du kannst doch eine ganze Woche lang Geschichten erzählen, ohne ein einziges Wort zu vergessen.«
»Manchmal vergesse ich sogar ein Dutzend Worte. Bevor ich anfange, vergewissere ich mich nur, dass alle halb benebelt sind vom Ale, damit es keinem auffällt. Aber sie ist nüchtern, und sie ist schnell von Begriff. Wenn *du* dich versprichst ...«

»Das werde ich nicht«, sagte Steinarr mit Bestimmtheit. »Außerdem habe ich vor, die Wahrheit aus ihr herauszuholen, und zwar innerhalb der nächsten Tage. Sie wird umso umgänglicher sein, wenn *er* nicht dabei ist, und wenn ich alles ›erfahren habe‹, werde ich sie davon überzeugen, nach Huntingdon zurückzukehren. Da kommt mir das gebrochene Bein des Jungen recht gelegen.«

»Ein wenig zu gelegen. Wenn ich es nicht besser wüsste, würde ich denken, du hättest dafür gesorgt, dass er vom Baum fiel.« Ari kniff die Augen zusammen. »Wo wir gerade dabei sind, du *warst* ungewöhnlich schnell zur Stelle.«

»Wenn ich dabei die Hand im Spiel gehabt hätte, hätte er sich mehr gebrochen als nur ein Bein.«

»Und trotzdem hast du den Fuhrmann eingeschüchtert, um dem Jungen die Fahrt erträglicher zu machen. Aber ich glaube, das war wohl mehr für Marian als für ihn.«

»Aye. Es gab keinen Grund, ihn leiden zu lassen. Wenn ich ihn töte – und damit will ich nicht sagen, dass ich es tun werde«, betonte Steinarr, als Ari protestieren wollte. »Aber wenn es sein muss, werde ich dafür sorgen, dass es schnell geht.«

»So weit sollte es nicht kommen. Wenn Marian wieder zu Hause und gut verheiratet ist, wird der Junge gar keinen Grund mehr haben, ihr weiter hinterherzulaufen.«

»Das sieht er vielleicht anders.«

»Dann musst du es ihm eben klarmachen.«

»Ich habe eine bessere Idee. *Du* machst es ihm klar.« Steinarr sah Ari an. »Das meine ich ernst. Bleib hier, behalt ihn im Auge, während er gesund wird, und sorg dafür, dass er uns nicht folgt. Bring ihn dazu, dir die Wahrheit zu erzählen. Und dann mach ihm klar, dass Marian in ihrem eigenen Interesse zu ihrem Cousin und ihrem künftigen Ehemann zurückkehren sollte. Wenn ich wieder da bin, können wir ihn irgendwohin bringen, wo er noch einmal neu anfangen kann. Anschließend verschwinden wir von hier und gehen ein wenig auf die Jagd.«

»Ich weiß nicht«, sagte Ari. »Ich bin schon ziemlich lange unterwegs. Brand wartet, und ...«

»Ah. Schade.« Steinarr lächelte grimmig. »Na gut, dann kann ich nur hoffen, dass es *mir* gelingt, ihn zu überzeugen. Und wenn nicht ...«

»Oh, schon gut. Ich bleibe.« Sie waren ein Stück weitergeritten, als Ari endlich fragte: »Und was ist mit ihr? Hast du vor, auch *sie* von irgendetwas zu überzeugen?«

Steinarrs Lächeln wurde freundlicher. »Bislang musste ich das noch nicht.«

Sehr interessant. »Warum hat sie sich dann so über dich aufgeregt?«

»Warum regen sich Frauen über Männer auf? Sie tun eben gern so, als wüssten sie nicht, was wir wollen, und bekommen einen Wutanfall, wenn wir deutlich werden.«

»Du *warst* also grob zu ihr?« Ari ritt quer über die Straße, so dass Steinarrs Hengst vor seinem Rappen stieg. »Nimm dich bei ihr in Acht, Steinarr. Verspiel ihre Gunst nicht, bevor du sie überhaupt gewonnen hast.«

»Ich habe kein Interesse an ihrer ›Gunst‹«, sagte Steinarr kurz angebunden. »Was soll das überhaupt? Gestern wolltest du mir noch einreden, ich solle sie verführen. Und nun warnst du mich davor.«

»Ich warne dich nur vor deiner Vorgehensweise.« Ari zögerte und überlegte einen Augenblick, dann fragte er: »Was, wenn sie diejenige ist, die du brauchst?«

»Was ich *brauche,* ist ihr Körper.« Steinarr lachte in sich hinein, und Ari gab einen Laut der Entrüstung von sich. »Sei du lieber still! Du hast doch Frauen quer durch England besprungen.«

»Aye, aber ich bereite ihnen immer Vergnügen, für alle Fälle. Selbst den Huren.«

»Ich werde auch ihr Vergnügen bereiten«, gelobte Steinarr.

»Nicht wenn du so grob vorgehst. Englische Edelfrauen sind keine nordischen Dorfmaiden. Du hattest nicht so oft die Gelegenheit, welche kennenzulernen, aber ...«

»Ich weiß selbst, wie wenig Kontakt ich zu englischen Frauen hatte, adelig oder nicht.« Steinarr wies auf einen Wildwechsel, der sich durch die Bäume wand. »Näher will ich den Köhlern nicht kommen. Lass uns diese Abzweigung nehmen.«

Sie ritten den Pfad entlang, bis er sich gabelte. Steinarr stieg vom Pferd, schnallte seinen Gürtel samt Schwert ab und hängte ihn an den Sattel. »Ich gehe in diese Richtung. Morgen früh treffen wir uns hier wieder.«

Ari nahm die Zügel der beiden Pferde – des echten Pferdes und des Pferdes, das keins war. »Denk darüber nach, was ich gesagt habe!«

Steinarr schüttelte den Kopf und lachte leise. »Wie groß ist die Wahrscheinlichkeit, dass die erste Frau, die mir nach vierhundert Jahren über den Weg läuft und keine Hure ist, ausgerechnet die Frau ist, die mich von dem Fluch erlösen kann? Ich habe ja noch nicht einmal meine *fylgja* gefunden.«

»Ivar hatte sein Amulett auch noch nicht gefunden, als er Alaida heiratete.«

»Was Ivar passiert ist, war pures Glück. Selbst Cwen konnte es nicht voraussehen. Er hatte immer mehr Glück als wir anderen alle zusammen.«

»Glück oder Schicksal, jedenfalls ist es passiert.«

»Und es wird nicht noch einmal passieren.«
»Bilde dir nicht ein, du wüsstest, was die Götter mit dir vorhaben, Steinarr *inn prudhi*«, mahnte Ari. »Die haben nämlich nicht viel übrig für derartige Überheblichkeit.«
»Pah. Hast du wieder einmal Visionen gehabt, *Skalde?*«
»Ich brauche keine Visionen, um ...«
»Dann lass es gut sein.« Steinarr ging den Pfad rückwärts entlang. »Ob ich mit ihr ins Bett gehe oder nicht und wie ich es mache, wenn ich es tue, geht weder dich noch die Götter etwas an.«
Er drehte sich um und ging weiter. Ari schüttelte den Kopf. *So ein sturer Narr!* Er sah Steinarr hinterher, bis dieser zwischen den Bäumen verschwunden war, dann ritt er in die entgegengesetzte Richtung, denn er wusste, dass es Torvald lieber wäre, möglichst weit weg zu sein, wenn der Löwe anfing, wütend durch die Nacht zu streifen.

Der Tag war beinahe vorüber, als eine junge Novizin bei Cwen erschien, um ihr zu sagen, dass die Mutter Äbtissin sie in ihren Gemächern erwartete.
Cwen nickte. »Sag ihr, ich komme gleich. Ich muss nur noch diese Naht machen.«
»Jawohl, Mutter.« Das Mädchen verschwand auf dem gleichen Weg, auf dem es gekommen war. Cwen widmete sich wieder ihrer Handarbeit und nutzte den kurzen Moment, um sich zu sammeln.
In ihrem Bestreben, die Aufmerksamkeit der Götter zu erregen, hatte sie ihre Nächte damit verbracht, sie anzurufen, und tagsüber, wenn sie sich den Aufgaben widmete, die man ihr zuteilte, hatte sie jedes Körnchen Kraft gesammelt, das sie an diesem Ort finden konnte. Selbst wenn sie auf dem kalten Steinfußboden der Kapelle mit all den anderen

kniete und die Lippen zu ihren Gebeten bewegte, rief sie im Stillen immer wieder die alten Götter an. All diese Bemühungen hatten sie geschwächt und erschöpft.

Das durfte Mutter Humberga jedoch nicht bemerken. Cwen nahm sich einen Moment Zeit, ihre Müdigkeit abzuschütteln, riss den Faden ab, erhob sich dann und strich ihr langes schwarzes Gewand glatt.

Mit gesenktem Blick, so wie es von einer Nonne erwartet wurde, ging sie zur Äbtissin. Und wie es von einer Nonne erwartet wurde, kniete sie vor der Äbtissin nieder und küsste ihren Ring, auch wenn es ihr schwerfiel, sich vor dieser schwachen Dienerin eines schwachen Gottes zu verbeugen.

»Mutter Äbtissin.«

»Schwester Celestria.« Die Äbtissin wartete, bis sie sich erhoben hatte. »Bei meinen heutigen Nachmittagsgebeten kam mir der Gedanke, dass jemand unseren Ländereien in Nottinghamshire einen Besuch abstatten sollte, um zu überprüfen, ob die uns zugesagte Holzkohle in Arbeit und von guter Qualität ist.«

Cwen unterdrückte das plötzlich in ihr aufsteigende Gefühl der Hoffnung. »Sehr weise, Mutter.«

»Solche weltlichen Angelegenheiten obliegen natürlich Euch als Priorin, aber ich habe auch beschlossen, Schwester Paulina zu beauftragen«, sagte die Äbtissin. »Vater Renaud hat sich bereit erklärt mitzureiten, des Anstands und der Sicherheit wegen. Wir müssen lediglich auf ein paar Reisende warten, die in dieselbe Richtung wollen.«

»Selbstverständlich, Mutter. Soll ich es Schwester Paulina sagen, oder wollt Ihr es tun?«

»Schickt sie zu mir. Unsere jüngere Schwester hat den Schutz dieser Mauern nicht verlassen, seit sie in ihrem achten Jahr zu uns kam. Sie wird sich sicher fürchten vor der Welt, und ich möchte sie sogleich beruhigen, wenn ich mit ihr spreche.«

»Jawohl, Mutter.« Cwen kniete abermals nieder und entfernte sich dann. Sie musste sich auf die Zunge beißen, um einen Freudenschrei zu unterdrücken, und ging langsam – denn Nonnen gingen grundsätzlich langsam – zunächst dorthin, wo Schwester Paulina an ihrer Webarbeit saß, und anschließend in den Kräutergarten, wo die alte, halbblinde Schwester Sybilla in der Ecke am anderen Ende mit gebeugtem Rücken Unkraut jätete. Dort, wo sie so gut wie allein war, fiel Cwen vor dem Ilex, von dem sie vor so langer Zeit ihren Zauberstab abgeschnitten hatte, auf die Knie und hob die gefalteten Hände. Falls irgendjemand sie sah, würde es aussehen, als betete sie im Schatten des Strauches.

Und sie betete und frohlockte tatsächlich. Das war das Zeichen, auf das sie gewartet hatte. Dieses Jahr bestand ebenso wenig Grund, nach der Holzkohle zu sehen, wie zehn Jahre zuvor. Die Götter hatten der Äbtissin diesen Gedanken eingegeben. Die Old Ones hatten sie erhört und für würdig befunden.

Cwen beendete ihr stummes Dankgebet, dann fuhr sie mit der flachen Hand über einen Ilexdorn. Die alte Wunde riss auf, und reichlich Blut tropfte heraus. Und Cwen lächelte, als sie das Blut an den dicken Stamm des Strauchs strich, als Opfergabe.

»Wie immer bin ich Euer Werkzeug«, flüsterte sie. »So sei es.«

Nachdem ihr Gebet beendet war, leckte sie ihre Handfläche ab und genoss den metallischen Geschmack des Blutes, so wie die Götter sicher auch, denn sie belohnten ein Blutopfer mehr als alle anderen Opfer. Wie viel mehr konnte sie ihnen

durch das Blut einer Jungfrau dienen, das sie bald zur Verfügung hätte, dank Äbtissin Humberga.
Cwen lächelte. Eine jungfräuliche Nonne und ein Priester der Christen. Mit Sicherheit würde ein derart starkes Opfer die Götter überzeugen, ihr ihre Macht vollständig zurückzugeben.
Noch immer lächelnd, erhob sie sich und machte sich auf den Weg, um Vorbereitungen für die Reise nach Headon zu treffen. Scheinbar war es letzten Endes doch von Vorteil, die Priorin von Kirklees zu sein.

KAPITEL 7

Jemand, der nach feuchtem Gras und Weiden roch, ließ sich neben Matilda auf den Boden fallen. »Du wolltest doch, dass wir dir Bescheid sagen, wenn wir sie sehen.«
Matilda schlug die Augen auf und erblickte ein kleines Mädchen mit schmutzigem Gesicht, das sie durch das Licht, das durch die Blätter des Baums fiel, unter den sie sich zurückgezogen hatte, ansah. Goda hieß die Kleine. Einer von Osberts Sprösslingen. »Stimmt. Und, hast du sie gesehen?«
Das Mädchen schüttelte den Kopf. »Papa hat sie gesehen. Als sie den Pfad hinuntergeritten sind.«
»Ah.«
»Tut dir der Kopf weh? Vater hat gesagt, du bist hierhergekommen, weil dir der Kopf weh tat.«
»Er tat ein bisschen weh. Lauf zurück und sag einem deiner Brüder, er soll der Stute das Zaumzeug anlegen und sie hierherbringen.«
»Willst du wirklich mit ihnen fort?«
»Mit Sir Steinarr, ja.«
»Du solltest lieber hierbleiben und Vater heiraten.«
Matilda musste sich ein Lächeln verkneifen. Osbert hatte zuvor selbst schon eine Anspielung in dieser Richtung gemacht, beim Frühstück. Nun sagte sie Goda das Gleiche, was sie auch Osbert bereits gesagt hatte: »Das geht nicht. Ich

muss Robin helfen. Und dein Vater hat eine bessere Ehefrau verdient, als ich sie ihm sein könnte. Ich bin viel zu verhätschelt und bei weitem nicht kräftig genug, um einen Köhler zu heiraten.«
»*Ich* glaube, du wärst eine gute Frau für einen Köhler. Und eine gute Mutter.« Goda schlang ihre dünnen Ärmchen um Marians Hals und umarmte sie fest, dann hüpfte sie ohne ein weiteres Wort davon.
Wieder allein, verdrängte Matilda ihre Belustigung und schloss abermals die Augen, während sie wartete. Nicht weil ihr der Kopf schmerzte, hatte sie sich zurückgezogen, sondern weil sie Zeit brauchte, um sich vorzubereiten, sich innerlich zu wappnen gegen das, was kommen würde. Gegen *ihn*.
Sie wollte nicht, dass sich eine Situation wie am gestrigen Nachmittag wiederholte. Sie hatte gedacht, sie könne sich in Sicherheit wiegen, aber als sie arglos von seinem Ale getrunken hatte, war sie offenbar ein wenig zwanglos geworden. Nein, sogar sehr. Viel zu sehr. Der Moment, als er ihre Hand berührt hatte und sie sich augenblicklich mitten in all dieser Lust wiederfand ... dieser Moment hatte ihr Angst gemacht. Was ihr jedoch viel mehr Angst bereitete, war die Tatsache, dass sie unfähig gewesen war, sich dem zu entziehen – jedenfalls nicht, bevor er fortgeritten war. Den nächsten Monat würde er nicht fortreiten, und so war sie hierhergekommen, um sich zu vergewissern, dass sie bereit war. Sie konnte sich nicht noch einmal derart gehenlassen, sonst wäre sie verloren.
Dabei würde es schon helfen, wenn sie wenigstens herausfände, warum sie die Gefühle dieses Mannes spüren konnte, ausgerechnet ihn fühlen, und so deutlich. Sie hatte sich immer anstrengen müssen, um die Seele eines Menschen zu

lesen, hatte sie bewusst erreichen müssen, und selbst dann, die wenigen Male, wo sie das Innerste eines Menschen berührt hatte, hatten sich nur verschwommene Flecke gezeigt, waren die – menschlichen – Gefühle nur ein Schatten der kristallenen Klarheit der animalischen Triebe gewesen. Aber dieser hier ... Dieser hier war stark, barbarisch, sein Innerstes randvoll mit Wut, Gelüsten und Trieben, stark wie die eines Tiers. Und diese Wildheit ...

Nun gut, sie konnte kontrollieren, wann und wie sie ein Tier berührte, also konnte sie auch kontrollieren, wann und wie sie Sir Steinarr berührte – am besten überhaupt nicht. Sie würde ihre Gedanken zusammenhalten und sich hinter ihrer inneren Mauer verschanzen. Sie würde sich gegen jedes Lebewesen abschirmen, auch gegen ihn. Einen Monat lang. Schon der Gedanke daran erschöpfte sie.

Sie hörte, dass sich Pferde näherten, und probierte es aus. Nein, sie spürte nichts von ihm. Selbst als Sir Steinarrs Stimme durch das Unterholz wehte, fühlte sie nichts: keinen Menschen, kein Pferd, keinen Ochsen, nicht einmal die Fuchswelpen, die ganz in der Nähe im Gras herumtollten. Mit ihren unverfälschten Bedürfnissen – essen, schlafen, spielen – waren Jungtiere immer besonders leicht zu erspüren. Sie sah, wie einer der jungen Füchse den anderen ins Ohr biss, und obwohl der Welpe aufjaulte, fühlte sie nicht die leiseste Spur seines Schmerzes oder Zorns. Beruhigt, dass ihr Geist und ihre Seele unbeeinflusst und umgeben von den stärksten Mauern waren, die sie in ihrem Inneren errichten konnte, stand sie auf.

Als sie aus dem Schutz des Baums heraustrat und auf die Wiese ging, drehte sich Sir Steinarr um. Ihre Blicke trafen sich, und sie vergewisserte sich erneut. Nichts. Sie begrüßte ihn mit einem Lächeln – er brauchte ja nicht zu wissen, dass

es mehr auf Erleichterung und weniger auf der Freude, ihn zu sehen, beruhte. »Guten Morgen, Mylord.«
»Ebenfalls, Marian.« Seine Augen verengten sich voller Argwohn. »Bist du so weit?«
Zum Teufel. Er versuchte schon wieder, sie in Verlegenheit zu bringen, genau wie am gestrigen Nachmittag, aber dieses Mal war sie darauf vorbereitet. Sie lächelte weiter. »Gleich, Mylord. Ich brauche nur noch einen Moment, um mich von meinem Cousin zu verabschieden.«
Matilda ging hinüber zu dem Unterstand und hockte sich auf die Kante von Robins Bett. »Jetzt, wo es richtig hell ist, siehst du schon viel besser aus. Du hast wieder Farbe bekommen.«
»Ediths Weidenrinde hat den Schmerz ein wenig gelindert, und ich könnte schwören, dass ich spüre, wie die Beinwellwurzeln wirken, während ich einfach nur hier liege. Ich habe dir ja gesagt, hier bin ich besser aufgehoben.« Das Lächeln schwand aus seinem Gesicht. »Auch du wärst hier besser aufgehoben.«
»Robin ...«
»Ich weiß, ich weiß. Du wirst nicht auf mich hören.«
»Um deiner *Schwester* willen.« Sie setzte ein verschwörerisches Lächeln auf und zwinkerte ihm zu, dann beugte sie sich über ihn und gab ihm einen Kuss auf die Stirn. »Werd schnell gesund, Rob. Du musst wieder reiten können, wenn wir zurückkommen.«
»Das werde ich.« Mit einer Hand umfasste er ihren Nacken und zog sie zu sich hinunter, um ihr ins Ohr zu flüstern: »Sag ihm das. Und nimm dich vor ihm in Acht.«
»Das werde ich beides tun.« Sie gab ihm noch einen Kuss und schob seine Hand weg. Dann stand sie auf und wandte sich Edith und Ivetta zu. »Ich könnte nicht so leichten Herzens fortgehen, wenn er nicht in so guten Händen wäre.«

»Du kannst dich darauf verlassen, dass er gut aufgehoben ist.« Edith ging an ihr vorbei und reichte Robert noch eine Schale Eintopf – so weit Matilda mitgezählt hatte, schon die dritte an diesem Morgen. »Bei Ivetta und mir wird er im Nu wieder gesund.«

»Und er wird zweifellos so fett sein wie Osbert, wenn du zurückkommst«, sagte Hamo. Er lehnte seine Hacke an einen Baum und gesellte sich zu den Frauen. »Sie werden ihn gut versorgen. Es war richtig, ihn bei uns zu lassen.«

»Ich weiß gar nicht, wie ich euch dafür danken soll.«

»Dann sprich, wenn du für Robins Schwester betest, auch ein oder zwei Gebete für uns.« Er drückte ihr einen Penny in die Hand. »Und gib das dem Priester in Lincoln, damit er eine Messe für uns liest.«

»Ich ...« Schuldbewusst errötete sie, während Robert sie stirnrunzelnd über die Schulter des Köhlers hinweg ansah. Auch wenn er sie für eine gute Lügnerin hielt, es machte ihr keinen Spaß. »Ich werde mich darum kümmern.«

»Und ich werde sie daran erinnern«, sagte Steinarr. Er stellte sich neben sie und nahm ihr die Münze aus der geöffneten Hand. »Am besten zahle ich für eure Messe, als Dank dafür, dass ihr euch um den jungen Robin kümmert. Und ich werde euch eine weitere Münze zahlen, weil ihr Ari noch länger ertragen müsst. Er hat beschlossen, noch eine Weile den Arzt zu spielen. Er will in der Nähe bleiben, um auf Robin aufzupassen und sich zu vergewissern, dass sein Bein richtig zusammenwächst.« Er warf die Münze wieder Hamo zu, und dieser bedankte sich bei ihm. »Los, Marian. Wir verlieren wertvolle Zeit, solange es hell ist. Du wirst hinter mir im Sattel sitzen.«

Hinter ihm. Ihn berühren. Die Arme um ihn legen. Bei dem Gedanken sank Matildas Mut gleich ein Stück tiefer. Sie sah

hinüber zu Godas älterem Bruder, Mucha, der ihr gerade die kleine Stute bringen wollte. »Aber ich habe ...«
»Dieses Pferd wird eine solche Reise niemals überstehen.« Steinarr streckte die Hand aus. »Gib mir deine Sachen.«
Nicht gewillt, ihn oder Robert spüren zu lassen, wie sehr sie diese Aussicht verwirrte, rang sie sich ein Lächeln ab und reichte Steinarr ihr Bündel. Doch als er um sie herumging und es über seiner Ausrüstung auf dem Rücken des Packpferdes verstaute, folgte sie ihm.
»Die Stute ist kräftig genug, Mylord. Ich möchte lieber auf ihr reiten.«
»Wenn du unbedingt willst.« Er zog den Knoten fest und zerrte prüfend an den Sachen, um sicherzugehen, dass alles gut verstaut war. »Dann werden wir um einiges langsamer vorankommen. Aber wenn du glaubst, dass Robins Schwester noch so lange durchhält, kannst du es von mir aus gern versuchen.«
Verflucht noch mal. Er hatte recht, selbstverständlich, wenn auch aus einem ganz anderen Grund. Wenn sie durch die Stute auch nur ein wenig langsamer vorwärtskamen ... Nein, sie konnte nicht riskieren, dass das ganze Unternehmen sinnlos war, dass sie ihren Körper für nichts und wieder nichts diesem Mann anbot. »Wahrscheinlich habt Ihr recht. Ich werde hinter Euch im Sattel sitzen.«
Sie gab Mucha zu verstehen, er solle die Stute an ihren Platz zurückführen, ging auf die linke Seite des Hengstes, um aufzusitzen. So konnten die anderen sie nicht sehen, und ihr Lächeln erstarb.
Bevor sie es wiedergewann, kam Sir Steinarr, den Kopf eingezogen, unter dem Hals des Pferdes auf sie zu. Seine Miene verriet nicht, ob er ihr finsteres Gesicht bemerkte, aber als er nach unten griff, um den Sattelgurt des Hengstes zu

überprüfen, beugte er sich zu ihr hinüber und sagte mit gesenkter Stimme: »So schlimm ist es nicht, Marian. Betrachte es als eine Gelegenheit, dich daran zu gewöhnen, deine Arme um mich zu legen.«

Das reichte. Wenn es ihr nicht gelang, sich zu revanchieren, würde er ihr die kommenden Wochen zur Hölle machen. Sie setzte ihre unschuldigste Miene auf. »Haben andere dies als so schlimm erachtet, Mylord, dass ich mich erst daran gewöhnen muss, um es zu ertragen?«

Er wich ein Stück zurück und sah sie an, mit zusammengekniffenen Augen, und für einen Moment dachte sie, für ein Mädchen vom Lande habe sie es übertrieben oder ihn gar in seiner männlichen Ehre verletzt. Doch dann lachte er leise und zog den Steigbügel herunter. »Das wirst du früh genug selbst herausfinden.«

Er verschränkte die Finger ineinander und bückte sich, um ihr beim Aufsitzen behilflich zu sein. Sie zögerte. So hatte es begonnen – damit, dass er ihr aufs Pferd geholfen hatte. In dem Moment hatte sie ihn zum ersten Mal berührt, seinen Körper und seinen Geist. Abermals prüfte sie ihre Abwehr, dann hielt sie sich am Sattel fest, setzte einen Fuß auf Steinarrs Hände und ließ sich von ihm aufs Pferd heben. Einen Augenblick später saß er vor ihr im Sattel, und sie schlang zögernd die Arme um seine Hüften.

»Siehst du, so schlimm ist es gar nicht«, raunte er ihr zu.

Nein, schlimm war es ganz und gar nicht. Er war schlank und kräftig, genau die Sorte Mann, hinter dem sie schon immer gern im Sattel gesessen hatte. Aber viel wichtiger war, dass ihr Geist und ihre Seele unberührt blieben. Sie holte tief Luft, möglicherweise zum ersten Mal, seit sie diese Entscheidung getroffen hatte. Sie konnte es tatsächlich.

»Dann macht Ihr Euch nun also auf den Weg«, sagte Osbert

und stellte sich neben Hamo. Er sah so unglücklich aus, als hätte sie wahrhaftig vorgehabt, ihn zu heiraten, und würde sich nun mit einem anderen Mann davonmachen.

»Ja«, sagte sie leise. »Leb wohl, Osbert.«

»Möge Gott Euch bald zu uns zurückbringen. Passt auf sie auf, Mylord.«

Steinarr nickte. Weitere Abschiedsworte und Gute-Reise-Wünsche ertönten auf der Lichtung, einige davon begleitet von Kindertränen.

Schließlich drehte sich Matilda um, um Robert noch einmal Auf Wiedersehen zu sagen.

»Ich bin bald zurück«, sagte sie. »Du wirst kaum Zeit haben, mich zu vermissen.«

»Ich vermisse dich schon jetzt. Pass auf dich auf, Maud!« Er versuchte, sich auf seine Hände zu stützen, um sich aufzusetzen. »Mylord. Auf ein Wort, bevor Ihr losreitet?«

Steinarr wendete den Hengst, so dass er Robin besser sehen konnte. »Aber schnell.«

»Ich mache mir Sorgen um die Sicherheit meiner Cousine auf dieser Reise«, sagte Robin. »Werdet Ihr alles tun, was in Eurer Macht steht, damit ihr nichts passiert?«

»Selbstverständlich«, sagte Steinarr. »Ihr wird nichts geschehen, solange ich bei ihr bin.«

»Und was ist mit ihrer Ehre, Mylord? Werdet Ihr auch darauf aufpassen?«

Matilda schnappte nach Luft. »Robin!«

Steinarr erstarrte vor ihr im Sattel. »Was?«

»Werdet Ihr für Marians Keuschheit mit derselben Kraft Sorge tragen wie für ihre Sicherheit?« Robins Stimme füllte die Lichtung wie die eines Priesters die Kirche. »Darauf hätte ich gern Euer Ehrenwort als Mann und als Ritter, bevor Ihr mit ihr davonreitet.«

»Du kleiner ...«

»Selbstverständlich wird er das«, sagte Ari hastig, und seine Augen funkelten vor Belustigung. »Oder, Steinarr?«

Matildas Wangen glühten, als hätte man ihr eine Ohrfeige verpasst. »Das ist doch absolut nicht nötig.«

»Ich glaube doch«, sagte Robin. »Euer Wort, Mylord.«

»Es scheint nur recht und billig, dass der Junge darum bittet, Mylord«, sagte Osbert und erntete Zustimmung bei den versammelten Köhlern.

»Schließlich begleitest du das Mädchen auf einer Pilgerreise.« Ari ging zu Steinarr hinüber und ergriff das Zaumzeug des Hengstes. Aris Mundwinkel, die unaufhörlich zuckten, als er versuchte, ein Grinsen zu unterdrücken, verrieten, dass er gehörig Spaß an der Sache hatte. In dem Moment wurde Matilda klar, dass er wusste, was sein Freund mit ihr vorhatte, und sie glühte im Gesicht. Sie musste sich zusammenreißen, um nicht vom Pferd zu springen und vor lauter Scham davonzulaufen. Doch wenn sie nun fortrannte, würde sie sicher nie wieder zurückkehren, und dann wäre alles verloren.

Bei Ari gewann das Grinsen die Oberhand. Strahlend, beinahe lachend sah er zu den beiden hoch. »Du hast doch sicher nicht vor, eine heilige Pilgerin zu besteigen?«

Unter Matildas Händen wurde etwas laut und schlug gegen die Mauern um ihr Innerstes. Hastig zog sie ihre Hände zurück. *Nein, nein, nein, nein, nein.*

»Euer Ehrenwort, Mylord«, wiederholte Robin. »Oder ich lasse sie nicht mit Euch reiten.«

»Für wen hältst du dich eigentlich, dass du glaubst, du könntest bestimmen, was sie tun darf und was nicht?«

Obwohl sie hinter ihm saß und sich alle Mühe gab, ihr Innerstes gegen seines abzuschirmen, wusste Matilda, dass Steinarrs Augen Mordlust widerspiegeln mussten. *Bitte, nicht!*

»Er ist ihr Cousin«, sagte Ari, und das Lächeln schwand aus seinem Gesicht. »Und ihr einziger männlicher Verwandter vor Ort. Er hat das Recht und die Pflicht, sie zu beschützen. So ist das nun einmal. Du kannst Robin dein Ehrenwort geben, oder du kannst Marian hierlassen und den Schwur brechen, dass du ihr auf ihrer Reise hilfreich zur Seite stehst. Das ist doch ganz einfach. Na los, mein Freund, gib ihm dein Wort, das du ohnehin bereit bist zu halten.«
Steinarrs Faust ballte und öffnete sich auf seinem Oberschenkel. Matilda hielt den Atem an. Allmählich, kaum wahrnehmbar, sammelte sich Steinarr. Er entspannte sich wieder. Sein Rücken dehnte sich, als er tief Luft holte.
»Selbstverständlich.« Der Gleichmut in seiner Stimme, die nicht die leiseste Spur des Zorns verriet, von dem sie wusste, dass er vorhanden war, verwunderte Marian beinahe ebenso sehr wie die Tatsache, dass er zustimmte. »Du beschämst deine Cousine, Robin, weil du vor so vielen Leuten ein Versprechen verlangst, das eigentlich in aller Vertraulichkeit gegeben werden sollte. Aber wenn du es so haben willst, dann sollst du es auch so bekommen. Ich werde für die Keuschheit deiner Cousine Sorge tragen« – *Hatte er das entscheidende Wort tatsächlich irgendwie seltsam betont?* – »sowohl mit meinem Körper als auch mit meinem Schwert. Mein Ehrenwort darauf.«
Osberts Miene entspannte sich.
Roberts ebenfalls. »Oh. Gut. Na dann. Ich verlasse mich auf Euer Wort, Mylord.«
Verflucht noch mal, Robin hatte sich wohl eingebildet, er könne sie mit diesem demütigenden Unsinn aufhalten. Offenbar hatte er geglaubt, Sir Steinarr würde sich weigern, ein derartiges Versprechen zu geben. Aber er hatte es getan. Er hatte es getan, und indem Robin ihn dazu gezwungen

hatte, hatte er ihm einen guten Grund geliefert, ihre Abmachung für nichtig zu erklären. Verflucht noch mal.
Sir Ari ließ das Zaumzeug los, ging einen Schritt zurück und deutete vor Steinarr eine Verbeugung an. »Dann eine gute Reise. Wir sehen uns also – wann? – in einem Monat hier wieder.«
»Oh, schon eher, Mylord«, sagte Matilda. »In etwas mehr als zwei Wochen, hoffentlich.«
»Hmpf.« Steinarr warf einen finsteren Blick über die Schulter. »Leg die Arme um mich, Mädchen, oder ich binde dich an wie ein Kleinkind.«
Er hatte Robert gegenüber ganz ruhig geklungen, aber das war er eindeutig nicht. Matilda presste die Lippen aufeinander und prüfte abermals ihre Abwehr. Sein Zorn war da, aber weit weg. Sie schlang die Arme um Steinarrs Hüfte.
Wie eine Geliebte.
Kaum war ihr dieser Gedanke in den Sinn gekommen, als Steinarr dem Hengst die Sporen gab und sie über die Lichtung galoppierten, fort von Robert und Sir Ari und Osbert. Fort von allen, die sein Versprechen gehört hatten.

In den kommenden ein oder zwei Tagen hätte er nicht an Marians Stelle sein wollen, dachte Ari, als er zusah, wie der Hengst und seine beiden unglücklichen Reiter den Pfad hinunterritten und verschwanden. Nicht, dass Steinarr ihr weh tun würde, aber es war sicher kein Vergnügen, ihn um sich zu haben, bis er einsah, dass es so das Beste war.
»Alle an die Arbeit«, sagte Hamo und schwang sich seine Breithacke über die Schulter. »Ihr natürlich nicht, *Monsire*, verzeiht. Und du auch nicht, Robin.«
Alle griffen nach ihren Werkzeugen und machten sich daran, an den Hütten zu arbeiten, die fertiggestellt werden mussten,

bevor Hamo zur Arbeit am Feuerschacht aufrufen würde. Ari wartete, bis sich alle weit genug entfernt hatten, dann ging er hinüber zu Robert und hockte sich neben sein Bett.
»Das war ziemlich kühn, Junge.«
Robin errötete. »Maud würde dafür sicher am liebsten meinen Kopf fordern.«
»Oder etwas von weiter unten.« Ari lachte, als Robert feuerrot wurde. »Aber wenn sie sich die Zeit nimmt, genauer darüber nachzudenken, wird sie einsehen, dass du sie nur beschützen wolltest. So, und nun lass mich sehen, was Edith für dich tun konnte.«
Er schlug die Decken zurück, um sich das verletzte Bein anzusehen, und machte sich daran, den Beinwellwurzelumschlag zu entfernen, den Edith Robert umgelegt hatte.
Robin hob den Kopf und versuchte angestrengt, einen Blick auf sein Bein zu erhaschen. »Wie sieht es aus?«
»Lehn dich zurück und lass mich erst einmal sehen.« Ari tastete das Bein vorsichtig ab und verkündete: »Schon besser. Die Schwellung geht allmählich zurück, aber dadurch haben sich die Schienen gelockert. Ich werde die Schnüre festerziehen, damit dein Bein nicht zu viel Spielraum hat.«
Er begann, einen Knoten nach dem anderen zu lösen und anschließend so fest zu binden, dass die Schienen richtig saßen und das Bein gerade hielten. Robin blieb geduldig ruhig liegen und zuckte ein wenig zusammen, als Ari sein Bein bewegen musste, um die Knoten über dem Knie zu binden.
»Entschuldige.«
»Ist nicht so schlimm wie gestern.« Über ihnen zwitscherte und plapperte ein Zaunkönig, und Robin sah hinauf, suchte den Vogel zwischen den Blättern. »Hätte ich Sir Steinarr das Versprechen unter vier Augen abnehmen sollen, Mylord? Habe ich Marian blamiert, weil ich es anders gemacht habe?«

Ari schüttelte den Kopf. »Jeder hier kann verstehen, warum du ihn im Beisein aller darum gebeten hast, dir sein Wort zu geben. Sogar Steinarr selbst.«

»Er machte aber nicht den Eindruck, als würde er es verstehen. Einen Moment lang fürchtete ich schon, er würde vom Pferd springen und mir das andere Bein brechen, so wie er es dem Fuhrmann angedroht hatte.«

»Davon hätte ich ihn schon abgehalten«, sagte Ari. »Bei dir, nicht bei dem Fuhrmann«, fügte er hinzu. »Es war schlau von dir zu warten, bis sie fertig zum Aufbruch waren. Wenn du Steinarr eher um sein Ehrenwort gebeten hättest, wäre er vielleicht ohne Marian davongeritten, und dann wäre *sie* nun wütend. Und was mich betrifft, würde ich es lieber mit einem zornigen Ritter aufnehmen als mit einer wütenden Frau. Nein, du hast dich Steinarr gegenüber genau richtig verhalten, Junge, auch wenn er nicht begeistert davon war.«

»Das war er wirklich nicht.« Robin schüttelte den Kopf. »Ich hoffe, er lässt seinen Zorn nicht an Mau... äh, an Marian aus.«

»Er wird verärgert sein, aber das ist auch schon alles.« Ari beschloss, dem Jungen in Bezug auf den Namen des Mädchens aus der Zwickmühle zu helfen. Er war die ständigen Versprecher leid. »Warum nennst du sie manchmal Maud und dann wieder Marian?«

Robin wurde tiefrot. »Ich ... sie ...« Er unterbrach sich, legte die Stirn in Falten und dachte angestrengt nach. Ari konnte geradezu sehen, in welchem Moment ihm eine Ausrede einfiel. »Als Kind konnte ich ihren Namen nicht richtig aussprechen und nannte sie Maud, weil es kürzer war. Sie wird lieber Marian genannt, aber ich kann es mir nicht so einfach abgewöhnen.«

Gar nicht schlecht, aber der Junge war einfach nicht der geborene Lügner. Sein Blick war viel zu unruhig. Das Mäd-

chen dagegen – sie war geübt. Sie konnte lügen wie kaum jemand sonst. Wäre er tagsüber und nicht nachts ein Rabe, hätte er die beiden zu gern auf ihrer Reise begleitet und sich angesehen, wie sie und Steinarr sich gegenseitig darin übertrafen – und sich prächtig dabei amüsiert.
»Aber sie ist doch gar nicht hier«, sagte Ari und konzentrierte sich wieder auf sein Vorhaben. »Du kannst sie nennen, wie du willst, und wenn du dich versprichst, werde ich es ihr ganz bestimmt nicht sagen.«
Robin verzog enttäuscht den Mund. »Vielen Dank, Mylord, aber ich sollte mich wohl trotzdem lieber daran gewöhnen, sie Marian zu nennen.«
»Ich werde es ihr dennoch nicht verraten«, sagte Ari. Er zog den letzten Knoten fest und begann, den Beinwellwurzelumschlag wieder um das Bein zu legen.
»Wartet, Mylord«, sagte Edith, die hinter ihm erschien. »Ich habe frische Beinwellwurzeln.«
Ari trat zur Seite und sah zu, wie die alte Frau ein Tuch, das mit einem Auszug aus gekochten Beinwellwurzeln getränkt war, um die Bruchstelle wickelte. Sie band es locker zusammen, stopfte vorsichtig die Decken um Robins Beine und stand auf, wobei sie keuchte wie jemand, der zu viel Rauch eingeatmet hatte. »Das hätten wir, mein Junge. Nun ruh dich ein wenig aus.«
»Ich möchte lieber etwas Sinnvolles tun. Hilf mir, mich aufzurichten, und gib mir mein Messer und etwas Holz. Dann schnitze ich euch einen Löffel, eine Spindel oder etwas anderes.«
»In ein oder zwei Tagen«, sagte Ari. »Zunächst einmal bleib flach liegen und ruh dich aus. Das Bein muss ruhig liegen, sonst wächst es schief zusammen. Außerdem war gestern ein anstrengender Tag für dich.«

Robin sah Edith an, aber sie schüttelte den Kopf. »Seine Lordschaft hat recht, Junge. Schon dich. Einen Löffel kannst du uns auch demnächst noch schnitzen.« Sie nahm die Schale, die Robin neben das Bett gestellt hatte, und trug sie hinüber zur der Feuerstelle, um den Haferschleim, den er übrig gelassen hatte, zurück in den Topf zu schütten und mit dem Rest wieder aufzuwärmen.
Ari folgte ihr. »Da gerade von etwas Sinnvollem die Rede war, hast du noch eine Breithacke übrig?«
»Wonach wollt Ihr denn graben, Mylord? Ich werde einen der jungen Burschen damit beauftragen.«
»Du hast mich falsch verstanden. Es geht nicht um meine, sondern um eure Arbeit. Ich möchte Hamo und den anderen helfen.«
»Aber nein, Mylord.« Erschrocken sah sie zu, wie er seinen Gürtel abschnallte und das Schwert in der Scheide an den nächsten Ochsenkarren lehnte. »Das gehört sich doch nicht. Dies ist die Arbeit von Bauern, nicht von edlen Rittern.«
»Ritter müssen starke Arme haben, um kämpfen zu können. Ich kann sie entweder kräftigen, indem ich mein Schwert gegen eine Strohpuppe schwinge oder mit einer Hacke Rasen absteche.«
»Ich weiß nicht recht ...«
»Ich muss mir einen Monat lang die Zeit vertreiben, während ich auf meinen Freund warte, und ich kann nicht die ganze Zeit nur zusehen, wie Robins Bein zusammenwächst.«
Ari zog sein langes edles Gewand aus und warf es neben seinem Schwert auf den Boden. Er steckte den Saum seines Unterhemds in den Hosenbund und rollte die Ärmel hoch. »Nun, Frau, wo bleibt die Hacke?«

Sie ritten den ganzen Tag lang auf der Straße, durch die vereinzelten Dörfer im Norden von Nottinghamshire und legten kaum Pausen ein, um sich die Beine zu vertreten und die Pferde ausruhen zu lassen. Am späten Nachmittag jedoch dirigierte Steinarr die Pferde hinunter von der Straße und ritt auf einen Wald zu. »Wartet.«
Matilda schlang die Arme fester um seine Hüften, während sie einen kurzen Abhang hinunterritten. »Wo wollt Ihr hin, Mylord?«
»Es wird Zeit, dass wir einen Platz für ein Nachtlager suchen.«
Ein Nachtlager. Mit ihm. Ihr Körper erstarrte vor Aufregung oder vor Angst oder ... Sie wusste es nicht. Sie wusste nur, er hatte ihre Frage nicht beantwortet. »Nun weiß ich, wie spät es ist, aber ich weiß immer noch nicht, wohin Ihr wollt.«
»Zu einem sicheren Ort, den ich kenne. Hilft dir das weiter?«, gab er kurz angebunden zurück.
Sie konnte seinen anhaltenden Zorn verstehen, schließlich war sie selbst noch immer wütend auf Robert. In seinem Eifer, sie zu beschützen, hatte er Sir Steinarr dazu gezwungen, auf den einzigen Grund zu verzichten, aus dem er sich in erster Linie zu dieser Reise bereit erklärt hatte. Bei allem, was recht war, er konnte die Abmachung, die er mit ihr getroffen hatte, für nichtig erklären. Eigentlich war sie überrascht, dass er es nicht längst getan hatte, dass er sie bis hierher gebracht hatte, dass er sich überhaupt mit ihr auf den Weg gemacht hatte. Den ganzen Tag über hatte sie befürchtet, er würde umkehren und sie zurückbringen, oder schlimmer noch, sie in irgendeinem entlegenen Dorf absetzen, von wo aus sie allein hätte nach Hause finden müssen.

Aber nun waren sie hier, kurz davor, ihr Nachtlager aufzuschlagen, und sie war noch nicht dahintergekommen, was er vorhatte.

Sie wusste nur, was *sie* vorhatte – ihren Teil der Abmachung erfüllen. Das hatte sie bereits beschlossen, noch bevor sie die Straße nach Headon erreicht hatten. Sie hatte es für sich behalten und hoffte darauf, dass sich ein Moment ergab, in dem er nicht mehr ganz so zornig war. Nun aber saß ihr die Zeit im Nacken, und er kochte noch immer vor Wut. Dabei musste sie es ihm lediglich sagen. Zeigen.

Sie ritten mehr als eine Meile weit in den Wald hinein, auf Pfaden, die so undeutlich zu sehen waren, dass sie sie kaum erkennen konnte. Sir Steinarr hingegen schien sich mit Leichtigkeit zurechtzufinden. Ein Pfad führte schließlich zu einer Lichtung am Fuß eines kleinen Steilfelsens. Steinarr schwang ein Bein über den Hals des Hengstes und sprang vom Pferd. Dann hob er die Arme, um Matilda hinunterzuhelfen – alles ohne ein einziges Wort.

Als sie sicheren Boden unter den Füßen hatte und außerhalb der Reichweite seiner Hände war, spähte Matilda zu dem Felsen hinüber. »Wieder eine Höhle?«

»Ein wenig besser.« Er wies mit dem Kopf auf die Südseite des Felsens. »Dort drüben.«

Es dauerte einen Moment lang, bis Matilda es entdeckt hatte: eine Steinmauer unter einer überhängenden Wand. »Eine Schäferhütte?«

»Die Klause eines Eremiten.«

»Wirklich? Ich habe noch nie eine Einsiedelei gesehen. Wo ist denn der Eremit?«

»Schon lange tot.«

Voller Neugier machte Matilda sich auf den Weg. Die Klause schien sehr alt zu sein. Der Sockel der Mauer war mit Moos

bewachsen und die Tür verrottet, es waren nur noch die rostigen Löcher zu sehen, in denen einst ihre Angeln gesessen hatten. Der Eremit, wer immer er gewesen war, hatte eindeutig irgendwann in seinem Leben als Steinmetz gearbeitet, denn dort, wo kein Moos wuchs, sah man, dass die Steine so perfekt miteinander verbunden waren, dass nicht einmal ein hauchdünner Grashalm dazwischenpasste.
Sie betrat die Klause und breitete die Arme aus. Es war genug Platz, um den einen Arm ganz und den anderen nahezu ebenso weit auszustrecken. Ein paar Spinnweben hingen in den Ecken, aber ansonsten sah es für einen Ort, der schon so lange unbewohnt war, überraschend sauber aus, frei von Abfall und Ungeziefer, als sei vor nicht allzu vielen Jahren jemand dort gewesen.
Plötzlich nahm ein Schatten ihr das Licht, und als sie sich umdrehte, stand Steinarr in der Türöffnung, die Hände gegen die Laibungen gestemmt. Sie holte tief Luft, um sich zu wappnen, und gab sich einen Ruck. »Werden wir hier schlafen?«
Er blieb ungerührt stehen, und sie nahm seinen Zorn wahr.
»*Wir?* Hast du nicht gehört, welches Versprechen dein Cousin mir abgerungen hat?«
»Er hatte nicht das Recht, so etwas zu fordern.«
»Und dennoch hat er es getan.« Steinarr ließ die Türlaibungen los und ging einen Schritt auf sie zu. »Das hast du sehr schlau eingefädelt, Matilda.«
»Eingefädelt?«
»Indem du ihn dazu gebracht hast, mich im Beisein von Ari und all der anderen danach zu fragen.«
»Ich konnte nichts dafür, Mylord. Ich sagte Euch doch, dass ich Robin nichts von unserer Abmachung erzählen würde, und das habe ich auch nicht getan.«

»Erwartest du etwa, dass ich glaube, der kleine *Askefise* sei selbst darauf gekommen?«
»Nennt ihn *nicht* so!«, gab sie entrüstet zurück. *Askefise. Jemand, der bei der Feuerstelle blieb, während die anderen in die Schlacht zogen.* Vater hatte dieses Wort wie eine Peitsche geschwungen, sich des englischen Ausdrucks bedient, um Robin, was seine Herkunft und seine Courage anging, zu beleidigen. »Bloß weil ein Mann liebenswürdig ist, muss er noch längst kein Feigling sein.«
»*Ein Mann.*« Steinarrs Lippen kräuselten sich zu einem höhnischen Grinsen. »Er hat sich hinter den Büschen versteckt, als John Little umgebracht wurde.«
»Ich sagte Euch doch, John wollte, dass wir uns verstecken. Wir hatten ja keine Waffen.«
»Ein *Mann* wäre ihm zu Hilfe gekommen.«
»Um dabei ebenfalls umzukommen? Dann wäre ich den Vogelfreien auch noch in die Hände gefallen.«
»Stattdessen hat er zugelassen, dass du *mir* in die Hände fällst.« Er musterte sie von oben bis unten und zog sie mit Blicken aus, so schnell, so schonungslos, dass sie die Hände zu Fäusten ballen musste, um sich nicht vollkommen ausgeliefert zu fühlen.
Erhobenen Hauptes sah sie ihn an. »Dann nehmt mich, Mylord, so wie es abgemacht war. Ich entbinde Euch von dem Versprechen, das Ihr Robin gegeben habt.«
Sein Wechsel von Zorn zu Begierde und zu erneutem Zorn traf sie wie ein Hammerschlag und zog ihr nahezu den Boden unter den Füßen weg. »Ihr habt Glück, denn ich besitze mehr Ehre als er.«
Er drehte sich auf dem Absatz um, trat hinaus und ließ sie gefangen im Wirrwarr seiner Gefühle zurück. Dann war es also doch nicht *nur* Zorn. Diese unbändige, alles verzehren-

de Lust war noch immer da, stärker denn je, aber dermaßen durchwirkt von Wut, dass sie nicht hätte sagen können, wo das eine aufhörte und das andere begann.
»Komm raus!«, brüllte er.
Nun konnte sie es doch auseinanderhalten: *Das* war schiere Wut. Ach, zur Hölle mit ihm. Schließlich konnte sie nichts dafür, dass er sich von Robert hatte ausspielen lassen. Sie musste sich schwer zusammenreißen, bis sich ihre Gedanken klärten und sie aufhörte zu zittern.
Als sie hinaustrat, sah sie, dass er das Packpferd entlud und Bündel, Säcke und Fässer ordentlich unter dem Überhang aufstapelte. Die Hände in die Hüften gestemmt, stand sie da und wartete darauf, dass er etwas sagte, er aber arbeitete schweigend weiter. Schließlich stellte sie sich ihm in den Weg, so dass er um sie herumgehen musste, um den Sattel des Packpferds neben den Stapel Gepäck zu legen. »Was wolltet Ihr, Mylord?«
»Feuerholz«, blaffte er sie an und drehte sich um, um den Sattel des Hengstes zu holen. »Und zwar reichlich. In den Wäldern hier wimmelt es von Wölfen.« Er warf den zweiten Sattel neben den ersten und ließ die beiden Satteldecken darauffallen. »Ich werde die Pferde tränken.«
Er band die Pferde los, und sie begann, Holz zu sammeln. Wieder einmal. Bei den Köhlern hatte Brennholzsammeln ebenfalls zu ihren Aufgaben gehört, und allmählich war sie es leid. Sie war es schlicht und einfach leid, und jedes Mal, wenn sie sich bückte, um einen Ast aufzuheben, tat ihr der Rücken weh. Dabei hielt sie sich für jemanden, der sich nicht vor Arbeit scheute. Schließlich hatte sie in Huntingdon nach dem Tod ihrer Mutter die Pflichten der Gutsherrin übernommen. Sie hatte sich um Vorratshaltung und Mahlzeiten für hundert Männer und Frauen gekümmert, und die

Beaufsichtigung all der Web-, Spinn- und Näharbeiten hatte sie von morgens bis abends auf Trab gehalten. Doch die Art von Arbeit, die sie in der vergangenen Woche hatte verrichten müssen, hatte sie gelehrt, das harte Leben der Bauersfrauen mit umso mehr Anerkennung zu würdigen. Sie verrichteten die gleichen Aufgaben wie sie selbst, versorgten außerdem noch ihre Tiere, kümmerten sich um ihre Kinder und bestellten gemeinsam mit ihren Männern die eigenen Felder, zusätzlich zu den Diensten, die sie für den Grundherrn zu leisten hatten.

Allerdings mussten sie nicht den ganzen Tag über das Gemüt eines Mannes in Schach halten. Denn ein Teil ihrer Erschöpfung hatte genau damit zu tun, und erst als sie sich bei der Suche nach Brennholz von Steinarr entfernte, stellte sie fest, wie viel Belastung es war. Je größer die Distanz zwischen ihnen war, desto erleichterter fühlte sie sich, und so entfernte sie sich weiter und ließ sich Zeit.

Als sie den letzten Armvoll Brennholz auf den Stapel warf, war Steinarr bereits mit den Pferden zurückgekehrt, hatte ihre Hafersäcke aufgefüllt, vor der Hütte ein anständiges Feuer gemacht und war nun damit beschäftigt, ein paar dicke Scheiben Bacon abzuschneiden, von denen er bereits einige auf Holzstöcke gespießt und über das Feuer gehängt hatte.

Matildas Magen knurrte laut beim Anblick des bratenden und tropfenden Schinkens. Steinarr sah auf. »Hungrig?«

»Aye, Mylord.« Sie atmete tief ein und genoss den Duft. »Wenn es hier so viele Wölfe gibt, wird der Geruch des Fleisches sie nicht anlocken?«

»Das wird dein Geruch auch.« Er griff in den Vorratsbeutel und holte einen Laib Brot heraus, der in ein Tuch gewickelt war. »Für die Tiere im Wald ist alle Nahrung gleich, und du wärst ein besonders zarter Bissen. Schneid ein paar Scheiben Brot ab!«

Sie schnitt zwei dicke Scheiben ab und wollte den Laib wieder einpacken.

»Mehr!«, sagte Steinarr. Er sah zu, wie sie eine weitere Scheibe abschnitt. »*Mehr!* Ich will nicht um Mitternacht schon wieder Hunger kriegen. Und du wahrscheinlich noch weniger.«

Sie sah ihn von der Seite an und wartete auf eine Erklärung für diese sonderbare Bemerkung. Als er ihr keine gab, zählte sie die Fleischstücke und schnitt für jedes eine Scheibe Brot. Steinarr schien damit zufrieden, und sobald der Schinken heiß genug war, lehnten sie sich zurück und aßen schweigend.

Allmählich, während sie ihre Mahlzeit verzehrten, legte sich Steinarrs Zorn. Sie merkte es, ohne von ihrer Fähigkeit Gebrauch zu machen, einzig und allein an der Art, wie sich seine Gesichtszüge entspannten. Sie erinnerte sich an einen ähnlichen Stimmungswechsel am ersten Abend, als er Brot und Käse gegessen hatte. Es schien, als sei er die ganze Zeit kurz davor zu verhungern, und als sei dieser Hunger die Ursache für seinen Zorn oder verstärke ihn zumindest. Vielleicht war es tatsächlich so einfach. Sollte das der Fall sein, musste sie versuchen, dafür zu sorgen, dass er immer genug zu essen bekam. Das würde ihr das Leben leichter machen.

Als sie ihre Mahlzeit beendet hatten, waren noch jeweils drei Scheiben Schinken und Brot übrig. Matilda wollte sie einpacken. »Das werde ich für morgen früh aufheben.«

»Nein. Lass sie liegen. Sie werden heute Nacht noch gegessen.« Er legte sich den Schlauch mit Ale auf den Schoß und drehte den Stöpsel heraus. Dann hielt er den Schlauch in die Höhe und trank einen ordentlichen Schluck. Er verzog das

Gesicht. »Beim Gekreuzigten, das *ist* noch schlechter als gestern.«

»Warum trinkt Ihr es dann? Hier gibt es doch reines Quellwasser.«

»Es mag rein aussehen, aber es stinkt nach Schwefel. Und wie dein Freund, der Köhler, gesagt hat, ist schlechtes Ale immer noch besser als gar keins.« Er nahm noch einen Schluck und wischte sich mit dem Handrücken das Kinn ab, bevor er Matilda den Schlauch reichte.

Da es unmöglich war, an einem Schlauch lediglich zu nippen, hielt sie ihn hoch und trank einen großen Schluck. Hustend setzte sie ihn wieder ab. »Seid Ihr sicher, dass das Wasser noch schlechter ist? Und warum habt Ihr das Ale überhaupt angenommen?«

Er lächelte beinahe. Beinahe. »Ivetta bestand heute Morgen darauf, mir etwas davon abzufüllen. Das konnte ich nicht ablehnen.«

»Wahrscheinlich wollte sie es loswerden, damit sie neues brauen konnte.«

»Wahrscheinlich.« Er nahm den Schlauch zurück und trank noch einen Schluck. »Schlechter kann ihres kaum sein.«

»Ihres ist sogar viel besser. Wir haben unterwegs den Rest des Ales getrunken, das sie in Maltby gebraut hatte. Es war so gut, dass ich es gern in …« Matilda unterbrach sich gerade noch rechtzeitig. *In Huntingdon haben würde,* wäre ihr beinahe herausgerutscht. Doch sie besann sich und beendete den Satz, ohne zu zögern. »Immer trinken würde.«

»So gut?«

»Ihr könnt es probieren, wenn Ihr mich zu Robin zurückbringt.«

Und sogleich kehrte sein Zorn zurück – so schnell. »Könnte sein, dass das schon sehr bald der Fall sein wird.«

Sie setzte sich kerzengerade hin. »Aber Ihr habt Euer Wort gegeben.«
»Wie ich feststellen musste, habe ich in den vergangenen Tagen viel zu oft mein Wort gegeben. All die Versprechen vertragen sich einfach nicht miteinander.« Er starrte ins Feuer und murmelte etwas, was mit dem Wort *Englisch* endete.
Beim Gekreuzigten. Sie hätte Robin nicht erwähnen dürfen und auch nicht ansprechen sollen, dass die Möglichkeit bestand, sie zurückzubringen. Nun hatte er den Gedanken im Kopf, und wenn sie nicht schnellstens etwas dagegen unternahm, würde er sich dort festsetzen und alles wäre verloren. Zu ihrem Leidwesen fiel ihr nur eine Sache ein, die sie tun konnte, nur eine Sache, auf die er es wirklich abgesehen hatte.
Wann immer er wollte. Wie oft würde das sein?
Sie kroch zu ihm hinüber und kniete sich neben ihn. »Was ich vorhin sagte, war ernst gemeint, Mylord. Ich verlange nicht, dass Ihr Euch an das Versprechen haltet, das man Euch abgerungen hat. Wir beide hatten unsere Abmachung zuerst getroffen, deshalb hat sie Vorrang. Ich werde meinen Teil der Vereinbarung einhalten, bei meinem Ehrenwort.«
»Was weiß eine Frau schon von Ehre?«
»Mehr als die meisten Männer.« Sie beugte sich zu ihm hinüber und küsste ihn, flüchtig, aber heftig. Dann lehnte sie sich wieder zurück.
Er zog eine Augenbraue hoch. »Ist das alles, was du als Beweis zu bieten hast?«
Dieser Satansbraten. Er wollte einen Beweis? Dann würde sie ihm einen Beweis liefern. Sie nahm all ihren Mut zusammen und beugte sich abermals vor. Und dieses Mal küsste sie ihn nach allen Regeln der Kunst, zunächst sanft – seine

Lippen kaum merklich streifend. Dann noch einmal, langsamer, sie verweilte zögernd, während sie mit der Zungenspitze über seine Unterlippe glitt. Und seine Lippen, die zunächst starr und unnachgiebig waren, wurden weicher und öffneten sich. Erregung durchwogte sie, und so gab sie sich ihrer Aufgabe vollkommen hin – voller Leidenschaft, stieß ihre Zunge in seinen Mund, so wie er seine Zunge einige Tage zuvor in ihren Mund gestoßen hatte, und sie lachte beinahe auf, als sie der seinen begegnete und er ihren Angriff erwiderte. *Na also.*
Triumphierend lehnte sie sich zurück und verschränkte die Arme über der Brust. »Vielleicht ist das Beweis genug.«
»Es beweist immerhin etwas. Was genau, werden wir noch sehen.« Seine Hände legten sich um ihre Taille, und er zog sie langsam zu sich heran, bis ihr Gesicht nur noch wenige Zentimeter von seinem entfernt war. »Du musst dieser Schwester von Robin wohl in großer Liebe verbunden sein, da du dich so sehr für sie einsetzt.«
»Das bin ich«, versicherte sie ihm.
Sein Blick glitt an ihr hinab und streifte ihre Brüste, dann sah er ihr wieder in die Augen, mit einem derart gierigen Ausdruck, dass sie unwillkürlich den Atem anhielt. Die mittlerweile vertraute Wollust überrannte ihre Abwehr und verkehrte das Gefühl des Triumphs zu etwas vollkommen anderem, zu etwas, was sie heiß durchströmte, bis es die Stelle in ihrer Mitte erreichte, wo es zu einem glühenden Strom wurde. *Jetzt ...*
Seine Miene wurde starr, und der Glutfluss gefror zu Eis. Mit einem leichten Schubs schob er sie von sich weg, so dass sie wieder gerade wie eine Kerze dasaß. Er stand auf. »Es ist schon spät. Geh hinter die Büsche und komm wieder her.«
Vollkommen verwirrt saß sie da, mit klopfendem Herzen vor

lauter Wut und Bestürzung, während er zu den Pferden hinüberging. *Satansbraten. Pautonnier. Mistkerl.* Sie biss sich auf die Zunge, sonst hätte sie ihm diese Worte hinterhergeschleudert. Sie stand auf, ging auf unsicheren Beinen zu den Büschen und verschwand dahinter. Was war da gerade passiert? Sie waren ganz kurz davor gewesen. Ihr Körper pulsierte noch immer, und sie wusste, dass es ihm noch schlimmer erging. Sie konnte nicht begreifen, warum und wie er abgebrochen hatte, und auch wenn sie noch so angestrengt nachdachte und fluchte, wurde ihr sein plötzlicher Sinneswandel nicht verständlicher.
Sie kam gerade noch rechtzeitig hinter den Büschen hervor, um zu sehen, dass Steinarr aufsaß, ohne Sattel ritt, mit nur einem dünnen Bündel und seinem Bogen über der Schulter. Erschrocken rannte sie über die Lichtung und stellte sich ihm in den Weg. »Wo wollt Ihr hin? Ihr könnt mich doch nicht allein hier zurücklassen. Ich bitte Euch, Mylord, ich schwöre, ich werde tun, was immer Ihr ...«
»Beruhige dich, Marian. Ein Freund von mir wird kurz nach Sonnenuntergang hier sein.«
»Ein Freund? Aber ...«
»Er wird die ganze Nacht draußen Wache halten, während du in der Klause schläfst.« Seine Stimme klang gelassen, aber dennoch schroff, und er hatte den Blick abgewandt. »Deine Sachen befinden sich schon drinnen. Du bist in Sicherheit, bis ich morgen früh zurückkomme.«
»Aber ...«
»Mein Freund heißt Torvald.« Das Pferd tänzelte seitwärts, und Steinarr ritt einen Bogen, damit er sie wieder ansehen konnte. Dieses Mal sah er ihr direkt in die Augen, und einmal mehr spürte sie sämtliche Leidenschaften, die hinter seiner kontrollierten Fassade brodelten. »Ich würde dir raten,

keinen Versuch zu unternehmen, ihm das anzubieten, was du unter einem Ehrenwort verstehst. Ich vertraue ihm zwar mein Leben an und deins auch, aber ein Mann mag noch so diszipliniert sein, einem solchen Kuss würde er nur schwerlich widerstehen können.«

Dennoch konnte *er* widerstehen, obwohl alles an ihm, jede Berührung, jede zornige Geste, jeder Anflug von Lust, der gegen ihre inneren Mauern prallte, ihr sagte, dass er dem eigentlich gar nicht widerstehen wollte. Er wollte sie, trotz des Versprechens, das er Robert gegeben hatte, und solange er sie wollte, hegte sie noch Hoffnung, besaß sie noch genug Macht, ihn an sich zu binden und ihr Unternehmen erfolgreich zu beenden.

»Dann begleitet Ihr mich also auch den Rest des Weges, so wie Ihr es mir versprochen habt?«

»Das habe ich noch nicht entschieden.« Er gab dem Pferd die Sporen und galoppierte davon. Sie blieb allein in einem Wald voller Wölfe zurück.

KAPITEL 8

Dieser Satansbraten«, murmelte Matilda, als er am Ende des Waldwegs verschwand. *Dämlicher Mistkerl.* Sie rannte zurück zu der Feuerstelle und trat gegen einen Stein. Sie zitterte vor lauter Empörung über sich selbst und über ihn.
Was tat sie hier eigentlich? Hier, mitten im Nirgendwo hatte sie diesem fremden, wilden Mann ihren Körper angeboten? Dabei wollte sie ihn doch gar nicht. Sie *mochte* ihn nicht einmal. Dieses unbändige Bedürfnis ... es konnte unmöglich von ihr selbst kommen. All das kam von *ihm,* von ihm und seiner ungezügelten Begierde, die ihren Körper so fieberhaft glühen ließ und wer weiß was mit ihrem Geist und ihrer Seele anstellte. Verflucht sollte er sein, und dabei war sie nicht einmal sicher, ob ihr Zorn überhaupt ihr eigener war. Wie sollte sie fast drei Wochen überstehen in der Nähe eines solchen Mannes oder gar mit ihm in einem Bett liegen?
Sie schlang die Arme um ihren Oberkörper, starrte ins Feuer und suchte krampfhaft nach einer Ablenkung, um die Kontrolle über ihre Gedanken und ihren Körper zurückzugewinnen. Doch es gab nichts, das sie hätte ablenken können. Es gab nur Steinarr, und ihr war, als blickten ihr seine sonderbaren blaugoldenen Augen höhnisch aus den tanzenden Flammen entgegen.

Erst nach geraumer Zeit ließ ein weit entferntes Geräusch sie aufsehen. Es war schon fast dunkel, und die Wolken weit über ihr glühten in den rosafarbenen und goldenen Tönen des Sonnenuntergangs. Kurz darauf ertönte hinter den Bäumen abermals das gleiche Geräusch.
Der nahezu menschlich klingende Klagelaut jagte Matilda einen eisigen Schauer über den Rücken. Sie zog sich in die Sicherheit der Türöffnung zurück und suchte den dunkler werdenden Wald nach einem Anzeichen des Freundes ab, der sie, wie Steinarr versprochen hatte, beschützen sollte. Was, wenn er es war, verletzt und schreiend vor Schmerz? Ein leichter Wind zog auf, wehte einen Hauch von Kälte und den Geruch nahenden Regens herbei, und Matilda zog ihren Umhang fester um sich herum. Die Zeit verging, der Himmel wurde dunkler, und langsam verdeckten Wolken die Sterne, und er war immer noch nicht da.
Das plötzliche Knacken eines Zweigs ganz in der Nähe ließ sie zusammenfahren. Sie schoss hinaus, um sich einen brennenden Ast aus dem Feuer zu schnappen, und zog sich hastig in die Türöffnung zurück, die behelfsmäßige Waffe schützend in der Hand wie ein Schwert.
»Die Fackel wirst du nicht brauchen ... Marian, oder?« Im Licht des Feuers kam er auf sie zu, ein blasser, hochgewachsener Mann mit langen Beinen und silberblondem Haar, das ihm in langen Strähnen bis über die Schultern fiel. »Ich bin Torvald, ein Freund von Steinarr.«
Verlegen ließ sie den brennenden Ast sinken. »Das war nicht wegen Euch, Mylord. Ich habe ein Tier schreien hören.«
»Ich habe nichts gehört. Aber ich rieche etwas. Schwein?«
»Schinken.« Sie warf den Ast zurück ins Feuer und wies auf den Stein, wo der Rest der abendlichen Mahlzeit lag. »Und gutes Brot. Und weniger gutes Ale.«

»Besser als gar keins.« Anstatt sich auf das Essen zu stürzen, wie es die Art seines Freundes war, bedankte sich Torvald mit einem knappen Kopfnicken und ging die paar Schritte hinüber zu der Stelle, wo das Packpferd humpelnd umherlief. Er strich dem Pferd über die Nüstern. »Hallo, mein Freund.«
»Ihr kennt das Pferd?«
»Ich habe es einige Male geritten.«
Das Pferd blies ihm mit offenkundiger Freude in die Hand, wodurch dieser Torvald sogleich Matildas Wohlwollen gewann. Pferde hielten nur selten etwas von schlechten Menschen – sie akzeptierten sie allenfalls, aber sie mochten sie nicht. Andererseits hatte sie von Steinarr ebenfalls zunächst eine gute Meinung gehabt, und möglicherweise irrte sie sich in Bezug auf seinen Freund ja auch. Vielleicht mochte das Pferd ihn in Wirklichkeit überhaupt nicht. Es gab nur eine Möglichkeit, es herauszufinden, und glücklicherweise konnte sie nun, da Steinarr schon eine Weile fort war, ihre Deckung die Nacht über vernachlässigen und sich dieser Möglichkeit bedienen. Sie öffnete ihre innere Mauer und fühlte sogleich die Freude des Packpferds, als der Mann mit einer Hand über seinen Widerrist strich. Ja. Ein guter Mensch.
Torvald drehte sich wieder zu ihr um, und für einen kurzen Augenblick ...
»Ihr kommt mir bekannt vor, Mylord. Kann es sein, dass wir uns schon einmal begegnet sind?«
»Das würde ich bezweifeln.«
Doch das eigenartige Gefühl der Vertrautheit blieb. »Wart Ihr jemals in Huntingdon? Oder vielleicht in Loxley?«
»Nein.« Torvald zog sein Messer heraus und bückte sich, hob einen der Vorderhufe des Pferdes an und klemmte ihn sich zwischen die Beine. »Ich verbringe die meiste Zeit in ...« Er unterbrach sich, als ein seltsames Gebrüll aus dem

Wald zu hören war. »Ich verbringe die meiste Zeit in den Wäldern hier.«

»Was war das?« Matilda ging so nah an das Feuer heran, wie sie konnte, ohne ihre Röcke in Brand zu stecken. »Das war nicht dasselbe Geräusch wie vorhin.«

»Äh, kämpfende Wildschweine wahrscheinlich.« Torvald kratzte weiter den Huf des Pferdes aus, als sei nichts Ungewöhnliches geschehen. »Du solltest nun schlafen gehen.«

»Es ist noch früh, Mylord. Ich bleibe noch eine Weile auf.« Der wahre Grund dafür war nicht die Tatsache, dass es noch früh war, sondern das unbehagliche Gefühl, das sowohl dieses seltsame Geräusch als auch Torvalds ungewöhnliche Erklärung hervorgerufen hatten. Warum waren Männer so? Stets der Überzeugung, sie müssten Frauen die Wahrheit verschweigen, um sie zu beschützen, bewirkten sie mit einer Lüge doch nur das Gegenteil. Sie sah zu, wie er sich duckte und unter dem Hals des Pferdes auf dessen andere Seite ging, um auch dort die Hufe zu kontrollieren. »Mylord?«

»Ja.«

»Ich habe schon kämpfende Wildschweine gehört. Aber dieses Geräusch klang nicht nach einem Kampf zwischen zwei Keilern.«

»Mag sein. Aber was immer es war, es war weit entfernt und bedeutet keine Gefahr für dich, solange ich hier bin.« Er kratzte einen Stein aus dem Vorderhuf des Pferdes und warf ihn weg. Dann ließ er den Huf sinken und widmete sich dem nächsten.

»Mylord.«

»Was ist?«

»Beabsichtigt Sir Steinarr, sein Wort zu halten und mich den Rest der Reise zu begleiten?«

Er richtete sich auf und musterte sie über den Rücken des

Pferdes hinweg, während er tief Luft holte. Und abermals war da dieses vage Gefühl der Vertrautheit, das bis zur Grenze ihres Bewusstseins drang. Doch dann lächelte er, und es verflüchtigte sich. »Darüber hat er nicht gesprochen. Du solltest jetzt schlafen gehen, Marian. Du hast einen langen Tag vor dir.«
Er sah ebenso wild und furchteinflößend aus wie Sir Steinarr, so wie er dort stand, mit seinem ungekämmten Haar, der abgetragenen Kleidung und den markanten Gesichtszügen. Aber im Gegensatz zu seinem Freund ging von diesem Mann etwas Beständiges aus, das sie beruhigte. Sie holte tief Luft und nickte, dann zog sie sich in die Klause zurück.
Sie fand ihr Bündel und ein dickes Schafsfell, das Sir Steinarr danebengelegt hatte, und bald darauf lag sie in ihrem einfachen Bett. Der Stein unter dem Fell war eine harte Unterlage, aber die Müdigkeit, die sie zuvor schon beinahe übermannt hatte, ließ sie sogleich gähnen.
Sie war kurz vor dem Einschlafen, als ein weiteres Geräusch über die Bäume wehte, kein Gebrüll, sondern eine Art Knurren, grimmig und sehr viel näher. Sogleich saß sie senkrecht in ihrem Bett. »*Monsire?*«
»Hier. Schlaf jetzt, Marian. Es ist nichts, wovor du Angst haben müsstest.«
Sie beugte sich vor, damit sie ihn sehen konnte. Er saß am Feuer, offenbar völlig entspannt, mit einem Stück Brot in der Hand und dem Aleschlauch auf dem Schoß. Er schien ganz eindeutig nicht beunruhigt, und seine Ruhe übertrug sich auf sie.
Sie hüllte sich fester in ihren Umhang und ihre Decke, dann legte sie sich wieder hin. Allmählich schlug ihr Herz wieder in seinem normalen Rhythmus, schließlich siegte die Erschöpfung, und sie sank in Schlaf. In dem Moment, kurz

bevor sie eingeschlafen war, als ihre Lider sich noch einmal öffneten und schlossen, stand Torvald auf. Und das Letzte, was sie sah, war, dass er direkt jenseits des Feuers stand, mit dem Schwert in der Hand, um sie zu beschützen vor jeglichen Ungeheuern, die des Nachts umherstreiften.

Das Weibchen.
Der Löwe konnte sie spüren, riechen, wittern – weit weg, aber da. Er warf den Kopf zurück und kräuselte die Lefzen, um in der Nachtluft ihre Witterung aufzunehmen. *Ja. Das war sie.* Er warf seinen riesigen Kopf hin und her und sog prüfend die Luft ein, bis er festgestellt hatte, aus welcher Richtung die Witterung kam. Dann setzte er sich in Bewegung, um nach ihr zu suchen.
Er nahm auch den Geruch von Essen wahr, gemischt mit ihrem Duft. Beides befand sich am gleichen Ort. Gut. Er würde anschließend Nahrung brauchen.
Aber nicht die Suche nach Nahrung war es, die ihn antrieb. Nahrung gab es überall. Das Weibchen hingegen war etwas Seltenes. Etwas Besonderes. Er hatte kein eigenes Weibchen, aber er wollte eins, brauchte eins, mehr als alles andere. Mehr als Nahrung, Wasser, Schlaf oder die Jagd.
Ein Weibchen. Ein Männchen.
Er folgte den verschiedenen Fährten vorbei an Tieren, die er in jeder anderen Nacht zu seiner Beute gemacht hätte, aber nun standen sie einfach nur da und sahen zu, wie er an ihnen vorüberlief. Selbst die scheuen Hirsche und Rehe käuten ruhig ihre Kräuter wider, denn sie wussten, dass ihnen in dieser Nacht keine Gefahr drohte.
Ihr Duft wurde stärker, deutlicher, und der Löwe begann zu schnauben, als Vorbereitung darauf, dass er gleich nach ihr rufen würde. Schon stieg das Gebrüll aus seiner Kehle auf.

Sie war in der Nähe. Ganz nah. Dann flackerte Licht zwischen den Bäumen auf, und sein Gebrüll erstarb. *Feuer. Menschen. Er.*
Er kannte auch diesen Geruch. Eigentlich hätte er ihn schon längst wahrnehmen müssen. Das hätte er auch, wenn die Witterung des Weibchens nicht so deutlich spürbar in seinem Rachen gewesen wäre. Überall um ihn herum stieg ihr Duft auf und trieb ihn vorwärts. Er schlich sich an das Licht heran, und als er nahe genug war, sah er, dass der Mann, der so oft zwischen ihm und einer leichten Beute stand, nun zwischen ihm und *ihr* stand.
Der Mann hielt sie gefangen, dort in der Höhle hinter dem Feuer. Sie sollte sich nicht in der Nähe des Feuers aufhalten. Sie sollte sich nicht in seiner Nähe aufhalten. Er musste den Mann töten, dann käme er an sie heran. Der Löwe schlich sich weiter an, aber das Feuer brannte hell, und der Mann war wachsam, und selbst die Verlockung, die sie darstellte, vermochte die Erinnerung an den Schmerz, den dieser Mensch ihm zufügen konnte, nicht zu vertreiben. Dieser Mann konnte mit Feuer und spitzen Stöcken so tapfer umgehen wie kaum ein anderer. Dieser Mann verursachte *Schmerz.*
Er wich zurück, bis er wieder vollkommen von Dunkelheit umgeben war. Dann umkreiste er die Stelle, auf der Suche nach dem schwachen Punkt, nach dem Weg zu ihr, aber der Mann wusste es und legte mehr Holz ins Feuer, und höhere Flammen stiegen auf. Er konnte sie wittern, hinter den lodernden Flammen, und er knurrte. Der Mann hob seinen scharfen Stock und einen brennenden Ast. Er ging ein paar Schritte vorwärts und sprach.
Er konnte seine Worte nicht verstehen, aber es war eindeutig klar, was sie bedeuteten: Er konnte sie nicht haben.

Der andere hingegen schon. Tief in ihm steckte der andere, derjenige, der tagsüber aufrecht ging und der sie auch wollte. *Er* fürchtete sich weder vor Feuer noch vor Menschen. *Er* konnte sie haben, er brauchte sie sich nur zu nehmen.
So legte er sich hin, da wo der Mann ihn nicht mehr sehen konnte, und beobachtete alles und wartete ab. Und der, der tagsüber aufrecht gehen konnte, beobachtete ebenfalls alles und wartete mit ihm, die ganze Nacht, bis der Himmel heller wurde und das Bedürfnis, sich zu verstecken, größer wurde, sogar größer als der Trieb, sich ein Weibchen zu holen.
Es spielte keine Rolle. Er wusste ja, wo er sie finden würde, und der Mann konnte nicht immer da sein. Er würde wiederkommen, Nacht für Nacht, bis der Mann nachlässig wurde. Dann würde sie ihm gehören.
Der Löwe erhob sich und trottete lautlos davon.

Feiner Sprühregen fiel, als Steinarr sich am nächsten Morgen mit schmerzenden Gliedern erhob. Er schlug immer wieder die Arme um sich, um sich aufzuwärmen, und sah sich im Dämmerlicht um, auf der Suche nach dem Baum, in den einmal der Blitz eingeschlagen hatte und den er als einen Orientierungspunkt ausgewählt hatte.
Dort.
Er wankte hinüber zu dem Baum und fand sogleich den Hohlraum unter seinen Wurzeln, wo er seine Kleidung versteckt hatte. Als er sich seinen Umhang überlegte, hatte sich der Himmel so weit erhellt, dass die Wolken die Farbe alten Zinns angenommen hatten, und die Kälte war nicht mehr ganz so beißend. Abermals musste er sich orientieren, dieses Mal anhand einer Erhebung in südlicher Richtung, und machte sich auf den Weg zu dem Treffpunkt, den er mit Torvald vereinbart hatte.

Der Weg war beschwerlich. Der Regen hatte den Boden aufgeweicht, und Steinarrs Geist und Seele beherrschte noch immer das Wesen des Löwen. Er konnte es sich nicht genau erklären, aber seit einigen Tagen hatte das wilde Tier ihn mehr in seinen Klauen als üblich. Er konnte es fühlen, wie es unsichtbar umherschlich, voller Mordlust in der instinktiven Gewissheit von Marians Gegenwart. Woher er das wusste, war ihm nicht so recht klar. Er wusste es einfach, ebenso wie er wusste, dass diese Gewissheit das wilde Tier umso gefährlicher machte. Er würde sich in den kommenden Nächten weiter von den Lagerplätzen entfernen müssen, damit sie und Torvald in Sicherheit waren – ein weiteres Problem, was zu all den anderen hinzukam.
Sein größtes Problem aber war, dass er den Engländern ein Versprechen zu viel gegeben hatte.
Es war nicht seine Art, sich eines dieser Versprechen auszusuchen und es zu brechen. Das Wort eines Mannes galt so viel wie seine Ehre, und er hielt sich stets an das, was er versprochen hatte, selbst Engländern gegenüber – wobei er gelegentlich den Wortlaut einer Abmachung derart spitzfindig formulierte, dass die gegnerische Partei glauben mochte, er habe etwas ganz anderes zugesagt, als es tatsächlich der Fall war. Er hatte alles, was er Marian gesagt hatte, sehr sorgfältig abgewogen gegen die Abmachung, die er mit Guy getroffen hatte, so dass sie lediglich von der Annahme ausging, ihre Reise würde sie am Ende wieder zu Robin führen. Zu Robert, oder wie immer er auch heißen mochte.
Dann jedoch hatte Robert all das aus dem Gleichgewicht gebracht. Es ärgerte Steinarr, dass dieses Bübchen ihn gleichermaßen an zwei Fronten geschlagen hatte, indem er etwas verlangte, was exakt darauf hinauslief, was Marian sich vorgestellt hatte, und er ihm darüber hinaus das Versprechen

abgenommen hatte, Marians Körper nicht anzurühren. Letzteres machte ihm besonders zu schaffen. Denn es lag ihm vollkommen fern, die kommenden Wochen mit einem Ständer zu verbringen und um eine Frau herumzuschleichen, die er nicht haben konnte.

Doch er hatte ebenso wenig Interesse daran, zu wählen zwischen der Verpflichtung, die er einem eitlen Pfau von englischem Edelmann gegenüber eingegangen war, und dem Versprechen, das er einem dahergelaufenen Dieb gegeben hatte – auch dann nicht, wenn der Stutzer ihm zehn Pfund dringend benötigten Silbers bot. Allmählich gelangte er zu der Überzeugung, dass es wohl das Beste war, Marian zum Lager der Köhler zurückzubringen und Gisburne den goldenen Florin mit der Nachricht, seine Cousine sei nicht auffindbar, zurückzuschicken. Damit wäre zumindest wieder die Situation hergestellt, die er vorgefunden hatte, bevor er sich darin verstrickte.

Aber leider würde Marian damit gleichermaßen wieder ihrem Verführer in die Hände fallen, und was auch immer Ari über seine eigenen Interessen gesagt hatte, der Gedanke, dass Robert le Chape Marian ins Unglück stürzte, behagte ihm ebenso wenig.

Aye, das würde er dann doch lieber selbst tun.

Und wenn er mit ihr fertig war, konnte er sie immer noch sicher nach Hause geleiten, wo sie heiraten sollte. Aber wenn er das tat, hieße das, er würde sein Wort gegenüber Guy halten, wohingegen er das Versprechen ...

Pah.

Ein großes Tier drängte sich durch das Gestrüpp, das vor ihm lag. Steinarr stieß einen Pfiff aus. Der Hengst trottete durch den Nebel auf ihn zu – und sah aus wie ein nasses Gespenst. Kurz darauf hatte Steinarr Torvalds Kleider-

bündel gefunden, und sie machten sich auf den Weg zu der Einsiedelei.
Als er auf die Lichtung ritt, stand Marian unter dem Überhang, geschützt vor dem Regen. Steinarr saß ab und ging zu ihr hinüber. »Wie ich sehe, hast du die Nacht überstanden, ohne von Wölfen zerrissen zu werden.«
»Dank deinem Freund, obwohl er erst so spät hier war und so früh wieder fortging, dass er eigentlich gar nicht hätte kommen müssen. Warum ist er nicht wenigstens geblieben, um dir Guten Morgen zu sagen?«
»Er verbringt seine Zeit mit anderen Dingen.« Steinarr zeigte auf die beiden Stücke Brot und Käse, die sie in den Händen hielt. »Ist eins davon für mich?«
»Beide. Ich habe schon gefrühstückt.«
»Dann bist du also so weit?« Er nahm ihr Brot und Käse aus der Hand und biss in beides herzhaft hinein.
»Das bin ich, Mylord.« Demnach, wie sie die Augen zusammenkniff, hatte sie seine Anspielung verstanden. »Die Frage ist nur, seid Ihr es auch?«
Bei den Göttern, das war er. *Sie rittlings auf seinen Schoß zu nehmen.* Der Gedanke daran hämmerte in seinem Schädel und ließ seinen ganzen Körper pulsieren. Er hätte sie auf genau diese Weise haben können, gleich hier an Ort und Stelle, wenn dieser verfluchte Junge nicht gewesen wäre. Er hätte sie schon längst haben können.
»Lösch das Feuer«, sagte er und wandte sich ab, bevor die Anzeichen seiner Erregung allzu offensichtlich wurden. »Ich kümmere mich um das Gepäck.«
Sie ergriff den Eimer und machte sich auf den Weg, um Wasser zu holen, während er sein Frühstück hinunterschlang und nach dem Zaumzeug des Packpferds griff.
Als sie bereit waren aufzubrechen, hatte er sich wieder unter

Kontrolle, und er hatte eine Entscheidung getroffen. Er würde sie zurückbringen, und damit wäre der Fall erledigt. Anschließend würde er sich ein Bauernmädchen suchen, das ihm weniger Ärger einbrachte. Er half Marian aufs Pferd, schwang sich vor ihr in den Sattel, und dann ritten sie in Richtung der Straße.

Kurz vor der Straße jedoch kam der kleine Hang, und als der Hengst ihn hinaufgaloppierte, musste sie ihre Arme fester um Steinarr legen und sich vorbeugen, um nicht das Gleichgewicht zu verlieren. Ihre Brüste, die so verlockend in Reichweite gewesen waren, als sie ihn am Nachmittag davor geküsst hatte, pressten sich an seinen Rücken. Schon gestern hatte er sie gespürt, aber heute ... heute schien sämtlicher Stoff zwischen ihnen zu verbrennen, ganz so, als lägen sie im Bett wie zwei Liebende, und als umarme sie ihn von hinten.

Nein. Selbst wenn er sie tausendmal nehmen würde, wären sie niemals wirklich Liebende. Sie würden nie, niemals des Nachts zusammen im Bett liegen können, ganz gleich, wie sehr er es wollte. Er musste all dem ein Ende bereiten. Er würde sie zurückbringen. Noch heute. Sofort.

»Mylord?«

»Was?«

»Wir sind jetzt auf der Straße, und ich muss es wissen. Werdet Ihr Euch an unsere Abmachung halten?«

»Das habe ich noch nicht beschlossen«, sagte er und schlug den Weg in Richtung Harworth ein.

Trotz des Nieselregens, der allmählich ihren Umhang durchnässte, fühlte Matilda sich weitaus besser als am Tag davor. Sie hatte gut geschlafen, und Steinarrs Zorn hatte sich ein wenig gelegt, so dass es ihr nun leichter fiel, Geist und Seele gegen ihn abzugrenzen. Sie konnte ihn jedoch nach wie vor fühlen, jenseits der Grenze, und so wusste sie, dass seine Lust ungebrochen war. Das war genau richtig. Es war nötig, dass er sie wollte. Es war alles, was sie gegen ihn in der Hand hatte.

Die schwach hörbaren Glocken eines in der Ferne liegenden Klosters hatten gerade zum Mittagsgebet gerufen, als sie oben auf der Kuppe eines Hügels angekommen waren. Steinarr wies auf den Rauch, der am anderen Ende des Tals unter ihnen aufstieg. »Dort. Das ist Harworth.«

Matilda reckte den Hals, um einen besseren Ausblick zu haben. »Schon? Ihr spracht von zwei oder drei Tagen.«

»Abhängig davon, wie viele Pausen wir machen würden. Und wir haben keine Pausen gemacht.« Er warf einen Blick über die Schulter und fügte hinzu: »Noch nicht.«

Dieser Satansbraten. Sie richtete den Blick fest auf das Dorf. »Dann lasst uns nun eine Pause machen, Mylord.«

»Das hättest du gern, oder?«

»Einzig und allein, weil es bedeuten würde, dass Ihr beschlossen hättet, Euch an unsere Abmachung zu halten.«

»Bist du dir da sicher?« Er richtete den Blick wieder nach vorn und ritt den Hügel hinunter. »Woher willst du überhaupt wissen, dass ich dich nicht ein- oder zweimal nehme und dann einfach zurückbringe? Oder dich irgendwo hilflos zurücklasse?«

Obwohl er es mit gröberen Worten formuliert hatte, hatte er eigentlich die gleiche Frage gestellt wie Robert, und so ignorierte sie die Tatsache, dass er sie provozieren wollte, und überlegte: Woher *wollte* sie es wissen? »Weil Ihr Euch die Zeit nahmt, John Little zu begraben, und weil Ihr es wagt, diese Frage überhaupt zu stellen. Jemand, der vorhätte, mich sitzen zu lassen, hätte kein Interesse daran, dass ich darüber nachdenke, bevor er mit mir fertig ist.«

»Mag sein, aber ...«

»Und weil Ihr wesentlich mehr wollt, als mich ein- oder zweimal zu nehmen.«

Er schnaubte verächtlich. »Du hast eine ziemlich hohe Meinung davon, was du zu bieten hast.«

Was du zu bieten hast? »Nicht halb so hoch wie Ihr, Mylord«, gab sie mit fester Stimme zurück, wütend darüber, dass er sie wieder einmal als Hure bezeichnet hatte, ohne das Wort selbst zu benutzen. »Und ich denke nicht halb so oft daran.«

»Woher willst du wissen, wie oft ich daran denke?«

Weil ich es jedes Mal spüren kann, hätte sie am liebsten geschrien, aber in ihrer Wut hatte sie ohnehin bereits zu viel preisgegeben.

»Ihr seid ein Mann«, sagte sie stattdessen. »Soweit ich weiß, denken Männer den ganzen Tag lang an körperliche Liebe, wenn sie sie nicht gerade praktizieren.«

»Da irrst du dich«, sagte er und lachte in sich hinein. »Wir denken insbesondere dann an körperliche Liebe, *wenn* wir sie praktizieren – zumindest diejenigen von uns, die sich darauf verstehen. So, wo ist nun die heilige Stätte, die du aufsuchen möchtest?«

Wo? Eine berechtigte Frage. Die Frage nach Sir Steinarrs Fähigkeiten – *Verstand er sich darauf?,* fragte der lüsterne Teil von ihr, den die Priester ihr hatten austreiben wollen – trat in den Hintergrund zugunsten des eigentlichen Problems: Sie hatte das Rätsel von Headon noch nicht gelöst. Und da sie nicht die leiseste Ahnung hatte, wo sie anfangen sollte, äußerte sie die Vermutung, die am nächsten lag. »In der Kirche.«

Die Kirche sah ähnlich aus wie die in Maltby und wie in all den anderen Dörfern, durch die sie geritten waren: ein einfaches Steingebäude am Anger, mit einem Friedhof auf der

einen Seite. Sie stand vor dem schweren Eichentor und betrachtete die geschnitzten Figuren über dem Sturz: die sieben Todsünden. Passenderweise kam Lust als Erstes, eine Mahnung hinsichtlich des ihr drohenden Sündenfalls.
Als Steinarr die Pferde angebunden hatte, rief er ihr von der Straße aus zu: »Geh hinein! Ich versuche, jemanden zu finden, der Brot zu verkaufen hat. Und besseres Ale.«
»Das wäre großartig, Mylord.« Sie betrat die Kirche, froh darüber, dass er ihr bei dieser Gelegenheit nicht über die Schulter schaute.
Ein paar brennende Kerzen warfen tanzende Schatten auf den Altar und die Wandbehänge dahinter. Aus alter Gewohnheit tauchte sie ihre Finger in das Weihwasser, doch dann hielt sie inne. Ihre Sünden wogen zu schwer. Das würde sie mit dem Himmel in Ordnung bringen, wenn all das vorüber war, und sich jetzt selbst zur Heuchlerin zu machen, brachte sie einfach nicht über sich. Sie blieb auf einer Seite stehen, von wo aus sie den Kirchenraum in Augenschein nehmen konnte.
Sie sah sich das gesamte Inventar genau an, zunächst den aus Stein gemeißelten Altar und eine ganze Weile später die Wandverkleidung, die in sechs feinen Stickarbeiten die Schöpfungsgeschichte darstellte. Angesichts des Dämmerlichts kniff sie die Augen zusammen und ging von einem Wandbehang zum nächsten. Zoll für Zoll studierte sie die Bildteppiche, jeden Stern am Firmament, jede einzelne Kreatur der Schöpfung und jede Pflanze im Garten Eden – auf der Suche nach irgendetwas, was sie an ihren Vater oder an Huntingdon erinnerte.
Nichts.
Als sie Schritte von draußen sich nähern hörte, wich Matilda hastig zurück, und als sich die Tür öffnete, erweckte sie den

Eindruck, sie hätte gerade ihr Gebet beendet. Der Priester, der eintrat, fragte lächelnd: »Nun, wen haben wir denn da?«

»Eine einfache Reisende, Vater.« Sie beugte ihr Knie und küsste seinen Ring.

»Ah. Ich habe mich schon gefragt, wem die fremden Pferde dort draußen gehören.«

»Sie gehören dem edlen Ritter, der mich auf meiner Reise begleitet. Er wollte Proviant besorgen, und da dachte ich, ich könne einen Moment lang die friedliche Stille Eurer Kirche genießen.«

»Ein klug gewählter Zeitvertreib. Fahre ruhig mit deinen Gebeten fort. Ich muss mich um einige Kleinigkeiten kümmern.«

Vor einem Bildstock so zu tun, als betete man, war eine Sache, aber in einer Kirche vor einem Priester so zu tun, als betete man, war etwas ganz anderes. Sie spürte, wie sie errötete, und war froh darüber, dass dieser Teil der Kirche so schwach beleuchtet war. »Ich bin schon fertig. Vater, gibt es hier in der Nähe Bildstöcke oder der heiligen Jungfrau geweihte Quellen? Oder sonst irgendwelche heiligen Stätten?«

Er dachte einen Moment lang nach und schüttelte den Kopf. »Das Priorat von Tickhill liegt am nächsten, in knapp zwei Meilen Entfernung, aber es gehört zu der dortigen Gemeinde, nicht zu unserer. Wenn der Wind günstig stand, als ihr hierhergeritten seid, konntet ihr möglicherweise die Glocken läuten hören.«

»Das haben wir. Und auf dem Land von Harworth gibt es nichts?«

»Nein. Warum fragst du danach?«

»Aus reiner Neugier. Die nun befriedigt ist.« Sie machte Anstalten, die Kirche zu verlassen, und der Priester begleitete sie zur Tür.

»Woher kommst du?«

»Von hier und dort.« Sie ging weiter auf die Tür zu. »Tut mir leid, Vater, aber nun muss ich gehen. Mylord will sicher bald aufbrechen.«

»Habt eine sichere Reise, mein Kind!«

»Ja, Vater.« Sie machte einen weiteren Knicks und flüchtete aus der Kirche, bevor ihre Sünden sich derart offenkundig auftürmten, dass sie davon erdrückt würde. Hastig lief sie um die Kirche herum in der Hoffnung, dort einen Hinweis darauf zu finden, wonach sie suchen musste, doch abermals vergebens.

Nicht weit entfernt von den Pferden sank sie auf einen Baumstumpf und presste die Handflächen gegen ihre schmerzenden Schläfen. Sie war sich so sicher gewesen, dass irgendein deutlich erkennbares Zeichen ihr den richtigen Weg weisen würde. Warum sollte Vater einen so knappen Hinweis hinterlassen, wenn die Antwort nicht klar ersichtlich war? Aber vielleicht hatte er etwas gewählt, womit nur Robin etwas anfangen konnte und sie nicht. Einmal mehr wünschte sie, Rob wäre wieder auf den Beinen und bei ihr. Selbst wenn das Rätsel nicht nur für ihn gedacht war, sahen zwei Paar Augen mehr als eins.

Gerade wollte sie die Pergamentrolle hervorholen, als sie sah, dass Sir Steinarr ihr auf der Straße entgegenkam, bepackt mit Säcken und Aleschläuchen.

Da hast du ein zweites Paar Augen, flüsterte ihr die gleiche Stimme zu, die sie schon einmal schlecht beraten und auf diesen unzüchtigen Weg gebracht hatte. Aber vielleicht hatte sie recht. Vielleicht wurde es Zeit, das Versprechen einzulösen, das sie Robin gegeben hatte, und Sir Steinarr alles zu erzählen. Seufzend stand sie auf und ging ihm bis zu den Pferden entgegen. »Ihr habt noch Ale bekommen, Mylord.«

»Besseres Ale«, betonte er. Er verschnürte die Stricke der beiden Aleschläuche am Sattelknauf und packte die Säcke auf das Packpferd. »Ich habe auch Brot aus Weizen und Roggen für die nächsten drei Tage bekommen und ein frisches Stück Käse, so dass wir den gesalzenen für unterwegs aufheben können. Bist du hier fertig?«

Sie drehte sich kurz um, warf einen Blick auf die Kirche und schüttelte den Kopf. »Nein, Mylord, noch nicht. Aber heute kann ich hier nichts mehr erledigen. Ich werde wohl morgen noch einmal herkommen müssen.« Dann platzte sie kurz entschlossen heraus: »Ich muss mit Euch sprechen, Mylord. Vertraulich.«

Er musterte sie von oben bis unten, und etwas störte die Ruhe dieses Tages, wie ein unbekanntes Ungeheuer die Oberfläche eines windstillen Sees kräuselte. Ein langer Moment verstrich, dann nickte er.

»Der Mann, der mir den Käse verkauft hat, erzählte von einem verlassenen Cottage am Rand des Walds der Domäne, das Reisende oft aufsuchen, ohne Ärger befürchten zu müssen. Ist das vertraulich genug?«

Vertraulich genug in mancher Hinsicht. Die Welle breitete sich aus, streichelte sie wie eine allzu vertraute Hand. Sie riss sich von seinem Blick los und fand Schmutz an der Spitze ihres Schuhs, der ihrer dringenden Aufmerksamkeit bedurfte. »Jawohl, Mylord.«

»Wie du willst. Dann reiten wir dorthin.«

Sie wollte Vertraulichkeit. Hier hatte sie sie.
Steinarr stand im Türrahmen und beobachtete Marian, die ein Feuer auf der offenen Feuerstelle in der Mitte des Raums angelegt hatte, und nun kniete sie daneben und war eifrig damit beschäftigt, Feuer zu schlagen.

Das Cottage, das der Mann mit dem Käse Steinarr genannt hatte, war von alter Bauweise, zum Teil in die Erde hineingebaut. Es war kalt und feucht, so wie diese Art Behausungen nun einmal waren – zweifellos der Grund, warum Marian das Feuer so wichtig war, dass sie es selbst machen wollte – aber die Wände aus Flechtwerk und Lehmputz waren stabil, und das Reetdach schien dicht genug, dass es in der Nacht nicht hereinregnen würde. Auf einer abgeschiedenen Lichtung gut eine Meile weit vom nächsten Dorf entfernt war man hier ebenso ungestört wie in der Klause eines Einsiedlers.

Doch Marian hatte noch kein einziges Wort darüber fallenlassen, was sie mit ihm besprechen wollte. Stattdessen hatte sie sich voller Eifer darangemacht, Holz zu sammeln, und anschließend, während er sich um die Pferde gekümmert hatte, damit begonnen, Feuer zu machen, was nun ihre gesamte Aufmerksamkeit in Anspruch nahm – so wie sie selbst Steinarrs Aufmerksamkeit in Anspruch nahm. Während sie wieder und wieder gegen den Feuerstein schlug, wippte ihr Hinterteil verführerisch unter ihren Röcken. Er konnte sich nicht von dem Anblick losreißen.

Und das wusste sie auch. Je länger er sie anstarrte, desto entschlossener ging sie zu Werk, und desto mehr wippte sie. Natürlich nur unbewusst. Und natürlich war klar, dass sie ungestört sein wollte, weil sie vorhatte, sich ihm erneut anzubieten.

Ganz und gar nicht klar war allerdings, ob er sie dieses Mal ihr Ziel erreichen lassen würde.

Eigentlich sollte er das nicht. Eigentlich musste er sie zurückbringen, so wie er es bereits beschlossen hatte. Aber schon auf dem Ritt hierher hatte sie seine Sinne vollkommen gefangen genommen – ihr Körper, der sich gegen seinen

Rücken presste, das unregelmäßige Hauchen ihres Atems an seiner Schulter, seidiges Haar, das seine Wangen streifte, ihre errötenden Wangen, als er ihr half, vom Pferd zu steigen – und er wollte mehr. Er wollte sich in ihr versenken, ihren Duft einatmen, sie verschlingen. Wie würde sie schmecken? Er sah vor sich, wie sie auf den Fellen lag, bereit für seinen Mund, bereit für ihn.
Sie rang nach Luft und verfehlte den Feuerstein komplett.
»Was ist los?«
»Ich ... Nichts, Mylord.« Abermals schlug sie das Eisen an dem Feuerstein entlang, ohne Wucht und ohne ihn richtig zu berühren, ohne dass auch nur ein einziger Funke entstand.
»Wenn du so weitermachst, wird es eine kalte Nacht.«
Sie lehnte sich zurück, hockte sich auf ihre Fersen und betrachtete ihre Hände. »Ich konnte noch nie richtig mit Feuerstein und Feuerschläger umgehen.«
»Lass mich das machen.« Er riss sich vom Anblick ihres Hinterteils los, zumindest so lange, bis er den Sattel des Packpferds auf das Gepäck in der Ecke gestapelt hatte. Dann hockte er sich neben sie, arrangierte den Zunder auf dem Boden, schlug rasch drei große Funken, von denen er einen auffing. Er ließ ihn auf den Zunder fallen, der dadurch in Glut gesetzt wurde, und im Handumdrehen loderte ein kleines Feuer auf. »Man muss es im Handgelenk haben.«
»Bei Euch sieht es so einfach aus«, sagte sie, noch immer auf den Knien hockend, während sie das anwachsende Feuer mit Zweigen fütterte. »Bei Robin auch.«
Verflucht, im gleichen Atemzug, als sie über ihn, Steinarr, sprach, dachte sie an diesen Mistkerl. Warum quälte er sich mit dieser widernatürlichen Frau herum, wo er sie doch eigentlich nur loszuwerden brauchte? Das Problem daran war nur, dass er nicht sicher war, ob er es fertigbrachte, sie

abzuweisen, denn stur, wie sie war, würde sie ihn nicht in Ruhe lassen, bis etwas ihr Einhalt gebot, so wie in Maltby.
Wie in Maltby ...
Warum war er nicht längst darauf gekommen? Ari hatte recht. Grobheit würde sie vertreiben. Und er konnte grob sein. *Sehr* grob.
»Es wird Zeit, dass du lernst, wie man sich warm hält.« Bevor sie sich bewegen konnte, kniete er hinter ihr, schlang die Arme um sie und drückte ihr den Feuerstein in die eine und den Feuerschläger in die andere Hand.
»Zuerst setzt du den Schläger genau oben in die Furche.« In Grätschstellung rückte er so nah an sie heran, dass sein zusehends steif werdendes Glied in ihrer Poritze lag. Dann nahm er ihre Hände und führte Feuerschläger und Feuerstein zusammen, so dass sie sich berührten. »So, und nun schön kräftig schlagen.«
Er tat, als hätte er ihr Keuchen nicht gehört, und führte ihre Hand beim Reiben, ließ die Funken in alle Richtungen sprühen, während ihre Körper sich aneinanderrieben, auf ähnliche Weise. Sie versuchte, sich seinem Griff zu entwinden, aber er schlang seine Arme um ihre Taille, zog sie noch fester an sich und brachte seine Lippen an ihr Ohr. »Natürlich sollest du als Allererstes sicherstellen, dass der Zunder richtig liegt. Die Funken brauchen etwas schön Weiches, auf das sie fallen können. Mach das Bett, Marian! Oder soll ich dich gleich hier nehmen?«

KAPITEL 9

Gleich hier?

Matildas Körper spannte sich an und glühte zugleich, ein Echo der Verwirrung in ihrem Kopf. Beim besten Willen hätte sie nicht sagen können, ob sie sich ihm wegen Robin oder wegen ihrer eigenen sündigen Neugierde hingeben wollte ... oder ob sie sich ihm überhaupt hingeben wollte.

»Nun?« Er nahm ihr den Schleier vom Haar und warf ihn auf den Boden, ließ seine Hände über ihre Schenkel gleiten und begann, ihre Röcke hochzuschieben. Sie spürte seine pulsierende Männlichkeit, die sich anfühlte, als führte sie ein Eigenleben, und fließende Hitze sammelte sich zwischen ihren Schenkeln. Wo wollte sie sein, wenn sie ihn zum ersten Mal in sich aufnahm?

»Das Bett, Mylord.« Sie musste warten, bis er sie losließ und ihr Platz machte, damit sie aufstehen konnte. Ihre Füße fühlten sich an, als wären sie unendlich weit entfernt, so als hätte sie zu viel Wein getrunken. Sie musste sich konzentrieren, damit sie sie dorthin trugen, wo das Bett war.

»Nimm meine Felle und deine Decke«, sagte er, während er Gurt und Schwert abschnallte und beiseitelegte. »Du wirst eine weiche Unterlage brauchen. Ich bin dafür bekannt, Frauen hart zu reiten.«

Aus irgendeinem Grund versuchte er, ihr Angst zu machen,

aber er wollte sie. An diese Gewissheit klammerte sie sich, als sie die zusammengerollten Felle von dem Gepäckhaufen nahm und begann, das Bündel aufzuschnüren. »Was ich *brauche*, ist Eure Zusicherung, dass Ihr, wenn Ihr mich ... geritten habt, Euer Wort haltet und mich ans Ziel meiner Reise bringt.«
»Die hast du doch schon.«
»Aber ich würde es gern noch einmal hören.«
»Das würdest du also gern?« Er erhob sich, ging zu ihr hinüber und nahm ihr die Felle aus der Hand. Mit einem einzigen Ruck riss er den Knoten auf, schüttelte die Felle aus und warf sie in der Nähe des Feuers auf den festgestampften Lehm. »Dann verlange ich ebenfalls eine Sicherheit. Ich würde gern sehen, ob deine Reize all den Ärger wert sind. Schließlich könnte dein Körper unter diesem Kleid missgebildet sein oder übersät mit Pickeln.«
Pickel? Erhobenen Hauptes sah sie ihn an. »Dieses Risiko müsst Ihr wohl eingehen, Mylord. So wie ich das Risiko eingehen muss, dass Euer Glied ebenso krumm ist wie Eure Seele.«
Seine Mundwinkel zuckten vor Belustigung. »Es ist gerade und kräftig, wie du sicher sehr bald feststellen wirst. Außerdem beinhaltet die Abmachung, die du mit mir getroffen hast, nur meine Waffe und mein Pferd, nicht mein Glied. *Dein* Körper ist es, um den es hier geht, und ich will ihn mir ansehen, bevor ich entscheide, ob du es wert bist, das Versprechen zu brechen, das ich diesem Schnösel gegeben habe, den du als deinen Cousin bezeichnest. Entblöße deine Brüste!«
»Was!« Sie wich so hastig zurück, dass sie sich den Kopf an einer der zwei sich überkreuzenden Streben des Daches stieß. »Au.«

Steinarr umfasste ihre Taille und fing sie auf. Seine Miene wurde ein wenig sanfter, als sie sich den Kopf rieb. »Hast du dich verletzt?«

Vorsichtig strich sie über ihre Kopfhaut. »Ich glaube nicht. Nein.«

»Gut.« Das entschlossene Funkeln in seinen Augen kehrte zurück, verdrängte den flüchtig aufkommenden Ausdruck von Zärtlichkeit. Steinarr drückte sie mit dem Rücken gegen die Wand, gleich neben dem Balken, und lehnte sich an sie. »Nun, wo waren wir? Ach ja. Du warst gerade dabei, mir deine Brüste zu zeigen, damit ich sehen kann, ob ich dich so begehrenswert finde, dass ich etwas mit dir anfangen kann.«

»Oh, Ihr findet mich begehrenswert genug, Mylord. Der Beweis findet sich zwischen Euren Beinen.«

Auch wenn er seinen Körper nicht an sie gepresst hätte, hätte sie seine Lust gespürt. Denn trotz all ihrer Bemühungen, ihr Innerstes abzuschirmen, sich von seiner Glut fernzuhalten, drang dennoch etwas davon zu ihr durch und brachte ihr Blut so sehr in Wallung, dass sie sich zusammenreißen musste, um nicht dem Bedürfnis nachzugeben, sich ihm entgegenzubiegen, damit er ihr Verlangen stillte.

»Ach das?« Er sah hinab zu der Stelle, wo ihre Körper sich berührten, und rieb seinen Unterleib lustvoll an ihrem, als sei er derjenige, der wusste, was in *ihr* vorging. »Das ist bloß das erste Anzeichen wachsenden Interesses. Jeder Mann würde so empfinden, wenn eine Frau sich an ihn schmiegt.«

»Ich schmiege mich nicht an Euch!«, stieß sie zwischen den Zähnen hervor.

»Das solltest du aber, wenn du mein Begehren entfachen willst.« Er ließ seine Hände an ihrem Körper hinaufgleiten, verweilte an ihren Brüsten und ließ seine Daumen über ihren Knospen kreisen. Lust stieg in ihr auf. Er senkte langsam den Kopf, hauchte ihr mit einem spöttischen Lächeln einen Kuss auf die Lippen. »Schmieg dich an mich, Marian. Zeig mir, wie du dich bewegst, wenn ich in dich eindringe.« So derb seine Worte auch waren, wirkten sie doch befreiend, gaben ihr den Spielraum, das zu tun, wonach sie sich so sehr sehnte. Sie drängte sich ihm entgegen, rieb sich an ihm, um das unbändige Bedürfnis zu stillen, das in ihr aufstieg. Ob es ihr Bedürfnis war oder seines, das spielte keine Rolle mehr. Es war einfach da, zu gewaltig, um zu widerstehen. Seine Lippen pressten sich auf ihre, und er küsste sie dermaßen fordernd, dass es ihr den Atem nahm. Sie bog sich ihm entgegen, und als er aufstöhnte, wurden ihre Bewegungen heftiger. An seinen Körper gepresst, schob sie ihren Unterleib hin und her, bis seine Härte sich an der Stelle rieb, die am meisten brannte. Das reichte noch nicht. Sie schlang eins ihrer Beine um ihn und zog ihn näher an sich heran. Er ging ein Stück in die Hocke, presste sich an sie, immer wieder, um ihr Erleichterung zu verschaffen, und sie stöhnte auf.

Seine Zunge stieß in ihren geöffneten Mund, im gleichen Rhythmus, in dem sein Körper sich immer wieder an ihren presste, und die Lust und der Drang nach Erleichterung wurden immer stärker. Sie wusste, was er vorhatte. Und sie wollte es. Sie riss sich von seinem Kuss los, gerade lange genug, um ihm in die Augen zu sehen und es auszusprechen.

»Nehmt mich.«

Ihre Worte hallten in Steinarrs Kopf wider und löschten alle anderen Gedanken aus. *Nimm sie. Nimm sie auf der Stelle.* Er hob sie in einem Schwung hoch und legte sie auf die Felle. Er kämpfte mit ihren Kleidern, schob die Röcke hinauf, während sie hektisch sein Unterhemd hochzog, um die Kordel seiner Bruche aufzubinden, und dann die Hose abstreifte. Endlich befreit, stürzte er sich auf sie. Sie bog sich ihm entgegen, suchte ihn, und plötzlich stieß er in sie hinein, und sie schrie auf, und als er für einen kurzen Augenblick eine Art Widerstand spürte, kehrte sein Verstand beinahe zurück.

Dann aber, unvermittelt, war er zu Hause, umarmt von der einladenden Hitze, nach der er sich so, so lange verzehrte, und der letzte Rest von Verstand entglitt ihm. Der unbändige Drang ließ nach und wich einem tieferen Bedürfnis, dem Bedürfnis, sie nicht nur zu nehmen, sondern ganz Besitz von ihr zu ergreifen, ihr Vergnügen zu bereiten, bis sie alles andere vergaß und sich ihm vollkommen hingab. Er bewegte sich in ihr, beobachtete, wie sie reagierte, wie sie sich unter ihm bewegte, stellte sich instinktiv auf sie ein, bis er den Rhythmus gefunden hatte, der sie immer heftiger atmen ließ. *Sie gehört mir.*

Ihr unbändiges Verlangen wurde stärker, und sie klammerte sich an ihn, grub Finger und Fersen in sein Gesäß, zog ihn an sich, wollte ihn noch tiefer spüren. Immer wieder bog sie sich ihm entgegen, schneller, heftiger, leitete ihn und folgte ihm gleichermaßen, während sie gemeinsam den Weg suchten, der sie zu ihm führte. *Zu ihm.* Er stützte sich mit den Händen am Boden ab und sah auf sie hinab, während er tiefer in sie eindrang, und plötzlich war sie da, die unbändige Lust, die in ihr aufstieg – stark, stärker, als sie sie von eigener Hand je empfunden hatte. Ihr Körper bäumte sich auf, stieß ihn beinahe von sich, während er sie mit kräftigen Stößen nahm, und mit einem Mal brach all ihre Abwehr zusammen, in der bebenden Erlösung. Sie spürte, wie er mit einem heftigen Stoß plötzlich kam, in ihr explodierte, mit Körper, Geist und Seele.

Nicht nur voller Lust. Sondern gleichermaßen voller Wild-

heit, animalisch und beängstigend. Da war Gier. Kälte. Ein Bedürfnis, das tiefer ging, als sie es je erlebt hatte. Die Trostlosigkeit absoluter Einsamkeit. All das verschlang sie, grausam und dunkel, und mischte sich mit dem hellen Licht der Erleichterung. Ein verzweifeltes Schluchzen stieg in ihr auf, ob es ihres war oder seines, sie wusste es nicht. Sie schlang die Arme fester um ihn und hielt ihn, klammerte sich an ihn, um ihrer beider willen, als er sich in ihr ergoss.
»Ist schon gut«, murmelte sie unter Tränen. »Ist schon gut. Ist schon gut.« Langsam ließ seine qualvolle Lust nach, und sie konnte die Augen schließen und sich Stück für Stück von ihm zurückziehen.
Es dauerte lange, bis Steinarr sie hörte, und noch länger, bis sein Verstand zurückkehrte, von weit entfernt, wo auch immer er gewesen war. Stück für Stück fügten sich die zerschmetterten Teilchen zusammen, so dass er ihre Worte schließlich verstand. *Es ist schon gut.* Er vergrub sein Gesicht an ihrer Schulter, atmete ihren Duft ein. Ihre Vereinigung war derart wild gewesen, doch die einzige Stelle, an der er ihre nackte Haut spürte, war dort, wo ihre Körper sich trafen. Aber er wollte ihre nackte Haut. Er musste sie haben.
»Ich will dich nackt sehen«, flüsterte er mit kehliger Stimme in ihr Haar. Er bedeckte ihr Gesicht mit Küssen, ihren Hals, ihre Ohren, halb benommen von dem Verlangen, sie auszuziehen. *Ihr nackter Bauch. Ja. Weiter.* »Ich will dich wieder und wieder. Deinen Mund. Deine Brüste.« Ihre Brüste hatte er noch gar nicht gesehen. Er schob ihre Kleider hoch, hätte sie ihr am liebsten vom Leib gerissen, frustriert, weil die Unmengen von Stoff nicht von selbst verschwanden. »Ich will dich auf deinen Knien, von hinten, auf meinem Schoß. Ich will dich auf jede nur erdenkliche Weise, immer wieder.«

Rittlings auf ihm. Sofort. Der Gedanke pulsierte in seinen Lenden, und er bewegte sich hin und her, um wieder steif zu werden. Er spürte, dass seine Männlichkeit sich regte, und drang tiefer in sie ein.
»Au.« Sie wich unter ihm zurück, presste ihren Rücken gegen den Lehmboden.
Ich muss sie haben. Noch tiefer drängte er in sie hinein.
Sie zuckte zusammen und wich weiter zurück. »Das tut weh. Nicht!«
»Tut weh?« Ein weiteres Teilchen seines Verstands kehrte zurück. Er zwang sich, die Augen zu öffnen, nur ein Stück weit, bis er sah, dass ihre Wangen feucht waren. Prüfend leckte er sich die Lippen, sie schmeckten salzig, nachdem er sie geküsst hatte. *Tränen.* »Ich habe dir weh getan.«
»Nein. Ich meine, ja, aber ... Beim ersten Mal tut es doch weh, oder nicht?«
Beim ersten Mal? Nein, das meinte sie bestimmt nicht ernst. Sie musste mindestens schon einen Mann gehabt haben. Sie wusste viel zu gut, wie sie sich zu bewegen hatte, wie sie ihn berühren musste, um ihn um den Verstand zu bringen. Es war nicht nötig gewesen, sie zu verführen, sie etwas zu lehren, wie es bei einer Jungfrau der Fall gewesen wäre. Ihr Verlangen war ebenso heftig gewesen wie seins. *Sie verstand etwas davon.* Sie konnte unmöglich noch Jungfrau gewesen sein, doch andererseits ... Die Erinnerung an den leichten Widerstand und ihren kurzen Aufschrei, als er in sie eingedrungen war, kehrte zurück, und ein weiteres Teilchen seines Verstands fügte sich an der passenden Stelle ein.
Er zog sich aus ihr zurück, und selbst das ließ sie zusammenzucken. Mit wachsendem Schrecken kniete er sich vor sie und zwang sich, den Blick zu senken – auf den rötlichen Fleck, der sich deutlich auf dem weißen Schafsfell unter

ihren Hüften abzeichnete. Sein Schädel hämmerte, als benutze *Völund,* der Elfen-Schmied ihn als Amboss. »Du warst noch Jungfrau?«

»Natürlich war ich noch Jungfrau.« Sie errötete vor Scham und zog ihre Röcke herunter, um ihre Blöße zu bedecken. »Warum sollte ich keine sein?«

»Ich dachte nur ...« Ach, verflucht noch mal! Was hatte er da getan? Er hätte sich zusammenreißen müssen. Sie hätte ihm eine Ohrfeige geben sollen, ihn aufhalten müssen, davonlaufen müssen, anstatt ihre Beine um ihn zu schlingen und ihn so weit zu sich herunterzuziehen, bis er in ihr versank. »Ich meine ... auch wenn er nur ein junger Bursche ist, aber ich dachte, Robin wäre längst mit dir im Bett gewesen.«

»Robin?« Sie rückte entsetzt zur Seite. »Ihr glaubt, ich hätte mit Robin ...? Mit meinem eigenen Bruder?«

Steinarr, der die Hand nach ihr ausgestreckt hatte, erstarrte. »Bruder?«

»Cousin, wollte ich sagen, mein Cousin«, erklärte Marian, und ihre Wangen glühten noch mehr. Sie stand auf. »Ihr werdet doch nicht etwa glauben, ich würde mit meinem Cousin ins Bett gehen!«

Er schüttelte seine Bestürzung ab, zog sich die Hose hoch und schnürte sie zu, während er sich erhob. »Du sagtest ›Bruder‹.«

»Ihr dachtet, ich würde mit meinem *Cousin* schlafen«, sagte sie vorwurfsvoll und wich abermals vor ihm zurück.

»Es war doch klar, dass er nicht dein Cousin ist. Diese Lüge hatte ich von Anfang an durchschaut. Ich dachte, du wärst mit deinem Liebhaber durchgebrannt. Und ...«

»Robin ist *nicht* mein Liebhaber.« Sie zog sich an die Wand zurück und bewegte sich zur Seite, aber sie war bereits fast in der Ecke und viel zu langsam, und Steinarr war es ein

Leichtes, sie einzufangen, indem er sich links und rechts von ihr mit den Armen abstützte.
»Was ist er dann? Dieses Mal will ich die Wahrheit hören.«
Er konnte deutlich erkennen, dass sie erneut nach einer glaubwürdigen Lüge suchte. »Er ist ...«
Steinarr packte sie an den Schultern und schüttelte sie, wobei er seine Finger so fest in ihr Fleisch grub, dass sie zusammenzuckte. »Die Wahrheit, Marian! Wer ist er?«
»Der uneheliche Sohn meines Vaters und einer Bäuerin aus Kent«, gab sie unwirsch zurück. »Mein Halbbruder.«
Der Mistkerl war der Bastard ihres *Vaters?* Nein. Ganz bestimmt nicht. »Und er ist nicht dein Liebhaber.«
»Natürlich nicht! Wie konntet Ihr überhaupt ...« Sie begann zu würgen und hielt sich den Bauch.
Hastig ging Steinarr einen Schritt zurück und sah sich um. Er fand den Sack mit Hafer und zog ihn näher an das Feuer heran. »Komm her. Setz dich.«
Sie wankte auf das behelfsmäßige Polster zu und setzte sich darauf. Einen Moment lang sah Steinarr auf sie hinab, dann holte er den Aleschlauch und hielt ihn ihr hin. »Trink.«
»Ich kann nicht.« Fröstelnd schlang sie die Arme um ihren Oberkörper.
Aber er konnte. Während sie dort saß und versuchte, ihre Gedanken zusammenzuhalten, drehte er den Stöpsel aus dem Schlauch und nahm einen kräftigen Schluck, um seine Verwirrung hinunterzuspülen.
»Ihr habt allen Ernstes gedacht, er wäre mein Liebhaber?«, fragte sie leise, als er den Schlauch absetzte.
Er nickte zögernd. »Ja, das dachte ich. Denn dass er nicht dein Cousin war, schien mir klar. Und du gehst sehr ... liebevoll mit ihm um.«
»Aber doch nur als Schwester einem Bruder gegenüber.«

Abermals begann sie zu zittern. »Selbst wenn er nur mein Cousin wäre ... Wie konntet Ihr annehmen, dass er etwas so Abscheuliches tun würde?«

»Das sagte ich doch, ich habe gemerkt, dass ihr beide gelogen habt, als ihr sagtet, er wäre dein Cousin. Was alles andere betrifft ...« Bilder wirbelten in Steinarrs Kopf umher: Marian, wie sie an Robin gelehnt auf der kleinen Stute saß und ihm etwas zuflüsterte, das ihn zum Lachen brachte. Marian, wie sie sich über Robin beugte, als er auf seinem Krankenlager lag, und ihm einen Kuss auf die Stirn gab. Ein Lächeln hier, eine sanfte Geste dort. All die Kleinigkeiten, die perfekt zu dem passten, was Guy ihm erzählt hatte. Nein, eigentlich war es umgekehrt. Was Guy ihm erzählt hatte, passte perfekt zu den Schlussfolgerungen, die er selbst längst gezogen hatte, närrisch wie er war. Er schlug sich mit der Faust an die Stirn. »Ich habe von Anfang an alles zwischen euch falsch interpretiert.«

»Das müsst Ihr wohl. Ich habe nie gesagt ...«

»Du hast nie etwas Derartiges gesagt, aber deine Lügen sprachen für sich.« Er hockte sich vor sie. »Und du hast gelogen, oder nicht, *Maud*?«

Sie verzog das Gesicht und wandte sich ab, versucht, seinem Blick auszuweichen. »Ja, Mylord.«

»Wer bist du?«

»Das wisst Ihr doch längst. Ich heiße Maud. Matilda.«

»Und wer ist dein bastardzeugender Vater?«

»Ein Schmied in ...«

»Ich will keine Lügen mehr hören!« Sein schneidender Ton ließ sie kurz aufspringen. Mit drohender Miene beugte er sich zur ihr hinunter, entschlossen, die Wahrheit aus ihr herauszuholen. »Die Tochter eines Schmieds würde die Geliebte ihres Vaters nicht ›eine Bäuerin aus Kent‹ nennen. Davon abgesehen drückst du dich viel gewählter aus, als es in der Familie eines Schmieds üblich wäre. Wer ist dein Vater? Raus damit!«

Matilda kniff die Augen zusammen und blieb für einen Moment reglos sitzen.

»Mein Vater ist ... war David Fitzwalter, Lord of Huntingdon. Ich bin Matilda, seine einzige Tochter.«

»Und Robin ist sein Bastard?«

»Sein Name ist Robert. Robert le Chape.« Zögernd ließ sie die Arme sinken und richtete sich auf. »Ich glaube, jetzt möchte ich doch etwas Ale.«

Mit zusammengekniffenen Augen beobachtete er, wie sie einen Schluck Ale trank. »So. Dann bist du also ein Edelfräulein, das mit seinem Halbbruder auf Reisen ist, ihre Herkunft verleugnet und einem Ritter, den sie gar nicht kennt, als Gegenleistung für seine Hilfe ihren Körper anbietet. Du gibst eine seltsame Pilgerin ab, Matilda Fitzwalter.«

Das Ale hatte Marian gestärkt und den bitteren Geschmack in ihrem Mund fortgespült. Sie straffte die Schultern, bereit, ihm gegenüberzutreten, wie sie es bereits hätte tun sollen, bevor sie sich in diese Lage gebracht hatte. »Ich bin ebenso wenig auf einer Pilgerreise wie Ihr, Mylord.«

»Heißt das, überhaupt nicht?« Mehrmals ging er ein paar Schritte zurück und wieder nach vorn. Dann blieb er vor ihr stehen. »Was bist du also? Und was hat es mit dieser Reise auf sich, da du bereit bist, mir dich selbst anzubieten, damit ich dir helfe?«

»Es geht um eine Art ... Rätsel. Damit Robert den Titel bekommt.«

»Damit *Robert* den Titel bekommt?« Stirnrunzelnd sah Steinarr zu ihr hinab. »Wie ist es möglich, dass ein Bastard einen Titel bekommt, wenn er ein Rätsel löst?«

»Das ist eine sehr lange Geschichte, *Monsire*.«
»Ich habe Zeit.« Er zog die Decken heran, neben denen sie saß.
Matilda erbleichte. »Was habt Ihr vor?«
»Ganz ruhig, Frau. Ich will mich nur hinsetzen, während du diese sehr lange Geschichte erzählst. Es sei denn, du möchtest auf dem Boden sitzen, und ich setze mich auf deinen Platz?« Als sie den Kopf schüttelte, ließ er sich auf den Fellen zu ihren Füßen nieder, als sei er einer der jungen Ritter in Huntingdon, die ihr den Hof gemacht hatten. »Erzähl. Und komm ja nicht auf die Idee, mir weitere Lügen aufzutischen!«
»Nein, Mylord. Ich verspreche, dass ich Euch die reine Wahrheit erzähle.« Möglicherweise nicht die ganze Wahrheit, aber dennoch die Wahrheit. Sie biss sich auf die Unterlippe, während sie versuchte, die Geschichte in die richtige Reihenfolge zu bringen.
»Marian ...«, sagte er in mahnendem Ton.
»Ich weiß nicht recht, wo ich beginnen soll, Mylord.«
»Am besten am Anfang«, schlug er kurz angebunden vor. »Warum hat dein Vater Robert nach Huntingdon geholt?«
»Meine selige Mutter, sie ruhe in Frieden, bekam nach mir keine weiteren Kinder. Sie versuchte es, nahezu ein Dutzend Mal in ebenso vielen Jahren, aber alle kamen zu früh und tot auf die Welt. Als Vater einsah, dass sie ihm keinen Sohn gebären würde, holte er seinen Bastard zu uns. Er sagte, er wolle ihn zu einem Edelmann und Ritter ausbilden lassen und als seinen Erben anerkennen.«
»Konnte er das denn so einfach?«
Sie sah ihn prüfend an, um festzustellen, ob er sich einen Scherz erlauben wollte – eigentlich musste er doch wissen, dass in jedem Adelsgeschlecht mindestens ein Bastard Erbe war –, aber seine Frage schien ernst gemeint.

»Das konnte er, und er tat es auch«, sagte sie. »Und die Schande brachte Mutter ins Grab, wenngleich erst nach einiger Zeit«, fügte sie in bitterem Ton hinzu. »Robin war nicht so, wie Vater ihn gern gehabt hätte. Er ist von sanftmütiger Natur, hat mehr Interesse daran, Tiere aus Holz zu schnitzen, als sie zu jagen. Er kann nur leidlich mit dem Schwert umgehen, und obwohl er stundenlang mit einer Strohpuppe geübt hat, hat er nicht ein einziges Turnier gewonnen. Je offenkundiger Roberts Versagen, desto härter wurden Vaters Worte und seine Hand, und je mehr Robin versuchte, ihm alles recht zu machen, desto weniger gelang es ihm.«

»Und dir tat er leid.«

»Wir taten einander gegenseitig leid. Von mir war Vater ebenso enttäuscht, und er war keineswegs gütiger zu mir.«

»Warum?«

Aus vielerlei Gründen. Sie schüttelte den Kopf. »Das ist eine andere Geschichte, *Monsire*. Belassen wir es dabei, dass jeder von uns sich mehr als einmal zwischen den anderen und Vaters Zorn stellte. Damit gewannen wir keineswegs seine Zuneigung, aber es schweißte uns beide zusammen wie Bruder und Schwester.«

»Väter können manchmal hart sein, dabei wollen sie ihre Kinder nur stärken«, sagte Steinarr.

»Es ging nicht darum, uns zu stärken, *Monsire*. Es ging darum, uns zu brechen. Insbesondere Robin. Vater nannte ihn einen Feigling und einen Narr.« Sie sah ihn an. »Er nannte ihn *Askefise*.«

Steinarr errötete schuldbewusst. »Ah.«

»Er sagte, das gemeine Blut fließe zu dick durch Robins Adern und dass er niemals würdig wäre, den Titel zu tragen. Er gelobte, dass er Robin letzten Endes doch niemals anerkennen würde und Huntingdon und der Titel an meinen Cousin übergingen.«

»Noch einer?« Es klang, als hätte er daran seine Zweifel.

»Mein *richtiger* Cousin«, sagte sie. »Der einzige Sohn von Vaters einzigem Bruder, Guy of Gisburne. Ein widerwärtiger Kerl, aber der rechtmäßige Erbe – dachten wir zumindest. Und das dachte Guy auch. Aber Vater fand heraus, dass Guy ... ebenfalls nicht so war, wie er gedacht hatte, adelig hin oder her. Er wandte sich mit seinem Anliegen an den König, und Edward schlug ihm eine Lösung vor. Eine Prüfung. Eine letzte Chance für Robert, unter Beweis zu stellen, dass er es wert ist, ein Lord zu sein.«

Steinarr runzelte die Stirn. »Von so etwas habe ich noch nie gehört.«

»Das hatte ich auch nicht, bis Vater im Sterben lag. Er bestellte Robin zu sich und erzählte ihm von der Prüfung, mit der der König und er ihn auf die Probe stellen wollten. Er sagte, er habe einen kleinen Schatz versteckt und eine Spur aus Rätseln gelegt, denen er nachgehen müsse, um ihn zu finden. Das erste Rätsel wurde Robert von unserem Steward ausgehändigt, zu genau der Stunde, als Vater beerdigt wurde. Robin muss den Schatz finden und ihn dem König präsentieren. Wenn er es rechtzeitig schafft, wird er als Erbe anerkannt und bekommt vom König den Titel verliehen.«

»Und wenn er es nicht schafft?«

»Dann wird Guy der neue Lord.« Matilda gab sich Mühe, die Bitterkeit in ihrem Ton zu unterdrücken, doch sie konnte sie selbst heraushören. »Der schwache Punkt an Vaters Plan ist, dass Guy selbst den Schatz nicht finden muss. Er braucht nur ...«

»Robin davon fernzuhalten«, stimmte Steinarr in ihre Worte mit ein. Er sprang auf und lief abermals vor und zurück, und eine neue, kältere Art von Zorn schlug gegen die Grenze von Matildas Bewusstsein.

»Deshalb reisen wir als einfache Pilger und unter falschen Namen. Es tut mir leid, dass wir Euch belogen haben, *Monsire,* aber Guy will Huntingdon um jeden Preis. Der Haushofmeister ließ ihm zur selben Zeit, als er Robin das erste Rätsel übergab, eine Nachricht zukommen. Ich fürchte, er ist uns bereits auf der Spur. Wenn wir ihm in die Hände fallen, wird er Robin bestimmt töten.«

»Dazu hat er nicht den Mut«, brummte Steinarr, und die frostige Kälte, die von ihm ausging, ließ Matildas Seele gefrieren. »Er hat jemand anders ausgesandt, ihn zu beseitigen.«

Ihr Innerstes war starr vor Kälte, war starr wie das Eis auf einem See. *Ah. O Gott.* Sie wusste es, und dennoch musste sie danach fragen. »Woher wisst Ihr, was Guy getan hat?«

»Weil er mich ausgesandt hat«, sagte Steinarr.

Matilda sprang auf und schoss durch den Raum wie ein Pfeil von einem Bogen und war bereits halb durch die Tür, als Steinarr sie einholte. Er packte sie an der Taille, zerrte sie zurück in das Cottage und trat mit dem Fuß die Tür zu. »Setz dich wieder!«

Doch stattdessen wich sie zurück, bis sie hinter dem Feuer stand, und zog ihr Messer hervor. »Bleibt mir vom Leib!«

»Leg das Ding weg, sonst verletzt du dich noch selbst. Wenn ich dich umbringen wollte, wärst du längst tot. Du brauchst nichts zu fürchten. Und Robin auch nicht. Insbesondere jetzt nicht mehr.«

»Ich glaube Euch nicht.«

»Trotzdem ist es so.« Steinarr sah sie nachdenklich an und überlegte, wie er die Sache am besten angehen sollte. In seiner Überheblichkeit hatte er die Zusammenhänge der-

maßen falsch eingeschätzt, dass er es vielleicht nie wiedergutmachen konnte. »Ich wollte die Wahrheit von dir hören, und nun wirst du sie von mir zu hören bekommen.«
»Eure Version der Wahrheit interessiert mich nicht.«
»Ob sie dich nun interessiert oder nicht, du wirst sie dir trotzdem anhören.« Er verschränkte die Arme und lehnte sich gegen die Tür, so dass er sie einsperrte. »Nachdem ich euch in Maltby zurückgelassen hatte, fing ich den Vogelfreien, den ich verfolgt hatte, und brachte ihn nach Nottingham City.« Dann erzählte er ihr, wie er Guy kennengelernt hatte, und was Gisburne ihm von dem diebischen Bastard erzählt hatte, der ein Mädchen dazu verleitet hatte, mit ihm fortzugehen. Während er sprach, lief Matilda aufgewühlt hinter dem Feuer, das zwischen ihnen brannte, hin und her.
»Und Ihr habt eingewilligt, Robin zu töten, wegen Eurer Abmachung mit diesem *fils a putain*? Wie viel hat Guy Euch bezahlt? Wie hoch ist der Preis für das Leben meines Bruders?«
Verdammt. Dass sie danach fragen musste! Steinarr zwang sich, es auszusprechen. »Zehn Pfund.«
»Weniger als der Preis für ein gutes Pferd«, sagte sie verbittert.
»Ich habe Guy nie zugesagt, dass ich Robin töten würde.« Steinarr wollte, dass sie ihn verstand. Er *brauchte* ihr Verständnis, möglicherweise noch mehr, als er ihren Körper gebraucht hatte. »Ich habe ihm lediglich zugesagt, dass ich dafür sorgen würde, dass Robin ihm keinen Ärger mehr bereitet.«
»Und das soll ich glauben? Dieser Freund von Euch ist bei ihm.« Sie schluchzte auf, und ihr versagte die Stimme. »Vielleicht ist Robin längst tot.«
»Das ist er nicht«, versicherte Steinarr ihr. »Ari passt auf ihn

auf, damit er nicht auf noch mehr Bäume klettert, von denen er herunterfallen kann. Und er wird ihn vor Guy beschützen. Ich werde ihm eine Nachricht zukommen lassen, um dies sicherzustellen. Ist Robin auf den Baum geklettert, weil er nach einem dieser Rätsel suchte?«

»Warum sollte ich Euch noch irgendetwas erzählen?«

»Weil du meine Hilfe brauchen wirst.«

»Eure *Hilfe*? Ich pfeife auf Eure Hilfe«, schrie sie ihn an. »Hat Guy Euch auch dafür bezahlt, dass Ihr mich entjungfert?«

Ihr Vorwurf traf ihn wie der Stich eines Messers. »Ah, verdammt noch mal! Nein, Marian. Nein. So war es nicht. Guy hat mir den Auftrag erteilt, dich nach Hause zu bringen, wo du verheiratet werden sollst.«

»Und da habt Ihr beschlossen, mich unterwegs erst einmal selbst ranzunehmen?«

»Ja. Aber du erinnerst dich sicher daran, dass ich dich zuvor schon danach gefragt hatte. Da kannte ich Guy noch gar nicht. Und damals wollte ich dich eigentlich eher damit vertreiben, als wirklich mit dir zu schlafen«, sagte er. »Ganz ehrlich«, fügte er hinzu, als sie nur ein zweifelndes Schnauben von sich gab. »Du wolltest ja nicht auf mich hören, als ich sagte, ich würde dir nicht helfen. Ich wollte, dass du verschwindest, und ja, deshalb war ich so grob zu dir. Und es hat ja auch funktioniert.« Ergeben streckte er die geöffneten Hände aus, konnte sich aber dennoch nicht verkneifen, Marian auf die Tatsachen hinzuweisen. »Als ich zurückkam, warst *du* es, die mir anbot, mit ihr ins Bett zu gehen.«

Ihre Zweifel wurden zu purem Gift. »Ich war verzweifelt. Und ich wusste nicht, dass Ihr einer von Guys Männern seid.«

Er sprang auf, vollkommen entrüstet. »Ich bin *nicht* sein Mann.«

»Nein, nur sein Tagelöhner«, gab sie spöttisch zurück. »Beim Gekreuzigten. Ich kann einfach nicht fassen, dass ich zu einer solchen Narretei fähig sein konnte.«
»Zu keiner größeren als ich. Ich habe meine Abneigung gegen den Mann verdrängt, wegen ein paar Pfund Silber.« Steinarr entfernte sich einige Schritte von der Tür, blieb aber vor dem Feuer stehen. »Für dich bedeutet es vielleicht keinen großen Unterschied, aber als ich den Auftrag annahm, war mir nicht klar, dass Robin und du diejenigen wart, die ich aufspüren sollte.«
»Aber als Ihr es herausfandet, habt Ihr Euch der Abmachung nicht entzogen.«
»Nein. Zu dem Zeitpunkt war ich der Überzeugung, Robin sei ein richtiger Schurke. Gisburne hatte mir nur so viel erzählt, dass deine Lügen und alles, was ich mit eigenen Augen sah, mir wie eine Bestätigung dessen schien, was er gesagt hatte. Es sah so aus, als wäre Robin sowohl ein Dieb als auch ein Verführer.«
Angewidert verzog sie den Mund. »Und Letzteres wolltet Ihr lieber selbst übernehmen.«
»So wie wahrscheinlich jeder andere Mann auch.« Er wollte es noch immer. In diesem Moment begehrte er sie mehr als je zuvor. Wie hatte er sich nur einbilden können, es sei von Vorteil, sie zu vertreiben? »Ich hatte viel zu lange keine Frau mehr, um eine so Hübsche abzulehnen, insbesondere, wenn sie darauf besteht, dass ich sie nehme. Und nach allem, was ich sah und wusste – dachte, dass ich es wüsste –, schienst du bereits an Männer und Vergnügen gewöhnt.«
»Eine Hure, das wollt Ihr doch damit sagen.«
»Dieses Wort habe ich nie benutzt.«
»Und dennoch redet Ihr mit mir, als wäre ich eine. Ihr behandelt mich wie eine.«

»Das tat ich lediglich in der Hoffnung, dich damit zu vertreiben, so wie in Maltby.« Hastig fuhr er fort, bevor ihr zweifelnder Blick ihn derart beschämte, dass er nichts mehr sagen konnte. »Es ist so, wie ich gestern sagte. Ich habe zu viele Versprechen gegeben, die einander widersprechen: dich zu Guy zu bringen, dich zu Robin zu bringen, mit dir zu schlafen, deine Keuschheit zu wahren, Robin zu töten und ihm zu helfen. Ich wollte all das loswerden und die Situation wiederherstellen, in der ich mich befand, bevor ich dir auf der Straße begegnete. Ich wollte, dass du mich bittest, dich zu Robin zurückzubringen, aber ich wusste, du würdest darauf bestehen weiterzureiten, unsere Abmachung einzuhalten. Du bist stur wie ein Stein.«

Das Messer in ihrer Hand wackelte ein wenig, doch sie hielt es weiter auf seinen Bauch gerichtet. »Aber warum habt Ihr mich nicht einfach zurückgebracht, wenn Ihr mich unbedingt loswerden wolltet?«

»Ich bin zu schwach. Ich wollte dich zu sehr.« Er bot ihr schlicht und einfach die Wahrheit in der Hoffnung auf – auf was? Vergebung? Die Chance darauf war gering, aber immerhin wusste sie es nun. »Ich brauchte deine Kraft, um wieder auf den richtigen Weg zu kommen. Ich hoffte, du würdest die Kraft dazu aufbringen.«

»Was eindeutig nicht der Fall war.«

»Oh, du hattest die Kraft. Nur in anderer Hinsicht, als ich es erwartet hatte.«

Sie betrachtete das Messer, als wüsste sie überhaupt nicht, warum sie es in der Hand hielt, und legte es vorsichtig beiseite. »Was wäre, wenn ich Euch darum bitten würde, mich jetzt zu Robin zurückzubringen?«

Bitte tu das nicht! »Dann bringe ich dich zurück.«

Sie presste eine Hand auf ihren Mund und biss in ihren

Knöchel, offenkundig alles andere als glücklich. Der Wunsch, sich ihm zu entziehen, stand ihr so deutlich ins Gesicht geschrieben, dass Steinarr bereits ahnte, wie sie sich entscheiden würde. Ein langer Moment verstrich, und das einzige Geräusch, das er hörte, war das hohle Rauschen seines eigenen Bluts in seinen Ohren.

»Ich kann nicht zurück«, sagte sie schließlich mit leiser Stimme, beinahe so, als spräche sie zu sich selbst. »Ich habe nicht die Zeit, eine andere Möglichkeit zu finden.«

Alles war still, selbst sein Herz. Dann aber, als es weiterschlug, war sein Kopf nur noch erfüllt von einem einzigen Wort. »Zeit. Du sagtest schon einmal, du hättest keine Zeit. Warum?«

»Robin muss Edward den Schatz innerhalb von vierzig Tagen nach Vaters Beerdigung bringen.«

»Dieser verlogene kleine Stutzer!« Steinarr drehte sich um und schlug mit der Faust gegen den Türrahmen. Ein schwacher Ersatz für Guy, aber es reichte, bis er ihn persönlich in die Finger bekam. Dann würde er ihm alles Mögliche antun ... angefangen damit, ihm den goldenen Florin in seinen verlogenen Rachen zu schieben, um ihn mit der bloßen Hand am anderen Ende wieder herauszuholen. Für den Anfang wäre das schon einmal nicht schlecht. Alles Weitere würde er sich später überlegen. »Guy sagte, du solltest in einem Monat heiraten, deshalb sollte ich dich zurückbringen.«

Als er sich wieder zu ihr umdrehte, waren ihre Lippen bleich vor Zorn, dieses Mal jedoch nicht seinetwegen. »Zumindest das entspricht annähernd der Wahrheit. Ich soll an dem Tag heiraten, an dem der neue Lord ernannt wird.«

War das schlecht oder gut? Sein Kopf sagte das eine, sein Bauch etwas anderes. Er ignorierte beides, um sich auf das

Nächstliegende zu konzentrieren. »Wie viel Zeit bleibt euch noch, um vor dem König zu erscheinen?«

»Zwölf Tage sind bereits vergangen. Das heißt, uns bleiben noch achtundzwanzig, und bislang habe ich nur diesen einen Hinweis, den wir an der Marienquelle gefunden haben.«

»Wie viele gibt es noch?«

»Das hat Vater nicht gesagt. Er erzählte Robin nur, sämtliche Schlüssel seien in Nottinghamshire zu finden, ebenso wie der Schatz selbst. Aber warum hier, verstehe ich einfach nicht.«

»Und wo ist der König?«

»Das weiß ich auch nicht. London. Salisbury. Vielleicht sogar in Frankreich.«

Steinarrs Gedanken überschlugen sich, als er ausrechnete, wie lang sie bis nach London brauchen würden. »Wir werden uns unterwegs danach erkundigen.«

»Wir?«

»Aye. Ich sagte doch, ich werde dir helfen. Ich mag es nicht, zum Narren gehalten zu werden, Marian. Meine Abmachung mit Guy basierte auf Lügen und ist nun nichtig.« Wie von selbst richtete sich sein Blick auf das befleckte Schaffell. »Ebenso wie das Versprechen, das ich Robin gegeben hatte, obwohl es einzig und allein meine Schuld ist, dass ich es nicht einhalten konnte. Von jetzt an gilt nur noch das, was ich dir versprochen habe.«

Sie presste die Hände auf ihre errötenden Wangen. »Und das, was ich Euch versprochen habe.«

Ja. »Nein. Ich entbinde dich von deinem Teil der Abmachung, denn auch die basierte auf Lügen. Meinen Teil der Abmachung werde ich einhalten. Ich werde dir helfen, und die einzige Gegenleistung dafür wird die Genugtuung sein, Guy aufzuhalten.«

Draußen wieherte unruhig der Hengst. Steinarr riss die Tür auf und musste bestürzt feststellen, dass die Sonne bereits bis unter die Baumkronen gesunken war. Zu rasch war die Zeit an diesem Nachmittag verstrichen. Er traf eine spontane Entscheidung.
»Ich werde mich für heute Nacht zurückziehen, dann kannst du dir in Ruhe alles überlegen.« Damit ging er ein Risiko ein, aber er musste sie ohnehin bald verlassen, denn in ihm regte sich bereits der Löwe. Immerhin würde sie so vielleicht einen angenehmeren Eindruck von ihm bekommen. »Wenn du die Tür verriegelst, bist du hier in Sicherheit.«
»Ihr wollt mich hier allein lassen, einfach so?«
»Einfach so.« Torvald würde in der Nähe bleiben und auf sie aufpassen, nur zu Sicherheit, aber das brauchte sie nicht zu wissen. »Du hast Grund genug, mir nicht zu trauen, Marian ...«
»Matilda.«
Er nickte kurz, um zu signalisieren, dass er verstanden hatte. »Du hast Grund genug, mir nicht zu trauen, Matilda, aber ich bitte dich darum, mir eine Möglichkeit zu geben, mich zu bewähren, mich in deinen Augen zumindest teilweise wieder als ehrenhaft zu erweisen. Aber nun muss ich gehen.«
Er nahm Torvalds Kleiderbündel, ging hinaus in die Abenddämmerung und band hastig den Hengst los. Er saß auf, und als das Pferd sich auf sein Gewicht einstellte, sah er, dass Marian auf der Türschwelle stand, mit unbeweglicher Miene.
»Schlaft gut, Mylady.«
»Ihr wollt wirklich fortreiten«, sagte sie.
»Aye. Wirklich. Morgen früh, wenn ich zurückkomme, kannst du mir sagen, wie du dich entschieden hast.«
Der zornige, misstrauische Blick aus ihren grünen Augen

bohrte sich direkt in seine Seele, als sie zögernd nickte. »Das werde ich. Morgen früh.«

Er dirigierte den Hengst nach Westen, wo, wie er hoffte, dichte Wälder lagen. Bei Sonnenuntergang erreichte er eine Lichtung in der Nähe eines Bachlaufs, wo Rotwild Spuren hinterlassen hatte, so dass er wusste, der Löwe würde dort Nahrung finden. Bei Sonnenaufgang war sein räuberischer Hunger so weit gestillt, dass er wusste, das wilde Tier hatte Beute gemacht. An einem gewöhnlichen Morgen hätte er sich auf die Suche nach dem Kadaver gemacht und etwas Fleisch für sich und Torvald davon abgeschnitten. An diesem Morgen aber zog er sich hastig an und rannte los, um den Hengst zu suchen.

Es war vollkommen still, als sie die Lichtung vor dem Cottage erreichten. Nicht einmal das Packpferd wieherte zur Begrüßung. Möglicherweise lief es irgendwo herum, sagte Steinarr sich, doch er bezweifelte es. Sicher hatte sie es genommen, um schneller wieder bei Robin zu sein. Hastig stieg er vom Pferd und stieß die Tür auf.

Fort. Die Last jahrhundertelanger Einsamkeit drückte ihn zu Boden, so dass er fast auf die Knie sank, doch er dachte weiter fest an Marian. Ganz gleich, ob sie vorwärts- oder zurückgehen wollte, sie als Frau konnte es nicht allein. Er musste ihr folgen, sie beschützen, auch gegen ihren Willen. Wenn er vorsichtig war, würde sie ihn gar nicht bemerken und es niemals erfahren.

Und dann sah er sie: beide Sättel, noch immer in der Ecke, und Marians Decken, ordentlich zusammengerollt neben seinen Fellen.

Doch nicht fort. Er rannte wieder nach draußen. »Marian. Matilda. Verdammt noch mal, Maud! Wo steckst du? Antworte mir!«

In den Wäldern war es still, aber weit entfernt läuteten die Kirchenglocken zur vollen Stunde. In der Kirche sei noch etwas zu erledigen, hatte sie gesagt. War sie dorthin gegangen?
Er schwang sich auf den Hengst, galoppierte auf das Dorf zu und klammerte sich verzweifelt an die Hoffnung, dass ihm noch ein wenig Zeit blieb, die er nicht vollkommen allein auf der Welt verbringen musste.

KAPITEL 10

B eten wird dir wohl kaum die Lösung des Rätsels bringen.«
Matilda brauchte nicht einmal aufzusehen. Sie hatte seine immense Erleichterung gespürt, als er die Tür aufstieß. »Immerhin besser, als es nicht zu tun. Was wollt Ihr hier?«
»Jemand hat mein Pferd gestohlen.« Steinarr schloss die Tür und stellte sich hinter sie. »Ah, es geht überhaupt nicht darum zu beten. Du siehst dir die Wandbehänge an. Glaubst du, der nächste Hinweis befindet sich in der Stickerei?«
»Ich weiß nicht. Als ich heute Morgen aufwachte, hatte ich diese Abbildungen hier vor Augen und habe mich direkt auf den Weg gemacht, um festzustellen, ob sich darin etwas verbirgt.«
»Du hättest warten sollen«, sagte er. »Mochte dein Vater diese Geschichten?«
»Er bat den Priester häufig, über Evas Sündenfall zu sprechen. Dadurch wurde seine Ansicht bestätigt, Frauen seien die Ursache allen Übels.«
»Ich neige eher zu der Ansicht, Frauen sind die Ursache allen Vergnügens.« Er klang unbeteiligt, und obwohl sie spürte, dass er versuchte, sich zu beherrschen, rieselte ihm das Begehren aus allen Poren wie Regen über ein Dach.
»Nicht, *Monsire*. Wir sind hier in einer Kirche.«

»Wo ist der Priester?«
»Auf seinen Feldern. Heute wird das Heu gewendet. Ich habe ihn vom Waldrand aus gesehen.«
»Du bist nicht zur Messe gegangen?«
»Dazu hatte ich nicht den Mut. Ich fühlte mich hier nicht wohl, insbesondere jetzt, mit all meinen Sünden. Aber ich dachte, hier zu knien, würde mir vielleicht bei der Suche nach der Antwort helfen, so wie es Robin in Headon geholfen hat.« Während sie weiter das Bild vom Garten Eden betrachtete, erzählte sie ihm von dem Baum auf dem Hügel.
»Deshalb also ist er dort hinaufgeklettert.«
»Und heruntergefallen.« Angestrengt starrte sie auf den Wandbehang, auf dass sich das Geheimnis ihres Vaters ihren Augen offenbarte. »Hier ist nichts zu finden.«
»Vielleicht befindet es sich gar nicht auf der Abbildung selbst.« Noch bevor sie sich erhoben hatte, stand er vor dem Wandteppich, auf dem Adam und Eva abgebildet waren. Er schlug ihn zurück, um sich die Wand dahinter anzusehen, und betastete die Säume.
Sie schoss auf ihn zu, riss ihm den Wandbehang aus der Hand und schlug ihn wieder an seinen Platz. »Das sind wertvolle Stücke, die in jahrelanger Arbeit gemacht wurden, und sie sind Eigentum der Kirche. Ihr könnt nicht ... einfach so daran herumfummeln.«
»Willst du dieses Rätsel nun lösen, oder nicht?« Er ging weiter zum nächsten Wandbehang und begann, dessen Ränder abzutasten. »Vielleicht ist etwas in den Saum eingenäht.«
»Daran hatte ich noch gar nicht gedacht.« Sie biss sich auf die Zunge, ging einen Schritt zurück und wartete, bis er sämtliche Wandbehänge untersucht hatte. Als er fertig war, brummte er nur vor sich hin.

»Nichts. Lass mich den Hinweis einmal sehen. Ein unvoreingenommener Blick kann nicht schaden.«

Matilda wollte bereits in ihren Beutel greifen, doch dann hielt sie inne. »Habt Ihr wirklich die Absicht, mir zu helfen, *Monsire,* oder wartet Ihr nur auf eine weitere Gelegenheit, mit mir zu schlafen?«

»Aber nicht doch, *ma demoiselle.* Wir sind hier in einer Kirche«, antwortete er und ahmte dabei ihren Ton so perfekt nach, dass sie ungewollt lächeln musste. »Ah, schon besser. Ich glaube, du hast mich seit Maltby nicht mehr angelächelt. Ich möchte dir wirklich helfen. Wie kann ich ...? Ich weiß schon.« Plötzlich hatte er sein Schwert gezogen, so schnell, dass sie die Luft anhielt. Mit wild klopfendem Herzen wich sie zurück, er aber legte es bloß in seine ausgestreckten flachen Hände. »Nimm es.«

Zögernd streckte sie beide Hände aus. Vorsichtig übergab er ihr das Schwert, dann kniete er vor ihr nieder.

»Ich bin Steinarr der Stolze, Sohn des Birgir BentLeg, Nachfahre von Harald Glumr, von dem man sich viele Geschichten an den Feuern von Vass in meiner Heimat erzählt.«

»Wusste ich's doch, dass Ihr kein Engländer seid«, murmelte sie.

»Es stimmt, ich bin kein Engländer.« Ein Lächeln spielte um seine Lippen und wich einem Ausdruck von Traurigkeit. »Ich bin niemand mehr, ein Mann ohne Land, ohne Heimat, ohne Familie, ohne Bindung. Aber zu meiner Zeit erschlug ich Dutzende Engländer zur Verteidigung meines Stammesführers mit diesem Schwert hier. Nun biete ich dir, Matilda von Huntingdon, mein Schwert und mich selbst dar, auf dass du darüber verfügen mögest, wie es dir zur Verfolgung von deines Bruders Recht auf seines Vaters Land und Titel beliebt. Willst du mich als deinen Gefolgsmann annehmen?«

»Ich weiß nicht. Wir Ihr bereits sagtet, habt Ihr viele Versprechen gegeben. Warum sollte ich diesem trauen?«

»Weil wir beide hier und jetzt noch einmal in aller Aufrichtigkeit neu anfangen. Und weil ich dieses durch einen Schwur auf das Schwert des Großvaters meines Großvaters bekräftige.«

Die Klinge in ihren Händen zitterte. »Ja, edler Ritter, dann will ich Euren Eid annehmen.«

»Richte den Griff des Schwerts auf mich mit der Klinge unter deinem Arm.« Er klemmte ihr die Klinge unter den Arm, schloss dann Matildas Finger um den Griff, damit sie das Schwert halten konnte – sicherlich ein fremdartiger Brauch aus seiner Heimat, denn sie hatte nie zuvor gesehen, dass ein Ritter einen Eid auf sein Schwert leistete, es sei denn, er hielt es aufrecht, um das Kreuz zu machen.

Er hielt seine rechte Hand unter den Griff. »Ich, Steinarr Birgirsson, schwöre dir, Matilda Fitzwalter, durch diesen Eid: dass ich dein Gefolgsmann sein werde, solange du meine Dienste benötigst; dass ich jeglichen Schaden von dir abwenden werde; dass ich auch von deinem Bruder jeglichen Schaden abwenden werde; dass ich alles tun werde, was in meiner Macht steht, damit Robert le Chape in seinem Titel, Lord of Huntingdon, bestätigt wird, und dass ich dich schließlich, was immer auch geschieht, sicher seiner Obhut übergeben werde. Das schwöre ich vor dem Schöpfer des Himmels und der Erde, und möge diese Klinge sich gegen mich richten, wenn ich meinen Eid breche.«

Er beugte sich vor und küsste zunächst das Heft des Schwerts und dann sanft den Rücken ihrer Hand. Trotz der Gänsehaut, die ihr über den Arm lief, konnte sie spüren, welche Mühe es ihn kostete, seine Gefühle im Zaum zu halten.

»Meine Klinge und mein Arm gehören Euch, Mylady, aber

dies war der letzte Kuss, den ich Euch ohne Eure Erlaubnis gab. Habt Ihr meinen Eid vernommen?«

»Das habe ich, *Monsire,* so wie auch der Himmel, hier an diesem Ort. Und hiermit gebe ich Euch mein Versprechen. Ich, Matilda von ...«

»Nein«, sagte er. »Ich möchte kein Versprechen dafür. Dies ist mein Geschenk an Euch, als Wiedergutmachung dafür, wie ich Euch in den vergangenen Tagen behandelt habe. Alles, worum ich bitte, ist ein Zeichen der Verbundenheit Eurerseits, da Ihr mir Euer Schwert nicht dargereicht habt.«

»Ich habe nichts, was ich ...« Sie überlegte kurz, griff unter ihren Schleier und löste ein einzelnes Band aus ihrem Haar. »Nur das hier. Es ist nicht viel, um so ein Versprechen angemessen zu bekräftigen. Die Enden dieses Bands sind schon ausgefranst.«

»Es reicht.«

»Dann streckt Euren Schwertarm aus, *Monsire.*« Sie wickelte das Band zweimal um sein Handgelenk und verknotete es sorgfältig. Unter ihren Fingerspitzen schlug sein Puls im Rhythmus ihres eigenen rasenden Herzens. »Da. Nun seid Ihr mir in Treue verpflichtet.«

»Das bin ich.« Er erhob sich, nahm das Schwert und steckte es zurück in die Scheide. »Nun wollen wir sehen, ob wir es schaffen, dieses Rätsel zu lösen. Zeig mir, was ihr in Headon gefunden habt.«

Sie holte den Zylinder aus ihrem Beutel und zog das Pergament heraus. »Da steht nur der Name dieser Stadt. Harworth.« Er ging mit dem Pergament hinüber zu den dicken Kerzen, die auf dem Altar brannten, rief sich ihre und Roberts Unternehmungen noch einmal ins Gedächtnis, drehte und wendete das Blatt in alle Richtungen und betrachtete es eingehend.

»Seht Ihr? Nichts. Und dennoch muss dort etwas sein.«
Er brummte etwas vor sich hin und ging mit dem Pergament hinaus ins Freie. Sie folgte ihm, und gemeinsam umrundeten sie die Kirche, gingen über den Friedhof und sahen sich die Grabsteine an. Wo immer das Wort *Harworth* eingemeißelt war, blieb Steinarr stehen und kratzte, schob und rüttelte. Schließlich war kein Grabstein mehr übrig, den er hätte untersuchen können. Stirnrunzelnd setzte er sich auf die niedrige Mauer und sah hinunter auf das Dorf. »Dein Vater war entweder grausam oder ein Mistkerl.«
»Oder beides.« Sie setzte sich neben ihn und drehte den Zylinder gedankenlos zwischen ihren Fingern hin und her. »Er hätte es amüsant gefunden, Robert damit zu quälen, die Lösung des Rätsels vor der Nase zu haben und es ihm dann wegzuschnappen.«
»Robin.«
Verwundert sah sie ihn an.
»Er muss sich weiter Robin nennen«, sagte Steinarr. »Und du musst dich weiter Marian nennen. Möglicherweise hat Guy noch mehr Leute auf euch angesetzt. Ich will, dass sich weder der Name Matilda Fitzwalter noch Robert le Chape herumspricht, um es den Häschern nicht noch leichter zu machen.«
»Aye«, sagte sie seufzend. »Somit endet meine Herrschaft als Eure Hohe Dame.«
Er legte seine Hand auf ihre, und sie unterbrach ihr gedankenverlorenes Spiel mit dem Zylinder. »Du bist von nun an meine Lady, ganz gleich, bei welchem Namen ich dich nenne.«
»Aber Ihr könnt mich nicht wie eine solche behandeln, *Monsire*. Ich glaube, es wäre besser, wenn ich mich als Eure Dienerin ausgeben würde. Oder noch besser, als die Dienerin

Eurer Lady, die Ihr zu ihr bringen wollt. Ihr dürftet ihr natürlich keinen Klaps geben wie Eurer eigenen Dienerin, selbst wenn sie sich verspricht und im Beisein von anderen etwas ausplaudert.«

»Du wirst dich nicht versprechen. Lügen kommen dir leicht über die Lippen.«

Seine Worte waren nicht vorwurfsvoll gemeint, sondern lediglich ehrlich. Dennoch war sie beschämt. »Verzeiht mir, Mylord. Zu lügen lernte ich als kleines Kind. Oft gefiel meinem Vater die Wahrheit nicht. Da war es leichter, ihm zu erzählen, was er hören wollte.«

»Und Robin konnte nicht lügen.«

»Genau. Vielleicht hätte er es in mancher Hinsicht einfacher gehabt, wenn er lügen könnte.«

»Vielleicht. Es ist aber nicht verwerflich, ein ehrlicher Mensch zu sein. Komm, lass uns hier aufhören und etwas essen.« Er nahm ihr den Behälter aus der Hand und legte ihn auf seine Knie, während er das Pergament zusammenrollte. »Wir können uns weiter den Kopf darüber zerbrechen, während wir früh...«

Matilda war bereits aufgestanden und schüttelte ihre Röcke aus, als er verstummte. Sie drehte sich um und sah, dass er auf den Zylinder starrte.

»Er ist doch kein Mistkerl«, sagte Steinarr. Er spuckte auf den Behälter und polierte ihn mit dem Ärmel. Dann hielt er ihn in die Höhe. »Er ist ein schlauer Fuchs. Sieh nur!«

Das Putzen hatte ein Muster aus feinen Linien zum Vorschein gebracht, die an einer Seite des Behälters nach unten verliefen, kaum sichtbar unter dem Beschlag. Sie riss ihm den Zylinder aus der Hand und neigte ihn, bis die Figuren besser zu sehen waren. »Das kenne ich doch.«

Sie rannte zur Kirchentür und zeigte nach oben. »Da.«

Steinarr folgte ihr, und gemeinsam verglichen sie die Gravur des Zylinders mit den sieben Todsünden über dem Türsturz. »Eine Figur sieht anders aus«, sagte er. »Auf dem Behältnis hat der Reiche drei Beutel, da oben sind aber nur zwei. Sieh mal, die Farbe des Mörtels ist auch unterschiedlich.« Er zog sein Messer aus der Scheide und streckte sich, um den auf einer Seite helleren Verputz abzukratzen. Mörtel bröckelte herunter.
Matilda fing ein Stück auf und zerrieb es zwischen den Fingern. Es zerfiel zu Staub. Sie probierte davon und spuckte sofort aus. »Das ist bloß Salz und Mehl, gemischt mit ein wenig Sand.«
Steinarr kratzte den Verputz ab, den er erreichen konnte. Dann stellte er sich auf die Zehenspitzen und versuchte, den Stein zu lockern. »Es ist zu viel Mörtel darauf, er sitzt noch fest.« Suchend sah er sich um. »Ich brauche etwas, um mich daraufzustellen.«
»Wenn Ihr mich hochhebt, komme ich heran«, sagte Matilda. Kaum dass die Worte heraus waren, hob Steinarr Matilda hoch und auf seine Schultern. Vollkommen unvorbereitet darauf, war ihr ganz schwindlig vor Verlangen, das sie mit seinen Armen erfasste. Sie hielt sich an dem Sturz fest, um nicht das Gleichgewicht zu verlieren.
Er reichte ihr das Messer. »Schnell, bevor uns jemand sieht.« Sie konzentrierte sich auf die Todsünden – nun nur noch eine Handbreit oberhalb ihrer Augenhöhe – und kratzte den Mörtel ab, bis der Stein sich bewegte, dann lockerte sie ihn mit der Messerspitze.
»Dahinter befindet sich ein Hohlraum.« Während sie das Schweinchengesicht der Gier auf dem Gesims des Türsturzes balancierte, griff sie vorsichtig in die Ritze hinein. Ihre Finger schlossen sich um etwas Weiches, Ledriges – sie hoffte

inständig, dass es sich nicht um eine tote Fledermaus handelte – und zogen es heraus. Mit einem Seufzer der Erleichterung öffnete sie die Hand. »Ein Geldbeutel, und es ist etwas darin.«

»Beeil dich«, sagte Steinarr. »Ich glaube, da kommt jemand.« Sie schob den Stein zurück in seine ursprüngliche Position. »Fertig.«

Er setzte sie auf dem Boden ab und ging einen Schritt zurück. Dann drehten sie sich um, so dass es für den Priester und seinen Begleiter, die um die Ecke kamen, aussah, als befänden sie sich gerade im Begriff, die Kirche zu verlassen – abgesehen von dem Messer, das Matilda rasch zwischen den Falten ihrer Röcke verbarg.

»Guten Morgen, Mylord. Ihr müsst der Ritter sein, von dem die Maid mir gestern erzählt hat. Ihr habt die Messe verpasst, meine Kinder.«

»Meine Unterkunft lag zu weit entfernt. So konnten Eure Glocken mich nicht wecken«, sagte Steinarr, ohne den Diener zu beachten, ganz wie ein Ritter es nun einmal tat.

»Ah, und dann seid Ihr doch noch gekommen, um zu beten. Sehr gut. Dann kann ich Euch noch meinen Segen geben, bevor Ihr Eure Reise fortsetzt.«

Steinarr runzelte die Stirn. »Leider muss ich mich jetzt auf den Weg machen.«

»Ach bitte, Mylord«, sagte Matilda hastig. So gern sie auch vermieden hätte, wieder in die Kirche hineinzugehen, hatte sie doch das Gefühl, es schiene allzu merkwürdig, den Segen des Priesters abzulehnen. »Es wird nicht lange dauern.«

»Ein kurzes Gebet könnt Ihr Eurer Dienerin doch nicht verwehren.«

Der Priester ging um die beiden herum und hielt ihnen die Tür auf. »Kommt herein.«

»Sie ist nicht *meine* Dienerin«, sagte Steinarr und fügte leiser hinzu: »Den Heiligen sei Dank«, während er sich umdrehte und hinter dem Priester die Kirche betrat. Im Vorbeigehen zwinkerte er Matilda zu, nahm ihr das Messer aus der Hand und steckte es in die Scheide an seinem Gürtel. »Ich bringe sie lediglich zu meiner Lady. Beeil dich, Mädchen. Vergeude nicht meine Zeit, indem du hier herumstehst wie ein Klumpen Salz.«

»Jawohl, Mylord«, sagte sie ergeben, während sie den Lederbeutel in ihrem Ärmel verschwinden ließ. Sie ging ein paar Schritte vorwärts, blieb aber an der Türschwelle stehen. Die Lust blickte anzüglich auf sie herunter, daneben die Gier, die nun ein wenig schief saß, was mit Sicherheit irgendwann auffallen würde. Beim Gekreuzigten. Sie hatte gerade das Portal einer Kirche verunstaltet, und nun war sie im Begriff, dort drinnen zu beten, während sie überall, wo Steinarr sie berührt hatte, noch immer ein Prickeln verspürte.

»Nur zu«, sagte der Kirchendiener hinter ihr.

Matilda zwang sich hineinzugehen und schreckte vor ihrer eigenen Heuchelei zurück, als sie sich hinkniete. Sie konnte nur hoffen, dass es ihnen gelingen würde, Robert zu seinem Titel zu verhelfen, dachte sie, während sie sich bekreuzigte und die Hände faltete, weil diese Suche sie eine hohe Buße kosten würde.

Wenig später, als sie das Dorf hinter sich ließen, musste sie sich dann anhören, wie Steinarr mürrisch brummte: »Dass die immer so herumschwafeln müssen. Warum hast du ihn auch noch dazu ermutigt?«

»Keiner von uns beiden kann es sich leisten, einen Segen abzulehnen, *Monsire*«, gab Matilda zurück und zog den Geldbeutel aus ihrem Ärmel. Er war aus nussbraunem Leder,

dick, aber weich, und mit einer roten Kordel aus Leinen verschnürt. Sie tastete ihn ab, um festzustellen, was sich wohl darin befand. Während sie weiterritten, versuchte sie, die Kordel aufzuknoten, und schließlich musste sie die Zähne nehmen, um den Knoten zu lösen.
»Da.«
»Mach ihn auf!«, drängte Steinarr. »Sieh nach, was drin ist.«
Sie langte mit zwei Fingern hinein und tastete das Innere des Beutels ab. »Was immer es ist, es sind kleine Stücke. Wir sollten lieber stehen bleiben, damit nichts verloren geht.«
»Dann warte, bis wir wieder bei dem Cottage sind. Na los!«
Er gab dem Hengst die Sporen, und das Packpferd folgte ihm. Den Heiligen sei Dank, dass sie jetzt nicht die Arme um ihn legen musste. Darauf war sie nicht gerade erpicht. Oder doch?
Bald hatten sie das Cottage erreicht, und Steinarr half ihr abzusitzen. »Sieh du nach, was sich in dem Beutel befindet. Ich werde die Pferde beladen.«
Matilda ging zu einem dunkel werdenden Baumstumpf hinüber und leerte den Inhalt darauf aus. Den Schlüssel sah sie sofort. Immerhin, wozu ein solcher gedacht war, war klar. Sie legte ihn beiseite und sah sich die übrigen Stücke an. Das Ganze sah aus wie die Raritätensammlung eines Kindes: eine Schachfigur in Form eines Bischofs vor einem Gate, einem Tor, das Abzeichen eines Pilgers von einer heiligen Stätte, ein Splitter von einem schwarzen Stein, ein Tüchlein, bestickt mit einem Vogel, und ...
»Eine Hand, die auf etwas zeigt? *Monsire,* könnt Ihr damit etwas anfangen?« Sie hielt die Holzschnitzerei in die Höhe.
Steinarr ließ das Packpferd stehen, ging zu Matilda hinüber und nahm das Stück in die Hand. Er betrachtete es prüfend.
»Diese Hand steckt in einem Handschuh. Hier sind Nähte

zu sehen. Die Schnitzerei stammt von jemandem, der sein Handwerk verstand.«

»Sie muss von einer kleinen Statue abgebrochen worden sein.« Sie untersuchte die Schachfigur. »Unser Bischof hier aber nicht. Er ist zu groß, und er ist aus Stein.«

»Am Handgelenk ist eine klare Schnittfläche zu sehen, da wurde nichts abgebrochen.« Er zeigte sie ihr. »Möglicherweise wurde die Hand speziell für dieses Rätsel geschnitzt. Was ist mit den anderen Stücken?«

»Nichts. Nirgends steht etwas geschrieben, nur hier.« Sie nahm das Pilgerabzeichen und las vor, was in lateinischer Sprache darauf geschrieben stand: »›*Edburga ad Pontem.*‹ Eadburh an der Brücke. Vater sprach gelegentlich von einem heiligen Schrein, dem der heiligen Eadburh, die er sehr verehrte.« Sie drehte die Tonscheibe um. »›*Meridianus puteus.*‹ Süden, ähm, Brunnen, Quelle. Süd-brunnen ... Süd-quelle. Sudwell.«

»Dort gibt es eine große Kirche«, sagte Steinarr.

»Aye, das Münster. Natürlich, das *Gate.*« Sie griff nach dem Bischof und zeigte ihn ihm. »Das Sudwell Gate, die Prozession zu Sudwell.«

Steinarr machte lediglich ein verwirrtes Gesicht, also erklärte sie es ihm. »Vor langer Zeit bat einer der Erzbischöfe um Unterstützung für die Aufrechterhaltung des Münsters zu Sudwell. Jedes Jahr zu Pfingsten kommen Vertreter aller Gemeinden in der Stadt Nottingham zusammen, um ihren sogenannten Sudwell-Penny in einer großen Prozession am Nordportal des Münsters abzugeben. Diesen Brauch nennt man das ›Gate‹.« Sie zeigte erneut auf den Bischof. »Da, das Gate.«

»Das wäre aber das falsche Wort«, sagte Steinarr stirnrunzelnd. »Das richtige wäre das alte Wort *gata*. Straße.«

»Oh. Ja. Vater hatte Spaß an seinen Wortspielen. Gate, Tor oder Straße, Vater wallfahrtete jedenfalls in einem Jahr dorthin, und er nahm Robin als Pagen mit.«
»Dann kennt Robin sich dort also aus.«
»Aye. Jetzt, wo ich darüber nachdenke, fällt mir ein, dass er ein Pilgerabzeichen trägt, als Glücksbringer. Ich habe es mir nie genauer angesehen, aber ich glaube, es ist das gleiche wie dieses hier.«
»Aha, dann also auf nach Sudwell. Komm. Über den Rest machen wir uns unterwegs Gedanken. Wir haben heute bereits zu viel Zeit vergeudet.«
»Vergeudet ja wohl kaum, Mylord. Wir haben unser nächstes Rätsel fast gelöst, ich habe einen Ritter, der mir seinen Eid geleistet hat, und Ihr habt dabei ein Edelfräulein als Dienerin bekommen.«
»Da magst du recht haben«, sagte er grinsend und machte sich wieder daran, das Gepäck aufzuladen. Matilda sammelte die einzelnen Stücke ein und gab sie zurück in den kleinen Lederbeutel, den sie in ihren Pilgerbeutel steckte. Voller Aufregung beeilte sie sich, Steinarr das restliche Gepäck anzureichen, womit das Packpferd noch beladen werden sollte.
»Ich hätte nicht so viel einkaufen sollen«, murmelte er wenig später vor sich hin, als er die Felle auf dem Packsattel festschnürte. »Ich werde unterwegs etwas davon verkaufen. Wir müssen mit weniger Gewicht reisen.«
»Immerhin habt Ihr daran gedacht, mich anständig zu füttern, bevor Ihr mich wieder verführt«, sagte sie mit einer Leichtigkeit, die nur teilweise aufgesetzt war.
Er beugte sich vor, um ihr, vorbei an dem Stapel Gepäck, einen Blick zuzuwerfen. »Du hast mir also schon verziehen?«

Hatte sie das? Gab es da überhaupt etwas zu verzeihen? Sie hatte jede Sekunde ihrer Begegnung ebenso viel Vergnügen empfunden wie er, und nun wusste sie immerhin, wie es sein konnte. Selbst wenn sie letzten Endes doch Baldwin heiraten musste, sie wusste es.

»Es steht einer Dienerin nicht zu, ihrem Herrn zu verzeihen, Mylord«, sagte sie – eine Antwort, die eigentlich gar keine Antwort war, denn sie hatte keine parat. »Wie weit ist es bis Sudwell?«

Während er den letzten Riemen festzog, überlegte er. »Zwei Tage, wenn das Wetter so bleibt.« Er verschränkte die Finger ineinander und bückte sich nach ihrem Fuß. »Rauf mit dir, Marian! Es geht los.«

Am Morgen des dritten Tages, nachdem Steinarr fortgeritten war, erschienen Hamo und Edith bei Ari, der gerade Rasensoden stach.

»Wir müssen Euch um einen Gefallen bitten, Mylord.«

Ari legte die Hacke beiseite und wischte sich mit dem Ärmel den Schweiß von der Stirn. »Was gibt es?«

»Goda hat eine Mandelentzündung«, sagte Edith. »Und dem jungen Robin tut auch schon der Hals weh.«

»Ich habe das Kind weinen hören, als ich heute Morgen ankam.« Ari sah hinüber zu Robin, der an einen Baum gelehnt saß und damit beschäftigt war, aus einem Stück Birkenholz eine neue Schöpfkelle für Edith zu schnitzen. »Aber der Junge sieht doch recht munter aus.«

»Im Moment noch«, sagte Edith. »Aber er fragt immer wieder nach etwas zu trinken. Und seht selbst!«

Robin griff sich an den Hals und hüstelte.

»Seht Ihr! Es fängt an, weh zu tun. Er wird auch eine Mandelentzündung bekommen. Ich habe keine Myrrhe, um die

Schmerzen zu lindern, und von der Schafgarbe ist auch nicht mehr viel übrig. Ich bräuchte jemanden, der ...«
Hamo unterbrach sie. »Wir dachten, vielleicht könntet Ihr uns einen riesigen Gefallen tun und nach Retford reiten, um ein paar Kräuter und Heilpflanzen zu besorgen, Mylord. Das würde uns sehr helfen. Wir haben genug Geld, und heute ist Markttag. Aber mein Pony lahmt, und mit dem Karren würde ich zu lange brauchen. Von den Männern kann ich niemanden entbehren. Von meinen Männern, meine ich.«
»Jemanden, der weiß, was er hier tut, meinst du«, sagte Ari lachend. »Dann werde ich nach Retford reiten, bevor mir die Köhlerei noch den Rücken bricht.«
»Das wird nicht passieren, Mylord. Ihr habt einen kräftigen Rücken und starke Arme, und Ihr scheut Euch nicht, davon Gebrauch zu machen.«
»Mag sein, aber ich kann auch später weitermachen. Sagt mir, was ihr braucht, dann bringe ich es euch bis heute Abend.«
Nachdem es tagelang auf der Lichtung angebunden gestanden hatte, freute Aris Pferd sich ebenso sehr über den Ritt wie Ari selbst, und so dauerte es nicht lange, bis sie im leichten Galopp den langen, sanft nach Retford abfallenden Hang hinunterritten. Von der Anhöhe aus konnte Ari die Zelte und Stände auf dem Marktplatz bereits sehen, ebenso wie den blutroten Lehm des Flusses Idle, von dem die Stadt ihren Namen hatte.
Er gab einem Jungen ein wenig Geld, damit er auf sein Pferd aufpasste, und hatte bald darauf einen Mann entdeckt, der Körbe voll getrockneter Kräuter und Heilmittel feilbot. Rasch ging er die Liste durch, die Edith ihm gegeben hatte, und handelte einen guten Preis aus. Anschließend verstaute er alles in den Beuteln, die die alte Frau ihm auch mitgegeben

hatte, und rollte sie zu einem Bündel, um sie besser tragen zu können.

Gleich neben dem Kräuterhändler bot eine Frau dicke Lammpasteten mit Pfeffer und Zimt an. Ari gab ihr einen Farthing für eine davon und ging damit über den Marktplatz, um sich ein wenig umzusehen.

Am anderen Ende des Platzes kam eine Schankbude mit Tischen und grob gezimmerten Bänken in Sicht, und direkt daneben führte eine Gruppe Schauspieler ein Mysterienspiel auf. Während Heilige und Dämonen auf einem großen Karren, der als Bühne diente, ihre Possen aufführten, erstand Ari einen Becher Wein und setzte sich, um seine Pastete zu verzehren und währenddessen in Jubel und Spott des Stadtvolks einzustimmen. Mit Fortschreiten der Handlung wurde die Stimmung jedoch düsterer, und als es zur Auferstehungsszene kam, wurden selbst die Trinkenden ernst und reumütig und machten sich bereit zum Aufbruch.

»Noch etwas Wein, Mylord?«, fragte der Wirt, der ein wenig niedergeschlagen klang.

Ari klopfte auf seinen Becher und legte eine weitere Münze auf den Tisch. »Euren Zechern ist wohl der Durst vergangen.«

»Aye, ich hätte diese schauspielernden Narren gleich fortjagen sollen, als sie hier ankamen«, sagte der Mann und winkte ein Mädchen herbei, um nachschenken zu lassen. »Neben der Kirche wären sie besser aufgehoben, aber ich dachte, sie würden mehr Leute anziehen, und deshalb ließ ich sie gewähren. Stattdessen haben sie nun alle verjagt.«

»Schade, dass Ihr keinen guten Geschichtenerzähler habt, der die Leute zurückholt. Jemand, der die Geschichte von ...« – er nannte die ersten Namen, die ihm in den Sinn kamen – »... Robin und Marian erzählt.«

»Robin und Marian? Die Geschichte kenne ich nicht.«
Ari kannte sie auch nicht, aber der Reiz des Erzählens bestand ja genau darin, eine neue Geschichte zu spinnen. »Das wäre auch kaum möglich, denn der Sheriff möchte nicht, dass sie verbreitet wird. Robin wurde vom Sheriff persönlich verbannt, weil er beschuldigt wurde, einen Hirsch des Königs getötet zu haben, was allerdings nie bewiesen wurde. Nun lebt er als Geächteter in den Wäldern der Grafschaft.«
»Ein Geächteter eignet sich nicht gerade als Held für eine Geschichte.«
»Aber er ist kein gewöhnlicher Geächteter. Er raubt nur die reichsten Reisenden aus, Steuereintreiber, Edelmänner und fette Äbte und Bischöfe. Alle anderen lässt er unbehelligt.« So hielt Steinarr es, und Jafri ebenfalls, wenn sie sich der Wegelagerei bedienen mussten, um ihren Lebensunterhalt zu bestreiten. »Es gab da einmal einen sehr fetten Abt, der auf dem Weg zur ... zur Saint Mary's Abbey war. Seine Kleider waren aus feinstem Samt und feinster Seide, bezahlt mit dem Geld der Bauern, die sich auf Feldern der Abtei plagten.«
Der Mann auf der Nachbarbank wandte sich um und lauschte. »Diese Sorte kenne ich.«
»Leider zu viele Menschen. Aber dieser Abt, Hugo war sein Name, war von der schlimmsten Sorte und dermaßen eingebildet, dass er sich sogar für die Reise auf der Straße, die durch den Wald führte, in Samt hüllte und mit goldenen Ketten und Ringen schmückte. Als Robin diese Reichtümer funkeln sah, konnte er der Versuchung, sich ihn zu schnappen, nicht widerstehen. So ritt er voraus und kletterte auf einen hohen Baum, um dem Abt aufzulauern.«
Ein Mann setzte sich zu Ari, um ebenfalls zu lauschen, zwei Frauen mit Körben schlossen sich ihm an, und schließlich gesellten sich auch die Schauspieler dazu, während Ari die

Geschichte des Abtes Hugo spann, der von besagtem Robin eine Demütigung erfuhr. »Schließlich kroch er auf allen vieren zurück nach Hause, nur noch bekleidet mit seiner Unterhose. Robin verkaufte den Schmuck in Lincoln und verteilte das Silber unter den Menschen, die es erarbeitet und verdient hatten. Und damit endet diese Geschichte.«
»Aber was ist mit dieser Marian, die Ihr am Anfang erwähntet, Mylord?«, fragte der Mann, der sich zu Ari auf die Bank gesetzt hatte.
»Ah, Ihr habt recht. Ich vergaß von Marian zu erzählen. Schade, dass mein Hals so trocken ist.«
Der Schankwirt, der noch immer dastand, gebannt von Aris Geschichte, merkte plötzlich, dass er wieder Gäste hatte. Er rief die Schankmaid herbei, die sogleich ihre Runde drehte und so schnell die Becher füllte, wie sie den zahlreichen allzu freundlichen Männerhänden ausweichen konnte. Grinsend beugte der Wirt sich hinunter zu Ari, um seinen Becher mit Wein nachzufüllen. »Ihr braucht nicht zu bezahlen, Mylord, solange Ihr nur weitererzählt.«
Und so erzählte Ari weiter, von Robin, der eine hübsche Maid vor einem Tunichtgut von Edelmann bewahrte und sie im Wald in Sicherheit brachte. Als er an die Stelle kam, wo er gemäß aller Regeln der Kunst des Geschichtenerzählens hätte berichten müssen, dass Robin und Marian sich ineinander verliebten und heirateten, musste er an Steinarr denken – der nach wie vor als Vorbild für den Vogelfreien diente – und verstummte.
»Hat Robin sie geheiratet?«, fragte prompt eine der Frauen mit vor Aufregung leuchtenden Augen.
»Noch nicht«, sagte Ari. »Aber ich vermute, zum Schluss wird er das tun. Und seine Männer werden auch Erfolg haben. »Welche Männer?«, fragte ein anderer Zuhörer.

»Die anderen, von ungerechten Lords geächteten und für geringfügige Vergehen verbannten Männer. Weil sie die für die Heirat einer Tochter üblichen Abgaben nicht an den Lord bezahlt hatten. Oder ... oder weil sie krank wurden und ihren Frondienst nicht leisten konnten.« Allgemeines Gemurmel erhob sich. Alle Bauern in England hatten ähnliche Sorgen und Ängste, und das wusste Ari. Seine Zuhörer würden die Geschichte für wahr halten, auch wenn es den Edelleuten in der Umgebung ganz und gar nicht gefallen würde, dass er sie verbreitete.

»Der Erste, der sich Robin anschloss, war John«, fuhr Ari fort. »John Little«, fügte er hinzu, als ihm der Name des Mannes einfiel, dem Steinarr hatte zu Hilfe kommen wollen. Vielleicht würde so wenigstens sein Name weiterleben, was dem Mann selbst versagt geblieben war. »Robin nannte ihn Little John, und nun erzähle ich euch, wie sie sich kennenlernten. Eines Tages, als Robin Hood durch die Wälder streifte, begegnete er einem hünenhaften Kerl von Mann, der mit einem Stab in der Hand auf einer schmalen Brücke stand und ...«

So unterhielt Ari weiter seine Zuhörer, indem er neue Abenteuer von Robin Hood und seinen Männern erfand, bis sein geübtes Auge ihn erkennen ließ, dass er gerade noch genug Zeit hatte, um zu den Köhlern zurückzureiten, eine hastige Mahlzeit einzunehmen und über Nacht im Wald zu verschwinden. Er reckte sich und stand auf. »Nun muss ich mich auf den Weg machen, Freunde.«

»Werdet Ihr wiederkommen, *Monsire?*«, fragte der Wirt auf das enttäuschte Gemurmel der Zuhörer hin.

»Vielleicht.«

»Ich bin immer hier, wenn Markttag ist, und ich werde Euch für Eure Geschichten so viel einschenken, wie Ihr trinken könnt, wann immer Ihr wollt.«

»Dann kommt er ganz bestimmt wieder.«

Grinsend drehte Ari sich zu der wohlbekannten Stimme um. »Was machst du denn hier? Hatte sie schon die Nase voll von dir?«

»Nein. Ich verkaufe nur ein paar Sachen, die wir nicht brauchen. Welche Geschichte hast du diesen armen Leuten hier aufgetischt?«

»Keine, die du kennst.« Ari wollte schleunigst aufbrechen und Steinarr von den Zuhörern fortziehen, bevor einer von ihnen die Namen erwähnte, die er für seine Geschichte benutzt hatte.

Doch dann drängte sich der Schankwirt dazwischen, um Aris Becher einzusammeln. »Er hat uns von Robin Hood und dem Mädchen Marian erzählt, Mylord.«

Steinarrs Miene verdüsterte sich. »Was?«

»Von Robin Hood, dem Geächteten, und seiner Liebsten, Mylord«, erklärte der Wirt. »Habt Ihr noch nie von dieser Geschichte gehört?«

»Nein, habe ich nicht. Komm mit, mein Freund! Du kannst sie mir auf dem Weg erzählen.« Steinarr klopfte Ari auf die Schulter – freundschaftlich, aber seine Finger gruben sich in Aris Fleisch, als er ihn Richtung Wiese schob, wo der Hengst und das Packpferd angebunden waren. »Was hast du da gemacht?«

»Mir einen Nachmittag lang die Zeit vertrieben.« Ari riss sich aus Steinarrs Griff los. »Da habe ich die Namen der beiden benutzt. Nur so zum Spaß.«

»Damit hast du uns möglicherweise Gisburne auf den Hals gehetzt«, knurrte Steinarr.

»Aber du ...« Ari sah sich um, um sich zu vergewissern, dass Marian nicht in der Nähe war. Sie war nicht dort, aber er sprach trotzdem in Altnordisch weiter. »Du arbeitet doch in seinem Auftrag, oder nicht?«

»Nein! Dieser Schweinepriester hat mich belogen.« Steinarr schilderte in aller Kürze die veränderte Sachlage. »Wahrscheinlich hat er längst ein paar andere Männer angeheuert, die ebenfalls Jagd auf die beiden machen.«
Ari stöhnte gequält, als ihm bewusst wurde, was er angerichtet hatte. »Und ich sitze hier und ... Verflixt! Tut mir leid. Aber es war nichts weiter als eine Geschichte, erzählt auf einem Dorfmarkt. Sicher wird sie sich nicht weiterverbreiten.«
»Wenn wir Glück haben.« Bei jedem seiner Worte stieß Steinarr Ari mit dem Finger in die Brust. »Und du wirst sie nicht noch einmal erzählen!«
»Nein. Nein, natürlich nicht. Was kann ich jetzt tun, um euch zu helfen?«
»Sieh zu, dass der Junge nicht gefunden wird, und tu, was du kannst, damit er so schnell wie möglich wieder auf die Beine kommt und reisen kann. Wenn wir den Schatz gefunden haben, hole ich den Jungen und bringe ihn zum König. Er muss sich auf einen harten Ritt gefasst machen.«
»Ich werde tun, was ich kann, aber seine Genesung liegt in Gottes Hand. Wo ist Marian?«
»Auf dem Abort.«
»Und, nachdem du deine Pläne nun geändert hast, hältst du dich an das Versprechen, das du Robin gegeben hast, oder hast du sie endlich besprungen?«
Steinarr verschränkte die Arme über der Brust. »Und du bezeichnest mich als grob!«
»Du hast mit ihr geschlafen, oder? Obwohl du geschworen hattest, es nicht zu tun.«
»Ich habe eine Menge geschworen.«
»Du brichst doch sonst nie dein Wort. Du legst es großzügig aus, aber du hast es noch nie gebrochen. Sie *hat* etwas an sich, oder?«

»Sie hat vieles an sich, aber das werde ich mit keinem von euch erörtern. Achtung, da kommt sie.«

Steinarr packte Ari abermals an den Schultern, aber dieses Mal, um ihn zu Marian umzudrehen, die ihnen über die Wiese entgegenkam. »Halt bloß den Mund!«

»Keine Sorge.« Ari zog seine Kappe und machte eine galante Verbeugung. »Guten Tag, reizende Marian.«

Zwei Bauern, die vorübergingen, sahen ihn verständnislos an, und Steinarr knurrte ihm ins Ohr: »Sie ist doch eine Dienerin, du Narr!«

»Aber eine äußerst reizende, da ist es nur recht und billig, dass ein armer Ritter sich vor ihr verbeugt.«

»Arm trifft in keiner Hinsicht auf Euch zu, Mylord.« Sie machte höflich einen Knicks. »Ich hatte nicht erwartet, Euch hier zu treffen. Ist alles in Ordnung?«

»Ich kam her, um einige Kräuter für Edith zu kaufen. Goda hat eine Mandelentzündung.«

»Die Ärmste.« Sorgenvoll legte sich Marians Stirn in Falten. »Dann wird Robin sich wohl anstecken. Das passiert ihm immer. Hat Edith Myrrhe? Das hilft.«

Ari klopfte auf das Bündel, das er bei sich trug. »Hier.«

»Ich wünschte, wir hätten genug Zeit, um ...«

»Das geht nicht«, unterbrach Steinarr sie. »Aber Edith wird sich gut um ihn kümmern. Komm, eine Wegstunde können wir mindestens noch schaffen, bevor es dunkel wird.«

»Ihr habt schon jemanden gefunden, der die überflüssigen Sachen kaufen wollte?«

»Aye. Und mehr dafür bekommen, als ich in Nottingham dafür ausgegeben habe.«

»Vielleicht solltest du Händler werden«, sagte Ari und lachte, als Steinarr auf Altnordisch etwas sagte, was so viel bedeutete wie: »Du kannst mich mal!«

»So dringend ist es nicht«, gab Ari zurück. »Weißt du was«, sagte er nachdenklich, als er sah, wie Steinarr Marian in den Sattel half. »Du kannst ihr mein Pferd geben. Dann wärt ihr schneller, und ich komme hier auch mit dem Packpferd zurecht.«

»Dienerinnen reiten keine edlen Zelter. Das würde zu viel Aufsehen erregen«, sagte Steinarr, während er sich vor ihr in den Sattel schwang. »Wenn nötig, werde ich sie auf das Packpferd setzen, aber vorerst sitzt sie hinter mir. Wir kommen schnell genug voran. Und nun mach dich auf den Weg! Sieh zu, dass du diese Kräuter bei den Köhlern ablieferst. Und der Junge muss gesund werden.«

»Aye. Habt eine sichere Reise!« Ari sah den beiden hinterher, als sie davonritten, und da war etwas an der Art, wie Marian ihre Arme um die Taille seines Freundes legte ... Aye, die beiden schliefen miteinander. Und sicher nicht nur, weil Steinarr es wollte.

»Sehr schön.« Er murmelte ein paar Dankesworte an Freya, weil sie die beiden zusammengebracht hatte. Selbst wenn Marian nicht diejenige war, die den Fluch aufheben konnte, brauchte Steinarr eine Frau, die wenigstens eine Zeitlang ihm gehörte, um bei Verstand zu bleiben. Und das war doch immerhin schon etwas.

Dabei fiel ihm ein ...

Auf dem Weg zu seinem Pferd machte er einen Abstecher zu der Schenke, um der Schankmaid einen Arm um die Taille zu legen, sie für einen flüchtigen Kuss an sich zu ziehen und ihr einen Klaps auf den Hintern zu geben. »Dafür würde ich tatsächlich noch einmal wiederkommen.«

»*Dafür* müsstet Ihr mehr zahlen als eine Geschichte, Mylord«, gab die Maid zurück und schwebte mit gekonntem Hüftschwung davon.

»Du brichst mir das Herz, holdes Weib«, sagte Ari und klopfte sich seufzend mit der Hand auf die Brust, sehr zur Belustigung der männlichen Gäste. Er stimmte in das Gelächter mit ein und machte sich auf den Weg zu dem Jungen, der noch immer auf sein Pferd aufpasste. Als er die Straße erreicht hatte und in Richtung Headon ritt, läuteten die Glocken zum Abendgebet.

KAPITEL 11

»Warum reitet Ihr jeden Abend fort?«, fragte Matilda zwei Tage später am Morgen, während sie in dem verlöschenden Feuer herumstocherte, um einen letzten Rest der Glut anzufachen und die Kälte der Nacht zu vertreiben. Steinarrs Messer verharrte beim Schneiden des Brotes. »Kannst du dir das nicht denken?«

Sie hielt den Blick auf die Feuerstelle gesenkt in der Hoffnung, er würde es dem noch rosagefärbten Morgenhimmel zuschreiben, dass ihre Wangen erröteten. Es war nun bereits zwei ganze Tage her, dass er sie von ihrem Teil der Abmachung entbunden hatte, aber noch immer spürte sie die Wirkungen seines Verlangens in ihrem ganzen Körper.

Jedenfalls zog sie es vor, ihn für den Schmerz verantwortlich zu machen. In Wahrheit waren die Nächte ebenso schlimm wie die Tage. Ganz gleich, ob er fort war, ganz gleich, ob sie sich alle Mühe gab, die Gedanken an ihn zu verdrängen, bevor sie einschlief, sie erwachte jeden Morgen mit dem Gefühl, er sei bei ihr gewesen – mit der Erinnerung, seinen Körper auf ihrem zu spüren. Wenn sein Freund nicht Nacht für Nacht vor ihrem Unterschlupf wachte, hätte sie sich gefragt, ob Steinarr sich zurückschlich und sich zu ihr legte, ohne sie zu wecken. Schlimmer noch, jedes Mal wenn sie daran denken musste, solange es hell war, wenn sie an ihn denken musste, daran, was sie getan hatten und was sie in ihren Träumen wieder taten, geriet ihr Blut in Wallung. Welch ein Glück, dass er ihre Gefühle nicht in der gleichen Weise spüren konnte wie sie seine – andernfalls wäre sie verloren.

»Und was ist mit Sir Torvald?«, fragte sie, um seine Aufmerksamkeit – und damit gleichermaßen auch ihre – auf ein anderes Thema zu lenken. »Warum reitet er nicht mit uns?«

»Er reitet lieber allein.«

Sie hielt ihre Hände dicht über das Feuer. »Hat er ein Gelübde abgelegt?«

»Torvald?« Steinarrs belustigter Ton verriet, dass er den Gedanken für vollkommen irrwitzig hielt. »Wie kommst du denn darauf?«

»Weil er sich immer zurückzieht. Er hält sich stets abseits, so dass wir abends kaum ein paar Worte miteinander wechseln, selbst wenn wir nur einen Meter voneinander entfernt sitzen. Ich dachte, er sei vielleicht ein Ordensritter, so wie die Templer.«

»Nein. Er bleibt lediglich lieber für sich, klug wie er ist«, sagte Steinarr. »Hast du heute Morgen großen Hunger?«

»Nicht sehr großen. Das reicht schon.« Sie nahm sich ihre Scheibe Brot und knabberte daran herum, während er drei weitere Scheiben für sich selbst von dem großen dunklen Laib abschnitt. »Woher weiß Sir Torvald überhaupt jeden Abend, wo wir zu finden sind?«

»Dafür hat er ein besonderes Talent. Warum hast du heute so viele Fragen?«

»Die habe ich schon die ganze Zeit, Mylord, ich habe nur abgewartet, ob sich etwas verändert. Da es jedoch nicht den Anschein hat, frage ich, um meine Neugierde zu befriedigen.« Sie sah zu, wie er sein Brot verschlang und es mit einem

Schluck Ale hinunterspülte. »Ihr beiden Männer seid vollkommen verschieden, sogar, was Eure Art zu essen betrifft.«
»Inwiefern?«
»Er lässt sich Zeit. Ihr stürzt Euch auf Euer Essen, als hättet Ihr seit Monaten keine anständige Mahlzeit mehr gehabt und müsstet fürchten, dass sie Euch entwischt.«
Sämtliche Anzeichen von guter Laune verschwanden. Steinarr erhob sich und klopfte sich die Krümel von der Kleidung. »Erledige alles, was du noch tun musst, damit du reisefertig bist. Ich möchte in Sudwell sein, bevor die Glocken zum Mittagsgebet läuten.«
Matilda sah ihm hinterher, befremdet von seinem plötzlichen Stimmungswandel. Es waren derart merkwürdige Dinge, die ihm die Laune verderben konnten. Robin und Guy, das konnte sie verstehen. Sein Zorn gegen Robin war die pure Eifersucht gewesen, entsprungen aus seinem Verlangen und dem Irrglauben, Robin wäre ihr Geliebter. Und dass er Guys Verrat verachtete, war selbstverständlich. Aber warum hatte ihn ihre Bemerkung über seine Essgewohnheiten derart aufgeregt? Und warum hatten ihn Sir Aris scherzhafte Komplimente so in Rage versetzt? Kopfschüttelnd stand sie auf und traf ihre Vorbereitungen.
Wie sich zeigen sollte, waren sie noch vor dem Mittagsgebet in Sudwell. Es hatte nicht einmal zum Vormittagsgebet geläutet, als sie die Straße in Richtung Süden erreichten und Marian wenig später, als die hohen, spitzen Türme des Münsters sich hinter den Bäumen erhoben, ausrief: »So nah, und Ihr habt mich im Wald übernachten lassen? Warum sind wir nicht einfach bis hierhergeritten? Hier hätten wir möglicherweise anständige Betten gefunden.«
»Dann hätten wir im Dunkeln reiten müssen. Außerdem kann ich hinter Wänden nicht gut schlafen.«

»*Ich* kann auf dem nackten Boden nicht gut schlafen.«
»In den Wäldern ist es sicherer.«
»So sicher, dass ein Ritter mich vor Wölfen beschützen muss«, entgegnete sie.
»Wölfe werden Gisburne wenigstens nicht die Nachricht von einem hübschen Mädchen mit Haar von der Farbe gesponnenen Goldes und einem Mund wie reife Erdbeeren zukommen lassen. Und sie tratschen auch nicht über eine Dienerin, die ihren Ritter tadelt, als wäre sie eine Edelfrau.«
»Ich habe Euch nicht getadelt.«
»Das tust du doch gerade.«
»Oh. Nun, im Beisein von anderen würde ich meine Zunge hüten.«
»Trotzdem werden wir uns möglichst fern von anderen Menschen halten, zur Sicherheit meiner Lady.«
»Und wenn Eure Lady Euch etwas anderes aufträgt?«
»Das wird sie nicht«, sagte er bestimmt.
Sie beugte sich vor, um ihn von der Seite anzusehen. Er schien nicht unbedingt wütend, aber er lächelte auch nicht.
»Nein, das wird sie vermutlich nicht. Verzeiht, Mylord. Ich sollte Euch nicht herausfordern.«
»Das ist nun einmal deine Art«, sagte er und verzog dabei tatsächlich ein wenig die Lippen. »Du hast mich herausgefordert, seit du aus dem Adlerfarn aufgetaucht bist.«
»Ich habe nur ...« Sie unterbrach sich. »Möglicherweise habe ich das. Aber ich hatte Grund genug dazu.«
»Zweifellos. Nicht so laut, während wir an den Leuten dort vorbeireiten.« Er wies mit dem Kopf auf einen vornehmen Wagen, der genau vor ihnen herfuhr, eskortiert von zahlreichen Reitern. Matilda reckte den Kopf, um Steinarr über die Schulter zu sehen und einen Blick auf die Reiter zu werfen. Ihr Herz begann zu rasen, als sie die rot-grüne Kleidung sah.

»Ich kenne diese Familienfarben, Mylord. »Es sind die von ...«
Plötzlich stellte sie fest, dass sie dem unglaublich fetten alten Mann in die Augen sah, der unter einem gegen die Fahrtrichtung ausgerichteten Baldachin des Wagens saß. Ein Anflug des Selbsterhaltungstriebs, den ihr Vater ihr eingeprügelt hatte, sorgte dafür, dass sie sich hinter Steinarrs Rücken duckte und zwischen den Zähnen hervorstieß: »Lord Baldwin. Reitet schnell vorbei, *Monsire!*«
»Was? Warum?«
»Er kennt mich. Macht schnell!«, drängte sie und hörte im gleichen Moment Baldwin brüllen: *»Monsire, halt!«*
O Gott, zu spät. Und schon ertönte das Echo eines der zahlreichen Begleiter: *»Monsire,* Mylord wünscht ein Wort mit Euch und Eurer Lady zu wechseln.«
»Huste!«, befahl Steinarr mit gesenkter Stimme. Dann sagte er lauter: »Wie Ihr wollt, Mylord, aber ich muss Euch darauf hinweisen, dass die Dienerin, die ich zu meiner Lady bringen soll, an Lungenfieber leidet.«
Als er das sagte, verstand Matilda. Wie befohlen, begann sie zu husten, krampfhaft und gequält, und zog anschließend rasselnd den Atem ein. Ihr Hustenanfall sorgte nicht nur dafür, dass Baldwins Ritter jäh sein Pferd zügelte, sondern bot darüber hinaus auch eine willkommene Entschuldigung, sich den Schleier vor das Gesicht zu ziehen, als wollte sie ihren Mund bedecken. Keuchend und schaudernd wagte sie einen Blick über Steinarrs Schulter.
»Die Dienerin Eurer Lady? Ich dachte schon ...«, begann Baldwin. Er unterbrach sich und sah sie angewidert an. »Pah, was soll's. Sicher wäre Matilda nicht in Begleitung nur eines einzigen Ritters unterwegs. Haltet diese vergiftete Kreatur bloß weit fern. Mir ist ganz und gar nicht danach, mich anzustecken.«

»Sehr klug, Mylord. Ich würde sie ja am Straßenrand liegen und in Frieden sterben lassen, aber damit wäre mir der Zorn meiner Lady gewiss.« Steinarr richtete den Blick wieder auf die Straße. »Eine gute Reise noch. Wisst Ihr, ob es in der Stadt dort ein Frauenkloster gibt, das die Maid aufnehmen könnte?«

Baldwins Antwort wurde übertönt von einem weiteren Hustenanfall, den Matilda sich abrang, bis sie an dem Wagen vorbei waren und den Zug hinter sich ließen.

»Das reicht«, sagte Steinarr lachend.

»Ich kann nicht mehr aufhören. Ein wenig Ale, Mylord! Mein Hals ist ganz rauh.«

»Kann ich mir denken.« Er beugte sich zu dem Packpferd hinüber, löste den Aleschlauch und reichte ihn ihr, während sie noch ein paarmal hustete. »Ich dachte schon, du würdest dir die Lunge aus dem Leib husten.«

»Das dachte Baldwin hoffentlich auch.« Sie trank einen Schluck Ale und räusperte sich noch einmal. »Er hat Angst vor Fieber, besonders vor Lungenfieber. Woher wusstet Ihr das?«

»Alle alten Männer haben Angst vor Lungenfieber, die fetten noch mehr als die anderen. Also, wer ist er? Ein Freund deines Vaters?«

»Aye.« Sie nahm einen weiteren Schluck und wollte den Schlauch wieder verschließen. »Darüber hinaus der Mann, den ich heiraten soll.«

»Diesen alten *hrosshvalr?*«

Sein Ausbruch durchfuhr sie wie ein Blitz. Voller Schreck wich Matilda zurück und ließ beinahe den Aleschlauch fallen. Ale lief über ihr Bein, so dass sie vom Knie bis zum Fuß durchnässt war.

»*Den* sollst du heiraten?«, fragte er noch einmal, ohne das verschüttete Ale und ihren Schrecken zu bemerken. »Wie? Warum? Was hat sich dein Vater dabei gedacht, dich diesem, diesem ...« Ihm fehlten die Worte, und so wiederholte er, »diesem *hrosshvalr* zu versprechen?«

Abermals wich sie vor ihm zurück und kniff die Augen zu, was ihr half, sich so weit zusammenzureißen, dass sie sagen konnte: »Dieses Wort kenne ich nicht.«

»*Hrosshvalr*, ein, äh, ein Walross. Ein riesiger Seehund, der auf dem Eis des Nordmeers hockt.«

Ihr den Begriff zu erklären, hatte ihn von seinem Zorn abgelenkt, so dass Matilda ihr Gleichgewicht wiederfand. Zögernd öffnete sie die Augen. »Ich habe Geschichten von solchen Tieren gehört. Und ich habe Seehunde in der Themse gesehen.«

»Ein Walross ist wesentlich größer. Etwa um eine halbe Länge, und es hat lange spitze Zähne, die nach unten zeigen.« Er hielt die Hände eine Fußlänge auseinander. »Ungefähr so. Es hat braunes Fell, das aussieht wie altes Leder, dicker als mein Daumen. Wie konnte dein Vater dich einem *solchen* versprechen?«

Allerdings, wie konnte er? »Er wählte die Partie, die er für die beste hielt«, sagte sie leise, noch immer bemüht, sich gegen seine Gefühle abzuschirmen. »Guy wird das vermutlich bestätigen.« Das hoffte sie zumindest, denn die Alternative wäre noch schlimmer. »Aber Robin würde mich davon freisprechen.«

»Kein Wunder, dass du lieber ihn als neuen Lord sehen möchtest.«

Es gab weitaus mehr Gründe als das, um sich zu wünschen, dass Robin der Herr wurde, aber Matilda biss sich auf die Zunge und nickte bloß. Dann wagte sie, sich umzudrehen und nach Baldwin und seiner leuchtend rot-grünen Eskorte zu sehen, die sie hinter sich gelassen hatten. »Zweifellos hat Baldwin vom Tod meines Vaters erfahren und will nun Anspruch auf mich erheben. Aber warum reist er dafür nach Sudwell? Das liegt gar nicht auf dem Weg.«

»Gisburne hat ihm sicher die Nachricht zukommen lassen, dass du nach Nottingham gebracht werden sollst. Aber das wird ihm nichts nutzen.« Steinarr gab dem Hengst die Sporen, und bald hatten sie den Außenbezirk von Sudwell erreicht. Doch anstatt in die Stadt zu reiten, schwenkte Steinarr nach rechts, um sie zu umrunden.

»Reiten wir trotzdem nach Sudwell hinein?«

»Die Straße von Nottingham führt aus südwestlicher Richtung in die Stadt. Diesen Weg werden wir nehmen und sehen, ob wir irgendetwas von dem Rätsel deines Vaters finden.«

»Ah, ich dachte, wir würden vielleicht abwarten. Wenn wir Baldwin begegnen und er sieht, dass die Dienerin deiner Lady auf wundersame Weise genesen ist, findet sie sich möglicherweise noch vor Anbruch der Dunkelheit verheiratet wieder.« Sie gab sich Mühe, ihre Worte leichthin klingen zu lassen, aber etwas in ihrer Stimme musste sie verraten haben, denn Steinarr tätschelte beruhigend ihre Hände, die noch immer um seine Taille lagen.

»Ich werde dich beschützen«, versicherte er ihr. Er ließ seine Hand auf ihren Händen ruhen, und zum ersten Mal hatte seine Berührung etwas Tröstendes und nicht ausschließlich Lustvolles.

Kurz darauf, als sie das südwestliche Stadttor erreichten, rief er dem Wächter zu: »Du da, ich brauche einen Platz, wo ich zwei Pferde einen halben Tag lang stehen lassen kann.«

»John der Fleischer hat einen Pferch, Mylord. Zwei Straßen

weiter unter dem Schild mit dem Bullen und dem Messer.«
Der Mann wies in die entsprechende Richtung. »Sagt ihm, Tom atte Well hat Euch geschickt.«
Steinarr bedankte sich mit einem Kopfnicken, und bald darauf standen die Pferde sicher im Pferch des Fleischers. »Warte hier. Ich habe eine Idee in Bezug auf unser Problem mit Baldwin.«
Er verschwand im Haus des Fleischers und kam wenig später zurück, mit einem roten Kittel voller Fettflecken und einem schwarzen Kapuzenumhang, der beinahe ebenso schlimm aussah. »Damit solltest du dich einigermaßen verkleiden können. Zieh das an.«
Zweifelnd beäugte Matilda die Kleidung. »Mylord ...«
»Das Zeug lag in einer Truhe, und es riecht nach Wermut und Kampfer. Ganz gleich, welches Ungeziefer sich dort eingenistet hatte, es ist mit Sicherheit tot.«
Schaudernd und mit spitzen Fingern nahm Matilda die Kleidung entgegen. »Ich kann das nicht.«
»Dann musst du hierbleiben und darauf hoffen, dass ich dem Gedankengang deines Vaters folgen kann, denn das ist die einzige Möglichkeit, abgesehen von den Sachen hier oder Baldwin.«
Sie sah sich auf dem Hof des Fleischers um, der gepflegt schien, aber nach sich zersetzendem Fleisch und gegerbten Tierhäuten stank. Sie waren zwar erst angekommen, aber von dem Geruch war ihr schon übel. Hier wollte sie nicht bleiben, während er auf die Suche ging. »Ich werde Eure Hilfe brauchen, Mylord.«
»Hier herüber.« Sie verschwanden hinter dem Arbeitsschuppen, und sie legte ihren Pilgerbeutel und ihren Umhang ab. Als Steinarr ihr half, den roten Kittel über den Kopf zu ziehen, überlagerte der durchdringende Geruch der Motten-

kräuter den Gestank der Fleischerei, so dass ihre Nase sich für einen Augenblick erholen konnte. Dennoch ...
»Zu groß«, beklagte sie sich. Die engen Ärmel hingen ihr bis zu den Knien, und sie schlug damit um sich wie ein Vogel mit gebrochenen Flügeln, während Steinarr sie prüfend musterte.
»Zu groß, aber trotzdem zu kurz«, sagte er. »Der Saum deines braunen Gewands schaut heraus. Kannst du es irgendwie hochziehen?«
»Ich glaube ja.« Sie zog ihre Arme hoch, was in dem zu weiten roten Kittel recht einfach war, raffte ihr Oberkleid zusammen und steckte den Saum rundum in ihren Gürtel, so dass lediglich der Saum ihres schlichten wollenen Unterkleids herausschaute. Steinarr schüttelte den schwarzen Umhang aus und legte ihn ihr über die Schultern. »Schieb auch die Ärmel hoch.«
Matilda tat, wie geheißen. Als sie fertig war, ging Steinarr einen Schritt zurück, um sie abermals prüfend zu betrachten. Seine Mundwinkel zuckten, als er sich das Lächeln verkneifen musste.
»Was ist?«, fragte sie, während sie sich den Riemen ihres Beutels über den Kopf zog.
»Du siehst aus wie die Frau eines Metzgers, die zu viel Speck auf den Hüften hat«, sagte er. »Nein, so ist es genau richtig«, fügte er hinzu, als sie etwas entgegnen wollte. »Baldwin wird keinen weiteren Blick an dich verschwenden. Achte darauf, dass dein Haar bedeckt ist, und zieh dir die Kapuze möglichst tief ins Gesicht. Komm!«
Der Fleischer stand am Hoftor, und Steinarr gab ihm einen halben Penny, bevor sie sich auf den Weg machten. »Gib den beiden Pferden Wasser und ein wenig Heu. Die andere Hälfte bekommst du, wenn wir zurück sind, und einen

Viertelpenny zusätzlich dafür, dass wir uns deine Kleidung geliehen haben.«

»Aye, Mylord.« Der Mann riss die Augen auf, als er Matilda in seinem viel zu großen Kittel sah, doch er war ein kluger Mann und hielt den Mund.

Sie gingen zurück zum Stadttor und von dort aus die breite Straße zum Münster hinauf. Sudwell war ein Wallfahrtsort, und so fanden sich zwischen den üblichen Läden und Ständen auch solche, die allerlei Pilgerandenken der heiligen Eadburh anboten – von hauchdünnen Fläschchen mit einer Flüssigkeit, von der es hieß, es seien die Tränen, die von ihrem Bildwerk vergossen wurden, bis hin zu einfachen Pergamentzetteln mit Fürbitten.

»Wie sollen wir unter all dem etwas finden?«, fragte Matilda. »Und wenn wir etwas finden, wie sollen wir daran kommen, ohne dass es jemand bemerkt? Das hier ist kein Dorf, wo alle auf den Feldern sind.«

»Vielleicht brauchen wir ja dieses Mal keine Kirche zu plündern«, sagte Steinarr. »Halt die Augen offen. Dein Vater hat seine Rätsel klug gestaltet. Denk daran: Vogel, Hand, schwarzer Stein und möglicherweise ein Bischof bei einem Gate.«

»Und möglicherweise das Pilgerabzeichen, wobei das, glaube ich, nur dazu gedacht war, uns hierherzulocken.«

Den Vogel fanden sie zuerst, an einem Stand, wo Tüchlein angeboten wurden, von denen der Händler behauptete, sie seien vom Erzbischof von York persönlich gesegnet worden. Zwischen Tüchlein, die mit einem Kreuz und dem Namen der heiligen Eadburh bestickt waren, lagen einige, die zu dem Stück passten, das sich in dem kleinen Lederbeutel befand. Matilda nahm eines davon von einem Stapel und hielt es hoch. »Mylord, seht!«

Steinarr nahm das Tüchlein in die Hand und winkte den alten Mann herbei. »Was für ein Vogel ist das?«
»Es soll einen Bluthänfling darstellen, Mylord. Meine Frau stickt nun schon seit fast zwanzig Jahren solche Vögel. Möchtet Ihr oder möchte Eure Lady gern ein Tüchlein? Es wird vom Erzbischof selbst gesegnet, jedes Jahr zu Pfingsten während der Prozession. Es wird all Eure Leiden heilen, indem Ihr es einfach auf die Haut legt und ein Gebet sprecht.«
Steinarr schnaubte verächtlich und wollte weitergehen, aber Matilda blieb noch stehen. »Ich glaube, so einen Vogel habe ich schon einmal gesehen. Kann es sein, dass er irgendwo im Münster eingemeißelt oder aufgemalt ist?«
»Nicht in der Kirche. Daneben«, sagte der Mann. »Meine Frau hat das Motiv von der Statue des alten Erzbischofs, die auf dem Friedhof steht. Vögel wie dieser umgeben seine Füße und picken etwas vom Boden auf.«
»Ah, natürlich. Deshalb kam mir das Motiv bekannt vor«, sagte Matilda, als hätte der Mann etwas bestätigt, woran sie sich erinnerte. Sie setzte die unterwürfige Miene einer Dienerin auf und sah Steinarr an. »Bitte, Mylord, darf ich mir das noch einmal ansehen? Ich würde gern für die Schwester meines Cousins beten. Sie liebt Finkenvögel.«
Steinarr hüstelte, um nicht in Lachen auszubrechen. »Ich glaube, ein paar Minuten für ein Gebet lassen sich einrichten. Komm mit!«
Sie ließ das Tüchlein auf den Stapel fallen, bedankte sich mit einem knappen Kopfnicken bei dem alten Mann und ging hinter Steinarr her, so wie eine Dienerin es tun würde. Eigentlich gar keine schlechte Sache: Bei seiner Größe und mit seinen breiten Schultern bahnte er einen Weg durch die Menge, so dass sie leicht folgen konnte, ebenso wie sich sein hochgewachsenes Pferd vor Tagen einen Weg durch das

Unterholz gebahnt hatte, so dass die kleine Stute mühelos hatte folgen können. Matilda brauchte nichts weiter zu tun, als dicht hinter ihm zu bleiben und Ausschau nach den anderen Zeichen ihres Hinweises zu halten.

Als sie den großen Platz in der Mitte der Stadt erreichten, blieb Steinarr wie angewurzelt stehen und starrte mit offenem Mund über die Wiese hinweg auf das riesige Münster, das vor ihnen stand. Matilda konnte sein ehrfürchtiges Staunen verstehen. Insgesamt erstreckten sich Chor und Kirchenschiff über mindestens hundert Schritte, und die beiden quadratischen Türme mit ihren silbrigen Turmhelmen ragten so hoch auf, wie sie es bei noch keiner anderen Kirche gesehen hatte, abgesehen von der Abteikirche in London.

»Habt Ihr sie zuvor noch nie gesehen, Mylord? Demnach, was Ihr sagtet, dachte ich, Ihr wärt schon einmal hier gewesen.«

»Ich bin einmal hier vorbeigekommen, aber ich war nie in der Stadt, um mir den Bau aus der Nähe anzusehen. Eine gewaltige Halle, selbst für eines von euren ... Selbst für eine Kirche«, brachte er den Satz zu Ende.

»Das Innere muss prachtvoll sein. Sollen wir es uns ansehen?«

Er zögerte, dann schüttelte er den Kopf. »Baldwin könnte dort sein, um zu beten. Ich möchte nicht, dass du dort drinnen trotz deiner Verkleidung erwischt wirst.«

»Aye, das wäre schlecht. Denn es wäre direkt ein Priester vor Ort, der uns sogleich verheiraten könnte.«

Sein Seufzer war kaum hörbar, aber sein Zorn erschütterte ihren Schädel wie ein Erdbeben. »Lass uns diesen Erzbischof und seine Finkenvögel suchen und sehen, was er uns zu sagen hat.«

Es war nicht sonderlich schwierig, die feingemeißelte Statue in der Ecke des Friedhofs neben dem Münster zu finden. Zu Matildas Überraschung sah sie ganz und gar nicht aus wie die Schachfigur, sondern wie das schlichte Abbild eines Geistlichen mit Mitra und Bischofsstab, skulpiert in einem alten Stil. Doch obwohl die Statue allmählich sichtbare Spuren ihres Alters zeigte, waren die anmutigen Finken zu Füßen des Bischofs deutlich skulpiert.
Nachdem eine Gruppe Pilger zur Seite gegangen war, entdeckte Steinarr sogleich den Finken, der auf ihrem Tüchlein dargestellt war. Verwundert legte er die Stirn in Falten. »Da ist ein Pfeil eingeritzt.«
»Merkwürdig.« Matilda ging mehrmals um die Statue herum, auf der Suche nach weiteren Hinweisen. Ein schwarzer Grabstein ganz in der Nähe stach ihr plötzlich ins Auge, und sie lief hinüber. »Eine Ecke ist abgebrochen, Mylord.«
Steinarr ging zu ihr, als sie den schwarzen Splitter aus dem Beutel fischte und an die Bruchstelle hielt, eines Steins zum Gedenken an eine Frau mit Namen Petronilla.
»Das ist der Name von Robins Mutter«, rief Matilda.
»Ich dachte, sie war aus Kent.«
»Das war sie auch. Ist sie noch. Sie kann hier nicht begraben sein, sie lebt nämlich noch. Aber es ist derselbe Name.«
»Und hier ist noch ein Pfeil.« Steinarr zeigte auf ein paar feine Linien, die Matilda zunächst für Kratzer gehalten hatte. Aber nun sah sie, dass sie in Verbindung mit ähnlichen Linien auf dem Grabstein einen Pfeil und Bogen darstellten.
»Und nun die Hand.«
Was länger dauern sollte. Sie gingen an den Grabsteinen und Grabmälern entlang und suchten nach einer Abbildung oder einer Statue. Matilda war es schließlich, der eine kleine Nische auffiel, die in eine Mauer hineingehauen war, halb

verborgen hinter Gebüsch. Darin befand sich die Statue einer Edelfrau, die die Arme ausstreckte und eine ihrer behandschuhten Hände genauso hielt wie die geschnitzte, abgesehen davon, dass sie Pfeil und Bogen hielt.

»Drei Pfeile. Das hat ganz sicher etwas zu bedeuten. Vielleicht ...« Steinarr ging einen Schritt zurück und folgte mit den Augen dem Pfeil der Edelfrau. »Sieh nach, in welche Richtung der Pfeil auf dem Grabstein zeigt.«

Matilda tat sofort wie geheißen. »Seine Flugbahn kreuzt die Bahn des Pfeils der Lady, Mylord.«

Steinarr streckte den Arm aus und visierte die Finken zu Füßen des Erzbischofs an. Er ging rückwärts bis zu der Stelle, wo die drei Flugbahnen zusammenliefen. »Sie treffen sich genau ... hier.«

Hier war ein weiterer Grabstein, der Gedenkstein eines reichen Mannes, fast schulterhoch und kunstvoll behauen mit Blättern und Ranken. Matilda stellte sich neben Steinarr und las den Namen darauf vor.

»Robert fitz Walter!« Verblüfft beugte sie sich hinunter und fuhr mit dem Finger die nächsten Worte nach. »Anno Domini MCXCVII. Im Jahr des Herrn ... Tausendeinhundertzehn und ... nein, neunzig und sieben. Glaube ich. Ich konnte nie gut Ziffern lesen.«

»Einer deiner Vorfahren?«

»Wenn ja, einer, der genauso hieß wie Robin. Sehr seltsam. Ich wüsste gern, ob Vater Rob das Grab gezeigt hat, als sie hier waren.« Und wenn ja, ob er es mit väterlichem Stolz tat, oder lediglich, um Robert daran zu erinnern, dass er nie ein richtiger Fitzwalter sein würde, selbst wenn er den gleichen Namen trug wie einer seiner Vorfahren. »Ich hab's. Eine Dame – meine Mutter. Ein Bischof, der Vater nicht erlaubte, die Ehe aufzulösen, weil er keinen Sohn bekam. Und Petro-

nilla, Vaters Geliebte. Sie alle zeigen auf diesen Robert. Das muss es sein.«
»Sehr gut, Marian.« Steinarr fuhr mit den Händen über den Grabstein und suchte. »Übrig ist jetzt nur noch der kleine Schlüssel. Es muss etwas geben, was man mit ihm öffnen kann.«
Matilda folgte Steinarr auf die Rückseite des Grabsteins, in die ein uriger Ritter mit Kettenhemd und Topfhelm eingemeißelt war. Sie deutete einen Knicks an. »Guten Tag, Sir Robert. Möglicherweise seid Ihr der Großvater meines Großvaters.«
Noch immer suchend, hockte Steinarr vor einer Ecke des Grabsteins. »Sieht uns jemand?«
Matilda sah sich um. »Nein, nicht dass ich ...« Lautes Hallen zu ihren Füßen ließ sie zusammenfahren. Sie sah hinunter und Steinarr, das riesige Messer in der Hand, hämmern. »Was macht Ihr da?«
»Pst! Sieh woandershin. Sonst ziehst du die Aufmerksamkeit auf uns.«
Sie beugte sich zu ihm hinunter und sagte in eindringlichem Ton: »Ihr könnt doch nicht ein Grab schän...«
Ein weiterer lauter Schlag, und die Ecke des Steins sprang ab und brachte eine Fuge zum Vorschein. Rasch fuhr Steinarr mit der Spitze seines Messers die Ritze entlang, lockerte die Steinplatte und griff mit einer Hand in die Lücke. »Ich glaube, du wirst feststellen, dass dein Schlüssel hier ...«
»Ihr da! Was macht Ihr dort?«
Matilda hob den Kopf und sah, dass ein Priester über den Friedhof auf sie zulief, mit unheilvoll drohendem Blick. Sie trat hinter dem Grabstein hervor und stellte sich ihm in den Weg, während sie hinter sich etwas poltern hörte.
»Guten Morgen, Vater.« Sie machte einen Knicks und streckte

die Hand aus in der Hoffnung, der Priester würde stehen bleiben und sie begrüßen, doch er stürmte an ihr vorbei.
»Was tust du da, du ... oh, Mylord.«
Steinarr kniete vor dem Stein, mit andächtig gefalteten Händen und geschlossenen Augen. Das Messer steckte wieder in der Scheide, der Grabstein schien unbeschädigt, und absolut nichts wies darauf hin, dass Steinarr etwas anderes tat, als zu beten. Er öffnete ein Auge. »Stimmt etwas nicht, Vater?«
»Ich, ähm, nein, Mylord. Das heißt, mir war, als hätte ich die Schläge eines Hammers gehört, und ich dachte, sie kämen von hier.«
»*Sehe* ich aus wie ein Zimmermann?«, fragte Steinarr mit genau dem Maß an Geringschätzung, das er sich gegenüber Rangniederen vorbehielt.
Der Priester errötete. »Selbstverständlich nicht, Mylord. Ist dieser Robert fitz Walter ein Vorfahr von Euch?«
»Das hat man mir gesagt. Und nun wollt Ihr mich doch sicher mein Gebet zu Ende sprechen lassen.«
»Ja, natürlich, Mylord. Verzeiht. Ihr ebenfalls, junge Dame.«
»Ich bin keine Lady, Vater. Lediglich die Dienerin seiner Lady.« Matilda ging neben dem Priester her, um ihn abzulenken und Steinarr die Gelegenheit zu geben zu tun, was immer er tun musste. »Er bringt mich zu Mylady nach Newark, wo ich meinen Dienst verrichten werde, aber er ist ein sehr frommer Mann, und deshalb machen wir an jeder Kirche halt. Ich glaube, er hat Vorfahren auf sämtlichen Friedhöfen Englands liegen.«
»Die Fitzwalters sind eine mächtige Familie. Der derzeitige Lord, David, war Sudwell in inniger Freundschaft verbunden. Wie ist denn dieser Ritter mit ihm verwandt?«
Die Nachricht von Vaters Tod war also noch nicht bis nach

Sudwell vorgedrungen. Gut so. Denn das hieß auch, dass Guy noch nicht hier gewesen war. Matildas Lächeln wurde aufrichtiger.
»Ich glaube, er sagte, seine Mutter sei eine entfernte Cousine. Verzeiht, Vater. Das Hämmern, das Ihr hörtet, kam von meinem Messer. Ich zog es hervor, um einen Faden von meinem Ärmelsaum abzuschneiden, und ließ es fallen. Es fiel auf den Stein, und dann stieß ich dagegen, als ich es aufheben wollte.« Sie klopfte entschuldigend auf die Klinge an ihrem Gürtel. »Leider verursachte es ein recht lautes Geräusch, aber es wurde nichts beschädigt.«
Der verkniffene Gesichtsausdruck des Priesters entspannte sich. »Ah. Gut zu wissen. Vor zwei Jahren hatten wir nämlich ein wenig Ärger mit diesem Grab. Irgendeine verdorbene Seele beschädigte den Boden, offenbar um ihn aufzuwerfen, und als ich euch dort sah ... Sei so gut, und bitte deinen Ritter in meinem Namen um Entschuldigung.«
»Gern, Vater. Ich werde es ihm erklären. Nun muss ich aber gehen. Er wird weiterreiten wollen, sobald er sein Gebet beendet hat.«
»Möchte er nicht in die Kirche kommen, um dort ebenfalls zu beten?«
»Ich weiß nicht. Mylady erwartet uns, und bei all seinen Gebeten hat er ohnehin bereits zu lange gebraucht, um mich zu ihr zu bringen. Verzeiht, Vater, aber ich glaube, nun ist er fertig.« Sie deutete einen Knicks an und entfernte sich.
Steinarr war aufgestanden, schritt davon und schnippte gebieterisch mit den Fingern. Matilda lief hinter ihm her und wagte nicht, einen weiteren Blick auf Lord Roberts Grab zu werfen, vor lauter Angst, der Priester könne sie beobachten.
Vor zwei Jahren. Vor zwei Jahren war Vater bei König Edward gewesen. Offenbar hatten die beiden sich in der Zeit

diese verfluchte Prüfung einfallen lassen und alles Nötige dafür arrangiert.

Sie überquerten den Friedhof und gingen die Straße entlang. Erst als sie die Hälfte des Wegs zur Fleischerei zurückgelegt hatten, verlangsamte Steinarr seine Schritte, so dass sie ihn einholen konnte.

»Habt Ihr etwas gefunden?«, fragte sie aufgeregt. »Was ist es? Ich dachte schon, der Priester würde ...«

Plötzlich sah sie etwas Rotes und Grünes aufblitzen und sogleich wieder aus ihrem Blickfeld verschwinden, als Steinarr ihr die schwarze Kapuze über die Augen zog.

»Das *hrosshvalr* kommt genau auf uns zu.« Er packte sie am Ellbogen und führte sie zum nächsten Stand. »Warte hier, damit er uns nicht zusammen sieht. Und halt den Kopf gesenkt, damit er deinen Mund nicht sieht.«

Dann war er verschwunden – abgetaucht in der Menschenmenge mitten auf der Straße – und hatte sie vor dem Stand eines Handschuhmachers stehen lassen, dem ein Blick auf ihren Umhang reichte, um seine Ware neu zu sortieren. Er beugte sich über den Tisch und zog die feineren Handschuhe näher zu sich heran, in der eindeutigen Absicht, sie davon abzuhalten, etwas zu stehlen. Angesichts einer solchen Unterstellung funkelte Matilda ihn wütend an, aber ihr blieb nichts anderes übrig, als stehen zu bleiben und so zu tun, als untersuche sie die weniger guten Exemplare, die der Händler in ihrer Reichweite belassen hatte.

Hinter ihr riefen Baldwins Begleiter, man möge Platz machen, und schoben sich durch die Menschenmenge. Mit knirschenden Rädern näherte sich der Wagen. Nur noch einen Augenblick, dann wäre er an ihr vorbei, und sie konnte aufatmen.

Die knirschenden Räder verstummten. »Du da!«

Der Handschuhmacher sah auf. »Jawohl, Mylord?«
»Nicht du. Sie.«
Heilige Jungfrau Maria. Matilda musste sich auf die Tischkante stützen, um sich weiter aufrecht zu halten. Sie würde sich gegen ihn wehren, unaufhörlich. Niemals würde sie ihn heiraten. Sie spannte sämtliche Muskeln an, bereit, sich umzudrehen.
»Jawohl, Mylord?«, ertönte die Stimme der Frau von dem benachbarten Stand.
»Sind die mit Rindfleisch oder Hammel?«
Die Frau hielt eine dicke runde Pastete in die Höhe. »Lamm, Mylord, und die beste von ganz Sudwell. Möchtet Ihr eine?«
»Lass mich einen genaueren Blick darauf werfen. Womit hast du sie gewürzt?«
Matildas Finger krallten sich in das Holz, während ihr Herz einen Schlag aussetzte. *Essen. Baldwin und Essen, immer nur Essen.*
»Kauf etwas, oder geh weiter, Frau«, sagte der Handschuhmacher verdrießlich.
»Verzeiht«, murmelte Matilda mit derart gesenkter Stimme, dass sie beinahe klang wie die Wäscherin zu Hause. Sie musste gegen den Impuls ankämpfen davonzulaufen, denn sie wusste, dass Baldwin dies nicht entgehen würde. Sie schlenderte zum nächsten Stand, betrachtete einen Moment lang die Auslage, ging zum übernächsten Stand und wieder einen Stand weiter, bis sie eine Ecke fand, wo sie sich abseits der Straße in eine enge Gasse zwischen zwei Gebäuden verkriechen konnte.
Dort stand sie zitternd, voller Zorn auf Baldwin und seine unablässige Gefräßigkeit, auf ihren Vater, weil er sie mit einem solchen Mann verlobt hatte, und auf Steinarr, weil er

sie auf der Straße hier allein gelassen hatte, auch wenn sie verstand, warum – denn hätte Baldwin Steinarr erkannt, hätte er einen zweiten Blick auf die Frau an seiner Seite geworfen, ungeachtet der plötzlich breiteren Hüften. Aber wo steckte Steinarr jetzt? Sie presste sich mit dem Rücken gegen die Wand und wagte nicht, den Kopf mehr als eine Nasenlänge um die Ecke herauszustrecken, um nachzusehen, ob Baldwin weg war. Als dann auch noch ein Wagen mit ächzenden Rädern vorbeifuhr, zog sie sich hastig weiter in die Gasse zurück und hockte sich hinter ein leeres Weinfass.
Dort kauerte sie noch immer, umgeben vom essigsauren Geruch des Fasses, als sich Schritte näherten. Sie zog ihr Messer, bereit, sich zu verteidigen, wenn es sein musste.
»Marian? Verflucht noch mal, ich habe doch gesehen, dass du hierhergelaufen bist. Wo steckst du?«
Sie richtete sich auf und stand zitternd auf den Beinen. »Wo wart *Ihr?* Ich dachte schon … ich dachte …«
»Ich weiß. Ich auch.«
»Lammpastete«, sagte sie.
»Er hat drei Pasteten gekauft.«
»Ihr wart also ganz in der Nähe?«
»Niemals hätte ich zugelassen, dass er dich mitnimmt.«
Die bange Entschlossenheit seiner Worte trieb Matilda die Tränen in die Augen. Sie nickte, unfähig, etwas zu sagen.
»Er ist davongerollt, um sich vollzufressen. Ich bin noch eine Weile stehen geblieben und habe beobachtet, in welche Richtung er gefahren ist. Komm, meine stämmige Fleischersfrau. Lass uns diese Kleidung zurückbringen und zusehen, dass wir von hier wegkommen. Und dann«, er senkte die Stimme zu einem verschwörerischen Flüstern und streckte eine Hand aus, »zeige ich dir, was ich auf dem Friedhof gefunden habe.«

Seine Hand nehmen? Keine sichere Angelegenheit angesichts dessen, wie aufgewühlt sie ohnehin noch war. Doch nun, da die erste Aufregung sich gelegt hatte, entschied sie, dass sie durchaus einen starken Arm brauchte, der ihr Halt gab. Sie holte tief Luft und wappnete sich, bevor sie hinter dem Fass hervortrat. Dann legte sie ihre Hand in seine. Seine Finger schlossen sich um ihre, und die tiefempfundene Erleichterung, die diese einfache Geste mit sich brachte, ganz gleich, ob dieses Gefühl von ihr oder von ihm ausging, war ihr mehr als willkommen.
»Das wäre sehr schön, Mylord. Je weiter weg, desto besser.«

Steinarr ritt in Richtung Westen und brachte Marian in einen Wald der Grafschaft, in dem er sich auskannte, um sie so weit wie möglich von Baldwin wegzubringen. Der Gedanke daran, sie könne dieses *hrosshvalr* heiraten, müsse ihm zu Willen sein und in seinem Bett liegen, brachte ihn dazu, den Pferden alles abzuverlangen, und noch bevor die Hälfte des Nachmittag vergangen war, befanden sie sich so tief im Wald, dass er endlich das Gefühl hatte, sie sei in Sicherheit. Und offenbar hatte sie das gleiche Gefühl, denn je mehr er sich entspannte, desto mehr entspannte sich auch sie, so dass sie sich gegen Ende des Ritts an seinen Rücken lehnte und einen Seufzer ausstieß, der eher nach einem Gähnen klang.
»Du wirst müde.«
»Ein wenig«, räumte sie ein.
»Wir machen bald Rast. Ich kenne einen geeigneten Ort.«
»Wieder eine von Euren Höhlen oder Klausen?«
Angesichts ihres stichelnden Tons musste er lächeln und antwortete mit dem gleichen Unterton: »Besser. Ein Elfenhaus.«

»Wirklich?« Sie hob den Kopf. »Meine Amme erzählte mir immer Märchen von Elfen, bis Vater sie dabei erwischte. Er schickte sie fort, weil sie mir angeblich Flausen in den Kopf gesetzt hatte, und holte einen Geistlichen ins Haus, der mich stattdessen in Latein unterrichten sollte.«
»Was uns bei dieser Suche durchaus von Vorteil ist. Aber wie auch immer, Elfen sind ebenso wirklich wie du und ich«, versicherte er ihr.
»Und sie leben dort, wo Ihr mich hinbringt?«
»Ich habe sie noch nicht gesehen, aber mir scheint, es würde ihnen dort gefallen.«
»Gunnora sagte, sie lebten unter der Erde, in unterirdischen Gängen und tiefen Höhlen.«
»Nur die Elfen der Dunkelheit. Andere leben in den Wassern von Quellen und in den dunklen Teilen des Waldes. Wieder andere, die Elfen des Lichts, bewegen sich zwischen den Lichtungen des Waldes und den Wolken und mischen sich unter Männer und Frauen, verkleidet als die Schönsten der Schönen. Du könntest eine solche Elfe sein.«
»Ihr schmeichelt mir, Mylord. Und Ihr überrascht mich. Ich wusste gar nicht, dass Euch die Sprache eines Barden eigen ist.«
»Ist sie auch nicht. Das habe ich mir nur von Ari abgeschaut.«
»Ah, nun ja, ich bin ja auch keine Elfe, weder Licht- noch Dunkelelfe. Dafür kann ich dem Leben im Wald nicht genug abgewinnen. Mir ist es lieber, in einer Halle zu essen und in einem weichen Bett zu schlafen. Euch hingegen scheinen Bäume und Laub im Blut zu liegen. Gehört Ihr gar etwa selbst zu den Elfen?«
»Nun hast du mich doch noch durchschaut«, sagte er in verschwörerischem Ton. »Ich bin ein geächteter elfischer Forstwart.«

»Wusste ich's doch«, sagte sie, und ihr Lachen stieg ihm zu Kopf wie schwerer Wein. »Erzählt mir mehr von Euren Leuten, Mylord Elf, damit ich nicht immer daran denken muss.« Sie klopfte auf den Beutel an seinem Gürtel, worin sich das Stück befand, das er in Sudwell gefunden hatte.
»Du *bist* schon ungewöhnlich geduldig.«
»Nur weil mir nichts anderes übrigbleibt. Ich habe nämlich beschlossen, dass ich es mir erst ansehe, wenn wir die Stelle erreicht haben, wo wir unser Nachtlager aufschlagen werden, um keine Zeit zu verlieren. Aber Ihr spracht gerade über Elfen, *Monsire*. Stimmt es, dass sie ewig jung bleiben, so wie Gunnora gesagt hat?«
»Jung, hübsch und voller Magie, die sie leider einsetzen, um mit Menschen Unfug zu treiben. Da war einmal eine Hebamme, die von den Elfen geholt wurde, als ihre Königin ein Kind zur Welt brachte ...« Er erzählte das alte Märchen, das ihm einst seiner Mutter erzählt hatte und das er später auch von Ari gehört hatte, als sie alle gemeinsam am Feuer saßen. Und nun bediente er sich abermals der Sprache des *Skalden,* soweit er sich erinnerte zumindest, um Marian möglichst gut zu unterhalten.
Die letzte Meile war fast geschafft, und schließlich erkannte er den alten Weg wieder, der nicht viel mehr war als ein Wildwechsel. Er ritt ihn entlang, tiefer in den unberührten Wald hinein. Die Zeit reichte gerade noch, um das Märchen zu Ende zu erzählen, bevor sie die Lichtung erreichten, die auf merkwürdige Weise noch immer frei war, wohingegen die Bäume ringsherum höher und dichter geworden waren. »Und als sie bemerkten, dass sie den magischen Spiegel der Elfenkönigin gestohlen hatte, um sich selbst darin zu bewundern, schlugen sie ihr rechtes Auge mit Blindheit und ließen sie zurück, so dass sie ihr Leben in Armut fristen musste.«

»Ich frage mich, ob unserer Köchin nicht das Gleiche passiert ist«, sinnierte Marian. »Sie ist auch blind auf dem rechten Auge.«

»Vielleicht hat sie ja für die Elfen gekocht und das Essen versalzen. Da sind wir.« Steinarr schwang sich aus dem Sattel und half ihr abzusitzen.

»Zeigt es mir!« Ihre Geduld war am Ende, sobald sie ihre Füße auf den Boden setzte. Sie riss ihm das Kästchen aus der Hand, sobald er es hervorgeholt hatte, und fuhr mit den Fingerspitzen über die Zeichnung, die in das grün angelaufene Kupfer eingraviert war. »Ich kenne dieses Kästchen! Vater bewahrte seine besten Edelsteine und Ringe darin auf. Ihr habt noch gar nicht erzählt, wie Ihr darauf kamt, dass es dort unter dem Grabstein verborgen war.«

»In einer Ecke war ein kleiner Schlüssel eingeritzt. Mir fiel die Fuge auf, die an einer Stelle zugespachtelt war. Sieh nach, was darin ist.«

Sie kniete sich hin, noch an Ort und Stelle, zog den kleinen Lederbeutel aus ihrem Pilgerbeutel und fischte den kleinen Schlüssel heraus. Doch als sie ihn in das Schlüsselloch steckte, zögerte sie. Ihre Hand erstarrte, und ihre Lippen pressten sich aufeinander zu dieser verführerischen Linie. Einmal mehr wünschte Steinarr, er hätte nicht davon abgeschworen, sie zu küssen. Diese Lippen waren einfach zu verlockend ...

Während er sie beobachtete, zeigte sich ein Hauch von Röte auf ihren Wangen.

»Worauf wartest du?«, fragte er.

»Ihr habt diesen Teil des Rätsels gelöst und das Kästchen gefunden. Deshalb gebührt es Euch, es zu öffnen.«

»Das Rätsel ist doch gar nicht für mich.«

»Für mich auch nicht, und trotzdem sind wir dabei, es ge-

meinsam zu lösen.« Ihre Finger schlossen sich fester um den Schlüssel, drehten ihn aber noch immer nicht herum. »Ich muss immer wieder daran denken, was Ihr in Harworth gesagt habt, dass Vater entweder grausam oder ein Mistkerl war. Was, wenn das hier eine falsche Spur ist? Was, wenn Vater sie nur geschickt gelegt hat, um Robin ein letztes Mal zu demütigen?«
»Solange es Hinweise gibt, musst du davon ausgehen, dass er es ehrlich meinte.« Er hockte sich neben sie und schloss seine Hand um ihre Finger, um ihr Trost zu spenden und ihr Kraft zu geben – aber auch dankbar für eine Gelegenheit, sie zu berühren. »Es gibt nur eine Möglichkeit, es herauszufinden. Sollen wir es zusammen machen?«
Sie schloss einen Moment lang die Augen, dann nickte sie. Gemeinsam drehten sie den Schlüssel herum, und das Kästchen öffnete sich mit einem rostig klingenden Klicken. Widerstrebend ließ er ihre Hand los und hob den Deckel an.
»Noch ein Pergament.« Sie faltete es auseinander und überflog es hastig. »Auf Englisch. Es könnte also wieder ein Wortspiel sein.«
»Kannst du es lesen?«
»Aye, aber das wird eine Weile dauern. Ich bin besser in Französisch und Latein.«
Drei Sprachen. Sie – eine Frau – konnte drei Sprachen lesen, und er konnte gerade einmal die Runen seiner Muttersprache entziffern. Sie kam aus einer vollkommen anderen Welt, die neuer war als seine eigene, voller Bücher und Dinge, die man lernen konnte, eine Welt, wo die Halle eines einfachen Lords größer war als der Palast des alten Königs, und wo hochaufragende Kirchen selbst die gewaltigen Hallen von Asgard wie eine winzige Hütte erscheinen ließen. Ari hatte recht, obwohl er, Steinarr, es nicht hatte wahrhaben wollen:

Sie würde sich niemals mit einem Mann wie ihm abgeben. Der einzige Weg, der überhaupt zu ihr geführt hatte, hatte auf falschen Voraussetzungen beruht, und er war so dumm gewesen, alles daranzusetzen, dass sie ihn verachtete. Und sollte sie jemals herausfinden, was er wirklich war ...
»*Monsire?*« Sie sah auf, ihr Gesichtausdruck verriet Erschöpfung, vielleicht Traurigkeit.
»Lies dir durch, was dort steht«, sagte er. »Ich kümmere mich um die Pferde, und dann kannst du es mir vorlesen.«

KAPITEL 12

»Und?«
Matilda hielt das Pergament zwischen Daumen und Zeigefinger, beinahe so, wie sie zuvor den Fleischerkittel mit spitzen Fingern gehalten hatte, und las vor: »Um den Wert deines Blutes zu beweisen, werde wiedergeboren aus des Hexenmeisters Stein unter der Mittagssonne. ›Den Wert deines Blutes beweisen‹, schreibt er. Selbst damit erniedrigt er Robert.«
»Was soll das bedeuten?«, fragte Steinarr.
»Ich weiß es nicht.« Sie ließ das Pergament zurück in das Kästchen fallen, legte den Lederbeutel aus Harworth darauf und schlug verärgert den Deckel zu. »Ich kann nicht denken. Ich habe keine *Lust,* darüber nachzudenken.«
»Du bist müde. Komm, ich zeige dir dein Elfenhaus.«
Sie sah sich auf der blumenbedeckten Wiese um und schien erstaunt. »Ich dachte, das wäre es schon. Ihr sagtet doch, Elfen des Lichts leben auf Lichtungen im Wald.«
»Sie bewegen sich dort, sagte ich. Ihre Häuser stehen im Verborgenen, so wie es sich für magische Orte gehört.«
»Das einzig Magische, was ich mir für heute Nacht wünsche, ist ein weiches Bett.«
»Dann komm mit. Vielleicht kann ich damit teilweise wiedergutmachen, wie ich dich behandelt habe.« Er führte sie zu einer sonderbar anmutenden Eiche und schob einen tief-

hängenden Ast beiseite. »Lady Matilda, auch bekannt als Marian, Dienerin meiner Lady, willkommen im Elfenwald. Geh hinein.«

Sie duckte sich unter dem Ast hindurch und sah plötzlich in das Innere des Baums. Genauer gesagt war es nicht ein Baum, es waren mehrere – mindestens zwanzig, schätzte sie – deren Stämme zusammengewachsen waren und einen schattigen hohen Raum von gut neun Fuß Breite bildeten. Sie schlüpfte durch die Lücke zwischen den Stämmen, und die Außenwelt verschwand. Alle Geräusche klangen gedämpft durch die umstehenden Bäume und den Behang aus Moos, dessen grüne Polster die Wände bedeckten. Über ihr zwitscherten Vögel, und vollkommen verzaubert stellte sie sich in die Mitte, um zu beobachten, wie sie hoch oben durch den Raum glitten, im Licht der Nachmittagssonne, deren Strahlen durch die hohen Äste hindurchschienen. Es war wie unter der Kuppel einer Kirche, die voller kleiner vergoldeter Engel war, und sie drehte sich langsam einmal um die eigene Achse und nahm all das in sich auf. Sie stand auf einem Moosteppich, dick und weich wie der prächtigste wollene Teppich. Es war weniger ein Elfenhaus, sondern vielmehr eine Liebeslaube.

Er hatte sie zu einer Liebeslaube gebracht.

»Gut. Es sieht noch weitgehend so aus, wie ich es in Erinnerung hatte.«

Sie drehte sich um und sah, dass Steinarr in der Lücke zwischen den Bäumen stand und den einzigen Eingang zu dem Raum mit seinen breiten Schultern ausfüllte. In dem grünen Halbdunkel war er kaum mehr als ein großer Schatten – ein Geist. Lebendig schienen einzig und allein der Schimmer seines goldenen Haars und der dunkle Glanz seiner Augen, als er sie beobachtete.

»Ihr habt ...« Ihre Stimme klang brüchig, und sie unterbrach sich, um sich zu räuspern. »Ihr seid eindeutig schon einmal hier gewesen.«

»Vor langer Zeit.« Er trat ein und ging um sie herum, fuhr mit der Hand über die Wände. »Vor so langer Zeit, dass die Bäume mittlerweile uralt sind.«

»Aber so alt seid Ihr doch noch nicht, Mylord.«

»Ich bin älter, als du glaubst.«

Sie konnte den Blick nicht von seiner Hand abwenden, von der Art, wie er damit über das Moos fuhr, nahezu ohne es auch nur zu berühren. Wenn er auch zu ihr das nächste Mal so sanft wäre ...

Nein. Sie war nicht länger dazu verpflichtet, mit ihm zu schlafen. Sie brauchte sich darüber keine Gedanken mehr zu machen. Und dennoch tat sie es, unaufhörlich. Sie wollte diese starke, sanfte Hand auf ihrer Haut spüren. Sie wollte ...

»Ist dieses Bett weich genug für dich?«, fragte er und wies mit einer ausladenden Handbewegung auf das Moos zu ihren Füßen.

Sie wippte auf den Zehen, um es zu prüfen, und stellte überrascht fest, dass es nachgab. »Wahrscheinlich ist es weicher als mein Bett in Huntingdon. Wie kommt es, dass es so flach ist?«

»Die alte Eiche, die einst hier wuchs, wurde gefällt. Ihre Ableger wuchsen rings um den Baumstumpf herum und bildeten so die Wände. Das Holz darunter wurde umso weicher, je dicker der Moosteppich wurde.

»Kein Wunder, dass es den Elfen so gut gefällt.«

»Dann glaubst du also an Elfen?«

»Wie könnte ich daran zweifeln, wo doch ihr geächteter Forstwart vor mir steht? Habt Ihr früher hier gewohnt?«

»Eine Zeitlang. Wenn das Wetter schlecht war, habe ich

Hirschfelle aufgehängt, als Dach. Dort.« Er zeigte auf einen Ast, und dann auf einen weiteren. »Und da. Aber heute Nacht bleibt das Wetter recht gut. Dein einziges Dach werden die Sterne sein, und dein einziges Licht der Mond. Sobald du dich hier hinein zurückgezogen hast, wirst du nicht einmal mehr Torvalds Feuer sehen.«
»Torvald.« Enttäuschung schwang in ihrer Stimme mit. »Dann lasst Ihr mich heute Nacht also wieder allein?«
»Ja.«
Warum nur? Die Frage lag ihr auf der Zunge, aber sie hielt sich zurück. War es nicht erst an diesem Morgen gewesen, dass sie über genau dieses Thema gestritten hatten? Es kam ihr vor, als sei es bereits Tage her, in einer anderen Welt. Das lag sicher an diesem Ort, so abgeschieden von allem anderen, so friedlich. Da sie diesen Frieden erhalten wollte, ließ sie die Frage davonschweben wie ein Staubkorn. Seine Hand ruhte noch immer auf der moosbedeckten Wand, und sie berührte mit den Fingerspitzen das Band um sein Handgelenk. »Denkt bloß daran, dass Ihr mir in Treue verpflichtet seid, mein Ritter, und kommt im Morgengrauen zurück.«
»Ganz wie Ihr wünscht, Mylady.« Er verneigte sich und machte ihr Platz, damit sie wieder in die Alltagswelt eintreten konnte. »Dieses Mal werde *ich* das Brennholz sammeln.«
»Dann werde ich die Pferde tränken.«
Sie nahm den ledernen Eimer und die Pferde und folgte der Melodie des Wassers zu einem Bach, der nur einen Bogenschuss entfernt war. Das Wasser war klar und rein, so wie es in einem Elfenbade sein sollte, und während die Pferde ihren Durst stillten, schien ihr das frische Wasser umso einladender, erinnerte sie daran, wie übel sie roch: nach dem Ale, das sie verschüttet hatte, nach dem Essiggeruch des sauren Weins, nach dem Hof des Fleischers und dem

Schmutz von zu vielen Tagen auf der Straße. Sie traf eine rasche Entscheidung, band die Pferde an einen umgestürzten Baumstamm neben dem Bach, nahm den Schleier ab und begann, die Schnürung aufzunesteln.

Nicht daran gewöhnt, sich selbst zu entkleiden, brauchte sie eine Weile, doch letztendlich schaffte sie es, ihr Obergewand und das wollene Unterkleid abzustreifen, so dass sie nur noch ihre Unterwäsche aus Leinen trug. Sie schüttelte den Staub aus ihrer Oberbekleidung und wusch sie dann, wobei sie darauf achtete, nur die schmutzigen Säume und die Stellen, die von Ale befleckt waren, ins Wasser zu tauchen, denn sie wollte nicht, dass alles triefend nass wurde. Als sie fertig war, wrang sie die Kleider aus, so gut sie konnte – auch wenn sie die Stimme der Wäscherin imitieren konnte, hatte sie noch längst nicht deren kräftige Hände –, und breitete die tropfende Kleidung über ein paar Büschen in der Sonne aus.

Nachdem auch das erledigt war, setzte sie sich ans Ufer des Baches und zog Schuhe und Strümpfe aus. Das rechte Bein und der rechte Fuß hatten das meiste Ale abbekommen, und so rieb sie diesen Strumpf besonders kräftig, um die fehlende Seife durch Eifer wettzumachen. Nachdem sie ihre Strümpfe sorgfältig gewaschen und ausgewrungen hatte, legte sie sie auf dem Baumstamm aus. Dann watete sie bis zu den Knien in den Bach hinein, ließ ihr Unterhemd ins Wasser hängen, um die letzten Spuren des Ales zu beseitigen in der Hoffnung, dass die Sonne noch so lange scheinen würde und der Tag noch warm genug wäre, dass es trocknete, bevor sie zu Bett ging.

Sie wusch sich, so gut sie konnte, ohne sich vollständig auszuziehen – schließlich befand sie sich unter freiem Himmel und hätte eigentlich gar nicht baden dürfen. Sicher würde

sie sich eine Erkältung holen. Es gab keine Handtücher, keinen Kamin und kein angewärmtes Bett, in das man sie anschließend hineingepackt hätte – nicht einmal trockene Kleidung, die sie hätte anziehen können. Aber es fühlte sich so herrlich an ...
Genau genommen führte ihr Bad zu nicht viel mehr, als dass sie die wichtigsten Körperteile mit Wasser besprizte, dennoch fühlte sie sich so sauber wie seit Tagen nicht mehr. So benetzte sie weiter ihr Unterhemd, genoss das kühle Nass, wollte rein sein ... *für ihn.* Der Gedanke schoss ihr durch den Kopf, dann durch ihren ganzen Körper und ließ ein wohlbekanntes Gefühl erklingen.
Sie wollte rein für ihn sein, wollte, wenn er an diesem magischen Ort zu ihr kam, bereit sein, für alles, was auch immer er mit ihr tun wollte. Als Hitze in ihr aufstieg, schöpfte sie eine weitere Handvoll Wasser, berührte sich an den intimsten Stellen, um die Glut zu löschen – und stellte sich vor, es wäre seine Hand, seine sanfte Hand, die sie streichelte. Erregung durchwogte sie, wild wie ... wie *er.*
Sie fuhr herum und sah, dass er dort stand, keine zwölf Schritte weit entfernt, mit derart glühendem Blick, dass sie sich fragen musste, warum das Wasser um sie herum nicht längst zu sieden begonnen hatte. Die Strömung erfasste den Saum ihres langen Hemds, legte es um ihre Beine wie eine Fessel, und sie schwankte, wäre beinahe gefallen. In der Zeit, die sie brauchte, um nach Luft zu schnappen und das Gleichgewicht wiederzufinden, war Steinarr zum Ufer des Baches gelaufen und hatte seine Hand ausgestreckt, um ihr zu helfen.
»Komm da raus!«
»Ich komme schon zurecht«, gab sie abwehrend zurück. »Geht weg!«

Er klang ein wenig verärgert. »Komm raus, bevor du ertrinkst, Frau!«

»Nein. Erst müsst Ihr weggehen, und dann komme ich heraus. Alles andere gehört sich nicht.«

»Womit du gerade beschäftigt warst, auch nicht.« Sein Mund verzog sich zu dem gleichen anzüglichen Grinsen, das er aufgesetzt hatte, als er sie angeblich vertreiben wollte. Und nun führte dieser anzügliche Gesichtsausdruck sie ebenso sehr in Versuchung wie zuvor das Wasser. Sie wollte sich davon umspielen lassen, von ihm. Sie wollte, dass er zu ihr ins Wasser kam und ihr beim Baden behilflich war, sie mit kühlen, erfahrenen, sanften, wissenden Händen berührte und ihr zeigte, wie er ihr Vergnügen bereiten wollte.

Nein, nein, nein. Das war nicht sie selbst. Das war er. Andernfalls würde sie nicht mitten in einem Bach stehen, halbnackt, und dabei sich selbst zu berühren, als befände sie sich ungestört in ihrem eigenen Bett. All das ging von ihm aus. Es konnte nur von ihm ausgehen. »Geht weg!«

»Ich gehe nicht, bevor du nicht sicher auf trockenem Boden stehst«, sagte er. »In diesem lächerlichen Bach könntest du ertrinken. Komm da raus!«

»Ich komme zurecht«, wiederholte sie. Um genau dies zu demonstrieren, entwirrte sie den Saum ihres Unterhemds und zog einen Zipfel hoch, um sich das Gesicht zu waschen. »Ich bade doch nur.«

Er stemmte die Hände in die Hüften und musterte sie eindringlich. »Selbst das Pferd weiß, dass das nicht stimmt.«

Sie sah hinüber zu den Pferden. Das Packpferd graste, der Hengst jedoch sah ihr mit nahezu ebenso eindringlichem Blick zu wie Steinarr. Als sie errötete und sichtbar aus der Fassung geriet, hob das Pferd einen ihrer Strümpfe auf. Es schüttelte ihn vernehmlich und warf ihn Richtung Bach.

Der Strumpf landete zwischen den Schilfrohren, und Steinarr ging hinüber, um ihn einzusammeln. Er hob ihn auf und musterte ihn. »Eine feine Arbeit. Hätte ich deine Strümpfe am Anfang gesehen, hätte ich sofort gewusst, dass du kein Bauernmädchen bist.«
»Dann kann ich wohl von Glück sagen, dass ich meine Strümpfe nicht fremden Männern zeige.« Sie konnte geradezu spüren, wie er mit den Fingerspitzen über ihre Haut streichen würde. »Legt das hin.«
»Komm raus, Marian. Ich sagte doch, ich rühre dich nicht an.«
Nein, er hatte gesagt, er würde sie nicht noch einmal ohne ihre Erlaubnis anrühren. Ihre Erlaubnis konnte sie ihm geben. Wie gern hätte sie sie ihm gegeben ...
Nein, das hätte sie nicht. Sie ließ den Saum ihres Unterhemds fallen und watete auf das Ufer zu. Sie hatte Mühe, einen Fuß auf die Böschung zu setzen, das nasse Leinen war schwer und klebte.
»Nimm meine Hand!«
»Nein!« Sie zupfte an dem Hemd herum, versuchte, es von ihren Beinen zu lösen. Schließlich gab sie auf. »Ja. Wenn Ihr dann so freundlich wärt.«
Erneut streckte er die Hand aus. Sie überprüfte zunächst ihre Abwehr, doch als seine Finger sich in ihre verschränkten, überlief sie ungeachtet dessen ein Schauer der Lust. Sie sah zur Seite, um die Verschmelzung mit ihm zu vermeiden, zu der es manchmal kam. Kaum dass sie festen Boden unter ihren Füßen hatte, riss sie sich von Steinarr los. »Vielen Dank.«
Wasser sammelte sich zu ihren Füßen, und sie bückte sich, um das Leinen auszuwringen, ohne den Saum anheben und sich zu sehr entblößen zu müssen. Steinarr ging einen Schritt zurück, um ihr Platz zu machen.
»Wie bist du auf die verrückte Idee gekommen, dich so spät

am Tag zu waschen? Du bist vollkommen nass. Deine gesamte Kleidung ist durchnässt.«
»Es ist warm genug. Meine Sachen werden schon trocknen, und wenn nicht, werden sie trotzdem warm genug sein, denn sie sind aus guter Wolle.«
»Nicht warm genug. Sieh doch, du zitterst ja schon.« Er öffnete die Schnalle seines Gürtels und warf ihn samt Schwert ins Gras, so dass er sich sein Gewand über den Kopf ziehen konnte. »Zieh das an!«
»Das brauche ich nicht.«
Er überhörte ihre Worte, zog ihr sein Gewand über den Kopf und zerrte es an ihr herunter, als müsse er ein widerspenstiges Kind anziehen. Ihr blieb nicht viel anderes übrig, als seine Leihgabe anzunehmen und mit den Armen in die Ärmel zu schlüpfen. Sie konnte ihm ja schlecht sagen, dass sie nicht vor Kälte zitterte, sondern vor Verlangen – Verlangen, das sich nur noch steigerte, nun, da sie von seinem Duft umgeben war.
»So. Das wird dich warm halten.«
»Aber Ihr werdet frieren«, sagte sie, während sie die zu langen Ärmel seines Gewands hochkrempelte. »Ihr könnt doch nicht in den Wald hinausgehen und dort die Nacht verbringen mit nichts weiter am Leib als Eurem Unterhemd.«
»Ich habe ja noch meinen Umhang, und wie du gesagt hast, ist es warm. Und immerhin bin ich trocken.« Er band die Pferde los und ließ sie frei. »Such deine Sachen zusammen. Ich muss bald fort.«
Zurück auf der Lichtung, half Steinarr ihr, ihre Kleidung über die Äste zu hängen, die morgens als Erstes Sonne bekamen. Dann holte er das Bündel, das er stets mitnahm, und ging hinüber zu dem Hengst.
»Ich habe mich etwas gefragt, Mylord. Glaubt Ihr, Sir Torvald

könnte bei der Entschlüsselung des Hinweises, der in dem Kästchen liegt, helfen?«

Stirnrunzelnd sah er das Pferd an und strahlte beißende Eifersucht ab. »Ich schätze, du kannst ihn danach fragen.«

Er war eifersüchtig auf seinen Freund, und dennoch ließ er ihn Nacht für Nacht über sie wachen. Sie würde diesen Mann wohl niemals verstehen. »Das werde ich. Gesegnete Nacht, *Monsire*.«

»Schlaf gut, Marian.« Er saß auf und ritt los, doch dann hielt er an und drehte sich um. »Aber, ähm, behalt mein Gewand an, bis deine Sachen trocken sind. Torvald muss dich nicht unbedingt mit nichts weiter an als einem nassen Unterhemd sehen.« Er beugte sich vor und tätschelte dem Hengst den Hals. »Oder, *Pferd?*«

Dann gab er dem Hengst die Sporen.

Matilda stand da und wartete, während sein Geist und seine Seele mit zunehmender Entfernung ihre suggestive Kraft verloren, bis sie ihn, selbst als sie ihren Geist und ihre Seele nach ihm ausstreckte, nicht mehr spüren konnte. Dann duckte sie sich unter dem Ast hindurch und betrat das Elfenhaus. Die friedliche Atmosphäre dort umschloss sie wie die Arme einer Mutter, und mit einer inneren Ruhe, die sie nicht mehr empfunden hatte, seit Steinarr den Vogelfreien angeschossen hatte, sah sie in ihr Innerstes hinein.

Sein Gesicht stieg vor ihrem geistigen Auge auf, angespannt vor Sehnsucht und Lust, und sie wurde empfindsam und feucht, allein durch den Gedanken an ihn.

Mit einem ergebenen Seufzer sank sie auf ihr Moospolsterbett, zu dem er sie geführt hatte. Es waren nicht nur seine Gefühle. Es waren ihre eigenen Gefühle.

Und nun, da sie sich dessen bewusst war, musste sie eine Entscheidung treffen.

Der Anblick astbekränzender Kleider und Strümpfe und der Klang leisen Summens aus dem Inneren des Elfenhauses empfingen Steinarr, als er am nächsten Morgen auf die Lichtung ritt. Eine ganze Weile blieb er im Sattel sitzen und lauschte andächtig, nicht etwa weil Marian eine so liebliche Stimme hatte – offenbar traf sie nicht einmal jeden Ton der Melodie, vorausgesetzt, es gab überhaupt eine –, sondern aus dem einfachen Grund, weil das friedliche Summen einer Frau etwas war, was Steinarr nur selten erlebt hatte. Melodie hin oder her, es ließ Gedanken an Heim und Herd und Familie wach werden – Dinge, die er schon vor langer Zeit als unerreichbar begraben hatte. Es umgarnte seine Seele, verführte ihn geradezu und schnürte ihm gleichermaßen die Brust ein vor Sehnsucht.

Marians Lied verklang, nur noch das Zwitschern der Vögel war zu hören. Dann ertönte Geraschel zwischen den Ästen und kündigte an, dass sie im Begriff war herauszukommen.

»Guten Morgen, Mylord.«

»Gmm.« Seine Zunge wurde schwer bei ihrem Anblick, denn sie trug nichts weiter als ihr Leinenhemd. Sie hatte ihre Zöpfe gelöst, so dass ihr das Haar in goldenen Locken über die Schultern wallte, und ihre nackten Zehen spähten unter dem Saum des Unterhemds hervor, als habe sie sich bereitgemacht, um zu Bett zu gehen. Bereitgemacht für einen Geliebten oder einen Ehemann. *Bereit für ihn.* Er schluckte schwer und versuchte es erneut: »Guten Morgen.«

Sie hielt einen Kamm in der Hand, und während er unbeweglich wie ein Holzpfahl im Sattel sitzen blieb, zog sie eine dicke Haarsträhne über ihre Schulter und begann, sie zu kämmen. Das Ende der Strähne lockte sich bis über ihre Brust und zog seine Aufmerksamkeit auf ihre Knospe, die sich unter dem Leinenstoff abzeichnete. Ihm blieb die Luft weg.

»Ist alles in Ordnung, *Monsire?*«

»Ich, ähm, ja.« *Nein.* Er schwang sich aus dem Sattel, wickelte die Zügel um den nächsten Busch und nutzte den Moment, um seinen Verstand aus seiner Hose zu holen und sich etwas zu überlegen, das er sagen konnte – etwas, was einen sicheren Abstand zwischen ihr und seiner Begierde schaffen würde. »Meine Mutter hat das auch immer gemacht. Gesummt, wenn sie ihr Haar gekämmt hat, meine ich.«

»Ihr konntet mich hören? Wie bedauernswert für Eure Ohren! Ich kann nicht gut singen.«

»Doch, es klang schön.« Mehr als schön. Wundervoll. Er wich ihrem Blick aus, ging hinüber zum Feuer und stocherte darin herum, nur um sich mit etwas zu beschäftigen. »Du bist noch nicht fertig. Ich dachte, wenn ich komme, hättest du das nächste Rätsel bereits gelöst und würdest sofort aufbrechen wollen.«

»Bloodworth«, sagte sie.

»Blood-was? Wovon sprichst du?«

»Das ist die Lösung des Rätsels. ›Der Wert deines Blutes.‹ Blutwert, Bloodworth, besser gesagt, Blidworth. Sir Torvald und ich sind gestern Abend darauf gekommen.«

»Blidworth ...« Es dauerte einen Moment, bis er sich erinnerte. »Der Stein. Ja, natürlich.«

»Er hat ein Loch, das so groß ist, dass ein Mensch hindurchpasst, hat Sir Torvald jedenfalls gesagt.«

»Werde wiedergeboren«, sagte Steinarr, als er allmählich verstand. »Darauf hätte ich selbst kommen müssen, wo der doch ganz in der Nähe liegt. Es sieht sogar ein bisschen aus wie ...« Er unterbrach sich.

»Wie das Loch einer Frau? Das hat Sir Torvald auch gesagt.«

»Er hat *was* gesagt?«

»Er sagte, auf der einen Seite des Steins wäre ein großer

Hohlraum, wie ein Mutterschoß, aber das Loch auf der anderen Seite sei enger, wie das Loch einer Frau. Er sagte auch, dass wenn Ihr rot anlauft und Euch aufregt, so wie jetzt, ich Euch daran erinnern soll, dass Ihr selbst dieses Wort oft genug benutzt.« Lachend gesellte sie sich zu ihm ans Feuer und kämmte noch immer die eine Haarsträhne. Steinarr konnte den Blick nicht davon abwenden, das Haar glänzte schon wie Seide, und er wollte gar nicht erst daran denken, wie es sich zwischen seinen Fingern anfühlen würde. »Seid nicht böse auf ihn. Er wollte mir doch nur dabei helfen, die Gedanken meines Vaters nachzuvollziehen.«
»Er sollte nicht so mit dir reden.« *Nach gestern schon mal gar nicht.*
»Ich war froh, dass er überhaupt mit mir geredet hat, wo er das doch sonst nur selten tut«, sagte sie, in fröhlicher Unkenntnis, dass der Mann, der gestern am Feuer über die weibliche Scham gesprochen hatte, gleichermaßen der Hengst war, der ihr beim Baden zugesehen hatte. Steinarr musste sich schwer beherrschen, ihm nicht mit einem Stock einen Schlag zu verpassen, Pferd hin oder her.
»Er sagte, Blidworth liege nur eine halbe Wegstunde entfernt«, fuhr sie fort.
»Ein bisschen weiter ist es schon, aber von hier aus liegt der Stein näher als das Dorf. Wir können im Handumdrehen dort sein. Warum bist du nicht versessener darauf aufzubrechen?«
»Vater schrieb, diese Wiedergeburt müsse unter der Mittagssonne stattfinden, wisst Ihr noch? Bis dahin haben wir noch mehr als genug Zeit.«
»Allerdings.« Die Sonne hatte sich kaum über den Horizont erhoben. »Ich vermute, dann können die Pferde heute Morgen weitergrasen.«

»Das hatte ich mir auch bereits überlegt. Unser Marschall empfiehlt einen Tag Ruhe und saftiges Gras nach einem dreitägigen harten Ritt.«

»Ihr habt einen guten Marschall«, sagte Steinarr. »Noch haben wir zwar keinen so harten Ritt hinter uns, dass es den Pferden zu schaffen machen würde, aber vielleicht haben wir ja noch einen vor uns, und da wir gerade genug Zeit haben ...«

»Sollten wir sie auch nutzen.« Ein flüchtiges Lächeln spielte um ihre Lippen und gab ihr genau den Hauch von Frivolität, der sein Blut in Wallung brachte. »Was würdet Ihr gern mit der freien Zeit anfangen, *Monsire?*«

Seine Finger durch ihr Haar fahren lassen und sie ins Gras legen. Dafür sorgen, dass sie aufschrie vor Lust. »Frühstücken. Aber zunächst solltest du dich ankleiden.«

»Mein Unter- und Obergewand sind noch nass.«

»Dann zieh meines wieder an. Wo ist es überhaupt?«

»Dort drinnen.« Sie wies mit dem Kopf auf das Elfenhaus, machte aber keine Anstalten, sich in die entsprechende Richtung in Bewegung zu setzen.

»Ich werde es holen.« Er duckte sich unter den Ästen und betrat das Halbdunkel der Bäume. Dort manövrierte er sich um die Felle und Decken herum, die noch auf dem Moosteppich verstreut lagen. Sie hatte sein Gewand zu einem Bündel zusammengerollt und offenbar als Kopfkissen benutzt, denn der Abdruck ihres Kopfes war noch zu sehen. Unwillkürlich stieg die Vorstellung in ihm auf, wie sie dort geschlafen hatte, mit einer Hand über dem Kopf ausgestreckt, so wie sie es meistens tat. *Woher aber kam dieses Bild? Er konnte doch gar nicht wissen, wie sie schlief.* Er schüttelte den Kopf, um wieder klar denken zu können, und als er sich bückte, um sein Gewand aufzuheben, hörte er draußen Blätter rascheln.

»Ich habe es als Kopfkissen benutzt«, sagte sie leise vom

Eingang des Elfenhauses her. Sie stellte sich mitten auf den Moosteppich, führte seine Hände und das Gewand an ihre Nase und atmete tief ein. »Es duftet nach Euch.«
Wusste sie überhaupt, was sie da mit ihm machte? »Wahrscheinlich nicht gerade betörend. Ich habe schon viel zu lange kein anständiges Bad mehr genommen.«
»Für mich war es betörend.« Mit geschlossenen Augen atmete sie abermals tief ein, und ein wohliges Lächeln huschte über ihr Gesicht. »Es war, als wärt Ihr die ganze Nacht bei mir gewesen.«
Sie wusste genau, was sie tat. Sie wollte ihn quälen, um ihm heimzuzahlen, wie er sie behandelt hatte. Er hatte es verdient, aber er war nicht sicher, ob er es ertragen konnte. Mit unbeweglicher Miene kämpfte er gegen den unbändigen Drang, der in ihm aufstieg. Er drückte ihr das Gewand vor die Brust. »Zieh dich an. Ich gehe hinaus.«
»Aber ich möchte, dass Ihr bleibt. Ich möchte mit Euch schlafen. Mit allem, was dazugehört. Zeit, Aufmerksamkeit, genau hier.«
Also doch nicht quälen, sondern ... »Marian, du brauchst das nicht zu tun. Ich helfe dir auch so. Dazu bin ich durch meinen Eid verpflichtet.«
»Ich weiß.« Sie berührte mit einer Hand das Band an seinem Handgelenk und fuhr über den Knoten. »Und ich bin froh über diesen Eid und darüber, dass Ihr Euch in den vergangenen Tagen daran gehalten habt, denn das gab mir die Möglichkeit, die Wahrheit herauszufinden.«
Er konnte seinen Blick nicht von ihrem Finger losreißen, der immer wieder den Knoten und die Innenseite seines Handgelenks umspielte. »Die Wahrheit?«
»Ich dachte, dass es einzig und allein an Euch und Eurem Verlangen lag, weshalb wir in Harworth auf die Felle sanken.«

»So war es auch. Ich habe dich dazu gezwungen. Du hast es nur wegen Robin getan.«
»Nein.« Sie legte ihm denselben Finger auf die Lippen, um ihn zum Schweigen zu bringen. »Nein. Da irrt Ihr Euch.« Langsam hob sie den Blick, um ihn anzusehen.
Und mit einem Mal verlor er sich abermals in ihren Augen, trieb in einem Meer von Trost, das schier endlos erschien. Etwas so Tröstendes lag in diesen Augen. Ein Seufzer stieg aus den Tiefen seiner Seele auf ... *Ah,* im gleichen Moment wie auch bei ihr. Für einen sonderbaren Augenblick war ihm, als könne er sehen, wie der Hauch ihrer beider Atem sich miteinander verband. Er atmete tief ein in der Gewissheit, dass, wenn er nur genug von ihr in sich aufnahm, er mehr von dieser Linderung verspüren würde, die er so dringend brauchte.
Ein einziges Wort, kaum wahrnehmbar, rauschte in seinem Kopf wie der Wind über eine trockene Wiese. Ihre Stimme. *Bitte.*
»Was sagtest du?«, flüsterte er.
»Nicht nur Ihr verspürt dieses Verlangen.« Sie nahm ihm das Gewand aus den Händen und ließ es fallen, nahm seine Hände in ihre und bedeckte seine rauhen Handflächen mit Küssen. »Ich verspüre es auch.«
Er war vollkommen ruhig, selbst in seiner Seele herrschte Stille, so dass Matilda nicht sicher war, ob er verstanden hatte. Und dann spürte sie es, den wohlbekannten Drang seines Verlangens, das sie nun von ihrer eigenen wachsenden Lust unterscheiden konnte.
»Ich habe gelobt, es nicht zu tun«, stieß er zwischen den Zähnen hervor. »Ich versprach, dich nicht noch einmal zu küssen.«
»Nicht ohne meine Erlaubnis. Ihr sagtet, Ihr würdet mich

nicht noch einmal küssen ohne meine Erlaubnis. Ich kann Euch meine Erlaubnis geben.«
»Marian ...«
»Ich gebe Euch die Erlaubnis, mich zu küssen. Und nicht nur auf den Mund.« Sie führte seine Hände und legte sie auf ihre Brüste, damit er endlich verstand, und sie jubelte innerlich, als er aufstöhnte. »Ich erlaube Euch, mich zu berühren. Ich erlaube Euch, mich zu nehmen. Ich erlaube es Euch, mein Ritter.«
»Marian ...« Er schloss fest die Augen und nahm zwei tiefe Atemzüge, bevor er sie wieder öffnete. »Ich werde dir niemals ein Ehemann sein können, wenn es das ist, was du erwartest.«
»Ich erwarte nur einen Geliebten.« Das Blut rauschte ihr in den Ohren ob ihrer eigenen Kühnheit, doch sie ließ nicht nach. »Wenn unser Unternehmen scheitert, dann will ich nicht, dass Baldwin und eine hastige Begegnung alles sind, was ich von Männern weiß.«
»Das wird nicht geschehen. Ich schwöre dir, niemals wirst du zu ihm gehen müssen, wenn du nicht willst. Aber ich ...«
»Ich will mit Euch schlafen. Hier. Jetzt. Ich möchte wissen, wie es sich anfühlt. Mit Euch.«
»Möchtest du das wirklich?«, fragte er, während seine Fingerspitzen bereits über ihre Brüste streiften und jegliche Spur eines Zweifels fortwischten, als ein lustvoller Schauer sie durchrieselte.
Zur Antwort ließ sie ihre Hände unter sein Hemd gleiten und tastete nach der Kordel seiner Hose.
»Nein. Du zuerst, sonst geht es uns wie beim letzten Mal.« Abermals fuhren seine Daumen über ihre Brüste, dann ließ er von ihr ab und trat einen halben Schritt zurück. »Ich habe dich noch immer nicht nackt gesehen.«

Mit zitternden Händen griff sie nach der Kordel in ihrem Nacken, um ihr Hemd aufzuschnüren, zog die Schnur Öse für Öse heraus. Schweigend verfolgte er jede ihrer Bewegungen, und immer wieder streifte sein Blick ihre Brüste, deren Konturen sich unter dem feinen Leinenstoff abzeichneten. Als sie alles so weit aufgeschnürt hatte, wie sie konnte, ließ sie die Arme sinken. Ihr Hemd rutschte herunter, gab die Rundungen ihrer Brüste frei, und fiel auf ihre Hüften. Er griff danach, um es herunterzuziehen.

Plötzlich hielt sie es fest. »Das scheint kaum fair, Mylord. Auch ich habe Euch noch nicht nackt gesehen.«

Ohne ein Wort zu sagen, streifte er sein Leinenhemd ab und warf es auf den Boden, lächelte, als sie den Atem anhielt und ihn mit einem heiseren Seufzer wieder ausstieß beim Anblick seines muskulösen, männlichen Oberkörpers. Abermals griff er nach ihrem Hemd.

Sie ließ es los, und langsam zog er es weiter herunter, belohnte sie mit einem ebensolchen scharfen Atemzug, als es ihren Oberkörper vollständig enthüllte.

Eine ganze Weile standen sie da, ein jeder versunken in den Anblick des anderen. Steinarr war es, der sich zuerst bewegte, zeichnete sanft die Konturen ihrer Brüste nach.

»So üppig«, flüsterte er. Er spreizte seine Hände auf ihren Brüsten und legte langsam seine Finger zusammen, zupfte sanft an ihren Brustwarzen, bis sie hart wurden und ihr Atem zu einem leisen Stöhnen wurde. Seine Zunge streifte ihre Lippen, und sie konnte seinen Kampf um seine Selbstkontrolle spüren. Mit einem kaum merklichen Kopfschütteln begann er, ihren ganzen Körper zu erkunden, ließ seine Hände ausgiebig ihre Haut berühren, fuhr ihre Konturen entlang, betrachtete sie, ließ Funken in alle Richtungen sprühen, bis sie ganz benommen davon war.

Matilda befreite die Arme aus ihren Ärmeln und musste sich an ihm festhalten, um nicht das Gleichgewicht zu verlieren, und als ihre Hände seine Haut berührten, war sie vollkommen überwältigt. Sie hatte ihn so oft angefasst, ihre Arme um ihn geschlungen auf den vielen Meilen, doch in diesem Augenblick wurde ihr bewusst, dass sie ihn nie wirklich berührt hatte. Der Unterschied zwischen stoffbedeckten Muskeln und nackter Haut war ebenso gewaltig wie der Unterschied zwischen Eis und Wasserdampf. Seine Haut glühte vor lauter Leben und Hitze, seine Muskeln spannten sich unter jeder ihrer Berührungen, lebendig wie sein Herz unter ihrer Hand. Sie ließ ihre Hände über seinen Körper wandern, ebenso wie er es zuvor bei ihr getan hatte, zeichnete sämtliche Konturen nach – jede Wölbung, jede Vertiefung und jede Narbe, um all das in sich aufzunehmen. Vollkommen versunken, nahm sie kaum wahr, wie er ihr das Hemd über die Hüften zog und ihr Gesäß mit beiden Händen umfasste. Erst als sie es ihm nachtat und ihre Hände auf den Widerstand seiner Hose trafen, wurde es ihr bewusst.

»Wir sind schon wieder nicht beide gleich weit entkleidet«, beklagte sie sich.

Sie folgte mit den Händen seinem Hosenbund bis nach vorn zu der geknoteten Kordel.

Er packte ihre Hand und hielt sie fest. »Wenn du mir die Hose jetzt auszieht, bringst du mich ins Stolpern. Denn meine Stiefel sind im Weg.«

»Dann zieht Eure Stiefel aus.«

»Ganz wie Ihr wünscht, Mylady.« Er stützte sich mit einer Hand auf ihre Schulter, zog die Stiefel aus und schleuderte sie von sich, so dass sie an der Wand aus Bäumen landeten. Sogleich folgte seine Hose nach einem kräftigen Ruck an den Kordeln, hastig abgestreift und zu den Stiefeln geworfen. Nun trug er nur noch seine Bruche. »Soll ich sie aufschnüren, oder willst du das machen?«

Abermals griff sie nach der Kordel. Seine Bauchmuskeln spannten sich an, und das Leinen schnellte vor. Verzückt umfasste sie ihn und wartete, bis sich sein Glied erneut aufrichtete und gegen ihre Hand drückte. »Ist schon seltsam, wie der Körper das macht.«

Er stöhnte auf. »Was allerdings seltsam ist, ist eine Jungfrau, die so genau weiß, wie man einen Mann quält und ihm Vergnügen bereitet. Wie kommt es, dass du dich so gut mit Dingen auskennst, von denen du eigentlich gar nichts wissen dürftest?«

»Ich war ein verdorbenes Kind«, gab sie zurück. Mit einem einzigen Ruck zog sie die Schleife auf und lockerte langsam seinen Hosenbund. »Wenn mein Vater wütend auf mich war, versteckte ich mich immer in der großen Scheune an einem unsichtbaren Ort, den ich entdeckt hatte.« Sie gab ihm einen Kuss mitten auf das goldene Haar, das seine Brust bedeckte. »Bald fand ich heraus, dass man von meinem kleinen Versteck aus den Heuboden sehen konnte, auf den die Dienstboten und auch manche der Ritter gingen, um es dort zu treiben.«

»Du hast zugesehen«, sagte er, und abermals zuckte sein Glied.

»Eigentlich war das nicht meine Absicht, aber nachdem ich es einmal gesehen hatte ... ging ich immer wieder dorthin, um zu warten und zuzusehen. Sie erfuhren nie, dass ich dort war. Und als ich zur Erziehung weggeschickt wurde, entdeckte ich dort einen ähnlichen Ort.«

»Freya steh mir bei!«, flüsterte er. »Dann kennst du dich also bestens aus.«

»Mit guten und schlechten Dingen und denen, die dazwischenliegen.«

»Ein Wunder, dass du so lange Jungfrau geblieben bist«, murmelte er mehr zu sich selbst, während er mit ihren Brüsten spielte. Dann hob er den Kopf, denn plötzlich dämmerte es ihm. »Du hast gelernt, dir selbst Vergnügen zu bereiten.« Zum ersten Mal errötete sie. »Aye. Denn auch das hatte ich gesehen. Ich lernte es schnell. Die Priester wollten es mir austreiben, indem sie mich mit hoher Buße belegten.«
»Du hast es gebeichtet?«, fragte er ungläubig.
»Man erzählt uns immer wieder, solche Dinge seien Sünde, da dachte ich, ich müsste es beichten. Vater Thomas sagte, ich würde in der Hölle schmoren. Ich versuchte, meine Sünde zu büßen, aber auch als ich nicht mehr in die Scheune ging, musste ich immer wieder daran denken, was ich gesehen hatte, und wenn ich es tat, ich ... ich tat es auch, als ich an Euch dachte. Noch bevor Ihr uns an der Marienquelle aufgespürt hattet.«
Erneut gab er diesen erstickten Laut von sich. »Kein Wunder, dass ich dich nicht abschrecken konnte.«
»Oh, Ihr habt mich abgeschreckt.« Sie ließ ihre Finger an seinen Hüften hinabgleiten, als Vorgeschmack darauf, dass sie ihm gleich die Unterhose abstreifen würde. »Aber nicht mit dem, was Ihr sagtet. Sondern damit, was sich dahinter verbarg. Und dennoch muss ich immer wieder an Euch denken. So wie gestern in dem Bach.« Ein einziger Ruck, und seine Unterhose fiel auf den Boden. Sein Glied schnellte vor und berührte leicht ihren Bauch. Sie ließ ihre Fingerspitzen darübergleiten, gab einen entzückten Laut von sich und strich abermals darüber. »Es ist weich und hart zugleich. Besonders hier.« Ihre Hand glitt über die pralle Spitze.
Er packte ihre Finger, um sie zu stoppen. »Nun scheinst du dich aber nicht mehr abschrecken zu lassen.«
»Letzte Nacht beschloss ich, mich nicht mehr abschrecken

zu lassen. Es ist töricht, wo ich es doch ebenso sehr will wie Ihr.«
»Ah, süße Marian«, sagte er. »Ich glaube nicht, dass das überhaupt möglich ist.«
Er zog sie an sich für einen Kuss, der ihren Mund in Besitz nahm, so wie sein Körper es gleich mit ihrem tun würde, versenkte seine Zunge in ihren Mund, um sie zu erforschen und zu erregen. Sie spürte die wunderbar sanfte Härte an ihrem Bauch, und ohne darüber nachzudenken, drückte sie sich fester an ihn, zog ein Bein hoch, um diese Härte gefangen zu nehmen, um sie zu ihren intimsten Stellen zu führen. Als sie ihn umklammert hatte, begann sie sich zu bewegen. Mit einem Aufstöhnen hob er sie hoch, fegte mit dem Fuß seine Unterhose und ihr Hemd weg und bettete sie auf die Felle. Er presste ihre Schenkel auseinander und kniete sich dazwischen, seinen Blick auf sie geheftet, gierig. »Berühr dich.«
So oft hatte sie es schon getan, aber nur, wenn sie allein war. Nun, da er sie so genau beobachtete, konnte sie sich nicht dazu überwinden. »Ich kann nicht.«
»Es wird mir gefallen«, sagte er mit heiserer Stimme, »und ich werde erfahren, was dir gefällt.«
Nun schreckte sie doch zurück, aber anstatt dem nachzugeben, streckte sie die Arme aus. Gar nicht weit, denn sie fand ihn sogleich. Sein Begehren füllte die Luft zwischen ihnen, hüllte sie ein, baute sich auf mit jedem weiteren seiner Herzschläge. Pure Wollust überkam sie, ein heißes Verlangen, leidenschaftlicher als ihr eigenes. Sie ließ ihre Hand abwärtsgleiten, fand den Punkt ihres schmerzlichen Verlangens und berührte ihn, reizte ihn mit ihrem Finger, so wie sie es gelernt hatte. Das Gefühl der Scham verflog, je stärker der Druck in ihr wurde.

»Bitte«, flüsterte sie, als ihr Körper sich vor Erregung aufzubäumen begann. »Nicht auf diese Weise. Ich will Euch.«
»Du hast etwas gesehen. Etwas, woran du immer wieder denkst, wenn du dich selbst berührst. Was möchtest du, Marian? Sag mir, was du gesehen hast, das ich tun soll.«
Sie wusste es genau. Sie hatte es gewusst, seit sie das erste Mal gesehen hatte, wie einer der Stallburschen über einem der Dorfmädchen kniete. Seitdem wollte sie, dass ein Mann das Gleiche mit ihr machte. Hunderte von Malen hatte sie es sich vorgestellt. »Euren Mund.«
Er strich über ihre Finger, ließ sie weiter abwärtsgleiten und führte sie ein Stück weit ein. »Hier?«
»Ja, oh, ja.«
»Schließ die Augen.« Er zog ihre Hand weg und hob sie an seinen Mund. Seine Lippen schlossen sich um ihre Finger, und als er daran zu saugen begann, ließen das Gefühl und das Wissen, dass er von ihrer Feuchtigkeit kostete, sie leise aufstöhnen. Sie spreizte die Beine und hob sich ihm entgegen, in einer stummen Bitte, ihr Erleichterung zu verschaffen. Er aber presste nur seinen Handballen dagegen und lachte leise. »Noch nicht, mein Herz. Ich habe ja kaum alles von dir gekostet. Noch werde ich nicht in dich eintauchen, so gern ich es auch täte. Halt die Augen geschlossen und lass mich tun, was ich schon beim ersten Mal hätte tun sollen.«
Sie spürte, dass er sich bewegte, fühlte ihn über sich, voller Erwartung. Die ersten Küsse streiften ihre Augenlider, die nächsten ihre Wangen, ihre Stirn, Lippen, Ohren, ihr Kinn und wieder ihren Mund. Keine hastigen Küsse, sondern sanft, hier und dort verweilend, glitten sie weiter an ihrem Körper hinab, streiften ihren Hals, ihre Schultern, ihre Brust. Ihre Brüste spannten sich, als er sie mit seinen Lippen

berührte, doch sein Mund glitt an ihrem Arm entlang, wieder hinauf und den anderen Arm entlang. Ihr ganzer Körper bebte, als er schließlich die obere Rundung ihrer Brüste streifte, weiter hinabglitt und eine ihrer Brustwarzen in den Mund nahm.

Ihr Rückgrat bog sich über den Fellen, heftig atmend hob sie sich ihm entgegen, die Berührung seiner Zunge ließ sie schon fast explodieren. Lust brannte in ihnen beiden, ihre ganz und gar körperlich, seine aus reinem Vergnügen an ihrer. Er widmete sich ihrer anderen Brust, und sie bog sich ihm wieder entgegen. In einem Wechselspiel widmete er sich mal der einen und mal der anderen Brust, so lange, bis er sie so empfindsam werden ließ, dass sie aufschrie, er möge aufhören.

Er lachte leise, wieder dieses anzügliche Lachen, und bedeckte abermals ihre nackte Haut mit Küssen, dieses Mal auch ihren Bauch und ihren Hügel darunter, berührte leicht mit seinen Lippen die Scham unter ihren Locken.

»Augen zu«, flüsterte er einmal mehr, während er weiter an ihrem Körper hinabglitt. Für einen kurzen Moment geschah nichts, dann spürte sie seine Lippen sanft auf der Innenseite ihres Knies. An ihrem anderen Knie. Ein wenig höher. In unaufhörlichem Auf und Ab arbeitete er sich wieder an ihrem Körper hinauf, langsam, so langsam, dass es ihr vorkam, als müsse sie sterben, bevor er dort war. Sie konnte spüren, wie er sie zwischendurch immer wieder betrachtete, spürte, wie er immer näher kam. Fließende Glut durchströmte ihren Körper – wie aus dem Tiegel eines Goldschmieds –, brannte alles weg bis auf die Berührung seines Mundes. Noch näher. Mit den Schultern drückte er ihre Beine weiter auseinander, seinen Kopf zwischen sie. Eine Fingerspitze streifte ihre Feuchtigkeit, und sie konnte hören, wie er abermals von ihr kostete.

»So süß.« Sie spürte seinen heißen Atem. »Sagt, Mylady. Habe ich noch immer Eure Erlaubnis, Euch zu küssen?«
Sie konnte das Wort kaum aussprechen. »Ja.«
»Wo? Wo soll ich Euch küssen?«
»Da. Ah, genau da!«
Ein kehliger Laut stieg aus seiner Brust auf, und er küsste sie, sanft wie nie zuvor, berührte sie kaum. »Meint Ihr hier?«
»Nnn. Ja.«
Seine Zunge kreiste auf der Stelle. »Hier?«
»Nnn.«
»Hier?« Seine Lippen. »Hier?« Seine Zunge. »Hier?« Sein Finger, der tieferglitt. »Hier?« Drang ein. »Hier?«
Er fragte, küsste, leckte und fragte sie abermals, umkreiste immer wieder diese Stelle der Sehnsucht. Sie antwortete mit flehender Stimme, und ihre Stimme wurde höher, dann tiefer, wurde animalisch, als er die Stelle direkt berührte. Seine Lippen schlossen sich, nahmen die zarteste Haut zwischen sich auf, während er weiter seine Zunge kreisen ließ und mit einem weiteren Finger eindrang. Und während sie kam, war sie gleichermaßen voll und ganz in ihm.
Mitgerissen von seiner Erregung, durchwogte schiere Fleischeslust ihr Inneres, ließ ihr Becken schnellen, vor und zurück, vor und zurück. Er ließ nicht nach, zu saugen und zu reizen, während ihr Körper unter seinem Mund vibrierte und sie sich ihm verlangend entgegenbog. Ein weiterer Finger drang ein, steigerte ihre Erregung, und sie presste sich an ihn und zog sich zurück, wollte, dass er weitermachte und aufhörte zugleich, ihr gleichermaßen mehr und weniger gab. Das Bedürfnis, in ihr zu sein, verlangte Steinarr alles ab, und erst als er ihrem betörenden Körper auch das letzte Zucken entlockt hatte, richtete er sich auf, um sie zu nehmen. Behutsam bewegte er sich – entschlossen, dieses Mal auf sie zu

achten, sein brennendes Verlangen unter Kontrolle zu halten, bis sie sich an seine Größe angepasst hatte. Als ihre beiden Körper miteinander verschmolzen, nahm seine fleischliche Begierde auf wundersame Weise ab und wich einem Gefühl nie gekannten Friedens, den er umso tiefer empfand, als er ankam und ihre Wärme ihn umschloss wie ihre Arme.

»Ist schon gut«, murmelte sie, so wie sie es schon einmal getan hatte. Und er wollte, dass es so war. Er begann, sich in ihr zu bewegen, den richtigen Rhythmus zu finden, um sie zu nehmen, Besitz von ihr zu ergreifen, und selbst dabei ließ er sich Zeit und genoss das Gefühl seiner sich unaufhörlich steigernden Lust. Sie bewegte sich unter ihm, passte sich seinem Rhythmus an, traf ihn ganz genau, berührte ihn, als sei er ihr seit Ewigkeiten vertraut, als seien sie seit vielen Jahren Geliebte. Ah, so süß. So warm. Vollkommen. Und dann kam er, und sie kam auch, erneut, sanfter dieses Mal, gemeinsam mit ihm, und ihr Körper spannte sich an, um seinen Samen zu empfangen, als er sich in ihr ergoss.

Er blieb in ihr, so lange es ihm möglich war, länger noch, selbst als sein Körper sich entspannte und von ihr hinunterglitt. Er konnte es kaum ertragen, ihre tröstenden Arme zu verlassen, ihre Beine, die ihn so fest umschlossen hatten. Er bedeckte ihr Gesicht mit Küssen, kostete ausgiebig von ihrem Mund, nahm jeden einzelnen Seufzer, jede Bewegung und jedes glückliche Stöhnen in sich auf, als sie wieder zu sich kam.

Schließlich schlug sie die Augen auf und sah lächelnd zu ihm auf. »Ich könnte für immer so bleiben.«

Für immer. Die beiden Worte rissen ihn heraus aus seiner Glückseligkeit und führten ihm die Realität seines verfluchten Lebens vor Augen. Er wappnete sich, rückte ein Stück weit von ihr ab und setzte sich auf.

Marians Lächeln erlosch. »Was ist es, das Euch so traurig macht?«
»Nur die Gewissheit, dass diese Stunde vorübergehen wird.« Er zog die Decke über ihre nackten Körper und verharrte gerade lange genug, um einen letzten Blick auf ihre Brüste zu erhaschen. »Die Sonne steigt höher. Wir müssen uns auf den Weg machen.«
Er wollte aufstehen, aber sie hielt ihn zurück. »Bereut Ihr es, *Monsire?*«
Er brachte es nicht fertig, sie anzusehen. »Bereust du es?«
»Kein bisschen.«
»Auch dann nicht, wenn alles, was ich dir geben kann, diese Reise ist?«
»Auch dann nicht, wenn alles, was Ihr mir geben könnt, dieser Morgen ist.« Sie richtete sich auf, behielt die Decke um sich geschlungen. »Aber wenn Ihr mir noch mehr geben könntet, würde ich es natürlich gern annehmen.«
Erneut überkam ihn die Fleischeslust, verdrängte ein wenig seine Traurigkeit, und sein Herz schlug einen Schlag schneller. »Ihr seid ganz schön dreist, Matilda Fitzwalter.«
»Dasselbe habe ich des Öfteren von Euch gedacht, Steinarr Fitzburger.«
»Birgir«, stellte er richtig, sowohl erfreut, weil sie sich an den Namen seines Vaters erinnerte, als auch belustigt darüber, dass sie versuchte, ihn dem normannischen Englisch anzupassen, indem sie ihn veränderte. Er beugte sich zu ihr hinüber und küsste sie, froh darüber, dass sie absolut glücklich war, zumindest in diesem Moment. Immerhin einer von ihnen beiden sollte glücklich sein. »Nun zieh dich an, bevor ich beschließe, einen ganzen von Robins vierzig Tagen in deinem Loch zu verbringen, anstatt nach einem Loch in einem Stein zu suchen.«

»Jawohl, Mylord«, sagte sie mit gespieltem Gehorsam und griff nach ihrem Hemd. Als sie es aufgehoben hatte und mit den Armen hineinschlüpfen wollte, hob sie den Kopf und sah ihn an – mit diesem frivolen Lächeln, das sein Blut bereits zuvor in Wallung gebracht hatte und auch nun seine Wirkung nicht verfehlte. Sie lächelte verschmitzt, Lachfältchen bildeten sich um ihre Augen. »Ist es überhaupt möglich, einen ganzen Tag lang dort zu verbringen? Von unserem Gesinde hatte keiner die Zeit, so lange auf dem Heuboden zu bleiben.«
»Zieht Euch an, Mylady! Sonst beweise ich es Euch.«

KAPITEL 13

»Jetzt kriecht durch«, rief Matilda von der anderen Seite. Sie kauerte hinter dem Stein, starrte durch die Öffnung auf Steinarr. Der Stein war eher ein Bogen als ein Tunnel, weit offen auf der einen Seite und bis zur Mitte, verengte sich aber plötzlich zu einem schmalen Durchgang bis zur anderen Seite. Vermutlich konnte nur ein Mann, so dachte Matilda, darin einen Schoß und eine Scham erkennen – aber ihr Vater war ja ein Mann gewesen, und so hatte Torvald möglicherweise recht.

Es war die schmalere Öffnung, durch die Steinarr sich hindurchzuzwängen versuchte. Er maß sie mit den Augen ab. »Das wird eng.«

»So wie für alle Babys. Beeilt Euch. Die Sonne steht schon ziemlich hoch.«

Steinarr zwängte sich mit den Schultern in den engen Gang und streckte den Kopf heraus. Dann sah er sich genau um. »Ich kann nichts entdecken. Vielleicht ist es ganz einfach dort, wohin mein Schatten fällt. Am besten markierst du die Stelle.«

Mit ihrem Messer zeichnete Matilda den Umriss seines Schädels in den Sand, schüttelte aber dabei den Kopf. »Vater ist bei den anderen Hinweisen auch nicht so simpel vorgegangen. Das wäre zu einfach. Und es ist so nah an Sudwell.«

»Vielleicht dachte er, es wäre schwieriger für Robin zu entschlüsseln, was er überhaupt meinte, und gestaltete das Auffinden des Hinweises selbst einfach.«
»Vielleicht. Kommt zurück und helft mir graben.« Sie begann, mit ihrem Messer den Boden zu bearbeiten.
»Nein, ich sollte hindurchkriechen, für den Fall, dass dort etwas Ungewöhnliches zu sehen ist.« Steinarr tastete sich mit einem Arm vor, fand Halt und schob sich langsam vorwärts, bis er herausplumpste. »Und?«
»Mir ist nichts aufgefallen.«
»Mir auch nicht. Also graben wir.«
Der Kiesboden innerhalb des Umrisses war beinahe so hart wie der Stein selbst, aber sie hackten darauf herum, bis ihre Messer auf etwas noch Härteres stießen. Steinarr beseitigte so viel Boden, bis er es sehen konnte. »Massiver Stein. Hier ist es nicht.«
»Könnte er Mörtel benutzt haben?«, fragte Matilda.
Steinarr schüttelte den Kopf. »Nein. Du sagtest ja bereits, das Ganze wäre zu einfach, und damit hattest du recht. Es muss noch etwas anderes geben. Einen weiteren Schatten.« Er erhob sich, ging um den Stein herum und sah sich die Oberfläche von oben bis unten genau an.
Unterdessen musterte Matilda das Loch. »›Um den Wert deines Blutes zu beweisen, werde wiedergeboren aus des Hexenmeisters Stein unter der Mittagssonne.‹ Werde wiedergeboren unter der Mittagssonne.«
»Soll ich noch einmal hindurchkriechen?«
»Ihr wollt doch bloß noch einmal in ein Loch hineingleiten.« Schockiert über sich selbst, schlug sie die Hand vor den Mund. »Habe ich das wirklich gesagt?«
Steinarr musste sich das Lachen verkneifen. »Allerdings, das hast du. Torvald hat einen schlechten Einfluss auf dich.«

»Nicht halb so schlecht wie Ihr, Mylord.« Ein wohliger Schauer überlief sie, als sie daran dachte, was sie kurz zuvor getan hatten, und so legte sie ihm eine Hand auf die Brust. »Und auch nicht halb so gut.«
»Das möchte ich ihm auch nicht raten. Soll ich jetzt noch einmal hindurch?«
Matilda sah hinauf zum Himmel. Die Sonne hatte ihren höchsten Stand bereits überschritten, und wenn sie die Mittagssonne nicht nutzten, mussten sie einen ganzen Tag lang warten. So gern sie auch eine weitere Nacht in dem Elfenhaus verbracht hätte, und zwar mit Steinarr, blieb ihnen doch nicht genug Zeit dafür. »Ja, wenn Ihr so freundlich wärt.«
Steinarr verschwand hinter dem Stein, und sie hörte ein Schaben, bevor sein Kopf in der Öffnung erschien und er begann, sich hinauszuzwängen.
Sie wischte ihm mit ihrem Ärmel die Stirn ab. »Ihr schwitzt.«
»Geboren zu werden ist ziemlich anstrengend.«
»Geboren zu werden«, wiederholte sie. Da war doch etwas ...
»Ihr liegt falsch herum. Wenn ein Kind auf die Welt kommt, liegt es zunächst mit dem Gesicht nach unten, aber sobald der Kopf heraus ist, dreht es sich um.« Sie drehte ihre Hände. »So, bis es fast ganz mit dem Gesicht nach oben liegt.«
»Und woher weißt du das? Haben die Bauernmädchen da in deiner Scheune auch Kinder zur Welt gebracht?«
»Nein, aber Lady Amabel, auf deren Gut ich zur Erziehung war, bekam jedes Jahr ein Kind, und wir mussten alle zugegen sein. Sie sagte, wir sollten es lieber bei jemandem sehen, der es leicht hinter sich bringt. Dreht Euch um!«
Steinarr brummte und stöhnte, was sie durchaus an Lady Amabels Wehen erinnerte. »Zu eng. Lass mich zurückkriechen und es andersherum versuchen.«

Er verschwand wie ein Wurm in seinem Loch. Kurz darauf erschienen seine Arme wieder, dann seine Stirn. Dann aber hielt er inne. »Es geht nicht. Ich kann mich nicht drehen.«
»Ihr könntet, wenn Ihr nicht so ein Riesenbaby wärt«, sagte sie und ergriff seine Hände. Dann hielt auch sie inne. »Ihr seid zu korpulent. Robin ist schlank wie ein Schilfrohr, so wie es Vater war. Kommt heraus da! Jetzt bin ich dran. Schnell, bevor die Mittagssonne weg ist.«
Sie rannte um den Stein herum und schlüpfte in das Loch hinein, sobald er draußen war. Ohne allzu große Mühe drehte sie sich in die richtige Position. Doch als sie aus dem Loch herauskam, war Steinarr nicht da. Sie rief nach ihm. »Was macht Ihr?«
Eine Hand hob ihre Röcke an, und sie spürte einen Luftzug auf ihren Schenkeln und ein wenig oberhalb davon. »Die Aussicht genießen.«
»Hört auf damit!« Sie trat aus und traf etwas, was ein schmerzvolles »Uff« auslöste. Einen Augenblick später erschien er vor ihrem Kopf, mit rotem Gesicht, aber lachend. »Du solltest nicht nach etwas treten, das du nicht sehen kannst, wenn du jemals wieder in den Genuss meiner Gefälligkeiten kommen willst. Gleit hinein und komm langsam wieder heraus, Kind. Und sag mir, was du siehst.«
Genau in dem Moment, als ihr Blick unter den Überhang glitt, sah sie kurz etwas Rotes aufleuchten. Sie schob sich zurück. Dasselbe Aufblitzen ließ sie erstarren.
»Da!« Sie zeigte hinauf. »Da ist etwas Rotes in dem großen Klumpen, der da vorsteht.«
»Ich sehe nichts.« Er griff nach oben und tastete das Gestein ab. »Wo?«
»Höher. Fast oben am Fels.«
»Dann muss ich hinaufklettern.« Er tastete nach etwas, um

sich festzuhalten und Halt für seine Füße zu finden, und arbeitete sich langsam aufwärts, während sie ihm die Richtung zeigte.
»Beeilt Euch. Das Licht wird bereits schwächer. Ja, richtig. Richtig. Höher. Da. Ihr berührt es schon mit der Hand.«
Er klammerte sich an die Felswand. »So lässt es sich nicht lockern. Ich muss weiter hinauf. Pass du auf.«
Er kletterte weiter hinauf, zog sich über die Kante und war nicht mehr zu sehen, als losgelöste Steine abstürzten. Matilda hielt schützend beide Arme vors Gesicht, bewegte sich aber nicht, selbst als Kieselsteine ihr auf den Kopf fielen, denn sie fürchtete, diesen roten Schimmer aus den Augen zu verlieren, sobald sie sich von der Stelle bewegte. Dann hörte der Steinschlag auf, und kurz darauf erschien Steinarrs Kopf wieder über der Kante. Das Rot verschwand, als er seine Finger darum schloss. »Dieser Brocken hier?«
»Aye. Was ist das?«
»Das werden wir gleich sehen. Es sitzt im Stein.« Steinarr zog sein Messer heraus und begann, mit dem Griff gegen den Brocken zu hämmern. Große Stücke platzten unter seinen Schlägen ab. »Es ist Mörtel, richtiger Mörtel, gemischt mit Kieselsteinen.«
»Dann haben wir es also.« Sie krabbelte heraus und drehte ungeduldig an einem Zipfel ihrer engen, auf dem Handrücken aufliegenden Ärmel, während Steinarr weiter gegen den Brocken schlug, Mörtelmasse abfiel und wenig später ein rotes Teil, an dem noch etwas befestigt war, zum Vorschein kam. »Was ist das?«
»Du kannst es dir gleich selbst ansehen. Geh ein Stück zurück. Ich will ja nicht auf dir landen.« Er verstaute das Objekt in seinem Umhang. Dann ließ er sich vorsichtig über die Kante herunter und suchte nach einer Stelle, wo seine Füße

Halt fanden. Wieder hagelte es Steine, als er langsam abwärtsstieg.
»Seid vorsichtig.«
Kaum hatte sie es ausgesprochen, als ein Gesteinsbrocken unter seiner Hand nachgab. Steinarr fiel nach hinten, landete mit einem dumpfen Aufschlag unsanft auf dem Boden.
»Scheiße!«
»Habt Ihr Euch weh getan?«
Er stand auf und rieb sich das Gesäß. »Nur am Allerwertesten.«
»Ich dachte immer, das Allerwerteste eines Mannes sei vorn.«
Lachend legte er ihr einen Arm um die Taille und zog sie an sich. »Mir scheint plötzlich, ich begleite weder eine Lady noch eine Dienerin, sondern den Hofnarren des Königs. Ist das so bei dir nach einem Beischlaf? Dass du ständig Witze reißt?«
Ihre Wangen begannen zu glühen. »Ich weiß nicht. Es kommt eben einfach so über mich. Ich bin genauso erstaunt wie Ihr. Habt Ihr etwas dagegen, Mylord?«
»Keineswegs. Dass du Witze darüber machen kannst, ist ein Zeichen dafür, dass es dir gefallen hat.«
Sie gab ihm einen Kuss auf die nackte Haut, die der Ausschnitt seines Unterhemds freigab. »Habt Ihr daran gezweifelt?«
»Dieses Mal nicht, nein.« Er ließ sie los und gab ihr einen Klaps auf den Hintern. »Aber halt deine Zunge im Zaum, wenn andere Leute dabei sind, mein Herz, sonst muss ich verraten, dass du meine Geliebte und nicht die Dienerin meiner Lady bist.«
»Ich *bin* Eure Geliebte. Was habt Ihr für mich?«
Er griff in seinen Umhang und reichte ihr einen Zylinder von ähnlicher Größe wie der, den Robin aus dem Astloch

herausgeholt hatte, aber dieser hier war mit Leder beschlagen. Matilda setzte sich ins Gras und ins Sonnenlicht. Sie polierte den großen roten Stein mit ihrem Ärmel, hielt ihn gegen die Mittagsonne und bewunderte den strahlenden Glanz und das schöne Rot. »Ist das ein Rubin oder nur ein Granat?«

Steinarr kniete sich neben sie. »Soweit ich mich mit Edelsteinen auskenne, könnte es auch Glas sein.«

»Wahrscheinlich habt Ihr recht. Vater würde bestimmt nicht das Risiko eingehen, einen wertvollen Stein so offen zu deponieren.«

»Er hatte den Mörtel so aufgetragen, dass nur noch eine Ritze blieb, durch die Licht auf ihn fallen konnte. Er war nur bei sehr hellem Licht sichtbar, weshalb er nur in der Mittagssonne gefunden werden konnte. Selbst als ich jetzt da oben war und wusste, dass er dort war, konnte ich ihn kaum ausmachen.«

»Aber dennoch, was wäre passiert, wenn jemand anders ihn vor uns gefunden hätte?«

»Nun, das hat ja niemand. Los, mach den Zylinder auf!«

Sie wollte den Deckel abdrehen, aber er saß fest. Sie versuchte, ihn mit ihrem Messer abzuheben, aber der Deckel bewegte sich nicht.

»Lass mich mal sehen.« Steinarr sah sich den Zylinder an, nahm ihr dann das Messer aus der Hand und schnitt die Naht auf, die das Leder zusammenhielt. Darunter zeigte sich eine Wicklung aus Kupferdraht. Rasch wickelte Steinarr den Draht ab, und als das letzte Stückchen Metall abgewickelt war, fiel der Holzzylinder auseinander, in vier Teile, zwei Hälften und zwei Grundflächen, und ein zusammengerolltes Pergament kam zum Vorschein.

»Woher wusstet Ihr das?«

»Das ist das Heft eines Schwertes. Die Angel, der dünnste Teil der Klinge, ist meist mit einem halbierten Griffholz umlegt, das sind diese beiden lange Stücke, die durch Wicklung oder Vernietung gehalten werden. Darunter sind Parierstange und die Schneide, der scharf geschliffene Teil der Klinge.« Er legte seine Finger in den Hohlkörper des Zylinders, um ihr den Ort der Angel zu demonstrieren, dann hielt er das Stück mit dem roten Stein hoch. »Wahrscheinlich war das der Knauf, und dieses andere Teil wurde mit dem Ziel angefertigt, die untere Grundfläche zu verschließen. Diese Nuten hier hielten es zusammen. Sie ließen sich nicht öffnen, ohne den Griff auseinanderzunehmen.«
»Darauf wäre ich niemals gekommen.«
»Aber Robin. Er hat schon mit dem Schwert geübt. Er würde ein Heft erkennen und wissen, wie es konstruiert ist. Dein Vater hat das Rätsel für ihn erdacht. Vielleicht würde Robin den Stein sogar von einer Waffe kennen, die er schon einmal benutzt hat.« Steinarr hob das Pergament auf und gab es ihr. »Lies vor!«
»»Als Nächstes besuche das Dorf, wo weise Männer einen König täuschten, und nimm den Vogel mit, den sie in einem Strauch verborgen halten.« Grinsend sammelte sie die verstreut herumliegenden Teile und Stücke ein und verstaute sie in ihrem Beutel. »Er hat sich das Rätsel zwar für Robin ausgedacht, aber diese Antwort weiß *ich*. Wir reiten nach Gotham.«
Er half ihr aufzustehen, und sie machten sich auf den Weg zu den Pferden. »Du scheinst dir da sehr sicher.«
»Das bin ich auch. Vater erzählte diese Geschichte jedes Mal, wenn König Edward auf seiner Reise durchs Land bei uns vorbeikam. Vor hundert Jahren drückten sich die weisen Männer von Gotham davor, König John und seinen Hofstaat

bewirten zu müssen, indem sie taten, als wären sie in Wahnsinn verfallen. Vor lauter Angst, er könne sich bei ihnen anstecken, ritt der König an dem Dorf vorbei und ließ sich anderswo nieder.«
»Weise Irre, allerdings.« Steinarr bückte sich und verschränkte die Finger ineinander. »Und der Vogel?«
»Damit ist der Kuckuck gemeint«, sagte sie, als er sie in den Sattel hob. Sie zog ihre Röcke zurecht, während er Anstalten machte, aufzusitzen. »Eines der irren Dinge, die sie vor dem König aufführten, bestand darin, dass sie sich um einen Strauch herumstellten und einander an den Händen hielten. Als König John fragte, was sie dort taten, behaupteten sie, sie hielten den Kuckuck gefangen, damit sie ihn das Jahr hindurch rufen hören könnten. Ihr wisst doch, wo Gotham ist?«
»Mehr oder weniger.« Er nahm seinen Platz vor ihr ein, und sie schlang die Arme um seine Hüften.
»Wie weit ist es bis dorthin?«
»Eine Tagesreise, wenn wir auf der Straße reiten könnten, aber Nottingham liegt von hier aus gesehen dazwischen. Ich will nicht das Risiko eingehen, dass Guy oder Baldwin oder irgendeiner ihrer Schergen dich sieht. Oder mich. Wir bleiben weiter im Wald und reiten in Richtung Westen um die Stadt herum. Zwei Tage, vielleicht auch drei, wenn diese Wolken Regen bringen.«
Matilda warf einen Blick nach Westen, wo sich am Horizont ein dunkler, grauer Streifen erstreckte. »Dann wollen wir hoffen, dass sie das nicht tun.«

»Priorin Celestria, ich habe gerade erst erfahren, dass Ihr kommen würdet. Willkommen. Willkommen auf Headon Hall.«
Der Gutsverwalter ließ sich nieder auf ein Knie und wartete,

bis Cwen auf die schmutzige Kappe tippte, die er auf seinem noch schmutzigeren Kopf trug. »Der Himmel segne Euch, Reeve. Steht auf, die anderen auch.«

Etwa ein Dutzend Männer und Frauen, die sich bei ihrer Ankunft in der Halle von Headon aufgehalten hatten, standen auf, ebenso wie der Verwalter.

»Wir hatten Euch nicht erwartet, ehrwürdige Mutter«, sagte er, während sie sich verstohlen die Hände an ihrem Habit abwischte. »Niemand ließ uns eine Nachricht zukommen.«

»Es war mein Wunsch, das Gut zu besuchen, ohne den Steward davon in Kenntnis zu setzen, denn ich wollte feststellen, wie die Dinge hier wirklich stehen. Wo ist er?«

»In Leicester, ehrwürdige Mutter. Er begab sich dorthin, um die diesjährigen Seile zu verkaufen. Er erzielt dort einen besseren Preis als in Nottingham.«

»Nun, gut, dann werde ich mir eben ansehen, wie *du* während seiner Abwesenheit das Gut verwaltest. Lass ausgeruhte Pferde satteln. Ich möchte überprüfen, wie es mit der Ernte vorangeht.«

»Jetzt? Ich meine, verzeiht, aber es ist schon spät, ehrwürdige Mutter. Wollt Ihr nicht lieber bis morgen früh warten?«

»Fürchtet Ihr, was ich sehen könnte?« Sie tat den Protest des Verwalters mit einer Geste ab. »Ich werde meine Abendmahlzeit im herrschaftlichen Gemach einnehmen. Kapaun mit Bittergemüse und Mandelkuchen.«

»Jawohl, ehrwürdige Mutter.« Der Verwalter schnauzte den Dienstboten ein paar Anweisungen zu, dann folgte er ihr nach draußen. Verwirrt sah er sich auf dem Hof um. »Ihr reist doch sicher nicht allein, ehrwürdige Mutter. Wo sind Eure Begleiter?«

»Die habe ich leider unterwegs verloren. Sowohl Vater Renaud als auch Schwester Paulina.«

»Verloren? Wollt Ihr damit etwa sagen, sie sind tot?«
Eigentlich wollte sie gar nichts sagen, aber es würden Fragen aufkommen. Also konnte sie die Geschichte ebenso gut sofort erzählen. »Nein. Aber unglücklicherweise sind Ihre Seelen verloren. Sie sind zusammen durchgebrannt und haben ihr heiliges Gelübde gebrochen.«
Die Augen des Verwalters weiteten sich vor Entsetzen. »Schlimmer als tot, also.«
»Man wird sie finden und bestrafen«, sagte Cwen. Und das nicht zu knapp. In der zweiten Nacht hatte sie die beiden erwischt, als sie es wie die Schweine im Wald miteinander trieben, womit die Jungfräulichkeit des Mädchens dahin war, noch bevor ihr Blut zu seinem eigentlichen Zweck vergossen werden konnte. Eigentlich hätte man sie an Ort und Stelle töten müssen, angesichts dieser Blasphemie sowohl den alten Göttern als auch ihrem neueren Gott gegenüber, aber es waren andere Leute in der Nähe gewesen, und aus Furcht, entdeckt zu werden, hatte sie die beiden am Leben gelassen. Am nächsten Morgen waren sie geflohen und hatten sie zurückgelassen, mit nichts außer der Gewissheit, dass sie diese Reise wohl aus irgendeinem anderen Grund angetreten hatte. »Zeigt mir zunächst das Getreide und anschließend die Erbsen und Bohnen.«
Sie saßen auf und ritten hinaus auf die Felder, wobei Cwen dem Gutsverwalter die gleichen Fragen stellte, die auch ein Grundherr ihm gestellt hätte, und die der Verwalter auch alle beantwortete. Sie aber widmete den Antworten keine große Aufmerksamkeit, sondern war vielmehr damit beschäftigt herauszufinden, was es nun war, das die Götter mit ihr vorhatten. »Wo sind die Köhler, die Lord Matthew uns geschickt hat?«
»Im entlegenen Teil der östlichen Wälder«, antwortete der

Verwalter. »Zu weit entfernt, um noch heute dorthin zu reiten, ehrwürdige Mutter, aber morgen will ich Euch gern dorthin bringen.«

»Sind irgendwelche anderen Fremden hier vorbeigekommen?«

»Merkwürdig, dass Ihr gerade jetzt danach fragt, ehrwürdige Mutter. Es gibt da zwei Fremde im Lager der Köhler. Ein Bauernjunge, der sich das Bein gebrochen hat, und ein Ritter, der sich mit ihm angefreundet hat. Und noch ein Ritter war dort und ein Mädchen, die Cousine des Jungen. Aber man sagte mir, sie seien letzte Woche fortgeritten.«

»Ritter?« Cwen kribbelte es in den Händen, und sie setzte sich aufrechter in den Sattel. »Was sind das für Ritter, die sich lieber im Lager von Köhlern aufhalten als in einem Gutshaus?«

»Ziemlich seltsame, mit noch seltsameren Namen. Einer nannte sich Sir Steinarr, und der andere, der, der noch im Lager der Köhler ist, heißt Sir Ari. Hochgewachsene Männer, beide gutaussehend und mit goldblondem Haar. Sie haben den verletzten Jungen gefunden, als ...«

Die Stimme des Verwalters verhallte im Nichts, während Cwen in sich hinein lächelte. *Der Löwe und der Rabe. Habt Dank, große Götter.* Sie unterbrach das lästige Geplapper des Verwalters mit einem Fingerschnippen. »Warum habt Ihr ihnen nicht angeboten, im Gutshaus zu wohnen? Es ist Eure Pflicht, Euch im Namen von Kirklees und der Mutter Äbtissin als guter Gastgeber zu erweisen.«

»Oh, ich habe sie gebeten zu bleiben, ehrwürdige Mutter, aber der Junge und seine Cousine kannten die Köhler und wollten lieber zu ihnen. Die Ritter brachten sie dorthin und kamen nicht wieder zurück.«

»Und der Junge und der Ra..., dieser Sir Ari sind noch dort?«

»Soweit ich weiß, ja, ehrwürdige Mutter.«

»Ich will, dass der Junge morgen zum Gutshaus gebracht wird. Wir werden uns um ihn kümmern, bis er gesund ist.«
»Aber er ist nur ein Bauernjunge, ehrwürdige Mutter.«
»Bauer oder Edelmann, er sollte zunächst hier gepflegt werden. Es ist unsere Pflicht, für Verletzte und Kranke zu sorgen. Ihr werdet ein Fuhrwerk nach ihm schicken und ein anständiges Bett in meinem Gemach für ihn bereiten lassen. Ich werde ihn selbst pflegen.«
»Jawohl, ehrwürdige Mutter.«
Sie hatte kein Interesse an dem Jungen, abgesehen davon, ihn zu benutzen, um den Raben anzulocken. Er war es, dem ihr eigentliches Interesse galt, der Seher und *Skalde,* der Dichter. Er war auf Alnwick dabei gewesen, als sie auf den Adler getroffen war. Er hatte der Heilerin und dem Stallburschen geholfen, ihren Plan zu durchkreuzen, für den sie Jahre gebraucht hatte. Nun war er hier, in ihrer Reichweite, ihr überlassen von den Göttern. Vielleicht konnte sie seine Kraft anzapfen und sie mit ihrer eigenen vereinen, ihre Rache verzweifachen.
Und dann waren da noch der Löwe und dieses Mädchen, mit dem er fortgeritten war. Die Tatsache, dass ein weiterer dieser Mörder sich mit einer Frau zusammengetan hatte, bereitete ihr Unbehagen. Denn das konnte Gefahr bedeuten. Doch es konnte ebenso gut eine Gelegenheit sein, je nachdem, welche Pläne die Götter hatten. Im Moment jedenfalls musste sie lediglich abwarten, die Priorin spielen und ihr Herz offen halten für das, was auch immer die Götter ihr boten. Alles andere würde sich finden, wenn die Zeit reif war.

Das Wetter blieb tatsächlich gut, und so kamen sie schnell voran, trotz einer großen Gesellschaft von Jägern, die Steinarr beunruhigte, woraufhin sie einen großen Bogen

nach Derbyshire ritten. Als sie kurz nach dem Mittagsgebet am zweiten Reisetag den Rand des kleinen Ortes Gotham erreichten, setzte sich Matilda aufrechter hin, wachsam.
»Also, wo sollen wir zuerst nach diesem Kuckuck suchen?«, fragte Steinarr.
Sie sah sich um, aber ihr fiel nichts Ungewöhnliches an dem Dorf auf. »Vater hatte schon immer ein gewisses Faible für Kirchengüter. Am besten fangen wir dort an.«
»Fangen wir dort an, *Mylord*«, verbesserte er sie, als er in Richtung der Kirche ritt. »Denk daran, dass du nun wieder die Dienerin meiner Lady bist.«
»Jawohl, Mylord. Und Ihr seid der Ritter, der mich von Newstead zu ihr nach Leicester bringt.« Sie hatten die Einzelheiten ihrer Geschichte in den vergangenen Tagen geändert, um sie der Richtung, aus der sie kamen, anzupassen. »Seid ruhig ein wenig ungehalten zu mir, Mylord, so wie in Harworth. Da wirktet Ihr recht überzeugend.«
»Ruhe jetzt, du dummes Ding!«, fuhr er sie an, und sie musste sich das Lachen verkneifen, als er seine Ellbogen kurz gegen ihre Arme drückte.
Die Tage seit Blidworth waren eine Offenbarung für Matilda gewesen. Das nächste Liebesspiel stand zwar noch aus – sie hatten jeden Tag derart lang im Sattel gesessen, dass Steinarr darauf bestanden hatte, sie des Nachts allein zu lassen, damit sie, wie er es ausdrückte, sich beide ausruhen konnten, anstatt es in den verbleibenden Stunden miteinander zu treiben –, dennoch hatte das extreme Verlangen bedeutend nachgelassen. Sie musste nicht mehr alle Kraft aufwenden, um ihre Seele von seiner fernzuhalten, und wenn sie doch einmal unachtsam war, schien die Verbindung zu ihm nicht mehr ganz so verzehrend. Sie fühlte sich sogar richtig wohl mit Steinarr, auch dann, wenn es darum ging, welches

Vergnügen sie aneinander gefunden hatten. Eine weitere Wohltat war, dass je ungezwungener sie sich fühlte, sie sich umso leichter und angenehmer mit ihm unterhalten konnte. Und so stellte sie nach und nach fest, dass sie ihren seltsamen Ritter nicht nur begehrte, sondern ihn sogar ein wenig mochte.
Sie erreichten die steinerne Kirche, saßen ab, um hineinzugehen, hatten aber kaum ein Dutzend Schritte zurückgelegt, als Steinarr stehen blieb und auf das Bogenfeld über dem Tor zeigte. »Da ist dein Kuckuck.«
Sie ging ein paar Schritte weiter, blieb dann stehen. »Oh nein!«
Das Tor war nicht nur mit einem Kuckuck verziert, auch nicht mit zwei Vögeln, sondern mit dreizehn – dem Kuckuck, den Steinarr ganz oben gesehen hatte plus sechs kleineren auf jeder Seite auf fein gemeißelten Sträuchern sitzend. Und darunter, auf dem Kirchhof, stand ein Gedenkstein, dekoriert mit einem Strauch mit einem Kuckuck darin.
»Ich fürchte, die Bewohner von Gotham haben die Geschichte von den weisen Männern allzu liebgewonnen«, sagte Matilda. »Wer weiß, ob es noch mehr gibt.«
Als die Glocken zum Nachmittagsgebet läuteten, wussten sie, dass dem so war. Sie hatten Kuckucke am Taufbecken und an zwei Miserikordien in der Kirche entdeckt, auf dem Schild einer einfachen Schenke im Dorf und an den Torpfosten des Guts, wobei diese denen in der Kirche sehr ähnelten und offenbar von der gleichen Hand geschaffen worden waren.
Niedergeschlagen starrte Matilda Letztere an. »Ich hätte es wissen müssen, da es so einfach schien. Wie sollen wir herausfinden, hinter welchem Kuckuck sich das nächste Rätsel verbirgt?«
Steinarr sah sich um, um festzustellen, ob sie von jemandem

beobachtet wurden. Dann ging er hinüber zu den Torpfosten und fuhr mit der Hand über einige der Kuckucke, wobei er so tat, als lehnte er sich gegen den Pfosten, um einen Stein aus seinem Stiefel zu holen. »Sie sind massiv. Es muss etwas an diesem Teil des Rätsels geben, das wir übersehen haben.«
»Aye.« Matilda wollte ihren Beutel öffnen.
»Nicht hier. Wir werden uns einen schönen Lagerplatz suchen und dort darüber nachdenken.«
»Jawohl, Mylord«, sagte sie und machte einen Knicks, ganz wie eine ergebene Dienerin, als eine Gruppe Männer, die mit Sensen ausgerüstet waren, aus dem Hof des Guts herauskamen. Steinarr stolzierte auf die Pferde zu, ohne Matilda eines weiteren Blickes zu würdigen, so wie ein Ritter es einer Dienerin gegenüber getan hätte, und sie folgte ihm, ebenso wie eine Dienerin es einem Ritter gegenüber getan hätte – indem sie hinter seinem Rücken eine Grimasse schnitt. Die Männer mussten sich das Lachen verkneifen und eilten mit gesenkten Köpfen davon, als Steinarr sich mit finsterer Miene zu ihnen umdrehte.
»Was hast du da gerade gemacht?«, fragte er, als er Anstalten machte, ihr beim Aufsitzen zu helfen.
»Ihr spielt den Ungehaltenen ganz vorzüglich, *Monsire*.«
»Darin habe ich ja auch einige Übung, seit ich dir begegnet bin.« Er bückte sich, um ihr hinaufzuhelfen, doch dann hielt er inne. »Ich könnte dafür sorgen, dass du heute Nacht hier in der Halle schlafen kannst. Du müsstest bei den Frauen der Gutsherrin in einem Raum schlafen, aber ...«
Sie legte den Kopf schief und sah ihn an, erstaunt über dieses Angebot. »Aber in der Halle könnten wir uns nicht ungestört unterhalten, *Monsire*.«
»Ich weiß, aber immerhin könntest du eine Nacht auf einem Strohsack liegen und dich mit anderen Frauen unterhalten.«

»Ein Strohsack und andere Frauen würden nicht helfen, das Rätsel zu lösen«, sagte sie leise, gerührt, weil er ihr einen Gefallen hatte tun wollen. »Abgesehen davon habe ich mich allmählich daran gewöhnt, auf dem Waldboden zu schlafen.«

Seine Stirn legte sich in Falten, so dass es schien, als sei er aus irgendeinem Grund gar nicht glücklich über ihre Entscheidung. »Dann suchen wir uns einen Lagerplatz, ich glaube, ich kenne einen guten Ort.«

Sie ritten zurück in Richtung Nordwesten bis zu dem Fluss, den sie zuvor des Morgens durchquert hatten. Dann ritten sie ein Stück in südlicher Richtung am Ufer entlang, bis sie eine höhergelegene Stelle gefunden hatten, die weit genug vom Wasser entfernt lag, um den Mücken aus dem Weg zu gehen. Sie mussten eine Weile suchen, doch dann entdeckte Steinarr schließlich einen Platz, der ihm zusagte.

Matilda musste über seine Wahl lächeln: eine Stelle, wo ein umgestürzter Baum mit seinen Wurzeln einen Teil des Abhangs eingeebnet hatte und mit seinem Stamm eine kleine Bank darbot. »Selbst hier, wo es so flach ist, gelingt es Euch noch, eine Höhle für mich zu finden.«

»Eine Höhle wohl kaum, aber die Kuhle bietet ein wenig Schutz im Rücken, um den kalten Nachtwind abzuhalten, und Torvald hat es leichter, den Platz zu schützen.« Er machte sich daran, die Seile aufzuschnüren, mit denen das Gepäck auf dem Packsattel befestigt war. »Du solltest dir den Hinweis noch einmal durchlesen, solange es noch hell genug ist. Ich werde das Lager aufschlagen, Holz sammeln und mich dann um die Pferde kümmern.«

Matilda ging mit ihrem Beutel hinüber zu dem umgestürzten Baum und setzte sich auf den Stamm. Sie zog das Pergament heraus und strich es auf ihren Knien glatt. »Als

Nächstes besuche das Dorf, wo weise Männer einen König täuschten, und nimm den Vogel mit, den sie in einem Strauch verborgen halten.‹ Es muss möglich sein, den Kuckuck mitzunehmen.«

»Hat ganz den Anschein«, sagte Steinarr.

Sie sah sich das Pergament genauso gründlich an wie das von der Marienquelle. An einer Ecke waren Abdrücke zu sehen, woran ersichtlich war, dass es schon einmal beschrieben worden war, aber ansonsten schien es keine weiteren Geheimnisse zu bergen. Matilda zog den Schwertgriff hervor, in dem das Pergament gesteckt hatte, und sah sich auch diesen Stück für Stück an, auf der Suche nach der kleinsten Spur.

Währenddessen war Steinarr damit beschäftigt, das Gepäck abzuladen und alles für die Nacht vorzubereiten, Holz zu sammeln und ein Feuer anzulegen. Als er sich auf den Boden kniete und Feuerstein und Feuerschläger hervorholte, schweiften Matildas Gedanken sogleich zurück nach Harworth, so wie jedes Mal seitdem, wenn er Feuer schlug. *Dich gleich hier nehmen,* hatte er gesagt, als er hinter ihr gekniet hatte. Sie malte sich aus, wie es wäre, wenn er auf diese Weise in sie eindringen würde. Sie hatte mehr als einmal gesehen, dass Leute es so machten, und obwohl die Priester eindringlich davor warnten, schienen sowohl Mann als auch Frau Vergnügen daran zu empfinden. Und dann hätte Steinarr seine Hände frei, um sie auf delikateste Art und Weise zu berühren ...

»Wir sollten zunächst diesen Teil des Rätsels lösen«, sagte er.

»Was?« Sie tauchte auf aus ihrer Träumerei und sah, dass er sie mit zusammengekniffenen, hungrigen Augen betrachtete. Sein Blick spiegelte genau, was sie empfand, und sie fragte sich, ob es ihr so deutlich anzusehen war.

»Bevor wir uns die Zeit nehmen, das zu tun, woran du gerade denkst, müssen wir erst das nächste Rätsel lösen.«
Sie fühlte, wie sie errötete. »Woher wisst Ihr, woran ich denke?«
»Weil ich ebenfalls daran denken muss, jedes Mal, wenn ich Feuer schlage, wegen meiner Dummheit in Harworth. Aber wenn ich bei jedem Gedanken an dich dementsprechend handeln würde, kämen wir nie dazu, Robins Schatz zu finden, weil wir es die ganze Zeit miteinander treiben würden.«
»Mir geht es ebenso.«
Er erstarrte. Seine Lippen wurden zu einem dünnen Strich, und er schloss die Augen, holte tief Luft und stieß dann einen Seufzer aus. »Das musste ich jetzt nicht unbedingt hören.«
»Ihr sagtet doch einmal, es sei keine Schande, aufrichtig zu sein.«
»Ein bisschen weniger Aufrichtigkeit deinerseits, *Frau,* wäre hilfreich, um meine Gedanken von deiner Scham fernzuhalten. Wir müssen uns zusammenreißen, es sei denn, es bleibt wirklich einmal Zeit, während der wir uns nicht auf unsere Aufgabe konzentrieren müssen.«
Sie kaute auf ihrer Unterlippe. »Natürlich, aber ...«
»Aber *nun* wird es Zeit für das Rätsel«, sagte er mit Bestimmtheit. »Was hast du entdeckt?«
»*Rien.* Nichts.«
»Wäre es möglicherweise hilfreich, wenn du mir die Geschichte ausführlich erzählen würdest?«
»Das meiste davon habt Ihr bereits gehört. Vater mag ... mochte Geschichten, aber er gehörte nie zu den Menschen, die dazu neigen, eine Geschichte über das Wesentliche hinaus auszuschmücken. Die Geschichte von Gotham erzählte er nur, weil er, sosehr er den König auch mochte, Edwards

Besuche gleichermaßen als eine Last empfand und er die Leute von Gotham dafür bewunderte, wie sie einst die Besuche ihres Königs vermieden hatten.«

Steinarr schnaubte verächtlich. »Diese miese Ratte.«

»Mein Vater?«, fragte sie und sträubte sich innerlich, obwohl sie ihn gelegentlich im Geiste mit noch Schlimmerem tituliert hatte. Dennoch fand sie, dass anderen Menschen etwas Derartiges nicht zustand.

»Nein, Guy. Er hat mir erzählt, dein Vater hätte die *gestes* geliebt und zugelassen, dass du dir damit den Kopf anfülltest. Er sagte, nur aufgrund deiner Liebe für *gestes* hätte der Bastard le Chape dich von zu Hause weglocken und zu dieser Schatzsuche überreden können. Das hat noch dazu beigetragen, dass ich dachte, du und Robin ...«

»Guy lügt in vielerlei Hinsicht. Wenn ich ein Mann wäre ...« Um auf andere Gedanken zu kommen, fingerte sie an dem Schwertknauf herum, hob ihn dann in Augenhöhe und sah durch den Granat hindurch. »Wenn ich ein Mann wäre, würde ich alles auf den Kopf stellen, so wie es durch diesen roten Edelstein aussieht. Ihr steht auf dem Himmel, *Monsire*.«

Sie ließ den Knauf zu den anderen Stücken in ihrem Schoß fallen. Dabei traf der Edelstein das Stück Leder des alten Zylinders, so dass es hinunterfiel. Als Matilda sich bückte, um es wieder aufzuheben, fielen ihr plötzlich ein paar feine Linien auf der Innenseite des Leders auf. Mit klopfendem Herzen strich sie es glatt. »Seht nur! Auf der Innenseite des Leders, ich glaube, das ist eine Karte.«

Steinarr ging zu ihr hinüber, und gemeinsam zeichneten sie die Linien nach, von denen die meisten so fein waren, dass man sie auf der rauhen Innenseite des Leders kaum sehen konnte. »Stimmt. Gut gemacht, Marian.«

»Ist mir nur zufällig aufgefallen. Das Licht fiel gerade darauf. Ist das Gotham?«

»Ja. Siehst du, wie die Linien sich gabeln, genau wie in dem Dorf. Und das Kreuz hier, genau an der richtigen Stelle, um die Kirche zu markieren.«

»Dann muss das unser Kuckuck sein.« Sie wies auf die groben Umrisse eines Vogels in der Nähe einer der Abzweigungen. »Ist das einer von denen, die wir schon entdeckt haben?«

Er strich über die Karte und markierte im Kopf diejenigen, die sie bereits gesehen hatten. »Nein. Wir werden uns morgen auf die Suche danach machen müssen. Die Sonne geht bald unter.«

»Dann können wir jetzt nichts weiter tun?«

»Nein. Heute nicht mehr.«

»Schön.« Vorsichtig sammelte sie die Einzelteile des Schwertgriffs ein und verstaute sie in ihrem Beutel. Sie legte ihn neben sich, drehte sich wieder um und umschlang Steinarrs Nacken. »Dann haben wir also Zeit, ein Feuer zu entfachen. Zeigt mir, wie mein Feuerstein, wenn er mit Eurem Feuerschläger geschlagen wird, Funken sprüht, Mylord.«

»Diese Lektion hast du doch eindeutig schon gelernt.« Er küsste sie auf die Stirn, nahm behutsam ihre Arme herunter und bedeckte ihre Handflächen mit Küssen, bevor er aufstand und zum Feuer hinüberging. »Leider haben wir keine Zeit.«

»Aber wir haben doch noch die ganze Nacht vor uns.« Sie ging zu ihm und schlang die Arme um seine Taille. »Wir hatten einen nicht allzu anstrengenden Tag, und morgen müssen wir zumindest so lange in Gotham bleiben, bis wir den Kuckuck gefunden und herausbekommen haben, wohin er uns führt. Wir können die ganze Nacht damit verbringen,

es zu treiben, wenn uns danach ist.« Sie stellte sich auf die Zehenspitzen. »Und mir ist danach.«
Sie küsste ihn, doch es war, als würde sie eine Statue küssen. Entschlossen setzte sie alles daran, ihn zu verführen, ließ ihre Zunge in seinen Mund gleiten, biss ihn sanft in die Lippen, bestand geradezu auf einer Reaktion, bis er schließlich aufstöhnte. Seine Zunge stürzte geradezu in ihren Mund, voll dieser wilden Leidenschaft, die sie so oft gespürt hatte, und angestachelt stöhnte sie und nestelte an seiner Gürtelschnalle.
Er griff nach ihren Handgelenken, als wolle er sie wegstoßen, doch dann zögerte er, und selbst der zufälligste Beobachter hätte sehen können, wie sehr er mit sich kämpfte. Sie schmiegte sich an ihn, um ihm zu zeigen, wie sehr sie ihn wollte, aber etwas, das stärker war als Fleischeslust, ließ ihn ihre Hände wegnehmen.
»Nein, Marian. Der Tag ist beinahe vorüber. Ich muss fort.«
»Nein. Bleibt, bitte! Selbst wenn wir nicht ... Bitte bleibt!«
»Ich kann nicht.«
»Aber warum nicht? Es sind schon zwei Nächte vergangen, seit wir in dem Elfenhaus miteinander geschlafen haben, das ist nun die dritte, und ich verstehe einfach nicht, warum?«
»Ich sagte doch ...«
»Zuerst sagtet Ihr, ich wäre zu lästig, dann, dass Ihr mich zu sehr wolltet, als Nächstes, dass wir, wenn wir es miteinander trieben, zu müde wären, um weiterzureiten. Jetzt haben wir Zeit genug und einen angenehmen Tag sowohl vor als auch hinter uns, und Ihr wollt trotzdem nicht bleiben. War ich so schlecht im Bett, dass Ihr alles daransetzt, um mir aus dem Weg zu gehen?«
»Du bist wunderbar, sowohl im Bett als auch sonst«, sagte er,

und sie empfand seinen Taumel der Lust, was seine Worte nur noch bekräftigte. »Und ich will dich wieder. Aber nicht bei Nacht.«

»Warum nicht? Ich will die Wahrheit hören!«

»Ich schlafe nachts nicht gut. Ich würde dich nur stören.«

»Dass Ihr fortwollt, stört mich.«

»Nicht so sehr, als wenn ich bliebe.« Qualvoll verzog er das Gesicht und platzte heraus: »Ich bin nachts gefährlich, Marian.«

Sie legte ihm eine Hand auf die Brust, um ihn zu beruhigen. »Wie kann ein Mann im Schlaf gefährlich sein?«

»Ich bin ... besessen von ...« Er biss die Zähne aufeinander und schüttelte den Kopf, als müsse er sich beherrschen, etwas auszusprechen, das zu abscheulich war. »Ich habe furchtbare Träume. Ich werde gewalttätig. Ich habe sogar schon anderen Menschen Schaden zugefügt.«

»Dann würde ich dich wecken«, entgegnete sie.

»Ich wache nicht auf aus diesen Träumen. Nicht vor dem Morgengrauen.«

»Torvald könnte dich davon abhalten, Schaden anzurichten. Er beschützt mich vor Wölfen. Da wird er mich doch wohl auch vor dir beschützen können.«

»Nein.« Er riss sich los und drehte sich um zu den Pferden, damit sie seine Augen nicht sehen konnte, aber die Verbitterung, die aus ihm herausbrodelte, sagte genug. »Das kann er nicht. Und willst du wirklich, dass wir es miteinander treiben, während Torvald ganz in der Nähe Wache steht?«

Sie dachte an den schweigsamen Krieger, der Nacht für Nacht Wache hielt, und errötete. »Nein. Aber ich will in Euren Armen liegen, an Eurer Seite, auch dann.«

»Und ich hätte dich so gern an meiner Seite, so gern, aber ich kann nicht bleiben.«

»Ihr könntet wenigstens den Abend mit uns verbringen, mit mir.«

Er ließ die Schultern hängen. »Es geht nicht. Ich muss, solange es noch hell ist, eine Stelle finden, die weit genug von dir entfernt ist.«

Seine Verbitterung hallte in ihr wider und brachte all ihre Enttäuschung zum Vorschein. »Ihr wollt mich bespringen, wenn es Euch passt und die Sonne scheint, aber nicht unter einer Decke mit mir schlafen. Das ist schändlich, *Monsire*. Wahrhaft schändlich!«

»Das ist es, und es tut mir furchtbar leid. Aber mir ist lieber, du bist wütend auf mich, als dass ich aufwache und feststellen muss, dass ich dir nachts etwas angetan habe.« Er band den Hengst los und schwang sich auf dessen Rücken. »Ich kann jetzt nicht weiter darüber streiten. Ich muss fort.«

»Und mir bleibt nichts anderes übrig, als wieder einen Abend damit zu verbringen, ins Feuer zu starren, mit Eurem Gefährten, der die Zähne nicht auseinanderbekommt.«

»Aye. Denn mit Torvald am Feuer passiert dir nichts, und das ist für mich das Wichtigste.« Er dirigierte das Pferd zu ihr hinüber. »Ich stehe dir tagsüber voll und ganz zu Diensten, Marian. Damit musst du dich zufriedengeben.«

»Wie es scheint, Mylord, habe ich wohl kaum eine Wahl.« Sie kehrte ihm den Rücken zu, und als sie sich wieder umdrehte, war er längst fort.

KAPITEL 14

Am nächsten Morgen war Marian immer noch wütend, so wütend, dass sie dafür gesorgt hatte, dass das Packpferd bereits beladen war und sie selbst danebenstand, mit zusammengepressten Lippen und verschränkten Armen, bereit aufzubrechen, sobald Steinarr auf dem Lagerplatz erschien. Kratzbürstig wie ein Igel sah sie ihn an, als er ihr zulächelte, und sogleich straffte sich sein Rücken. Er versuchte doch nur, sie zu beschützen. Warum konnte sie das denn nicht einsehen?
Ungeachtet ihres Zorns war sie dennoch nach wie vor dazu bereit, ihn zu versorgen, und so lagen mehrere Scheiben Brot und Käse neben dem Feuer für ihn. Dankbar verschlang Steinarr sie, ohne ein Wort zu sagen. Anschließend sattelte er den Hengst und prüfte das Packpferd, um sich zu vergewissern, dass das Gepäck gleichmäßig verteilt und sicher verstaut war.
Es war tadellos. Er sah Marian an. »Das hast du Torvald machen lassen, oder?«
»Natürlich habe ich das Torvald machen lassen«, gab sie schnippisch zurück. »Ich bin doch kein Stallbursche. Seid Ihr fertig, *Monsire?*«
Steinarr schluckte eine scharfe Antwort hinunter – schließlich war er verantwortlich für das ganze Dilemma – und half ihr aufzusitzen.

Das Volk von Gotham strömte gerade zur Messe, als sie das Land der Domäne erreichten. Steinarr hielt sich eine Weile im Schutz des Waldes, um zu warten, bis die Kirchentür sich hinter den letzten Kirchgängern geschlossen hatte, dann gab er dem Pferd die Sporen. »Wenn wir uns beeilen, schaffen wir es vielleicht, uns deinen Kuckuck zu schnappen und zu verschwinden, bevor überhaupt jemand etwas merkt.«

Sie ritten geradewegs zu der Stelle, die auf der Karte eingezeichnet war. Sogleich zeigte Marian auf den Brunnen. »Dort. Den habe ich gestern gar nicht gesehen.«

»Ich auch nicht. Warte hier.« Steinarr sprang vom Pferd direkt auf den Rand des Brunnens und griff nach dem bronzenen Kuckuck, der auf dessen Abdeckung hockte. Er musste sämtliche Kraft aufwenden, um ihn abzubrechen, und als er abbrach, geschah dies mit einem lauten Klirren. Steinarr sah sich um, um sicherzugehen, dass es niemand gehört hatte, dann ließ er den Kuckuck unter seinem Umhang verschwinden. Es klirrte wieder, ein wenig gedämpft, als er den Kuckuck verstaute. »Ich glaube, da ist etwas drin.«

»Ist es nur der Vogel?«, fragte sie.

»Ansonsten kann ich nichts entdecken.« Er streckte sich, um vor ihr aufzusitzen. »Lass uns verschwinden, bevor man uns noch des Diebstahls bezichtigt. Wenn nötig, kommen wir noch einmal zurück.«

Er horchte aufmerksam, während sie davongaloppierten, doch ein Zetermordio blieb aus. Als sie weit genug entfernt waren und sich wieder im Schutz des Waldes befanden, machte er halt und half Matilda abzusitzen. Dann sahen sie sich gemeinsam den Kuckuck an. Er bestand aus zwei gegossenen Teilen. Steinarr lieh sich ihr Messer, weil dessen Klinge feiner war als die seines Messers, und versuchte, die Figur aufzubrechen, aber dafür war die Nahtstelle zu exakt gearbeitet. Während er mit seinen Versuchen fortfuhr, klimperte der Vogel vielversprechend.

»Irgendwie muss man doch an das Innere herankommen«, sagte Marian ungehalten.

»Kommt man auch.« Steinarr sah sich nach einem handlichen Kopfstein um, und als er einen gefunden hatte, ging er damit samt dem Vogel hinüber zu einem flachen Stein ganz in der Nähe. Wenngleich nicht fest wie Eisen, war die Bronze dennoch fest genug. Nach ein paar kräftigen Schlägen war der Kopf des Kuckucks sauber abgetrennt. Ein Ei, ebenfalls aus Bronze, fiel heraus und rollte davon. »Ich hätte ihm lieber den Schwanz abbrechen sollen.«

Sie ignorierte seinen schwachen Witz, griff nach dem Ei und schüttelte es. »Das klappert auch. Seht, es besteht aus zwei Teilen.« Sie drehte daran, und diese beiden Hälften ließen sich auseinanderschrauben. Sie schüttete den Inhalt aus: ein Holzstift, ein flacher, runder Stein, ein Stück grobes Leinen, um etwas herumgewickelt, das sich als ein Dutzend Gerstenkörner entpuppte, und ein säuberlich gefaltetes Pergament. Marian faltete es auseinander und las. »Tuckers Furt.«

»Tuxford«, sagte Steinarr.

»Tuxford. Aber da sind wir doch vor zwei Tagen vorbeigekommen!«, begehrte sie auf. »Warum kann er uns nicht einfach auf direktem Weg von einem Ort zum nächsten schicken?«

»Weil es dann keine Probe mehr wäre. Er ist Robin gegenüber sogar recht liebenswürdig. Wenn ich darauf aus wäre, jemanden auf die Probe zu stellen, hätte ich ihn von Headon hierhergeschickt, dann nach Harworth, anschließend nach Sudwell und so weiter. Oder ich hätte ihn von einem Ende Englands zum anderen und dann wieder zurückreiten lassen.«

»Dann kann man den Heiligen wohl nur dankbar dafür sein, dass nicht Ihr unseren Weg festgelegt habt. Die Rätsel sind schon schwer genug.«

»Trotzdem sind die kürzeren Strecken ein Beweis dafür, dass dein Vater Robin zumindest eine faire Chance geben wollte, es zu schaffen. Das sollte dich doch eigentlich ein wenig erleichtern.«

»Und doch tut es das seltsamerweise nicht.«

Am liebsten hätte er den Unmut, der sie die Stirn in Falten legen ließ, mit Küssen vertrieben, wenn sie in dem Moment nur nicht so schlecht auf ihn zu sprechen gewesen wäre. Stattdessen erhob er sich. »Komm! Immerhin wissen wir, wohin wir reiten müssen.«

Sie faltete das Pergament wieder zusammen und steckte es mit den anderen Teilen zurück in das Ei, verschraubte selbiges wieder und ließ es in ihren Beutel fallen. »Der Vogel ist zu groß für meinen Beutel, aber ich möchte nichts zurücklassen.«

»Wahrscheinlich recht klug von dir, wenn man bedenkt, wie geschickt dein Vater alles versteckt hat.« Er sammelte Kopf und Körper des Kuckucks ein und verstaute sie in einer der Satteltaschen des Packpferds. »Möglicherweise fällt uns irgendwann auf, dass wir den Vogel aufsägen müssen, um an eine Karte oder ein weiteres Rätsel, das sich darin verbirgt, heranzukommen.«

»Das will ich nicht hoffen«, sagte Marian und stand auf. »Ich möchte ihn reparieren lassen und zurückschicken.«

»Warum denn das? Dein Vater ließ ihn doch sicher einzig und allein für diese Suche anfertigen und dort aufstellen.«

»Ich bezweifle, dass die Leute von Gotham das wissen. Wahrscheinlich denken sie, er wurde dem Dorf gestiftet, und nun werden sie ihren Kuckuck vermissen.« Sie ließ sich von

ihm aufs Pferd hinaufhelfen und wartete, bis er ebenfalls im Sattel saß. »Ich muss feststellen, dass ich es allmählich leid bin, Dinge kaputt zu schlagen. An der Kirche in Harworth, auf dem Friedhof in Sudwell und nun hier. Wir haben sogar einem Baum einen Ast genommen, wenn auch einen morschen, und von einem Grabstein in Blidworth ein Stück abgeschlagen. Und so wird es weitergehen. Vater lässt uns überall in der Grafschaft etwas zerstören, bloß wegen dieser wahnwitzigen Idee. Ich möchte wenigstens etwas davon wiedergutmachen, wenn wir am Ziel der Suche sind.«
»Dann werden wir das tun.«
»Wir?«
»Ich bin dein Gefolgsmann, so lange du mich brauchst. Das habe ich geschworen. Wenn du mich also dabei auch benötigst, werde ich dir zu Diensten sein.«
»Aber letzte Nacht wart Ihr mir nicht zu Diensten.« Ein Vorwurf klang in ihrer Stimme mit, ebenso wie Verlangen und Ärger und Verheißung – alles zur gleichen Zeit. »Da brauchte ich Euch.«
»Nicht mehr als ich. Aber es geht nicht, Marian. Ich kann die Nächte nicht mit dir verbringen, so gern ich es auch möchte. Du sagtest, selbst der eine Morgen wäre dir genug, wenn das alles wäre, was ich dir geben könnte.«
»Da habe ich gelogen. Nein, so ist es auch wieder nicht. In dem Moment meinte ich es so, aber nun möchte ich mehr als das. Und das wollt Ihr auch. Ich *weiß* es.«
»Aber nicht auf Kosten von Robins Titel.«
»Nein, natürlich nicht. Aber wenn nicht nachts, wann dann? Unsere Tage sind ausgefüllt mit Reiten, dem Lösen von Rätseln, dem Entschlüsseln der Hinweise meines närrischen Vaters.«
»Nicht der ganze Tag. Die Pferde brauchen gelegentlich eine

Pause. Wir brauchen eine Pause oder müssen bei schlechtem Wetter Schutz suchen, oder es gibt Zeiten, wo wir einfach nichts mehr tun können für Robin und wir uns ein wenig Zeit für uns nehmen können.«
»Aber werden wir das?«
Er war froh, dass sie hinter ihm saß, so dass sie nicht sehen konnte, wie sehr er sich in diesem Moment zusammenreißen musste, um sich von ihr fernzuhalten. Denn er wusste, wie sie sich anfühlte, wie sie schmeckte ... »Ja. Ja, das werden wir. Ich gebe dir mein Wort darauf, dass ...«
»Ich brauche kein Ehrenwort. Ich kann die Aufrichtigkeit, die Euch innewohnt, fühlen. Hier.« Sie legte ihre Hand auf sein Herz, um ihm mit dieser einfachen Geste zu vergeben, und etwas in seinem Inneren schien zu schmelzen.
Diese Frau. Er wollte diese Frau, er wollte sie ganz für sich. Und nicht nur, um mit ihr zu schlafen. Sondern auch, um mit ihr zu lachen, friedlich am Feuer zu sitzen, ihr beim Nähen zuzusehen, mit ihr zu streiten und all das. Er schloss die Augen, als die Erkenntnis über ihn hereinbrach, dass all diese Gedanken müßig waren. *Bitte, Odin,* so flehte er stumm. *Lass mich ihr Herz wenigstens für kurze Zeit gewinnen. Lass sie etwas für mich empfinden, und wenn es nur für einen Tag ist, so wie ich etwas für sie empfinde. Gib mir diesen einen, winzigen Trost in all den Jahren der Qual.*
» ... Geduld«, sagte sie.
Er schlug die Augen auf. »Verzeih. Ich war mit meinen Gedanken woanders.«
»Ich sagte, alles was ich brauche, ist ein wenig Geduld.«
»Aye, Geduld ist gut.« Ihm schien, dass er nichts außer Geduld gehabt hatte, solange er zurückdenken konnte. Und er hoffte, dass sie nun genug für sie beide hatte, denn er war

nicht sicher, wie viel Geduld er noch aufbringen konnte. *Bitte. Odin. Bitte.*
»Die Straße führt hier entlang. Ich glaube, wir müssen es wagen, zumindest ein paar Meilen weit. Wir werden in Richtung Osten reiten und uns dann wieder in die Wälder schlagen, um Nottingham und Sudwell zu umgehen.«
»Was immer Ihr wollt, mein Ritter.« Sie schlang die Arme fester um seine Hüften und lehnte seufzend den Kopf an seinen Rücken. »Ich bin in Euren Händen.«
Und in meinem Herzen, dachte er im Stillen. *Und in meinem Herzen.*

Ari machte einen weiteren Besuch in Retford, gleich am nächsten Samstag, aber nicht etwa weil Edith oder Ivetta irgendetwas von dort brauchten, sondern weil *er* etwas von dort brauchte. Er stellte fest, dass der Schankwirt sein Wort hielt, und so verbrachte er eine Zeitlang damit, Geschichten gegen Wein zu tauschen, bevor er sich der Schankmaid näherte, derentwegen er noch einmal ins Dorf gekommen war. Auch sie hielt Wort: Sosehr sie auch schäkerte und scherzte, verlangte sie doch mehr als eine Geschichte für ihre Gefälligkeiten. Er drückte ihr eine Münze in die Hand, ein stiller Heuboden fand sich, und bald darauf war Ari wieder auf dem Weg ins Lager der Köhler, mit einem Lächeln auf den Lippen und der Überzeugung, dass er sein Geld sinnvoll ausgegeben hatte.
Dieses Gefühl der Zufriedenheit schwand jedoch, je näher er dem Lager kam, und obwohl er nicht genau wusste, warum, war seine gute Laune einer wachsenden Unruhe gewichen. Er schwang sich vom Pferd und übergab die Zügel dem kleinen Jungen, der beflissen herbeigeeilt war.
»Das kannst du Ivetta bringen«, sagte er dem Kleinen und

wies auf einen Sack Erbsen, der am Sattelknauf hing. »Aber bring das Pferd noch nicht weg, ich werde nämlich bald aufbrechen. Wo ist Hamo?«

»Dort.« Der Junge zeigte auf eine Reihe Baumstämme, die allmählich die erste Schicht des Kohlenmeilers bildeten. »Er wird Euch sicher erzählen wollen, dass sie Robin geholt haben.«

»Was?«

»Die Nonne und der Reeve und ein paar andere Leute sind gekommen und haben Robin mit aufs Gut genommen.«

»Verdammt noch mal!« Ari lief zu dem Kohlenmeiler hinüber und brüllte nach Hamo.

»Es war die Priorin persönlich«, beantwortete der Köhler Aris Frage nach einer Erklärung. »Sie sagte, es sei ihre Pflicht, für die Pflege des Jungen Sorge zu tragen, insbesondere, da sie erfahren habe, dass er sich auf dem Grund und Boden des Priorats verletzt hatte. Robin sagte, er würde lieber hierbleiben, aber das wollte sie nicht zulassen, erst recht nicht, als sie seine Mandelentzündung feststellte. Und wie kann man einer Priorin widersprechen? Vor allem dieser Priorin.«

»Inwiefern vor allem dieser?«

»Sie ist eine furchteinflößende Person, sieht aus, als hätte sie einen Stock verschluckt und scheint steinhart, und sie ist schon mehr als eine Ewigkeit in Kirklees. Die kam hier angefegt und packte den armen Robin und wirbelte mit ihm davon, als wäre er ein Blatt im Sturm. Gut, dass sie eine Kirchenfrau ist, sonst erginge es uns schlecht.«

Ari zog sich vor quälender Unruhe der Magen zusammen, aber die Sonne stand schon tief, und ihm blieb kaum Zeit, um etwas anderes zu tun, als sich Sorgen zu machen, im Wald zu verschwinden und die Nacht damit zu verbringen,

sich vor Eulen zu verstecken. Er hatte nicht einmal genug Zeit, um sich dem Gutshof ausreichend zu nähern, dass der Rabe hinfliegen und nachsehen konnte, ob es Robin gutging.
»Sehen wir uns dann morgen früh, Mylord?«
Ari schüttelte den Kopf. »Ich glaube, ich werde zunächst nach Headon reiten. Der Reeve hat Robin zuvor nicht gut behandelt. Ich will feststellen, ob diese Priorin ein freundlicheres Herz hat.«
»*Freundlich* ist nicht unbedingt ein Wort, das ich in Bezug auf diese Nonne benutzen würde, Mylord, aber sie wird ihn besser behandeln, aus Verpflichtung, wenn es schon nicht von Herzen kommt.«
»Das würde schon reichen. Aber ich will mich selbst davon überzeugen.«
Er nahm sich einen Moment Zeit, um eine Schale Eintopf zu verschlingen, den er Edith abgeschwatzt hatte, und machte sich bereit zum Aufbruch.
»Ihr seid uns willkommen, wenn Ihr bei uns übernachten wollt, Mylord.« Es war Hamo bereits zur Gewohnheit geworden, dies anzubieten, so wie es Ari zur Gewohnheit geworden war zu antworten: »Vielleicht ein anderes Mal. Ich komme morgen wieder und erzähle euch, wie es Robin geht.«
Er ritt so weit in Richtung Headon, wie die Zeit es erlaubte, verbrachte die Nacht damit, sich von Eulen fernzuhalten, und ritt dann weiter zum Gutshof, nachdem er sich angekleidet hatte. Er kam in dem Dorf an, als die Leute zur Messe gingen. Da der Priester ihn erspäht hatte, kam er nicht umhin, ebenfalls an der Messfeier teilzunehmen, und so suchte er sich einen Platz ganz hinten in der Kirche.
Die Priorin kniete ganz vorn, so dass lediglich ihr schwarz-

bekleideter Rücken zu sehen war, steif wie die Statue daneben in der Ecke. Ari behielt sie unentwegt im Auge, während der Gebete und des Sermons des Priesters über die Unantastbarkeit des Zehnten, konnte aber nie mehr als einen flüchtigen Blick auf ihre Hände erhaschen. Als die Kirche zu Ende war, ging er nach vorn in der Absicht, der Nonne Guten Tag zu sagen, doch kaum dass er mehr als zwei oder drei Schritte zurückgelegt hatte, wechselte sie ein paar Worte mit dem Priester, kniete wieder nieder und senkte den Kopf.
»Kann ich Euch helfen, Mylord?«, fragte der Priester.
»Ich würde gern kurz mit der Priorin sprechen.«
»Das ist nicht möglich, Mylord. Mutter Celestria sagte, sie wünsche ausgiebig zu beten. Sie wird mit niemandem sprechen, bevor sie ihre Gebete beendet hat.«
»Mmm. Dann verzeiht, Vater.«
Der Verwalter war gerade dabei, auf dem Hof des Gutshauses die Arbeiter für den kommenden Tag in Gruppen einzuteilen. Ari blieb ein wenig abseits stehen, bis die Männer sich in Richtung ihrer Pflichten zerstreuten, und wartete einen Moment, während der Verwalter mit dem Stallmeister und dem Schmied sprach.
Nach einer ganzen Weile wandte sich der Verwalter ihm zu.
»Ihr werdet nach dem Jungen sehen wollen.«
»Aye. Ich war überrascht festzustellen, dass er abgeholt worden ist.«
»Es geschah auf Wunsch der ehrwürdigen Mutter«, sagte der Verwalter, um mit diesen wenigen Worten klarzustellen, dass er niemals selbst auf einen derartigen Gedanken gekommen wäre. »Er ist im herrschaftlichen Gemach, wo er verhätschelt wird wie ein kleiner Lord. Der will sicher überhaupt nicht mehr gesund werden, bei all dem guten Essen,

das sie ihm zukommen lässt. Geht nur hinauf. Er wird sich freuen, Euch zu sehen, da bin ich mir sicher.«

Ari ging hinauf und fand Robin mit ein paar Kissen im Rücken in einer Ecke des Zimmers, vor sich einen Vanillepudding. Er war so sehr damit beschäftigt, einigen Mägden zuzusehen, die in der anderen Ecke des Zimmers vor ihren Spinnrädern saßen, dass er seinen Besucher gar nicht bemerkte, bis Ari seinen Stiefel auf den Rand der Pritsche setzte. »Ich glaube, der Reeve hat recht.«

»Sir Ari! Guten Tag, Mylord. Ich hatte gehofft, Ihr würdet kommen. Priorin Celestria nahm mich mit, bevor ich Euch Auf Wiedersehen sagen konnte.« Robins Augenbrauen zogen sich zusammen. »Recht, womit?«

»Damit, dass du gar nicht mehr von hier fortmöchtest, wegen des guten Essens und der guten Pflege.« Ari warf einen prüfenden Blick auf Robins Umgebung und war zufrieden: Die Matratze roch nach frischem Heu und nicht nach altem Schweiß und Schimmel, und Robins verletztes Bein war mit neuen Schienen versehen, die mit sauberen Verbänden umwickelt waren. Vielleicht hatte das Ganze letzten Endes für den Jungen doch sein Gutes. »Wie geht es dir?«

»Gut, Mylord. Die Rückreise war wesentlich angenehmer als die Hinreise in den Wald hinein.«

»Die Aussicht hier ist es zweifellos auch.« Ari sah mit einem vielsagenden Blick hinüber zu den Spinnerinnen, von denen einige recht hübsch waren. »Die Köhler sind nette Leute, aber bei ihnen gibt es keine junge Dame, schon gar nicht so eine wie die hübsche Rothaarige da vorne.«

Robin musste lachen. »Wohl wahr, aber selbst die würde mich nicht hierhalten, wenn mein Bein schon verheilt wäre.«

»Du willst also hierbleiben?«

»Ehrlich gesagt, Mylord, nein. Aber ich habe ein schlechtes

Gewissen den Köhlern gegenüber. Sie sind arme Leute, und jeden Bissen, den ich esse, muss einer von ihnen entbehren.«
Ari legte einen Finger an die Lippen, um dem Jungen zu signalisieren, er solle still sein. Dann senkte er die Stimme, so dass die Spinnerinnen ihn nicht hören konnten. »Du bist auch arm, Robin. Vergiss das nicht!«
Nach seiner Unterhaltung mit Steinarr in Retford hatte Ari Robin gesagt, dass die Wahrheit ans Licht gekommen war. Die Erleichterung des Jungen war beinahe rührend komisch gewesen, wäre sie nicht mit einer plötzlichen Redseligkeit einhergegangen. Es war ein Kunststück gewesen, ihn davon abzuhalten, sogleich alles den Köhlern zu erzählen.
Hier war diese Gefahr noch um einiges größer, mit Blick auf die Nonne und ihre Begleiter samt anderen Durchreisenden – von denen jeder mit Sir Guy in Verbindung hätte stehen können. Nachdem er sich vergewissert hatte, dass die Spinnerinnen viel zu sehr in ihre eigenen Gespräche vertieft waren, als dass sie hätten lauschen können, gab Ari Robin ein paar sehr knappe und genaue Instruktionen dazu, wie er seine Identität geheim halten konnte.
»Vor allen Dingen musst du als Erstes den Kopf gebrauchen. Hier.« Er tippte sich an die Schläfe und zeigte dann auf seinen Mund. »Und *dann* hier. Nicht andersherum.«
»Jawohl, Mylord.«
»Und wie heißt deine Cousine?«
»Marian.«
»Immer, und ohne Versprecher. Ihretwegen und deinetwegen. Hier gibt es zu viele schwatzhafte Münder und doppelt so viele Ohren. Du willst doch nicht, dass jemand etwas ausplaudert, das Guy auf ihre Spur bringen könnte. Oder auf deine.«
Robins Gesichtsausdruck wurde ernst. »Nein, Mylord. Ich werde aufpassen.«

»Gut. Ich habe da ein Mühlebrett gesehen. Lass uns eine Partie spielen. Dann kannst du dich darin üben, den Bauernjungen zu mimen, während ich auf die Priorin warte.«
»Das wäre mir sehr recht, Mylord. So schön die Aussicht auch ist, es wird doch langweilig, nur herumzusitzen. Und die Priorin will nicht, dass ich hier im Bett Löffel schnitze.«
»Ist auch kein Wunder«, sagte Ari. »Nur Geduld! In ein paar Tagen bist du wieder auf den Beinen.«
Sie spielten mehrere Partien, doch die Priorin erschien nicht. Schließlich musste Ari sich von dem Jungen verabschieden und ihn seinem Abendessen überlassen – das zweifellos wesentlich besser war als das, was ihn erwartete. Er machte kurz halt an der Kirche und sah die fromme Priorin noch immer vor dem Altar knien, mit gesenktem Kopf. Ari räusperte sich und hoffte, sie würde ihr »Amen« sagen und ihm einen Moment lang ihre Aufmerksamkeit schenken, aber die Frau war derart versunken in ihre Gebete, dass sie nicht einmal zuckte. Unverrichteter Dinge verließ Ari die Kirche und ritt davon. Doch er hatte nach wie vor dieses ungute Gefühl im Bauch, und er war noch gar nicht weit gekommen, als ihm bewusst wurde, dass er es so bald nicht loswerden würde. Er musste den Grund für diese Unruhe herausfinden. Und da gab es nur einen Weg. Verdammt. Allein der Gedanke, die Götter anzurufen, ließ seine Wunden schmerzen. Es war schlimm genug, wenn die Schmerzen von allein kamen, doch das Blut, das nötig war, um die Götter zu veranlassen, zu ihm zu sprechen, hatte ihn mehr als einmal wünschen lassen, sterben zu können.
»Gewährt es mir diesmal!«, sagte er gen Himmel, als er die Straße verließ, um einen ruhiggelegenen Teich aufzusuchen, den er kannte. »Gewährt es mir diesmal!«

Endlich.

Sogar für eine Frau, die gewohnt war, stundenlang zu beten, war es lange gewesen – so lange, dass der Priester sein Abendgebet längst beendet hatte und zum Essen gegangen war. Cwen stand langsam auf, mit schmerzenden und wunden Knien. Auf ungelenken Beinen umrundete sie mehrmals den Altar und stützte sich darauf, während sie ihre steifen Glieder streckte. Der Rabe war wesentlich länger bei dem Jungen gewesen, als sie ursprünglich angenommen hatte, aber sie hatte länger durchgehalten, als er warten konnte, denn sie hatte nicht gewollt, dass er sie sah, ohne dass sie zuvor einen Zauber hatte wirken können, um ihre Gesichtszüge zu verändern.

Nun aber war der Rabe fort, und ihr blieb reichlich Zeit, um zu Werke zu gehen. Sie betastete den Kelch aus getriebenem Gold, der auf dem Altar stand. Wenn sie nicht ihren eigenen, gestohlenen Kelch aus Kirklees mitgebracht hätte, wäre dieser hier ein passendes Gefäß für ihr Opfer gewesen. Sie zog in Erwägung, ihn trotzdem zu benutzen, rein aus Vergnügen daran, zu erleben, wie der Rabe des Diebstahls bezichtigt würde, doch darum ging es ihr nicht. Sie hatte größere Pläne.

Als sie wieder Gefühl in den Beinen hatte, ging sie zurück zum Gutshof und ließ sich ihr Abendessen an der Hohen Tafel in der Halle schmecken. Ein paar Worte zu einem der Bediensteten brachten die Dinge ins Rollen, und wenig später ging sie mit einem Becher in der Hand die Treppe hinauf. Der Junge lag gesättigt im Bett und döste vor sich hin, doch er schreckte sogleich auf, als sie den Raum betrat. »Guten Tag, ehrwürdige Mutter. Ich hoffe, Eure Gebete wurden erhört.«

»Das wurden sie. Wie geht es dir, mein Kind?«

»Sogar noch besser als heute Morgen, ehrwürdige Mutter.«
»Das kann ich mir nicht vorstellen«, gab sie zurück. »Hör dir nur diesen Hals an. Er schmerzt noch immer, wie ich vermute.«
»Nur noch ein wenig, ehrwürdige Mutter. Ich habe viel gesprochen, während Sir Ari hier war.«
»Dennoch bin ich der Meinung, dass man dich zur Ader lassen sollte«, sagte sie in fürsorglichem Ton. »Es wird deine Adern reinigen. Weder dein Hals noch dein Bein wird richtig gesund, bevor das nicht geschehen ist.«
Der Junge verzog das Gesicht. »Ich hasse es, zur Ader gelassen zu werden.«
»Wir mögen selten, was uns guttut. Aber dennoch müssen wir es tun. Hier, ich habe dir etwas mitgebracht, womit es dir leichter fallen wird. Trink.«
Er nahm den Becher und nippte daran. Kurz darauf öffnete sich die Tür und zwei Dienstmägde betraten den Raum, eine trug eine Schale, die mit einem Tuch bedeckt war, die andere eine weitere Schale und einen Krug mit dampfendem Wasser. Sie stellten alles auf den niedrigen Tisch neben der Pritsche. Das Tuch wurde heruntergenommen und enthüllte eine scharfe Klinge sowie den hohlen Kiel einer Feder – bestens geeignet, um eine Vene zu öffnen.
»Schließt den Fensterladen und zieht die Vorhänge um die Pritsche herum zu, damit die Zugluft abgehalten wird«, wies Cwen die Mägde an. »Der Junge muss warm gehalten werden, damit sein Blut gut fließt.«
Als alles zu ihrer Zufriedenheit arrangiert war, schickte sie die Frauen hinaus und verriegelte die Tür, bevor sie die Schalen zu der Pritsche hinübertrug.
»Es dauert nicht lange«, sagte sie. Bereits schläfrig, drehte der Junge den Kopf zur Seite, und mit zwei rasch ausge-

führten parallelen Schnitten öffnete sie die Vene an seinem Arm und schob die Schale darunter.

»Au.«

»Dein Blut fließt gut«, sagte sie, während sich die Schale allmählich füllte. Solch rotes Blut. Er war jung und gesund – und gleichermaßen jungfräulich, den Eindruck hatte sie jedenfalls gewonnen, als sie gesehen hatte, wie er sich den Dienstmägden gegenüber verhielt. Wie auch immer. Es war seine Verbindung zu dem Raben, auf die es ihr ankam, und zu seiner Cousine, die sich mit dem Löwen davongemacht hatte. Mit einem sorgfältig gewählten Zauber konnte sie sich dieses Blut zunutze machen, um ihre eigenen Kräfte zu stärken und um herauszufinden, warum die Götter sie nach Headon geführt hatten.

Sie ließ ihn zur Ader, bis er das Bewusstsein verlor, und noch ein wenig länger, damit er so lange schlafen würde, bis sie den größten Teil des Blutes in einen Wasserkrug umgefüllt hatte. Sie versteckte den Krug in einer mit drei Schlössern versehenen Truhe, in der sich ihre, Cwens, übrigen Zaubermittel befanden. Anschließend vermischte sie das restliche Blut mit Wasser, damit es den Anschein hatte, es wäre mehr.

Der Junge sah so friedlich aus, als er dort lag, beinahe so, als wäre er tot.

Aber noch nicht heute. Heute brauchte sie lediglich sein Blut. Sein Tod würde später kommen, wenn die Zeit reif dafür war, dem Raben und dem Löwen Schaden zuzufügen. Und wenn es den Göttern am meisten zur Ehre gereichte.

Tuxford lag an der alten, breiten Straße, die von London nach York führte. Jeder Edelmann in England reiste irgendwann während seines Lebens einmal über diese Straße, wo-

bei die meisten auf ihren Besuchsreisen zu ihren Gütern durch Tuxford kamen, wenn sie dem Königshof auf seiner Reise folgten, nach London reisten oder in die Schlacht zogen. So bestand jeden Tag die Möglichkeit, dass Dutzende von Englands tapfersten Rittern und edelsten Damen auf dem Weg nach Norden oder Süden die Stadt passierten.
Und jeder oder jede Einzelne davon, so wurde Steinarr nun bewusst, stellte eine Gefahr für Marian dar.
In Wahrheit wurden all diese ihnen jetzt nicht gefährlicher als vor einer Woche, als er und Marian von Harworth aus nach Süden geritten waren, aber das war, bevor sie Baldwin begegnet waren. Nun begriff er, wie viele Leute Marian erkennen konnten, wie viele sie möglicherweise von Besuchen auf Huntingdon oder Loxley oder auf dem Sitz, wo sie eine Zeitlang zur Erziehung gewesen war, kannten – eine Erkenntnis, die das Desaster in Sudwell bestätigte. Nun war ihm bewusst, dass jeder Blick eine neuerliche Bedrohung darstellte. Wenn er Marian in das Zentrum einer Stadt bringen musste, wollte er unbedingt diese Gefahr so weit wie möglich bannen.
Er ließ das Packpferd in der Obhut eines Bauern in einem abgelegenen Dorf. Sie konnten es später holen, denn ein Packpferd würde sie zu sehr aufhalten, falls sie ganz schnell die Flucht ergreifen mussten. Von der Bauersfrau lieh er sich einen safranfarbenen Schleier, der Marians Haar vollständig und ihr Gesicht größtenteils bedeckte und sie bleich und krank aussehen ließ. Kurz bevor sie in die Stadt einritten, ließ er sie ihre Lippen mit ein wenig Kreide beschmieren, damit sie weniger rot erschienen.
Was seine eigene Erscheinung betraf, so zog Steinarr sich seine Hirschfellmütze über den Kopf, um sein Haar darunter zu verbergen, und seinen Umhang fest um die Schultern.

Mittlerweile seit fast einer Woche unrasiert, sah er noch wilder aus als gewöhnlich, und das war genau richtig so. Zwar hätten ihn weitaus weniger Leute erkannt als Matilda Fitzwalter, aber er wollte nicht, dass irgendjemand von diesen Leuten seine Anwesenheit bemerkte. Die Nachricht, dass man ihn in der Grafschaft mit einer Frau hinter sich im Sattel gesehen hatte, hätte Guy oder dem Sheriff zu Ohren kommen können. Das würde sie nicht nur auf seine Spur bringen, sondern auch zu Robin führen, Headon lag nur ein paar Wegstunden nördlich von Tuxford durch die Wälder.

»Halt deinen Kopf gesenkt und sprich leise«, rief er Marian ins Gedächtnis, als sie sich dem Rand der Stadt näherten. »Und nur Englisch. Kein Französisch. Du klingst zu gebildet, wenn du Französisch sprichst. Und tu so, als könntest du nicht lesen.«

»Aye, Mylord. Ich werde darauf achten«, sagte sie, ungewöhnlich fügsam – ein Zeichen, so hoffte er, dass auch sie sich der Gefahr bewusst war.

Was auf den Hauptstraßen zwei Tage gedauert hätte, hatte auf den Waldwegen fast vier Tage gekostet. Das einzig Gute daran war gewesen, dass sie bei all der Zeit, die sie so länger im Sattel verbracht hatten, umso mehr Gelegenheit gehabt hatten, sich über das Rätsel zu unterhalten. Und fürwahr, das hatten sie. Immer wieder hatten sie das Thema gedreht und gewendet, teils in ernsthaftem Bemühen, teils zum Spaß mit den wildesten Vermutungen. Es war bereits spät gewesen am Tag zuvor, als Marian schließlich auf eine mögliche Lösung gekommen war.

Sie hatten sich wieder einmal über Gerstenkörner und über Ale und Fässer und Schenken den Kopf zerbrochen, worauf die Gerste möglicherweise hindeuten konnte, als Marian

nachdenklich sagte: »Ich überlege gerade, was für eine Mühle Tuxford eigentlich hat. Wasser oder Wind oder Ochsen.«
»Wind.« Steinarr erinnerte sich daran, als er sie zum ersten Mal gesehen hatte, vor über hundert Jahren. Damals hatte er gedacht, irgendein Narr hätte ein Schiff auf die Kuppe des Hügels gezogen. Doch dann stellte sich heraus, dass er der Narr war. »Und eine kleine Ochsenmühle. Die nächste Wassermühle liegt eine Wegstunde entfernt, am Fluss Maun.«
»Was wäre, wenn die Gerste nicht für Ale steht. Was, wenn sie für Mehl steht, und die anderen Dinge für die Teile der Mühle stehen: der Mühlstein, die hölzerne Welle ...«
»Und das Tuch für Flügel. Ich glaube, du könntest recht haben.«
Sie waren es weiter durchgegangen, aber viel weiter als bis zu ihrer anfänglichen vagen Vermutung, waren sie nicht gekommen, noch weniger darauf, wo der aktuelle Hinweis versteckt sein könnte. Doch immerhin hatten sie nun etwas, womit sie anfangen konnten. Dabei gab es nur ein Problem.
»Verflucht. Jetzt weiß ich, warum die Straße so belebt ist.« Steinarr blieb einige Hundert Meter vor dem ersten Cottage stehen. »Es ist Markttag. Wir werden morgen wiederkommen müssen.«
»Nein. Wir können nicht warten.«
»Doch, das können wir. Ich habe eine Idee – wir sind nur zwei oder drei Wegstunden von Headon entfernt«, sagte er in der Absicht, sie von ihrem hartnäckig verfolgten Plan abzubringen. »Ich könnte dich zu Robin bringen und dich frühmorgens wieder abholen. Dann kommen wir hierher zurück, wenn die Stadt nicht so bevölkert ist.«
»Nein. So gern ich ihn auch besuchen würde, es wäre mir lieber, das nächste Rätsel meines Vaters zu lösen.«

»Aber die vielen Leute ...«
»Die vereinfachen doch das Ganze. Sie werden alle auf dem Markt sein. Auch der Müller und seine Frau, darauf würde ich wetten.«
»Und alle, die uns sehen, werden sich fragen, warum wir nicht auch auf dem Markt sind«, gab Steinarr zu bedenken.
»Wir sind nur auf der Durchreise, und wir wollen uns die Windmühle genauer ansehen, weil es in unserem Dorf keine gibt.«
»Eine passable Ausrede«, räumte er ein, nicht gewillt, sich anmerken zu lassen, dass er einmal mehr beeindruckt davon war, wie schnell sie sich eine Lüge ausgedacht hatte, denn diese Fähigkeit wollte er nicht auch noch fördern. Sie jedoch fasste seine Bemerkung als Zustimmung auf und stieß dem Pferd die Hacken in die Weichen, ohne darauf zu warten, dass er ihm die Sporen gab. Während sie im leichten Galopp weiterritten, warf er ihr einen Blick über die Schulter zu. »Willst du auch gleich die Zügel halten? Macht mir nichts aus, hinten zu sitzen.«
Sie errötete. »Verzeiht, Mylord. Ich bin einfach zu dreist.«
Allerdings, das war sie. Wann hatte er schon einmal eine dreiste Frau derart gemocht?
Sie ritten direkt auf die weißen Flügel am anderen Ende der Stadt zu, wobei sie trotz Marians Zuversicht den Marktplatz mieden. Obwohl ein frischer Wind über die Anhöhe wehte, auf der Tuxford lag, standen die Flügel der Windmühle still, und als sie dort ankamen, hatte es den Anschein, als seien sie festgebunden. Steinarr stieß die Tür auf und rief: »Hallo!« Als er keine Antwort erhielt, lief Marian hinüber zu dem angrenzenden Cottage, doch auch dies erwies sich als leer.
»Seht Ihr, sie sind auf dem Markt.«
»Sieht ganz so aus.« Steinarr machte sich daran, die Mühle

zu umrunden. »Ich werde hier nachsehen, aber es könnte ebenso gut im Inneren sein.«
»Bestimmt nicht, Mylord.«
»Und woher willst du das wissen?«
»Weil es hier ist.«
Steinarr ging ein paar Schritte zurück. »Wo?«
Sie wollte auf etwas zeigen, zog ihre Hand zurück und sah sich um. »Dort, Mylord. Das Ei.«
Er ging zu ihr zurück, um sich anzusehen, was sie meinte. Ein riesiges Ei aus Alabaster, so groß wie ein ausgewachsener Mann, stand auf einem niedrigen Sockel zwischen dem Cottage und der Mühle. »Beim Gekreuzigten, ich hoffe sehr, dass Robin deine Klugheit zu schätzen weiß.«
Sorgfältig untersuchten sie den eiförmigen Stein. Die Oberfläche war glattpoliert, blank wie spiegelglattes Eis, abgesehen von einem feinen Muster, das als Band um seine Mitte eingraviert war. Steinarr zeichnete das Ornament nach und kratzte mit dem Fingernagel daran. »Es scheint ganz zu sein. Hat dieses Muster irgendeine Bedeutung?«
»Nicht, dass ich wüsste«, sagte sie, nachdem sie es eine Weile betrachtet hatte. Sie bückte sich, um den Sockel in Augenschein zu nehmen. »Das gleiche Muster findet sich auch hier. Ich glaube, wenn wir ...« Sie verschwand aus seinem Sichtfeld, dann hob sie den Kopf und sah ihn an. »Könnt Ihr das Ei bewegen? Ich glaube, der Sockel könnte hohl sein.«
Steinarr ging in die Hocke, schlang die Arme um das Alabasterei und versuchte, es anzuheben. Doch der Stein bewegte sich kaum. Er suchte besseren Halt und stemmte sich mit dem Rücken dagegen. Das Ei neigte sich langsam seitwärts.
»Höher!« Matilda wollte daruntergreifen.
»Nein!«

Sie zuckte zurück, genau in dem Moment, als das Alabasterei ihm entglitt. Mit einem dumpfen Aufprall kippte der Stein zurück. »Ich habe es gesehen. Ich hätte es herausnehmen können.«

»Du hättest eine Hand verlieren können.« Angstschweiß mischte sich mit dem der Anstrengung, und Steinarr wischte sich über die Stirn, bevor er seinen Umhang abstreifte und auf den Boden warf. »Wir brauchen etwas, womit wir den Stein verkeilen können.«

Suchend sahen sie sich auf dem Hof um und fanden ein paar dicke Holzklötze, die neben dem Cottage gestapelt waren. Steinarr wählte zwei aus, wobei einer dicker als der andere war, und reichte sie Marian.

»Wenn ich das Ei anhebe, schieb den kleineren in die Spalte. Dann hebe ich es noch einmal an, und du schiebst den größeren auf der anderen Seite rein. Die Keile müssen fest sitzen, sie müssen das gesamte Gewicht des Steins tragen, wenn ich es nicht schaffe. Und nimm deine Finger aus dem Weg.«

Erst nachdem sie seine Anweisungen befolgt hatte und der zweite Klotz richtig plaziert war, sagte er: »Jetzt.«

Er spannte sämtliche Muskeln an, um den Stein in der Balance zu halten, während sie den Spalt abtastete. Ein klirrendes Geräusch übertönte das Hämmern in seinen Schläfen.

»Ich komme nicht heran«, sagte Marian. »Noch ein Zoll.«

Er mobilisierte ungeahnte Kräfte und beugte den Oberkörper nach hinten, unter Ächzen. Langsam hob sich das Alabasterei, und Marian beugte sich hinein, in die Lücke. Kurz darauf hörte er das Schaben von Metall auf Stein und dann: »Ich habe es.«

Steinarr ließ den Stein zurück auf die Keile sinken. Als das volle Gewicht darauf lastete, schoss einer der beiden heraus.

Der Stein wackelte gefährlich. Abermals spannte Steinarr seine Muskeln an, um das Alabasterei in der Balance zu halten. »Zieh den anderen Keil heraus. Schnell.«
Sie zog und fiel rückwärts, genau in dem Moment, als das Ei seinen Händen entglitt. Mit einem dumpfen Poltern und dem Geräusch zerspringenden Steins landete es auf dem Sockel. Steinarr plumpste auf den Boden, seine Arme und sein Rücken brannten vor Erschöpfung.
Marian eilte zu ihm hinüber. »Ist alles in Ordnung?«
»Wird schon«, stöhnte er. »Was hast du gefunden?«
»Eine Dose.« Sie wollte sie ihm hinhalten. »Sieht aus wie ...«
»Ihr da! Was habt ihr dort zu schaffen?« Ein Mann mit rotem Gesicht und rotem Haar in einem mehlstaubigen Müllerkittel stürmte mit geballten Fäusten durch das Tor.
Steinarr sprang auf und stellte sich zwischen den Mann und Marian. »Macht halt, Müller. Wir wollen keinen Ärger. Und Ihr wollt sicher keinen edlen Ritter schlagen.«
Abrupt blieb der Mann stehen. »Einen Ritter?«
Steinarr klopfte auf den Griff seines Schwertes. »Einen Ritter.«
»Verzeiht, Mylord. Ich dachte, Ihr wärt – nehmt es mir nicht übel. Kann ich irgendetwas für Euch tun, Mylord?«
»Wir haben uns nur Eure Windmühle angesehen. Dort wo wir herkommen, gibt es nämlich keine, und meine, ähm, Cousine hat noch nie eine gesehen. Sie war neugierig.«
»Das war ich«, sagte Marian und stellte sich neben Steinarr. »Sie ist ja so groß wie ein Schiff.«
»Aye, das ist sie«, sagte der Müller stolz. »Gerechter Gott, ich dachte, Ihr hättet Euch an dem Ei zu schaffen gemacht.«
»Ein steinernes Ei ist ein merkwürdiges Symbol für eine Mühle«, sagte Marian. »Wie seid Ihr darauf gekommen?«
»Es ist auf mich gekommen, Mylady, besser gesagt, jemand ist für mich darauf gekommen. Es wurde hier aufgestellt auf

Geheiß des Königs. Ich erhalte jedes Jahr ein Pfund dafür, dass ich darauf aufpasse, obwohl ich nicht einmal weiß, warum. Deshalb hatte ich Sorge, Ihr könntet etwas damit anstellen.«

»Ich muss zugeben, das wollten wir auch.« Sie sah den Mann mit einem derart reumütigen Gesicht an, dass Steinarrs Herz zu rasen begann. »Ich wollte, dass mein Cousin mir beweist, wie stark er ist, indem er den Stein bewegt. Es war dumm, ich weiß, aber zum Glück entspricht seine Stärke seinem Hang zur Prahlerei. Wir können uns wieder auf den Weg machen, Cousin. Meine Neugier ist in beiderlei Hinsicht befriedigt.«

Die Miene des Müllers hellte sich auf, obwohl Marians Erklärung nahezu ebenso abstrus klang wie die Wahrheit. »Wenn Ihr wollt, Mylady, zeige ich Euch, wie die Mühle von innen aussieht.«

»Nicht nötig«, sagte Steinarr. »Vermutlich funktioniert sie so ähnlich wie unsere Wassermühle. Komm, Marian.«

»Marian.« Der Mann sah erst Marian und dann Steinarr an, und als ihm die Hirschfellmütze und der hässliche Schleier auffielen, grinste er über das ganze Gesicht. »*Die* Marian.«

»Ähm. Welche Marian wäre das denn?«, fragte sie.

»Verstehe. Wäre nicht gut, wenn es sich herumspricht. Möchtet Ihr einen Sack Mehl, Mylord? Ich habe mehr als genug, so dass ich ein wenig entbehren kann.«

Der Bursche hatte eindeutig zu viel Roggenstaub eingeatmet. Steinarr schüttelte bedächtig den Kopf. »Ich glaube nicht. Wir sind in Eile und müssen darauf achten, nicht zu viel Gewicht mitzuschleppen. Vielleicht ein anderes Mal.«

»Er steht hier für Euch bereit, wann immer Ihr Gebrauch davon machen wollt, Mylord.« In einer plötzlichen Anwandlung von Wohlwollen strahlte der Müller über das ganze

Gesicht und ging zur Seite. »Habt eine sichere Reise, Ihr beiden!«

Auf dem Weg zurück zu der Stelle, wo der Hengst angebunden stand, schien Marians Gang ein wenig sonderbar. Steinarr verlangsamte seine Schritte, um ihr zu helfen. »Was ist los? Wo ist es?«

»Zwischen meinen Knien«, sagte sie mit gesenkter Stimme und fügte hinzu: »Nicht so schnell!«

»Verflixt. Lass es bloß nicht fallen!« Sie kamen bei seinem Pferd an. »Was nun?«

»Beobachtet er uns?«, fragte sie.

Steinarr neigte den Kopf, um an ihr vorbeizusehen. »Aye, wie ein Habicht.«

»Pah. Äh, bückt Euch, als wolltet Ihr mir aufs Pferd helfen.« Sie vergewisserte sich selbst, hob ihre Röcke, als wolle sie auf das Pferd steigen, raffte dann die Säume zusammen, bis Steinarr die kleine Kupferdose sehen konnte, die sie sich genau über ihren Knien zwischen die Beine geklemmt hatte. »Nehmt sie, dann gebt sie mir und helft mir hinauf.«

Er griff nach dem kleinen runden Behälter, und in einer fließenden Bewegung nahm sie ihn wieder an sich und setzte einen Fuß auf seine ineinanderverschränkten Finger. Sie saß im Sattel und hatte die Dose außer Sicht zwischen ihren Röcken verstaut, bevor auch der aufmerksamste Beobachter mehr als einen Hauch davon hätte erhaschen können. Die heitere Miene des Müllers ließ keinerlei Anzeichen erkennen, dass er überhaupt etwas gesehen hatte.

Wenig später ritten sie aus der Stadt hinaus, und Steinarr brach in Gelächter aus. »Zwischen deinen Beinen?«

»Wo denn sonst? Mein Gewand ist zu fest geschnürt – Eure Schuld, Mylord – und die Dose ist zu groß für meinen Ärmel oder meinen Pilgerbeutel. Mir fiel nichts anderes ein, als sie

unter meinem Gewand verschwinden zu lassen, als ich aufstand. Wie gut, dass Ihr vor mir standet.«
»Trotzdem ... Woher wusstest du, dass du so überhaupt laufen konntest?«
»Das wusste ich nicht. Ich konnte es nur hoffen.«
»Vielleicht hätte er uns die Dose ja ganz einfach überlassen. Demnach, was er sagte, ließ Edward das Ei einzig für diese Suche auf seinem Grund aufstellen.«
»Das hoffe ich. Der Sockel zersprang in drei Teile, als Ihr das Ei fallen ließet. Bald kippt der Stein um, und der Müller muss auf das jährliche Pfund vom König verzichten.«
»Ich wette, das müsste er ohnehin, sobald die Suche beendet ist. Außerdem habe ich das Ei nicht fallen lassen. Einer deiner Keile hat versagt, weil du ihn nicht richtig plaziert hattest. Du kannst von Glück sagen, dass du nicht einen Arm verloren hast. Das Ei wog eine Tonne. Ich konnte es kaum zur Seite kippen.«
»Robin hätte es überhaupt nicht geschafft.«
»Er hätte natürlich Hilfe gebraucht. Vielleicht ging es genau darum – festzustellen, ob er in der Lage wäre, ein paar Männer um sich zu scharen. Willst du, dass wir stehen bleiben, damit du die Dose öffnen kannst?«
»Nicht, solange wir nicht an einem sicheren Ort sind. Und nicht, bevor ich nicht diesen schrecklichen Schleier losgeworden bin.«
»Irgendwie siehst du gelb damit aus.«
»Irgendwie *fühle* ich mich damit gelb. Beeilt Euch, *Monsire*, sonst bekomme ich tatsächlich noch die Gelbsucht.«
Sie holten das Packpferd und ihr Gepäck ab, gaben den Schleier zurück und ritten ein Stück in den Wald hinein, wo niemand zusehen würde, wie Marian die Dose öffnete.
»Leer.«

»Der Müller«, knurrte Steinarr. »Er hat das Ei bewegt und gestohlen, was sich in der Dose befand. Ich werde morgen zurückreiten und in Erfahrung bringen, was er damit gemacht hat. Ich werde es aus ihm heraushauen, wenn es sein muss.«
»Vielleicht wird das gar nicht nötig sein«, sagte sie und kaute nachdenklich auf ihrer Unterlippe. »Man kann Vater einiges vorwerfen, aber er war kein Narr. Er wäre davon ausgegangen, dass es zu verlockend gewesen wäre. Vielleicht ...«
Sie tastete die Dose von innen ab, zog ihr Messer hervor und schnitt das Lederfutter auf. Mit der Klinge fuhr sie am darunterliegenden Metall entlang, hob vorsichtig einen falschen Boden ab, und zum Vorschein kam ein Fach, aus dem sie ein gefaltetes Stück Pergament hervorzog. »Seht Ihr? Er war ein Fuchs.«
»Und du hast auch ein wenig von einer Füchsin, wie mir scheint. Aber woher wollen wir wissen, dass das alles ist? Es könnte sein, dass der Müller dennoch etwas herausgenommen hat. Etwas Entscheidendes vielleicht.«
»Das Leder zeigt keine Spuren, die erkennen lassen würden, dass etwas darauf gelegen hat.« Sie faltete das Pergament auseinander. »Es ist wieder auf Englisch.« Sie zog die Lippen zwischen die Zähne und gab sie wieder frei, während sie sich alle Mühe gab, das Geschriebene zu entziffern. »Da steht: ›Im Tal des Leen betrachte die Lady von Torcard bei der Arbeit. Der Weg, den die Reise nimmt, wird klar sein.‹ Haben wir auf dem Weg nach Gotham nicht den Fluss Leen überquert?«
»Das haben wir. Aber der Name *Torcard* sagt mir nichts.«
»Mir auch nicht. Wir werden uns erkundigen müssen, wenn wir das Tal erreicht haben. Aber seht Ihr, Mylord: Nun müssen wir wieder nach Süden reiten. Wir haben fast einen Tag Vorsprung, weil wir nicht nach Headon geritten sind.«

Er zog sie in seine Arme. »Und das wirst du mir wohl noch eine Weile vorhalten.«

»Niemals«, sagte sie und schmiegte sich an ihn, vollkommen versöhnt. »Wenn Vater diese Vorgehensweise beibehalten hat, kommen wir in etwa einer Woche auf dem gleichen Weg zurück, und dann wird Robin so weit genesen sein, dass er mit uns reiten kann.«

»Mit ein wenig Glück.« Wenn sie richtig Glück hatten, hätten sie den Schatz bis dahin bereits gefunden, und er konnte Marian bei Ari und den Köhlern in Sicherheit bringen und dann nur mit Robin den letzten Teil der Suche, den Weg zum König, absolvieren. Denn ab dann würde Guy wirklich gefährlich. Er an Guys Stelle würde Männer entlang der Straßen haben – Männer, die bereit wären, falls nötig einen Mord zu begehen, besonders wenn Robin sich Edward näherte. Dieser Gefahr wollte er Marian nicht aussetzen.

Er drückte sie fester und gab ihr einen Kuss auf die Stirn. »Komm. Ein paar Meilen schaffen wir noch. Vielleicht sogar bis nach Edwinstowe. Das ist ein hübsches Dörfchen, und ich glaube, ich weiß, wo du ein Bett für die Nacht findest.«

KAPITEL 15

»Wir könnten in einer Eurer Höhlen Unterschlupf suchen, *Monsire*.« Zwei Tage später hatte sich das Wetter verschlechtert, und Matilda kauerte sich an Steinarrs Rücken, um sich vor dem regenschweren Wind zu schützen. »In den Hügeln hier gibt es doch sicher eine.«
»Die Höhlen, die ich kenne, sind auch nicht näher als der Ort, wo wir hinwollen. Hältst du es noch aus?«
»Natürlich.«
Der Regen hatte eingesetzt, als sie von Mansfield aus in Richtung Süden ritten, sintflutartig, so dass Matilda und Steinarr bis auf die Haut nass waren und die Straße sich im Nu in einen unpassierbaren Sumpf verwandelt hatte, auf dem die Pferde rutschten und glitten und in die Knie gingen angesichts des Schlamms. So war ihnen nichts anderes übriggeblieben, als die Waldwege zu benutzen, wo der Boden mehr Halt bot, die Wege jedoch derart überwachsen waren, dass Steinarr dazu übergegangen war, die Äste mit seinem Scramasax abzuhacken. Es war eine beschwerliche, langsame und alles andere als vergnügliche Reise, insbesondere als sie die Hügel überquerten. Da wünschte Matilda, ihr Vater würde noch leben, damit sie ihn selbst umbringen konnte – eine weitere Sünde auf der Liste all der Dinge, die sie eines Tages beichten musste.

»Wie weit ist es noch?«

»Der Steward sagte, Hokenall läge eine Wegstunde südlich von Newstead Abbey.« Steinarr hatte an einem kleinen Gutshof am Rand von Mansfield haltgemacht und nach dem Weg nach Torcard gefragt. Man hatte ihm gesagt, es handele sich nicht um den Namen eines Ortes, sondern um den Namen einer Familie, den edlen Herren eines Dorfes namens Hokenall. Und nun waren sie auf dem Weg dorthin.

»Aber wo liegt Newstead?«

»Etwa in dieser Richtung.« Steinarr machte eine vage Geste in Richtung Osten und hieb auf einen weiteren Strauch ein, um den Weg für das Packpferd zu verbreitern. »Ich könnte dich dorthinbringen. Die Mönche würden dir sicher ein Dach über dem Kopf und ein wärmendes Feuer bieten, damit du wieder trocken wirst.«

»Euch auch.«

»Ich werde es warm genug haben, wo immer ich bleibe, aber um dich mache ich mir wegen heute Nacht Gedanken.« Er brach einen kleineren Ast mit der Hand ab und trieb den Hengst weiter vorwärts. »Ich wünschte, ich würde mich in diesem Teil der Wälder besser auskennen. Es könnte sein, dass es nur einen Steinwurf entfernt eine Forstwarthütte gibt, die wir aber wegen all der Bäume nicht sehen können.«

»Ich schaffe es noch bis nach Hokenall«, antwortete Matilda. »Ich bin nicht so zart besaitet, wie Ihr offenbar glaubt.«

»Du hast mir mehr als einmal deine Stärke bewiesen. Dann also auf nach Hokenall.«

Sie schlugen sich weiter durch den Wald und machten halt, wenn sie ein trockenes Plätzchen unter einem großen Baum fanden, doch bei jedem Halt spürte Matilda die Kälte nur umso mehr, und so drängte sie darauf weiterzureiten. Der

Nachmittag zog sich dahin, und das trübe Licht wurde noch düsterer. So richtete sie sich auf eine kalte, nasse Nacht ein. Dann aber hatte der Wald ein Ende, und sie kamen zu ausgedehnten Weideflächen, hinter denen Felder lagen, und dahinter wiederum befand sich ein Dorf. Selbst die Pferde schienen die freudige Erregung zu spüren, und so galoppierten sie dem Dorf und damit doch noch der Aussicht auf eine warme Nacht entgegen.

Steinarr ritt direkt zu dem Gutshaus, einem massiven Steingebäude, das von einem tiefen Graben und einer Palisade umgeben war. Rasche Erkundigungen am Tor ergaben, dass sie tatsächlich auf Hokenall angekommen waren und das Gut dem Grundherrn Peter Torcard gehörte. Steinarr fragte, ob er den Haushofmeister sprechen könne.

»Drinnen, *Monsire*. Beim Abendessen. Geht nur hinein, Ihr wollt Eure Frau sicher ins Trockene bringen.«

»Meine Cousine«, korrigierte Steinarr und bedachte den Mann mit einem tadelnden Blick.

»Verzeiht, Mylord. Mylady.« Der Mann ging einen Schritt zurück und ließ sie mit einem entschuldigenden Blick das Tor passieren.

Als sie sich der Tür des Haupthauses näherten, beugte sich Steinarr zu Matilda vor. »Bleib hinter mir, bis wir wissen, welche Sorte Mensch Peter Torcard ist und wir uns vergewissert haben, dass er keine Gäste beherbergt, die eine Gefahr darstellen könnten.«

Sie warteten am Eingang, hinter dem Türvorhang, der die Zugluft von den Speisenden abhalten sollte, während ein Diener den Steward holte.

»Willkommen, Mylord«, sagte der Steward und strich sich einige Krümel aus dem Bart, während er auf die beiden zukam. »Ihr wolltet mich sprechen?«

»So ist es. Ich brauche einen Strohsack, auf dem meine Cousine die Nacht verbringen kann. Wir wurden von dem schlechten Wetter und den unwegsamen Straßen aufgehalten.«

»Wir haben immer Platz für Reisende, obwohl nur wenige hier haltmachen, da es nicht mehr weit bis Nottingham ist.«

»Ich könnte mir vorstellen, dass es heute Nacht ein paar mehr sind.«

»Nur noch einer, Mylord, ein junger *jongleur,* der seit zwei Tagen bei uns ist.«

Während Steinarr wegen der nächtlichen Unterkunft verhandelte, ging Matilda vor zu dem Vorhang, um zwischen den Bahnen einen Blick in die belebte, fröhliche Halle zu werfen. Ein munteres Feuer prasselte im Kamin, und blütenweiße Tücher bedeckten die Tische, die reichlich gedeckt waren, obwohl nur zu Abend gegessen wurde. Auf der Estrade saß ein junger Mann, ganz in Grün und Braun gekleidet – kein *jongleur,* den sie kannte, den Heiligen sei Dank – an der Hohen Tafel und unterhielt den Lord und die Lady. Die Gutsherrin hatte den Kopf abgewandt, doch ihre Gestik kam Matilda bekannt vor, und so beobachtete sie sie interessiert.

»Sie wird also bei den Frauen Eurer Herrin schlafen?«, hörte Matilda Steinarr sagen.

»Selbstverständlich, Mylord«, versicherte der Haushofmeister. »Lady Nichola ist an der Keuschheit all unserer Frauen und weiblichen Gäste gelegen, selbst wenn sie zu den Ärmsten gehören.«

»Nichola?« Der Name und die Gestik fügten sich zu einem vollständigen Bild zusammen. »Nichola de Markham?«

Die Frau drehte sich um und sah blinzelnd zur Tür. »Habe ich da meinen Namen gehört? Wer ist dort? Steward, bringt unsere Besucher zu mir.«

»Jawohl, Mylady.« Der Steward schlug den Vorhang zur Seite und ging voraus.

»Wir wurden gemeinsam erzogen«, sagte Matilda. »Sie ist kurzsichtig, aber sie hat Ohren wie ein Luchs.«

»Das stimmt«, sagte Lady Nichola und lächelte herzlich. »Und jetzt, wo ich diese Stimme deutlich höre, erkenne ich sie. Maud!«

Sie erhob sich und ging Matilda entgegen, um sie am Fuß der Estrade in die Arme zu schließen. »Ich kann es gar nicht glauben! Ich dachte, ich würde dich nie wiedersehen, und hier schon einmal gar nicht. Gemahl, das ist Ma...«

Matilda begann heftig zu husten, trocken und keuchend, so wie sie es getan hatte, als sie auf Baldwin getroffen waren.

»Oje. Verzeih mir«, sagte Nichola. »Du bist triefend nass. Komm, lass uns zusehen, dass wir dir diese Sachen ausziehen. Ich hätte es sogleich merken müssen. Hodde, ein heißes Bad und trockene Kleidung. Lass auch etwas Met aufwärmen und eine Mahlzeit hinaufbringen. Sofort. Entschuldige uns, Gemahl.« Sie legte die Arme um Matilda und führte sie die Treppe hinauf, während die Dienerinnen sich sputeten.

»Aber natürlich, mein Herz. Ich unterhalte mich unterdessen mit Sir ...«

»Steinarr.« Er sah hinüber zu Matilda, die die Treppe hinaufging. »Steinarr Fitzburger. Verzeiht, Mylord, aber ich muss mich um dringende Angelegenheiten kümmern. Ich kann nicht lange bleiben.«

»Bei diesem Wetter?«, fragte Lord Peter.

»Ich habe nur Rast gemacht, um einen sicheren Schlafplatz für meine Cousine zu finden. Ich wusste nicht, dass sie hier einer Freundin begegnen würde, aber ich bin froh darüber. Wenn ...«

Die Tür des herrschaftlichen Gemachs wurde geschlossen, so

dass die Stimmen der Männer nicht mehr zu hören waren, und Nicholas Dienerinnen umringten Matilda, um die Schnürungen zu lösen und sie auszuziehen. Eine der Frauen trocknete sie ab, und eine andere hüllte sie in eine Decke, während eine Dritte Holz auf das Feuer legte und Holzkohle in eine Kohlenpfanne schaufelte, um den Raum schneller aufzuheizen. Ein Zuber stand schon in der Nähe der Feuerstelle bereit, halbgefüllt mit Wasser.
»Wärm deine Hände auf«, drängte Lady Nichola. »Du musst ja vollkommen durchgefroren sein. Und dann dieser Husten.«
»Das war nur ein Kratzen im Hals. Ein Staubkörnchen. Oh, ist das schön, ein vertrautes Gesicht zu sehen!« Matilda riss Nichola in ihre Arme, zog sie an sich und flüsterte ihr zu: »Aber du *musst* mich Marian nennen. Bitte. Ich werde es dir später erklären, wenn wir ungestört sind.«
Nichola wich zurück und zog besorgt ihr hübsches Gesicht in Falten, doch sie nickte. »Und es ist schön, dich zu sehen, ... Marian.«
Dienstboten strömten herein und hinaus und brachten warmen Met, trockene Kleidung sowie Eimer für Eimer heißes Wasser, frisch aus der Küche. Ein Dreibeinkessel wurde ins Feuer gestellt, für neues frisches heißes Wasser, und ein Wandschirm aufgestellt, um den Badezuber mit der Wärme zu umschließen. Hodde sah wachsam zu, wie der letzte Eimer heißes Wasser in den Zuber ausgeleert wurde, steckte dann ihren Arm hinein, um es zu durchmischen. »Fertig, Mylady.«
Hodde nahm die Decke an sich, und Matilda kletterte in den Badezuber und ließ sich mit einem Seufzer in das warme Wasser sinken. »Beim Gekreuzigten, das fühlt sich gut an. Wie ist es möglich, dass ihr so schnell ein Bad fertig habt?«

»Mein Herr und Gebieter hatte vor, heute Abend ein Bad zu nehmen, und das Wasser wurde bereits erhitzt.«
»Oh, nein! Ich möchte ihm aber sein Bad nicht wegnehmen.«
»Zu spät«, sagte Nichola fröhlich. Sie reichte Matilda ihren Met. »Trink das, damit wir dich von innen und außen aufwärmen. Und keine Sorge, wir werden das Wasser nicht wegschütten. Peter kann später sein Bad nehmen, nachdem wir dich in ein warmes Bett gepackt haben. Wir sollten für deinen Cousin auch ein Bad vorbereiten. Er ist ebenso durchnässt wie du.«
»Er ist sicher schon fort. Wie er bereits sagte, muss er etwas erledigen.« Es war merkwürdig, aber Matilda fühlte sich ein wenig besser, weil er sie auch hier zurückließ, wo andere Menschen zugegen waren und niemand erwartet hätte, dass er ihr beiwohnte. Denn es war ein Beweis dafür, dass seine nächtliche Abwesenheit nicht lediglich eine Möglichkeit war, ihr aus dem Weg zu gehen. »Ist deine Wäscherin abkömmlich? Ich würde mir liebend gern das Haar waschen lassen.«
»Dafür ist aber nicht das geeignete Wetter. Es wird ewig dauern, bis es trocken ist.«
»Nass und schmutzig ist es ohnehin. Da hätte ich es lieber nass und sauber.«
»Na schön, aber keine Wäscherin. Ich werde dir selbst das Haar waschen. Hodde, hol die Haarseife und den Nesselessig. Und noch ein paar Handtücher. Und ...«
»Ich weiß, was ich holen muss, Mylady.«
Alles wurde gebracht und griffbereit arrangiert und die Frauen anschließend hinausgeschickt. Nachdem sich die Tür hinter der Letzten geschlossen hatte, begann Nichola, Matildas Haar einzuseifen. »Weißt du noch, wie wir Lady Amabel gewaschen haben?«

»Aye«, sagte Matilda seufzend. »Sie hatte so dickes Haar.«
»Kein so dickes wie du«, sagte Nichola. Sie fuhr mit den Fingern durch die langen Strähnen, dann wickelte sie sie um ihre Faust und zog daran. »Aber ich werde dir jedes einzelne Haar vom Kopf reißen, Matilda Fitzwalter, wenn du mir nicht erzählst, was zum Teufel eigentlich los ist.«

Irgendwann in der Nacht hatte es aufgehört zu regnen, und als Steinarr wieder vollständig seine menschliche Gestalt angenommen hatte, hatte sich das Wetter geändert – am Himmel zeigten sich Sonne und Wolken. Mit etwas Glück würde es sich weiter aufklären und wieder wärmer werden, so dass seine Kleidung bei Tagesanbruch trocken wäre. Aber darauf wollte er sich nicht verlassen, ebenso wenig wie er sich darauf verlassen wollte, dass die Straßen nun wieder passierbar waren. Doch immerhin bestand Hoffnung, sowohl auf das eine als auch auf das andere, als er in den Hof von Hokenall einritt. Er überließ den Hengst der Obhut des Stallburschen, der sich bereits am Abend zuvor des Packpferds angenommen hatte.
»Sattle beide Pferde und lade meine Gepäck auf. Wir werden in Kürze aufbrechen.«
»Jawohl, Mylord.«
»Guten Morgen, *Monsire*«, sagte der Haushofmeister, als Steinarr die Halle betrat. »Lord Peter erwartet Euch im herrschaftlichen Gemach, wenn es Euch beliebt.«
Steinarr nickte dem Steward zu und stieg die Treppe hinauf. *Hol sie einfach nur hier heraus und hoffe, dass sie es herausgefunden hat,* sagte er stumm. Keine Zeit vertrödeln. Er blieb in der bogigen weit geöffneten Tür stehen.
»Guten Morgen, Mylord. Lady Nichola.« Dann wandte er sich an Marian, die in einem frischen blauen Kleid am Feuer

saß und sich die letzten Bänder in ihre Zöpfe flechten ließ.
»Cousine. Du scheinst richtig ausgeruht.«
»Nennt sie anders, *Monsire*«, sagte Lady Nichola. »Sie ist ebenso wenig Eure Cousine wie ich.«
Verflucht. »Verzeiht, Mylady, aber sie ...«
»Alles der Reihe nach.« Lord Peter winkte einen Diener zu sich heran, der heraufgekommen war und hinter Steinarr in der Tür stand. »Ich habe den Steward gebeten, ein paar Sachen herauszusuchen, die Euch passen könnten. Sie sind nicht sehr fein, aber es wird schon gehen. Sei ihm beim Umziehen behilflich, Fulk.«
Der Mann legte die Kleidung auf eine Truhe, die in der Nähe stand, und streckte eine Hand aus. »Euer Schwert und Euren Gürtel, *Monsire.*«
Wachsam warf Steinarr Marian einen Blick zu.
Sie nickte lächelnd. »Macht nur. Wenn Ihr die nassen Sachen anbehaltet, werde ich nach einer Meile auch wieder durchnässt sein.«
Steinarr legte seinen Gürtel ab und reichte ihn Fulk, dann zog er alles aus bis auf seine Unterhose.
»Die auch, *Monsire*«, sagte Lady Nichola. »Wir haben alles, was Ihr braucht.«
»Gebt mir erst das Hemd dort.« Er zog sich das weite Leinenunterhemd an und vergewisserte sich, dass es lang genug war, um seine Blöße zu bedecken, bevor er den Frauen den Rücken zukehrte und seine Hose aufschnürte. Wenig später trug er eine frische Bruche, ein warmes wollenes Untergewand und darüber ein grünes Obergewand, ebenfalls aus Wolle, das für Lord Peter möglicherweise nicht fein genug war, Steinarr jedoch besser schien als alles, was er in den vergangenen Jahren getragen hatte. Als er sich setzte, um die guten, dicken Beinlinge anzuziehen, die Fulk ihm reichte,

seufzte er vor Freude, in sauberer und trockener Kleidung zu stecken. Schade, dass er nicht auch ein Bad nehmen konnte. Marian hatte eins genommen. Er konnte die Seife und den Duft von seinem Standort aus riechen, und ihr Haar schimmerte wie eine blankpolierte Krone. Ein Teil von ihm sehnte sich danach, sich die Zeit zu nehmen, um all diese Frische zu genießen, ungeachtet der daraus resultierenden Verspätung. Er musste seinen Blick von Marian losreißen und an etwas anderes denken, um einen kühlen Kopf zu bewahren.
»Stell seine Stiefel vor das Feuer, bevor du gehst, Fulk. So können sie ein wenig trocknen, während wir uns unterhalten.« Peter schnippte mit den Fingern in Richtung der Zofen, die Matildas Zöpfe flochten. »Ihr auch. Hinaus. Und schließt die Tür hinter euch.«
»Jawohl, Mylord.« Fulk scheuchte die Zofen hinaus, entfernte sich ebenfalls und schloss die Tür.
Lord Peter wandte sich Steinarr zu. »Wir wissen es.«
»Ihr wisst was, Mylord?«
»Alles. Eure Dame hat meiner Gemahlin erzählt, was Ihr vorhabt, und anschließend haben die beiden es *mir* erzählt, noch gestern Abend, während ich mein Bad nahm – vermutlich in der Hoffnung, ich würde es in einer derart behaglichen Situation besser aufnehmen.«
Lord Peter ging vor dem Feuer auf und ab, dann blieb er stehen und warf Marian einen ernsten Blick zu, bevor er sich wieder zu Steinarr umdrehte. »Ich kann nicht behaupten, dass ich damit einverstanden bin, aber ich kann verstehen, warum Ihr Robins Interessen wahren wollt. Fitzwalter, dieser Narr, hätte seiner Pflicht nachkommen müssen, sich um einen Erben kümmern und keinen Zweifel an seiner Wahl lassen sollen, anstatt den jungen Robert kreuz und quer durch das ganze Land zu hetzen. Das sagte ich ihm und

Edward bereits, als sie hier vorbeikamen, um eines dieser Rätsel auszuhecken. Die beiden aber hielten das für einen großartigen Spaß und wollten nicht auf mich hören. Und nun sind sie auch noch dafür verantwortlich, dass der Bursche verletzt ist.«

Steinarr schwirrte der Kopf, als er versuchte, all das zu erfassen. »Ihr kennt, äh, kanntet Lord David?«

»Nicht sehr gut, aber mit dem König gehe ich des Öfteren auf die Jagd, wenn er hier vorbeikommt. Er war derjenige, der mir erzählte, was die beiden vorhatten.«

»Wisst Ihr dann vielleicht, was das letzte Rätsel bedeuten soll, Mylord, oder wo das nächste zu finden ist?«

Peter schüttelte den Kopf. »Sie haben mir nichts verraten. Ich weiß nur, dass es irgendetwas mit diesem Raum zu tun haben muss. Sie hatten sich einen ganzen Tag lang hier eingeschlossen und kamen erst am nächsten Morgen heraus, um weiterzureiten. In Richtung Norden«, fügte er hinzu, um Steinarrs Frage zuvorzukommen. »Kichernd wie zwei Lausbuben, die jemandem einen riesigen Streich gespielt haben.«

Er wandte sich an Matilda, die damit beschäftigt war, einen frischen Schleier an ihrem Haar festzustecken. »Zitiert uns das Rätsel noch einmal.«

Matilda sah hinauf zu der hölzernen Decke und rezitierte aus dem Gedächtnis. »›Im Tal des Leen betrachte die Lady von Torcard bei der Arbeit. Der Weg, den die Reise nimmt, wird klar sein.‹ Ist Euch dazu schon irgendetwas in den Sinn gekommen, Mylord?«

»Nein.« Lord Peter sah Steinarr an. »Könnt Ihr damit etwas anfangen, *Monsire?*«

Steinarr schüttelte den Kopf. »›Betrachte die Lady bei der Arbeit‹ bezieht sich sicher auf Euch, Lady Nichola. Wo geht Ihr normalerweise Eurer Arbeit nach?«

»Meistens hier am Feuer.«
Steinarr und Lord Peter nahmen grübelnd die Feuerstelle, den Rauchabzug und die angrenzenden Wände in Augenschein, auf der Suche nach lockeren Steinen, Markierungen oder irgendeiner Art Zeichen, das verraten könnte, wo Lord David und König Edward etwas versteckt hatten.
Matilda ging hinüber zu ihrer Freundin. »Und wenn du mit Handarbeiten beschäftigt bist, Nichola?«
»Dann sitze ich natürlich am Fenster, sonst könnte ich doch keinen einzigen Stich erkennen. Und selbst dort, obwohl das Zimmer von Morgen- und Abendsonne beleuchtet wird, kann ich nur an den sonnigsten Tagen arbeiten.«
»Zeig es mir.«
Nichola zerrte ihren Stickrahmen vor die Fensteröffnung, zog sich einen Stuhl heran und nahm Platz. »Genau hier.«
»Dort sitzt du also auch im Winter?«, fragte Matilda.
»Aye. Peter hat mir ein richtiges Fenster aus Glas gekauft. Er war es leid, Gewänder zu tragen, denen ein paar Stiche fehlten. Du musst es dir einmal ansehen.« Nichola stand auf und schlug den Fensterladen zu. Auf den ersten Blick konnte Steinarr gar nicht erkennen, worauf sie so stolz war, doch dann stieß sie einen kleineren Laden innerhalb des größeren auf, und zum Vorschein kam ein Rundfenster, so breit, wie Nicholas Unterarm lang war. Die Fläche bestand aus vielen farbigen Glasstücken, die mit Bleiruten zusammengefügt waren, wie bei einem Kirchenfenster. Das Zentrum der Fensterfläche aber bildete eine kreisrunde Scheibe aus durchsichtigem Glas, durchsichtig wie klares Wasser.
»Klar«, sagte Matilda atemlos. Sie schob Nichola zur Seite und spähte durch diese Scheibe. »Der Weg wird *klar* sein.«
»Du meine Güte«, sagte Nichola. »Mylords!« Doch Steinarr und Lord Peter standen bereits am Fenster.

»Ich hatte das Fenster gerade einbauen lassen, als Edward und Fitzwalter hier waren«, sagte Peter.

»Daran kann ich mich erinnern«, sagte Lady Nichola. »Der König sagte noch, wie angenehm es für mich sein müsse, bei derart gutem Licht arbeiten zu können, selbst im Winter.«

»Ist das, was ich dort sehe, ein Turm?«, fragte Marian. »Was befindet sich auf dem Hügel dort, Mylord?«

»Ich habe das Glas dort einsetzen lassen, wo es die Seele meiner Gemahlin ebenso erhellen würde wie ihre Stickarbeit, obwohl sie es auf diese Entfernung nicht erkennen kann«, sagte Lord Peter. Er schloss den kleineren Fensterladen und öffnete den größeren. Dann zeigte er auf die Spitze eines Glockenturms, der sich über die tiefhängenden Wolken erhob. »Dort liegt die Abtei von Newstead – und in diese Richtung habe ich Edward und Fitzwalter reiten sehen.«

»Dann machen wir uns auf den Weg nach Newstead«, sagte Matilda aufgeregt, doch im nächsten Moment erlosch ihr Lächeln. »Aber wie sollen wir ohne ein neues Rätsel wissen, wonach wir suchen sollen, wenn wir dort sind?«

»Ihr könntet den Abt fragen«, sagte Nichola. »Edward erwähnte an jenem Morgen wiederholt den Namen des Abts: Abt Talebot. Er machte sogar eine Art Lied daraus. *Abt Talebot. Abt Talebot.* Ich stand am Fenster und sah, wie sie davonritten, und da hörte ich, wie sie es auf dem Weg zur Straße sangen. Damals dachte ich, er fände den Reim witzig, aber nun würde ich meine beste Nadel darauf verwetten, dass sie meine Aufmerksamkeit auf den Namen lenken wollten. Ich glaube, sie sind mit dem nächsten Rätsel zu dem Abt geritten.«

»Und ich glaube, du hast recht. Du hast es geschafft, Nichola.« Matilda schloss ihre Freundin in die Arme. »Du mit deinem Fensterglas und deinen Ohren, die scharf sind wie die eines Luchses.«

Lachend gab Nichola Matilda einen Kuss auf die Wange. »Ich bin so froh, dass du zu uns gekommen bist, von mir aus auch unter dem Namen Marian. Es ist schon viel zu lange her, dass mir jemand gesagt hat, ich hätte Ohren wie ein Luchs. Nun lasst uns frühstücken und zusehen, dass ihr beide weiterreisen könnt.« Die beiden Frauen hakten sich unter und gingen die Treppe hinab.

Steinarr sah Lord Peter an. »Werden wir hier überhaupt noch gebraucht, Mylord?«

Grinsend schüttelte Lord Peter den Kopf. »Irgendetwas wird den beiden schon einfallen, womit sie uns beschäftigen können. Ihr solltet Eure Stiefel wieder anziehen.« Als Steinarr sich setzte, um sich die noch immer feuchten Stiefel anzuziehen, lehnte sich Peter gegen den Türrahmen. »Wenn ich Euch das nächste Mal begegne, erwarte ich von Euch zu hören, dass Ihr Marian geheiratet habt. Maud. Oder wie immer sie heißt.«

»Marian«, sagte Steinarr, ohne zu zögern, obwohl die Worte des jungen Lords ihm in die Eingeweide schnitten wie eine glühende Klinge. Er zog den zweiten Stiefel an und erhob sich. »Ich bin lediglich ihr Begleiter, Mylord. Wenn diese Aufgabe erfüllt ist, überlasse ich sie der Obhut ihres Bruders und bin meiner Pflicht entbunden.«

Er wollte sich auf den Weg zur Treppe machen, aber Peter streckte den Arm aus und blockierte die Tür. »Teufel noch mal! Sie bedeutet Euch etwas. Das sieht man in Euren Augen, wann immer Ihr sie anschaut. Und in ihren, wenn sie Euch anschaut oder auch nur von Euch spricht.«

In *ihren?* »Tatsächlich?«

»Aye, sogar meine Frau sieht es, obwohl sie halbblind ist.

Oder vielleicht hört sie es an Eurer beider Stimmen, da sie ja Ohren hat wie ein Luchs.« Er lachte leise. »Marian hat es genau erkannt. Nichola hört Dinge, die den meisten entgehen. Aber ganz gleich, ob sie es nun gesehen oder gehört hat, sie weiß, dass Ihr beide etwas füreinander empfindet, und sie sagte, ich solle Euch klarmachen, dass wenn ihre Freundin hier erscheint und ein Kind erwartet und Ihr sie nicht heiratet, ich Euch die Eier abschneide. Und das werde ich, *Monsire,* denn erstens höre ich auf den Rat meiner Frau, und zweitens sehe ich sie gern lächeln.« Er streckte sich und klopfte Steinarr freundschaftlich auf die Schulter. »So wie Ihr Marian, will ich doch annehmen. Und nun wollen wir uns zu den Damen gesellen, bevor sie noch beschließen, sich allein auf den Weg zur Abtei zu machen.«
Steinarr folgte ihm hinunter, wo Marian und Nichola an der Hohen Tafel Hof hielten. Der in Grün und Braun gekleidete junge Mann saß an einem der niederen Tische daneben und starrte Marian an, während sie an einer Scheibe Käse knabberte. Steinarr setzte sich auf einen Schemel neben sie und nahm sich ein wenig Eintopf und eine dicke Scheibe kalten Rinderbraten. Der Geschmack von Rindfleisch nach so langer Zeit lenkte ihn bald ab von Lord Peters Worten.
Aber doch nicht so ganz. Ein Kind konnte durchaus möglich sein. Das hatte er von Anfang an gewusst. Voller Scham erinnerte er sich daran, dass er die Absicht gehabt hatte, seinen Sprössling einem anderen Mann unterzujubeln. Aber wenn sie tatsächlich schwanger war, was sollte er dann machen? Er wusste, was er tun wollte – genau das, wozu Lord Peter ihn gedrängt hatte –, doch er wusste ebenfalls, was möglich war und was nicht. Andererseits jedoch hätte er zwei Wochen zuvor noch geschworen, es wäre niemals möglich, dass diese Frau, die ihm damals so lästig war, sein

Herz erobern würde. Er bedachte den in Grün und Braun Gewandeten mit einem finsteren Blick, bis der junge Bursche aufhörte, Marian anzustarren.

Sie verzehrten die einfache Mahlzeit und sagten einander im Anschluss an eine kurze Messe in der Kapelle Lebewohl, das seitens der beiden Frauen aus zahlreichen Umarmungen und Besuchsversprechen bestand, während die beiden Männer lächelnd zusahen. Lord Peter geleitete sie zu einem alten Pfad, der direkt von Hokenall nach Newstead führte, und versicherte ihnen, dieser sei nicht so schlammig wie die Straße.

Und das war er auch nicht. Der Pfad wurde so selten benutzt, dass er größtenteils mit Gras bewachsen war, wodurch sich der Schlamm in Grenzen hielt, aber doch oft genug, dass die Sträucher nicht zu sehr wuchern konnten. So war es ein leichter Ritt für Steinarr. Doch der ansonsten angenehme Vormittag war durchwirkt von den Gedanken an Lord Peters halb scherzhaft gemeinte Drohung, nicht aus Angst vor Peter, sondern aus Angst um Marian und wegen der Unmöglichkeit, sich ihr gegenüber in irgendeiner Weise anständig zu verhalten.

Sie rieb mit der Handfläche über seine Brust und riss ihn aus seinen Gedanken. »Ihr seid heute Morgen so schweigsam, *Monsire*. Was beschäftigt Euch?«

»Du. Dein angenehmer Duft. Es ist, als würde ich mit einem Rosenstock hinter mir reiten.«

»Ihr hättet gestern Abend bleiben sollen, um ein Bad zu nehmen. Nichola und ich hätten Euch auch noch gewaschen, und ich hätte Euch rasieren können.« Sie strich mit den Fingern über die Barthaare an seinem Kinn. »Ihr könntet jetzt ebenfalls nach Rosen duften.«

»Vielen Dank, aber nein. Du hast dabei geholfen, Lord Peter zu baden?«

»Natürlich. Nichola und ich, wir haben zusammen viele Edelmänner gewaschen, die zu Besuch waren, als wir bei Lady Amabel zur Erziehung waren. Er ist ein attraktiver Mann«, sagte sie nachdenklich, als ob es ihn interessierte, dies zu hören. »Ich glaube, Nichola genießt die ehelichen Freuden.«

Sie lachte, als er ein Schnauben hören ließ. »Ich hätte nicht gedacht, dass es noch etwas gibt, womit ich Euch schockieren kann, Mylord.«

»Eine unverheiratete Frau sollte nicht beim Bad eines fremden Mannes behilflich sein.«

»Eine unverheiratete Frau sollte auch nicht mit fremden Männern schlafen, aber darüber habt Ihr Euch nicht beschwert.«

»Das ist etwas anderes.«

»Aye, das ist es.« Sie drückte ihn kurz. »Frauen, die an einem Hof dienen, waschen ständig irgendwelche Männer. Hat man Euch noch nie ein Bad angeboten, wenn Ihr zu Gast bei einem Edelmann wart?«

»Nein.« In Wahrheit war er so selten Gast eines Edelmanns gewesen, dass er nie Zeit für ein Bad gehabt hatte. »Und in meiner Heimat ist so etwas nicht üblich. Männer und Frauen baden getrennt.« Das taten sie jedenfalls früher.

»Nun, hier gehen alle Damen an die Hand, ganz gleich, ob verheiratet oder nicht. Es ist eine Art, dem Gast seine Ehre zu erweisen und, ich glaube, Ehemänner für die überzähligen Töchter zu finden, demnach zu urteilen, wie oft bei einem unserer Nachbarn gebadet wurde.«

»Warum?«

Sie musste lachen. »Sie hatten acht Töchter.«

»Acht!« Er grinste, als er an das Gekicher anderer junger Mädchen denken musste. »Ich hatte einen Freund, der hatte sechs, alle rothaarig wie ihre Mutter. Ich habe sie einmal gesehen, als er auf dem Weg nach London zur Curia Regis war. Aber ich bezweifle, dass er sie irgendjemanden hat waschen lassen.«

»Ich wette, das hat er doch. Vater sagte immer, rothaarige Frauen bringen Unglück.«

»Diese Frauen brachten meinem Freund nur Glück. Insbesondere seine Ehefrau. Ihr Name war Alaida. Ich habe sie leider nur einmal gesehen, doch selbst als sie schon leicht ergraut und ein wenig unförmig war, nachdem sie all die Töchter bekommen hatte, konnte ich verstehen, warum sie Ivar so viel bedeutete.« Bis zum heutigen Tag war sie die Frau, an deren Bild Steinarr sich klammerte, um nicht die Hoffnung zu verlieren, so wie die Christen sich an ihre heilige Jungfrau klammerten. Schon vor langer Zeit hatte er diese Hoffnung so tief in sein Inneres verbannt, wo sie ihn nicht quälen konnte, nun aber stieg sie erneut auf – dieses Mal mit einem Gesicht mit Erdbeermund und einer Krone aus wunderbar goldenem Haar.

»Er hat sie wohl sehr geliebt«, sagte die Besitzerin ebendieses Gesichts leise. »Das höre ich am Klang Eurer Stimme.«

»Ja, das hat er.«

»Dann konnte sie sich ebenso glücklich schätzen wie er.«

Danach herrschte Schweigen, das jedoch nur ein paar Dutzend Yards anhielt, denn plötzlich spitzte der Hengst die Ohren und drehte sie nach hinten. Das Packpferd wieherte und tat es ihm nach, und Steinarr straffte die Schultern.

»Wir werden verfolgt.«

»Wirklich?« Sie wollte sich umdrehen und nachsehen, aber Steinarr drückte kurz ihren Arm.

»Nicht bewegen«, sagte er, während er seinen Bogen, der neben seinem Knie hing, loshakte und einen Pfeil aus dem

Köcher daneben herauszog. »Halt dich fest und mach dich auf alles gefasst!«
Er hatte gerade den Pfeil angelegt und rechnete sich aus, wie lange es dauern würde, die Abtei zu erreichen, als hinter ihnen lauter werdender Hufschlag ertönte. Marian schrie leise auf und klammerte sich an Steinarr, während dieser den Hengst herumriss und seinen Bogen spannte.
Der junge *jongleur* aus Hokenall kam in Sicht, auf dem hässlichsten Falben, den Steinarr je gesehen hatte. Als der Bursche den Bogen sah, brachte er das Pferd abrupt zum Stehen. »Bitte, tötet mich nicht, Mylord! Ich bin Euch nur gefolgt, um mit Euch zu reiten.«
»Herrgott noch mal, Mann!« Steinarr ließ die Sehne los und hakte den Bogen wieder ein. »Man reitet einem Mann nicht einfach so hinterher, wenn man sich in einem Wald befindet, wo es Vogelfreie gibt.«
»In allen Wäldern gibt es Vogelfreie, Mylord.«
»Aber in Sherwood ist es schlimmer als in den meisten anderen.«
»Das weiß ich wohl, Mylord.«
»Was machst du überhaupt hier, Spielmann?«, fragte Marian.
»Mit Euch reiten, will ich doch hoffen, Mylady, als Euer Begleiter.«
»Sie hat schon einen Begleiter«, sagte Steinarr.
»Natürlich, Mylord. Aber ein solches Juwel sollte lieber von mehr als nur einem Mann gehütet werden.«
»Eher ein getreuer Krieger als ein Fremder und Spielmann.«
»Ich könnte ein wenig singen, aber ich habe ein scharfes Schwert und bin willens, es zu gebrauchen. Lasst mich Euer Vertrauen erwerben, Mylord.«
»Erwirb dir Lord Peters Vertrauen. Ihm kann ein guter Mann von Nutzen sein.«

»Er hat mir angeboten zu bleiben, aber das kann ich nicht, Mylord. Ich bin nämlich ein Geächteter, so wie Ihr.«
»Ich bin kein Geächteter. Warum halten mich alle für einen Geächteten? Vielleicht sollte ich das sein, aber ich bin es nicht. Warum bist du einer ... Wie ist dein Name?«
»William, Mylord. William Scathelocke of Crigglestone. Ich habe einen Mann getötet.«
»Und ich soll dir trauen, weil du jemanden umgebracht hast?«
»Es war einer der Männer des Sheriffs. Er wollte eine Frau aus unserem Dorf vergewaltigen, und ich habe ihn von ihr heruntergezogen. Es kam zu einem Kampf, und da habe ich ihn getötet, und jetzt bin ich ein Gesuchter, ein Vogelfreier. Wenn der Sheriff mich findet, werde ich gehängt.«
»Grund genug, ihm aus dem Weg zu gehen«, räumte Steinarr ein. »Aber warum willst du mit uns reiten?«
»Weil ich weiß, wer Ihr seid, Mylord«, sagte der junge Bursche, als sei dies selbst für den größten Narren ersichtlich.
»Und für wen hältst du uns, William Scathelocke?«, fragte Marian.
Der junge Mann lächelte. »Für die, von denen ich *weiß,* dass Ihr es seid, Mylady. Ich habe in Retford von Euch gehört und Euch dort auch gesehen, als ihr mit dem Mann spracht, der die Geschichte erzählt hat. Ihr seid Maid Marian. Und Euer edler Ritter da, das ist Robin Hood.«

KAPITEL 16

»Dieses Mal bringe ich ihn um«, sagte Steinarr.
»Wen? William?«
»Nein, Ari. Will kann nichts dafür, dass er ein Narr ist. Aber Ari hätte es besser wissen sollen.«
Den ganzen Weg bis Newstead Abbey hatten sie mit Will Scathelocke über die Nicht-Existenz von Robin Hood diskutiert, allerdings ohne Erfolg. Die Vorstellung, Robin gäbe es tatsächlich, dass Steinarr es war und dass Marian Robin Hoods Marian war, hatte sich so fest in den Kopf des jungen Mannes eingebrannt, dass sämtliche Gegenargumente ungehört verhallten. Natürlich wäre es hilfreich gewesen, wenn sie ihm die Wahrheit hätten erzählen können, aber dafür traute Steinarr ihm nicht genug. Am Ende hatte er Will an der Hauptstraße postiert, damit er nach Guy Ausschau hielt – eine immerhin einigermaßen sinnvolle Aufgabe, die ihn davon abhielt, Schaden anzurichten –, während er selbst und Marian das letzte Stück Weg zu der Abtei zurücklegten, wobei sie um die Teiche herummanövrierten, in denen die Chorherren Fische züchteten, die auf der Tafel der Abtei landeten.
»Zuerst bringe ich Guy um. Dann Baldwin. Und dann Ari«, fuhr Steinarr fort. »Bis dahin ist meine Klinge schön stumpf, und es wird ordentlich weh tun.«

»Er kann doch nichts dafür, dass jemand so fest an seine Geschichte glaubt.«

»Er hätte sie niemals erzählen dürfen – jedenfalls nicht mit echten Namen. So etwas hat er in Vass schon einmal mit mir gemacht. Da hat er irgendeine Geschichte über einen Kerl namens Steinarr erfunden, der die Tochter des Stammesführers bestiegen hatte. Es war eine lustige Geschichte, und wir haben alle gelacht – bis der *jarl* zu Besuch kam und sie zu hören bekam. Man hätte mir beinahe die Haut abgezogen.«

»Dann habt Ihr die Tochter des Earl also nicht bestiegen?«, fragte Marian, wobei sie den Titel umformulierte zu einem Begriff, der ihr vertrauter war.

»Lediglich die Tochter eines Handeltreibenden«, sagte Steinarr. Er merkte, dass Marian erstarrte, und fügte hinzu: »Das war lange, bevor du überhaupt geboren wurdest. Also mach nicht so ein Gesicht. Ich kann geradezu spüren, wie verdrießlich es ist, ohne mich auch nur umzudrehen.«

»Ich mache kein verdrießliches Gesicht. Und Ihr seid nicht so alt, dass Ihr überhaupt jemanden bestiegen hättet, bevor ich geboren wurde. Es sei denn, in Eurer Heimat kennen sich Fünf- oder Sechsjährige bereits mit Frauen aus.«

»Eigentlich fangen wir damit sogar noch früher an«, sagte er lachend, weil sie sich derart ereiferte. »Ich sagte doch, ich bin älter, als du denkst.«

»Aber Ihr ...«

»Ich bin älter, Marian. Viel älter. Es wird Zeit, dass du mir das endlich glaubst. Nun aber schnell. Dort vor uns ist schon die Pforte.«

Als sie das kleine Gebäude erreichten, kam ein stämmiger Mönch heraus, im einfachen grauen Habit der Franziskanerbrüder, um den Bauch nur einen weißen Strick und in der

Hand einem langen Stab. »Wie kann ich Euch behilflich sein, Mylord? Mylady.«

»Wir möchten Abt Talebot sprechen.«

»Er hat seine Gebete fast beendet, Mylord. Ich werde Euch zeigen, wo Ihr warten könnt.« Er ließ sie die Pferde bei der Pforte anbinden und führte sie dann in einen kleinen Raum, der direkt hinter der Außenmauer lag. »Die Lady sollte nicht weitergehen. Ich werde Bescheid geben, dass Ihr hier seid.« Steinarr verschränkte die Arme und blieb schweigend stehen. Marian hingegen spielte unruhig mit den Enden ihres Gürtels, der Lasche ihres Beutels und ihrem Haar unter ihrem Schleier, bis Steinarr schließlich zu ihr hinüberging, während sie rastlos hin und her lief, und ihre Hände in seine nahm, damit sie sie endlich ruhig hielt. »Warum bist du so aufgeregt?«

»Es fühlt sich nicht richtig an, hier zu sein ohne ein Rätsel oder einen Hinweis irgendeiner Art. Was ist, wenn wir in Hokenall etwas übersehen haben?«

»Dann reiten wir dorthin zurück, und du kannst Lady Nichola schon wieder besuchen, während wir noch einmal alles absuchen. Aber wir wollen erst einmal sehen, was der Abt zu erzählen hat, bevor wir uns diese Mühe machen.«

»Mein kluger Ritter.« Sie hauchte ein paar Küsse auf die Knöchel seiner Hände. »Was würde ich nur ohne Euch machen?«

Die gleiche Frage hatte Steinarr sich im Morgengrauen gestellt. Was würde er nur ohne sie machen? Wie sollte er ohne sie weiterleben, wenn all das vorbei war?

Sie standen immer noch so da, als ein Schatten den kleinen Raum verdunkelte. »Seid Ihr gekommen, um zu heiraten, meine Kinder?«

Hastig lösten sie sich voneinander, und Marian machte

einen Knicks und küsste den Ring des Abts. »Nein, Herr Abt. Wir sind gekommen, weil wir Euch etwas fragen wollen.«

Im Gegensatz zu dem Mönch, der sie an der Pforte in Empfang genommen hatte, trug der Abt keine Mönchstracht, sondern einen weißen Talar und einen vorn geknöpften Schulterkragen aus Pelz, das Erkennungszeichen der Augustiner-Chorherren, die hinter den Mauern von Newstead lebten. »Worum geht es bei dieser Frage?«

»Um meinen Vater, Lord David Fitzwalter, und um ein gewisses Rätsel, das er, wie ich glaube, bei Euch hinterlegt hat.«

»Ah, Ihr müsst Matilda sein. Und Ihr wart bereits in Hokenall. Gut gemacht, Mylady! Aber wo ist Euer Halbbruder, der junge Robert? Ich kenne ihn nur flüchtig, aber doch gut genug, um zu wissen, dass es nicht dieser Ritter ist.«

»Das stimmt, Herr Abt. Sir Steinarr begleitet mich, um mir zu helfen, Vaters ausgelegten Hinweisen zu folgen.«

»Es ist aber Roberts Aufgabe, den Hinweisen zu folgen, nicht Eure, Mylady.«

»Wohl wahr, Herr Abt. Aber Vaters Rätseljagd hat dazu geführt, dass Robert sich ein Bein gebrochen hat. Deshalb bin ich ihm behilflich, und dieser Ritter wiederum ist mir behilflich. Wisst Ihr, wo der nächste Teil des Rätselspiels verborgen ist?«

Das Gesicht des Abts legte sich in Falten, als er erst Steinarr und dann Marian ansah. »Ich fürchte, diese Frage kann ich nicht beantworten. Ich habe Lord David und – was noch wichtiger ist – dem König geschworen, dass ich den nächsten Teil des Rätsels nur Robert offenbaren würde. Sie fürchteten nämlich, er würde jemanden finden, der ihm die Arbeit abnahm.«

»Er würde selbst kommen, wenn das mit seinem Bein nicht wäre, wofür wiederum Vater und König Edward verantwortlich sind«, wandte Marian ein.

Der Abt streckte seine leeren Hände aus, um zu zeigen, dass er diesen Tatsachen hilflos gegenüberstand. »Schickt ihn her, wenn sein Bein geheilt ist, dann werde ich ihm gern den nächsten Hinweis geben.«

»Er befindet sich also hier?«

»Aye, mit absoluter Sicherheit.«

»Ich bitte Euch, Mylord. Uns bleiben keine zwei Wochen mehr, bis Robert dem König den Schatz präsentieren muss, und wir wissen nicht einmal, wie viele Hinweise es noch gibt, geschweige denn, wo der König sich aufhält.«

Die besorgte Miene des Abts hellte sich auf. »Dabei kann ich Euch behilflich sein. Das Rätsel, das sich in meinem Besitz befindet, ist das letzte. Sobald Robert hier erscheint, braucht er ihm nur noch bis zu dem Schatz zu folgen und selbigen zum König zu bringen.«

»Wenn Ihr uns schon nicht sagen wollt, wo der Schatz sich befindet, würdet Ihr uns dann wenigstens sagen, woraus er besteht?«

Der Abt presste die Lippen aufeinander. »Nein. Aber ich kann Euch verraten, dass es sich um etwas handelt, was Robert und Ihr sehr gut kennt. Bringt ihn her, Mylady, und alles wird sich offenbaren.«

»Also gut. Das können wir machen«, sagte Steinarr und nahm Marians Hand. »Mittlerweile kann Robin bestimmt wieder reiten. Ich werde ihn hierherbringen und mich anschließend auf die Suche nach dem König machen, um Robin zu ihm zu geleiten. Das verspreche ich dir.«

»Das wird nicht allzu schwer, *Monsire*.« Der Abt strahlte über das ganze Gesicht. »Erst gestern habe ich eine Nachricht

erhalten. Der König ist in Leicestershire, genau in diesem Moment, und ...«
»So nah?« Marians Miene hellte sich auf. »Dann *können* wir also rechtzeitig bei ihm sein.«
»Wenn Ihr mich ausreden ließet ...«
Marian errötete. »Verzeiht, Lord Abt.«
»Was ich sagen wollte, ist nämlich, dass der König sich momentan in Leicestershire aufhält, aber in der Nachricht hieß es, er käme in den nächsten Tagen hierher nach Newstead. Wir sollen ein königliches ...«
Abt Talebot verstummte, denn es bestand kein Grund mehr weiterzusprechen: Der Empfangsraum war leer. Kurz darauf hörte er Hufschlag auf der Straße verhallen. Lächelnd drehte er sich um und zog sich in seine Räume zurück. Wenigstens einmal schien es sich doch zu lohnen, den König zu beherbergen. Die nächste Woche versprach, äußerst interessant zu werden. Allerdings.

»Ich würde gern die Priorin sprechen«, wiederholte Ari.
Der Bedienstete, ein krummer alter Mann, der vor dem Feuer gesessen und Binsen geschält hatte, als Ari eintrat, hob hilflos die Hände. »Unterwegs nach Tuxford, Mylord. Ich soll Euch Grüße ausrichten und Euch sagen, dem Jungen ginge es schon viel besser und Ihr könntet ihn besuchen, sobald sie zurückgekehrt ist.«
Ari sah hinauf zum herrschaftlichen Gemach. Diese mysteriöse Priorin hatte ihn vor bereits fünf Tagen daraus verbannt, vermutlich, um zu gewährleisten, dass Robin sich ausruhe, nachdem seine Mandelentzündung sich verschlimmert hatte. Mit jedem Tag war Aris Unruhe gewachsen, und umso dringlicher versuchte er, eine Vision zu erhalten. Erst an diesem Morgen hatte er an dem Teich haltgemacht und

einen weiteren Versuch unternommen, die Götter zu überzeugen, zu ihm zu sprechen, hatte so viel Blut vergossen, dass er noch immer benommen war. Für nichts und wieder nichts. Und was das Ganze noch sinnloser machte, war die Tatsache, dass wenn er nicht an dem Teich haltgemacht hätte, er die Priorin möglicherweise angetroffen hätte, bevor sie aufgebrochen war.

Ari murmelte ein paar Dankesworte, drehte sich um und wollte sich wieder auf den Weg machen. Doch als er mit der Hand die Tür berührte, verschwamm alles vor seinen Augen – wenngleich nur für einen kurzen Moment. Er wollte die Vision greifbar machen, aber sie verblasste und hinterließ lediglich das Gefühl einer Bedrohung, noch stärker als zuvor.

»Das wusste ich bereits«, murmelte er.

»Wie meintet Ihr, Mylord?«, fragte der alte Mann.

»Nichts. Ich werde nicht lange bleiben.« Ari drehte sich wieder um und rannte die Treppe hinauf, während der Alte ihm hinterherrief.

Robin lag auf der Pritsche, schlaff und blass, so bleich, dass man ihn für einen Schatten auf dem Leinentuch hätte halten können, wären da nicht die blutigen Binden um seine Arme gewesen. Blitzschnell schob Ari den Riegel vor die Tür und ging zu dem Jungen hinüber. »Robin. Robin. Wach auf!«

Langsam öffneten sich seine Augen. »*Monsire?* Ihr seid doch noch gekommen.«

»Was hat sie mit dir gemacht?« Ari wickelte die Binde um einen von Robins Armen ab und sah, dass sich dort drei parallel verlaufende Schnitte befanden, von denen einer noch immer stark blutete.

»Mich zur Ader gelassen.« Robin hob mühsam den Kopf. »Ich sagte ihr, sie solle aufhören, aber sie hat gesagt, mein Blut sei vergiftet.«

»Unsinn! Du hattest eine Mandelentzündung, mehr nicht. Das reicht jetzt. Ich muss dich hier herausholen, bevor diese alte Närrin dich umbringt.«

Er schlug die Decken zurück und untersuchte Robins Bein. Die Schwellung war vollständig zurückgegangen, und der Knochen schien glatt zusammengewachsen. »Sieht aus, als würde es dein Gewicht tragen. Hast du schon versucht, ein paar Schritte zu gehen?«

Robin schüttelte den Kopf. »Ich dachte, das könnte ich erst, wenn ich wieder kräftig genug bin.«

»Nun wirst du es müssen. Komm! Sehen wir zu, dass wir dich auf die Beine kriegen. Setz dich erst einmal hin.«

Als Robin, wackelig wie ein Kleinkind, auf der Bettkante saß, klopfte jemand an die Tür. »Heh! Was habt Ihr dort drinnen zu suchen? Der Junge ist krank, lasst ihn in Ruhe!«

»Moment«, rief Ari. Er kniete sich vor Robin. »Hör mir gut zu. Wenn es sein muss, kann ich dich hier raustragen, aber diese wahnsinnige Nonne hat ihren Leuten gesagt, du wärst krank und müsstest hierbleiben. Deshalb werden sie versuchen, uns aufzuhalten, es sei denn, du schaffst es, auch den Letzten von ihnen davon zu überzeugen, dass du kräftig genug bist, um fortzugehen.«

»Ich werde tun, was nötig ist, *Monsire*. Ich weiß, ich kann hier nicht länger bleiben. Helft mir hoch.«

»Zuerst müssen wir dir etwas anziehen.« Während der Mann draußen abermals gegen die Tür hämmerte, riss Ari Schränke und Truhen auf und warf Robin Kleidungsstücke zu. Dann half er ihm beim Anziehen. Zuletzt überprüfte er noch einmal die Beinschienen. »Bist du so weit?«

Robin nickte, legte Ari eine Hand auf die Schulter und zog sich hoch, bis er auf seinem gesunden Bein stand. Er schwankte gefährlich, und er wurde noch blasser – so weit das überhaupt noch möglich war –, doch einen Augenblick später hatte er sich wieder gefangen.

»Guter Junge. Setz deinen Fuß auf.«

Zögernd verlagerte Robin sein Gewicht auf das verletzte Bein. Ein mattes Lächeln ließ erkennen, dass er sich freute.

»Ich kann stehen.«

»Versuch, einen oder zwei Schritte zu gehen.«

Die Hand noch immer auf Aris Schulter, humpelte Robin auf die Tür zu. »Es tut nicht weh, aber es fühlt sich schwach an. Und mir dreht sich alles.«

»Das kommt vom Aderlass. Es sind nur ein paar Schritte bis nach unten und dann bis zu meinem Pferd. Kannst du das schaffen?«

»Das kann ich. Werde ich, aber ... bleibt dicht bei mir.« Robin stellte sich vor die Tür und holte tief Luft. »Öffnet sie.«

Es war wundersam anzusehen. Als die Tür sich öffnete, schien Robin um gut zwei Zoll zu wachsen. Er richtete sich auf und nahm die gleiche entschlossene Haltung an, die er auf dem Weg zum Lager der Köhler bereits gezeigt hatte.

»Stimmt etwas nicht?«, fragte er den korpulenten Burschen, den Anführer der Männer, die den Weg versperrten.

»Ähm, äh, also, du bist doch krank. Hat die ehrwürdige Frau Priorin Celestria jedenfalls gesagt.«

»Da hat sie sich wohl eindeutig geirrt«, sagte Ari und stellte sich dichter neben Robin. »Es geht ihm gut, und er möchte sich nun auf den Weg machen.«

»Aber die Priorin sagte, wir sollten ihn nicht ...«

»Werde ich hier gefangen gehalten?«, fragte Robin.

»Nein, aber ...«

»Dann kann ich gehen, wann immer ich will«, sagte Robin und fügte hinzu: »Und ich möchte jetzt gehen.«

»Wir sind sehr dankbar für die Barmherzigkeit Eurer Priorin«, sagte Ari, »aber für Robin wird es nun wirklich Zeit zu gehen. Richtet der Priorin unseren Dank aus. Wir machen uns nun auf den Weg.«

Robin wollte vorwärtsgehen, aber der Mann versperrte weiterhin den Weg. Ari ging an Robin vorbei auf ihn zu. »Ich sagte, wir gehen. Aus dem Weg!«

Für den Moment eines Herzschlags stand der stämmige Bursche mit finsterem Blick da, dann aber senkte er seinen Blick und sah, dass Ari seine Finger bereits am Griff des Schwertes hatte. »Ich, äh, vermute, der Junge kann gehen. Es ist seine Entscheidung, gesund oder nicht. Aber wenn er stirbt, seid Ihr dafür verantwortlich, *Monsire*.«

»Schon klar. Und jetzt geh zur Seite!«

Der Bursche drehte sich um zu den anderen. »Aus dem Weg, damit er die Treppe hinuntergehen kann.«

Das Scharren schwerer Schritte ließ erkennen, dass die Stufen geräumt wurden. Robin ging bis zum Kopf der Treppe, und Ari blieb dicht neben ihm, bereit, ihn aufzufangen, falls ihm die Beine versagten.

Doch das war nicht nötig. Robin warf einen Blick auf die Männer und Frauen, die ihn vom Fuß der Treppe aus beobachteten, straffte abermals die Schultern und ging die Stufen hinunter und durch die Halle. Einzig und allein sein bleiches Gesicht und die Tatsache, dass er sein geschientes Bein nicht richtig bewegen konnte, ließen erkennen, dass er verletzt war. Draußen angelangt, führte Ari schnell das Pferd zum Aufsitzblock, nahm die Zügel auf, half Robin in den Sattel und schwang sich ebenfalls aufs Pferd. Er griff um Robin herum, um ihn zu stützen und die Zügel in beide Hände zu nehmen.

»Ihr seid ja auch verletzt, *Monsire*.«

Ari sah hinunter auf seine verbundene Hand. »Nicht schlimm.

Ich habe mich geschnitten, mehr nicht. Sehen wir zu, dass wir hier wegkommen.«

Die Männer von Headon folgten ihnen in einigem Abstand bis zur Straße, und Gemurmel erhob sich, während sie ihnen hinterhersahen. Ari schnappte sogar ein paar anerkennende Bemerkungen auf.

»Gut gemacht, Junge«, raunte Ari Robin zu, als er den Abzweig zum Lager der Köhler nahm. Er merkte, dass Robin im Sattel hin und her schwankte, und umfasste ihn mit festerem Griff, um ihn zu stützen. »Halt noch ein wenig durch!«

Sie hatten das andere Ende der Felder erreicht, als Robin fragte: »Sind wir weit genug entfernt, *Monsire?*«

»Aye.«

»Gut. Haltet mich fest«, sagte Robin und verlor das Bewusstsein.

Cwen beobachtete, wie der Rabe und der schlafende Junge aus dem Schatten einer riesigen Eiche hinausritten. Es fiel ihr schwer, sie davonziehen zu lassen, wo der junge Robin dem Tod so nahe schien, aber sie hatte etwas gefunden, das noch viel wertvoller war, als der Lebenssaft des Jungen.

Der des Raben. Das war der Grund, warum die alten Götter sie hierhergeführt hatten.

Sie hatte Aris Teich erst am Tag zuvor bei einem einsamen Spaziergang entdeckt. Der Rabe selbst hatte sie auf sich gelenkt, als er die Götter anrief. Sie war stehen geblieben, hatte zugesehen, wie er sein Blut in das Wasser tropfen ließ und nach dem fehlgeschlagenen Versuch davonritt – ein Fehlschlag angesichts dessen sie frohlockt hatte. Sie hatte gewusst, dass er zurückkommen würde, um noch mehr seiner magischen Kräfte zusammen mit seinem Blut dem Wasser zu übergeben, ebenso wie sie gewusst hatte, dass, wenn er den Jungen erst einmal hatte, er sich fernhalten würde.

Also hatte sie zugelassen, dass er Robin mitnahm, und nun gehörte der Teich ganz ihr. So war endgültig alles zur Stelle: der Teich, das Wasser darin, das Blut des Raben und in der kommenden Nacht der Vollmond.

Sie verbrachte den Tag in den nahegelegenen Wäldern, traf Vorbereitungen, war wachsam und wartete, bis der Mond spät am Nachmittag aufging. Als sich der Himmel um den Mond herum allmählich dunkel färbte, legte sie ihre Mittel am Ufer des Teichs aus und begann mit ihren Zaubersprüchen. Stunden vergingen, der Mond stieg höher, und Cwen fuhr mit ihrem unaufhörlichen Singsang fort. Um sie herum regte sich die Macht, wehte durch die Bäume und vertrieb die Tiere. Ein verängstigtes Kaninchen flüchtete direkt in ihre Arme, und sie nahm das Opfer mit einem raschen Schnitt ihres Messers entgegen. Den ersten Strom des warmen, frischen Bluts vergoss sie zu Ehren der Götter, den Rest trank sie selbst, um sich zu stärken für alles, was noch kommen würde.

Im letzten Moment, bevor der Mondschein durch die Bäume hindurchbrach, streifte sie ihre Kleidung ab, um sich vor der Macht der Götter zu entblößen, und trat an den Rand des Teichs.

»Blut und Wasser, Mensch und Tier, Licht und Dunkelheit, Erde und Himmel«, sprach sie mit weit geöffneten Armen gen Himmel. »Hier bin ich, Great Ones. Macht mich abermals zu Eurem Werkzeug, und sie alle werden Eure Macht erfahren und Eure Herrlichkeit in vollen Zügen genießen.«

Über den Baumkronen schien der Mond, seine perfekte Rundung spiegelte sich in der Mitte des Teichs. Cwen hielt den

Atem an. »So schön, meine Gebieter. Ich weihe mich all dem und Euch.«

Sie watete in den Teich hinein, schnappte nach Luft, als die Kälte und die Macht sich um ihre Mitte legten. Das Wasser begann zu wirbeln, zu glühen, zu pulsieren. Unerschrocken ging sie weiter bis zur Mitte des Teichs und sank auf den Grund, tauchte unter die Oberfläche des geweihten, mit dem Blut des Sehers angereicherten Wassers. Das Wasser drang in ihren Mund ein, und sie trank es, nahm die Macht in sich auf, doch ihre Lungen kämpften, schmerzten und brannten, als ihr schwacher menschlicher Körper sich gegen das wehrte, was zu tun war.

Und dann konnte er sich nicht länger wehren. Mit einem Gefühl des Triumphs atmete sie das Wasser ein, und in dem Moment, als sie ertrank, fühlte sie einmal mehr die wahre Macht der Götter.

»Nimm dich in Acht!«, sagte Steinarr, als sie den Waldweg östlich von Headon hinunterritten. »Gleich kommt Osbert aus dem Wald gerollt und macht sich erneut Hoffnungen.«

»Ist Osbert einer Eurer Männer?«, fragte Will Scathelocke von hinten, wo Steinarr ihn fast den ganzen Weg lang hinverbannt hatte.

»Ich habe keine Männer«, brummte Steinarr über die Schulter hinweg – wohl zum hundertsten Mal. »Osbert ist ein Köhler. Ein ziemlich rundlicher Köhler, der Marian eine Zeitlang den Hof gemacht hat.«

»Macht Euch nicht über den armen Osbert lustig«, sagte Matilda. »Er sucht doch nur eine Mutter für seine Kinder.«

»Aye, um ihr gleich ein Dutzend mehr davon anzudrehen. Seine nächste Frau bedaure ich jetzt schon. Ihr Leben wird ausschließlich aus Kindern und Holzkohle bestehen.«

»Dabei hatte ich ihn schon in Betracht gezogen«, sagte sie.
»Du hattest *was?*«
Vollkommen unvorbereitet auf seine plötzliche Empörung, zuckte sie zusammen.
»Es war nur so ein Gedanke, als ich noch die Befürchtung hatte, wir würden die Suche nie zum Abschluss bringen.«
»Aber warum Osbert?«
»Er ist nicht ganz so fett wie Baldwin, und er hat ein weit besseres Temperament. Ich hatte ebenfalls in Betracht gezogen, ins Kloster zu gehen.« Das machte Steinarr auch zornig, aber nicht so zornig wie die Idee, Osbert zu heiraten.
»Beides scheint mir doch eine schlechte Wahl für eine hübsche Lady zu sein«, sinnierte Will. »Sich als Frau eines fetten Köhlers zu Tode zu arbeiten oder als Nonne dahinzuwelken.«
»Immerhin hatte ich eine Wahl. Manche Frauen haben keine. Die meisten, möglicherweise.« Sie fuhr mit der Fingerspitze oberhalb von Steinarrs Gürtel entlang und sagte leise: »Und dann kam mir doch noch etwas anderes in den Sinn, das sich als interessanter erwies.«
Dieses Mal verzichtete sie bewusst darauf, sich gegen ihn abzuschirmen, und genoss umso mehr das Verlangen, das ihm entströmte. Sie hatten nicht mehr darüber gesprochen, miteinander zu schlafen, seit Will sich ihnen angeschlossen hatte, geschweige denn Zeit gefunden, es tatsächlich in die Tat umzusetzen – wobei es vielleicht nicht ganz fair war, Will dafür verantwortlich zu machen, denn der Weg zurück nach Headon hatte sie jede einzelne Stunde zwischen Sonnenaufgang und Sonnenuntergang vollkommen in Anspruch genommen. Die ganze Zeit hatte Steinarr sich Mühe gegeben, nicht komplett den Humor zu verlieren, doch sein Innerstes hatte begonnen, wieder vor diesem wilden Dunkel

zu kochen – Lust überlagert von Zorn und diesem anderen Gefühl, das sie noch immer nicht deuten konnte, mittlerweile jedoch als einen Teil dessen anerkannte, was ihn ausmachte. Sie wollte ihn, und es gefiel ihr, dass die Heftigkeit seines Bedürfnisses ihrem eigenen entsprach und es steigerte. Sie sehnte sich danach, abermals in dieser Wildheit zu versinken.

Ganz so, als würde er all das verstehen, hob er ihre Hand an seine Lippen, küsste jeden einzelnen ihrer Finger und berührte schließlich eine ihrer Fingerspitzen mit seiner Zunge. Augenblicklich fühlte sie sich zurückversetzt in das Elfenhaus in der Erwartung, dass sein Mund sie berührte. Wenn Will nicht gewesen wäre ...

»Reiter! Reiter!«, hallte es durch den Wald und riss sie beide aus ihren Gedanken. Kurz darauf ertönte Muchs heisere Stimme: »Es ist Sir Steinarr mit Marian und einem Fremden.«

»Scheint so, als wären wir angekommen.« Steinarr gab ihr einen letzten, sanften Kuss auf ihre Fingerspitzen, ließ sie los und raunte ihr zu: »Falls es dich interessiert, ich bin froh darüber, dass du dich für Letzteres entschieden hast.«

»Ich auch«, flüsterte sie.

Kinder kamen hinter dem Kohlenmeiler hervorgelaufen, ebenso zahlreich wie die Hasen, gefolgt von den Männern, die nach und nach paarweise zwischen den Bäumen erschienen und Willkommensgrüße riefen. Goda war als Erste bei den Pferden und klammerte sich an Marians Knöchel – das Einzige, was sie zu fassen bekam. »Ich wusste, dass du heute zurückkommst.«

»Sie ›wusste‹ jeden Tag, dass du gleich zurückkommst, seit du fortgeritten bist«, fügte ihr Bruder hinzu.

Ari, der mit seinen langen Beinen schneller war als die

anderen Männer, war gleich nach den Kindern bei ihnen. »Beim Gekreuzigten, bin ich froh, dass ihr zurück seid!«
»Deine Freude wird nicht lange währen«, versprach Steinarr. Er ließ sich aus dem Sattel gleiten und streckte die Arme nach Matilda aus. »Ari, *das* ist Will. Er wird dir erzählen, warum er uns seit Hokenall gefolgt ist, und dann werde ich dir erzählen, was ich deswegen mit dir mache. Wo ist Robin? Mittlerweile müsste er doch längst wieder auf den Beinen sein.«
»Noch immer bettlägerig. Wir hatten da ein kleines Problem. Da war so eine Nonne ...«
Matilda nahm sich nicht die Zeit, sich den Rest anzuhören, sondern eilte auf die Hütte zu, vor der ihr Bruder in der Sonne lag. Als sie sah, wie bleich er war, blieb sie vor Schreck wie angewurzelt stehen. »Oh, Rob...«
Sein Lächeln war herzerwärmend, aber schwach. »Sehe ich so schlimm aus?«
»Aye.« Sie kniete sich neben die Pritsche und legte ihm eine Hand auf die Stirn. »Was ist passiert?«
»Nun, es fing an mit der Mandelentzündung.«
Mit wachsendem Zorn hörte Matilda sich an, was er von der Priorin erzählte – wie sie ihn mitgenommen hatte nach Headon und ihn viel zu oft zur Ader gelassen hatte. Sie zog den Verband von seinem Arm ab, und als sie all die Schnitte sah, schrie sie Ari wütend an: »Ihr solltet auf ihn aufpassen!«
»Sir Ari kann nichts dafür«, sagte Edith. »Die Priorin kam hier vorbei, als er in Retford war, und schleppte Robin mit, bevor wir auch nur den Mund aufmachen konnten.«
»Robin!«, ertönte eine Stimme im Hintergrund. »*Er* ist Robin? Aber er ...«
»Halt den Mund, Will!«, sagten Steinarr und Matilda unisono.
»Nein, Marian hat recht«, sagte Ari. »All das ist meine Schuld.

Ich hätte ihn sofort zurückholen sollen, als ich davon erfuhr. Aber als ich ihn am nächsten Tag besuchte, war er wohlauf und guter Dinge.«

»Stimmt«, bestätigte Robin. »Ich bat ihn, mich dortzulassen, um Edith und Ivetta ein wenig zu entlasten. Und dann sagte sie, mein Hals sei schlimmer geworden.«

»Ich wusste nicht, dass sie ihn zur Ader ließ«, sagte Ari. »Sie hielt mich von ihm fern, indem sie behauptete, er sei zu krank.«

»Aber dann ist er doch gekommen und hat mich gerettet. Und hier bin ich nun in Sicherheit und werde mit jedem Tag kräftiger, dank Ediths Kräutern und Ivettas gutem Essen. In ein oder zwei Tagen werde ich so weit sein, dass ich wieder reiten kann. Habt ihr ...« Er warf einen Blick auf die Köhler, die sich rundherum versammelt hatten. »Seid Ihr deswegen hier?«

»Darüber sprechen wir später«, sagte Steinarr. »Jetzt ruh dich erst einmal aus. Ari, auf ein Wort!« Er drehte sich um und ging davon, doch dann machte er kehrt, packte Will am Kragen und zerrte ihn hinter sich her. »Du auch!«

Es wurden mehr Worte als nur eins, und allesamt laut und deutlich ausgesprochen – am anderen Ende der Lichtung. Hamo und seine Männer sahen eine Weile zu und lachten in sich hinein, bevor sie wieder an die Arbeit gingen. Während Steinarr sich allmählich beruhigte, setzte sich Matilda neben Robin auf den Boden, hielt seine Hand und sprach mit den Kindern und den Frauen. Sie erzählte von ihrer Reise, so viel sie berichten konnte, ohne im Beisein der anderen zu viel preiszugeben. Schließlich rief Osbert die älteren Jungen zurück zur Arbeit, und Ivetta übertrug den Mädchen und den Kleineren alle möglichen Aufgaben, so dass Matilda mit Robin allein zurückblieb.

Er sah sich um, und als er sich vergewissert hatte, dass niemand in Hörweite war, fragte er: »Was gibt es noch zu erzählen?«

Sie berichtete ihm kurz von den Rätseln. Als sie von Tuxford und dem Ei erzählte, schüttelte er niedergeschlagen den Kopf.

»Das hätte ich niemals geschafft.«

»Doch, das hättest du, Rob. Du hättest Hilfe gebraucht – nicht von mir oder jedenfalls nicht nur von mir –, aber du hättest es geschafft. Und etwas musst du immer noch schaffen.« Sie erklärte ihm, wie es sich mit Hokenall und Newstead verhielt und was es mit dem Abt und dem letzten Rätsel auf sich hatte. »Er wollte uns nicht sagen, was es ist, aber das Rätsel selbst zu finden war so einfach. Ich fürchte, die Lösung wird schwieriger sein als bei allen vorherigen.«

»Das würde ihm ähnlich sehen«, sagte Robin, und die Traurigkeit, die in diesen Worten mitschwang, brach Matilda fast das Herz. »Schon als ich noch klein war, stellte er mir ein Spielzeug oder eine Süßigkeit in Aussicht und gab mir eine Aufgabe, womit ich mir die Sachen verdienen sollte. Und dann verweigerte er sie mir im letzten Moment schließlich doch, indem er den letzten Teil der Aufgabe so schwierig gestaltete, dass ich ihn nicht lösen konnte.«

»Aber dieses Mal möchte er, dass du es schaffst. Steinarr sagt, er hätte es dir viel schwerer machen können, und das hätte er wirklich, Rob. Aber er hat es nicht. Du wirst in der Lage sein, diese letzte Aufgabe zu meistern, was immer es auch sein mag, ebenso wie du in der Lage gewesen wärst, die restlichen Aufgaben zu meistern. Und immerhin wissen wir, wo der König sich aufhält, besser gesagt, wo er sich aufhalten wird. Jetzt geht es nur noch darum, dich und es und ihn am selben Ort zusammenzubringen.«

»Wissen wir denn schon, wonach wir überhaupt suchen?«
»Der Abt wollte nichts dazu sagen, aber ich habe während der vergangenen Tage auf dem Weg zurück hierher pausenlos darüber nachgedacht. Ich glaube, ich weiß es. Erinnerst du dich an das Kästchen, in dem Vater seine Ringe und Fibeln aufbewahrte?«
»Das aus Kupfer mit den Abbildungen?«
»Aye. Das war es, was sich in Sudwell befand. Erinnerst du dich daran, was er sonst noch darin aufbewahrte?«
Robin sah hinauf zum Himmel und überlegte, doch nach einer Weile schüttelte er den Kopf. »Ich durfte nicht so oft dabei sein wie du.«
»Und selbst ich konnte mich zunächst nicht mehr daran erinnern.« Matilda griff in ihren Beutel und zog das Stück Pergament aus Blidworth hervor. Sie drehte es um und zeigte ihm die Spuren auf der Rückseite. »Erinnert dich das an etwas?«
»Sollte es das?«
»Das hier vielleicht.« Sie zog den Zylinder hervor, den sie bei der Marienquelle gefunden hatten. »In Harworth haben wir die sieben Todsünden entdeckt, das heißt, Steinarr hat sie entdeckt, aber ...«
»Steinarr?«
»Aye, er ...«
»Das ist schon das zweite Mal, dass du ihn einfach nur Steinarr nennst, und nicht *Sir* Steinarr.«
Ihre Wangen begannen zu glühen. »Dann also Sir Steinarr. Wir haben so viel Zeit zusammen auf einem Pferd gesessen, dass wir etwas weniger förmlich sind.«
»Um wie viel weniger förmlich?«, fragte Robin stirnrunzelnd. »Hat er sein Ehrenwort gehalten?«
»Ja.« *Das, was er ihr gegeben hatte, in jedem Fall.*

»Maud ...«

»Er hat sein Ehrenwort gehalten«, wiederholte sie mit festerer Stimme, denn sie war nicht bereit, Roberts Vertrauen in Steinarr schwinden zu sehen, wo er doch so dringend darauf angewiesen war. Für die Wahrheit und Entschuldigungen wäre später auch noch Zeit. »Wie gesagt, er hat die Todsünden entdeckt, was wiederum nötig war, um das Rätsel in Harworth zu lösen. Aber erst später ist mir das hier aufgefallen.«

Sie drehte den Zylinder um und zeigte Robin die drei kleinen Abbildungen am Boden. »In meinem Beutel wurde etwas von dem Belag abgeschabt, und nun kann man es besser erkennen.«

»Die Löwen des Königs. Oh!« Robin nahm das Stück Pergament aus Blidworth noch einmal in die Hand. »Jetzt erkenne ich dieses Ornament. Es stammt von dem Unterpfand. Das war es, was er auch in dem Kästchen aufbewahrte.«

»Aye. Und auf dem Ei in Tuxford waren auch solche Ornamente. Es hat so lang gedauert, bis ich darauf gekommen bin, weil ich das Stück schon seit langer Zeit nicht mehr gesehen hatte, denn – ich glaube – das ist es, was Vater versteckt hat.«

»Bestimmt nicht. Er hätte es niemals aus der Hand gegeben.«

»Was hätte er niemals aus der Hand gegeben?«

Matilda erschrak, als sie Steinarrs Stimme hörte, aber Robert sah ihn bereits lächelnd an. »Einen Löwen, *Monsire*.«

Steinarr machte ein äußerst seltsames Gesicht. »Was für einen Löwen?«

»Das Kennzeichen meines Vaters.«

»Dein Kennzeichen, Robin, wenn wir es gefunden haben«, sagte Matilda. »Das könnte es sein, was mein Vater versteckt hat, *Monsire* – ein Stück, das einer unserer Vorfahren von

Richard Löwenherz bekam, weil er ihm im Heiligen Land das Leben rettete. Vielleicht war es genau der Robert, dessen Grab wir gefunden haben.«

»Das Grab in Sudwell?« Steinarr bebte vor Aufregung, so sehr, wie Matilda es nie zuvor bei ihm erlebt hatte.

»Lord David zeigte mir genau dieses Grab, als wir bei der Prozession waren«, sagte Robin. »Er sagte, König Richard gab den Löwen diesem Lord Robert als Pfand dafür, dass die Krone Huntingdon beschützen würde, wie Lord Robert einst den König beschützte.«

Ari beugte sich vor, mit einem nahezu ebenso seltsamen Gesicht wie sein Freund. »Wie sieht dieser Löwe aus?«

»Das weiß Matilda viel besser als ich«, sagte Robert.

»Es ist eine flache runde Scheibe aus Gold, vielleicht etwa so groß wie meine Handfläche.« Sie hielt ihre Hand hoch und zeichnete einen Kreis darauf, um es zu demonstrieren.

Steinarr drehte sich abrupt um und ging mit großen Schritten davon – und hinterließ eine Welle bitterer Enttäuschung, von der Matilda schwindlig wurde. Er ging schnurstracks hinüber zu dem Alefass, füllte den erstbesten Krug und leerte ihn in einem Zug. Dann füllte er ihn erneut und ging damit fort, in Richtung Wald. Tränen, die nicht nur ihre eigenen waren, brannten in Matildas Augen.

Ari sah ihm hinterher und schüttelte den Kopf. »Er ist, ähm ... Am besten sehe ich mal nach ihm.«

»Nein.« Matilda sprang auf. »Das mache ich.«

Robin packte ihre Hand. »Marian ...«

»Ich bin seit mehr als vierzehn Tagen gemeinsam mit dem Mann geritten. Ich habe gelernt, mit seinen Stimmungen umzugehen.« Sie sah Sir Ari an. »Habe ich Eure Erlaubnis, *Monsire?*«

Ari nickte. »Weit kann er nicht sein.«

»Ich weiß, wie ich ihn finden kann«, sagte sie. Sie füllte einen weiteren Krug mit Ale und machte sich auf die Suche nach ihrem Ritter.

Steinarr hielt sich im Schatten einer hohen Weißbirke versteckt, weit hinter der letzten Spur, die die Köhler mit ihren Äxten hinterlassen hatten, aber es war nicht weit genug. Kaum hatte er sich dort hingesetzt und den Rücken gegen den Stamm gelehnt, da hörte er sich Schritte nähern.
»Ihr werdet mehr brauchen als das, um betrunken zu werden, Mylord, wenn es das ist, worauf Ihr es anlegt.«
Ach, verflucht! Sie war es. Er hatte gehofft, es wäre Ari. Dann hätte er einen Streit anfangen und feststellen können, ob es seinen Zorn lindern würde, wenn er ihn verprügelte. Die ganze Zeit auf der Suche, um dann zu erfahren, dass der Schatz ein Löwe war, und dann, im nächsten Moment ... In all seiner Torheit hatte er diesen einen Moment lang gewagt, entgegen aller Hoffnungen doch zu hoffen. »Geh wieder! Ich bin keine sehr unterhaltsame Gesellschaft.«
»Ich weiß. Aber ich habe das hier trotzdem mitgebracht.« Marian stellte sich unter den Baum und hielt ihm einen vollen Krug Ale hin.
Er nahm keine Notiz davon und trank einen Schluck aus seinem Krug. Sie zögerte, dann nahm sie selbst einen Schluck. »Habe ich etwas Falsches gesagt, *Monsire?* Über das Unterpfand?«
Er schloss die Augen und stieß einen Seufzer aus. »Nein.«
»Das glaube ich Euch nicht.«
»Glaub, was du willst. Ich muss einen Moment allein sein, das ist alles, ohne Will Scathelocke und Ari und ...«
»Und mich?«
»Ja.« Steinarr leerte seinen Alekrug und stellte ihn neben

sich, dann griff er nach dem Krug, den sie in der Hand hielt. Seine Finger streiften die ihren. »Nein.«
Sie reichte ihm den Krug, kam näher und kniete sich zwischen seine Beine, als sei dies ihr angestammter Ort. Sie beugte sich vor und küsste ihn, ließ ihre Zunge in seinen Mund gleiten, und er stöhnte auf, als sie all seine Sinne gefangen nahm. Ihr Lachen war leise und wissend, und der Alekrug schlug auf dem Boden auf, als sein Verlangen nach ihr alles andere verdrängte. Mit beiden Händen griff er nach ihren Brüsten, die Knospen waren bereits hart.
»Mmm«, stöhnte sie in seinen Mund hinein. »Ich dachte schon, wir würden niemals Zeit füreinander finden.«
»Es kann nicht normal sein, wie sehr ich dich will«, flüsterte er, während er sie anhob, so dass sie mit gespreizten Beinen auf seinem Schoß saß.
»Nicht ungewöhnlicher als mein Verlangen nach Euch.« Sie warf ihren Schleier zur Seite.
»Aber ich kann dir nichts bieten.« Er zerrte an ihren Röcken, schob sie weiter hoch. »Immer wieder denke ich, hoffe ich, vielleicht finde ich eine Möglichkeit, aber ich kann es nicht. Das musst du wissen, Marian. Ich habe nichts, was ich dir geben kann, nicht einmal eine einzige Nacht.«
»Dann werde ich mich mit den Tagen zufriedengeben.« Sie stieß ihn sanft zurück gegen den Baumstamm, schob sein Gewand hoch und zog an der Kordel seiner Hose, um ihn zu befreien. Ihre Finger schlossen sich um ihn, und sie sagte lächelnd: »Du willst mich also doch.«
»Und wie!« Seine Hände fanden ihre nackten Schenkel und glitten hinauf zu dem weichen, lockigen Haar an der Stelle, wo sie sich trafen, drangen ein in die Feuchtigkeit, die ihn bereits sehnlichst erwartete. Und dann lächelte auch er. Er zog sie an sich und zeigte ihr, wie sie sich bewegen sollte.

»Feuerschläger auf Feuerstein«, flüsterte sie dicht vor seinem Mund, um ihn wissen zu lassen, dass sie verstanden hatte. Mit geschlossenen Augen glitt sie auf ihm hin und her, um seine Härte zu nutzen und ihm gleichermaßen Vergnügen zu bereiten, denn ihre behutsamen Bewegungen fachten ihrer beider Lust an. Allmählich, langsam, baute sich die Hitze auf, fing Feuer, brannte. Die Flammen loderten hoch zwischen ihnen auf, und sie bog ihren Oberkörper zurück und ihren Kopf in den Nacken.

Und plötzlich war er in ihr, ohne dass er hätte sagen können, wie es geschehen war. Er wusste nur, dass er nirgends sonst hätte sein wollen, als er sah, wie sie kam – dass jedes Zucken ihres Körpers über ihm ein Geschenk war, das er niemals würde gutmachen können. Das Bedürfnis, gemeinsam mit ihr in seiner Lust aufzugehen, riss ihn beinahe mit sich, doch er kämpfte dagegen an, um ihr weiter zuzusehen – die Art wie ihr Hals bei jedem Stöhnen vibrierte, ihre glühende Haut, die Schweißperlen auf ihrer Stirn. Er ließ seine Hand zwischen ihrer beider Körper gleiten, wollte spüren, wo sie einander trafen, wie sie bebte und pulsierte, wie sie sich in langsamen Wellen Erleichterung verschaffte, in faszinierenden Wogen, die aus der Tiefe kamen und sich aufbauten wie auf einem offenen Meer, stärker, als er es je für möglich gehalten hätte, unaufhörlich, immer wieder, bis sie sich vollkommen erschöpft an seine Brust lehnte und in sich zusammensank.

Erfüllt von Freude, die über all seine Vorstellungen hinausging, zog er sie an sich und hielt sie fest, bedeckte ihre Stirn mit Küssen, während er ihr Zärtlichkeiten auf Altnordisch und Französisch und Englisch zuflüsterte, denn die Worte, die er in einer dieser Sprachen kannte, reichten nicht aus, um ihr zu sagen, wie lieblich, wie warm, wie wundervoll sie war, und wie sehr er sie brauchte.

Langsam kam sie wieder zu sich, und ohne dass er etwas sagen musste, verstand sie abermals und begann, sich erneut über ihm zu bewegen – zögernd zunächst, dann sicherer. Sie beugte sich zu ihm hinunter und küsste ihn, nahm seine Zunge in ihren Mund auf, in der gleichen Weise, wie ihr Körper seine Männlichkeit umfing. Er passte sich ihrem Rhythmus an, und ihrer beider Körper verschmolzen zu einem. Mit ungeahnter Intensität spürte er, wie auch er sich von der Glut verzehren ließ.

Sie hielt inne, und er wich mit aller Kraft vor der Grenze der Erfüllung zurück und stöhnte auf. Ihre Hände legten sich sanft auf die nackte Haut seines Bauchs. »Sch. Sch.«

Sie verharrte reglos, bis sein Herz langsamer schlug und sein Körper sich entspannte. Dann bewegte sie sich erneut, bis er sich abermals kaum noch zurückhalten konnte. Seine Finger gruben sich bereits in ihre Hüften.

Doch wieder hielt sie inne. Sein Stöhnen steigerte sich zu einem erstickten Schrei, doch nun verstand er, was sie tat, obwohl ihm nicht klar war, woher sie wusste, was sie zu tun hatte und wann sie es zu tun hatte. Jede Bewegung ihres Körpers, jedes Verharren war die reine Perfektion. Er hielt still, wartete darauf, dass sie sich erneut bewegte.

Und das tat sie – endlich –, schwebte um ihn herum, war über ihm und trieb ihn immer weiter. Sie schob sein Hemd hoch, und er spürte ihre Hände kühl auf seiner glühenden Haut. Er wappnete sich für den nächsten Moment des Innehaltens, erwartete ihn geradezu.

Sie aber hielt nicht inne. Ihre Finger streiften seine Brustwarzen, und sie beugte sich zu ihm hinunter, und dann kam er, pulsierte tief in ihr, zog sie an sich, um vollkommen in ihr aufzugehen. Sie war Hitze und Licht, so strahlend, dass alles andere verglühte, bis es außer ihr nichts mehr gab. Nur noch sie.

Nur noch sie – er schlang die Arme um sie und hielt sie fest, wild entschlossen, sie niemals gehen zu lassen. Ganz gleich wie, sie würde ihm gehören. Was immer er dafür tun musste, sie würde ihm gehören.

KAPITEL 17

Am nächsten Morgen erschien Steinarr mit der Keule eines Rehs, das der Löwe gerissen hatte, im Lager der Köhler und warf sie neben dem Feuer auf den Boden.
Ivetta und Edith erbleichten vor Schreck. »Das können wir nicht, Mylord!«
Matilda sah von dem Kleid auf, das sie für Goda stopfen wollte. »Was habt Ihr Euch dabei gedacht, *Monsire?* Jeder hier könnte für das Töten von Wild auf der Domäne bestraft und ausgepeitscht werden.«
»Wölfe haben es gerissen, und das Fleisch würde sonst verfaulen. Wenn jemand Einwände hat, kann ich ihm den Kadaver zeigen. Überlasst das mir.«
»Aber vielleicht würde man Euch nicht glauben«, sagte Matilda.
»Das Risiko gehe ich ein. Wir müssen dafür sorgen, dass Robin bald reiten kann, und er braucht Fleisch, um wieder zu Kräften zu kommen.« Augenzwinkernd fügte er an Edith gerichtet hinzu: »Nimm es. Je schneller du es zubereitest, desto eher können wir den Beweis für das Verbrechen verschwinden lassen. Das der Wolf und ich begangen haben.«
Ivetta warf einen argwöhnischen Blick auf die Rehkeule. »Ich habe noch nie Rehfleisch zubereitet. Ich *hatte* nie welches, um es zuzubereiten.«

»Brate es, wie du es mit Rindfleisch tun würdest«, sagte Steinarr.

»Ich hatte auch noch nie Rindfleisch, das ich hätte braten können, Mylord.« Nachdenklich bewegte sie die Lippen. »Aber ich habe schon einmal ein halbes Schaf gebraten. Das kann eigentlich nicht viel anders sein.«

Steinarr sah sie grinsend an. »Na also. Siehst du?«

»Wir könnten auch eine Brühe aus den Knochen machen, nachdem Ihr sie aufgebrochen habt, um das Mark herauszuholen«, schlug Matilda vor.

»Aye, das wäre auch gut für Robins Blut – beides, das Mark und die Knochen.« Nachdem dies also geklärt war, machten sich Ivetta und Edith mit voller Aufmerksamkeit daran, die Rehkeule für das Feuer vorzubereiten, und Matilda widmete sich wieder ihrer Stopfarbeit.

Steinarr versorgte sein Pferd und kam anschließend zurück, um zu frühstücken. Er nahm Brot und Bier mit zu Matilda und setzte sich neben sie – nah genug, dass seine Gegenwart ihr Blut in Wallung brachte, aber nicht so nah, dass Robin oder jemand anders sich etwas dabei gedacht hätte. So pflegten sie eine Weile eine vergnügliche Unterhaltung, bis er Will Scathelocke herbeirief und mit ihm zu den anderen Männern hinüberging, um ihnen bei der Arbeit zu helfen.

Matilda gewöhnte sich rasch wieder an den Tagesablauf im Lager der Köhler. Zunächst verrichtete sie die einfachen Aufgaben, die Edith ihr übertrug, anschließend machte sie sich an diesem Nachmittag mit Ivetta auf den Weg, um die letzten Brombeeren zu sammeln. Die Stelle, die Ivetta zu diesem Zweck ausgewählt hatte, lag in der gleichen Richtung wie die Weißbirke, und während sie Beeren pflückten, fiel Matilda die hohe Krone des Baums auf. Sie ging ein Stück weiter, und bald darauf fand sie sich unter den Ästen wieder und betrachtete den Ort, wo sie sich Steinarr am Tag zuvor hingegeben hatte – und sehnte sich danach, es wieder zu tun.

Was hatte dieser Mann nur an sich, das sie dazu brachte, sich so voll und ganz und voller Freude der Lust auszuliefern, und sich dabei so wenig Gedanken um die Vergangenheit oder die Zukunft zu machen? Sie hatte alles aufgegeben, was sie jemals gelernt hatte, von ihrer Mutter, von ihrem Vater, von der Kirche – für ein paar Stunden mit einem Mann, der ihr offen gesagt hatte, er würde ihr niemals mehr geben können, für einen Mann, der nicht einmal willens war, eine einzige Nacht mit ihr zu verbringen.

Und es tat ihr kein bisschen leid.

Am nächsten oder übernächsten Tag würden sie aufbrechen, um mit Robin zurück nach Newstead zu galoppieren, und auf der Rückreise würden sie nicht mehr Zeit füreinander haben als auf dem Weg hierher. Dann würden sie das Kennzeichen und den König ausfindig machen, und es wäre vorbei, einfach so. Steinarr wäre ihr nicht länger verpflichtet, und ganz gleich, ob sie die Sache erfolgreich zum Abschluss brachten oder nicht, würde sie heiraten müssen – wenn nicht Baldwin, dann jemand anderen –, und wenngleich auch niemand sonst, würde ihr künftiger Ehemann herausfinden, was sie getan hatte.

Und dennoch tat es ihr kein bisschen leid.

Das Einzige, was sie Bedauern empfinden ließ, war das Wissen, dass der Zeitpunkt näher rückte, wenn Steinarr fortreiten würde, wenn sie ihn nie wieder berühren können würde, weder seine Seele noch seinen Körper. Allein bei dem Gedanken spürte sie einen Klumpen hinter ihrem Brustbein, massiv und schwer wie ein Stein, einen Klumpen, nicht vor Bedauern, sondern vor Einsamkeit, so tief empfunden wie ihre Gefühle für ihn. Dann würde ihr nichts weiter bleiben als diese Einsamkeit, die sie bis an ihr Lebensende begleiten würde.

»Er ist sonderbar.«

Matilda drehte sich um und sah, dass Ivetta genau hinter ihr im Sonnenlicht stand, mit einem Korb voll Beeren auf der Hüfte. »Was?«

»Dieser Sir Steinarr. Ich wollte sagen, er und Sir Ari sind sonderbar. Wie sie jede Nacht verschwinden und am Morgen wieder auftauchen.«

»Vermutlich.« Matilda trat aus dem Schatten der Birke zurück ins Sonnenlicht und machte sich mit Ivetta auf den Weg zurück zum Lager.

»Hat Sir Steinarr das auch gemacht, als ihr unterwegs wart?« Matilda nickte.

»Und dich jede Nacht im Wald allein gelassen?«

»Er hat dafür gesorgt, dass ich jede Nacht einen guten Unterschlupf hatte. Und ein Freund von ihm ist mit uns gereist, um Wache zu halten, wegen der Wölfe und der Vogelfreien.«

»Das ist anständig, na immerhin. Ich hatte mir schon Sorgen um dich gemacht, als du einfach so mit ihm fortgeritten bist, und Robin war auch beunruhigt.« Ivetta entdeckte einen Strauch, der voller Beeren war, und verließ den Waldweg, um sie zu pflücken. »Wonach habt ihr eigentlich gesucht? Ich habe nämlich davon gehört – nicht absichtlich, aber dennoch. Ich weiß, dass ihr auf der Suche nach etwas für Robin seid.«

»Ein Kennzeichen, das er braucht, um seinen Rechtsanspruch auf das Land seines Vaters nachzuweisen, ein kleines Stück Gold, das irgendwo versteckt liegt. Wir müssen es rechtzeitig finden, damit Robin beweisen kann, dass er der Erbe des Landes ist.«

»Gold, eh? Der Junge hat Glück«, sagte Ivetta, doch sie schien das Interesse an diesem Thema zu verlieren. Nachdem sie eine Weile weiter Beeren gepflückt hatten, fragte sie: »Was glaubst du, warum verschwinden sie? Nachts, meine ich.«
»Sir Steinarr hat Alpträume. Gewalttätige Träume. Er will vermeiden, dass er jemandem Schaden zufügt, deshalb schläft er so weit wie möglich entfernt von Menschen.«
»So etwas habe ich ja noch nie gehört.«
»Ich auch nicht. Aber ich habe einiges erlebt, seit Robin und ich von zu Hause fort sind, wovon ich vorher noch nichts gehört hatte.«
»Aber trotzdem ... bist du sicher, dass er die Wahrheit gesagt hat?«
»Er hat keinen Grund zu lügen.«
»Ich an deiner Stelle würde es wissen wollen«, sagte Ivetta nachdenklich. »Er könnte doch nachts alles Mögliche machen. Er könnte herumhuren, so wie Sir Ari in Retford. Du würdest doch wissen wollen, wenn er herumhuren würde, oder etwa nicht?«
»Ich ... Das geht mich nichts an.«
»Aber natürlich tut es das. Er bedeutet dir etwas. Vielleicht hast du dich sogar schon mit ihm eingelassen ... Ah. Ach! Nun sieh sich einer diese glühenden Wangen an. Das hast du, oder?« Ivetta lachte, und es klang erfreut. »Nun bist du keine Jungfrau mehr. Keine Jungfrau mehr.«
Matilda senkte den Kopf, denn sie wollte ihre errötenden Wangen verbergen.
»Dafür brauchst du dich doch nicht zu schämen. Viele von uns sind als Braut keine Jungfrauen mehr, wobei es in den meisten Fällen allerdings der Bräutigam war, der das erledigt hat.« Ivettas herzliches Lachen milderte die peinliche

Situation ein wenig. »Hoffst du darauf, dass Sir Steinarr dich heiratet?«

Diese Frage, so offen und unerwartet gestellt, ließ Matilda nach Luft schnappen. Sie schüttelte den Kopf. »Das ist nicht möglich.«

»Alles ist möglich. Die Frage ist nur, ob du es *möchtest*. Ist er der Mann deiner Wahl? Liebst du ihn?«

Bei allem, was sie Will erzählt hatte, wenn es um Liebe ging, hatten nur einfache Leute eine Wahl. Ihr Schicksal, ihre Pflicht bestand darin zu heiraten, wen man ihr zugedacht hatte, um Bündnisse zu besiegeln und Vermögen verschmelzen zu lassen, und um Erben hervorzubringen. Ins Kloster zu gehen, Osbert zu heiraten, das waren zwar Möglichkeiten zu handeln, aber nicht aus Liebe, sondern um etwas zu vermeiden. Die Liebe zu wählen? Darüber hatte sie noch nie nachgedacht. Sie hatte den Gedanken nicht zugelassen, sich Steinarr länger als für eine bestimmte Zeit zuzuwenden. Nun aber, als Ivetta sie so eindringlich danach fragte, gab es keinen Zweifel mehr. »Ja, mittlerweile liebe ich ihn.«

»Und er liebt dich auch?«

Matilda ließ in Gedanken Revue passieren, was sie gestern bei ihrem Zusammensein gefühlt hatte. Sie nickte. »Ich glaube schon. Ja.«

»Dann muss etwas unternommen werden.« Ivettas Gesichtsausdruck spiegelte ihre Entschlossenheit, und in ihren Augen lag ein sonderbar dunkles Funkeln, das Matilda zuvor nie aufgefallen war. »Als Erstes müssen wir herausfinden, warum er jede Nacht verschwindet. Um festzustellen, ob wirklich Alpträume der Grund sind, aus dem er sich von dir fernhält, oder etwas anderes.«

»Und wenn es Alpträume sind?«

»Davor kann er sich nicht verstecken – die *mæres* finden

einen, ganz gleich, worauf man seinen Kopf bettet. Aber du kannst sie von ihm fernhalten. Sie wagen nämlich nicht, sich über einen Mann zu senken, wenn eine geliebte Frau ihn in den Armen hält.«
Möglicherweise besonders dann, wenn die Geliebte – war sie überhaupt seine Geliebte? – die Fähigkeit besaß, Verbindung zu ihm aufzunehmen und ihn zu beruhigen. »Aber wie soll das gehen, wenn er nicht bleiben will?«
»Du musst ihm folgen. Folge ihm in den Wald hinein und beobachte, was er dort macht. Wenn es tatsächlich an den *mæres* liegt, kannst du ihm beiwohnen und ihm zeigen, dass deine Liebe stark genug ist, um das Böse, das sie bringen, fernzuhalten. Aye, du musst ihm hinterherreiten und die Nacht an seiner Seite verbringen.«
»Aber alle werden ... Robin wird ... Sie werden es erfahren.«
»Aye, das werden sie. Das musst du in Kauf nehmen. Du musst dir überlegen, ob es die Scham, die du empfinden wirst, wert ist. Ob *er* diese Scham wert ist.« Ivetta warf einen prüfenden Blick auf ihren Korb und sortierte ein paar Blätter und Halme aus, die dort hineingeraten waren. Anschließend sah sie sich Matildas Korb an. »Ich glaube, wir haben genug gesammelt. Es wird Zeit zurückzugehen.«
Abermals machten sie sich auf den Weg zurück und gingen den Geräuschen der Äxte und Sägeblätter entgegen, die anzeigten, wo die Männer gerade mit nackten Oberkörpern unter der warmen Nachmittagssonne arbeiteten. Steinarr half ihnen bei der Arbeit. Er hielt das eine Ende einer langen Säge, an deren anderem Ende Osbert stand. Sie waren dabei, den yarddicken Stamm eines gefällten Baums zu zerteilen, und die Muskeln der beiden Männer spannten sich abwechselnd an, während sie das Sägeblatt vor- und zurückzogen. Der Köhler hob den Kopf, und als er Matilda sah, lächelte er

auf seine hoffnungsvolle Art, und sogleich war Steinarrs Aufmerksamkeit geweckt. Er drehte sich um, grinsend, seine Brust nass vor Schweiß, das Haar klebte ihm am Kopf, und er war über und über bedeckt mit Sägemehl. Er war vollkommen verdreckt. Und dennoch raubte sein Anblick ihr den Atem.

»Aye, keine leichte Entscheidung«, murmelte Ivetta, und in dem Moment wusste Matilda, dass gar keine Entscheidung nötig war.

Heute Nacht, so oder so, würde sie die Wahrheit über ihn erfahren.

Und, so beschloss sie, er würde die Wahrheit über sie erfahren.

Die Hände in die Hüften gestemmt, stand Ivetta untätig vor dem Feuer. »Wo ist er denn nur? Marian, hast du den Schöpflöffel gesehen?«

»Nein.«

»Vielleicht hat Goda ihn genommen. Könntest du einmal nachsehen? Sie hat hinter der letzten Hütte gespielt. Sieh nach, ob sie ihn dort hat liegen lassen.«

»Selbstverständlich.« Marian stellte den Korb mit den Nüssen ab, die sie gerade knacken wollte, und machte sich auf den Weg, um Goda und die Schöpfkelle ausfindig zu machen. Kaum hatte sie die Ecke der ersten Hütte erreicht, als eine kräftige Hand sie am Handgelenk packte und zwischen die Hütten zog. Steinarrs Lippen senkten sich auf ihre, und er gab ihr einen leidenschaftlichen Kuss, während seine freie Hand über ihre Hüften schweifte und weiter hinauf zu ihren Brüsten.

Stöhnend riss sie sich los. »Sonst wird uns noch jemand sehen!«

Er zog sie hinter die letzte Hütte, wo Goda vermutlich den Schöpflöffel hatte liegen lassen, presste sie gegen die Wand und küsste sie abermals, sanfter, aber ebenso hingebungsvoll. »Besser so?«

»Ja.« Sie fuhr ihm mit den Fingern durchs Haar und zog ihn zu sich herunter, um seinen Kuss zu erwidern. »Warum seid Ihr so sauber? Die anderen waren noch immer voller Sägemehl.«

»Gebadet.« *Kuss.* »Im Bach.« *Noch ein Kuss,* tiefergehend, während seine Hände ungehindert, weil er sie nicht mehr festhalten musste, weiterwanderten. »Ich brauchte dich heute Nachmittag nur anzusehen, und schon wollte ich dich – wobei ich im Gegensatz zu dir beim Baden nicht darauf aus bin, mir selbst Vergnügen zu bereiten.«

Ihre Wangen glühten. »Das werdet Ihr mich wohl nie vergessen lassen.«

»Warum solltest du es vergessen, wenn ich es nicht *kann?*« Er brachte seine Lippen dicht an ihr Ohr. »Ich will sehen, wie du den Weg der Erfüllung bis ans Ende gehst.«

»Nnn.« Verlangen durchströmte sie und setzte sich zwischen ihren Beinen fest. Wenn er sie dazu brachte, es jetzt zu tun, würde sie innerhalb von Sekunden aufschreien vor Lust. »Du bist ein wahrer Teufel.«

»Und das ist erst der Anfang. Als Nächstes werde ich dir wieder mit meiner Zunge Lust bereiten. Und erst dann werde ich dich nehmen, aber du musst mir sagen, wie. Auf irgendeine andere Art, die du auf diesem Heuboden gesehen hast und ausprobieren möchtest.«

»Ah. Beim Gekreuzigten!« Sie packte ihn an den Ohren und bog seinen Kopf nach hinten. »Hört auf damit, sonst bringt Ihr mich noch so weit, später bei Osbert Erleichterung zu suchen.«

Er hob den Kopf und sah sie vollkommen ernst an. »Dann müsste ich ihn umbringen.«

»Das wäre aber nicht fair, denn Ihr habt mir ja diese Gedanken in den Kopf gesetzt. Ich muss jetzt gehen. Ivetta ...«

»Ivetta hat dich hierher zu mir geschickt. Den Schöpflöffel hatte sie in der Hand, versteckt zwischen ihren Röcken.« Er hob ihren Schleier, fand eine besonders empfindliche Stelle unterhalb ihres Ohrs und lies seine Zunge darüber kreisen, bis sie wohlig erschauerte.

»Ich kann trotzdem nicht bleiben.«

»Dann wenigstens noch einen Kuss. Oder zwei. Oder drei.« Er nahm sie sich, während er sie aufzählte, und erhaschte einen weiteren, bevor er sie losließ. »Nun lass dieses allzu breite Lächeln und geh. Ich komme gleich hinterher. Und niemand wird etwas bemerkt haben, außer Ivetta.«

Matilda rieb sich die Mundwinkel, um das selige Lächeln zu vertreiben. Sie rückte den Schleier zurecht, setzte einen möglichst unschuldigen Gesichtsausdruck auf und machte sich auf den Weg zurück. »Tut mir leid, Ivetta. Ich habe ihn nicht gefunden und Goda auch nicht.«

»Ich weiß. Wie dumm von mir, er lag direkt hier vor meiner Nase.« Ivetta schwenkte den Schöpflöffel und zwinkerte Matilda grinsend zu.

Kurz darauf schlenderte Steinarr von der anderen Seite der Lichtung aus ins Lager, aus der gleichen Richtung kommend, aus der zuvor die anderen Männer gekommen waren. Als er an einigen der kleineren Kinder vorbeikam, tauchte auch Goda auf – sie war die ganze Zeit dort gewesen – und fragte ihn nach etwas. Zu Matildas Überraschung ging er in die Hocke, ließ Goda auf seine Schultern klettern und lief mit ihr auf dem Rücken im Trab zu den Hütten hinüber. Seine Miene blieb unbeweglich, abgesehen davon, dass sei-

ne Augen schelmisch funkelten, als er an Matilda vorbeikam. »Guten Tag, Maid Marian.«
»Guten Tag, Mylord«, antwortete sie, ohne auf Will Scathelockes plötzlich erwachende Aufmerksamkeit zu achten. Sie machte einen höflichen Knicks vor Goda. »Euch ebenfalls einen guten Tag, Mylady Godiva. Hattet Ihr einen angenehmen Ritt? Wie ich sehe, habt Ihr heute beschlossen, Eure Kleidung anzubehalten.«
»Ladys reiten doch nicht nackt«, gab Goda kichernd zurück. »Weiter, Sir Pferd. Und jetzt ein bisschen schneller!«
Steinarr umrundete die Hütten zweimal im Galopp, dann setzte er Goda neben Ivetta ab, die ihr auftrug, zwei Schalen zu holen. »Beeil dich, Sir Steinarr und Sir Ari müssen gleich fort.« Sie warf Matilda einen vielsagenden Blick zu.
Steinarr hatte es nicht bemerkt. »Wie geht es unserem jungen Robin denn heute?«
»Viel besser, Mylord«, piepste Robin im Hintergrund. »Ich habe fast den ganzen Tag lang aufrecht gesessen und bin um die ganze Lichtung herumgegangen.«
»Mit oder ohne Schiene?«, fragte Ari, der sich mit Will im Kielwasser näherte und zu ihnen gesellte.
»Mit. Aber auf den Abort bin ich ohne gegangen. Und seht Ihr?« Vorsichtig beugte er sein Knie und streckte es wieder aus. »Es ist gar nicht mehr so steif. Morgen bin ich so weit, dass ich reiten kann.«
»Was das Bein betrifft, ja«, stimmte Steinarr zu. »Aber bist du auch schon kräftig genug dafür? Auf einem Schemel zu sitzen, das ist eine Sache, aber auf einem Pferd zu reiten, das ist etwas ganz anderes.«
»Er ist ein guter Reiter, Mylord«, sagte Matilda.
»Darum geht es nicht. Er hat zu viel Blut verloren. Wirst du den Tag durchhalten?«

»Das werde ich. Und ich werde mit Euch mithalten, insbesondere, wenn Ihr Marian hinter Euch im Sattel habt.«
»Marian kommt nicht mit.«
»Was! Natürlich komme ich mit.«
Steinarr schüttelte den Kopf. »Das wäre zu gefährlich. Mittlerweile hat Guy bestimmt gemerkt, dass ich nicht vorhabe, dich zurückzubringen. Wahrscheinlich kann er sich sogar denken, dass ich die Fahne gewechselt habe.«
»Ich an seiner Stelle würde mit allen Mitteln verhindern, dass Robin vor dem König erscheint«, sagte Ari.
»Sicher sind seine eigenen Leute längst unterwegs«, sagte Steinarr. »Vielleicht ist Baldwin sogar daran beteiligt und sucht ebenfalls nach dir. Jedenfalls ist es viel zu gefährlich.«
»Ich komme mit.« Matilda blieb stur.
»Was ist, wenn ich ihre Hilfe brauche, um ein Rätsel zu lösen?«, fragte Robin. »Ich bin ziemlich schlecht darin, Französisch oder Englisch zu lesen, und in Latein bin ich auch nicht viel besser. Und römische Zahlen lesen kann ich überhaupt nicht.«
»Ari kann lesen.«
»Aber nicht Latein«, sagte Ari.
»Seht Ihr?«, sagte Robin. »Ich brauche ihre Hilfe.«
Steinarr sah Robin düster an. »Du würdest sie in Gefahr bringen, um deines Vermögens willen?«
»Natürlich nicht, aber ...«
»Wenn er versagt, bin ich in größerer Gefahr, und das wisst Ihr auch«, wandte Matilda ein. »Oder wollt Ihr, dass ich in Baldwins Bett lande? Ich *muss* ihm helfen.«
»Nein«, sagte Steinarr. »Wir werden auch ohne dich zurechtkommen.«
»Und wie werde ich zurechtkommen? Wenn Ihr alle fort-

reitet, wer soll dann verhindern, dass Baldwin oder Guy das Lager hier aufstöbern und mich verschleppen?«
»Will Scathelocke.«
»Ein Mann, den ich kaum kenne?«
»Ein Mann, den du kaum kanntest, war alles, worauf du im vergangenen Monat zählen konntest«, sagte Steinarr.
»Aber das wart *Ihr* und nicht Will«, protestierte sie.
»He!«, rief Will, ein wenig pikiert. »Ich habe in Wales für König Edward *gekämpft*.«
»Verzeih, Will, aber ich habe dich noch nicht kämpfen sehen. Ich möchte lieber ein Schwert, das ich kenne, zu meiner Verteidigung. Und wenn ich mitkomme, könnt Ihr *alle* mich beschützen.«
»Du würdest auch jeden einzelnen von uns brauchen, weil du mitten in den Ärger hineinreiten würdest. Hier weiß niemand, wer du bist. Hier bist du in Sicherheit.« Steinarr verschränkte die Arme vor der Brust. »Und hier bleibst du auch.«
»Sir Ari, sagt ihm ...«
Ari schüttelte den Kopf. »Er hat recht. Es ist besser, Ihr bleibt hier.«
»Pah!«
»Ich werde Euch unter Einsatz meines Lebens verteidigen, Maid Marian«, gelobte Will. »Sogar vor dem Sheriff höchstpersönlich.«
»Oh, halt den Mund, Will!«, gab sie zurück, drehte sich um und ging hinüber zum Feuer, wo sie den nie verschwundenen Schöpflöffel nahm und in dem Eintopf herumrührte.
»Vorsicht. Du wirst ihn noch zu Brei verarbeiten«, sagte Ivetta.
»Ich werde *ihn* zu Brei verarbeiten!«

Kopfschüttelnd nahm Ivetta ihr den Löffel aus der Hand und füllte zwei Schalen. Sie schnitt dicke Stücke des Rehfleisches ab, legte sie in jede der Schalen und gab diese Goda. »Hast du die Löffel? Braves Mädchen. Nun bring sie ihnen, aber vorsichtig!«

»Ja, Ivetta.«

Ivetta sah ihr hinterher, dann drehte sie sich um zu Marian. »Ich habe gehört, dass ihr gestritten habt, aber ich konnte nicht hören, worum es ging.«

»Er will nicht, dass ich mitkomme, um meinem eigenen Bru...« Matilda unterbrach sich, als sie merkte, dass sie sich beinahe verplappert hätte, »meinem eigenen Cousin zu helfen. Er sagt, es sei zu gefährlich.«

»Das zeigt doch nur, wie viel du ihm bedeutest«, sagte Ivetta mit einem fröhlichen Lächeln.

»Aye, ich bedeute ihm etwas. Ich bedeute ihm so viel, dass er mich einfach zurücklassen will.« Matilda sah, wie Steinarr und Ari ihr Abendessen hinunterschlangen, hastig, weil sie sogleich die ganze Nacht lang verschwinden würden. »Für Robin wäre es besser, wenn ich ihm weniger bedeutete.«

»Dieses Kennzeichen könnte überall sein«, sagte Ivetta. »Warum glaubst du, du könntest es finden und die anderen nicht?«

»Das habe ich mir nie eingebildet. Aber wenn sie meine Hilfe brauchen und ich nicht da bin, kann es sein, dass Robin alles verliert.«

»Ach, ja.« Mit Hilfe eines Topfhakens hob Ivetta den Deckel des riesigen Topfs an, in dem ein Beerenkuchen im Feuer buk. »Der wird gut.« Sie schloss den Deckel und stocherte die Holzkohle zurecht. »Vielleicht gelingt es dir heute Nacht, ihn zu überzeugen, wenn du zu ihm gehst.«

»Ich gehe nicht zu ihm.«

»Aber das musst du. Morgen brechen sie auf, und dann wirst du keine Gelegenheit mehr dazu haben.«

»Ich bin zu wütend. Am liebsten würde ich ihn einfach den *mæres* überlassen und darüber lachen, wenn sie ihm zu schaffen machen.«

»Das wäre aber nicht gut. Das wäre ganz und gar nicht gut.« Ivetta schüttelte den Kopf und sah Marian missbilligend an. »Über *mæres* sollte man nicht lachen. Sie können einem Mann so schwer auf der Seele liegen, dass sie ihm die Luft abschnüren und er daran stirbt. Oder sie können ihn um den Verstand bringen und ihn verrückt machen wie einen Hasen. Und Sir Steinarr plagen sie ganz eindeutig mehr als die meisten anderen. Ob du nun wütend bist oder nicht, wenn er dir etwas bedeutet, gehst du zu ihm.«

»Ich werde es mir überlegen«, sagte Marian gereizt.

»Überleg es dir schnell, Mädchen, sie brechen nämlich gleich auf.« Ivetta wies mit dem Kopf auf die beiden Männer, die Goda bereits ihre Schalen gaben. Ari pfiff nach Godas Bruder, Much, der sogleich die Pferde aus dem Pferch führte, und nach ein paar raschen Abschiedsworten waren Steinarr und Ari fort.

Matilda zögerte kaum einen Herzschlag lang, dann rannte sie zu dem Pferch. Sie nahm die Zügel der Stute, schob ihr die Trense ins Maul, zog rasch die Schnallen fest und führte sie hinaus.

»Hilf mir aufsitzen!«, sagte sie zu Much, und ihr Befehlston ließ ihn gehorchen, ohne zu fragen, warum.

»Wo willst du hin?«, brüllte Robin. »Maud?«

»Frag Ivetta«, rief sie und dirigierte die Stute den Waldweg hinunter.

»Ivetta?« Robin wandte sich um zum Feuer – sein Gesicht starr vor Sorge und vor Zorn. »Weißt du, wohin sie will?«
»Sie wird herausfinden, wohin er jede Nacht verschwindet«, sagte Ivetta ganz offen.
»Warum?«
»Weil sie das muss. Ich habe ihr gesagt, dass sie es muss.«
»Du, aber ...«
»Beruhig dich, Junge. Du kannst jetzt ohnehin nichts unternehmen. Morgen früh ist alles geklärt, dann wirst auch du es erfahren.«
»Was erfahren?«
»Warum er immer wieder verschwindet«, sagte Ivetta lächelnd. »Hast du Hunger? Natürlich hast du Hunger. Jemand muss dem Jungen ein großes Stück Fleisch abschneiden. Ich muss mich für einen Moment zurückziehen.«
Sie entfernte sich, als ob sie auf dem Weg zum Abort wäre, doch sobald sie außer Sichtweite war, schlug sie eine andere Richtung ein und ging in den tiefen Wald hinein.
Sie fand ihren Körper dort, wo sie ihn hatte liegen lassen, gut versteckt zwischen den Brombeersträuchern, wo die Frau und Marian zuvor Beeren gesammelt hatten. Es war so einfach gewesen, aus einem Körper heraus- und in einen anderen hineinzuschlüpfen. Der Frau des Löwen war der Unterschied zwischen der einfachen Köhlerfrau und ihr nicht einmal aufgefallen.
Für Cwen selbst aber war es ein enormer Unterschied. Dieser Körper fühlte sich frisch, lebendig und wach an, so wie ihr eigener seit Jahren nicht mehr. Er pulsierte geradezu vor Lebensfreude und Lust, so dass Cwen in Versuchung geriet, ihn noch eine Weile zu behalten und die Nacht unter dem Mann dieser Frau zu verbringen, einfach, um endlich wieder in den Genuss eines Mannes zu kommen. Aber sie musste

sich an Orte begeben, die alles andere als ein Köhlerlager waren, und noch war sie nicht sicher, wie lange sie die Gestalt eines anderen Menschen annehmen konnte. Sie wollte es nicht übertreiben, um am Ende doch noch erwischt zu werden.

Das war die Gabe, die die Old Ones ihr auf dem Grund des Teichs verliehen hatten: die Fähigkeit, sich den Körper eines anderen Menschen zu leihen. Sie hatte es bemerkt, sobald sie am Ufer des Teichs erwacht war, nachdem die Fluten sie ausgespien hatten, als sie mit ihr fertig gewesen waren und ihr wieder Leben eingehaucht hatten. Der bloße Gedanke an den kleinen grünen Frosch, der vorbeigehüpft war, hatte gereicht, und schon hatte sie sich in seinem Körper befunden und durch seine runden Augen ihre eigene Gestalt betrachtet, die zwischen den Schilfrohren riesig groß erschienen war. Angst hatte sie zu sich selbst zurückgetrieben, und der Frosch war unversehrt davongehüpft.

Es hatte Mut erfordert, es noch einmal zu versuchen – dieses Mal bei einem Vogel, dessen Flügelschlag ihr fremd vorgekommen war, wenngleich nicht so fremd wie die Möglichkeit, von Himmel herab auf ihre eigene leere Hülle zu blicken.

Nach einem kurzen Flug war sie zurückgekehrt und hatte dann ihre neue Fähigkeit an einigen weiteren Lebewesen erprobt, und mit jedem Mal war es ihr leichter gefallen, hinein- und wieder hinauszuschlüpfen. Auch ihre anderen Fähigkeiten hatte sie auf die Probe gestellt – die, über die sie früher verfügt hatte. Doch noch hatten sie sich nicht wieder eingestellt. Die Götter hatten es noch nicht für angebracht gehalten, ihr den Blitz zurückzugeben oder die Fähigkeit, zu Nebel zu werden, oder zeitlich Künftiges zu schauen. Im Moment jedoch war ihre neue Gabe gut und äußerst nützlich, und sie war sehr zufrieden damit. Sie würde den Göttern ein angemessenes Opfer darbringen, sobald sie eins gefunden hatte.

Sie zerrte ihre leblose Hülle zwischen den Sträuchern hervor und legte den Körper, den sie sich geborgt hatte, daneben. Mit einem einfachen Spruch schlüpfte sie zurück und setzte sich auf, um sich zu sammeln, bevor die Köhlerfrau wieder zu sich kam.

»Was?« Die Frau sah sich in alle Richtungen um, Verwirrung spiegelte sich in ihrem Blick. »Wer seid Ihr?«

»Priorin Celestria, mein Kind. Sicher erinnerst du dich an mich. Wir waren dabei, uns zu unterhalten, und plötzlich wurdest du ohnmächtig.«

»Ohnmächtig? Ich? Warum ist es so dunkel?«

»Es ist schon spät. Beinahe Zeit zum Abendessen.«

»Aber es ... es war gerade erst Mittag. Ich habe Beeren gepflückt, mit Marian.«

»Du bist noch verwirrt von deiner Ohnmacht, mein Kind. Du warst mit anderen unterwegs, und du kamst hierher, um auszutreten, gerade erst vor einem Moment. Du hast eine falsche Abzweigung genommen, und so bist du hier gelandet. Lass mich dir helfen aufzustehen.«

»Habt Dank, ehrwürdige Mutter.« Die Frau schüttelte die Spinnweben ab und rappelte sich mit Cwens Hilfe mühsam auf. »Ich ... ich muss wieder zurück.«

»Aye. Das musst du. Aber du darfst niemandem erzählen, was geschehen ist. Dein Mann und die anderen würden sich nur Sorgen machen. Es war ja nichts weiter. Und du möchtest doch nicht, dass sie sich Sorgen machen.«

»Nein. Nein, James würde sich nur Sorgen machen. Habt Dank, ehrwürdige Mutter. Habt Dank.« Stolpernd ging sie davon. Langsam zunächst, dann schneller, eilte sie zurück

zum Lager und zu ihrem Mann, voller Angst in dem finsteren Wald.
Cwen sah ihr hinterher. Wenn sie die Wahl gehabt hätte, wäre sie noch länger geblieben, um festzustellen, woran die Frau sich erinnerte. Das zu wissen, wäre hilfreich gewesen. Aber es hätte gleichermaßen bedeutet, dass sie warten musste.
Nun aber wollte sie sich eine geeignete Stelle suchen, von der aus sie beobachten konnte, wie die Sonne aufging.
Eine geeignete Stelle, von der aus sie beobachten konnte, wie der Mann aufwachte und sehen musste, was der Löwe der Frau angetan hatte, die er liebte.

Steinarr zu folgen war schwieriger, als Matilda es sich vorgestellt hatte. Sie musste genügend Abstand halten, damit weder er noch Ari noch die Pferde sie bemerkten – auf der Straße recht einfach, aber umso schwieriger, sobald sie in den Wald geritten waren. Doch es gelang ihr, die Fährte auf dem laubbedeckten Boden ausfindig zu machen und ihr zu folgen. Sie hatte sich gerade auf Sichtweite genähert, als Steinarr den Hengst zurückließ und zu Fuß in eine Richtung ging, während sein Freund auf einem anderen Weg weiterritt und dabei den Hengst an den Zügeln führte. Sie wartete, bis Ari im Wald verschwunden war, dann ritt sie weiter, um Steinarr nach Nordosten zu folgen – und sie entfernte sich immer weiter vom Lager der Köhler und der damit einhergehenden Sicherheit.
Selbst zu Fuß bewegte er sich schnell vorwärts. Ob er vor etwas davonlief oder auf etwas zulief, hätte sie nicht sagen können, aber sie trieb die Stute zu einem so schnellen Schritt an, wie sie es in der hereinbrechenden Abenddämmerung wagen konnte. Dennoch entfernte er sich weiter von ihr. Die

Angst vor dem nächtlichen Wald, die sie ihr Leben lang gehabt hatte und die in den vergangenen Wochen verschwunden war, kehrte zurück, als ihr der Gedanke durch den Kopf schoss, sie könne sich verirren und hätte nicht einmal Sir Torvald zu ihrem Schutz in der Nähe. Und plötzlich fühlte sie, wie etwas erbebte, dieses wilde Etwas in Steinarr, und sie erkannte, dass sie es benutzen konnte, um ihn zu finden.

Sie öffnete ihre Sinne, suchte Steinarr und fand ihn an der Grenze ihres Bewusstseins ... in dieser Richtung. Sie dirigierte die Stute dorthin – zu dem Etwas und zu ihm in der Hoffnung, ihn zu finden und zu erfahren, wie schlimm diese Träume sein mussten, wenn er derart von ihnen getrieben wurde.

Seine Präsenz wurde stärker, und sie wusste, dass sie ihm näher kam. Sie saß ab und band die Zügel der Stute um einen schlanken Vogelbeerbaum, damit sie zu Fuß weitergehen konnte, wobei sie sich so vorsichtig wie möglich bewegte, um keine Zweige zu zerbrechen. Sie wollte ihn nicht wissen lassen, dass sie dort war, noch nicht, nicht bevor sie es mit eigenen Augen gesehen hatte. Schließlich kam sie an den Rand einer Lichtung, von wo aus sie ihn aus einiger Entfernung beobachten konnte. Als über ihr eine Elster lachte und plapperte, kauerte sie sich hinter einen Busch nieder und spähte zwischen den Blättern hindurch.

Er schien so traurig, wie er so allein dort stand. Und dann begann er, seine Kleidung abzulegen. Verwirrt sah sie, wie er sich auszog und seine Sachen unter einem umgestürzten Baum verstaute. Er ging zur Mitte der Lichtung und blieb dort stehen, den Blick gen Himmel gerichtet, erhaben in seiner Nacktheit, während die letzten Sonnenstrahlen, die

durch die Bäume schienen, seine goldene Haut berührten und ihr einen ganz besonderen Glanz verliehen. Genauso hatte auch sie seine Haut berührt, und die Erinnerung an die Glut seines Körpers ließ ihre Hände kribbeln. Lust stieg in ihr auf – die gleiche Lust, die sie bei ihm wahrgenommen hatte, als er sie beim Bad im Bach beobachtet hatte –, und sie presste ihre Handflächen gegeneinander.
»Marian.« Er drehte sich um, und sein Blick fand sie sofort. »Marian. Nein. Nein! Du kannst nicht hierbleiben. Lauf weg!«
Sie erhob sich und sah ihn an. »Ich fürchte mich nicht vor einem Traum, ganz gleich, wie schlimm er auch sein mag. Ihr werdet mir nichts antun.«
»Odin, nein!«, flehte er. »Es ist kein Traum, Marian. Geh! Lauf! Lauf weg!«
Die Worte entsprangen seiner Kehle mit einem wütenden Knurren, das sich zu einem Schrei steigerte. Er wollte sich umdrehen, losrennen, doch Schmerz zwang ihn zu Boden. Sein Schrei veränderte sich, klang animalisch.
Entsetzen warf sie zu Boden, als sein Körper sich vor ihren Augen wand und umformte. Sein Gesicht wurde zu einem Maul voller Zähne. Sein Haar wurde zu einer dichten Mähne, spross um Hals und Schultern herum, dunkel und struppig. Ein Schwanz entsprang seinen Hüften. Seine Füße und Hände krümmten sich zu Tatzen, aus denen lange, scharfe Krallen wuchsen. Fell bedeckte seinen Körper. Und während alledem brüllte das Tier vor Qual, und sie fühlte jeden einzelnen Schmerz, stand erstarrt da, begann mitzuschreien, während über ihr die Elster krakeelte.
Auf einmal war der Schmerz vorbei. Matilda und das wilde Tier verstummten. Der Löwe erhob sich, streckte sich und gähnte, als sei er aus dem Schlaf erwacht. Dann warf er den

Kopf nach hinten und nahm Witterung auf. Sein riesiges Haupt wandte sich ihr zu, und seine gelben Augen verengten sich zu Schlitzen.

Erst als er sich duckte, kam ihrem schreckensstarren Körper in den Sinn, sich in Bewegung zu setzen. Doch da war es bereits zu spät.

Sie wurde gejagt.

KAPITEL 18

Laufen oder sterben.
Dieser Gedanke traf sie wie ein Faustschlag, schiere Panik packte sie im letzten Moment, bevor sie sich umdrehte, um loszulaufen. Abermals erstarrte sie, zitterte, zwang ihren Körper zur Ruhe in der Gewissheit, dass es so war.
Er wollte, dass sie rannte. Wollte sie jagen, bevor er sie tötete.
»Nein«, flüsterte sie sich zu. Flüsterte sie ihm zu. Der Löwe duckte sich, tief, lauerte, und sein mächtiger Körper zitterte vor Erregung, als er zum tödlichen Sprung ansetzte. Alles in ihr schrie: flieh. »Nein! Ich werde nicht weglaufen.«
Sie blieb, und das Blut hämmerte in ihren Schläfen, so laut, dass sie sicher war, dass das Raubtier es hören konnte.
Nein, kein Raubtier. *Steinarr.*
An diese Gewissheit klammerte sie sich. Es war Steinarr. Deshalb war sie noch am Leben. Er existierte in diesem wilden Tier, so wie die Wildheit dieses Tiers – denn das wusste sie nun – auch in ihm existierte. Wenn sie ihn finden konnte ...
Sie öffnete ihren Geist.
Der Löwe knurrte, als sie ihn erreichte, seine Wildheit zwang sie beinahe zu Boden. Reine Willenskraft hielt sie auf den Beinen, befähigte sie, ihm die Stirn zu bieten, zu atmen. Ihre

Muskeln verkrampften sich bei dem Drang zu fliehen, und sie wollte nichts lieber als fortlaufen, doch sie zwang sich zu bleiben.

Für ihn. Für Steinarr. Denn er war hier, irgendwo.

Abermals öffnete sie ihre Sinne für ihn, behutsamer dieses Mal. Rohe Wildheit überschwemmte sie. *Jagen. Töten. Paaren. Hunger. Meins. Schmerz.* All das vermischte sich miteinander, beängstigend, grausam, qualvoll. Sie wimmerte angesichts der Last all dessen, und wieder zitterte der Löwe, bereit zum Sprung, bereit, sich auf seine Beute zu stürzen.

Wo bist du? Sie suchte tiefer, suchte nach etwas Vertrautem, hoffte auf wenigstens eine flüchtige Berührung.

Töten. Meins. Und dann ganz schwach: *allein.*

Ja. Das war er, seine Einsamkeit. Das Gefühl entsprach dem Stein in ihrer Brust, und sie umarmte ihn.

»Ist schon gut«, flüsterte sie. »Ich bin hier.«

Die riesige Raubkatze wich unbehaglich zurück und setzte sich auf die Hinterbeine, den Kopf zurückgeworfen, mit offenem Maul, die Zunge herausgestreckt, witterte. Sie hatte das bereits bei Katzen gesehen, hatte sich aber nie bewusst gemacht, dass sie Gerüche tatsächlich schmecken konnten. Der Löwe nahm ihren Geschmack auf. Sie stieß den Atem aus, reicherte die Luft mit ihrem Duft an – und wartete.

Nahrung. Meins. Paaren.

Ja, deins. Deins. Paaren. Sie konzentrierte sich voll und ganz darauf. *Hier. Ich bin hier. Deins. Deine Gefährtin.* Sie hob den Kopf und sah dem Löwen in seine golden schimmernden Augen.

Du. Erkennen durchzuckte sie, durchflutete sie, als ihre Seelen miteinander verschmolzen, wie flüssiges Gold und flüssiges Silber zusammenschmolzen. Empfindungen kehrten zurück, schemenhaft und verschwommen, wirbelten in ihrem

Inneren herum: seine, ihre, die des Löwen. Die gemeinsame Erlösung bei ihrer ersten hemmungslosen Vereinigung. Bilder von ihr im Schlaf. Das Kribbeln von Bartstoppeln auf ihrer Wange, als er sie geküsst hatte. Die Aufforderung ihres Körpers, als sie bereit war, ihn in sich aufzunehmen. Zorn auf den Mann, der nachts über sie wachte, vermischt mit der beschämenden Angst, ihm etwas angetan zu haben. Ihr Geschmack, der seinen Mund durchströmte. Seine Härte, als er in sie eindrang. Geflüsterte Worte. Der Geruch von Essen, der unauflöslich mit dem Geruch von ihr verbunden war. Die Einsamkeit, die gelindert und dann umso bitterer wurde. All das, und alles zugleich.

Das letzte Sonnenlicht verschwand, und mit der hereinbrechenden Dunkelheit begann die tiefgehende Verbindung, die sie durch ihren Blick in die Augen des Löwen aufgebaut hatte, zu schwinden. Ein böses Knurren verwies sie auf sich selbst zurück, als das Raubtier sie wieder als Beute betrachtete. Dunkelheit hin oder her, er konnte sie sehen.

»Das ist es nicht, was du möchtest«, flüsterte sie in die Schwärze hinein, während sie sich zwang, die Verbindung abermals zu ihm aufzunehmen. Ah, o Gott, er hatte Torvald beinahe getötet, und er würde sie töten. Der Hunger des wilden Tiers, sein unbändiger Drang, zum Sprung anzusetzen, ließ sie zittern vor Entsetzen, doch abermals öffnete sie ihren Geist, suchte Steinarr. *Meins. Paaren. Du.* Und abermals kam die Erinnerung zurück, als sie ihn erreichte, tief drinnen.

Jedoch nicht ganz so tief wie zuvor. Er kämpfte sich an die Oberfläche. Sie umschloss sein Wesen mit ihrem Geist, so wie sie in den vergangenen Wochen seinen Körper mit ihren Armen umfasst hatte, aber nun, um ihn zu stützen, und nicht, um sich ihm anzubieten. Und sie spürte, wie er darum

kämpfte, an Stärke zu gewinnen. Langsam erschien der Mond über den Bäumen und ließ erkennen, dass der Löwe noch immer dort war – spiegelte sich in den Augen des wilden Tiers, ließ sie in der nächtlichen Finsternis wie bronzene Flammen erscheinen. Sie begegnete ihrer überirdischen Schönheit und ließ abermals diese sonderbare Verschmelzung zu. Die Seele der Raubkatze lag offen vor ihr, voll wachsamer Erwartung, in genau diesem Moment – und darunter Steinarr, der stärker wurde.
Er. Ihr Gefährte.
Du. Will dich. Abermals tauchten die Erinnerungsbilder auf, klarer, schärfer, seine Lust und die Erinnerung daran, so heftig, dass ihr Körper darauf zu reagieren begann, sich geschmeidiger anfühlte, fließend und feucht vor Verlangen. Sie ließ es geschehen, denn sie wusste, dass dies der Ursprung ihrer Verbindung war, das, was sie als Erstes so tief verbunden hatte.
Und so blieb sie bei ihm, wurde zum ruhigen menschlichen Pol innerhalb des ungezähmten Chaos der Seele des Löwen, bis ihr Körper schmerzte vor Verlangen und Erschöpfung. Die Nacht umhüllte sie beide. Sterne erschienen am Himmelsbogen, der Mond zog weiter auf seiner Bahn. Kleinere Tiere des Waldes huschten an der Grenze von Matildas Bewusstsein vorbei, voller Angst vor beiden – dem Löwen und dem Menschen. Und sie stand noch immer da, eins mit ihm.
Langsam verstrichen die Stunden, der Abend wurde zur Nacht, und die Nacht wurde zum Morgengrauen. Der Himmel hellte sich auf, vom Schwarz des Obsidians zum Grauschwarz matten Zinns, dann zu einem Aschgrau, durchzogen von Rosa und Scharlachrot, das mit dem ersten Zwitschern der Vögel einherging. Die Augen des Löwen schienen

im verblassenden Mondlicht geisterhaft, wurden aber wieder körperlich, als das Licht auf den Körper des Löwen fiel. Etwas veränderte sich auch im Inneren des wilden Tiers – der Drang, sich zu paaren stieg in ihm auf, ebenso mächtig wie der Drang zu töten. Steinarrs Drang, der zu einem verzweifelten Bedürfnis wurde. *Meins. Brauchen. Paaren. Du. Will dich. Brauche dich. Haben. Jetzt. Nackt. Jetzt. Dich. Nur dich. Haben müssen.*
Die Tiefe seines Bedürfnisses kristallisierte auch das ihre, ließ es zu stark werden, als dass sie sich dagegen hätte wehren können. *Nackt. Jetzt. Haben müssen.* Ihre Hände glitten zu ihrer Verschnürung. Als der Himmel hell wurde hinter den Bäumen, riss sie sie auf. Obergewand, Unterkleid, Schuhe, Strümpfe. Jedes Stück, das fiel, brachte Steinarr ein Stück näher an die Oberfläche, machte ihn stärker, präsenter.
Der Löwe – irritiert – erhob sich und lief knurrend vor ihr hin und her. Sie aber hatte keine Angst mehr. Sie konnte Steinarr nun deutlich fühlen, ganz und gar nicht mehr in der Tiefe verborgen, sondern gleich hinter den Augen des Tiers, wie er sie beobachtete, auf den Moment wartete, wo er sie haben konnte. Bereit und im Verständnis dessen, was er ihr so dringend geben musste, streifte sie das leinene Unterhemd ab – das letzte Stück Stoff, das noch zwischen ihnen war. Der Löwe warf den Kopf zurück, witterte, schmeckte ihren Duft, stärker jetzt. Moschusartiger. *Weibchen.*
Der erste Sonnenstrahl teilte den Himmel, durchschnitt die Wolken im Osten wie ein glühendes Schwert. Der Löwe brüllte vor Qual, und sein Schmerz – Steinarrs Qualen – warf sie zu Boden, während die Kreatur zu pulsieren und sich zu verwandeln begann. Unfähig, es zu ertragen, zog sie sich in sich selbst zurück, und die letzte Verbindung riss ab.

Nun allein, sah sie nur noch einen Löwen, furchterregend, auch dann noch, als er sich zu einem Menschen umformte. Das wilde Tier drehte sich ihr zu und duckte sich, um sich zu sammeln. Sein Brüllen, halb menschlich und voller Wut und Schmerz, erschütterte die Luft. Voller Panik drehte Matilda ihm den Rücken zu und kroch davon, doch dann war er über ihr, packte sie mit den Zähnen an der Schulter, drückte sie zu Boden. Aber es war nicht mehr der Löwe, sondern er, oder beinahe er, ein Teil des wilden Tiers steckte noch immer in ihm, auch dann noch, als er sich auf ihren Geist und ihren Körper legte. Knurrend, da auch sie von einem letzten Rest des Löwen besessen war, beugte sie den Oberkörper hinunter und streckte ihm ihr Gesäß entgegen, wie eine Katze, öffnete sich ihm, und sogleich war er in ihr und nahm sie. Schierer animalischer Trieb.

»Meins«, brummte er ihr ins Ohr, als sein Gewicht sie zu Boden drückte. »Du gehörst mir.«

Seine Hände umfassten ihre Hüften, brachten sie in Position, als er mit harten Stößen in sie eindrang, härter, dann weniger hart, weniger wild, langsamer. Seine Berührungen veränderten sich, seine Besessenheit ließ nach. Er zog sich aus ihr zurück, drehte sie auf den Rücken und bewegte sich zwischen ihren Beinen. In seinen Augen glühte ein solch verzehrender Hunger, dass sie es kaum ertragen konnte, ihn anzusehen. Und dann kam endlich der Moment, in dem er sie sah. *Sie.* »Marian, ich ...«

»Sch, ich weiß.« Sie streckte die Arme nach ihm aus, zog ihn an sich und stieß einen Seufzer aus, als er in sie eintauchte und sich in ihrem Körper verlor. Sie schlang ihre Beine und Arme um ihn, und er stöhnte auf, als sie ihn an sich presste, so fest sie konnte. »Nehmt mich, mein edler Löwe. Ich weiß es, und ich gehöre Euch.«

Über ihnen sah Cwen durch die Knopfaugen der Elster zu ihnen hinab und beobachtete ihre Vereinigung mit wachsendem Zorn. Wenn sie über die ihr zustehende Macht verfügen würde ... Aber das war nicht der Fall, und selbst wenn es doch so gewesen wäre, lag ihr Körper ganz woanders, viel zu weit entfernt, als dass sie zum Gegenschlag hätte ausholen können.

Warum zeigt Ihr mir das?, fragte sie stumm die Götter. *Warum habt Ihr mir diese Gabe verliehen, wenn es mir verwehrt bleibt zuzusehen, wie er sie tötet und die Süße seiner Trauer zu erfahren? Wollt Ihr mich lediglich verhöhnen, um zu beweisen, wie nutzlos ich bin? Oder gibt es da etwas, was sich meiner Kenntnis entzieht?*

Sie erhob sich in die Lüfte, zog einen Kreis über der Lichtung und sah, wie die beiden es miteinander trieben, bevor sie zu der Stelle zurückflog, wo ihr Körper in Sicherheit neben dem geweihten Teich lag. Mit jedem Schlag des Herzens der Elster bat sie darum, dass die Old Ones in ihrer Weisheit einen höheren Plan verfolgten.

»Unser Stammesführer sandte uns aus, um ein Dorf einzunehmen. Es gingen Gerüchte um von einem unermesslichen Schatz dort.«

»Ich dachte, alle hätten diese Fähigkeit, bis mein Vater mir mit Schlägen den Teufel austreiben wollte.«

»Wir töteten ihren Sohn, und sie verfluchte uns.«

»Ich lernte, es zu verbergen, lernte zu lügen. Ich überzeugte Vater davon, dass es aufgehört hatte. Dass ich es überwunden hatte. Es war die einzige Möglichkeit, seinen Schlägen zu entgehen.«

»Wir waren neun. Einer hob den Fluch auf und lebte bis an sein Ende als Mensch. Deshalb wissen wir, dass es möglich ist.«

»Ich konnte nicht verstehen, warum du mir Angst machtest. Und ich mich gleichermaßen von dir angezogen fühlte.«
»Brand, Ari, Torvald ...«
»Torvald! Kein Wunder, dass er mir so vertraut vorkam. Der Hengst!«
Ihre Erklärungen waren ineinander verschlungen wie ihre Gliedmaßen, ein Knäuel von Gedanken, die sich allmählich entwirrten und zu einer zusammenhängenden Wahrheit wurden. Fragen wurden beantwortet, Antworten warfen neue Fragen auf. Worte und Berührungen und sanfte Küsse wurden ausgetauscht. All das war gut, war nötig, und Steinarr wusste das, und dennoch war nichts davon wirklich von Bedeutung. Von Bedeutung war nur, dass Marians Arme ihn umfassten, dass sie ihn nun, da sie es wusste, noch immer in den Armen hielt, selbst bei hellem Tageslicht. Auch wenn das alles war, was er jemals bekommen sollte, würde es ihm die weiteren Jahre erträglich machen – und dennoch, bitte, Odin, bitte, lass es mehr werden!
So lagen sie immer noch da, eng umschlungen, als aus der Entfernung das freudige Wiehern der Stute einen nahenden Reiter ankündigte. Seufzend löste sich Steinarr aus diesen wunderbaren Armen und setzte sich auf. Er lauschte einen Moment lang, dann pfiff er eins der alten Erkennungssignale und vernahm mit Erleichterung die entsprechende Antwort.
»Es ist Ari.« Er griff nach Marians Unterhemd und reichte es ihr, dann gab er der Versuchung nach und beugte sich über sie, um noch ein paar letzte Küsse auf ihre allzu verlockenden Brüste zu drücken, bevor sie sie bedeckte. »Warte hier.«
Er ging zu dem umgestürzten Baum hinüber und zog seine Kleidung darunter hervor, während sie mit ihren eigenen Kleidungsstücken zu kämpfen hatte. Als Ari näher kam, war

Steinarr so gut wie vollständig angezogen und ging ihm bis zum Rand der Lichtung entgegen.

»Warum bist du so spät? Ich habe auf dich gewartet, an ...« Ari unterbrach sich, als sein Blick auf Marian fiel, die errötend ihr wollenes Kleid über das Leinenhemd zog. »Wie ist sie so früh hierhergekommen?«

»Ist sie nicht. Du solltest schon zurückreiten. Sag Bescheid, dass wir gleich kommen.«

»Ich verstehe nicht, wie ... Sie ist nicht heute Morgen hierhergekommen?« Ari legte die Stirn in Falten, als er versuchte, dies zu verstehen. »Die ganze Nacht? Und sie lebt noch? Der Löwe hat sie nicht ...?« Er riss die Augen auf. Dann ließ er sich von seinem Pferd hinuntergleiten und packte Steinarr an den Schultern. »Sie weiß es?«

»Sie weiß es.« Steinarr drehte sich zu ihr um und sah zu, wie sie ihre Strümpfe anzog. Ein Grinsen bahnte sich seinen Weg vorbei an dem Kloß in seinem Hals und breitete sich auf seinem Gesicht aus, bis ihm die Wangen schmerzten. »Sie weiß es.«

»Und ihr beiden habt gerade ...? Sie weiß es, und trotzdem will sie dich noch?« Ari grinste beinahe ebenso breit wie Steinarr. »Sie liebt dich!«

Odin, bitte. Steinarr senkte die Stimme. »Sie nimmt mich so, wie ich bin. Vorerst ist das genug.«

»Aber du brauchst sie, um ...«

»Ich entscheide, was ich von ihr brauche, nicht du. Reite schon voraus. Robin macht sich bestimmt Sorgen um sie. Sag, wir hätten uns die ganze Nacht lang unterhalten, darüber gestritten, ob sie nun doch mitkommen wird.«

»Wird sie das?«

»Nein.«

»Doch, das werde ich«, rief sie.

»Wird sie nicht. Nun verschwinde endlich, Ari. Nimm den Hengst mit und sorg dafür, dass er Futter und Wasser bekommt und wir dann reiten können. Ich bringe sie auf der Stute zurück. Wir brechen auf, sobald ich im Lager bin. Stell sicher, dass Robin fertig ist.«

Ari nickte und entfernte sich, während Marian zu Steinarr hinüberging und sich neben ihn stellte.

»Könnt Ihr mir das zuschnüren, *Monsire?*«, fragte sie nach einer Weile. Sie wandte ihm den Rücken zu und wartete.

Rücken. Ein halb in Erinnerung gebliebenes Bild von jenem ersten Augenblick kehrte zurück. Er schob das Leinen auseinander. Ein sich dunkel verfärbender Bluterguss – Umrisse von Zähnen, die nicht vollkommen menschlich waren – zeigte sich an ihrer Schulter. Er strich mit dem Finger über die Stellen, wo er ihre Haut verletzt hatte, und sie zuckte zusammen.

»Oh, süße Marian, verzeih mir! Ich habe dir weh getan.«

»Es gibt nichts zu verzeihen.«

»Aber ich war ...«

»Ein wildes Tier? Aye. Das warst du. Ebenso wie ich, in dem Moment. Es hat mich genauso erregt wie dich.«

»Ich hätte dich töten können. Verstehst du das nicht? Die Narben des Hengstes stammen daher, dass ich Torvald angegriffen habe. *Ich* habe ihm diese Narben zugefügt.«

Sie drehte sich um und legte ihre Hand an sein Gesicht, strich mit dem Daumen über die Wange. »Nein. *Es* hat das getan. Das Raubtier.«

»Aber du ...«

»Der Löwe in dir ist es, der mich von Beginn an angezogen hat, obwohl ich Angst davor hatte. Verstehst *du* das nicht?«

»Und es wurde stärker?«

»Aye, und das ist meine Schuld. In manchen Momenten öff-

net sich mein Geist für dich und facht die Ungezähmtheit des Raubtiers an.« Sie drehte sich wieder um, damit er ihr Untergewand zuschnüren konnte. »Manchmal, wenn unsere Blicke einander begegnen. Und wenn wir es miteinander treiben.«
»Wenn du kommst?«
Ein Hauch von Rosa färbte ihre Wangen. »Aye. Dann ganz besonders.«
»Und ... öffnest du dich auch auf diese Weise, wenn du dich selbst berührst?« Er bemühte sich, seine Eifersucht zurückzuhalten, die in ihm aufstieg, als ihm der Gedanke kam, dass irgendjemand anders sie so erlebt hatte, selbst wenn es nur zufällig gewesen war.
»Teufel noch mal!«, gab sie zurück. »Nein.«
»Ist es jemals geschehen, wenn du den Dienstboten auf dem Heuboden zugesehen hast?«
Nun musste sie lachen, herzhaft und lauthals. »Kein bisschen. Es geschieht nur in deinen Armen. Dann fühle ich dich so sehr wie niemanden sonst. Wie kein anderes Wesen, weder Mensch noch Tier.«
»So wie ich dich fühle.« Er zog den Knoten zu und gab ihr einen Kuss auf die Haut darüber, die noch immer rosa glühte. »Ich wusste nicht, was es war. Ich wusste nur, dass du mir Erleichterung verschaffst, die über das, was dein Körper zu bieten hat, hinausgeht – und dein Körper hat eine Menge zu bieten.«
Sie lehnte ihren Kopf an seine Schulter. »Zum ersten Mal bin ich wirklich froh darüber, dass ich diese Gabe besitze. Bevor du mir begegnet bist, war es lediglich ein Werkzeug – bestenfalls ein angenehmer Zeitvertreib –, aber nun ist es ...«
»Ein Segen«, sagte Steinarr in ernstem Ton.
»Aye. Aber nur weil du es dazu machst.«

»Ich ...« Unfähig im Strudel all der Gefühle, die allesamt seine waren, die richtigen Worte zu finden, hob er das blaue Obergewand auf, das Matilda von Lady Nichola bekommen hatte. »Hier.« Ein wenig unbeholfen raffte er die Mengen an Stoff zusammen, so dass sie mit den Armen hineinschlüpfen konnte. Dann half er ihr, es über den Kopf zu ziehen und es ihren Körper hinuntergleiten zu lassen. Die Bänder waren rasch geschnürt, während zwischen ihnen beiden Stille herrschte.

Als er fertig war, strich sie ihr Gewand glatt und prüfte, wie es saß. »Du bekommst allmählich Übung darin. Vielleicht sollte ich dich bei mir behalten, damit du mir beim Anziehen behilflich sein kannst.«

»Lieber wäre ich dir beim Ausziehen behilflich.« Er ließ seine Hände an ihrem Körper hinuntergleiten, zeichnete die Konturen ihrer Taille und ihrer Hüften nach, dann glitten seine Hände aufwärts, und er umfasste ihre Brüste. »Am liebsten würde ich den ganzen Tag mit nichts anderem verbringen. Aber wir müssen zurück. Eigentlich sollten wir schon längst unterwegs sein.«

»Aye. Das sollten *wir*.«

»Marian ...«

»Komm schon, mein Ritter, das besprechen wir auf dem Weg.« Sie ging voraus zu der Stelle, wo die Stute angebunden war, und ihm blieb keine andere Wahl, als seiner Lady zu folgen. Seiner Liebe.

Als sie die Straße erreichten, waren die zärtlichen Worte des Morgens einer hitzigen Diskussion gewichen, die sich den gesamten Weg bis zum Lager der Köhler hinzog. Matilda legte sich mit Bestimmtheit ins Zeug, ganz so, wie sie es an jenem ersten Tag am Stadtrand von Maltby getan hatte. Und das Schlimmste daran war, dass ihre Überlegungen logisch klangen: Von ihnen allen war sie die Einzige, die Latein lesen und Zahlen entziffern konnte – nicht nur Kerben in einem Stück Holz. Darüber hinaus kannte sie ihren Vater noch besser als Robin.

»Aber deine Sicherheit lässt sich nicht gewährleisten«, beharrte er auf seinem einzigen Argument, das jedoch ausschlaggebend war – soweit es ihn betraf jedenfalls. »Guy ist gefährlich.«

»Ich weiß selbst genau, wie gefährlich Guy ist«, gab sie zurück. »Ich habe mein Leben lang mit ihm zu tun gehabt. Der Grund, warum Vater sich gegen ihn als Erben entschieden hat, bestand darin, dass er sich mir gegenüber zu viele Freiheiten herausnahm und eindeutig klarmachte, dass er sich noch mehr Freiheiten erlauben wollte.«

»Aber du bist seine Cousine.«

»Aye. Das konnte ihn jedoch nicht von dem Versuch abhalten, mich zu seiner Geliebten zu machen. Auch nicht, wie zu vermuten, mich mit Baldwin zu verheiraten.«

Steinarr brummte angewidert. »Ein Grund mehr, ihn zu töten.«

»Ein Grund mehr, warum ich Robin helfen will – *muss*.«

»Und ein Grund mehr für mich, warum ich dich in Sicherheit außerhalb Guys Reichweite wissen will und muss.«

»Dann lass mich bei dir bleiben. Wo könnte ich sicherer sein als in deinen Armen?«

»Auch wenn du mich einen Teufel nennst«, knurrte er, und sein Körper spannte sich an. »Dennoch kannst du nicht mitkommen.«

Sie ritten in den Wald hinein, und als sie die Lichtung erreichten, liefen die Kinder ihnen entgegen, um sie zu begrüßen, darunter auch Goda, die wie immer drauflosplapperte. »Habt ihr Streit? Sir Ari hat gesagt, ihr hättet euch gestritten. Du siehst wütend aus, Marian.«

»Das bin ich auch«, sagte sie und stieß Steinarr in die Rippen, um keinen Zweifel daran zu lassen. Sie ließ sich von der Stute hinuntergleiten, ohne auf seine Hilfe zu warten.
Robin kam ihr entgegengehumpelt, mit zornigem Gesicht.
»Du warst die ganze Nacht lang fort! Allein. Mit ihm!«
»Beim Gekreuzigten, Robin! Ich war fast einen ganzen Monat lang mit ihm allein. Was spielt eine Nacht bei so vielen noch für eine Rolle?«
»Ich hätte dich niemals fortlassen dürfen. Wenn er dich entehrt hat ...« Voller Wut funkelte Robin Steinarr an.
»Für Baldwin? Das will ich doch hoffen.« Sie stürmte davon in Richtung Feuer und rief ihm über die Schulter hinweg zu: »Und ich will hoffen, dass du fertig bist. *Er* will aufbrechen.«
»Du solltest lieber nicht ...«, begann Robin, doch Marians offenkundige Verärgerung musste ihn wohl davon überzeugt haben, dass es nichts gab, worüber er sich Sorgen machen musste. Er drehte sich um, humpelte davon und schimpfte, an niemand Speziellen gerichtet, vor sich hin. »Das solltest du lieber nicht.«
Als Steinarr die Stute in den Pferch brachte, hatte Marian schon eine Schale mit Eintopf gefüllt und ein Stück Rehfleisch daraufgelegt, und als er sich zur ihr ans Feuer gesellte, reichte sie sie ihm und gab ihm einen Löffel. »Du bist kurz vorm Verhungern. Iss.«
Er *war* dabei zu verhungern. All die vielen Male, die sie ihm etwas zu essen angeboten hatte, wirbelten an die Oberfläche seines Bewusstseins. Natürlich. Sie wusste es. Sie hatte es immer gewusst. Er nahm ihr die Schüssel aus der Hand und streifte mit seinen Fingern ihre Hände. »Ich danke dir.«
Sie zog eine Augenbraue hoch. Möglicherweise lag da ein Hauch von Vergebung in ihrem Blick, doch wenn es so war, leugneten ihre zusammengepressten Lippen dies sogleich.

Und einen Moment später, während er seine Mahlzeit hinunterschlang, hörte er, wie sie Ivetta zuflüsterte: »Du hattest recht. Ich musste ihm hinterherreiten.«
Ivetta legte verständnislos die Stirn in Falten. »Wie bitte?«
»Es war eine gute Idee, ihm hinterherzureiten. Ich musste es herausfinden, und nun weiß ich es. Ich bin froh, dass du mir dazu geraten hast.«
»Wovon sprichst du? Ich habe nie gesagt, du solltest ihm hinterherreiten«, widersprach Ivetta mit lauterer Stimme.
»Doch, das hast du«, sagte Edith. »Ich habe es selbst gehört. Du sagtest, sie solle sich beeilen, als Sir Ari und Sir Steinarr davonritten. Und du sagtest zu Robin, du hättest ihr dazu geraten hinterherzureiten.«
»Das kann nicht sein«, sagte Ivetta. »Ich war nicht einmal hier.«
»Du warst auf jeden Fall hier, Frau«, sagte James. »Ich habe dich doch gesehen, als ich hier ankam.«
»Das hast du nicht.« Ivetta verschränkte stur die Arme über der Brust. »Ich war im Wald. Mir war nicht gut, und da habe ich mich eine Weile hingelegt. Die Priorin saß neben mir, als ich wieder zu mir kam. Wir waren in den Brombeeren.«
»Die Priorin?« Ari stellte sich zu ihnen. »Priorin Celestria? Vom Gut?«
»Aye, natürlich, *Monsire*. Welche denn sonst? Sie war hier, im Wald, und sie blieb bei mir, bis ich wieder richtig zu mir gekommen war. Sie sagte, es war nicht lang, aber ich erinnere mich daran, dass es erst Mittag war, und dann war es schon fast dunkel.«
»Aber du bist doch mit mir zurückgegangen«, sagte Marian. »Wir waren eine ganze Zeit vor dem Abendessen zurück.«
»Wir alle haben dich gesehen«, sagte Robin. »Du hast dich mit mir darüber unterhalten, warum du Marian hinter ihm

hergeschickt hast, und dann bist du in Richtung Abort gegangen.«

»Ich war in den Brombeeren, das habe ich euch doch gesagt, bewusstlos.«

»Ah, verflucht noch mal!« Ari hob den Kopf zum Himmel und wechselte zu Altnordisch, als er die Götter fragte: »Warum belästigt Ihr mich überhaupt damit, wenn sie so wenig nutzen?«

»Was?«, fragte Steinarr.

Ari winkte ihn beiseite und sprach mit gesenkter Stimme weiter, noch immer auf Altnordisch: »Als Robin auf dem Gutshof war, sah ich kurz … Ich weiß nicht. Es war keine Vision – es gelang mir nicht, eine zu erhalten – aber ich hatte das Gefühl, es stimmt etwas nicht.«

Eine böse Vorahnung ließ Steinarr seine Schultermuskeln anspannen. »Wie sieht diese Priorin aus?«

»Ich habe sie nie zu Gesicht bekommen. Jedes Mal war sie schon fort oder betete gerade.«

»Und das kam dir nicht verdächtig vor?«, fragte Steinarr verärgert.

»Sie ist eine Nonne. Was weiß denn ich von Nonnen und ihren Gewohnheiten?«

Steinarr wechselte wieder zu Englisch und rief laut: »Robin, wie sieht diese Priorin aus?«

»Schwarze Augen. Schwarzes Haar, glaube ich zumindest, denn das ist natürlich unter ihrem Schleier verborgen. Fast so groß wie ich. Dünn wie ein Aal.« Robin kratzte sich seinen flaumigen Bart, der im vergangenen Monat ein wenig dichter geworden war, dann zeigte er auf seinen rechten Mundwinkel. »Und sie hat ein dunkles Muttermal, genau hier.«

»Cwen!«, stieß Ari hervor. Er wechselte wieder zu Altnordisch. »Sie muss Ivettas Gestalt angenommen haben, so wie die der Amme auf Alnwick.«

»Und dann hat sie Marian hinter mir her in den Wald geschickt.« Das Wissen, was der Löwe ihr hätte antun können – ihr angetan hätte, wenn es Marian nicht gelungen wäre, zu ihm durchzudringen – drehte ihm beinahe den Magen um. »Sie wollte, dass ich sie töte. Sie wollte, dass mir bewusst wäre, was ich getan hätte.«

»Aye. Sie hat es darauf abgesehen, uns zu nehmen, was wir lieben. Uns so zu verletzen, wie wir sie verletzt haben. Ich hätte …« Abermals richtete Ari den Blick hinauf zum Himmel. »Ich habe für Euch geblutet, und Ihr wolltet mich nicht einmal *das* wissen lassen.«

»Stimmt etwas nicht, Mylords?«, fragte Marian, die auf die beiden zukam.

Steinarr sah an ihr vorbei zu Ivetta, die noch immer ein verwirrtes Gesicht machte und James begreiflich machen wollte, dass sie nicht im Lager gewesen war. Und auf einmal schienen sämtliche Waffen, die Guy ins Feld führen konnte, weniger bedrohlich, als das, wozu Cwen in der Lage war.

»Ich habe meine Meinung geändert«, sagte er zu Marian. »Du kommst mit mir. Du auch, Will Scathelocke. Macht euch bereit! Sofort.«

Dann setzte er sich in Bewegung, um Hamo Köhler vor dem Bösen zu warnen, das auf den Ländereien von Headon Einzug gehalten hatte.

KAPITEL 19

Bei der Abtei ist alles ruhig, aber so wie die Straße aussieht, ist sie stark benutzt worden, nachdem es das letzte Mal geregnet hat. Scheint so, als sei der König hier gewesen und wieder abgereist.«

Sie saßen im Wald, nicht weit entfernt von Newstead Abbey, nachdem sie den Weg in zweieinhalb Tagen hinter sich gebracht hatten, obwohl sie die Straßen gemieden hatten. Doch sowohl Cwen als auch die Suche, die Robin bevorstand, hatten sie angetrieben. Steinarr hatte Ari vorausgeschickt, um die Lage auszukundschaften, und gerade war er zurückgekehrt und erstattete Bericht.

Angesichts dieser Neuigkeiten sackte Robin in sich zusammen. »Wir kommen zu spät. Ich habe uns zu sehr aufgehalten.«

»Du hast deine Sache gut gemacht«, sagte Steinarr. Und das hatte er auch. Am Ende des ersten Tages hatte sich Robin kaum aufrecht halten können und einer Leiche sehr ähnlich gesehen. Am nächsten Morgen jedoch war er bereits mit ein wenig mehr Farbe auf den Wangen aufgewacht und hatte weiterreiten wollen. An diesem Tag hatte er auf der Stute gesessen und sich festgeklammert, mit dem gleichen Ausdruck wilder Entschlossenheit, durch den sich auch seine Schwester auszeichnete. Gar nicht schlecht für einen Mann,

der innerhalb der vergangenen beiden Wochen beinahe verblutet wäre. Möglicherweise würde er doch noch einen respektablen Lord abgeben. »Der König kann noch nicht weit sein. Wir werden ihn finden.«
Ari pflichtete ihm bei: »Mit so viel Gefolge schafft man nicht mehr als ein paar Meilen am Tag. Er ist ganz in der Nähe, wahrscheinlich auf der Jagd. Wir wären ihm vielleicht sogar begegnet, wenn wir die Straßen genommen hätten, anstatt über das Land zu reiten, aber das hätte uns auch nicht weitergebracht.«
»So herum ist es besser«, stimmte Steinarr ihm zu. »Irgendeine Spur von Gisburne?«
»Nicht von ihm selbst, aber es könnte sein, dass er sich dem König angeschlossen hat. Das würde ich an seiner Stelle jedenfalls tun, abgesehen davon, Leute entlang der Straßen zu verteilen.«
Steinarr nickte. »Auch darüber können wir uns später Gedanken machen. Vorerst bleiben wir bei unserem Plan und folgen dem Rätsel bis zum Schluss. Kommt, heute ist noch genug Zeit für den Abt.«
Sie näherten sich der Abtei aus Richtung des Waldlands, das an deren Rückseite grenzte, und ritten erst darum herum, als es sich nicht länger vermeiden ließ, um die Pforte zu erreichen. Derselbe stämmige Mönch, der Steinarr und Matilda bei ihrem ersten Besuch in Empfang genommen hatte, kam heraus.
Seine Augenbrauen schossen geradezu in die Höhe, als er Steinarr und Marian erkannte. »Der hochwürdigste Herr Abt sagte bereits, Ihr beiden würdet möglicherweise zurückkommen, wobei er jedoch davon ausging, dass dies früher geschehen würde. Er sagte, ich solle Euch Einlass gewähren, aber nur, wenn der Junge dabei ist.«

»Ich bin kein Junge«, meldete sich Robin zu Wort.

Der Mönch sah ihn blinzelnd an. »Nein. Aber als richtigen Mann kann man dich auch noch nicht bezeichnen.«

»Manns genug, um mein Schwert hinter sich zu wissen, falls er es mit unverschämten Mönchen zu tun bekommt«, sagte Steinarr.

Der Mönch sah ihn verärgert an, aber er öffnete das Tor. »Ich werde Abt Talebot holen.«

»Tut das.« Steinarr wandte sich um zu Will. »Du bleibst hier und behältst die Straße im Auge. Ich will keine Überraschung erleben. Ari kommt mit Robin, Marian und mir.«

Bald darauf fanden sie sich wartend in demselben kleinen Raum wieder wie einige Tage zuvor. Diese Mal dauerte es allerdings nicht so lange, bis der Abt erschien. Der Reihe nach knieten sie nieder, um seinen Ring zu küssen.

»Du nicht, mein Sohn.« Der Abt hob seine Hand, damit Robin keinen Kniefall machen musste. »Dann hast du dir also tatsächlich das Bein gebrochen.«

»Aye, Lord Abt. Ich habe es mir gebrochen, und Sir Ari hat es geschient.«

»Ich dachte schon, es wäre vielleicht nur eine Finte deiner Schwester gewesen, um mir das Rätsel zu entlocken.« Er ging um Robin herum und musterte ihn abschätzend. »Erinnerst du dich an mich, Robert?«

»Ihr wart auf der Prozession, als mein Herr Vater und ich wallfahrteten. Soweit ich mich erinnere, habt Ihr einen guten Schluck Wein mit uns getrunken.«

Der Abt lachte. »Allerdings. Was hätte man auch davon, ein Abt zu sein, wenn man keinen guten Wein zu sich nehmen dürfte? Das ist lange her, und du warst noch um einiges jünger. Mich wundert, dass du dich daran erinnerst.«

»Es war sehr guter Wein, Lord Abt.«

»Ich frage mich, was dir sonst noch von Sudwell in Erinnerung geblieben ist. Dein Vater gab mir ein Geschenk. Erinnerst du dich daran?«

Robin schürzte die Lippen, während er nachdachte. »Aye. Es war ein Beutelbuch.« Robin zeigte auf das Büchlein an der Hüfte des Abts, das mit dem an den unteren Rändern des Buches weit überstehenden und am Ende verknoteten Leder des Bezugs am Gürtel hing. »Nicht dieses hier, aber ein sehr ähnliches.«

»Sehr ähnlich, wobei es sich bei jenem damals um ein Brevier handelte, wohingegen dieses hier die Sprüche Salomons beinhaltet.« Mit einem Lächeln öffnete der Abt vorsichtig den Knoten, zu dem das am Ende des Bezugs in schmale Streifen geschnittene Leder geflochten war, schlang den langen Lederlappen um das Büchlein und reichte es Robin. »Dein Vater dachte nicht, dass du dich daran erinnern würdest, und ehrlich gesagt, ich auch nicht. Du warst damals mehr damit beschäftigt, ein kleines – was war es noch? –, ach ja, ein kleines Pferd zu schnitzen, als uns deine Aufmerksamkeit zu schenken.«

»Hinterher verabreichte Vater mir eine Tracht Prügel, weil ich Euch gegenüber so unaufmerksam war«, sagte Robin. »Er hat nie verstanden, dass ich besser zuhören kann, wenn meine Hände beschäftigt sind.«

»Aus dem gleichen Grund greife ich auf die hier zurück.« Abt Talebot klopfte auf die Perlen seines Rosenkranzes, der ebenfalls am Zingulum hing. »Sie werden sich einsam fühlen ohne das schöne Büchlein an ihrer Seite. Ach, nun ja, Lord David sagte, es sei nur eine Leihgabe für eine bestimmte Zeit, aber ich habe im Laufe der Jahre viel Gefallen daran gefunden. Wie gut, dass ich noch das Brevier habe, obwohl es nicht annähernd so gut gefertigt ist.«

»Wenn ich Erfolg habe, werde ich Euch dieses Büchlein zurückgeben, Mylord. Wenn ich Erfolg habe, werde ich sogar für jeden Eurer Kanoniker ein ebensolches Buch anfertigen lassen.«

»Das wäre sehr schön, wobei Breviere natürlich sinnvoller wären. Das war einfacher, als wir alle gedacht hätten, oder nicht?« Der Abt öffnete die Tür. »Nun geh deiner Wege, denn du hast nicht mehr viel Zeit. Der König hat vor, nach Rufford und anschließend nach Clipstone zu reisen. Wenn es dir rechtzeitig gelingt, dein Rätsel zu lösen, wirst du ihn dort noch antreffen, andernfalls wird man sich dir an die Fersen heften. Möge der Segen des Herrn dich auf deiner Suche begleiten, Robert.«

Die Tür hatte sich kaum hinter dem Abt geschlossen, als Marian, die sich vorgebeugt hatte, wie ein Spürhund an der Leine, auf Robin zustürzte. »Zeig her!«

»Nicht hier«, sagte Steinarr. »Wir werden zunächst in sicherem Abstand unser Lager aufschlagen, bevor die Sonne untergeht. Dort könnt ihr es später lesen.«

»Wartet.« Ari ging hinüber zu dem kleinen Schrein in der Ecke und erleichterte ihn um zwei schlanke Kerzen. »Wenn ihr heute Abend lesen wollt, werdet ihr die hier brauchen, um überhaupt lesen zu können.«

»Stellt sie zurück!«, sagte Marian. »Ihr könnt doch nicht eine Abtei bestehlen.«

Ari verstaute die Kerzen unter seinem Umhang und holte einen Penny aus seinem Geldbeutel, den er auf den Tisch legte. »Hier. Das dürfte für doppelt so viele Kerzen reichen.«

»Es wäre besser, wenn Ihr fragen würdet«, entgegnete sie.

»Lieber hinterher um Entschuldigung bitten, als vorher um Erlaubnis fragen und ein Nein riskieren«, sagte Ari lachend.

»Ich muss mich doch wundern, dass Steinarr Euch das noch nicht beigebracht hat.«

Sie gingen zurück zu ihren Pferden an der Pforte, wo sie Will und den Mönch in eine angeregte Unterhaltung vertieft vorfanden. Der Mönch sah Robin an und grinste. »Bist du wirklich Robin Hood?«

»Will!«

»Das war nicht meine Schuld, Mylord. Er hat gehört, wie Ihr ihn Robin nanntet, und hat mich danach gefragt.«

»Und wie sollte ein Mönch von Robin Hood gehört haben?«, fragte Steinarr.

»Ich bin kein Mönch, Mylord, auch kein Augustiner-Chorherr. Ich folge der Lehre des heiligen Franziskus.«

»Mönch oder Ordensbruder, wie habt Ihr von Robin Hood gehört?«, fragte Marian.

»Seitdem Ihr letztens hier vorspracht, war ich in Nottingham, um einige Angelegenheiten für den Abt zu erledigen. Auf dem Marktplatz war eine Gruppe Schauspieler, und nachdem sie das Mysterienspiel aufgeführt hatten, saßen sie in der Schenke und erzählten von Robin Hood – davon wie er geächtet wurde, und von Maid Marian und Little John.«

Er warf einen Blick auf Steinarr, als könne *er* kein anderer sein als Little John. »Ich hielt es nur für eine Geschichte, bis ich hörte, wie Ihr die beiden in einem Atemzug Robin und Marian nanntet. Und der junge Will hier bestätigte meine Vermutung.«

»Der junge Will hier ist ein Schwachkopf, und wenn ich diese Geschichte noch einmal höre, ist er ein Schwachkopf, dem man das Fell abgezogen hat«, sagte Steinarr.

»Wobei ich dann behilflich wäre«, sagte Marian belustigt.

Will lief leuchtend rot an. »Ich habe doch nur gesagt, dass Ihr tatsächlich Marian heißt, Mylady, und dass Robin nun einmal Robin ist. Na ja, vielleicht habe ich noch ein bisschen mehr gesagt als nur das. Aber er kannte all die Geschichten ohnehin schon.«

Verärgert schüttelte Steinarr den Kopf. »Bruder, ich muss Euch darum bitten, Stillschweigen über all das zu bewahren. Niemand darf erfahren, dass wir hier waren.«

»Am allerwenigsten der Sheriff, eh? Ich habe schon verstanden, Mylord, und ich werde kein Sterbenswörtchen sagen. Und dessen könnt Ihr Euch am sichersten sein, wenn Ihr mich mitnehmt.«

»Was?«

»Nehmt mich mit. Ich bin nicht an Newstead gebunden. Ich ziehe von Abtei zu Abtei, von Fountain Dale nach Nostell, von Nostell nach Wakefield, von Wakefield nach Fountain Dale und wieder hierher, wie es mir beliebt. Oftmals postiert man mich an der Pforte, damit ich mir mein tägliches Brot verdienen kann, denn ich bin kein Priester im Gegensatz zu den Mönchen und Chorherren.«

»Wir brauchen keinen Mönch, ganz gleich ob Laienbruder oder Priestermönch.«

»Aber Ihr braucht einen Priester. Mir ist wohl kaum eine Gruppe Geächteter begegnet, die dringender einen gebraucht hätte.«

»Ich bin *kein* Geächteter«, knurrte Steinarr.

»Ihr habt kein Pferd, Bruder«, sagte Ari.

»Wills Falbe wird uns beide tragen.«

»Und woher wollt Ihr das wissen?«, fragte Steinarr und sah Will durchdringend an.

»Ich habe nur ein wenig damit geprahlt«, rechtfertigte sich Will. »Er ist das hässlichste Vieh in den Midlands, aber er bringt zwei erwachsene Männer im Galopp zehn Meilen weit.«

»Nein. Kommt! Wir brechen auf.«

Mit großen Schritten ging Steinarr auf die Pferde zu, gefolgt von Marian und Robin. Ari ging hinter ihnen her und raunte ihnen zu: »Wir könnten seine Hilfe gebrauchen. Ein Mann mehr zwischen Robin und Guy.«

»Ein Mönch!«

»Aye, und umso mehr, wenn er mit diesem Schlagstock umzugehen weiß. Habt Ihr die Arme dieses Mannes gesehen? Sie sind so kräftig wie Gunnars. Er könnte selbst beinahe ein Stier sein.«

Steinarr sah Robin an. Es wurde Zeit, ihm bei der ganzen Sache selbst eine Entscheidung zu überlassen. »Es ist deine Suche, Robin, und deine Wahl. Was sollen wir mit ihm machen?«

»Wir könnten ihn zumindest erst einmal mitnehmen, um festzustellen, ob er zu uns passt. Ich brauche Männer, das weiß ich, und ich traue nicht allen, die zu meinem Vater gehörten. Ich möchte ein paar Leute um mich haben, auf die ich mich verlassen kann.«

»Wir können ihn zurückschicken, wenn er sich nicht richtig einfügt«, sagte Marian. »Oder ihn an der nächsten Abtei absetzen.«

Steinarr drehte sich um und rief Will zu: »Wenn ihr uns nicht folgen könnt, lassen wir euch zurück. Alle beide!«

»Habe verstanden, Mylord«, antwortete dieser.

»Ich ebenfalls, Mylord«, rief der andere.

»Dann holt eure Sachen«, sagte Steinarr.

Der Franziskanerbruder hielt seinen Wanderstab und das Kreuz an seinem weißen Gürtelstrick in die Höhe. »Das ist alles, was ich besitze, Mylord. Lasst mich nur eben dem Abt Bescheid sagen.«

Er eilte davon, und als alle auf den Pferden saßen, war er zurück.

»Der Abt lässt ausrichten, er erwarte einen anderen Mönch mit Tonsur, zusammen mit seinen Sprüchen, was immer das bedeuten mag.«

»Es bedeutet, dass wir dich nun am Hals haben«, sagte Steinarr, ein wenig besänftigt, als Marian die Arme um seine Hüften schlang.

»Wie heißt Ihr, Bruder?«, fragte Robin.

»Turumbertus«, antwortete der Franziskaner. »Aber das ist ein solcher Zungenbrecher, dass die meisten mich Tuck nennen.«

»Ich kann mich gar nicht daran erinnern, dass Vater jemals ein solches Buch besessen hat«, sagte Matilda, als sie und Robin an diesem Abend das Büchlein des Abts durchblätterten. »Ich wünschte, er hätte. Denn es ist wirklich schön.«

Selbst im schwachen Licht der beiden entwendeten Kerzen schienen die Buchmalereien wie Juwelen, mit ihren leuchtenden Farben und glänzendem Blattgold. Bilder, sowohl religiöse als auch weltliche, rankten sich durch den Text, illustrierten die Spruchweisheiten und bedeckten nahezu jeden Zoll der Pergamentseiten, der nicht beschrieben war. So steckten Marian und Robin die Köpfe zusammen und untersuchten jedes einzelne Blatt nach irgendetwas, das ihr Vater dort verborgen haben könnte.

»Ich hoffe, es versteckt sich nicht in dem Text. Ich würde Tage brauchen, um so viel Latein zu lesen.«

»Aber dafür haben wir doch nun Bruder Tuck.«

»Aye, haben wir. Sieh mal, eine Windmühle wie die in Tuxford. Ich überlege gerade, ob ...« Marian griff nach ihrem Beutel und schüttete den gesamten Inhalt in das Gras zu ihren Füßen. Dann sortierte sie die Stücke in der Reihenfol-

ge, in der sie sie gefunden hatten. »Vielleicht gibt es einen Zusammenhang, und all diese Dinge finden sich zwischen den Buchstaben wieder.«
Matilda blätterte zurück zur ersten Seite, um nach Bildern zu suchen, die den Objekten ähnelten, als sie plötzlich bemerkte, dass Robin sich aufgerichtet hatte und das Buch anstarrte, mit einem Grinsen im Gesicht.
»Was ist?«
Robin wies auf die ersten Worte eines Spruchs. *Benedictio domini.*«
»Ich kann kein Latein, aber trotzdem kenne ich das«, sagte Will, der neben den beiden saß. »Der Segen des Herrn.«
»»Möge der Segen des Herrn dich auf deiner Suche begleiten««, sagte Robin. »Das sagte der Abt, bevor er ging.«
»*Benedictio Domini divites facit nee sociabitur ei adflictio*««, las Matilda vor. »Irgendetwas darüber, kein Leid zuzufügen. Bruder Tuck? Eure Hilfe bitte, wenn Ihr so gut wärt. Was heißt das?«
»Der Segen des Herrn, er macht reich, und er bringt kein Leid mit sich«, sagte Tuck.
Matilda sah Robin an, und er sah sie an, ein jeder in der Hoffnung, dem anderen möge der Spruch bekannt vorkommen, aber nein: Beide schüttelten die Köpfe.
»Dann also nicht der Text«, sagte Robin. »Die Bilder?«
Nun war es an Matilda zu lächeln, als sie ein Motiv erkannte. »David und Batseba. *Lord David.*«
»Der weise König Salomon, der die Sprüche schrieb, war der Sohn von David und Batseba«, sagte Tuck.
»Und vielleicht steht Batseba für meine Mutter. König David sah sie beim Bad und verführte sie. Lord David sah meine Mutter zum ersten Mal, als er zu Besuch auf Hawkhurst war und sie ihm das Haar zu waschen hatte.« Robin sah Matilda

von der Seite an, peinlich berührt. »Ich sollte in deiner Gegenwart nicht von ihr sprechen.«

»Vater war es, der das Eheversprechen brach, nicht sie. Jedenfalls hast du damit bewiesen, dass dies die richtige Seite sein muss. Und sieh dir einmal das Ornament zwischen den Textspalten an.« Sie hob das Stück Pergament aus Blidworth auf und hielt es gegen das Buch. »Es ist dasselbe Muster.«

Robin kniff die Augen zusammen und sah sich die beiden Ornamente an. »Nicht ganz. Da ist etwas ...« Er drehte das Buch auf den Kopf und folgte dem Muster zwischen den Textspalten bis zur Mitte. »Da stehen Buchstaben zwischen den Verzierungen. S ... I ... E ... Schreib sie auf, Maud.«

Hastig wurde nach etwas gesucht, worauf man schreiben konnte. Der Boden war zu dicht mit Gras bewachsen, und Matilda wollte nicht auf das Pergament schreiben, vor lauter Angst, es könne noch ein weiteres bedeutungsvolles Geheimnis bergen. Torvald reichte ihr schließlich einen verkohlten Zweig und ein Stück Baumrinde. »M ... I ...« Matilda schrieb die Buchstaben in der Reihenfolge auf, wie Robin sie entzifferte, einen nach dem anderen.

»›Sieh mich am Mittag.‹ Ich weiß es: Mich ist David. Und am Mittag ...« Sie wühlte nach dem roten Granat, hielt ihn vor ihr Auge und spähte auf die Blattseite. »Den haben wir am Mittag gefunden. Dort in dem Rot sind die Umrisse von etwas zu sehen. Ah, es ist das Kennzeichen von König Richard. Aber da ist noch etwas. Ein paar Zeilen Text. Ich brauche mehr Licht.«

Torvald brachte ein brennendes Stück Holz aus dem Feuer, Tuck entzündete daran einen Stock, und Will schob die Kerzen zusammen, aber wie sie es auch ins Licht hielten und neigten, keiner von ihnen konnte mehr erkennen als ein paar Buchstaben. Als schließlich Torvald an der Reihe war, einen genaueren Blick darauf zu werfen, fühlte Matilda eine sonderbare Störung seiner Ausgeglichenheit, die ihn sonst umgab – nicht viel mehr als eine leichte Unebenheit, aber er musste aufgewühlt sein, sonst hätte sie ihn überhaupt nicht spüren können. Aus irgendeinem Grund, und obwohl sie den Hengst lesen konnte, blieb Torvald als Mensch normalerweise außerhalb ihrer Reichweite, so wie andere Menschen auch.

»Wir haben einfach nicht genug Licht«, erklärte Robin schließlich. »Wir müssen auf die Morgensonne warten.«

»Aber wir wollen nicht warten.«

»Und dennoch werdet ihr es müssen«, sagte Torvald. Er gab Matilda ein stummes Zeichen, sich von den anderen zu entfernen, und sie schlich sich mit ihm auf die andere Seite des Feuers.

»Ihr habt etwas auf dem Bild von unserem Kennzeichen gesehen, Mylord.«

»Aye. Ihr müsst es Steinarr zeigen. Aber ich glaube, Ari sollte es sich zuerst ansehen.«

»Warum?«

»Zeigt es ihnen einfach.«

Matilda schaute über das Feuer hinweg in die Dunkelheit. »Beobachtet er uns in diesem Moment?«

»Noch nicht, aber er wird es tun. Er kommt jetzt jede Nacht.«

Torvald sah hinauf zum Himmel, und sie wusste, dass er die Sterne ebenso gut lesen konnte wie Steinarr die Sonne. »Es ist nicht mehr lang bis Sonnenaufgang. Ruht Euch aus, Marian. Morgen wird ein anstrengender Tag für uns alle.«

»Was machst du hier draußen?«, fragte Steinarr, als er Marian auf einem umgestürzten Baum sitzen sah und ihren Kopf in die Sonne halten wie eine Schildkröte.

»Ich wollte auf dich warten«, sagte sie, als er aus dem Sattel glitt. »Und Sir Ari sagen, dass Robin ihn kurz sprechen möchte.«

Ari zog eine Augenbraue hoch. »Tatsächlich? Er benimmt sich von Tag zu Tag mehr wie ein kleiner Lord.«

»Das sollte er auch«, sagte Steinarr. »Geh zu ihm und lenk ihn eine Weile ab, dann kann ich mit Marian einen Moment lang allein sein.«

»Aber nur einen Moment«, sagte Ari und dirigierte sein Pferd in Richtung des Lagers. »Nicht gleich mit ihr irgendwohin verschwinden!«

»So dumm wären wir nicht, *Monsire*«, sagte Marian. Doch sobald Ari außer Sichtweite war, schmiegte sie sich in Steinarrs Arme, als habe sie nie wieder vor, sie zu verlassen. »Letzten Endes muss ich doch feststellen, dass ich ungern mit anderen reise. Zu viele Augen. Mit dir allein war es wesentlich angenehmer, auch wenn wir kaum Zeit hatten, miteinander zu schlafen.«

Steinarr gab sich Mühe, den Anflug von Lust zu verdrängen – schwierig genug, da sie seine Erregung spürte und sich an ihn presste. »Hör auf damit. Wir brauchen all diese Augen, um deine und Robins Sicherheit zu gewährleisten. Und Robin ist sicher froh darüber, dass wir allseits unter Beobachtung stehen.«

»Robin hat sich überzeugen lassen, dass ich noch immer Jungfrau bin. Er wird sehr enttäuscht sein, wenn er sich schließlich die Wahrheit eingestehen muss.«

»Wir sollten ihn in dem Glauben lassen, zumindest so lange, bis das ganze Unternehmen beendet ist. Es sind nur noch ein oder zwei Tage.«

»Aye, vermutlich. Und was dann?«

»Ich weiß es nicht.« Steinarr wusste, was er wollte, aber er hatte noch nicht herausgefunden, wie er es ermöglichen sollte. »Ich kann nicht darüber nachdenken, bevor dies nicht zu Ende ist. Hab Geduld.«

»Geduld ist nicht meine Stärke, Mylord.«

»Meine auch nicht, aber wir müssen sie aufbringen.«

»Damit können wir später anfangen. Aber nun komm mit. Robin hat etwas, das er dir zeigen möchte.« Sie nahm seine Hand und zog ihn mit sich in Richtung des Lagerplatzes. »Ich glaube, es ist wichtig. Sir Torvald sagte, du müsstest es dir ansehen, aber Sir Ari solle es sich zuerst ansehen.«

»Warum?«

»Ich weiß nicht, aber deshalb habe ich dich eine Weile abgelenkt. So hatte Ari genug Zeit, und jetzt bist du an der Reihe.«

Als sie den Lagerplatz erreichten, sahen sie Ari neben Robin hocken und durch den roten Stein aus Blidworth auf eine Blattseite des Buchs des Abts blicken. Als Steinarr den Hengst an Will übergab, damit er ihn füttern und tränken konnte, sah Ari auf. Besorgnis legte seine Stirn in Falten. Er stand auf, Buch und Stein in den Händen, und ging zu Steinarr. »Komm! Wir müssen uns unterhalten.«

Seine angespannte Körperhaltung ließ Steinarrs Nackenhaare zu Berge stehen. »Worum geht es denn eigentlich? Wo willst du hin?«

»Weiter weg.« Ari ging weiter, bis sie sich ein gutes Stück von dem Lagerplatz entfernt hatten, und suchte nach einer sonnigen Stelle. Er blätterte in dem Buch, um eine bestimmte Seite zu finden. Dann schlug er sie auf und reichte Steinarr das Buch.

»Ein König und eine Königin. Na und?«

»David und Batseba. Aus ihrer Bibel. David steht für Lord David und Batseba für Robins Mutter. Robin fand heraus,

auf welcher Seite es war, und Marian fand heraus, wie man es interpretieren musste.« Ari hielt Steinarr den Granat hin. »Dreh das Buch um und sieh dir das hierdurch an.«
Steinarr tat wie geheißen und hielt sich den roten Edelstein vor ein Auge. Das sonderbare, rötlich getönte Bild des Königs verschwand, und es erschien der Schatten von etwas anderem: ein Kreis mit einigen Zeichen am Rand und in der Mitte ein Quadrat mit ...
»Meine *fylgja*.« Steinarr war, als verschiebe sich die Erde unter seinen Füßen, als hätten die *nornir,* die Göttinnen des Schicksals, begonnen, den Faden seines Lebens zu entwirren und neu zu verweben. *Marian. Freiheit.* »Das ist mein Löwe. Mein Amulett!«
»Es ist Robins Löwe.«
»Nein. Marian sagte, seiner sei aus Gold.«
»Die Rückseite ist aus Gold und der Rand. Ich habe Robin gefragt. Die Mitte der Vorderseite ist aus Silber und sehr alt. Löwenherz hat das Amulett als Glücksbringer getragen. Er hat es mit Gold umfasst, damit es schwerer, wertvoller wurde, es eher dem Geschenk eines Königs entsprach.«
»Aber ...«
»Das ist der Schatz, den der Vater der beiden versteckt hat. Das ist es, was Robin Edward zurückgeben muss, um sich den Titel zu sichern.«
»Nein. Nein! Das kann nicht sein.« Hoffnung rann Steinarr durch die Finger wie Sand. »Mehr als vierhundert Jahre des Wartens, nur damit die Götter es mir innerhalb von zwei Wochen zum zweiten Mal nehmen können? Was habe ich getan, um sie derart zu erzürnen? Warum quälen sie mich so? Führen mich hierher und zeigen mir dies, und dann ... Wo ist es?«
»Edwinstowe. Das Rätsel steht darunter geschrieben. Hol dir

das Amulett, Steinarr«, beschwor Ari ihn. »Nimm Marian mit, hol es dir und heile dich selbst!«
Marian und Freiheit und Nächte in ihren Armen. Sie konnten Edwinstowe noch heute erreichen, und die heutige Nacht könnte die erste von vielen Nächten sein. Er könnte sie heiraten. Sie lieben. Mit ihr alt werden.
»Ich habe einen Eid geschworen, Robin zum Lord von Huntingdon zu machen. Ich habe auf mein eigenes Schwert geschworen. Einen Eid auf ein Schwert, Ari.«
»Brich ihn! Ich werde mich um Robin kümmern. Wir werden ihn auf Alnwick ansiedeln. Er wird es gut haben. Das ist deine einzige Chance.«
»Es ist keine Chance. Wenn ich das Amulett stehle, wird Marian mich hassen. Dann werde ich es haben, aber sie werde ich verlieren. Oder ich behalte ihre Liebe und verliere jede Aussicht auf ein gemeinsames Leben mit ihr.« Bittere Galle stieg in Steinarr auf. Er schluckte schwer und hob den Kopf. »Sag allen, sie sollen sich bereit zum Aufbruch machen.«
Ari sah so elend aus, wie Steinarr sich fühlte. »Was willst du nun machen?«
»Ich weiß es nicht. Odin, steh mir bei, ich weiß es nicht. Aber eines weiß ich: Was immer ich tun werde, ich muss dafür in Edwinstowe sein.«

KAPITEL 20

Obwohl sie die Straßen mieden und einen weiten Bogen westlich von Clipstone ritten, trieb Steinarr sie so unnachgiebig vorwärts, dass die Glocken erst zum Nachmittagsgebet läuteten, als sie Edwinstowe erreichten. Eine rasche Erkundungstour von Ari und Will ergab, dass keine Besucher im Dorf waren, weder königliche noch andere.

»Das Dorf ist größtenteils leer«, sagte Will. »Vielleicht sind die Leute abkommandiert worden, um dem König auf der Jagd behilflich zu sein.«

»Wahrscheinlich können wir das Kennzeichen finden, ohne auf Widerstand zu stoßen«, sagte Ari und warf Steinarr einen bedeutungsvollen Blick zu.

Matilda runzelte die Stirn angesichts des Entsetzens, das in dem Mann an ihrer Seite brodelnd aufstieg. Den ganzen Tag war er so gewesen – seit Ari ihm die Illustration in dem Beutelbuch gezeigt hatte. Der Aufruhr in seinem Inneren hatte sie dermaßen aus der Fassung gebracht, dass ihr Magen den ganzen Tag über geschmerzt hatte, er krampfte durch Steinarrs sonderbare Aufgewühltheit. Sie hatte sogar darum gebeten, eine Weile hinter Will im Sattel zu sitzen in der Hoffnung, sich so weit entspannen zu können, dass sie ihr inneres Gleichgewicht wiederfinden würde, um sich besser gegen ihn abzuschirmen. Doch das hatte lediglich Steinarrs wütende Eifersucht heraufbeschworen, so dass noch heftigere Gefühle auf sie einstürmten. Vollkommen benommen hatte sie schnell wieder ihren Platz hinter ihm eingenommen. Sein Zorn war abgeklungen, die darunterliegende Verzweiflung jedoch nicht.

Nun stand er da und starrte auf die Spitze des Kirchturms von Edwinstowe, der über den Bäumen zu sehen war, und seine Gefühle befanden sich derart in Aufruhr, dass es den Anschein hatte, als werde seine Seele entzweigerissen.

Sie legte ihm beruhigend eine Hand auf den Arm, fühlte die unselige Starre unter ihrer Handfläche, die sie den ganzen Tag lang hinter ihm im Sattel begleitet hatte. »Wir müssen nicht sofort dorthin. Es kann bis morgen warten. Wir haben noch genug Zeit.«

Er drehte sich um, sah zur ihr hinab und verbarg seinen inneren Tumult hinter seinem angespannt beherrschten Gesichtsausdruck. »Nein. Wir machen es sofort. Will, weißt du noch, was ich gesagt habe?«

»Wenn etwas schiefgeht, bringe ich Marian nach Hokenall und überlasse sie dem Schutz von Lord Peter und Lady Nichola.«

»Und?«

»Ich werde sie mit meinem Leben beschützen«, gelobte Will und legte eine Hand auf sein Herz.

Seine Ernsthaftigkeit ließ Steinarrs Eifersucht abermals brodelnd aufsteigen, doch er nickte nur. »Gut. Ari?«

»Ich sorge für Robins Wohlergehen.« Wieder dieser bedeutungsvolle Blick. »Was auch immer geschieht.«

»Nein«, sagte Robin, woraufhin sich alle ihm zuwandten. »Ihr alle müsst Marian beschützen. Auch Ihr, Bruder Tuck. Meine oberste Pflicht – ob ich nun Erfolg haben werde oder nicht – ist es, dafür zu sorgen, dass meine Schwester in Sicherheit sein wird.«

»Das wird sie«, sagte Steinarr. »Aber du auch. Erfolg oder nicht. Sitz auf. Wir müssen vor Anbruch der Dunkelheit in Edwinstowe einreiten und wieder verschwinden.«

Wachsam führte er sie weiter, ließ sie fast das ganze Dorf umrunden, um Ausschau nach eventuellen Beobachtern zu halten, bevor er den schmalen Weg nahm, der in die Ortsmitte führte. Als sie den Anger erreichten, bat er Matilda, das Rätsel zu wiederholen.

»›Der heilige Edwin ruht hier und wacht über alles. Sieh auf zum Himmel des Herrn und finde, was du suchst.‹ Ich glaube, das bedeutet, wir müssen noch eine Kirche plündern.«

»Robin?«

»›Der heilige Edwin wacht über alles‹«, wiederholte Robin. »Sicher steht eine Statue von ihm in der Kirche. Wir fangen dort an.«

»Wie du willst.«

Wenig später standen sie in der steinernen Kirche und betrachteten das Standbild des alten Königs von Northumbria, der heiliggesprochen worden war. Das Gewölbe darüber war rußgeschwärzt.

Matilda schüttelte den Kopf. »Hier ist kein Himmel.«

»Blasphemie!«, rief eine missbilligende Stimme. Sie fuhren herum. Ein Priester, der in seinem schwarzen Talar einer hageren Krähe glich, erhob sich von seinem Gebet. »Blasphemie.«

»Ihr habt mich falsch verstanden, Vater. Ich wollte nicht ...«

Bei allen Heiligen, niemals würde sie all die Strafen, die man ihr als Buße auferlegen würde, überleben. Sie eilte auf den Priester zu, fiel vor ihm auf die Knie und ergriff seine Hand, um seinen Ring zu küssen. »Ich wollte damit nur sagen, das

Dach hat Brandflecke. Vergebt mir, Vater. Ich habe nicht die richtigen Worte gewählt.«

Der Priester schien ein wenig besänftigt. »Es ist nicht an mir zu vergeben. Du musst bei deinem Abendgebet heute Gottes Gnade erflehen. Und zehn Vaterunser beten.«

»Jawohl, Vater.« Wie lange war es her, dass sie abends gebetet hatte? Einen Monat? Und wie viele Vaterunser würde sie *das* kosten? »Wann war das Feuer?«

»Erst in diesem Frühling. Wir konnten uns glücklich schätzen, dass es überwiegend Rauch war und die Flammen gelöscht werden konnten, bevor der Schaden zu groß wurde. So Gott will, wird er bald repariert. Der König gewährte uns die Erlaubnis, zehn große Eichen zu fällen, damit wir die Reparatur bezahlen können.«

»Wie hat die Decke vor dem Feuer ausgesehen?«, fragte Robin.

»Wie?«

»War sie vielleicht verputzt oder bemalt?«

»Nein. Reiner Stein. Sobald sie abgeschrubbt ist, wird man die feine Arbeit der Steinmetze wieder sehen können.«

»Was ist mit dem Gutshof?«, fragte Robin. »Uns kam zu Ohren, dass es hier in Edwinstowe ein großartiges Deckengemälde gibt – das hatte meine Cousine gemeint –, und unterwegs hofften wir die ganze Zeit, es uns ansehen zu können. Ich nahm an, es befände sich in der Kirche, aber nun vermute ich, es befindet sich ... im Gutshaus?«

»In Lord Ulmars herrschaftlichem Gemach. Seine Lady ließ das Gewölbe bemalen mit einem Bild des Himmels, blau wie Lapislazuli, mit Sternen, dem Mond und sogar einem herrlichen Kometen in einer Ecke, den der König bei seinem letzten Besuch hinzufügen ließ, um Mylady eine Freude zu machen.«

Matilda konnte sich kaum noch zurückhalten. »Der König?«

»Aye, Mylord. Er sagte ihr, es solle den großen Kometen darstellen, der von der Ankunft König Williams aus der Normandie kündete.«

»Das muss die Deckenmalerei sein, von der wir gehört haben«, sagte Robin, ruhiger, als es Matilda je gelungen wäre. »Glaubt Ihr, Mylady würde uns einen Blick darauf werfen lassen?«

»Das würde sie sicher, wenn sie hier wäre. Doch sie ist in Rufford, um Königin Eleanor ihre Aufwartung zu machen, während Lord Ulmar sich mit dem König auf der Jagd befindet. Aber der Steward wird Euch sicherlich Einlass gewähren. Lady Joanna ist recht stolz auf das Gemälde – zu stolz möglicherweise, wenn man ihr Seelenheil bedenkt –, und sie zeigt es anderen Leuten gern.«

»Eine gute Idee«, sagte Robin. »Verzeiht, Vater. Aber wir müssen nun gehen. Uns bleibt gerade noch genug Zeit, uns dieses wunderbare Gemälde anzusehen und Clipstone zu erreichen, bevor es dunkel wird.«

Draußen hakte sich Marian bei Robin unter. »Ich fürchte, ich als Schwester war ein schlechtes Vorbild, Rob. Du hast dort drinnen recht gut gelogen. Und das einem Priester gegenüber.«

»Ich habe keine Lüge erzählt«, entgegnete er. »Ich habe lediglich die Wahrheit verschwiegen.«

»Eine geschickte Lüge«, sagte sie und drückte seinen Arm. »Gut gemacht.«

Er verdrehte die Augen, aber sein Grinsen verriet, dass er sich über ihr scherzhaftes Lob freute. »Sir Steinarr, ich glaube, wir alle müssen uns als Eure und Sir Aris Dienstboten ausgeben. Bringt uns in Lady Joannas Gemach!«

Einmal mehr spürte Matilda Steinarrs inneren Aufruhr, er aber nickte.

»Will, ich möchte, dass du als unsere Wache mit den Pferden auf dem Hof bleibst. Kannst du so pfeifen?« Steinarr führte den leisen, aber durchdringenden Pfiff eines Dompfaffs vor, und Will tat es ihm nach. »Gut. Wenn sich irgendwelcher Ärger abzeichnet, wenn du glaubst, es *könne* sich irgendwelcher Ärger abzeichnen, lass zweimal diesen Pfiff hören, dann hol Marian und bring sie fort.«

Der Haushofmeister zeigte sich genauso erfreut, ihnen Einlass in das herrschaftliche Gemach zu gewähren, wie der Priester gesagt hatte, und so folgten sie ihm durch die Halle. Robin stützte sich auf Tucks kräftige Arme, als sie die enge Holztreppe hinaufstiegen.«

»Hier, Mylord«, sagte der Steward und hielt ihnen die Tür auf. »Wie Ihr seht, es ist ein großartiges Werk.«

Matilda schnappte nach Luft, als sie es sah. Das gesamte Gewölbe des Zimmers strahlte in tiefstem Blau, und Blattsilbersterne glänzten um einen leuchtend weißen Mond herum. Doch sie richtete ihren Blick sogleich auf den Kometen, einen prächtigen Stern von glänzendem Gold direkt über ihnen, der seinen schimmernden, nebelartigen Schweif nachzog. Das Blattgold war auf Hochglanz poliert, und Matilda brauchte einen Augenblick, um zu erkennen, dass der Kopf des Kometen eine goldene runde Scheibe von der Größe ihrer Handfläche war. Den Löwen in der Mitte konnte sie nicht sehen, aber es musste das Medaillon ihres Vaters sein. Sie musste sich auf die Zunge beißen, um sich zu beherrschen.

Das Problem bestand darin, dass es sich vier bis fünf Yards über dem Boden befand, ein gutes Stück oberhalb der dicken Holzbalken, die sich unter der Decke kreuzten. Sie warf Robin einen Blick zu und sah, dass er erbleichte. Tuck, der auf der anderen Seite neben ihm stand, beobachtete ihn einen Moment lang, dann sah er sie an. Sie sah hinauf zu dem Kometen, und Tuck nickte.

»Nun gut«, sagte der Haushofmeister und machte Anstalten, sie wieder hinunterzugeleiten.

»Dieses Gemälde vergegenwärtigt mir die Größe des Himmels«, sagte Bruder Tuck. »Mit Eurer Erlaubnis, Mylord, dürften wir einen Augenblick unter diesem prächtigen Dach beten?«

»Eine großartige Idee, Bruder«, sagte Steinarr und fragte, an den Haushofmeister gerichtet: »Eure Herrin hätte doch sicher nichts dagegen?«

»Nein. Nein, natürlich nicht. Sie wäre höchsterfreut, wenn sie wüsste, dass es zu solcher Frömmigkeit inspiriert. Lasst Euch Zeit, Mylord. Ich lasse Euch Brot und Wein für danach heraufbringen.«

»Sehr freundlich, aber das ist nicht nötig«, sagte Steinarr. »Wir werden eine Weile beten und uns danach sogleich auf den Weg machen. Ich werde Lord Ulmar berichten, wie großzügig Ihr Euch in seinem Namen gezeigt habt, sobald ich ihn das nächste Mal sehe.«

Das kleine Grüppchen scharte sich um Bruder Tuck, so als würde man Vorbereitungen für ein Gebet treffen. Der Haushofmeister bedankte sich und zog sich zurück.

»Hebt mich hoch«, sagte Ari. »Dann komme ich dran.«
»Nein, das mache ich.«

Alle drehten sich um zu Robin und redeten auf ihn ein. »Sei nicht töricht!« – »Denk an dein Bein!« – »Da ist nichts, woran du dich festhalten kannst.«

Robin aber machte ein entschlossenes Gesicht. »Diese Schatzsuche wurde für mich erdacht, und noch habe ich nichts dafür getan.«

»Das ist doch nicht deine Schuld, Rob. Vater hätte dich nicht einen morschen Baum hinaufschicken sollen.«
»Stimmt, aber das hier ist ein massiver Holzbalken und kein morscher Baum. Er wollte, dass ich mich meinen Ängsten stelle. Wenn ich es nicht einmal schaffe, dies hier zu meistern, verdiene ich es vielleicht gar nicht, Lord zu werden.« Er wandte sich an Steinarr. »Ich werde Eure Hilfe brauchen, *Monsire*.«

Seine Hilfe? Robin helfen, zu bekommen, was er selbst so verzweifelt wollte? Steinarr spürte, wie ihm sämtliche Farbe aus dem Gesicht wich. Er nickte, unfähig zu sprechen.
»Tuck, behalt die Tür im Auge.« Ari ging hinüber zu Steinarr und stellte sich neben ihn, um ihm durch seine Gegenwart beizustehen. »Wir werden dich hier an der Wand hochheben, Robin. Du kannst dich daran abstützen und dich dann bis zur Mitte vorarbeiten.« Er streckte die Arme aus, um sie mit Steinarrs zu verschränken und so eine Stufe zu bilden.
Nachdem Steinarr sich gründlich geprüft hatte, schüttelte er den Kopf. »Er kann auf meine Schultern steigen, so wie wir es immer gemacht haben, wenn wir Palisaden überstiegen. Das ist bestimmt einfacher mit seinem Bein.«
Er drehte sich um und stemmte sich gegen die Wand, mit verschränkten Armen und einem angezogenen Knie, um eine Stufe zu bilden. Ari gab Robin ein paar Anweisungen, um ihm zu erklären, wo er seine Füße aufsetzen sollte. Und nach einiger Anstrengung stand Robin auf Steinarrs Schultern, in Reichweite des Balkens. Steinarr streckte sich, um ihm ein paar Zoll mehr zu verschaffen, und Robin umfasste den Balken mit beiden Armen und schwang sein gesundes Bein darüber. Keuchend klammerte er sich fest, so

lange, dass es den Anschein hatte, er würde nicht weitermachen.

Erstarre, beweg dich nicht von der Stelle, beschwor Steinarr ihn stumm. *Gib auf! Ich hole mir das Stück, denn dann steht es mir rechtmäßig zu, genau wie sie.*

»Robin?« Marians Stimme durchschnitt seine Beschwörung.
»Alles in Ordnung.« Langsam drückte Robin sich auf dem Balken hoch, sammelte sich und setzte sich aufrecht hin, den Rücken gegen die Wand gepresst. »Ich schaffe es.« Er balancierte sich aus und setzte langsam die Füße auf. Er streckte den Arm aus und berührte mit der Hand die gewölbte Decke. »Es ist nicht so hoch, wie es aussieht. Ich komme leicht heran.«

»Das Blau muss es wohl höher erscheinen lassen«, sagte Ari. »Lass eine Hand an der Decke und geh langsam vorwärts.«
Schritt für zögernden Schritt ging Robin über den Balken. Steinarr beobachtete ihn derart eindringlich, dass alles andere von ihm abfiel – alles bis auf Robin und Marian, deren Augen vor Angst aufgerissen waren, während ihr flackernder Blick sich von ihm auf Robin und dann wieder auf ihn richtete. Er flehte stumm, sie möge keine Verbindung zu ihm aufnehmen, denn er wusste, dass seine Beherrschung so zerbrechlich war, dass ihre Berührung seinen Willen brechen würde wie die erste dünne Schicht Eis auf einem zufrierenden See.

Schließlich stand Robin direkt unter dem Kometen. Er tastete den Kopf ringsherum ab.

»Da ist eine Kante.« Er griff nach seinem Messer. Die Bewegung brachte ihn aus dem Gleichgewicht, und er schwankte. »Rob!« Marians erstickter Aufschrei ließ Steinarr vorwärtsschnellen, mit ausgestreckten Armen, um Robin aufzufangen.

Aber Robin presste beide Hände von unten gegen die Decke und schaffte es noch rechtzeitig, die Balance zu halten. Er stand wie angewurzelt da, zitternd und leichenblass, für eine ganze Zeit, bevor er sich wieder bewegte, diesmal vorsichtiger. Er zog sein Messer aus der Scheide und fuhr mit der Spitze der Klinge an der goldenen Scheibe entlang. Blauer Gipsstaub rieselte auf Steinarr und Ari hinab, als wolle der Himmel über ihnen einstürzen.

Und dann löste sich die runde Scheibe und fiel in Robins Hand. Abermals begann er zu schwanken und ließ sich auf die Knie hinunter, klammerte sich an den Holzbalken, lag dort, schwer atmend. »Ich schaffe es nicht, das Medaillon zu halten und gleichzeitig hinunterzuklettern. Sir Steinarr, fangt es auf.«

Und einfach so ließ Robin die Scheibe in Steinarrs Hände fallen.

Steinarr brauchte sie nicht einmal umzudrehen. Der kleine Löwe, den er nicht mehr gesehen hatte, seit Cwen ihn von seinem Hals gerissen hatte, blickte ihn an – ein uraltes Bildnis aus altersgeschwärztem Silber, gebettet in königliches Gold. *Meins.* Sein Herz hämmerte in seiner Brust. Er hob den Kopf und sah Marian ihn anlächeln, Verbindung zu ihm aufnehmen. *Meins. Sie gehören beide mir, und dann bin ich frei.*

Ari warf Steinarr einen weiteren dieser bedeutungsvollen Blicke zu. *Nimm es,* sprachen seine Augen. *Geh!*

Odin, was soll ich nur machen?

»Etwas Hilfe, wenn Ihr so freundlich wärt, *Messires.*«

»Geh zurück zur Wand«, sagte Ari. »Und beeil dich, bevor dieser Steward zurückkommt.«

»Ich glaube nicht, dass das noch ein Problem darstellt, Mylord«, sagte Tuck von der Tür aus. »Gerade habe ich Wills Pfiff gehört. Ich glaube, wir bekommen Gesellschaft.«

»Runter, Robin! Lass dich fallen. Wir fangen dich auf.«
Steinarr ließ das Medaillon in seinen Umhang gleiten, spürte das massive Gewicht des Goldes an seinem Bauch, während Ari und er in Position gingen.
Robin schlang die Arme um den Holzbalken, verlagerte vorsichtig sein Gewicht und schwang die Beine hinüber, so dass er in der Luft hing. Seine knochigen Arme spannten sich vor Anstrengung an. »Hilfe.«
»Wir haben dich. Lass los.«
Robin ließ sich fallen und landete ein wenig ungelenk, um sein verletztes Bein zu schützen. Marian lief zu ihm und umarmte ihn hastig. »Ich wusste, du würdest es schaffen.«
»Los jetzt!«, drängte Bruder Tuck.
Sie stürmten die Treppe hinunter, vorbei an dem verblüfften Haushofmeister. Ein rascher prüfender Blick ergab, dass Will noch immer allein auf dem Innenhof stand. Wild gestikulierend drängte er zur Eile. »Macht schnell! Es nähern sich Reiter.«
Sie stürzten sich auf ihre Pferde. Ari schleuderte Robin geradezu auf die Stute hinauf, und Steinarr hob Marian blitzschnell auf den Hengst, doch es war zu spät. Eine kleine Gruppe Reiter ritt durch das Tor ein, Guys Farben, Rot und Gelb stachen in der Mitte hervor.
»Ergreift den Jungen!«, befahl Guy. »Tötet ihn!«
Der erste Reiter schoss auf Robin zu. Steinarr warf sich ihm in den Weg, so dass das Pferd erschrak und scheute. Er riss den Mann aus dem Sattel und schleuderte ihn gegen das Brunnenhaus, wo er in sich zusammensackte. Ari entledigte sich auf ähnliche Weise eines weiteren Reiters, während Tuck auf den Nächsten zuging und ihn einfach mit einem tödlichen Schwung seines Wanderstabs herunterfegte.

Die übrigen Männer saßen ab und näherten sich mit gezogenen Waffen. Steinarr und Ari zogen ihre Schwerter und nahmen es mit jeweils zwei Männern auf, während Will vorwärtsstürmte und sich zwischen Marian und einen kräftigen Burschen stellte, der Baldwins Farben trug. Eisen klirrte, als sie hieben und abwehrten.
Steinarr schickte einen Mann mit einem raschen Schnitt ins Bein zu Boden. Der Kerl schrie auf, und hellrotes Blut tränkte die Erde. Mit Gebrüll rannte der andere auf ihn zu. Steinarr wehrte den ersten Hieb ab und dann den nächsten. Er machte einen Schritt vorwärts und schwang sein Schwert, um den Mann zu entwaffnen, doch er rutschte auf der Blutlache aus. Als er zu Boden ging, hob der Mann sein Schwert, um zum Hieb auszuholen. Steinarr duckte sich zur Seite, und als sein Gegner eine halbe Drehung machte, um an ihn heranzukommen, brachte Steinarr hinter ihm sein Schwert in Position. Die Spitze der Klinge traf den Mann von unten und schlitzte ihm die Unterseite des Arms auf, von der Achsel bis zum Ellbogen, so dass ihm das Schwert aus den kraftlosen Fingern glitt. Er sank direkt neben Aris verwundetem Gegner zu Boden und hielt sich unter Schmerzgeheul den verletzten Arm. Baldwins Mann landete ebenfalls schreiend im Staub, nachdem Wills Schwert ihn an der Schulter getroffen hatte. Und ein weiterer Schädelknochen barst unter Tucks Wanderstab.
Steinarr knöpfte sich den nächsten Gegner vor und sorgte sogleich dafür, dass er taumelnd gegen den Kopf der Stechpuppe prallte. »Will! Bring Marian fort von hier!«
»Aye, Mylord.« Will rannte zu seinem Pferd hinüber.
Steinarr drehte sich hastig um und suchte nach Guy. Als er den eitlen Pfau entdeckt hatte, ging er mit großen Schritten auf ihn zu. Aber Guy war bereits auf dem Weg zu Steinarrs

Hengst, und ehe Steinarr ihn einholen konnte, ergriff er die Zügel und zerrte Marian herunter. Mit einem dumpfen Aufprall kam sie auf dem Boden auf, und Guy riss sie hoch, umklammerte mit einem Arm ihre Taille, um sie wie einen Schild vor sich zu halten.

Steinarr blieb abrupt stehen, mit gezogenem Schwert. »Alle Mann zurück!«

»*Fils a putain.*« Fluchend versuchte Marian Guys Arm abzuschütteln. »Lass mich los, du mieses Stück Hundescheiße!« Sie trat nach hinten aus und traf ihn am Schienbein.

Guy ächzte vor Schmerz, dann hob er sein Schwert und hielt es ihr an den Hals. »Halt still, Cousine, sonst schlitzt du dir selbst den Hals auf.« Die Spitze der Klinge schnitt ihr in die Haut, und Marian verharrte, regungslos. »Ich werde diesen Mund wohl noch etwas lehren müssen, was mir besser gefällt.«

Steinarr machte einen Schritt vorwärts und schwang sein Schwert. »Dazu wirst du nicht lang genug leben.«

»Oh. Ich glaube doch. Der Sheriff ist bereits auf dem Weg. Als ich hörte, dass Ihr in Edwinstowe eingeritten wart, mit diesem Bastard hier, schickte ich sofort einen Mann zu ihm. Er war nicht weit von hier auf der Jagd. Ich mag es nicht, hintergangen zu werden, la Roche. Und der Sheriff auch nicht.«

»Ich frage mich, wie er es findet, dass er belogen wurde.«

Leuchtend rosafarbene Flecken erschienen auf Guys Wangen, so dass er aussah, als hätte er Fieber. »Nichts war gelogen. Der Junge ist ein Bastard und verdient es nicht einmal, Lord einer Hundehütte zu werden, geschweige denn von Huntingdon.«

»Aber du verdienst es?«, zischte Marian und trat ihn abermals gegen das Schienbein.

»Halt den Mund!« Er legte seinen Arm fester um sie, und sie schnappte nach Luft.

Und plötzlich schoss Robin durch die Luft – warf sich im hohen Bogen vom Rücken der Stute, die weitergaloppierte. Mit voller Wucht warf er sich auf Gisburne und riss dabei dessen Schwertarm zur Seite. Marian entwand sich ihm, und Steinarr fing sie auf. Robin landete unsanft auf dem Boden, aber er rollte sich ab und kam wieder auf die Füße.

Mit Gebrüll drehte sich Guy zu Robin um, und nach einem kurzen Handgemenge wurde das Geräusch einer Klinge, die in Fleisch schnitt, und das Rasseln entweichender Luft hörbar.

»Robin!« Marian wankte auf ihn zu. Steinarr hielt sie zurück und schob sie hinter sich. Dann gingen er und Ari auf die beiden zu, mit gezogenen Schwertern.

Guy schwankte und sank langsam zu Boden. Robins Messer steckte bis zum Griff zwischen seinen Rippen. Robin stand über ihm, bebend, das Gesicht vor Wut verzerrt. »Du wirst sie nie wieder anfassen.«

Bruder Tuck eilte herbei und kniete sich neben Guy in den Staub. Hastig zog er ein Fläschchen geweihtes Öl aus seinem kleinen Beutel hervor, träufelte ein paar Tropfen auf seine Handfläche, tauchte seinen Daumen hinein und strich Guy ein Zeichen auf die Stirn. »*Per istam sanctan unctionem ...*«

Während der letzten Ölung richtete sich Guys Blick auf Robin. »Bastard«, flüsterte er, während Tuck Öl auf seine Augen, seine Lippen, seine Ohren und seine Handflächen strich. »Du bist kein Lord.«

Robert beugte sich hinab, als Guys letzter Atemzug das Blut an der Klinge schäumen ließ. »Aber ich werde einer sein. Und du kannst diese Gewissheit mit in die Hölle nehmen.«

Er richtete sich auf, und Marian schob sich zwischen Steinarr und Ari, um weinend ihre Arme um Robins Hals zu schlingen. »Ich dachte schon, du wärst tot.«
»Ich auch.« Er drückte sie kurz an sich und ließ sie los. Und es war, als seien die letzten Spuren seiner Kindheit im selben Moment verweht, wie Guys Augen brachen. »Wir sollten reiten. Ich muss den König erreichen, bevor die Nachricht dieses Geschehens es tut.«
»Ich höre noch mehr Reiter kommen«, rief Will.
»Der Sheriff«, sagte Steinarr.
»Geht!«, drängte Ari. »Ich kümmere mich um ihn.«
Steinarr sah Marian an und dann Robin, der sich das Recht, Lord zu sein, zweimal verdient hatte. »Aye. Das wirst du.«
Er griff in seinen Umhang und zog das Amulett hervor. Ein letztes Mal betrachtete er seinen Löwen, dann drückte er ihn Robin in die Hand. »Euer Kennzeichen, Mylord Robert. Bringt es Edward und sorgt gut für Eure Schwester und Eure Leute.«
Er gab Marian einen hastigen und leidenschaftlichen Kuss, dann pfiff er nach dem Hengst und schwang sich in den Sattel.
Marian griff nach seinem Bein. »Was hast du vor?«
»Dir und Robin die Zeit verschaffen, die ihr braucht, bis ihr bei Edward seid.« Er sah Robin an. »Schreit Zeter und Mordio, als hätte ich Guy getötet. Der Sheriff wird mich verfolgen, und ihr könnt nach Clipstone zum König reiten.«
»Aber Ihr ...«
»Sie kommen«, rief Tuck. »Reitet los!«
»Pass auf sie auf, Ari.« Steinarr ritt durch das Tor und hielt sich dann Richtung Norden, während sich hinter ihm Geschrei erhob: »Mörder! Mörder! Haltet den Mörder!«
Er zügelte den Hengst gerade lang genug, um sich zu verge-

wissern, dass die Männer des Sheriffs die Verfolgung aufgenommen hatten, dann gab er ihm die Sporen und preschte davon, um sowohl seinen Verfolgern als auch der rasch sinkenden Sonne zu entkommen – und bei all dem wusste er: Er war ein Narr.

Aber ein Narr, der sich einen Teil seiner Ehre zurückgeholt hatte. Und vielleicht ein Narr, den Marian lieben konnte.

»Wer da?«, fragte eine beunruhigte Stimme.
»Nur ein armer Reisender, der von einem Wahnsinnigen überfallen wurde.« Torvald trat aus der Dunkelheit des nächtlichen Waldes in den von Fackeln erleuchteten Kreis.
»Ihr seid ja nackt, Mann!«, rief einer der Soldaten.
»Aye. Er hat mir alles gestohlen. Mein Pferd. Meinen Geldbeutel. Meine Kleidung. Sogar meine Hose.«
»Schick den Burschen zu mir herüber!«, befahl eine Stimme vom anderen Ende des Feuerscheins.
»Jawohl, Mylord.« Torvald ging um den Kreis herum und verbeugte sich vor dem gutgekleideten Mann, der lässig unter einem Baum lag. »Hätte einer Eurer Männer vielleicht einen Umhang übrig, Mylord? Es ist eine kalte Nacht.«
»Besorgt ihm etwas zum Anziehen! Wisst Ihr, wer ich bin?«
»Aye. Ich habe Euch schon einmal gesehen. Ihr seid der Sheriff.« Jemand warf ihm einen Umhang zu, und Torvald legte ihn sich über die Schultern.
»Gut. Wer hat Euch überfallen?«
»Ein kräftiger Bursche, goldblondes Haar, grün gekleidet.«
»Ritt er auf einem Pferd?«
»Aye, auf einem edlen weißen Hengst. Und trotzdem hat er mir meine alte braune Stute abgenommen.« Ein kurzes Gewand wurde gebracht, und Torvald zog es anstelle des Umhangs an. »Ich kann mir nicht erklären, warum er es auf

meine Kleidung und auf mein Pferd abgesehen hatte, Mylord. Beides war nicht so edel wie seine eigenen Sachen und sein Pferd.«

»Er ist ein Mörder auf der Flucht vor dem Galgen. Wahrscheinlich will er sich als jemand anders ausgeben.«

»Ein Mörder? Dann kann ich mich glücklich schätzen, weil ich friere, denn das bedeutet, dass ich noch lebe.« Ein Paar Beinlinge wurden weitergereicht, und Torvald setzte sich, um sie anzuziehen. »Ich vermute, niemand hat eine dicke Hose oder ein Paar Schuhe übrig? Nein. Nun, dann bin ich dankbar für das, was ich habe.«

»In welche Richtung ist er geritten?«

Torvald sah sich um, dann kratzte er sich am Kopf, als müsse er sich orientieren. »In diese, Mylord. Nord zu West. Und wenn er meine Sachen trägt, ist er in Blau und Gelb gekleidet.«

Der Sheriff nickte, als er seine Vermutung bestätigt sah. »Was macht Ihr überhaupt allein so tief im Wald?«

»Ich bin nicht allein aufgebrochen. Ich bin auf dem Weg nach Clipstone, um bei der Jagd zu helfen. Aber ich wurde von meinen Begleitern getrennt. Dann wurde ich von diesem Wahnsinnigen ausgeraubt. Ich bin ein ganzes Stück zu Fuß gelaufen, um warm zu bleiben.«

»Mmm.« Der Sheriff sah ihn nachdenklich an. »Ihr könnt an unserem Feuer Platz nehmen. Wir werden noch vor der Morgendämmerung aufbrechen, aber so seid Ihr ein paar Stunden in Sicherheit.« Er schnippte mit den Fingern nach einem seiner Männer. »Gebt dem armen Teufel etwas zu essen!«

»Das ist überaus freundlich von Euch, Mylord. Ich werde ein Gebet für Euch aufsagen, wenn ich in Clipstone bin.«

Torvald suchte sich einen Platz am Feuer und ließ sich das

Brot und das Ale schmecken, das die Männer ihm reichten. Als sie sich hinlegten, um ein paar Stunden zu schlafen, zog er sich den geliehenen Umhang um die Schultern und lehnte sich zurück. Eine ganze Weile später hörte er, wie ein Tier durch die Büsche streifte – weit entfernt vom Feuer in südlicher Richtung –, und er hoffte, dass es der Löwe war. Er war nicht sicher, ob Steinarr das Raubtier dafür genügend unter Kontrolle hatte, aber möglich war es.

Irgendwann vor dem Morgengrauen würde er, Torvald, auch in Richtung Süden gehen und die neue Kleidung an einer passenden Stelle hinterlegen in der Hoffnung, dass Steinarr sie finden würde. Eine Meile weiter in Richtung Nordwesten würden die Männer des Sheriffs einen anderen, offensichtlicheren Stapel Kleidung finden – die grüne Tracht, die der vermeintliche Mörder von Sir Guy de Gisburne zurückgelassen hatte. Das weiße Pferd wäre natürlich verschwunden, aber sie würden einer falschen Fährte nach Norden folgen, die sich dann zwischen all den Spuren auf der Mansfield Road verlor.

Und bis zur morgigen Abenddämmerung – vielleicht auch erst einen Tag später – würden sie die Verfolgung aufgeben, in der Überzeugung, dass der Vogelfreie nach Yorkshire geflüchtet war, wo sie ihn niemals finden würden.

»Auf dass ich nur Euch, mein Herr und König, treu ergeben sein werde und Euren Thronfolgern, gegen alle anderen ...«
Matilda stand in der Kirche von Edwinstowe und hörte, wie Robin dem König seinen Lehnseid leistete. Den Königseid hatte er bereits abgelegt, und nun hatte er die Hände auf das Evangeliar gelegt und bestätigte die Pflichten, die er der Krone für die Ländereien von Huntingdon und Loxley schuldete.

Während die langatmigen Eide geleistet wurden, sah sich Matilda in der Kirche um. Die Gegenwart so vieler großer Barone Englands bei der Zeremonie – alle, die mit dem König auf der Jagd gewesen waren – war ein Beweis dafür, dass niemand Robins Recht auf den Titel anfechten würde. Er hatte sogar eigene Männer, die ihm dienten, *zwei* zumindest: Will, der neben ihm stand, nannte sich wohl Will Scarlet, um einer Verhaftung zu entgehen, war aber bereit, ihm zu huldigen, und Tuck hatte eingewilligt, als Kaplan auf Huntingdon zu dienen.
Das Gesicht, das sie jedoch am liebsten gesehen hätte, war nirgends zu entdecken. Drei ganze Tage waren vergangen, und weder er noch Ari, der fortgeritten war, nachdem er sie und Robert nach Clipstone begleitet hatte, waren aufgetaucht.
Als Robert seine Eide beendet und der König sie angenommen hatte, erhob er sich, um den anwesenden Baronen vorgestellt zu werden. Matilda stand auf einer Seite zwischen Will und Tuck und sah zu, wie ihr Bruder – nun Lord Robert – an den Reihen mächtiger Männer entlangging.
Und in dem Moment fühlte sie es: das Zittern, auf das sie tagelang gewartet hatte. Sie ließ ihren Blick durch die Kirche schweifen und erspähte zwei Mönche mit weißen Kapuzen, die sich ganz hinten einen Platz suchten. Warum war ihr nie zuvor aufgefallen, wie geschmeidig er sich bewegte? Wie eine Katze. Sie versuchte, Ruhe zu bewahren, aber sie konnte das Lächeln nicht unterdrücken, das sich auf ihrem Gesicht ausbreitete, als Erleichterung in ihr aufwallte. Erleichterung und Verlangen und Sehnsucht, Gefühle, die nicht allein die ihren waren. Er hob den Kopf, nur so weit, dass er unter der Kapuze ihrem Blick begegnen konnte.
Dann aber schoss plötzlich ein schwarz-weißer gefiederter

Pfeil schreiend durch die offene Tür, stürzte sich nach unten auf Steinarrs Kopf und riss ihm die Kapuze herunter – in genau dem Moment, als alle sich in Richtung des Lärms umdrehten.

»Ihr seid es!«, sagte Gervase de Clifton. »Verriegelt die Tür! Verhaftet diesen Mann!«

Steinarr und Ari warfen die Umhänge ab und griffen nach ihren Schwertern, aber der schreiende Vogel stieß abermals hinunter auf Steinarrs Kopf und stürzte sich anschließend mit gespreizten Klauen auf Aris Gesicht. Ari hielt sich gerade noch rechtzeitig eine Hand vors Gesicht, und der Vogel riss und schlug und verkrallte sich, als sei er von einem Dämon besessen. Mit einem Schrei schnappte Ari sich den Vogel aus der Luft und schleuderte ihn zur Seite.

Nur für den Moment eines Herzschlags waren Steinarr und Ari abgelenkt, und die Männer des Sheriffs nutzten die Gunst dieses Augenblicks. Die Tür wurde zugeschlagen, und sogleich waren Steinarr und Ari von einem Dutzend Männern mit gezogenen Waffen umringt. Der Vogel flatterte über ihren Köpfen herum und krakeelte wie verrückt.

»Halt!«, rief Edward über den Tumult hinweg. »Ihr wollt Männer in einer heiligen Kirche verhaften, und das auch noch während einer königlichen Zeremonie? Erklärt Euch, Mylord Sheriff!«

»Verzeiht, Euer Gnaden, aber einer dieser Männer hat Sir Guy de Gisburne getötet.« Der Sheriff schritt nach vorn und gab seinen Männern ein Zeichen. Während die Elster zum Gewölbe der Kirche hinaufflog und sich dort niederließ, zerrten vier kräftige Männer Steinarr und Ari durch das Kirchenschiff und zwangen sie vor den Füßen des Königs auf die Knie. Matilda wollte zu ihnen laufen, aber Robin hielt sie mit einem warnenden Blick zurück.

Der Sheriff packte Steinarr an den Haaren und riss ihm den Kopf in den Nacken. »Das ist der Mann, der als la Roche bekannt ist. Er hat Sir Guy getötet und ist anschließend in die Wälder geflüchtet.«

»Leider tat ich das nicht, Euer Gnaden«, sagte Steinarr. »Das heißt, ich schickte den Sheriff und seine Männer sehr wohl auf eine muntere Verfolgungsjagd, aber ich habe Gisburne nicht getötet, so oft ich es mir auch vorgenommen hatte.«

»Einen Mord zu planen, mag eine Sünde sein, aber ein Verbrechen ist es nicht«, sagte der König. »Genauso wenig wie eine Hochzeit zu planen das Gleiche ist, wie mit seiner Gemahlin ins Bett zu gehen.«

Der Priester errötete, Bruder Tuck hingegen lachte herzhaft, ebenso wie die meisten der übrigen Anwesenden.

»Und wie der Zufall es will«, sprach Edward weiter, »weiß ich, wer Gisburne getötet hat, denn derjenige hat es mir bereits gestanden.«

De Cliftons Miene verdüsterte sich. »Und wer ist derjenige, Euer Gnaden?«

»Ich«, sagte Robin laut und deutlich. »Ich habe ihn getötet.«

»Dann ergreift *ihn!*«, befahl der Sheriff einmal mehr, und seine Männer drängten nach vorn.

Der König hob einen Finger, und abermals rührte sich niemand vom Fleck. »Hört Euch an, was er zu sagen hat, bevor Ihr etwas unternehmt.«

Robert trat vor, noch immer sichtbar hinkend, aber erhobenen Hauptes. »Mein Cousin, Guy, war entschlossen, mich davon abzuhalten, die Aufgabe zu lösen, die der König und mein Herr Vater mir gestellt hatten. Er griff mich an, und als meine Begleiter seine Männer überwältigten, nahm er meine

Schwester als Geisel. Also kämpfte ich gegen ihn und tötete ihn in diesem Kampf.«

»Aber Euer Zetermordiogeschrei richtete sich doch gegen la Roche!«, sagte der Sheriff.

»Damit Ihr vorbeireiten würdet und ich mich auf den Weg zum König machen konnte.«

»Ich sagte ihm, er solle es so machen, Mylord«, erklärte Steinarr. »Da Ihr mich dazu brachtet, Sir Guy zu helfen und Robin, äh, Lord Robert, aufzuhalten, musste ich fürchten, dass Ihr daran beteiligt wart, ihn vom König fernzuhalten.«

»Eh? Der Teil der Geschichte war mir noch gar nicht bekannt.« Edward sah den Sheriff stirnrunzelnd an, und dieser erbleichte. »Dazu will ich später noch eine Erklärung von Euch hören, de Clifton, und wenn Ihr Sheriff bleiben wollt, sollte es eine zufriedenstellende sein. Kann irgendein Mann hier Lord Roberts Worte bestätigen?«

»Ich bin kein Mann, Euer Gnaden«, sagte Matilda, »aber es ist die Wahrheit.« Will und Tuck pflichteten ihr lauthals bei.

»Sie ist seine Schwester«, protestierte der Sheriff. »Und diese beiden sind seine Männer. Sie würden alles für ihn bestätigen, ganz gleich, ob wahr oder nicht.«

»Ich bin weder seine Schwester noch einer seiner Männer, und dennoch ist es die Wahrheit.« Der Haushofmeister des Guts trat vor. »Verzeiht, Euer Gnaden. Ich sah, wie der andere Ritter angriff und dann in seiner Feigheit die Dame als Schild benutzte. Der Junge ... Seine Lordschaft, wollte ich sagen, griff an, um sie zu verteidigen, und der andere Ritter starb in einem fairen Kampf. Aber diese beiden Ritter hier haben Mylords Haus in Edwinstowe beschädigt. Sie haben den goldenen Kopf des Kometen von der Decke gehackt, den Ihr selbst Mylady geschenkt hattet, Euer Gnaden. So sehe ich mich gezwungen, in Mylords Namen um Entschädigung zu bitten.«

»Ähm.« Edward errötete kaum merklich. »Es obliegt Uns, für den Schaden aufzukommen. Ich fürchte, Wir trugen dazu bei, Unseren neuen jungen Lord auf diesen Weg zu bringen und ließen ihm kaum eine andere Wahl. Der Schaden geht auf Unsere Kosten. Wo waren Wir also?« Er rieb sich die Hände und genoss sichtlich den Augenblick. »Lord Robert, ich spreche Euch von jeglicher Schuld am Tod von Sir Guy frei und erkläre es als Guys eigenes Missgeschick, dass er zu Tode kam. Sir Stee...«

»Steinarr.«

»Sir Steinarr.« Edward sprach den Namen bedächtig aus, dann runzelte er die Stirn. »Seid Ihr einer Unserer Ritter?«

»Nein, Euer Gnaden. Ein Ritter wohl, aber noch keiner von England.«

»Wärt Ihr bereit, ein solcher zu werden?«

»Es wäre mir eine Ehre, Euer Gnaden.«

»Nun, gut, dann sei Euch ebenfalls verziehen, wobei ich mir nicht ganz sicher bin, wofür. Lasst ihn los, de Clifton.«

Der Sheriff sah mit finsterer Miene hinab auf Steinarr, doch er nickte und ließ sein Haar los. »Jawohl, Euer Gnaden.«

»Und was ist mit Euch?«, fragte Edward an Ari gerichtet. »Wer seid Ihr?«

»Sir Ari, Euer Gnaden.« Nun ebenfalls befreit, wickelte er seine Hand in den Ärmelsaum seines leinenen Untergewands, um die Blutung zu stillen, wo der Vogel ihm die Haut aufgerissen hatte.

»Und was habt Ihr verbrochen?«

»Dabei geholfen, das falsche Zetermordiogeschrei anzustimmen. Und Steinarr dabei geholfen, den Sheriff abzuhängen.«

»Verziehen. Ist jemand dabei, all das zu protokollieren?«
»Jawohl, Euer Gnaden«, meldete sich ein Schreiber zu Wort und sah von der Wachstafel auf, die er wie besessen bekritzelt hatte. »Ich werde die entsprechenden Dokumente für Euer Siegel aufsetzen lassen.«
»Schön. Ich bin an diesem Morgen äußerst großzügiger Stimmung. Gibt es sonst noch etwas?«
Matilda, die alles mit einer Mischung aus Sorge und Belustigung beobachtet hatte, witterte ihre Chance. Sie holte tief Luft und trat vor. »Ich möchte Euch um einen Gefallen bitten, Euer Gnaden.«
Edward wandte sich ihr zu und lächelte. »Und welcher Gefallen wäre das, liebliche Matilda von Huntingdon?«
»Ich hätte gern, dass Ihr diesem Ritter befehlt« – sie wies auf Steinarr – »mich zu heiraten.«
»Marian, nein!« Steinarr sprang auf. »Du weißt, dass ich das nicht kann.«
Sie nahm keine Notiz von ihm und fuhr, direkt an den König gerichtet, fort: »Er hat mich mit falschen Versprechen dazu verführt, ihm beizuwohnen, und dann ist er einfach davongeritten. Ich bin entehrt, und ich fordere Vergeltung.«
»Ebenso wie ich, als ihr Bruder«, sagte Robin.
Steinarr starrte die beiden mit offenem Mund an, vollkommen verblüfft. Bei allen Göttern, sie hatte Robin mit hineingezogen, und dabei wusste er nicht einmal etwas von dem Fluch. »Marian, tu das nicht!«
»Wer ist denn nun wieder Marian?« Edward sah von ihr zu Steinarr.
»So nannte er mich, als wir einander beiwohnten, Euer Gnaden. Eine Art Kosename.«
Gelächter hallte durch die Kirche. Das Getratsche würde jahrelang anhalten, doch das kümmerte sie nicht. Es küm-

merte sie nicht im Geringsten, denn sie wollte ihn heiraten. Steinarr stand da, und das Blut rauschte ihm so laut in den Ohren, dass es klang wie das Gebrüll des Löwen.
»Ist das wahr, *Monsire?*«, fragte der König.
Steinarr nickte zögernd. »Aye. Das ist es, Euer Gnaden.«
»Ihr gebt also zu, dass Ihr sie verführt habt?«
»Aye, aber ich kann sie nicht heiraten, Euer Gnaden, so viel sie mir auch bedeutet.«
»Warum nicht? Seid Ihr bereits verheiratet?«
Steinarr zögerte, denn er wusste, er brauchte nur zu lügen und ja zu sagen, um damit dem Ganzen ein Ende zu machen. Doch Marians Augen flehten ihn an, es nicht zu tun. Er fühlte, wie er in das Grün hineinglitt, in den Trost, der ihm von ihrer Seele zuteilwurde. »Nein.«
»Seid Ihr durch ein Gelübde der Kirche verpflichtet, als Mönch oder Priester?«
»Nein, Euer Gnaden, aber ich ...«
»Seid Ihr bis zum sechsten Grad mit ihr verwandt?«
»Nein, Euer Gnaden.«
»Dann gibt es nichts, was einer Heirat im Wege stünde. Ihr *werdet* ihr gegenüber das Ehegelübde ablegen. Auf der Stelle. Vor uns allen. So lautet mein königlicher Befehl.«
Marian trat weiter vor und streckte ihre Hand aus. »Ist schon gut«, flüsterte sie. »Alles wird gut.«
Und so fand sich Steinarr vor dem König von England wieder und stammelte die Worte, die Matilda Fitzwalter zu seiner Ehefrau machen würden. Ein Traum. Es war ein Traum und ein Alptraum und ein Gebet, alles in einem. Er wagte nicht, seinen Blick von ihren Augen abzuwenden, vor lauter Angst, alles könne sich in Rauch auflösen und zu Asche werden.
Dann war sie an der Reihe. »Ich, Matilda, nehme dich,

Steinarr Fitzburger, zu meinem Ehemann und Lord, um dir treu ergeben zu sein, in Krankheit und Gesundheit, solange wir beide leben.«

»Ein Ring, *Monsire?*«, sagte der Priester.

»Ich ... ich habe keinen. Ich habe gar nichts. Marian, bist du dir all dessen wirklich sicher?«

»Zu spät.« Ihr Lächeln strahlte vor Zuversicht und Verschmitztheit. »Du hast mich doch längst zur Frau genommen. Alle hier haben es gehört.«

Lachend zog König Edward einen Ring von seinem kleinen Finger und reichte ihn Steinarr. »Das wird wohl gehen. Ein Geschenk für Euch, wofür ich erwarte, dass Ihr der Krone von England alle Ehre erweist.«

»Jawohl, Euer Gnaden.« Seinen Blick noch immer fest auf ihre Augen gerichtet, streifte er den schweren Reif über ihren Finger. »Mit diesem Ring nehme ich dich zur Frau und mache dich zu der Meinen.« *Meins. Meine Gefährtin. Jetzt.* Der Löwe regte sich, und Matildas Pupillen weiteten sich vor Erkennen.

»So, das wäre erledigt. Lord Robert, ich verlasse mich darauf, dass Ihr dafür sorgen werdet, dass dieser Ritter gut situiert ist, damit er für Eure Schwester sorgen kann.«

»Selbstverständlich, Euer Gnaden. Mir schweben da schon bestimmte Ländereien vor.«

»Mir auch. Gisburne hat keinen Erben, und seine Güter brauchen einen neuen Lord. Aber darum werde ich mich ebenfalls später kümmern. Nun gehen wir auf die Jagd. Mir ist da etwas von einem großen Tier zu Ohren gekommen, das im Norden gesehen wurde, in der Nähe der Felsen. Irgendeine Art Katze, so sagte man mir. Ich wünsche es ausfindig zu machen.«

Steinarr sah verblüfft auf. Er. Der König wollte ihn jagen

und wusste es nicht einmal. Gelächter stieg aus seinem Bauch auf, und er musste sich auf die Zunge beißen, um es zu verbergen. Marian an seiner Seite presste mit zuckenden Augenwinkeln die Lippen aufeinander und drückte seine Hand.
Begleitet von Tratsch und aufgeregtem Gemurmel, begaben die Barone, und mit ihnen auch Edward, sich zur Tür.
»Kommt Ihr nun, Lord Robert?«
»Gleich, Euer Gnaden. Ich würde gern noch ein Wort mit Sir Steinarr wechseln, vertraulich.«
»Wie Ihr wünscht. Das gilt auch für Euch, Vater. Lasst die beiden reden.«
Es dauerte eine Weile, bis die Kirche sich geleert hatte. Die letzten beiden, die hinausgingen, waren Bruder Tuck und Will. Sie zogen die Tür fest hinter sich zu, eindeutig auf Roberts Anweisung hin.
»Du bist verrückt«, sagte Steinarr zu Marian. »Du weißt doch, was ich bin.«
»Aye, das weiß ich. Und Robert auch.«
»Ich habe es ihm erzählt«, sagte Ari. »Er musste es erfahren.«
»Ihr wolltet Eure einzige Chance aufgeben, von diesem schrecklichen Fluch geheilt zu werden, um meinetwillen«, sagte Robert.
Steinarrs Blick heftete sich auf Marians Hände, die in seine verschlungen waren, mit dem Ring eines Königs am Finger, der sie als die Seine auswies. »Ich hatte es ihr versprochen. Es gehörte dir, Robin. Mylord.«
»Nein. Ich habe es mir nur für kurze Zeit geliehen.« Robert öffnete einen Beutel an seinem Gürtel und zog eine goldene runde Scheibe hervor. »In Wahrheit gehört es Euch.«
Wütendes Gekreische ertönte über ihren Köpfen, und aller Augen richteten sich nach oben, als die Elster ein letztes

Mal vorbeischoss, bevor sie durch den offenen Bogen des Glockenturms entschwand.

»Verrückter Vogel«, sagte Robert und wandte sich wieder Steinarr zu.

Unfähig, das kommende Geschehen aufzuhalten, und nicht gewillt, auch noch Zeuge dessen zu werden, segelte Cwen hinaus dem Sonnenlicht entgegen.

Ich bin eine Närrin, dachte sie, als sie zu der Höhle zurückflog, wo ihr Körper lag und sie erwartete. Als von Gold die Rede gewesen war, hatte sie zu voreilig die Möglichkeit ausgeschlossen, dass es sich bei dem Unterpfand um das Amulett des Löwen handeln könnte, und nun hatte einer mehr von ihnen die Chance, ihr durch die Finger zu schlüpfen, ohne dass sie die Genugtuung der Rache erfahren würde.

Und dennoch fühlte sie sich sonderbar wohlauf, als sie so über den Wald schwebte, stark wie seit Jahren nicht mehr, selbst im Körper dieses zarten Wesens. Sie streifte die Baumkronen und genoss die Freiheit des Flugs, der ihr zuteilgeworden war dank der seltsamen Gabe, die die Götter ihr verliehen hatten.

Erst als sie die Höhle erreicht hatte und wieder in ihren eigenen Körper geschlüpft war, verstand sie, warum sie sich so stark fühlte.

Blut.

In ihrer Raserei musste der Vogel dem Seher die Hand aufgerissen haben, denn sein ungetrübtes Blut, reich an seiner Lebenskraft und Magie, klebte am Brustgefieder der Elster, dick an der gleichen Stelle, wo auch ihre Wunde sich befand.

»Du hast mir ein Geschenk gemacht, Elster.« Sie streckte

eine Hand aus, und der Vogel sprang willig auf ihren Finger. Cwen strich über die weichen Federn und sammelte das verkrustete Blut auf ihrem Finger. »Vielen Dank, meine Kleine.« Sie ließ den Vogel davonfliegen, dann öffnete sie ihr Gewand und strich das Blut auf ihre Wunde. Wärme breitete sich langsam an der Stelle aus, die für so lange Zeit erkaltet war. Mit einem scharfen Atemzug holte sie tief Luft und stieß sie in Form eines Seufzers wieder aus.

Ja. Sie warf den Kopf in den Nacken, als wieder Macht in sie hineinströmte, süß und köstlich, und schließlich fühlte sie, dass sie zu heilen begann. Der Rabe hatte nicht die leiseste Ahnung, worüber er da verfügte – welche Macht die Götter ihm gewähren würden, wenn er nur den Mut aufbrächte, darum zu bitten. Aber nein, davor fürchtete er sich zu sehr. Sie fürchtete sich nicht davor. Sie war Cwen. Wenn er diese Macht nicht benutzte, dann würde sie es tun.

Immerhin waren noch sieben von ihnen übrig. Sie alle würden bezahlen, besonders der Bär. Und nun, da sie durch Blut mit dem Raben verbunden war, konnte er ihr dabei helfen, indem sie sich seiner bediente.

Lächelnd drehte sie sich um zu der kleinen Elster, die ganz in der Nähe auf einem Stein hockte. Leise glucksend begegnete der Vogel dem Blick aus ihren schwarzen Augen. Cwen klopfte sich auf die Schulter, und die Elster flog zu ihr, um ihren Platz als ihre Vertraute einzunehmen.

»Komm, mein Vögelchen.« Cwen trat hinaus ins Sonnenlicht und sog die saubere Waldluft ein. »Wir müssen uns eine neue Bleibe suchen. Ich bin es leid, eine Nonne zu sein.«

Steinarr starrte auf den in Gold gebetteten Löwen in Roberts Hand und verstand nicht. »Du musstest es doch dem König geben.«

»Ich musste es ihm nur präsentieren. Nicht geben. Beinahe im selben Moment gab er es mir zurück.«
»Aber ich dachte ...«
»Ich weiß. Ich dachte auch, er würde es behalten, doch er sagte, es gehöre Huntingdon. Und nun gehört es Euch.« Robert drückte Steinarr das Medaillon in die Hand und schloss Marians Finger um beides. »So wie das Herz meiner Schwester.«
Odin, bitte. »Wirklich?«, fragte Steinarr Marian, unsicher in allem, außer seiner Angst vor ihrer Antwort. »Gehört mir dein Herz, obwohl du weißt, was ich bin?«
»Obwohl ich weiß, was du bist.« Sie hielt das Medaillon in die Höhe und presste den Löwen auf die Mitte seiner Brust. »Ich liebe dich aufrichtig.«
Schmerz durchfuhr Steinarr, der gleiche Schmerz wie beim Wechsel seiner Gestalt, nur schlimmer, tausendmal schlimmer, und er spürte, wie der Löwe mit ausgefahrenen Krallen in ihm aufstieg. »Lauft!«
Aber sie blieben: Ari und Robert und vor allem Marian. Steinarr bog sich nach hinten, krümmte sich, fiel auf die Knie, schrie vor Schmerz, und sie blieb bei ihm. Wut, Hunger, der Drang zu töten, sich zu paaren, zu jagen, all das fuhr aus ihm heraus, in Strängen schwarzen Rauchs, die sich um seinen Brustkorb legten, ihm die Luft aus den Lungen pressten, ihn einschnürten.
»Ich liebe dich«, sagte Marian noch einmal mit tränenerstickter Stimme. Weiterer Schmerz warf ihn zu Boden. Ein Schrei entfuhr seiner Kehle und erhob sich zu Gebrüll.
Und dann war es vorbei, still, und er war allein in seinem Körper. Er zitterte, wurde geschüttelt von nervenzehrenden Krämpfen, wie bei einem Wechselfieber. Marian schlang die Arme um ihn – diese wunderbare Umarmung, die für ihn die

Ewigkeit bedeutete, auch wenn sie nicht ewig währte, sondern nur eine wunderbare Lebensdauer voller Nächte.
»Ist schon gut«, flüsterte sie eine ganze Weile später, als das Zittern endlich aufgehört hatte. »Ist schon gut.«
Und den Göttern sei Dank, war es das nun wirklich.

EPILOG

Und so nahm Robin Hood Marians Hand und fragte sie, ob sie seine Frau werden wolle. Und da der König seine Erlaubnis gab, heirateten sie noch am selben Tag auf den Stufen von Saint Mary's Church im schönen Edwinstowe, mit Will Scarlet und Bruder Tuck als Zeugen. Und seitdem leben sie glücklich als Mann und Frau in Greenwood, zusammen mit ihrer Schar von getreuen Gesellen.«

»Ich finde es immer noch komisch, dass Ihr Onkels Namen benutzt, und nicht den von Vater«, sagte Ranulf.

»Steinarr Hood klingt einfach nicht so gut«, sagte Ari, und schlug das Büchlein mit Geschichten zu, an dem er in den vergangenen Jahren gearbeitet hatte. Er hatte es von Sussex mitgebracht, wo Brand und er sich wieder auf die Suche nach Cwen gemacht hatten.

»Mit gefällt die Geschichte, Sir Ari«, sagte die kleine Susanna und stand auf, um ihm einen Kranz aus Gänseblümchen, der ein wenig zu klein geraten war, auf das lockige Haar zu setzen.

»Du bist eine kluge junge Dame.«

»Aber es scheint so ... *falsch*«, sagte Ranulf. »In Wirklichkeit sind Robin und Marian doch Geschwister.«

»Das weiß außer uns ja niemand«, sagte Ari. »Für alle anderen sind die Namen *Robin* und *Marian* einfach nur Namen.

Liebgewonnene Namen«, fügte er nicht ganz ohne Stolz hinzu. Und dazu bestimmt, in ein oder zwei Jahrhunderten noch mehr liebgewonnen zu werden, solange er ein Wörtchen mitzureden hatte.
»Vater liebt sie aber nicht«, sagte Emma. Sie war acht Jahre alt und stets sicher, was Steinarr mochte und was nicht. »Er sagt, wir sollen keine richtigen Namen benutzen, wenn wir Geschichten erzählen. Das kann Menschen in Schwierigkeiten bringen. Er sagte, Ihr habt ihn oft in Schwierigkeiten gebracht, weil Ihr seinen Namen in Geschichten genannt habt, die Ihr erfunden hattet.«
»Nun, das eine oder andere Mal«, musste Ari einräumen. »Aber hinterher haben wir immer gelacht.«
»Glaubt Ihr, sie sind irgendwann fertig mit ihrem Nickerchen?«, fragte Susanna.
Ari drehte sich um und sah hinüber zu der Lichtung, wo in einigen Hundert Schritten Entfernung das Elfenhaus stand. »Bald. Aber wir dürfen sie nicht stören. Kommt, wir gehen spazieren.«
Er stand auf und hielt vorsichtig seinen Kopf gerade, damit der Kranz nicht herunterfiel. Emma hüpfte neben ihm her und nahm seine Hand, und er zuckte zusammen. Seine Handfläche war nie richtig verheilt in dem Dutzend Jahren, seit der Vogel ihm an dieser Stelle die Haut aufgerissen hatte. Aber das war nicht der Grund, aus dem er dazu übergegangen war, in Gegenwart anderer Menschen dünne Lederhandschuhe zu tragen. Es waren die Narben. Sie hatten ein seltsames Aussehen angenommen. Die Spuren der Vogelkrallen ließen sie aussehen wie Runen, und ihm gefiel ganz und gar nicht, was er dort las:
Cwen.

Sie war dort draußen, irgendwo, und wartete auf den Nächsten, der eine Chance bekommen würde, sein Glück zu finden, damit sie erneut versuchen konnte, es ihm streitig zu machen. Sie alle wussten es, aber die anderen brauchten nicht zu wissen, dass sie einen von ihnen gebrandmarkt hatte. Diese Last würde er allein tragen. Nicht einmal Brand wusste davon.
»Wo geht Ihr mit uns hin, Sir Ari?«, fragte Emma und holte ihn damit zurück in die Gegenwart.
Er überlegte einen Augenblick. »Ich weiß, wo es eine Quelle gibt, deren Wasser so klar ist, dass es fast gar nicht da ist.«
»Wie kann Wasser nicht da sein?«, fragte Ranulf, der ewige Zweifler. »Wenn es nicht da ist, ist es kein Wasser. Dann ist es Luft.«
»Dann werden wir der Luftquelle einen Besuch abstatten, und du kannst mir erklären, warum du nass wirst, wenn ich dich hineinwerfe.«
»Ihr könnt mich nicht hineinwerfen, ich bin fast so groß wie Ihr.«
»Ich wette, das kann er doch«, sagte Emma.
»Ich wette, er kann es nicht«, sagte Susanna.
»Bäh«, meldete sich Alexander, kaum ein Jahr alt, zu Wort.
Ari bückte sich und kraulte das Baby unter dem Kinn.
»Das hast du schön gesagt, mein Junge. Komm, Goda. Nimm das nasse Pummelchen und komm mit. Ihr anderen auch.«
Er winkte der Köchin, dem Pferdeknecht und der Zofe, die in der Nähe des Fuhrwerks und der Zelte herumlungerten. »Wir werden seinen Eltern ein wenig mehr Ungestörtheit gönnen. Vielleicht schlafen sie dann etwas fester und sind eher fertig mit ihrem *Nickerchen*.«
Das Köhlermädchen, mittlerweile erwachsen und verheiratet und als Amme in Diensten, ließ ein wissendes Lachen hören.
»Ich selbst halte auch gern mal ein Mittagsschläfchen.«

»Mittags, vormittags, um Mitternacht. Die beiden scheinen immer gern ein Schläfchen zu halten, ganz gleich, zu welcher Tageszeit«, sagte Ari laut und hoffte, sie hatten es gehört. Dann führte er seine kleine Prozession in Richtung der Quelle. »Nicht, dass ich es ihnen verdenken könnte.«
Im Dämmerlicht des Elfenhauses lagen Steinarr und Marian – sie hatte es schließlich aufgegeben, ihn dazu zu bringen, sie anders zu nennen, und beschlossen, sich fortan generell *Marian* zu nennen – eng umschlungen auf einem Bett aus dicken Fellen. Aus einer Laune heraus hatten sie mit der ganzen Familie einen Abstecher hierhergemacht, auf dem Weg nach Huntingdon, wo sie Robert besuchen wollten – und die Pause hatte keinen weiteren Grund gehabt, als angenehme Erinnerungen wiederaufleben zu lassen. Nun aber mussten sie weiter, und heute Nacht, ihrer letzten Nacht hier, durften alle Kinder zusammen in das Elfenhaus hineinkriechen. Nur Alexander und Goda würden in das Familienzelt verbannt, am anderen Ende der Lichtung, gleich neben dem Zelt der Dienerschaft.
»Ich bin froh, dass du auf die Idee gekommen bist, hierherzukommen«, flüsterte sie. »Und ich bin froh, dass wir die Kinder mitgenommen haben, obwohl es schwieriger ist, ähm, sich zu entspannen, wenn sie dabei sind und man von draußen Aris Geplapper hört.«
»Die sind nun alle drüben am Bach«, sagte Steinarr. »Und ich dachte, hm, du hättest dich schon ein wenig entspannt.« Er ließ seine Hände an ihrem Körper hinaufgleiten und umfasste ihre üppigen Brüste, die, nachdem sie vier Kinder bekommen hatte, umso fülliger waren. »Aber wenn du es lieber noch einmal versuchen willst ...?« Er nahm ihre Knospen zwischen Daumen und Zeigefinger, und sie stöhnte auf.
»Teufel!« Sie schob seine Hände zurück. »Wir sollten uns

anziehen. Ich habe gehört, dass sie sich schon über unser Schläfchen Gedanken machen.«
»Lass sie doch. Kann ich dich nicht ein ganzes Jahr lang hierbehalten, nackt wie die Vögel da oben?«
»Die sind nicht nackt. Sie tragen ein Kleid aus Federn. Und ich kann ja wohl kaum nackt bleiben, wenn wir die ganze Sippe heute Abend hier bei uns haben.«
»Ich hätte mir niemals von Emma einreden lassen dürfen, dass ich sie alle hier bei mir haben will.«
»Wir hatten zwei Nächte voller Magie ganz für uns allein. Es wird Zeit, sie daran teilhaben zu lassen.«
»Ich bin mir nicht so sicher, dass sie die Magie überhaupt zu schätzen wissen.«
»Das werden sie«, sagte Marian mit voller Überzeugung. »Bei der Magie der Elfen geht es nämlich nicht darum, miteinander zu schlafen. Es geht um Liebe. Hier habe ich begonnen, dich zu lieben. Wusstest du das?«
»Nein, aber ich wusste, dass ich hier begonnen habe, die hier zu lieben.« Er beugte sich hinunter, um ihre Brüste zu kosten. »Und dies.« Er glitt ein Stück weiter hinunter und gab ihr einen Kuss auf das gelockte Haar zwischen ihren Schenkeln. »Und das.« Er legte sie auf den Rücken, presste ihre Knie auseinander und drang mit einem Seufzer in sie ein.
»Teufel!«, flüsterte sie.
»Und vor allem dich«, flüsterte er und küsste sie, lang und langsam, während er sich zu bewegen begann.

DANK

Die Geschichte von Robin Hood in ihren zahlreichen Varianten war stets ein Quell der Freude in meinem Leben, seit Richard Greene mich wünschen ließ, ich wäre Maid Marian. So war es unausweichlich, dass ich selbst eine Robin-Hood-Geschichte schreiben würde, geprägt von der Liebesgeschichte, die in den alten Schwarzweißverfilmungen weitestgehend fehlt. Man stelle sich meine Überraschung vor, als ich feststellen musste, dass Marian in den Originalgeschichten sogar noch seltener vorkommt. Törichte Männer!
Um mehr über diese Geschichten, Filme, ob alt oder neu, Fernsehserien und den wirklichen Robin zu erfahren, besuchen Sie meine bevorzugte Robin-Hood-Website: »Robin Hood, Bold Outlaw of Barnsdale and Sherwood«, http://boldoutlaw.com.
Mein Dank geht an meine eigene Schar von getreuen Männern und Frauen, die dazu beigetragen haben, dieses Buch wahr werden zu lassen: an meinen Ehemann und meine beiden Kinder, meine Lektorin, Kate Seaver, meine Agentin, Helen Breitwieser, meinen Einpeitscher, den unnachahmlichen R. Scott Shanks jr. (der, seit dem letzten Buch, in dem ich ihm Lob und Verträge wünschte, zwei Geschichten verkauft hat. Weiter so! Weiter so!), und an meine gute

Freundin Sheila Roberts, die mit gutem Beispiel vorangeht und mich oft genug in den Hintern tritt, auf dem Teppich zu bleiben.

Eine abschließende Bemerkung (kein Dank) richtet sich an die Klempner, die mich aus finanziellen Gründen gehörig anspornten. Um den kleinen Alexander zu zitieren: »Bäh.«